ALFRED BEKKER
Drachenring

Zu diesem Buch

Ein Reich der Drachenreiter, ein Reich der Magie, ein Reich des Feuers, ein Reich der Lüfte und ein Reich der Seefahrer – das sind die Länder der Drachenerde.

Prinz Rajin hat den Kampf gegen Katagi, den grausamen Usurpator auf dem Drachenthron, aufgenommen. Der Fürst vom Südfluss hat dem Prinzen Asyl gewährt, und Rajins weiser Mentor Liisho unterstützt ihn dabei, seine Fähigkeiten und Kräfte zu trainieren. Rajin fällt es allerdings schwer, sich auf seine Aufgabe zu konzentrieren, denn seine Geliebte Nya, die seinen ungeborenen Sohn unter dem Herzen trägt, ist in einem magischen Schlaf gefangen. Derweil schürt Katagi den Krieg unter den fünf Reichen. Der Herr des Magiervolkes versucht, Prinz Rajin auf seine Seite zu ziehen, und verspricht ihm, den Bann, der die Seele seiner Geliebten bindet, zu brechen. Doch Rajin darf sich nicht allein von seinen Gefühlen leiten lassen. Noch ist der Drachenring nicht in seinem Besitz, und die Zeichen mehren sich, dass der gewaltige Urdrache Yyuum, der den Ring hütet, aus seinem äonenlangen Schlaf erwachen könnte …

Zum Autor

Alfred Bekker wurde 1964 geboren und veröffentlichte zahlreiche Romane in verschiedenen Genres der Unterhaltungsliteratur. Er schrieb für SF- und Spannungsserien wie „Sternenfaust", „Ren Dhark" und „Jerry Cotton", doch sein Herz schlägt seit jeher für die epische Fantasy. Mit seiner erfolgreichen Elben-Trilogie gewann er eine neue große Fangemeinde.

Der vorliegende Roman ist der zweite Band der Drachenerde-Saga, die bei LYX vollständig erscheinen wird:

Band 1: Drachenfluch
Band 2: Drachenring
Band 3: Drachenthron (erscheint im September 2009)

Von Alfred Bekker ist bei LYX außerdem die Elben-Trilogie erschienen:

Band 1: Das Reich der Elben
Band 2: Die Könige der Elben
Band 3: Der Krieg der Elben

Mehr von Alfred Bekker aus dem Reich der Elben bei SchneiderBuch:

Band 1: Elbenkinder. Das Juwel der Elben
Band 2: Elbenkinder. Das Schwert der Elben (erscheint im Juli 2009)

Alfred Bekker

DRACHEN RING

Zweiter Band der Drachenerde-Saga

Originalausgabe März 2009 bei LYX
verlegt durch EGMONT Verlagsgesellschaften mbH,
Gertrudenstraße 30–36, 50667 Köln
Copyright © 2009 bei Alfred Bekker
Die Veröffentlichung dieses Werkes erfolgt auf Vermittlung der
Autoren- und Verlagsagentur Peter Molden, Köln.
Alle Rechte vorbehalten

1. Auflage
Redaktion: Peter Thannisch
Umschlaggestaltung: HildenDesign, München, www.hildendesign.de
Umschlagillustration: © Jon Sullivan via Agentur Schlück
Karte: Daniel Ernle
Satz: Greiner & Reichel, Köln
Druck: CPI – Clausen & Bosse, Leck
ISBN 978-3-8025-8164-9

www.egmont-lyx.de

INHALT

DIE 5 REICHE VON DRACHENERDE

Ambor

TAMBANIEN

Tamban

ZWEIFJORDLAND

Sondakor

Warangkor

ALTLAND

DAS DRACHENLAND (DRACHENIA)

Drakor

Etana

Alter-Fluss

Kenda

Ebor

Tebua

rakor

NEULAND

Menda

Agasar

Seng-Fluss

Namsor

Farangkor

Para

Sajar

Nangkor

Dongkor

Pa-Fluss

OSTMEERLAND

Ezkor

ina

Sukara

Fluss

Kajar

Südfluss

Qô

Maji

Dach der Welt

Insel der

VULKAN-SEE

Vergessenen

Taji

Schatten

Diria

DAS LUFTREICH TAJIMA

Ta-Fluss

Kasii

Ajia

NW NO

W O

S

ERSTES BUCH

PRINZ RAJIN
DER VERDAMMTE

Fünf Äonen währt die Geschichte der Welt – der fünfte bringt den Tod;
Fünf Monde leuchten in der Nacht – der fünfte wird fallen und die ewige
Dunkelheit bringen;
Fünf Reiche hielten das Gleichgewicht von Macht und Schrecken – das
fünfte begann den Krieg.

Der Gesang der Fünf

Es war aber zum Ende des Fünften Äons, als die lange Zeit des Gleichgewichts zu Ende ging. Für Zeitalter hatten sich die Kräfte der fünf Reiche wechselseitig aufgewogen. Gegenseitige Furcht und Abhängigkeit hatte sie davon abgehalten, einander zu vernichten. Die wenigen kleineren Kriege, die es gegeben hatte, wurden entweder rasch beendet oder ermüdeten sich in einem Patt der Kräfte. Manchmal wechselte die eine oder andere Provinz den Besitzer, aber keiner dieser kleinen Schlachtensiege wäre bedeutend genug gewesen, um eines der Reiche in seiner Existenz oder das Gleichgewicht nachhaltig zu gefährden.

Die Kaiser des Drachenlandes Drachenia betrachteten ihr eigenes Reich oft als das erhabenste und mächtigste unter den fünf. Schließlich trug der Drachenkaiser jene drei Ringe, die es überhaupt erst möglich machten, dass Drachen, diese Urbilder der Zerstörung und des Chaos, von Menschen gezähmt und unterworfen werden konnten. „Gäbe es die Macht des Kaisers von Drakor nicht, so gäbe es auch keines der anderen Reiche!" So sind die Worte von Kaiser Kojan I. überliefert. „Denn ohne die Drachenringe des Kaisers und die Kraft derer aus der Blutlinie des Hauses Barajan würden sich die Drachen erheben, ihre Herren verleugnen und die Herrschaft zurückfordern, die sie einst durch ihren Hochmut verloren, als sie ihre eigenen

II

Götter in den Gefilden jenseits der kosmischen Tore zurückließen! Götter, die ihnen hätten helfen können, als sie die Erde aus purem Übermut aufrissen und die Flut des Feuergesteins die Meere kochen ließ. Damals bedeckten flüssiges Gestein und schwarze Vulkanasche die größten von ihnen unter sich, sodass wir heute nur Winzlinge zu unseren Dienern heranzüchten, auch wenn sie uns wie Riesen erscheinen mögen. Allein ein Aufstand dieser Winzlinge aber könnte alle Reiche von Menschen und Magiern zerstören – ganz zu schweigen, wenn sich die wahren Giganten aus ihrem äonenlangen Schlaf im Gestein eines Tages erheben, so wie es vom Urdrachen Yyuum geweissagt wird. So schulden die anderen Reiche dem Kaiser Dank und Ehrerbietung, weil er sie vor diesem Schicksal bewahrt!"

Und während Kaiser Kojan diese Worte verkündete und die am Hof von Drakor akkreditierten Gesandten der vier anderen Reiche, die sich im großen Audienzsaal eingefunden hatten, ihnen lauschten, reckte Kojan, so wird berichtet, stolz die Hand empor, an der die drei Drachenringe glänzten. Kunstvoll gearbeitet waren sie, aus einem Metall, das es heute nicht mehr zu geben scheint. Barajan selbst, der Begründer des Kaiserhauses, hatte sie geschmiedet, um den Geist der Drachen vor den Kräften der Magier zu verschließen, sodass sie fürderhin keine Macht mehr über die Drachen erringen konnten – und das bis zum heutigen Tage.

Aus der Chronik von Drakor

Jetzt, da ich diese Zeilen schreibe und Kaiser Kojan und seine liebliche Gattin Minjanee vom Usurpator Katagi und seinen Getreuen ermordet wurden, habe ich endlich die Freiheit, ohne jede Rücksichtnahme meine innersten Gedanken niederlegen zu können, was mir in meiner Zeit als kaiserlicher Kanzler schon allein der Respekt vor meinem Herrn verbot. Bei aller noch so treuer Gefolgschaft zum Kaiserhaus, so frage ich mich doch heute, ob nicht der Kaiser schon damals seine Macht bei Weitem überschätzte, sowohl nach innen wie nach außen.

Denn mochte die Armada geflügelter Kriegsdrachen, die unter dem Kommando des Kaisers von Drakor stand, auch noch so imposant erscheinen, wenn sie sich am Himmel versammelte und aus den Armbrustscharten der Drachengondeln bunte Banner ragten, so stand das Reich Drachenia doch auf tönernen Füßen und war in einem Netz vielfältiger Abhängigkeiten gefangen.

Die blonden Barbaren des Seereichs etwa gingen auf die Jagd nach den Seemammuts und lieferten diese, in Stücke geschnitten, mit ihren Langschiffen als Drachenfutter in Drachenia ab. Das Knurren der Drachenmägen und all ihre Unmutsäußerungen hätte kein Drachenier hören mögen, wäre der Strom der Seemannen-Langschiffe in die drachenischen Häfen versiegt. Wir hätten von unseren edlen Hilfstieren verlangen müssen, dass sie selbst auf die Jagd gingen, wie es ihre wenigen zahlreichen wilden Artgenossen noch zu tun pflegen.

Dann waren da noch die Angehörigen des Magiervolkes, auf deren Hilfe der Kaiser keinesfalls verzichten wollte. Sie standen seit Langem in den Diensten der Herrscher von Drachenia. Ob die rohe Kraft der Kriegsdrachenarmada sich in einem Kampf als stärker erwiesen hätte als die übernatürlichen Mittel, die im Reich Magus Anwendung finden, darf bezweifelt werden. Davon abgesehen hätten der Großmeister in Magussa und seine Helfer vermutlich einen Weg gefunden, wie sein Volk diese Welt über die kosmischen Tore wieder hätte verlassen können, durch die sie einst hierhergekommen waren. Drachenische Spione und abtrünnige Magier berichten seit Langem davon, dass Forschungen im Gange sind, die darauf zielen, die verloren gegangenen Geheimnisse der kosmischen Tore wiederzuentdecken, um rechtzeitig vor dem prophezeiten Fall des Schneemondes dieser Welt den Rücken zu kehren.

Die Fürsten von Feuerheim hüten seit Urzeiten das Geheimnis ihrer explosiven Pulver und ihrer Feuerwaffen, die sie mit von Rennvögeln gezogenen Kampfwagen über die Ebenen ziehen oder in Festungsmauern befestigen, sodass sie dem Angreifer Flammen und Rauch entgegenspucken und riesige tödliche Bleikugeln. Sie verraten niemandem, wie sie es geschafft haben, die Kraft des Feuers so zu bändigen, dass sie Schiffe, die vollkommen aus schwerem Eisen bestehen, gegen den Wind fahren lassen können, ohne dass sie untergehen.

Und auf die Erzeugnisse der Feuerheimer Schmiedekunst ist das Drachenland nach wie vor angewiesen. Einzig die Schwerter unserer Samurai schmieden wir selbst!

In welchem der fünf Reiche schlummert das größte Quantum an Macht, so frage ich, und die Antwort darauf mag bestenfalls offenbleiben.

Wie groß die Kampfkraft der schwebenden Schiffe des Luftreichs Tajima ist, hat Kaiser Kojans Großvater Narajan schmerzlich erfahren müssen, als er vergeblich versuchte, den Tajimäern die Provinz Kajinastan zu entreißen, um sie in sein Reich einzugliedern.

Davon abgesehen fürchten die Drachenier schon im Frieden die Luftschiffe Tajimas. Schließlich untersagen wir in unserem Land bis heute jegliche Luftschifftransporte, um die Besitzer von Lastdrachen nicht einer Konkurrenz auszusetzen, gegen die sie kaum bestehen könnten ...

Aus den persönlichen Journalen von Jabu Ko Jaranjan, dem letzten Kanzler des ermordeten Kaisers Kojan I.; aufgezeichnet im tajimäischen Exil, wo Jabu wenig später in seinem Landhaus umgebracht wurde.

Seit dem Tag des Feuergerichts, als das glühende Gestein aus der Erde quoll und die Asche bis zu den Monden geschleudert wurde, um dann als schwarzer Regen zurückzufallen, schlummern manche der alten Riesendrachen des Ersten Äons unter den Gebirgen. Doch unzählige von ihnen starben damals auch, und man findet heute nur noch ihre gewaltigen Knochen im Erdreich.

Die anderen aber fielen in einen Äonen währenden Schlaf, der vom Tod nur in zweierlei Hinsicht verschieden ist: Es gibt irgendwann ein Erwachen, und keine Verwesung lässt die massigen, mit dem erkalteten Gestein fast eins gewordenen Körper zerfallen. Sie überdauern die Zeit – Äon für Äon. Und wehe denen, die ihr Erwachen erleben werden!

Der Größte und Älteste unter ihnen ist der Urdrache Yyuum. Er liegt unter jenem Höhenzug, den man auch den mitteldrachenischen Rücken nennt und der ein Fortsatz des Dachs der Welt ist, zu dem man dieses Gebirge deshalb oft rechnet.

Manchmal grollt es aus den Bergen bis nach Sajar hinüber. Schwärme von Vögeln werden dann aufgescheucht und verdunkeln den Himmel, die Drachenpfleger in den Pferchen horchen auf und ebenso die echsenhaften Kolosse, denen sie das geschnittene, von den Barbaren des Seereichs angelieferte Stockseemammut füttern.

Dann betet jeder dafür, dass es nur ein gewöhnlicher Erdrutsch war und nicht ein Lebenszeichen des erwachenden Urdrachen. Von abertausend Lippenpaaren wird nun der Name des Unsichtbaren Gottes gemurmelt, dessen Macht hoffentlich groß genug ist, um uns vor diesem Übel zu bewahren.

Die Schriften des Sehers Yshlee von Sajar, Band XXII

Katagi aber war außer sich darüber, dass ein von Gauklern in den Palast gebrachter Affe es hatte schaffen können, ihm einen der Drachenringe zu entwenden. Der Essenzenrausch hatte ihn unvorsichtig gemacht, doch nun kehrte sich die befriedende Wirkung jener Substanzen in ihr Gegenteil um.

Katagi, der Usurpator auf dem Kaiserthron zu Drakor, ließ die Gaukler herbeischaffen und in den Kellern unter der Festhalle zu Tode foltern. Der Affe aber blieb verschwunden. Längst hatte er sich auf den Weg gemacht, dieses wertvolle Artefakt seinem Herrn und Meister zu bringen, dessen Wille die einfältige Kreatur vollkommen ausfüllte.

Dieser verborgene Meister war niemand anderes als Yyuum der Urdrache. Zeitalter lang hatte er davon geträumt, wie ein neuer Äon der Drachen beginnen konnte. Und vielleicht war es auch die immer bedrohlicher werdende Nähe des Schneemondes, die Yyuum dazu antrieb, den Vorgang seines Erwachens zu beschleunigen.

Das Buch des Usurpators

Niemand aber, der ohne Recht auf dem Thron sitzt, wird dem Zorn des Unsichtbaren Gottes entgehen!

Wandspruch – von Unbekannten in die Wand des Kaiserpalastes von Drakor geritzt

Die fünf Kinder des Kaisers Kojan hatte ich aus dem brennenden Kaiserpalast zu Drakor gerettet, als der Usurpator die Macht an sich riss und das Kaiserpaar ermordete. Nur Prinz Rajin sollte den Häschern Katagis letztlich entgehen. Als Säugling hatte ich ihn zu seemannischen Barbaren auf der Insel Winterland im äußersten Nordwesten des Seereichs gegeben.

Kein bekannter Ort mag einsamer sein als dieser, und die Tatsache, dass Prinz Rajin als einziger Spross des Kaisers überlebte, ist sicherlich diesem Umstand zu danken.

Doch obwohl ich den Keim des Wissens in seine Seele pflanzte, prägte seine Jugend unter seemannischen Barbaren seinen Charakter mindestens ebenso stark wie das Blut des Hauses Barajan, das in seinen Adern floss. Ich gebe offen zu, dass ich diese Prägung unterschätzt habe.

Aus den Schriften des Weisen Liisho

Prinz Rajin aber fand Asyl beim Fürsten von Sukara, der die drachenische Provinz Südfluss regierte, die im Norden an das Ostmeerland und im Süden an das Luftreich Tajima grenzte. Nach außen hatte der Fürst dem Usurpator Katagi nie die Gefolgschaft aufgekündigt, tatsächlich aber unterstützte er die Rebellion. Im ganzen Land sprach sich herum, dass ein Nachkomme des rechtmäßigen Kaiserhauses überlebt hatte und sich nun anschickte, die Herrschaft über Drachenia zurückzufordern ...

Das Buch des Befreiers
(nach der durch den Abt von Ezkor revidierten Fassung, die zum Thronjubiläum im 50. Regierungsjahr von Kaiser Kojan III. vollendet wurde)

Es war aber zu der Zeit, da Komrodor der Großmeister von Magus war und das Gleichgewicht der fünf Reiche zerbrach. „Katagi mag den Krieg gesät haben, aber ich werde den Sieg ernten", sprach Komrodor zum Kollegium der magischen Hochmeister zu Magussa. „Und darum auch werde ich das Gewicht der Magie erst in die Waagschale werfen, da sich das Schicksal dieses Äons entscheidet." Das erlauchte Kollegium der fähigsten Magier des Reiches folgte dem Willen des Großmeisters, denn seine Gegenwart erfüllte alle Anwesenden mit Ehrfurcht und Schauder, und die Macht seiner Magie hatte eine so bezwingende Präsenz, dass sie jeden anderen Willen unweigerlich verdrängte.

Später aber, als der Krieg wütete und die Mägen der Drachen so laut knurrten, dass man sich die Ohren zuhalten musste, weil die Seemannen nicht bereit waren, ihren Feinden Drachenfutter zu liefern, verbreitete sich die Kunde, dass Prinz Rajin die Rebellion gegen Katagi anführe und plane, den Drachenthron für das Haus Barajan zurückzuerobern. „So mag denn der Feind unserer Feinde unser Freund werden", entschied der Großmeister. „Und vielleicht ist dieser Prinz das entscheidende Gewicht, das die Waage des Schicksals in einem für uns günstigen Sinn zu bewegen vermag."

Spione brachten in Erfahrung, dass Prinz Rajin im Südflussland beim Fürsten von Sukara Asyl gefunden hatte. Aber sie trugen auch die Kunde nach Magussa, dass der Prinz nicht gut auf ein Bündnis mit den Magiern zu sprechen war, denn es sei immerhin ein abtrünniger Magier gewesen, der Rajins Geliebte Nya und seinen ungeborenen Sohn in einen totenähnlichen Schlaf versetzt habe. „Genau dies wird seine Bereitschaft, uns entgegenzukommen, unterstützen", war jedoch der Großmeister überzeugt. „Man mache ihm ein Angebot, das seine gequälte Seele nicht abzulehnen vermag. Wir alle haben unsere Schwächen, ganz gleich, ob Magier, Mensch oder riesenhafter Drache. Und die Schwäche von Prinz Rajin kennen wir nun. Das ist von unschätzbarem Vorteil für unsere langfristigen Pläne."

So ward ein Bote ausgesandt, und der Prinz sollte zur Spielfigur in den Händen des Großmeisters werden, der mit der Entwicklung der Dinge sehr zufrieden war.

Bericht von Bragados, dem vereidigten Schreiber des magischen Hochmeister-Kollegiums von Magussa

Rajin aber war oft von Schwermut und Trauer erfüllt. Dann stand er an den Zinnen der Festung Sukara, die an der Küste jenseits der Mündung des Südflusses liegt. Er blickte in die Ferne und fragte sich, welchen Sinn es hatte, eine Bestimmung erfüllen zu wollen, die nach menschlichem Ermessen unerfüllbar war, sich gegen Feinde zu erheben, die unbezwingbar waren, und dabei nach und nach alles zu verlieren, was ihm etwas bedeutete.

Wie leicht wäre es gewesen, sich der Agonie der Verzweiflung hinzugeben! Wie verführerisch der Gedanke, dass im Angesicht des anschwellenden Schneemondes jede Anstrengung und jedes Aufbäumen gegen das Schicksal letztendlich Torheit war!

Trauer und Wut beherrschten Prinz Rajins Seele. Und düstere Fanta-

sien aus dem Reich der Finsternis, die er bislang nur seinem Widersacher Katagi zugeschrieben hatte, ergriffen von ihm Besitz. „Je länger wir gegeneinander kämpfen, desto ähnlicher werden wir uns", *offenbarte er sich einmal dem Weisen Liisho.*

„Genau deshalb wird man dich einst einen Verdammten nennen, wenn du es nicht schaffst, der Erretter aller zu werden", *lautete die wenig tröstliche Erwiderung des Weisen.*

Das Epos des verfluchten Prinzen Rajin, Codex III, Kap. 23

I

GEBORSTENER STAHL, GEBROCHENER STEIN UND VERLORENE SEELEN

Schatten tanzten im flackernden Schein der Fackeln an den klammen Steinwänden. Feuchte Kälte herrschte in den labyrinthischen Gewölben tief unter der Festung Sukara, und der modrige Geruch des Alters hing in der Luft.

Das leicht gebogene drachenische Schwert bewegte sich so schnell, dass die Klinge für ein menschliches Auge kaum sichtbar war. Ein vibrierendes Flimmern, ein zuckender Blitz aus glänzendem Metall und der zischende Laut eines tödlichen Hauchs – das war alles.

Prinz Rajin stieß einen Schrei von sonorer Kraft aus. Er hatte den Griff des nach drachenischer Art geschmiedeten Matana-Schwerts mit beiden Händen gefasst und stand breitbeinig da, den linken Fuß etwas nach vorn und den rechten ein Stück zurückgesetzt.

Der Stahl klirrte auf einen hüfthohen, annähernd quaderförmigen Block aus Drachenbasalt, jenem besonderen Gestein, das am Ende des Ersten Äons aus der von den Drachen aufgerissenen Erde getreten war. Funken sprühten. Die Klinge des Matana-Schwerts prallte ab, und ein furchtbarer Schmerz flutete durch die Hände und die Arme des Prinzen. Sein Schrei verwandelte sich innerhalb eines Augenaufschlags von einem Ausdruck innerer Kraft und geistiger Präsenz in einen Laut, der ebenso gut purer Verzweiflung hätte entspringen können.

Rajin hörte eine Stimme wie aus weiter Ferne. Es dauerte einige Augenblicke, bis die Bedeutung der Worte, die gesprochen wurden, in sein Bewusstsein drang. „Du hast nicht alles, was an innerer Kraft in dir ist, eingesetzt, Rajin, sonst hättest du es geschafft."

Es war die Stimme des Weisen Liisho, die da zu ihm sprach. Der weißbärtige, kahlköpfige und auf seltsame Weise alterslos wirkende Mentor des jungen Prinzen hob sich als dunkler Schatten gegen das Licht der Flammen ab. Er trug ein weites Gewand, das an den Hüften von einem breiten Gürtel zusammengehalten wurde. Hinter diesem Gürtel steckte ein etwa ellenlanger Drachenstab und ein drachenisches Schwert in schwarzer Lederscheide, die mit goldfarben schimmernden Sinnsprüchen in drachenischen Schriftzeichen verziert war. Liisho trat einen Schritt auf den Block aus Drachenbasalt zu. Er strich mit der Hand darüber hinweg und schloss dabei kurz die Augen.

„Dieser Basaltbrocken muss aus einem besonders tiefen Feuerschlund stammen, der geradewegs in die verborgenste Tiefe der Welt geführt hat", erklärte er. „Das Material kam aus dem Innersten der Erde, regnete glühend auf die alten Drachen des Ersten Äons herab und begrub so manchen unter sich. Viele wurden in die erkaltende Lava eingeschlossen, die zurück in die Erdspalten fiel und erneut zum heißen Höllenkern hinabsank. Dort wurde auch dieser Stein geformt und gebrannt. Das Gestein eines ganzen Gebirges wurde zusammen mit einem ausgewachsenen Erstäon-Drachen in diesen Quader gepresst, dem ein Zauber, wie er nur diesen uralten Geschöpfen innewohnte, die Form gab. Wenn du genau darauf achtest, kannst du die innere Kraft dieses Erstäon-Drachen noch ausmachen, Rajin. Und wenn du deine eigenen inneren Sinne darauf konzentrierst, kannst du sogar einen Rest der Erinnerungen dieses Drachen spüren, der eingeschlossen und zu Stein zusammengepresst wurde. Du riechst den Geruch der verbrannten Erde, du fühlst die mörderische Hitze der Höllenschlunde in den aufgerissenen Erdspalten, aus denen eine unvorstellbar heiße Glut quillt, wie zähflüssiges Drachenblut aus einer Wunde. Dieser Kraft musst du deine eigene entgegensetzen."

Eine Zornesfalte bildete sich auf Rajins Stirn. Er hatte mannigfache Gründe für seinen Zorn. Es war der Zorn über sein offensichtliches Versagen, der Zorn darüber, dass er trotz aller Anstrengung bisher den Anforderungen nicht gerecht geworden war, die seine Bestimmung an ihn stellte, die zu erfüllen er sich nach anfänglichem Zögern entschlossen hatte.

Und nicht zuletzt war es der Zorn über ein gnadenloses Schicksal, das die Seele seiner Geliebten in Gefilde verbannt hatte, zu denen er keinen Zugang hatte.

„Es liegt am Schwert", sagte er. „Mit einem seemannischen Anderthalbhänder kann man Seemammuts erlegen. Ich habe oft genug mit einer solchen Klinge gekämpft. Mit ihr hätte ich den Block aus Drachenbasalt gespalten", behauptete er unwillig.

Er warf das schlanke, leicht gebogene drachenische Matana-Schwert voller Wut von sich. Laut klirrte es auf die Mosaike, die den Boden des Gewölbes bedeckten. Prinz Rajin fühlte sich leer und ausgelaugt.

Ungezählte Versuche hatte er schon unternommen und ebenso ungezählte Stunden in den Kellern unter der Festung Sukara damit verbracht, sich darauf zu konzentrieren, die in dem Gesteinsblock schlummernden Kräfte zu bezwingen. Jede noch so verborgene Reserve an innerer Kraft hatte er dafür zu sammeln versucht. Jetzt schien nichts mehr da zu sein, was man hätte sammeln können. Nicht einmal zu einem klaren Gedanken war er noch in der Lage. Schmerzende Arme und ein leerer Geist – das war letztlich das Ergebnis seiner Anstrengungen.

„Es liegt nicht am Schwert", widersprach der Weise Liisho. „Das Schwert ist nur ein Werkzeug des Geistes und der inneren Kraft – genau wie ein Drachenstab, der ja auch die Kraft, die den Drachen unter den Willen seines Reiters zwingt, nur bündelt, aber keineswegs erzeugt. Wenn der Geist stark genug ist, kann man sogar ganz auf das Werkzeug verzichten. Doch das dürfte weder bei dir noch bei mir der Fall sein." Liisho zog den Drachenstab aus seinem Gürtel. Er hielt die ellenlange, metallische Röhre, mit der ein jeder Drachenreiter sein Reittier zu lenken pflegte, auf jene Weise, die der Grundhaltung eines drachenischen Schwertkämpfers entsprach. „Du könntest diesen Drachenstab nehmen und damit den Block genauso gut spalten wie mit deinem Matana-Schwert", behauptete er. „Aber dazu müsstest du alle deine inneren Kraftreserven sammeln – und das hast du bisher nicht getan!"

„Ich habe versucht, was ich konnte", behauptete Rajin.

„Dann genügt das offenbar nicht. Wenn du die in diesen Drachenbasalt gepressten Seelenreste eines Erstäon-Drachen nicht unter deinen Willen zu zwingen vermagst, wie willst du dann dem Urdrachen Yyuum gegenübertreten und von ihm die Herausgabe des Drachenringes erzwingen?"

Die Begegnung mit dem Urdrachen – das war die nächste und entscheidende Prüfung, die Rajin vor sich hatte. Er musste Yyuum den dritten Drachenring entreißen, nur dann konnte er der Macht des Usurpators etwas entgegensetzen, der nach wie vor die beiden anderen Ringe an seiner Hand trug. Diese Ringe, die der erste Drachenkaiser Barajan einst geschmiedet hatte, waren nicht nur der ihnen innewohnenden besonderen Kräfte wegen von Bedeutung, sie waren darüber hinaus auch eine wichtige Insignie der kaiserlichen Macht. Wer die Drachenringe besaß, dem folgten die Drachenreiter-Samurai, denn nur der Träger dieser Ringe hatte die nötige innere Kraft, die Drachen auf Dauer gehorsam zu halten, so wie es die Nachfahren Barajans seit fünf mal fünfundzwanzig Generationen taten. Die Rechnung, die der Weise Liisho aufgestellt hatte, war ganz einfach: Wenn Rajin den dritten Ring in seinen Besitz bringen konnte, war er nicht nur in der Lage, damit die immense Gefahr abzuwenden, die vom Urdrachen Yyuum ausging, sondern durfte auch darauf hoffen, dass sich zumindest ein Teil der Samurai auf die Seite der Rebellion stellte.

„Die nötige Kraft ist in dir, Rajin", fuhr Liisho fort. „Ich weiß es. Ich spüre es, wann immer ich meinen Geist dir gegenüber öffne. Aber da ist eine Wunde in deiner Seele, die dich schwächt und dir fortwährend Kraft raubt ..." Liisho machte eine kurze Pause. Der Blick seiner dunklen Augen musterte den Prinzen genau. Keine noch so kleine Regung entging jenem Mann, dessen Lebensspanne längst jedes für Menschen natürliche Maß überschritten hatte. „Du weißt so gut wie ich, von welcher Seelenwunde ich spreche", setzte Liisho noch hinzu.

Rajin hob den Blick. Mit einer flüchtig wirkenden Geste, die wie ein Spiegelbild seiner inneren Unsicherheit und Verzweiflung wirkte, strich er sich das blauschwarze Haar aus dem Gesicht. Der Blick seiner mandelförmigen Augen begegnete dem seines Mentors.

Der Prinz trug eng anliegende Hosen und ein Wams, um das ein breiter Gürtel geschnallt war. Es war die Kleidung eines einfachen Drachenreiters, so wie sie zu Hunderten in den Diensten des Fürsten von Sukara standen. Nichts deutete auf die kaiserliche Herkunft dieses jungen Mannes hin, und das war durchaus Absicht. Selbst im Palast des Fürsten wussten nur wenige Eingeweihte, dass Prinz Rajin hier Asyl gefunden hatte. Wäre es anders gewesen, hätte der Usurpator Katagi sofort seine Armada von Kriegsdrachen ausgeschickt, um den rechtmäßigen Thronfolger zu töten, noch ehe er den Anspruch auf die Macht offiziell hätte erheben können.

Auch wenn die Kunde, dass Rajin nun die Rebellion anführte, sich in ganz Drachenia wie ein Lauffeuer verbreitete, so musste der Prinz sich doch bis auf Weiteres vor den Dienern Katagis verbergen. Und das galt selbst für das Südflussland, die abgelegenste Provinz des drachenischen Reiches, wo der im Namen des Kaiserthrones regierende Fürst sich längst als ein getreuer Anhänger des Prinzen Rajin und des Hauses Barajan erwiesen hatte.

„Du musst den Seelenschmerz verdrängen", sagte Liisho. Sein Tonfall war gedämpft. Er sprach leiser als zuvor, aber dafür umso eindringlicher. Seit längerer Zeit schon hatte Liisho mit großer Sorge bemerkt, dass Rajin die Trauer um seine Geliebte Nya offenbar noch immer gefangen nahm. „Dein Geist ist nicht frei, Rajin", sprach der Weise. „Und solange das der Fall ist, wirst du keine Fortschritte bei der Beherrschung deiner inneren Kraft machen."

„Dessen bin ich mir schmerzlich bewusst", gestand Rajin.

„Dann verbanne jeden Gedanken an sie aus deinem Geist!", forderte der Weise mit Nachdruck – und keineswegs zum ersten Mal.

Rajin schluckte. Er antwortete mit belegter Stimme. „Ich kann sie nicht vergessen", gestand er. Es hatte keinen Sinn, die mehr als offensichtlichen Tatsachen zu leugnen. Das wäre auch vollkommen sinnlos gewesen. Liisho kannte Rajin einfach viel zu gut – besser als jeder andere Mensch. Schon seit Rajins Kindheit hatte ein geistiges Band zwischen dem Prinzen und dem Weisen bestanden, und zumindest ein Rest davon existierte noch immer. „Meine geliebte Nya ... Mein ungeborener Sohn ...", murmelte er. „Wie könnte ich den Gedanken an sie aus meinem Inneren verbannen? Wie sie vergessen, wo Nya doch das Wichtigste in meinem Leben war?"

„Soll die Tochter eines winterländischen Barbaren daran schuld sein, dass die Rebellion scheitert und der Drachenthron weiterhin von einem Usurpator besetzt bleibt, der innere Kraft durch Grausamkeit zu ersetzen versucht?", fragte der Weise mit harter Stimme und ergriff Rajin bei den Schultern, als wollte er ihn schütteln und so zur Besinnung bringen.

„Mir hat es von Anfang nicht gefallen, wie du über Nya geredet hast", entgegnete dieser, und wieder flammte Zorn in ihm auf.

„Sie war gewiss ein gutes Mädchen", versuchte Liisho seine Äußerung etwas abzuschwächen und ließ die Hände sinken. Er spürte, dass jedes Wort, das den Prinzen von dem Gedanken an Nya fortreißen sollte, ihn in Wahrheit nur noch stärker an sie band.

„Ein gutes Mädchen für den winterländischen Barbaren, als der ich aufgewachsen bin, aber nicht für den Prinzen Rajin Ko Barajan", entgegnete Rajin. „Das ist es doch, was du sagen willst, richtig?"

Liisho fasste den Prinzen erneut bei der Schulter. Niemand sonst, der seine wahre Identität kannte, hätte es gewagt, ihn auf diese Weise zu berühren. „Sie ist tot, Rajin. Ich weiß, dass du täglich mehrmals auf das magische Pergament starrst und hoffst, irgendein Zeichen dafür zu erhalten, dass ihre Seele in einer anderen Ebene des Polyversums oder einem magischen Schattenreich vielleicht noch existiert. Aber gib es zu: Da ist nichts, was deiner Hoffnung Substanz geben könnte! Ubranos, der Magier in Katagis Diensten, wurde erschlagen, du selbst warst dabei. Damit hat er für seine Niedertracht bezahlt – und auch dafür, dass er dir mit Trugbildern falsche Hoffnungen machte, die jeder Grundlage entbehrten. Sei zufrieden damit, dass derjenige, der deine geliebte Nya zu einer Marionette in Katagis Spiel machte, dafür gerichtet wurde, und mach dich nicht noch über Ubranos' Tod hinaus zum Opfer seiner Lügen."

„Ich kann nicht anders", erklärte Rajin. „Und nichts von dem, was du sagst, kann mir die Hoffnung nehmen, Nya einst doch noch retten zu können – auch wenn du mich einen Narren schimpfst!"

„Vielleicht bin ich der Narr, dass ich all meine Hoffnungen in dich setzte", erwiderte der Weise Liisho düster. „Und was deinen ungeborenen Sohn betrifft – er hatte noch nicht einmal einen Namen. Er war weniger als ein Traumgespinst, Rajin."

Rajin ging an Liisho vorbei, auf das am Boden liegende Schwert zu.

„Er ist eine Chimäre ohne Substanz, ein Schatten, der sich in der

Dunkelheit verliert", fuhr Liisho mit beschwörender Stimme fort, während sich Rajin nach dem Schwert bückte und es aufhob. „Nichts Greifbares – und schon gar nichts, was deine Entscheidungen beeinflussen und dir deine Kraft rauben sollte!"

Mit dem Schwert in der Hand näherte sich der Prinz dem Weisen, der rief: „Es hat keinen Sinn, Rajin! Nicht heute und nicht jetzt!"

Er wich zur Seite, um dem Schwertstreich Rajins auszuweichen.

Der Schrei, den der junge Mann dabei ausstieß, war um einiges kraftvoller, als es Liisho von den bisherigen Versuchen seines Zöglings gewohnt war. Er hatte eine düstere, durchdringende Intensität, die den Weisen sogar erschaudern ließ.

Doch der Schwertstreich hatte nicht dem Weisen Liisho gegolten. Der Stahl prallte Funken sprühend auf den Drachenbasalt und barst. Die Spitze brach ab, sprang wie das Geschoss einer Schleuder zurück und schnellte um Haaresbreite an Rajins Kopf vorbei. Der Prinz glaubte für einen Moment, ein wütendes Drachenknurren zu hören, das aus dem Inneren des Basaltblocks drang. Die Reste einer Drachenseele bäumten sich offenbar gegen Rajins Versuch auf. Ein Versuch, der nun mehrfach gescheitert war.

„Es hätte dich beinahe umgebracht!", stieß Liisho voller Entsetzen hervor. „Was auch immer es sein mag, das noch in diesem Stein an Seelenrest und verblassendem Drachengeist schlummert – du hast es durch deine Torheit nur noch stärker gemacht, Rajin!"

Und der Prinz erkannte in seinem tiefsten Inneren die Wahrheit dessen, was Liisho zu ihm gesagt hatte.

Manche behaupteten, dass die auf mehreren Ebenen unterhalb der Burg Sukara gelegenen labyrinthischen Gewölbe nicht minder weitläufig waren als die Hafenstadt selbst, die die Festung des Fürsten vom Südfluss her wie ein breiter Gürtel umlief. Über den ursprünglichen Zweck dieser unterirdischen Anlagen kursierten die absonderlichsten Legenden, und so mancher Geschichtenerzähler in den engen Gassen am Hafen gab vor, aus sicherer Quelle von grausigen Wesenheiten zu wissen, die von den Vorfahren des Fürsten in der Tiefe gezüchtet worden wären. Wesen, die angeblich so verderbt waren, dass ein einziger Strahl reinen Tageslichts sie auf der Stelle getötet hätte und sie daher nur des Nachts aus den Labyrinthen emporstiegen, um in der Gestalt von Schatten durch die Straßen zu schleichen und den Bewohnern Sukaras böse Träume zu senden.

In einem Teil dieser Labyrinthe, deren ganze Ausmaße auch der Fürst nicht kannte, befand sich eine Totengruft, in der die Mitglieder der fürstlichen Familie nach dem Ritus der Kirche des Unsichtbaren Gottes beigesetzt worden waren.

Dort war nun auch Nya zu finden. Sie lag in ihrem gläsernen, zweifellos magischen Sarg, so wie Rajin sie in der Kathedrale des Heiligen Sheloo gefunden und dann auf dem Rücken eines Drachen hierhergebracht hatte. Ubranos aus Capana, der Magier in Katagis Diensten, hatte Nya zuvor in seine Gewalt gebracht und sie in diesen Sarg gesperrt, um sie und ihr ungeborenes Kind als Faustpfand gegen den Prinzen zu missbrauchen. Ihn konnte Rajin nicht mehr fragen, welche Art Magie seine Geliebte in dem Sarg bannte, denn Ubranos hatte beim Kampf um die Kathedrale des Heiligen Sheloo den Tod gefunden.

Rajin hielt ein zusammengerolltes Pergament in der Hand, das er so gut wie immer bei sich trug. Ubranos hatte es ihm einst durch eine dienstbare Zweikopfkrähe überbringen lassen. Ein bewegtes Bild Nyas hatte ihn glauben lassen, tatsächlich mit ihr in Verbindung treten zu können. Mochten es auch Trugbilder sein, die man ihm einzig und allein zu dem Zweck gesandt hatte, ihn zu schwächen und zu verwirren, so hätte er sich in diesem Augenblick nichts sehnlicher gewünscht, als dass auf der Oberfläche des Pergamentes wieder Nyas liebliches Gesicht erschienen wäre als Abbild ihrer liebenswerten Seele.

Doch wann immer Rajin auch das magische Pergament entrollte, es war dort nichts zu erkennen als ein verschwommenes, sich ständig veränderndes Gemisch aus verschiedenen Farben. Sie verliefen auf befremdliche Weise ineinander und bewegten sich dauernd.

Rajin hatte das Pergament unter dem Wams hervorgezogen, wo er es ständig am Herzen trug. Er trat an den glänzenden Sarg heran und berührte ihn mit einer Hand in der Höhe von Nyas Gesicht.

In Augenblicken wie diesem spürte er wieder mit aller Heftigkeit den Schmerz des Verlusts, den er erlitten hatte, und die Trauer um einen geliebten Menschen.

Nein, um zwei geliebte Menschen, korrigierte sich Rajin in Gedanken. Mochte das Ungeborene auch offiziell noch keinen Namen erhalten haben, so hatte Rajin ihm im Geiste längst einen gegeben: Der Junge sollte Kojan heißen, wie sein Großvater. Als Kojan II. hätte er dann eines Tages den Drachenthron bestiegen ...

„Ich weiß nicht, ob du mich hören kannst, Nya", flüsterte der junge Prinz. „Aber ich weiß, dass ich nicht aufhören werde, daran zu glauben, dass deine Seele irgendwo existiert und zurück in diesen Körper geholt werden kann ..."

Rajin entrollte das magische Pergament. Ein wirres Aquarell aus ineinanderlaufenden Farben war wieder darauf zu sehen. Die Bewegungen, mit denen sich diese Farben durchmischten, schien Rajin heftiger als sonst. Das bildliche Chaos wirkte wie ein Spiegelbild jenes Chaos, das im Moment in seinem Inneren herrschte. Ein magisches Zeichen der Verwirrung und der vergeblichen Hoffnung.

Immer wieder hatte Rajin versucht, in den wechselnden Farbschlieren die Schatten irgendwelcher Gestalten zu erkennen. Er suchte den ungehinderten, klaren Blick in jene andere Wirklichkeit, in der sich die Seelen Nyas und des kleinen Kojan jetzt befinden mussten. Aber in den Momenten größter Verzweiflung und tiefster Ehrlichkeit musste er sich eingestehen, dass es außer seiner inneren Überzeugung kein Anzeichen dafür gab, dass die Geliebte und sein Sohn noch irgendwo anders existierten als entweder im nassen Reich des Meeresgottes Njordir, in das die meisten Toten nach dem Glauben der Seemannen eingingen, oder aber in den paradiesischen Jenseitsgefilden, die den Anhängern des Unsichtbaren Gottes als Aufenthaltsort nach ihrem Dahinscheiden verheißen wurden.

Wenn ich wenigstens wüsste, dass sie ihren Frieden gefunden haben, ging es dem Prinzen durch den Kopf. Doch er befürchtete, dass Nya in Wirklichkeit nach wie vor in jenem Zwischenreich gefangen war, in das der Magier Ubranos ihre Seele einst verbannt hatte, um damit eine Geisel gegen den rechtmäßigen Thronfolger des Drachenlands zu haben.

Rajin konzentrierte seine inneren Sinne, so sehr er nur vermochte und mit jenen verfeinerten Methoden, die der Weise Liisho ihm in den letzten Monaten beizubringen versucht hatte. Aber da war nichts. Nichts, was seine Hoffnung hätte nähren können.

Einige Tage später gab Payu Ko Sukara, der Fürst vom Südfluss, im Burgpalast seiner Festung ein großes Bankett, zu dem nicht nur alle wichtigen Würdenträger der Provinz Südflussland eingeladen waren, sondern auch ein Gesandter aus der Kaiserstadt Drakor. Dieser Gesandte hieß Sun Ko Sun und entstammte einer Familie, die Rajins leiblichem Vater einst lange Zeit treu ergeben gewesen war; dann aber hatte sich ihr derzeitiges Oberhaupt der Verschwörung des Usurpators angeschlossen.

Das Haus Sun war dafür von Katagi reich belohnt worden: Es hatte zahlreiche hohe Ämter erhalten, außerdem Ländereien nördlich der an den Ufern des Alten Flusses gelegenen Stadt Menda. Der Alte Fluss bildete die Grenze zwischen dem drachenischen Altland mit der Kaiserstadt Drakor und dem Neuland, der größten Provinz des Reichs, die sich bis zur Küste des Mittleren Meeres erstreckte. Da die Familie Sun durch Katagis Gnade an den Brückenzöllen des Alten Flusses beteiligt war und außerdem noch einen Anteil der auf alle Drachentransporte erhobenen Steuer erhielt, waren ihre Mitglieder zu schier unermesslichem Reichtum gelangt.

Sun Ko Sun war ein feister Mann von Anfang zwanzig. Er hatte weder eine Ausbildung zum Drachenreiter-Samurai absolviert, wie es eigentlich seinem Stand angemessen gewesen wäre, noch hatte er sonst irgendetwas gelernt. Vor achtzehn Jahren, als Katagi das Kaiserpaar ermordet hatte, war Sun noch ein Kind gewesen. Jetzt erntete er die Früchte dessen, was sein Vater und dessen Brüder durch ihre Beteiligung am Umsturz gesät hatten, und zwar in Form von Reichtum und Privilegien.

Im Grunde wurde das Bankett zu Suns Ehren gegeben, denn auch wenn dem Fürsten vom Südfluss in die Einzelheiten seiner Regierungsgeschäfte normalerweise niemand hineinredete, so war der Gesandte Sun letztlich im Namen des Herrschers von Drakor weisungsbefugt. Daran änderte auch seine Unerfahrenheit und sein mangelndes Wissen in der Regierungskunst nichts, denn Suns Familie galt nun einmal das Wohlwollen Katagis, der ihr verpflichtet war.

Auch die Kirche des Unsichtbaren Gottes hatte einen Legaten aus der Heiligen Stadt Ezkor entsandt. Dass dies weniger deshalb geschehen war, um den Fürst vom Südfluss zu ehren als vielmehr den Gesandten Sun, war Payu durchaus bewusst.

Der Weise Liisho und Prinz Rajin befanden sich ebenfalls unter den Gästen. Liisho trug die Kutte eines einfachen Priesters des Unsichtbaren Gottes und Rajin die Festtagsgewandung eines Land-Samurai aus dem Grenzland, was an verschiedenen an den Schultern aufgestickten Zeichen zu erkennen war. Da die Samurai-Familien des Grenzlandes eher ungesellig waren, kannten sie sich untereinander kaum, und so fiel es nicht weiter auf, wenn eines der unbedeutendsten Häuser einen bisher unbekannten Jüngling zum Festbankett nach Burg Sukara schickte.

Da sie selbst wenig Sinn für derartige Gesellschaften hatten und im Grunde froh waren, wenn sowohl der Fürst als auch der Kaiser sie nicht mit irgendwelchen Dekreten belästigten, kam es häufig vor, dass die grenzländischen Samurai ihren Nachwuchs kurz nach Abschluss der Ausbildung als offizielle Vertreter ihrer Familien nach Sukara entsandten. Dies beinhaltete auch die Hoffnung, dass sie auf der fürstlichen Burg eine standesgemäße Partnerin zur Heirat fanden, was in der Ödnis ihrer abgelegenen Heimat kaum möglich war.

Rajin lauschte den Gesprächen ringsum und hielt sich selbst nach Möglichkeit zurück. Besonders, was die Begleiter des Gesandten Sun untereinander redeten, interessierte ihn.

Katagis Überfall auf Winterland hatte zwischen Drachenia und dem Seereich einen Krieg ausgelöst. Noch gab es offenbar nur wenige direkte Kampfhandlungen, dafür machte es sich bereits bemerkbar, dass die Seemannen kein Drachenfutter mehr lieferten, und angeblich wurde Stockseemammut in den Hafenstädten des Neulandes bereits rationiert.

„Die Drachen in den Pferchen brüllen schon aus Protest gegen die kleinen Rationen", berichtete einer der Männer, die den Gesandten begleiteten, ein einfacher Drachenreiter, der in den Diensten des Hauses Sun stand und sich übertrieben weltläufig gab, da er den Gesandten bereits in alle Teile des Reiches begleitet hatte. Er habe gehört, dass die Seemannen die Flotte der Tausend Schiffe in der Bucht von Seeborg sammelten, aber Kaiser Katagi und sein Lord Drachenmeister seien zuversichtlich, mit den Barbaren schnell fertig zu werden. „Die Mägen der Drachen werden nicht lange knurren."

„Uns hier im Süden macht vor allem Sorge, wie sich die Tajimäer in diesem Konflikt verhalten", äußerte daraufhin ein Samurai aus dem Oberen Südflussland. „Schließlich leben wir hier in direkter Nachbarschaft des Luftreichs, und die Kampfkraft der schwebenden Schiffe ist jener unserer Kriegsdrachen-Armada gewiss ebenbürtig."

„Die Tajimäer sehen natürlich alles, was wir tun, mit großem Misstrauen. Aber um sie in Schach zu halten, bemüht sich der Kaiser um ein Bündnis mit dem Fürsten von Feuerheim. Zumindest gehen dessen Gesandten derzeit im Palast von Drakor ein und aus …"

Fürst Payu wollte gerade den Kelch zum Trinkspruch auf den Gesandten Sun erheben, der sich bereits entgegen der Sitte vor der offiziellen Eröffnung des Mahls an den Speisen des Büffets vergriffen und in vollkommen unedler Weise bekleckert hatte, als ein heulender, durchdringender Laut erscholl, ein Laut, der alle anderen Geräusche überdeckte und den Anwesenden in den Ohren schmerzte.

Ein dunkler, wie eine Spindel immerfort um die eigene Längsachse rotierender Schatten drang durch die steinerne, zwei Schritt dicke Wand des Palas von Burg Sukara. Die Gäste wichen erschrocken zur Seite. Inmitten des Festsaals bildete sich eine breite Gasse.

Der Schatten verlangsamte seine Drehung und wirkte nun wie eine Säule aus wirbelndem Rauch, in der als dunkler Schemen eine Gestalt sichtbar wurde. Diese Säule hatte auf ihrem Weg eine Spur aus flimmernder Luft gezogen, die noch immer auf eine der Natur widersprechende Weise zitterte. Nur sehr langsam beruhigte sie sich, und das Flimmern verschwand.

Die Gestalt gewann Substanz. Aus dem wirbelnden, rauchartigen Etwas bildete sich ein hochgewachsener, bleichgesichtiger Mann in einem knöchellangen schwarzen Gewand. Sein Gesicht war hager und gemahnte an einen Totenschädel. Er hatte sehr dichte Augenbrauen und einen schwarzen Knebelbart, während der Schädel selbst vollkommen haarlos war. Eine Falte, die wie eine nach unten gerichtete Pfeilspitze wirkte, bildete eine markante Linie auf seiner ansonsten glatten Stirn.

Eine Magierfalte.

2

EIN MAGIER AUF SCHATTENPFADEN

Der Kahlköpfige ließ den Blick schweifen, seine Augen verfärbten sich dabei und leuchteten für einige Momente grünlich.

Rajin spürte die ungeheure, drückende geistige Präsenz des Magiers. *Er sucht etwas, erkannte der Prinz. Oder jemanden … mich!*

Rajin schaute Liisho an.

Ganz ruhig!

Zum ersten Mal, seitdem er Liisho in der kalten Senke auf Winterland getroffen und mit ihm zusammen auf dem Rücken des Drachen Ayyaam das kosmische Tor durchflogen hatte, vernahm er wieder die geistige Stimme des Weisen. Eine Stimme, die ihn während seiner gesamten Kindheit und Jugend begleitet hatte, ohne dass er irgendjemandem etwas darüber hätte verraten können, weil ein Bann dies verhindert hatte. Eine Stimme, die er zeitweilig schon als Teil seiner eigenen Seele empfunden hatte.

Die Gefahr ist groß. Du verminderst sie, indem du deine geistige Präsenz unterdrückst. Ein altes Gesetz, aber von universeller Gültigkeit: Nur das Kleine überlebt die Katastrophe. So war es schon zu Zeiten der Drachen des Ersten Äons …

Rajin hatte in den Monaten, die er nun schon geheimer Gast des Fürsten Payu Ko Sukara war, alles andere getan, als zu üben, seine geistige Präsenz zu unterdrücken. Im Gegenteil. Liisho hatte ihm beizubringen versucht, wie er alles an inneren Kräften, was in ihm steckte, mobilisieren konnte. Und auch wenn dies dem Prinzen noch nicht gelang, so hatte Rajin doch enorme Fortschritte gemacht, sodass er die

Kräfte in seinem Inneren weit besser beherrschte, als dies bis dahin der Fall gewesen war. Also versuchte Rajin nun, dem Rat des Weisen zu folgen und seine geistige Präsenz zurückzudrängen.

Er darf dich nicht erkennen. Auch wenn der Großmeister von Magus offiziell neutral bleibt, so glaubt doch niemand, der auch nur ein wenig von den bisherigen Geschicken des Reiches Magus weiß, dass zwischen ihm und dem Drachenkaiser keine Verbindung besteht …

Es herrschte eine fast vollkommene Stille. Die Anwesenden hielten den Atem an.

Es beunruhigte Rajin ein wenig, dass das geistige Band zwischen Liisho und ihm noch immer bestand. Wie eng war es wirklich geknüpft? Der uralte und doch kaum gealterte Weise neigte dazu, seine Ziele mit äußerster Kompromisslosigkeit zu verfolgen, und Rajin überlegte, ob er selbst letztendlich gar nicht mehr als eine Marionette für Liisho war.

Der kaiserliche Gesandte Sun Ko Sun ergriff das Wort. „Wer seid Ihr?", rief er mit brüchiger Stimme, die seine Unsicherheit verriet. Schweißperlen glitzerten auf seiner Stirn. Sein Blick glitt seitwärts und galt den Männern seiner Leibwache – hochgerüsteten Kriegern, die während des gesamten Mahls keinen einzigen Bissen verzehrt, sondern nur auf die Sicherheit des Gesandten geachtet hatten. Sie trugen Harnische und, über den Rücken gegürtet, drachenische Schwerter. Außerdem hatte jeder von ihnen noch mehrere Dolche und Shuriken griffbereit am Gürtel. Zwei dieser Wächter hatten Sun Ko Sun die ganze Zeit über flankiert, drei weitere waren ständig unter seine Umgebung gemischt gewesen, und ein zusätzlicher Wächter hatte sich am Ausgang postiert.

Offenbar schätzte Sun die Beliebtheit eines kaiserlichen Gesandten nicht sehr hoch ein. Und da einerseits der Usurpator selbst streng abgeschirmt und schier unerreichbar im Kaiserpalast residierte und andererseits die Familie Sun als einer der größten Profiteure des Umsturzes vor achtzehn Jahren galt, hatte er wohl auch allen Grund, sich vor Attentätern zu fürchten. Es gab schließlich genug Unzufriedene im Land und solche, die auf Rache sannen, zum Beispiel Angehörige jener, die entrechtet, eingekerkert und grausam getötet worden waren.

„Ich habe keine Veranlassung, mich dir gegenüber zu rechtfertigen oder zu offenbaren", erwiderte der Magier. Seine Stimme erinnerte Rajin an klirrendes Eis und an das tiefe Heulen des Nordwestwindes, der über Winterland strich, und ließ ihn unwillkürlich schaudern. Er spürte die innere Kraft des Magiers. Eine Kraft, die seine eigene bei Weitem überstieg.

Dein Vorfahre Barajan stammt von einem Magier ab, vernahm er die Gedankenbotschaft des Weisen Liisho, *und auch wenn das magische Blut in dir sehr verdünnt sein mag, die Kraft, über die dieser Kahlköpfige verfügt, unterscheidet sich in ihrer Natur nicht von jener Kraft, die in dir selbst ist, Rajin. Du hast also keinen Grund, dich zu fürchten.*

Rajin versuchte zu beherzigen, was der Weise ihm gesagt hatte, und seine innere Kraft soweit zurückzunehmen wie möglich.

Der Magier machte zwei Schritte nach vorne und blickte sich dann suchend um. Wieder leuchteten seine Augen grün, und dieses Leuchten blieb diesmal bestehen und verging nicht wieder nach wenigen Momenten. Rajin spürte die Kraft dieses Magiers größer werden. Seine Präsenz schien beinahe den gesamten Raum zu erfüllen.

Nichts gibt es, was vor Abrynos, dem Schattenpfadgänger aus Lasapur, verborgen werden kann – nichts!

Dieser Gedanke drang wie ein Pfeil in Rajins Seele und verursachte allein durch seine Intensität einen ganz besonderen Schmerz. Abrynos der Schattenpfadgänger beabsichtigte offenbar, eine Reaktion hervorzurufen. Die Reaktion von jemandem, der eine ganz bestimmte Begabung hatte.

Sun sprach ihn erneut an. „Keinem Magier ist es erlaubt, ohne kaiserliche Genehmigung die Grenzen Drachenias zu überqueren", erklärte er. „Und schon gar nicht ist es einem Magier gestattet, auf drachenischem Boden die Kunst der Schattenpfadgängerei anzuwenden, was Ihr soeben zweifellos getan habt! Wenn Ihr also kein kaiserliches Dokument vorweisen könnt, dass Euch dies ausnahmsweise gestattet, so seid Ihr des Todes!"

Selbst im Volk der Magier gab es nur wenige, die auf den Schattenpfaden zu wandeln in der Lage waren. Diese Methode der Fortbewegung war extrem kraftraubend. Großmeister Tembajos hatte sie während des Dritten Äons entwickelt, nachdem Barajans Bann den

Magiern die Herrschaft über die Drachen genommen hatte, und alle Versuche, sie zurückzugewinnen, gescheitert waren. Tembajos selbst war kurz nach Abschluss seiner Studien durch völlige magische Entkräftung verstorben, und so war es erst seinen Söhnen Embajos und Rhymbajos gelungen, die Kunst der Schattenpfadgängerei derart zu perfektionieren, dass für denjenigen, der auf geeignete Weise in sie eingeweiht worden war und zudem über genügend magische Kräfte verfügte, keine unmittelbare Lebensgefahr mehr bestand. Ganze Armeen von kämpfenden Schattenpfadgängern hatten dafür gesorgt, dass sich das Reich Magus zeitweilig sehr stark ausgedehnt hatte und über Zeitalter hinweg eine gewisse Vorherrschaft ausübte. Unvermutet waren die Schattenpfadgänger hinter den feindlichen Linien aufgetaucht oder hatten sich sogar über das Wasser schnellen lassen und sich an Bord von Schiffen begeben, wo sie dann schrecklich wüteten; mithilfe ihrer magischen Fähigkeiten beherrschten sie innerhalb kürzester Zeit die Seelen der Gegner und ließen diejenigen, die geistig leicht zu manipulieren waren, sich gleich selbst ins Meer stürzen, wo sie ertranken.

Das Reich Magus erschien den anderen Reichen schließlich unangreifbar. Mit der Zeit stellten daher auch die Magier jegliche ohnehin nutzlos erscheinenden Versuche ein, den Bann Barajans zu brechen und die Herrschaft über die Drachen wieder an sich zu reißen, die nun von den drachenischen Kaisern und ihren Drachenreiter-Samurai ausgeübt wurde. Als kriegsentscheidende Machtmittel brauchten die Magier die Drachen ebenso wenig wie zum Transport von Gütern. Um Letzteres zu gewährleisten, hatte man längst begonnen, in größerer Zahl Wesen zu versklaven, die man viel leichter geistig kontrollieren konnte als Drachen.

Da man sich sicher fühlte und sich außerdem erwies, dass die Anwendung der Schattenpfadgängerei die Lebensspanne eines Magiers verkürzen konnte, geriet diese Kunst im Verlauf der Zeit mehr und mehr in Vergessenheit. Nur ein kleiner Kreis bewahrte das Wissen. Sie bildeten auch innerhalb der Magier eine besondere Kaste, in deren Händen die Sicherheit des Reiches Magus lag. Ihr Ruf war es, der selbst den mit wahren Wunderwaffen hochgerüsteten Fürsten von Feuerheim vor einem Angriff auf das Reich der Magier bisher abgehalten hatte.

Abrynos gehörte offenbar zu diesen Auserwählten. Und dass er auf einem Schattenpfad in den Festsaal von Burg Sukara gelangt war, konnte nur dahingehend interpretiert werden, dass er mit einem ganz besonderen Auftrag gekommen war. Vermutlich sogar im Auftrag des Großmeisters selbst.

Der Gesandte Sun gab seinen Männern ein Zeichen – eine unauffällige, kaum als solche wahrnehmbare Geste, bei der er sich mit Zeige- und Mittelfinger der rechten Hand über das Kinn strich. Doch der Magier registrierte die Bewegung, und er wusste auch im Voraus, was geschehen würde, obwohl Sun seine Leibwächter einem Abschirmungsritual unterzogen hatte, sodass sie vor Magie oder Zauberei innerhalb gewisser Grenzen gefeit waren. Vor allem in den Küstenstädten des drachenischen Neulands gab es einige abtrünnige Magier, die sich im Drachenland niedergelassen hatten und derartige Dienste für ein paar Goldstücke anboten.

Einer von Suns Leibwächtern schleuderte einen Shuriken, der so schnell durch den Raum flog, dass er kaum zu sehen war.

Abrynos hob die Hand, fing den Shuriken sicher auf und schleuderte ihn mit einem Vielfachen der Kraft zurück, die der Wächter aufgewandt hatte. Das Metall, aus dem der sechszackige Wurfstern gefertigt war, begann dabei grün zu leuchten, so wie die Augen des Magiers.

Die Waffe bohrte sich durch den Hals des Wächters und trennte – unterstützt von Abrynos magischen Kräften – den Kopf vom Rumpf. Der Krieger stand einen Moment lang wie erstarrt da, die rechte Hand erhoben, die andere am Griff eines Dolchs, den er am Gürtel trug. Das Blut spritzte in einer Fontäne aus dem zum Stumpf gewordenen Hals, während der Kopf über den Boden rollte und die Bankettgäste zur Seite weichen ließ.

Gegen jedes Naturgesetz vollführte der Wurfstern einen scharfen Knick in seiner Flugbahn. Das grüne Leuchten, das ihn umgab, wurde für einen Moment so grell, dass es die Augen blendete. Durch die kreisende Bewegung wurden Blutspritzer im ganzen Raum verteilt. Die Waffe fuhr einem zweiten Wächter, der gerade sein Schwert gezogen hatte, in die Schulter und trennte ihm den Waffenarm ab. Dann verlor der Shurike sein grünes Leuchten und fiel zu Boden.

Der Magier streckte beide Hände aus und fing zwei Wurfdolche, die auf ihn geschleudert worden waren, sicher auf. Beide hatten messingfarbene Drachenköpfe an den Griffen. Der Magier schleuderte sie umgehend zurück und tötete auf diese Weise zwei Wächter, in deren Körper die Dolche drangen. Die messingfarbenen Drachenköpfe bewegten sich für wenige Augenblicke, so als wären sie von einem unheimlichen Scheinleben erfüllt.

Beide Dolche schnellten – von einem grünlich schimmernden Lichtflor umgeben – in die Hände des Magiers zurück, als sich zwei mit Schwertern bewaffnete Wächter des Gesandten Sun auf den Schattenpfadgänger stürzten. Den Hieb des ersten wehrte Abrynos mit den gekreuzten Dolchen ab. Grüne Blitze zuckten erst an den Klingen der Dolche, dann am Schwert des Angreifers entlang und erfassten dessen Körper. Schreiend brach er zusammen und blieb reglos liegen.

Abrynos warf einen der Dolche von sich und beendete damit das Leiden des Wächters, dem er mit dem magisch aufgeladenen Shuriken den Arm abgetrennt hatte und der sich gerade anschickte, einen Wurfdolch zu ziehen. Gleichzeitig stürzte sich der zweite Angreifer mit seinem Schwert auf Abrynos.

Der Magier streckte ihm die flache Hand entgegen, und die Kräfte des Schattenpfadgängers erfassten den Leibwächter, rissen ihn zurück, hoben ihn eine Mannhöhe empor und schleuderten ihn mit voller Wucht gegen die Wand des Festsaals. Als der Körper des Wächters am Steingemäuer reglos hinabrutschte, blieb seine Kleidung an einem mehrarmigen gusseisernen Leuchter hängen, der mit brennenden Kerzen bestückt war. Die Flammen griffen kurz auf die Kleidung über und erstickten dann. Ein verbrannter Geruch verbreitete sich. Der Magier schleuderte den letzten Wurfdolch auf ihn, der dem Mann in den aufgerissenen Mund fuhr.

Abrynos straffte seine Gestalt, schaute in die Runde und verzog dabei höhnisch das Gesicht. „Ihr wollt mir Euer Gesetz aufzwingen?", fragte er, und die pfeilförmige Magierfalte auf seiner Stirn trat dabei besonders deutlich hervor.

Da er die Begleiter des Gesandten allesamt dahingemetzelt hatte, wandte sich dieser an Fürst Payu. Einen Magier zu töten forderte vielleicht einen hohen Blutzoll, aber andererseits war es auch für einen sehr mächtigen Magier unmöglich, allein eine größere Zahl von gleichzeitig angreifenden Kriegern abzuwehren, selbst wenn die weder Abschirmungsritualen unterzogen worden waren noch über eine starke innere Kraft verfügten, wie sie den Nachfahren Barajans und in unterschiedlich starkem Maß den Drachenreiter-Samurai eigen war. Es war einfach nicht möglich, die Seelen zu vieler Gegner zu beherrschen oder alle ihre Angriffshandlungen vorauszuahnen, sodass man sie rechtzeitig abwehren konnte.

„Unternehmt etwas, Fürst Payu!", kreischte der Gesandte Sun. „Oder wollt Ihr zulassen, dass dieser Magier-Dämon die Hausehre des Fürsten vom Südfluss schändet! Ihr müsst …"

Seine nächsten Worte gingen in einem Röcheln unter. Er griff sich an den Hals, lief dabei dunkelrot an und rutschte von seinem kunstvoll gefertigten und mit Drachenköpfen verzierten Sitz. Auch die aus dem dunklen Holz geschnitzten Drachenköpfe erwachten für einen Moment zum Leben und stießen fauchende Laute aus, während der kaiserliche Gesandte Sun Ko Sun tot und mit starrem Blick zu Boden sank.

„Was fällt Euch ein, hier einzudringen und mich zu beleidigen, indem Ihr meine Gäste tötet?", rief der Fürst vom Südfluss erbost. „Und wer gibt Euch das Recht, die Gesetze des Kaisers zu missachten? Wenn Ihr gekommen seid, den Krieg zwischen Drachenia und dem Reich Magus zu verkünden, so sollt Ihr dafür einen hohen Preis zahlen!"

Die Drachenreiter des Fürsten hatten die Hände bereits an den Schwertgriffen, doch noch wagte es keiner, die Waffe hervorzuziehen.

Der Weise Liisho trat vor. Der Gesandte und seine Bewacher waren tot und konnten in keinem Fall mehr berichten, was sie im Festsaal von Sukara gesehen hatten. Daher wohl sah Liisho keine Notwendigkeit mehr, sich zu Rajins Schutz zurückzuhalten. „Ein paar schwache Seelen zu meucheln ist keine Kunst, der Ihr Euch rühmen könntet!", rief er. „Wie wäre es, wenn Ihr Euch einen Gegner sucht, der Euch an Kräften zumindest ebenbürtig ist?"

Der Magier wandte den Blick mit fast schon provozierender Gelassenheit in Liishos Richtung. „Ich habe viel über Euch gehört, Weiser Liisho", sagte er; offenbar hatte er den weißbärtigen ehemaligen Berater der Kaiser von Drakor durch eine geistige Berührung erkannt. „Und seid versichert, ich empfinde große Hochachtung für jemanden, der sich durch mühevolle Studien und Arbeit Fähigkeiten erworben hat wie die, die dem Volk der Magier von Geburt an gegeben sind."

Liisho trat vor, doch Rajin hielt sich weiterhin im Hintergrund. Er begriff, dass der Weise durch seinen Auftritt auch versuchte, die Aufmerksamkeit des Magiers vom eigentlichen Ziel seiner Suche abzulenken. Und das konnte nur er, der Prinz von Drakor und eigentliche Thronerbe sein.

Ja, Rajin war sich sicher, dass Abrynos seinetwegen gekommen war, auch wenn er den eigentlichen Grund dafür nicht kannte. Aber der Großmeister von Magus hatte schon immer seine ganz eigenen Pläne im Ränkespiel der fünf Reiche verfolgt. Einem Ränkespiel, das auch in Zeiten tiefsten Friedens noch immer von allen Seiten betrieben wurde.

„Was führt Euch her?", rief Liisho und trat noch einen Schritt vor. Der Weise hatte weder Schwert noch Drachenstab bei sich und trug lediglich die Kutte eines einfachen Mönchs im Dienst der Kirche des Unsichtbaren Gottes. Aber die schärfste Waffe war ohnehin nicht das Schwert, wie Liisho in seinem überlangen Leben immer wieder erfahren hatte, sondern der Geist. Auf Werkzeuge wie Drachenstab oder Schwert konnte man notfalls verzichten, nicht aber auf die innere Kraft, die diese Werkzeuge erst zu mächtigen Gegenständen machte.

Ein Lächeln glitt über das Gesicht von Abrynos dem Schattenpfadgänger. „Wie auch immer Ihr Euch verkleiden mögt, jemand mit den Sinnen eines Magiers erkennt Euch jederzeit. Zudem gibt es nicht wenige Magier, die dem Reich und seinem Großmeister abtrünnig wurden und sich bei menschlichen oder halbmenschlichen Herrscherhäusern verdingen. Erbärmliche Kreaturen sind diese Abtrünnigen, Verräter, die sicherlich auch im Dienst von Katagi stehen, der zurzeit auf dem Drachenthron von Drakor herrscht."

„Ihr sprecht wahre Worte", gab Liisho zurück, der zugleich versuchte, mithilfe seiner inneren Kraft zu erfassen, was den Schattenpfadgänger letztlich hergeführt hatte. Rajin glaubte jedenfalls, die Anstrengung aus den Zügen des Weisen herauslesen zu können, obwohl diese auf andere Betrachter vollkommen gelassen wirkten.

„Ein gesuchter Feind der Krone seid Ihr", sagte Abrynos, „und die Schergen Katagis werden Euch eines Tages ebenso zur Strecke bringen, wie es mit vier der fünf Prinzen geschehen ist, die Ihr einst aus dem brennenden Palast gerettet habt! Selbst der Letzte von ihnen, der noch lebt und auf den so viele Drachenier ihre vergeblichen Hoffnungen setzen, wird diesem Schicksal nicht entgehen!"

„Und was bekümmern Euch diese Dinge?", fragte Liisho. „Wer schickt Euch – oder seid Ihr von vornherein nur gekommen, um die Gastfreundschaft eines Fürsten zu beleidigen und durch die Vernichtung von Gegnern, die Euch von Anfang an klar unterlegen waren, Eure angebliche Stärke zu beweisen?"

Abrynos hob blitzartig die Hand und fing etwas auf, was so schnell durch die Luft gezischt war, dass ein menschliches Auge es kaum hätte erkennen können. Es war ein Pfeil aus einem Blasrohr, wie sie die Ninjas des Fürsten vom Südfluss benutzten. An einer Seite des Festsaals gab es eine Galerie, und dort befand sich der maskierte Krieger.

Der Magier hob die freie Hand in Richtung der Galerie. Risse zogen sich durch den Stein, und sie brach mitsamt dem Ninja in die Tiefe. Der Maskierte schrie auf. Sein Körper schlug hart auf dem Boden auf und blieb zwischen den Trümmern der Galerie regungslos liegen.

Abrynos stieß einen durchdringenden Schrei aus. Ein Schrei, der sich mit den Schreien jener vermischte, die davonstoben, um nicht von den Trümmerstücken erschlagen zu werden.

Dann warf der Magier den aufgefangenen Pfeil auf den Boden, wo er sich in eine Schlange verwandelte. Zunächst hatte sie nur die Länge des Pfeils, die kaum eine Handbreit betrug. Doch die Schlange wuchs. Sie hob den Kopf. Zischend kam die lange Zunge hervor, und in den Augen des Reptils leuchtete das gleiche grüne Feuer wie in denen des Magiers.

Als sie bereits auf eine Armlänge angewachsen war, wucherte eine Beule an ihrem Körper, die aufplatzte und aus der Augenblicke später ein zweiter Schlangenkopf erschien. Dieser zweite Kopf glich dem ersten in jedem Detail, bis auf die Größe. So sehr er auch wuchs, er schien darin dem ersten Kopf immer unterlegen zu bleiben und nicht mehr als die Hälfte des Volumens des ersten Schlangenhauptes erreichen zu können.

Beide Köpfe fauchten sich gegenseitig an, als wollten sie sich in ihrem Wachstum gegenseitig anspornen. Der Schlangenleib war zunächst von schwarzer, geschuppter Haut bedeckt, mit feuerroten Zeichnungen, die sich ständig veränderten.

Der Magier wandte den Blick in Fürst Payus Richtung, und beide Schlangenköpfe taten es ihm nach, so als wären sie auf direkte Weise mit Abrynos dem Schattenpfadgänger verbunden.

„Ihr habt versucht, mich umzubringen, Fürst vom Südfluss", sprach Abrynos. „Aber ich verzeihe Euch, denn Ihr gewährt dem Asyl, den ich suche, und so würde mir der Großmeister in Magussa gewiss zürnen, würde ich Gleiches mit Gleichem vergelten und Euch Eurer gerechten Strafe zuführen, Fürst Payu."

Die zweiköpfige Schlange war unterdessen auf die Länge einer Lanze angewachsen, und wenn sie den vorderen Teil ihres Körpers aufrichtete, reichte dieser einem Mann bereits bis zur Hüfte.

Der Weise Liisho streckte die Hand aus und murmelte eine Zauberformel, und daraufhin verwandelte sich die Schlange. Ihre Körperzeichnung veränderte sich. Die roten, ineinander verwobenen Linien bewegten sich nicht mehr. Sie erstarrten und nahmen eine metallisch wirkende Färbung an, die an Messing erinnerte. Auch die geschuppte schwarze Haut veränderte sich, hellte sich auf und nahm ebenfalls diesen Messington an. Dann streckte sich die Schlange, wurde starr und verwandelte sich innerhalb eines Augenaufschlags in einen Drachenstab.

Drachenstäbe gab es in unterschiedlichster Größe. Die kleinsten waren eine halbe Elle lang, die längsten so lang wie Lanzen oder Speere. Immer hatten sie die Form eines Metallrohrs, durch das sich die innere Kraft eines Drachenreiters offenbar am leichtesten auf den Koloss, den er zu lenken gedachte, übertragen ließ.

Der Drachenstab, der nun vor dem Magier auf dem Boden lag, war ein besonders edles Exemplar, das aus einer Reihe von ineinanderfassenden und miteinander verbundenen Metallrohren bestand, die sich ausfahren und fixieren ließen, sodass die Länge variabel war.

Liisho streckte erneut die Hand danach aus, der Drachenstab erhob sich und flog auf ihn zu. Der Weise ergriff ihn, woraufhin die Metallrohr-Stücke ineinanderfuhren, bis der Stab gerade noch die Länge einer Dreiviertel-Elle aufwies.

Der Magier Abrynos hob die Augenbrauen. „Nicht schlecht, Meister Liisho!"

„Mit Euren Illusionen könnt Ihr vielleicht einen Feuerheimer Rennvogel oder einen Affen aus der Wildnis von Seng-Pa beeindrucken, aber nicht mich", erklärte Liisho.

„Ich bin auch nicht hier, um Euch zu beeindrucken, Liisho!" Der Magier lachte. „Wie könnte ich das auch – angesichts Eurer schon zur Legende gewordenen Weisheit!"

„Was wollt Ihr dann?"

„Ich bin hier, um Prinz Rajin ein Angebot zu unterbreiten, das er nicht abzulehnen vermag. Ein Angebot, von dem sein Schicksal abhängt – sein Schicksal und das seiner Geliebten und seines Sohnes!"

Liisho warf ihm den Magierstab entgegen, der sich noch im Flug selbstständig ausfuhr und zurück in eine Schlange verwandelte, die sich um den Oberkörper des ungebetenen Gastes wand wie eine Fessel. Diese Schlange war länger als jene, deren Trugbild der Magier zuvor erzeugt hatte. Und sie hatte im Gegensatz zu dieser auch nur einen Kopf. Die Färbung ihrer Schuppen glich der des messingfarbenen Drachenstabes, aus dem sie entstanden war.

Zweimal wand sich der Schlangenkörper um Brust und Arme des Magiers und riss ihn zu Boden. Für Augenblicke wurde das Reptil schwarz, und dabei zeigten sich die auffälligen roten Zeichnungen, welche die erste Schlange gehabt hatte.

Der Magier begann zu ächzen. Offenbar reichte seine Kraft im Moment nicht aus, um sich auf dem magischen Schattenpfad davonzumachen, auf dem er diesen Saal betreten hatte. Möglicherweise verhinderte Liisho dies aber auch durch einen Zauber oder schlicht durch die Präsenz seiner inneren Kraft. Einer Kraft, gegen die Abrynos offenbar alle Magie aufbieten musste, die in ihm steckte.

Er begann zu zittern. Das Leuchten seiner Augen verschwand, und sein Gesicht verfärbte sich bläulich. Die Magierfalte trat so stark hervor, als wäre sie mit einem glühenden Eisen in die Haut gebrannt worden. Unverständliche Laute drangen krächzend zwischen seinen Lippen hervor.

Und dabei traf Abrynos' Blick Rajin – und er erkannte den Thronerben, obwohl sie sich nie begegnet waren. Für Rajin war es sinnlos geworden, sich weiterhin zu verbergen. Die innere Kraft des Magiers griff nach seinem Geist, und der junge Prinz fühlte für einen kurzen Moment einen immensen Druck in seinem Kopf, glaubte für einen Augenblick, dass sein Schädel zerspringen müsste.

„Ihr seid es!", krächzte Abrynos.

Rajin wurde gleichzeitig klar, dass nicht mehr viel Kraft in dem Magier war. Liisho schien ihm bei Weitem überlegen – und außerdem gewillt, den Eindringling zu töten.

Rajin trat vor und konzentrierte die innere Kraft, die er an diesem Abend den Anweisungen seines Mentors entsprechend fast vollkommen zurückgehalten hatte, auf einen Gegenstand.

So, wie du es mich beim Drachenstab gelehrt hast, Liisho! So, wie ich es mit dem Schwert in den Händen vor dem Block aus Drachenbasalt bisher vergeblich versuchte!

Rajin streckte die Hände aus, und die metallene Schlange, die sich um die Brust des Magiers gelegt hatte, sprang auseinander, zerfiel in rostige Einzelteile.

„Rajin!", rief Liisho erzürnt, denn damit war der Magier aus seiner geistigen Fesselung befreit.

„Ich möchte hören, was er zu sagen hat", erklärte Rajin.

„Dass er nichts Gutes im Schilde führt, hat er doch schon eindrucksvoll unter Beweis gestellt, oder?", schimpfte der Weise. „Er tauchte hier uneingeladen auf, benutzte dafür den Schattenpfad, was in Drachenia aufs Schärfste verboten ist, und dann brachte er den Gesandten des Kaisers und seine Männer um. Reicht dir das nicht?"

„Sagt nur, dass Ihr ihnen nachtrauert", krächzte der Magier; seine Stimme war noch schwach, aber dafür voller Hohn. Ein leichtes grünliches Flimmern zeigte sich schon wieder in seinen Augen, und die bläuliche Färbung seines Gesichts ließ nach. Seine Kräfte kehrten allmählich zurück. „Gebt es zu, Liisho, ich habe Euch und Prinz Rajin einen Gefallen damit getan!"

„Ihr habt damit vielleicht unser Todesurteil gefällt", entgegnete der

Weise mit frostklirrender Stimme. „Was glaubt Ihr denn, wie man am Hof von Drakor reagieren wird, wenn der Gesandte nicht zurückkehrt! Alle hier auf Burg Sukara sind durch Eure Handlungsweise in Gefahr gebracht worden!" Abrynos erhob sich vorsichtig, doch Meister Liisho unternahm nichts, um es zu verhindern. Der Magier sah Rajin an und musterte ihn auf eine Weise, die dem Prinzen nicht gefiel. „Alle Achtung, Ihr scheint schon einiges gelernt zu haben. Nun, in Meister Liisho habt Ihr zweifellos auch einen der besten Lehrer, die sich denken lassen."

„Ich habe kein Ohr für Eure Schmeicheleien, Abrynos", sagte Rajin. „Wenn Ihr mir eine Botschaft zu überbringen habt, dann tut es jetzt."

„Ich schmeichele niemandem", behauptete der Magier. „Meine Worte bezogen sich auf Eure Fähigkeit, die innere Kraft so zurückzuhalten, dass sie mir beinahe verborgen geblieben wäre. Fast hätte ich Euch nicht erkannt." Er verzog das Gesicht, und die Magierfalte trat dabei wieder deutlich hervor. „Und da Euer weiser Mentor Liisho gleichzeitig alles tat, um mich abzulenken, hätte ich Euch tatsächlich beinahe nicht bemerkt."

„Ihr spracht gerade von Nya und meinem Sohn", erinnerte ihn Rajin in forderndem Ton.

„Hattet Ihr nicht vorgesehen, dass er dereinst als Kojan II. den Drachenthron besteigt, wenn Ihr selbst eines Tages todesmüde die Augen schließt?", fragte Abrynos. Er wartete die Antwort nicht ab, sondern sprach weiter: „Oh, um das zu erkennen, bedarf es nicht einmal eines magischen Sinnes, werter Prinz Rajin. Davon abgesehen verzehrt Ihr Euch nach Eurer Geliebten Nya, deren Seele in Gefilden verschollen ist, von denen Ihr vermutlich kaum mehr als eine vage Ahnung habt."

„Wenn Ihr mir etwas zu sagen habt, dann tut es", sagte Prinz Rajin hart. „Andernfalls könnte ich zu der Ansicht gelangen, dass mein Mentor Liisho recht hatte und Ihr nur hergekommen seid, um mir zu schaden. Dann soll der Weise Liisho Euch den Garaus machen!"

„Doch würdet Ihr damit in Kauf nehmen, Euch den Großmeister Komrodor von Magus zum Feind zu machen – in einer Zeit, da

Verbündete rar sind und Ihr ganz allein dasteht." Der Magier lachte heiser. „Ihr enttäuscht mich, mein lieber Prinz Rajin. Ich hätte Euch durchaus mehr Klugheit und taktisches Geschick zugetraut." Der Magier vollführte eine ausholende Geste mit der rechten Hand und fuhr dann fort: „Ich werde nur zu Euch persönlich sprechen, Prinz Rajin. Zu viele Ohren sind der Sache, über die ich reden will, abträglich – wenn Ihr versteht, was ich meine."

„Es sollen alle den Saal verlassen!", bestimmte Rajin. „Bis auf Meister Liisho. Auf seiner Anwesenheit bestehe ich."

„Also gut", gab Abrynos der Schattenpfadgänger nach. „Die Sache, derentwegen ich mit Euch sprechen will, ist zu ernst, als dass ich mich mit Euch um Kleinigkeiten streiten will."

Rajins Gesicht blieb regungslos, als er antwortete: „Das freut mich zu hören." Er wandte sich an Fürst Payu und nickte diesem zu, woraufhin sich der Fürst leicht verneigte und den Befehl gab, den Saal zu räumen.

„Nehmt auch die Toten mit!", ermahnte ihn der Magier.

„Ihr sprecht bestes Drachenisch", stellte Liisho fest. „Der Dialekt des Altlandes, wie er bei Hof gepflegt wird."

„Habt Dank für Euer Kompliment. Ich übe mich gern in Vollkommenheit", erwiderte Abrynos.

„Hat man Euch diese Sprache vielleicht im Palast beigebracht?", fragte Liisho mit scharfem Unterton.

„Es gibt magische Methoden, sich eine Sprache anzueignen, selbst wenn man ihren Klang nie gehört hat", entgegnete Abrynos. „Ihr wollt darauf hinaus, dass ich ein Diener Katagis sein könnte, ein abtrünniger Magier, der am Hof von Drakor diente …"

„… und sich hier einzuschleichen versucht, um uns allen das Verderben zu bringen", vollendete Liisho. „Wäre das so abwegig?"

„Nein. Aber dann könnte ich Euch nicht *dies* überbringen." Und mit diesen Worten holte er ein Amulett hervor, das er bisher unter seinem Gewand verborgen getragen hatte. Es war aus einem silberfarbenen Metall und zeigte die Gravur eines stilisierten Gesichts. Dort, wo die Augen waren, hatte man grüne Jade eingesetzt. Die Magierfalte auf der Stirn war deutlich zu erkennen. „Dieses Amulett enthält eine geistige Botschaft des Großmeisters Komrodor, die beweist, dass ich für ihn spreche und nicht im Dienste des Usurpators Katagi stehe." Er streckte die Hand aus und reichte es Liisho. Aber dieser zögerte, das Amulett zu ergreifen. Er fürchtete wohl eine Falle oder einen Angriff magischer Kräfte.

Rajin trat vor und ergriff das Amulett. Er wollte selbst wissen, was es mit dem Magier wirklich auf sich hatte und inwiefern er vielleicht doch für Nya und seinen Sohn eine Hoffnung bedeuten konnte. Schließlich hatten die Kräfte eines Magiers sie in diesen todesähnlichen Zustand versetzt. Der Gedanke, dass die Kräfte eines anderen Magiers sie vielleicht wieder befreien konnten, lag nahe.

Rajin starrte auf das Amulett in seiner Handfläche. Die grünen Augensteine begannen zu leuchten, und Rajin fühlte eine geistige Präsenz von solcher Stärke, dass ihm schauderte. *Komrodor – der Großmeister von Magussa ...* Selbst Magier mussten sich seiner Macht unterwerfen, wie Rajin wusste.

Das Gesicht auf dem Amulett erwachte für einen Moment zum Leben. *„Vertraue Abrynos dem Schattenpfadgänger"*, murmelte eine Gedankenstimme in einer Sprache, bei der es sich um Magusisch handeln musste, und dennoch verstand Rajin jedes Wort, da die Botschaft direkt in seinen Geist übermittelt wurde. *„Das, wonach du dich am meisten sehnst, kann vielleicht erfüllt und mit deiner Bestimmung in Einklang gebracht werden, wenn wir auf einer Seite stehen."*

Die Gedankenstimme verstummte. Das Gesicht auf dem Amulett erstarrte wieder.

„Ich habe keinerlei Zweifel daran, dass Ihr tatsächlich für den Großmeister sprecht", sagte der Prinz, indem er seinen Blick von dem Amulett hob und auf Abrynos richtete.

„Und ebenso wenig solltet Ihr Zweifel daran hegen, dass es wirklich das Bestreben meines Herrn ist, Euch zu helfen, Prinz", entgegnete Abrynos.

Rajin gab dem Magier das Amulett zurück. „Immerhin hat Euer Herr nicht versucht, mir die Herrschaft über meinen Verstand zu rauben."

Abrynos lächelte mild. „Wenn man anzubieten hat, was sich ein anderer am meisten ersehnt, bedarf es keiner magischen Mittel, um seinen Geist zu fesseln. Er wird sich selbst an einen binden."

3

SEHNSUCHT UND BESTIMMUNG

Rajin wandte den Blick in Liishos Richtung. Auch ohne die enge geistige Verbindung, die seit den Tagen seiner Kindheit zwischen ihnen herrschte, wäre für den Prinzen nicht zu übersehen gewesen, dass der Weise eine tiefe Abneigung gegen Abrynos hegte und dessen Angebot misstraute.

Du fürchtest dich davor, dass ich meine Bestimmung vergessen könnte. Aber diese Furcht ist unbegründet, dachte Rajin, doch ob dieser Gedanke Liisho erreichte, wusste der junge Prinz nicht; Liisho ließ es durch nichts erkennen.

„Was kann ich tun, um Nya und meinen Sohn zu retten?", fragte Rajin.

Abrynos lächelte zufrieden. Es war die Zufriedenheit von jemandem, der wusste, dass der Köder geschluckt worden war, den er ausgelegt hatte. Von nun an, so schien er zu glauben, war der Prinz in seiner Hand. Gebunden durch unsichtbare Fesseln, die nichtsdestotrotz ein viel festeres Band waren als manche Absicht und manche Magie.

„Ihr solltet mich zu ihnen führen", verlangte er. „Vertraut mir, so wie Großmeister Komrodor Euch vertraut."

Es ist längst entschieden, dachte Rajin. *Du weißt, dass du gar keine andere Wahl hast.*

„So folgt mir", forderte der Prinz seinen ungebetenen Gast auf.

Zusammen mit Liisho und Abrynos begab sich Prinz Rajin in das Gewölbe, in dem Nya aufgebahrt lag.

Der Magier ließ sich die Umstände schildern, unter denen Nya und ihr ungeborenes Kind in die Hände Katagis und des ihm willfährigen Magiers Ubranos geraten waren, der während des Kampfes in der zur Zitadelle von Kenda gehörenden Kathedrale des Heiligen Sheloo umgekommen war.

„Euren Schilderungen nach war Ubranos ein Magier von durchaus überdurchschnittlichen Kräften", sagte Abrynos schließlich. „Dies deckt sich mit den Angaben, die ich vom Großmeister erhielt. Offenbar waren wir richtig informiert."

„Heißt es nicht, nur minderfähige Magier seien abtrünnig und alle von außergewöhnlicher innerer Kraft im Kollegium der magischen Hochmeister vereint?", fragte Liisho mit deutlich spöttischem Unterton.

„Wie so häufig ist sowohl dies wie auch das Gegenteil zutreffend."

„So ist es nur hohle Propaganda, wie ich immer schon vermutete."

„Wahrheit ist ein Standpunkt, von dem aus man Dinge betrachtet, Weiser Liisho."

„Und Euer Standpunkt ist zufällig mit den offiziellen Verlautbarungen des Großmeisters und des von ihm beherrschten Kollegiums der magischen Hochmeister identisch, nicht wahr?"

„Ihr mögt dem Großmeister diese Frage selbst stellen, sobald Ihr ihm gegenübersteht", sagte Abrynos aus Lasapur. Er trat an den gläsernen Sarg heran, in dem Nya ruhte, und berührte ihn. Er schloss die Augen. Als er sie wieder öffnete, leuchteten sie zunächst grün. In Nyas leblosem, starrem Gesicht öffneten sich im selben Moment die Augen – und auch sie leuchteten wie grünes Feuer, wie es bei der Verbrennung spezieller Essenzen entstand, die man im Palast von Drakor bei gewissen Festen entzündete.

Der Magier stieß einen Laut aus, der an das Knurren eines tajimäischen Einzahnberglöwen erinnerte. Rajin kannte diesen Laut aus dem Wissen über das Leben im Palast von Drakor, das ihm der Weise Liisho einst eingepflanzt hatte, als er noch unter dem Namen Bjonn Dunkelhaar unter den Barbaren des Winterlandes gelebt hatte. Ein Wissen, das ihn auf seine zukünftige Rolle als Kaiser von Drachenia hatte vorbereiten sollen und ihm schon wiederholt von Nutzen gewesen war, indem es den Prinzen beispielsweise die Sprache des

Drachenlandes mit einer Geläufigkeit über die Lippen kommen ließ, als hätte er nie zuvor ein anderes Idiom gesprochen.

Die tajimäischen Einzahnberglöwen waren eine gewaltige, grauwei-ße Katzenart, deren besonderes Kennzeichen ein einziger Reißzahn von der Länge eines drachenischen Kurzschwertes war, wie es von manchen Kämpfern neben dem Matana-Schwert als Zweitklinge be-nutzt wurde. Unter den Adeligen am Hof von Drakor galt es als schick, Einzahnberglöwen zu zähmen und als Symbole eigener Herrlichkeit zu halten. Besonders einflussreiche Mitglieder des Adels erwirkten da-für bisweilen sogar schon einmal eine Ausnahme des Luftschiffverbots innerhalb der Grenzen des Drachenlandes, um die widerspenstigen Ungeheuer vom Dach der Welt rund um den Vulkansee von Tajima sicher zum Palast transportieren zu können.

Der Magier imitierte dieses Geräusch so täuschend echt, dass man hätte glauben können, eine dieser katzenartigen Bestien befände sich tatsächlich im Raum. Rajin nahm sogar den typischen, bisweilen et-was strengen Geruch wahr, den diese Tiere mitunter verströmten und gegen den selbst die Parfümeure aus Etana kein adäquates Mittel ge-funden hatten.

Nur für einen kurzen Moment begann sich der Körper des Magiers leicht zu verformen, aber dann stabilisierte sich seine Erscheinung wieder.

Das Knurren und der Geruch – aber nicht die äußere Erscheinung eines Einzahnberglöwen, ging es Rajin durch den Kopf. Liegt es daran, dass die Illusionen dieses Magiers nur zum Teil Macht über meinen Geist zu gewinnen vermögen?

Die Schulung der inneren Kraft, die Rajin bei Meister Liisho ge-nossen hatte, schien nicht umsonst gewesen zu sein, auch wenn es dem Prinzen mitunter so schien, als würde er niemals dazu fähig sein, einen Brocken Drachenbasalt mit der Kraft seines in ein Schwert hinein-gegebenen Willens zu zerschlagen – geschweige denn, dass er hoffen konnte, schon bald stark genug zu sein, dem Urdrachen Yyuum den dritten Drachenring zu entwenden.

Abrynos aus Lasapur zog seine Hand von dem Sarg zurück. Nya schloss wieder die Augen. Das grüne Feuer leuchtete noch ein paar Momente durch ihre geschlossenen Lider, ehe es verblasste und schließlich nicht mehr zu sehen war. Gleiches geschah mit den Augen des Magiers.

„Ich weiß jetzt etwas mehr", sagte der Magier.

„Etwas, dass meiner Hoffnung Nahrung geben könnte?"

„Gewiss."

„Dann ist es wahr!", stieß Rajin erregt hervor. „Nya und Kojan II. existieren noch! Ihre Seelen irrlichtern in den Weiten des Polyversums auf fremden, verwunschenen Existenzebenen, von denen auf unserer Welt wohl kaum jemand etwas ahnt!"

„Zieht keine voreiligen Schlüsse, Prinz Rajin. Grausamer als die Hoffnungslosigkeit ist die enttäuschte Hoffnung." Die Hand des Magiers strich noch einmal über die Oberfläche des Sarges. Abrynos' Magierfalte trat erneut sehr deutlich hervor. Rajin glaubte einen grünlichen Schimmer zu sehen, der entlang dieser Falte kurz aufleuchtete.

Er griff unter sein Wams und holte das zusammengerollte magische Pergament hervor. „Darauf erschien Nya mir bisweilen. Aber es ist mir zuletzt nicht mehr gelungen, mit ihr in Verbindung zu treten. Ich weiß nicht, ob ich zu schwach oder die Distanz zu groß ist."

„Es sind mannigfache Gründe denkbar", erklärte der Magier und ließ sich das magische Pergament geben. Ein Lächeln der Erkenntnis spielte um seine Lippen. „Das dachte ich mir", murmelte er.

„Wovon sprecht Ihr?"

„Das Pergament wurde aus der Haut eines magusischen Fünfhornbisons gefertigt, einem Geschöpf aus dem Land der Leuchtenden Steine …"

Liisho mischte sich ein. „So nennt man die Gegend um Ktabor in Zentral-Magus", stellte der Weise fest. „Die Leuchtenden Steine, die es dort gibt, sollen für die seltsamsten Eigenschaften unter den dort lebenden Geschöpfen verantwortlich sein."

„Diese Steine sind selbst für uns Magier in vielen ihrer Eigenschaften bis heute rätselhaft", gab Abrynos in ungewohnt bescheidener Art und Weise zu. „Aber wir wissen sicher, dass sie jegliche Art von Magie, Zauberei oder ganz gewöhnlicher innerer Kraft erheblich verstärken können. Manchmal so sehr, dass es denjenigen tötet, der diese Stärke sucht. Aber dass das Leben weder für Magier oder Menschen noch für

Prinzen des drachenischen Kaiserhauses ohne Gefahren ist, wisst Ihr ja wohl." Abrynos entrollte das Pergament. Er fixierte es mit seinem Blick und sammelte die Kräfte seines Geistes durch eine Formel in alt-magusischer Sprache, die durch ihren Konsonantenreichtum und die Häufigkeit von Hauchlauten auffiel.

Ein dunkler Fleck befand sich derzeit auf dem Mittelbereich des Pergaments. Er nahm etwa ein Drittel der Fläche ein, und anders als sonst waren nur Ahnungen von kleinen Farbresten erkennbar; alles andere war nichts weiter als dunkle, undurchdringliche Schwärze.

Als Rajin das sah, erschrak er im ersten Moment, denn er hielt es für ein Zeichen dafür, dass die Seelen seiner Geliebten und ihres ungeborenen Kindes noch weiter hinaus in das Chaos des Polyversums getrieben waren und sich vielleicht schon auf Existenzebenen befanden, die von dieser Welt aus gar nicht mehr erreicht werden konnten – selbst mit der stärksten Magie und der mächtigsten Ballung an innerer Willenskraft nicht, zu der je ein Mensch seit den Zeiten des Urkaisers Barajan fähig gewesen wäre.

Der Fleck geriet in Bewegung, so als würde er zerfließen. Es dauerte einige Momente, ehe wieder Farben und Formen sichtbar wurden. Zunächst wirkten sie wie eines jener Gemälde, die zu Zeiten des wahnsinnigen Kaisers Sanjon von Affen angefertigt und anschließend im Palast aufgehängt worden waren, woraufhin sich der Adel im ganzen Land Kunstwerke von Affen anfertigen ließ, was zahllose ehrbare Meistermalerwerkstätten in den Ruin trieb.

Endlich bildete sich aus den verschwommenen Formen etwas heraus, das auch Rajin wiedererkannte: Nyas Gesicht!

Und daneben das Gesicht eines Jungen von etwa zehn Jahren, dessen Ähnlichkeit mit dem Prinzen nicht zu leugnen war.

Abrynos neigte das Pergament etwas, sodass Rajin deutlicher sehen konnte, was sich auf dessen Oberfläche tat.

„Nya!", murmelte er.

Sie wandte den Kopf, so als hätte sie ihn gehört, und suchte nach dem Ursprung dieser vertrauten Stimme.

„Bjonn!", nannte sie ihn bei dem Namen, den ihm sein Ziehvater Wulfgar Wulgarssohn aus Winterborg während seines winterländischen Exils gegeben hatte. „Mein geliebter Bjonn, bist du es?"

Doch dann zerfloss das Bild wieder.

„Sie existieren also noch", stellte Abrynos fest. „Dessen könnt Ihr sicher sein. Und so seid Euch auch gewiss, dass Ihr die Opfer und Gefahren, die Euch bevorstehen, um sie zu retten, nicht umsonst erleiden werdet." Der Magier hob die buschigen, nach oben gebogenen Augenbrauen und fügte mit einem halb schalkhaften, halb zynischen Blick hinzu: „Niemand will Euch Mühen aufhalsen, die schon von vornherein vergeblich wären."

„Was muss ich tun?", fragte Rajin.

Spürst du es nicht, wie er dich zu seiner Marionette macht – und das ganz ohne Magie?, meldete sich eine warnende Stimme in ihm. Es war nicht die Stimme Liishos, sondern eine dunkle Ahnung, die in ihm selbst entstanden war. Aber die Sehnsucht war größer. Die Sehnsucht, Nya zurückzugewinnen und mit ihr seinen ungeborenen Sohn, der die fleischgewordene Hoffnung des Drachenlands war.

Der Magier rollte das Pergament wieder zusammen und gab es Rajin zurück. „Achtet gut auf dieses Pergament", sagte er. „Es gibt keinen Ersatz dafür und dürfte die einzige Verbindung sein, die sich überhaupt noch zu den beiden herstellen lässt. Schließlich ist der Magier, dessen Werk diese üble Magie ist, nicht mehr unter den Lebenden, und so könnte man ihn auch durch die ausgefeilteste magische Folter nicht dazu veranlassen, Euch zu helfen."

„Und welchen Weg gibt es dann?"

„Ein winziger Teil seiner inneren Kraft ist in diesem Pergament enthalten, weil er es magisch verwandelte", erklärte Abrynos aus Lasapur. „Das wird uns am Ende in die Lage versetzen, die Spuren Eurer Gefährtin und Eures Sohnes wieder aufzunehmen. Wenn Ihr stark genug seid, um sie zu rufen!"

„Wann wird das sein?"

„Ihr müsst ins Land Magus reisen und die Kraft der Leuchtenden Steine von Ktabor in Euch aufnehmen. Dann könnte es funktionieren."

„Niemals!", fuhr der Weise Liisho dazwischen. „Ich habe einiges darüber gehört, und es sollen viele dabei umgekommen sein, die es versuchten. Wenn Rajin etwas zustößt, stirbt die Hoffnung auf einen Umsturz in Drachenia mit ihm, vielleicht für Generationen. Die

Nachfahren Katagis werden dann das Land beherrschen. Zumindest so lange, wie sie mit ihren mangelhaften Fähigkeiten den Aufstand der Drachen verhindern können und deren Gehorsam noch zu erzwingen vermögen. Beim Unsichtbaren Gott, es ist mir kein Trost, dass ihnen das nicht auf Dauer gelingen wird!"

Abrynos wandte Liisho das Gesicht zu und musterte ihn kühl. „Der Großmeister von Magus persönlich würde Prinz Rajin anleiten. Es bestünde keine Gefahr", behauptete der Schattenpfadgänger.

„Und warum unterbreitet der Großmeister dieses großzügige Angebot?", fragte Rajin. „Ich nehme an, er wird gewiss auch seine eigenen Interessen verfolgen."

Abrynos nickte. „Gewiss. Denn wenn Ihr die Kraft der Leuchtenden Steine in Euch aufgenommen habt, werdet Ihr stark genug sein, um dem Urdrachen Yyuum entgegenzutreten und ihm den dritten Ring wieder wegzunehmen. Ihr wisst, dass dies unerlässlich ist. Unerlässlich, um die Herrschaft über den Drachenthron zu erringen, und unerlässlich, um sie über die Drachenheit hinfort zu behalten."

Rajin war im ersten Augenblick überrascht darüber, dass der Magier auch davon wusste. Abrynos bemerkte dies. Er verzog das Gesicht zur Andeutung eines Grinsens. „Wundert Euch nicht. Selbst die den magischen Sinnen unterlegene mindere Macht des logischen Verstandes versetzt jeden in die Lage, dies zu erschließen. Die Wiedergewinnung des dritten Drachenrings ist die entscheidende Probe, die Euch auf dem Weg zum Thron bevorsteht. Besteht Ihr sie nicht, hättet weder Ihr noch Euer Land noch unsere Welt eine Zukunft. Besteht Ihr sie aber und erringt Ihr für das Haus Barajan wieder die Herrschaft über Drachen und Menschen, ist zumindest die Gefahr eines Drachenaufstandes zunächst gebannt. Was die politischen Wirren unter den fünf Reichen betrifft …"

„… wird der Großmeister gewiss Dankbarkeit von mir erwarten", stellte Rajin fest.

„Wäre das zu viel verlangt? Aber ich will jetzt nicht von Mitteln und Wegen reden, diese Dankbarkeit zu erzwingen, falls Ihr Eure Wohltäter vergessen solltet. Denn in Wahrheit haben der Großmeister und Ihr auf einem gewissen Stück des kommenden Weges gemeinsame Interessen. Und da der Großmeister weiß, dass auch Ihr das erkennen werdet, befürchtet er auch nicht, dass Ihr Euch ihm gegenüber illoyal verhalten könntet."

„Der Vorschlag klingt verlockend", gab Rajin zu.

„Es ist, wie ich Euch versprach. Ihr hättet die Möglichkeit, Eure tiefste Bestimmung und Eure tiefste Sehnsucht, die bisher scheinbar im Widerspruch lagen, gleichermaßen zu verfolgen." Rajin wandte sich an Liisho. „Es würde noch Monate der Übung brauchen, bis ich genug Kraft hätte, um den Drachenbasalt zu spalten. Vielleicht ein Jahr, bis ich stark genug wäre, um dem Urdrachen zu begegnen."

„Das ist Spekulation", sagte Liisho ausweichend.

„Aber dass eine gewisse Zeit verstreichen würde, kannst du nicht abstreiten. Wertvolle Zeit, die in dieser Lage, da die fünf Reiche aufeinander losgehen und das alte Gleichgewicht zerbricht, nicht ungenutzt verstreichen darf. Du selbst hast mir doch immer klarzumachen versucht, dass man nicht warten darf, ehe der Urdrache sich wirklich erhebt und eine Katastrophe ungeahnten Ausmaßes hereinbrechen lässt."

„Das mag schon sein", gestand Liisho ein und fixierte dabei den Magier mit seinem Blick. „Doch auch wenn das Angebot des Großmeisters sehr großzügig klingt …"

„Eure Verbündeten sind nicht so zahlreich, dass Ihr sie Euch aussuchen könntet", fuhr Abrynos dazwischen, wobei seine Miene einen harten Zug und seine Stimme einen scharfen Unterton annahm.

„Mir gefällt das Angebot dennoch nicht!"

„Sprecht Ihr etwa deswegen dagegen, weil Ihr Euch selbst vor langer Zeit in das Land der Leuchtenden Steine begeben habt, um deren mysteriöse Kraft zu erforschen?", fragte Abrynos lauernd. „Kann es sein, dass Ihr nur deshalb so ängstlich seid, weil Ihr selbst damals vor dem entscheidenden Schritt zurückschrecktet?"

„Was redet Ihr da!", entfuhr es Liisho.

„Bei allem Respekt, Meister Liisho, aber Ihr solltet Euch das Urteilsvermögen für die Fragen der Gegenwart bewahren und es nicht durch die Schatten der Vergangenheit trüben lassen. Niemand weiß, wie Ihr es geschafft habt, Eure Lebensspanne so weit auszudehnen, dass Ihr inzwischen ein Alter erreicht haben müsst, das jedes natürliche Maß sowohl unter Menschen als auch Magiern überschritten hat. Aber Ihr könnt nicht im Ernst glauben, dass eine Reise, die Ihr in Eurer Jugend unternahmt, deswegen der Vergessenheit anheimfiel, nur weil niemand mehr lebt, der sie bezeugen könnte."

„Spricht Abrynos die Wahrheit?", fragte Rajin und wandte sich seinem Mentor zu. „Bist du schon in der Gegend von Ktabor gewesen?"

„Ja, er spricht die Wahrheit", gab Liisho zu. „Und deswegen weiß ich besser als jeder andere um die Gefahren."

„Gefahren, vor denen du mich bewahren wirst, Liisho", sagte Rajin. „Was auch immer du damals in deiner Jugend für Fehler gemacht haben magst, wir werden sie auf unserer Reise nicht wiederholen."

„Der größte Fehler war es, diese Reise damals überhaupt anzutreten", erklärte Liisho. „Aber deinen Worten entnehme ich, dass du dich bereits entschieden hast."

„Ich bin Prinz Rajin, der zukünftige Herrscher über Drachen und Menschen des Drachenlandes. Steht es mir nicht zu, die Entscheidung zu treffen?"

„Doch, gewiss." Liisho neigte leicht den Kopf nach vorn, vielleicht die Andeutung einer Verbeugung.

Rajin wandte sich erneut an Abrynos. „Richtet Eurem Herrn aus, dass wir uns zu ihm auf den Weg machen und sein großzügiges Angebot annehmen werden."

„Das wird Komrodors Herz erfreuen", sagte Abrynos und deutete ebenfalls eine Verbeugung an. Doch auch bei ihm wirkte die Geste nicht wirklich echt, sondern eher ironisch gemeint. Jedenfalls konnte sich Rajin dieses Eindrucks nicht erwehren.

Er ignorierte das Gefühl und sagte: „Es ist ein weiter Weg bis Magus."

„Wählt den Weg durch Tajima", riet Abrynos. „Das Luftreich verbündet sich gerade mit den Seemannen, und man wird Euch im Zweifelsfall schon deswegen helfen, weil man sich von Eurer Rebellion eine Schwächung des Drachenlandes erhofft."

„Wir werden Euren Ratschlag überdenken", versprach Rajin.

„Großmeister Komrodor erwartet Euch in Magussa", sagte Abrynos, dann fügte er hinzu: „Leider gibt es für einen Schattenpfadgänger keine Möglichkeit, sich von jemand anderem auf seinem dunklen Weg begleiten zu lassen, sodass ich Euch die beschwerliche Reise mit meiner Magie nicht ersparen kann."

„Das ist mir bewusst."

„So verabschiede ich mich nun von Euch."

„Eine Frage müsst Ihr mir noch beantworten", sagte Rajin schnell.

„Eine Frage – aber nicht mehr!"

„Auf dem magischen Pergament war das Gesicht eines etwa zehnjährigen Jungen zu sehen …"

„Das Gesicht Eures Sohnes. Solltet Ihr es wirklich nicht erkannt haben?"

„Doch. Aber wieso ist es der Zeit so weit voraus? Noch ist er nicht einmal geboren, es ist nicht einmal gewiss, dass dies je geschehen wird."

„Die Zeit ist in den anderen Existenzebenen keine feste Größe, Prinz Rajin. Und woher wollt Ihr wissen, was gewiss ist und was nicht?"

Die Luft um Abrynos herum begann zu verwirbeln. Schwarzer Rauch entstand aus dem Nichts. Die schwebenden Teilchen, aus denen er sich zusammensetzte, wirbelten immer schneller um eine senkrechte Achse und hüllten Abrynos schließlich vollkommen ein. Die geisterhafte Erscheinung setzte sich in Bewegung, schnellte frontal auf die dicken Mauern des Gewölbes zu. Im Schein der Fackeln bildeten sich viele Schatten an den modrigen Steinwänden, und in einem von ihnen schien der Wirbel zu verschwinden, als er die Mauer durchdrang.

„Bete zum Unsichtbaren Gott oder meinetwegen auch zu den Göttern Winterlands, dass du deine Entscheidung nicht eines Tages bitter bereust, Rajin", sagte Liisho.

„Wir werden unser Ziel auf diese Weise schneller erreichen", war der junge Prinz überzeugt.

„Du suchst den schnellen und vermeintlich einfachen Weg. Aber vielleicht irrst du dich da."

Rajin sah seinen Mentor lange an. „Die Zeiten, da du für mich entscheiden musstest, sind endgültig vorbei, Liisho", sagte er schließlich. „Ich schätze deinen Rat, und ich werde ewig in deiner Schuld stehen für das, was du für mich getan hast. Schließlich hast du mich aus dem brennenden Palast von Drakor gerettet, bevor die Anhänger des Usurpators mich finden und umbringen konnten. Das werde ich dir nie vergessen – ganz Drachenia wird es dir nicht vergessen, und noch in einem Jahrtausend wird man von deiner Tat sprechen, sofern bis dahin nicht der Schneemond auf uns alle herabgekommen ist. Aber entscheiden muss ich!"

„Ja, vielleicht hast du recht", murmelte Liisho vor sich hin.

„Ich rechne auch bei dieser Unternehmung mit deiner Unterstützung, Liisho. Nur zusammen können wir gegen Katagi bestehen."

Liisho nickte leicht. Sein Blick war ernst. „Ich hoffe nur, dass du das niemals vergisst!"

„Das werde ich nicht", versprach Rajin. „So wie ich auch die Jahre als Bjonn Dunkelhaar unter den Menschen des Winterlandes nie vergessen werde."

„Eines Tages wirst du mich dafür hassen, dass ich dich aus dieser einfachen Welt herausgerissen habe", murmelte Liisho.

Rajin schüttelte den Kopf. „Diese Welt existiert nicht mehr. Und nicht du warst es, der sie zerstört hat, sondern Katagi mit seinen Horden von skrupellosen Getreuen, von denen ich nicht glauben kann, dass die meisten von ihnen tatsächlich die Nachfahren aufrechter und edler Drachenreiter-Samurai sein sollen!" Rajins Gesicht verdüsterte sich. Er verstaute das magische Pergament wieder unter seinem Wams. „Sehnsucht und Bestimmung – ich hoffe, dass sie nun tatsächlich eins werden und ich keinen Kampf mehr in meiner eigenen Seele ausfechten muss."

„Dann wärst du der erste Mensch, dem dieses Privileg zuteilwerden würde", erwiderte Liisho.

Rajin ließ den Fürsten vom Südfluss zu sich rufen und empfing ihn in einem der Räume, die man dem Prinzen auf Burg Sukara zur Verfügung stellte.

Fürst Payu stand noch immer unter dem Eindruck dessen, was sich in seinem Festsaal an Unfassbarem ereignet hatte. Seine größte Sorge war es, dass der Tod des Kaiserlichen Gesandten und seiner Begleiter nicht geheim gehalten werden konnte und die Kunde davon bis zum Hof in Drakor dringen würde.

„Gegenüber der Macht des Kaisers sind wir nicht viel mehr als ein lästiges Insekt, das man zerquetscht, wenn einem danach ist", erklärte er. „Und dieser unglückliche Vorfall könnte Katagi zum Vorwand gereichen, mich endgültig zu vernichten. Denn der Usurpator braucht nur mit den Fingern zu schnipsen, und ein Teil seiner Kriegsdrachen-Armada wird Sukara dem Erdboden gleichmachen. Dann hätte die Rebellion keinen Rückhalt mehr und keinen Ort, an den sie sich zurückziehen könnte."

„Ihr seht zu schwarz, mein Fürst", sagte Rajin. „Die Umstände werden Euch schützen."

„So? Wie denn? Mit Verbündeten können wir nicht rechnen, und selbst wenn Ihr es schaffen solltet, zum Großmeister von Magus eine gewisse Beziehung aufzubauen, wie ich es mal vorsichtig ausdrücken möchte, so ist es unwahrscheinlich, dass Komrodor seine Schattenpfadgänger zu uns kommen lässt, um Sukara zu verteidigen. Ich meine, die Magier könnten ja die Drachen der Armada mit Illusionen von Eis und Schnee oder Schwärmen von Hornissen und Heuschrecken verjagen, die den Riesentieren in die Körperöffnungen kriechen, so wie es vielleicht bei der Verteidigung von Magussa geschehen würde." Der Fürst seufzte. „Aber wie gesagt, ich glaube nicht daran, dass uns die Magier beistehen werden. Wir werden uns selbst helfen müssen, darauf läuft es hinaus."

„Das mag sein", gab Rajin zu, „aber dennoch werden Euch die Umstände helfen, Fürst Payu, denn Katagi wird es sich nicht leisten können, seine Kriegsdrachen-Armada gegen Euch auszusenden, da er mit dem Seereich im Krieg liegt."

Fürst Payu atmete tief durch. „Verzeiht mir meine Erregtheit. Aber ich habe in den vergangenen Jahren viel Kraft darauf verwendet, dem Land am Südfluss eine gewisse Unabhängigkeit zu bewahren. Nur deshalb ist es möglich, Euch hier zu beherbergen und eine Grundlage für eine Rebellion im ganzen Reich zu schaffen."

Rajin hatte für die Sorgen des Fürsten durchaus Verständnis, und nachdem Payu sich etwas beruhigt hatte, erklärte ihm der Prinz, dass er das Angebot des Magiers tatsächlich annehmen und nach Magussa reisen würde.

Payu schien das nicht zu überraschen. „Wir werden jeden Verbündeten bitter nötig haben", glaubte er. „Doch wenn Ihr auf eine große Eskorte zu Eurer Begleitung spekuliert …"

„Das tue ich nicht", unterbrach Rajin. „Ich bitte Euch nur um eins: Ganjon und seine Ninjas sollen aus ihren Dörfern hierher in die Burg kommen. Von ihnen möchte ich mich begleiten lassen, denn ihnen vertraue ich."

„Die Ninjas?" Ganjon und sein Trupp von Schattenkriegern, die maskiert und behände die Dinge taten, die einem Drachenreiter-Samurai von Standes wegen verboten waren, hatten Prinz Rajin bereits auf dem Drachenritt zur Zitadelle von Kenda begleitet und sich dort als außerordentlich tapfer erwiesen. Ohne die Hilfe dieser Männer wäre es niemals möglich gewesen, in die Kathedrale des Heiligen Sheloo vorzudringen, wo der gläserne Sarg gestanden hatte, in dem Nya lag.

„Ganjon und seine Krieger sollen mich begleiten. Es sind bei dem Kampf um die Zitadelle von Kenda einige von ihnen umgekommen …"

„Aber andere sind an ihre Stelle getreten", sagte der Fürst. „Ganjons Trupp von Ninjas besteht stets aus vierundzwanzig Kriegern. Und jedem von ihnen ist es eine Ehre, dieser Truppe anzugehören, die den Samurai ehrenvoll bleiben lässt." Payu verneigte sich. „Diese Männer seien Eure Begleitung, mein kaiserlicher Prinz."

„Ich danke Euch, Payu."

„Zusätzliche Kriegsdrachen würde ich Euch nur ungern mitgeben. Ihr ahnt, weshalb. Dieser Ort wird entgegen Eurer tröstlichen Einschätzung der Lage schon bald stark umkämpft sein, wenn mich meine Instinkte nicht völlig trügen."

„Ayyaam, der Drache meines Mentors Liisho, und mein eigener Drache Ghuurrhaan reichen mir vollkommen", erklärte Rajin.

„Auch auf einer so lange Reise, die beinahe einmal quer durch die ganze bekannte Welt führt?"

„Auch dann", sagte Rajin nickend. „Es muss reichen, denn erstens will ich keinesfalls die einzige sichere Festung in Gefahr bringen, die im Augenblick auf Seiten der Rebellion ist, und zweitens will ich auf meiner Reise nicht durch ein unnötig großes Gefolge Aufsehen erregen."

„Das ist ein weiser Entschluss, mein Prinz. Ich werde sofort die Boten aussenden, um die Ninjas aus ihren Dörfern herkommen zu lassen."

„Ich danke Euch."

In diesem Augenblick sprang die Tür auf. Ein Offizier stürmte geradezu herein. Rajin hatte inzwischen viele Bewohner der Burg persönlich kennengelernt, von denen allerdings nur ein kleiner Teil wusste, dass der rechtmäßige Herrscher des Landes auf Burg Sukara weilte. Dieser Mann gehörte zu denen, die über alles informiert waren, denn es handelte sich um Giijii Ko Kamura, den Kommandanten sowohl der Stadt- als auch der Burgwache. Vermutlich hätte es auch niemand anderes gewagt, in diesem Augenblick einfach so in den Raum einzudringen.

Kommandant Giijii verneigte sich sofort und senkte das Haupt dabei tief. „Verzeiht mein ungestümes Auftreten", sagte er hastig. „Aber der Feind nähert sich den Mauern von Sukara!"

Ein Ruck ging durch den Körper des Fürsten vom Südfluss. „Genau dies habe ich vorausgesehen und die ganzen letzten Jahre über zu verhindern versucht", presste er hervor und ballte die Hände zu Fäusten.

„Es ist unmöglich, dass sich die Kunde von dem ermordeten Gesandten bereits bis zu Katagi verbreitet hat", war Rajin überzeugt.

„Verzeiht, Herr", wandte der Kommandant daraufhin ein. „Wir werden nicht von den Drachenreitern des amtierenden Kaisers aus Nordosten angegriffen."

Fürst Payu runzelte die Stirn. „Sondern?"

„Eine große Anzahl von Luftschiffen nähert sich unserer Stadt."

„Die Tajimäer", sagte Payu. „Die denken anscheinend, die Zeit wäre günstig, sich eine zusätzliche Provinz einzuverleiben."

Zudem eine Provinz, die ihnen vor langer Zeit auch schon gehörte, ging es Rajin durch den Sinn, bevor einer seiner Vorfahren sie ihnen entriss.

Der Fürst wandte sich an Giijii. „Lasst die Katapulte bestücken und die Stadttore schließen. Und öffnet die Waffenarsenale, damit sich die Bürger der Stadt an der Verteidigung beteiligen können!"

Kommandant Giijii verneigte sich. „Jawohl, Herr", sagte er.

4

ANGRIFF DER LUFTSCHIFFE

Ganjon war der mit Abstand Größte unter den Männern, die das Fischerboot an Land zogen. Die anderen waren von vergleichsweise drahtiger und zierlicher Gestalt; der breitschultrige Ganjon überragte sie alle. Aber auch sein blondes Haar und die meergrünen Augen unterschieden ihn von den mandeläugigen, dunkelhaarigen Bewohnern Drachenias. Im Ganzen wirkte er eher wie ein seemannischer Barbar.

Tatsächlich war er vor langer Zeit als einziger Überlebender eines havarierten seemannischen Langschiffs an die Küste des Südflusslandes gespült worden und lebte dort seitdem als Fischer. Inzwischen gab es in seinem Dorf eine ganze Reihe halbwüchsiger Kinder, deren Haar ebenfalls hell und deren Augen die gleiche meergrüne Farbe hatten, wie sie Ganjons eigen war, und manch anderer Mann in der Gegend beneidete ihn insgeheim darum, dass er sich nicht auf die Treue seines Weibes verlassen musste, um sich der Vaterschaft seiner Kinder sicher sein zu können.

Aber neben dem Leben als einfacher Fischer, das er die meiste Zeit des Jahres über führte, gab es noch ein zweites, das er unter der Maske eines Ninja verbarg. Im Laufe der Zeit hatte er sich durch Tapferkeit und Treue zum Hauptmann jener Gruppe von Schattenkriegern heraufgedient, die der Fürst einzusetzen pflegte, wenn die Ehre eines Samurai ihm ein eigenes Eingreifen nicht erlaubte. Die Ehre eines anderen zu schützen galt wiederum keineswegs als ehrlos – selbst wenn man dazu mitunter als ehrlos geltende Mittel und Methoden einsetzte.

Ganjon und die anderen Männer der vierundzwanzigköpfigen Ninja-Truppe des Fürsten vom Südfluss wurden für ihre bisweilen blutigen Dienste den Gepflogenheiten entsprechend entlohnt. Zu Reichtum konnte man auf diese Weise kaum gelangen, aber Ganjon hatte ein gutes Auskommen und lebte besser als jeder andere Bauer oder Fischer am Südfluss.

Dass ein Ninja außerhalb der Kirche des Unsichtbaren Gottes stand und aufgrund seines blutigen Handwerks nicht zu den heiligen Ritualen zugelassen war, konnte Ganjon verschmerzen. Insgeheim war er ohnehin den Göttern seiner seemannischen Heimat treu geblieben, und wenn er draußen auf dem Meer war und die anderen Männer die Launenhaftigkeit der Fischschwärme verfluchten, so konnte man Ganjon mitunter zum Meeresgott Njordir beten oder den auf dem Schneemond residierenden Verrätergott Whytnyr verfluchen hören.

Ein letzter Ruck, und das Boot war an Land. Es handelte sich um eine drachenische Dschunke mit einem für die Fischerboote der drachenischen Ostküste typischen dunkelbraunen Dreieckssegel. Manchmal waren diese Segel noch mit Drachenmotiven bestickt, aber Ganjon hielt nichts von derlei Zierrat. Schließlich gab es seiner Meinung nach nun wahrlich genug Drachen in diesem Land, deren Zähmung durch die Drachenier die Schifffahrt ein Schattendasein führen ließ. Ganjon bedauerte dies, denn er liebte immer noch das Meer und die Seefahrt. Und so hatte er die Dschunken des Dorfes auch in ein paar kleineren Details verbessert, die dem fortgeschrittenen Stand der seemannischen Segelkunst entsprachen.

Die Männer zogen und schoben die Dschunke so weit über den Strand, dass auch die nächste Fünfmondeflut sie nicht davonreißen und ins Meer entführen konnte.

„Geschafft", sagte einer. Sein Name war Andong. Er war Ganjons Schwager, sein Steuermann auf der Dschunke und außerdem sein Stellvertreter als Hauptmann der Ninjas des Südfluss-Fürsten.

„Der Fang war dafür dürftig", murrte Ganjon. „Meiner Ansicht nach müssten wir größere Schiffe bauen."

„Nach Art der Seemannen vielleicht?" Andong lachte.

„Natürlich! Und mit diesen Schiffen müssten wir auf die Jagd nach Seemammuts gehen, deren Fleisch wir dann an die Drachenbesitzer der Ostküste verkaufen könnten. Das wäre ein Riesengeschäft, denn das Stockseemammut müsste dann nicht mehr mit Drachengondeln aus den Küstenstädten des Neulandes über den mitteldrachenischen Bergrücken geflogen oder mit Schiffen über die lange Südpassage bis hierher transportiert werden. Ein Vermögen ließe sich für jeden Drachenbesitzer damit einsparen, und wir würden daran teilhaben!"

„Deine Idee hat nur einen kleinen Haken", meinte Andong.

„Abgesehen davon, dass mich dabei bislang nicht einmal meine eigenen Söhne unterstützen wollen, sehe ich keinen", erklärte Ganjon.

Andong deutete hinaus auf das Meer. „Es gibt hier keine Seemammuts, Ganjon. Vor Generationen soll es sie gegeben haben, und sie sind der Schrecken der Fischer gewesen. Aber niemand, der heute noch lebt, hat auch nur ein Einziges dieser Geschöpfe hier gesehen. Sie haben diese Gewässer offensichtlich vor langer Zeit verlassen."

„Es gibt sie – auch hier!", machte Ganjon seine abweichende Meinung deutlich. „Man muss nur weit genug auf das Meer hinausfahren. Es gibt nämlich nur einen einzigen Ozean auf der Welt, in dem das Wasser frei fließen kann. Und so tun es auch die Geschöpfe, die darin leben."

Ein heiserer Ruf unterbrach das Gespräch der beiden Männer – vermischt mit dem Kreischen einiger wilder Zweikopfkrähen.

Ganjon und Andong drehten sich um und blickten zum Horizont. Wald und Anhöhen versperrten die Sicht. Der Himmel war strahlend blau, und umso deutlicher waren die dunklen Schatten zu sehen, die sich dagegen abzeichneten. Ein gewaltiger Vogelschwarm zog kreischend und allerlei andere schrille bis angstvoll klingende Laute von sich gebend auf das Dorf zu.

„Bei der Macht des Unsichtbaren Gottes, womit haben wir uns versündigt?", stieß Andong hervor. Mochte die Kirche und die Priesterschaft von Ezkor ihn als Außenstehenden betrachten, so änderte dies nichts an Andongs persönlicher Gläubigkeit.

Die Fischer am Strand und die Leute aus dem Dorf liefen zusammen und starrten auf den riesigen Vogelschwarm.

„Einen so bunt zusammengewürfelten Vogelschwarm gibt es nur, wenn ein schweres Unwetter aufzieht", meinte Ganjon.

„Der Himmel ist so blau wie das Meer", entgegnete Andong.

„Von welchem Unwetter redest du? Einem magischen Sturm oder der Hexerei eines tajimäischen Wetterzauberers? Da ist keine einzige Wolke dort oben!"

„Dann haben sie vor etwas anderem Angst", sagte Ganjon.

Die kreischende Vogelschar zog erst über das Dorf, dann über den Strand und auf das Meer hinaus. Große einäugige Rabenadler, deren Flügelspannweite mehr als sechs Schritt betrug und die als Aasfresser in den Ebenen der östlichen Provinzen Tajimas und als Jäger in den Ausläufern des Dachs der Welt lebten, befanden sich ebenso unter ihnen wie verschiedene Arten von Zweikopfkrähen und Scharen von Hundevögeln, die kein Gefieder hatten, sondern Flügel aus ledriger Haut, und sich durch ihre heulenden Laute deutlich von dem anderen fliegenden Getier unterschieden, das zu diesem Schwarm gehörte. Auch aus den Baumkronen auf den Anhöhen erhoben sich Vögel in großer Zahl, um sich dem Schwarm anzuschließen.

Es dauerte nicht lange, und der Spuk war vorbei. Der Schwarm flog hinaus auf die See und nordwestwärts entlang der Küste. Das Meer war beinahe spiegelglatt, und es herrschte auf einmal eine gespenstische Stille.

„Nichts geschieht ohne Grund", sagte Ganjon. „Auch dies nicht." Er hatte als Seefahrer auf die Zeichen der Natur zu achten gelernt, denn die Sinne all der anderen Geschöpfe, die Meer und Luft bevölkerten, waren oft viel empfindlicher als die des Menschen.

Da brach ein Rennvogelreiter aus dem Unterholz des Waldes hervor und ließ sein Reittier auf das Dorf und den Strand zupreschen.

Ganjon erkannte ihn. Es war Kanrhee, der einzige Rennvogelbesitzer der ganzen Gegend, denn eigentlich waren diese zweibeinigen flügellosen Kreaturen vor allem in Feuerheim und den überwiegend ebenen westlichen Provinzen von Tajima beheimatet. Die Feuerheimer ließen ihre Kampfwagen von Rennvögeln ziehen und unterhielten eine zahlenmäßig überwältigende Kavallerie. Nur hin und wieder gelangten einzelne dieser Tiere ins nordöstliche Tajima oder gar ins Südflussland.

In ganz Drachenia war der Handel mit Rennvögeln zum Schutz der Drachenzüchter verboten gewesen, denn gerade für kleinere Gewerbetreibende wären sie eine willkommene und kostengünstige Alternative zum Warenverkehr mithilfe von Lastdrachen gewesen. Allerdings hatte man sich in der Provinz Südfluss sowie im Ostmeerland schon zu Zeiten Kaiser Kojans über das kaiserliche Verbot stillschweigend hinweggesetzt und duldete den vereinzelten Erwerb dieser Tiere. Solange ihr Besitz unter Angehörigen des Adels jedoch verpönt blieb, brauchten die Drachenzüchter nicht um ihre Pfründe zu fürchten. Die wenigen drachenischen Rennvogelbesitzer gehörten durchweg niederen Ständen an und hätten sich weder die Anschaffung eines Lastdrachen noch die Dienste eines Drachenreiters leisten können.

Kanrhee trieb seinen Rennvogel unbarmherzig voran. Normalerweise zog er einen Wagen hinter sich her, auf dem er von den Dörflern gefangene Fische zu einem der Marktplätze brachte. Das dazugehörige Geschirr trug der Rennvogel auch – wo Wagen und Fische geblieben waren, darüber konnte man nur rätseln.

Er hielt auf den Strand zu, dann zügelte er sein Reittier. Kanrhee ließ sich von dessen Rücken gleiten und lief auf Ganjon zu; seine Behändigkeit verriet auch ihn als Ninja des Südfluss-Fürsten.

„Der Himmel!", rief er, und er wirkte aufgebracht und völlig konfus, obwohl die besondere Schulung der Schattenkrieger eigentlich dafür sorgen sollte, dass ein Ninja niemals den Kopf und die Übersicht verlor. Aber das, was er erlebt hatte, musste selbst für ihn zu viel gewesen sein, um noch die gewohnte Selbstbeherrschung zu wahren.

„Was ist geschehen?", fragte Ganjon.

„Der Himmel ist schwarz von Luftschiffen und die Erde dunkel von ihren Schatten", keuchte er.

Gefechte mit einzelnen tajimäischen Luftkriegsschiffen hatte es immer wieder gegeben, und auch an kleine Grenzkonflikte konnte sich jeder erinnern. Aber nicht an einen ausgewachsenen Krieg.

„Ich habe verendende Drachen und tote Samurai gesehen, deren Leiber mit Armbrustbolzen gespickt waren", fuhr Kanrhee fort. „Die Tajimäer haben die Grenzposten einfach niedergemetzelt!"

„Ihr Ziel wird Sukara sein", nahm Ganjon an. „Denn wenn sie die Burg des Fürsten eingenommen haben, gehört ihnen das ganze Südflussland. Aber sag mir – wo ist dein Fischkarren? Ich sehe, die Riemen des Rennvogelgeschirrs sind gerissen!"

„Ein verendender Kriegsdrache hat mich in seinem Todeskampf angegriffen und den Karren mit einem Prankenschlag zerstört. Der Samurai, dem der Drache gehörte, lag tot am Boden in seinem Blut, und so tobte das schwer verletzte Tier wie von Sinnen. Glücklicherweise konnte es nicht mehr fliegen und …"

Er verstummte – denn in diesem Moment tauchten die ersten großen, zylinderförmigen Schatten über den Baumwipfeln der Anhöhen auf.

Ihre Größe war sehr unterschiedlich. Wahre Giganten waren darunter, gegen die selbst die allergrößten Transportdrachen zwergenhaft wirkten. Umschwirrt wurden sie von kleineren Luftschiffen. Allen gemein waren die zylindrische Form und die sich ständig drehenden Flügelräder am Bug.

Niemand wusste genau, welche Kraft es war, die diese riesigen Gebilde daran hinderte, einfach zur Erde herabzufallen, wie es den Gesetzen der Schwerkraft entsprochen hätte. Das war das Geheimnis der Priesterkönige von Taji, die an den Ufern des Vulkansees auf dem Dach der Welt residierten. Deren Ahnenreihe ließ sich zwar nicht ganz so weit zurückverfolgen wie die der Kaiser von Drakor oder gar jene der Großmeister von Magus, jedoch immerhin bis zum Ende des dritten Äons.

„Wir sollten uns nach Sukara begeben, auch wenn unser Herr uns nicht gerufen hat", sagte Ganjon. Er wandte sich an Kanrhee. „Den Tajimäern werden die Dörfer des Küstenlandes gleichgültig ein. Aber wenn sie Sukara erobern, ist dieses Land in ihrer Hand – also hol die anderen Ninjas zusammen."

„Ich?", stammelte Kanrhee.

„Sicher du – schließlich bist du im Besitz eines Rennvogels und damit schneller als selbst der beste Läufer unter uns!"

Kanrhee nickte. Er pfiff den etwas verwirrt wirkenden Rennvogel herbei. Das Tier gehorchte sofort – und das, obwohl Kanrhee es selbst hatte ausbilden müssen und dabei keineswegs auf das umfangreiche Wissen zurückgreifen konnte, das die Rennvogelzüchter in Feuerheim seit vielen Zeitaltern angesammelt hatten. Kanrhee schwang sich mit der Behändigkeit eines Ninja auf den Rücken seines Reittiers, das sich daraufhin in Bewegung setzte und auf seinen langen Beinen davoneilte.

Währenddessen sahen die Fischer ohnmächtig zu, wie die gewaltige Luftschiff-Armada über ihr Dorf hinwegzog und die Sonne verdunkelte. Große Schatten glitten dabei über den Strand. Die Luftschiffe bewegten sich gemächlich und flogen sehr tief. Sie schienen keinen Angriff vom Boden aus zu fürchten. Hier und dort schauten Gesichter aus den geöffneten Fenstern oder den Schießscharten, hinter denen Hunderte von Armbrustschützen positioniert waren. Deren Salven konnten auch den mächtigsten Kampfdrachen gefährlich werden, zumal wenn die Bolzen noch mit Giften versehen waren. Darüber hinaus gab es zahlreiche Katapulte an Bord der Schiffe. Bei den meisten handelte es sich um mobile Katapulte, die in Form und Funktion einer stark vergrößerten Armbrust glichen, aber beim Schuss nicht mit den Händen, sondern mit einem Stützstab gehalten wurden. In der Feldschlacht wurde die angespitzte Seite des Stützstabes in den Boden gerammt, an Bord der Luftschiffe hingegen gab es besondere Halterungen dafür.

Die Bolzen, die von diesen Katapulten verschossen wurden, glichen Speeren oder Harpunen. Oft waren die Spitzen mit Widerhaken versehen, die sich dann in den Schuppen der Kampfdrachen verfingen. War am Schaftende noch ein Seil befestigt, ergab das eine regelrechte Drachenjägerharpune, weshalb diese Art von Katapult auch allgemein als Drachenzwicker bekannt war.

Doch es gab noch mächtigere Waffen an Bord der Luftschiffe – zumindest jener Einheiten, die als Kampfschiffe konzipiert waren. Sie waren mit Springalds – bis zu zwanzig Schritt langen Riesen-Armbrüsten – bestückt. Ein einziger Bolzen wurde aus einem ganzen Baumstamm hergestellt und die Spitzen mit Metall verstärkt. Ein solches Geschoss konnte ohne Weiteres ein Seeschiff durchschlagen und zum Sinken bringen. Oder man benutzte die Bolzen als riesige Brandpfeile, mit denen man eine ganze Stadt in Schutt und Asche legen konnte.

Eingerahmt von diesen Kampfschiffen flogen andere Schiffe, die dem Transport von Truppen dienten. Hochgerüstete tajimäische Soldaten blickten aus den geöffneten Fenstern. Es gab Luftschiffe mit

Glasfenstern, aber bei solchen Lastschiffen, von denen jedes schätzungsweise dreihundert bis fünfhundert Krieger aufnehmen konnte, beließ man es bei einfachen Läden aus dünnem Holz.

Keine drachenische Drachengondel vermochte eine ähnlich große Zahl von Kriegern zu transportieren oder sie mit vergleichbarer Geschwindigkeit zum Kriegsgeschehen zu bringen; mehr als das Gewicht von zweihundert Kriegern hatte auch der mächtigste Kriegsdrache seit Menschengedenken nicht zu tragen vermocht. Davon abgesehen erlaubten die Luftschiffe auch die Mitnahme von erheblich mehr Ausrüstung und Vorräten, was in der Vergangenheit schon so manchen kaiserlichen Lord Drachenmeister neidvoll nach Tajima hatte blicken lassen. Aber alle Versuche, dem Priesterkönig das Geheimnis seiner Macht zu entreißen, waren gescheitert.

Aus manchen Luftschiff-Luken blickten jedoch auch die Gesichter nichtmenschlicher Söldner, die man in großer Zahl in Tajima angeworben hatte. Echsenkrieger waren darunter, die als kleine Verwandte der Drachen galten und vermutlich von derselben Ursprungswelt stammten. Sie waren zusammen mit den Magiern im Zweiten Äon auf die Welt gelangt und ihren großen Verwandten gefolgt, deren Herrschaft zu diesem Zeitpunkt bereits ihr unrühmliches Ende gefunden hatte.

Hier und dort sah Ganjon auch einen stierähnlichen Minotaurenkopf. Sie gehörten zusammen mit den Löwenmenschen zu jenen Geschöpfen, die als Knechte des Magiervolks die kosmischen Tore passiert und diese Welt betreten hatten. Viele von ihnen dienten mittlerweile in den großen Heeren Feuerheims und Tajimas.

Doch es war auch bekannt, dass es gerade unter den Landetruppen der Luftmarine von Tajima auch viele Veränderte gab – Wesen, die durch magische Experimente entstanden waren, wie etwa die legendären Dreiarmigen oder die Kampfkäfer. Die Kampfkraft dieser Kreaturen war gefürchtet, und vor allem dienten sie ihren jeweiligen Herren in der Regel mit absolutem Gehorsam. Ihr eigenes Leben war ihnen selbst nicht viel wert, sodass sie mit der Besessenheit von Berserkern in die Schlacht zogen und mit purer Todesverachtung kämpften.

Der Zug der Luftschiffe schien überhaupt kein Ende zu finden. An manchen waren mit baumdicken Seilen Trebuchet-Katapulte zum Schleudern gewaltiger Gesteinsbrocken festgebunden, die ganz sicher nicht für den Einsatz während des Fluges gedacht waren, sondern für eine mögliche Belagerung, wofür auch die Räder sprachen, die unter den riesigen Gestellen angebracht waren. Die als Geschosse verwendeten Gesteinsbrocken holte man sich aus Steinbrüchen der Umgebung oder bestückte die Katapultschaufeln gegebenenfalls auch mit etwas anderem, was dem Feind Schaden zuzufügen vermochte. Die Legenden des Südflusslandes erzählten von einer Belagerung, bei der die Angreifer tote, halb verfaulte Kampfdrachen zerteilt und die verdorbenen Fleischstücke über die Stadtmauern geschleudert hatten, um dort nicht nur bestialischen Gestank, sondern auch Krankheiten zu verbreiten. Angeblich hatte der Geruch der toten Artgenossen die Drachen in den Pferchen der Verteidiger halb wahnsinnig werden lassen, sodass der später nur noch als „Die Namenlose Stadt" bezeichnete Ort letztlich durch die eigenen Kriegsdrachen zerstört worden war.

Auf den dahinziehenden Luftschiffen sah Ganjon das Zeichen der ineinandergreifenden Kreise. Sowohl Drachenier als auch Tajimäer hingen überwiegend demselben Glauben an, und es war für Ganjon schwer verständlich, wieso man gegeneinander in den Krieg zog, wenn man doch einen gemeinsamen Gott als höchstes Wesen ansah.

Der Zug der Luftschiffe folgte dem Verlauf der Küste Richtung Sukara.

„Ich frage mich, ob wir überhaupt noch etwas ausrichten können", sagte Andong.

„Wir haben einen Eid geschworen", erinnerte ihn Ganjon.

Befehle gellten über die Zinnen der Burg von Sukara. Die Stadttore waren geschlossen worden, und man bereitete sich auf das Unvermeidliche vor.

Rajin befand sich auf dem Mittelturm der Burg, zusammen mit Fürst Payu und Meister Liisho. Der Prinz hatte den Lederharnisch eines einfachen Kriegers angelegt. Im Gürtel trug er einen kurzen Drachenstab und über dem Rücken gegürtet eines jener Matana-Schwerter, mit denen er bisher vergeblich versucht hatte, einen Block aus Drachenbasalt zu spalten.

Liisho war ebenfalls mit Schwert und Drachenstab bewaffnet, nur dass sein Drachenstab deutlich länger war als eine Elle. Fürst Payu trug seine fürstliche Rüstung, die wie Silber glänzte und auf der Brustplatte mit dem verschlungenen Wappen seiner Familie verziert war.

Rajin trat an den Mauerrand und blickte zum Horizont. Schon seit Stunden verharrten dort die ersten Luftschiffe am Himmel. Statt sich auf geradem Weg weiter der Stadt Sukara und der Mündung des Südflusses zu nähern, blieben sie in sicherer Entfernung.

„Sie warten erst ab, bis sie genug ihrer Kräfte gesammelt haben", vermutete Fürst Payu. Er blickte durch ein mit Edelsteinen besetztes Fernglas und sah immer mehr Luftschiffe des Feindes am Himmel auftauchen. „Sie lassen die ersten Erkundungstrupps der Dreiarmigen an Strickleitern herab!", meldete er nach einer Weile, dann reichte er das Fernglas Prinz Rajin. „Seht Euch an, Herr, wer in Kürze versuchen wird, unserer Stadt den Untergang zu bringen."

Rajin hob das Glas an sein linkes Auge. Deutlich konnte er erkennen, wie aus mehreren kleineren Luftschiffen Strickleitern herabgelassen wurden, an denen die Dreiarmigen zum Boden kletterten. Ihre Gestalt erinnerte nur entfernt an die von Menschen. Rajin schätzte, dass sie im Durchschnitt größer waren als ein Seemannenkrieger. Auf einer Seite wuchs ihnen ein enorm kräftiger Arm aus der Schulter, auf der anderen hatten sie zwei vergleichsweise schmächtige Gliedmaßen, die aber immer noch dicker waren als der Oberschenkel so manches Menschenkriegers. Ihre Haut ähnelte dem Schuppenpanzer eines Drachen und galt als ebenso widerstandsfähig. Die Dreiarmigen trugen nichts weiter als einfache Tuniken – und auch das nur, weil sich insbesondere die zur Schamhaftigkeit neigenden Bewohner Tajimas und Drachenias an ihrem unverhüllten Anblick gestört hätten. Kleidung benötigten die Dreiarmigen eigentlich nicht, weder gegen Kälte noch um sich im Kampf vor Verletzungen zu schützen.

Ein gutes Dutzend dieser dreiarmigen Krieger war inzwischen abgesetzt worden. Die meisten von ihnen waren mit Axt, Schwert und Schild bewaffnet. Im Kampf hielten sie die oft monströs große zweischneidige Axt in der Hand des starken Arms und Schwert und Schild in den Händen des etwas schwächeren Armpaares auf der anderen Seite. In geduckter Haltung arbeiteten sie sich voran und nahmen dabei

Deckung im Gelände. Sie schienen den Auftrag zu haben, das Gebiet bis zu den Mauern der Stadt aufzuklären.

Immer mehr Luftschiffe sammelten sich am Horizont und hoben sich als dunkle Schatten gegen die Abendsonne ab.

„Wahrscheinlich werden sie bis zum Einbruch der Nacht warten", vermutete Rajin.

Schließlich teilten sich die Luftschiffe der Tajimäer auf; sie begannen die Stadt von allen Seiten einzukreisen. Ankerleinen wurden ausgeworfen, um die Luftschiffe zu fixieren. Einige kleinere Schiffe strebten flussaufwärts – vermutlich, um die Brücken über den Südfluss anzugreifen und zu verhindern, dass Landtruppen aus Ostmeerland den Verteidigern zu Hilfe eilen konnten.

„Wie viele Drachenreiter habt Ihr zur Verfügung, Fürst Payu?", fragte Rajin.

„Ich nehme an, dass sich derzeit keine fünfzig in den Mauern Sukaras aufhalten", antwortete der Fürst. „Angesichts dieser Übermacht müssen wir wohl damit rechnen, dass alle Befestigungen im Grenzland einfach überrannt und die Drachenreiter niedergemacht wurden. Von dort werden wir allenfalls noch mit der Unterstützung einzelner Versprengter rechnen können."

„Was ist mit großen Gondeldrachen?", fragte Rajin genauer nach.

„Sie sind der Kriegsarmada des Kaisers vorbehalten. Sie zu unterhalten oder anzuschaffen übersteigt meine Mittel." Grimmig schloss sich die Hand Payus um den Schwertgriff. „Die Entwicklung ist zu schnell über uns gekommen. Wer hätte damit rechnen können, dass das Bündnis zwischen dem Seereich und den Tajimäern so schnell zustande kommt?"

„Katagi hat das Gleichgewicht ins Wanken gebracht", meinte Liisho. „Alles, was nun geschieht, ist für keinen der Beteiligten noch vorhersehbar. Was er tut, gleicht einem Würfelspiel mit dem Schicksal der fünf Reiche."

Rajins Gedanken waren bereits an einem ganz anderen Punkt. Sein Blick glitt an den sich immer mehr verdichtenden Reihen der tajimäischen Luftflotte entlang. Ein Schiff nach dem anderen wurde mit Ankerleinen provisorisch fixiert. Leitern wurden herabgelassen und über Flaschenzüge Bodentruppen und Belagerungsmaschinen.

„Sie gehen planmäßig vor, und wenn sie ihre Kriegsmaschinerie erst einmal vollständig in Stellung gebracht haben, gibt es für uns nur noch die Möglichkeit, uns bedingungslos zu ergeben", stellte Rajin fest. Nicht einmal eine Flucht hätte noch Aussicht auf Erfolg gehabt. Die Zahl der Luftschiffe, die die Stadt eingekreist hatten, war bereits viel zu groß.

Fünfzig Drachenreiter – das war nicht viel und ganz gewiss keine Streitmacht, mit der man hoffen konnte, gegen dieses gewaltige Heer zu siegen.

Die Drachen schienen die in der Luft liegende Anspannung bereits zu spüren, denn sie knurrten und brüllten in ihren Pferchen. Da sie aufgrund der allgemeinen Knappheit an Seemammutfleisch auf halbe Ration gesetzt worden waren, mischten sich Wut und Hunger auf eine Weise, die es den Samurai nicht gerade erleichtern würde, ihre Reittiere zu lenken.

In Rajin rasten die Gedanken. Die Gegenwart mischte sich mit Vergangenem, Erinnerungen mit Wunschbildern der Zukunft. Sollte hier und heute schon alles vorbei sein, was der Prinz für seine Bestimmung hielt? Sollte bereits die entscheidende Schlacht um die Zukunft verloren sein? Rajin ballte die Hände zu Fäusten.

Eine Legende fiel ihm ein, die der Weise Liisho schon in früher Kindheit in den Geist Rajins gepflanzt hatte. Die Legende des Heiligen Namboo, der das Wort des Unsichtbaren Gottes in einer Gegend verkündete, in der man einen Götzen in Form eines riesigen Auges aus Jade verehrt hatte. Die Bewohner fesselten Namboo und setzten ihn vor das überlebensgroße Jadeauge, das größer gewesen war als die größte Hütte im Dorf. Sie zwangen den Heiligen, das Auge ihres Gottes anzusehen, und erwarteten, dass dessen innere Kraft sich als stärker erweisen würde als die des Heiligen Namboo. Doch das Gegenteil war der Fall. Drei Tage musste der Heilige vor dem Jadeauge ausharren und starrte es an, bevor es schließlich in tausend Stücke zersprang.

Es kommt auf die innere Kraft an, ging es Rajin durch den Sinn. Und darauf, dem Schicksal ins Auge zu blicken ...

Er wandte sich zu den anderen um und sagte: „Unterstellt mir Eure Drachenreiter, Fürst!"

„Sie werden Euch nicht folgen."

„Wenn Ihr ihnen eröffnet, wer ich bin, schon."

„Haltet Ihr es wirklich für klug, noch mehr in dieses Geheimnis einzuweihen?", fragte Fürst Payu. „Es ist schon gefährlich genug, dass die Ninjas darüber Bescheid wissen, mit denen Ihr nach Kenda geflogen seid. Aber das war immerhin unvermeidlich."

„Es sind Samurai – und sie sollten wissen, für wen sie kämpfen", erwiderte Rajin.

„Kämpfen?" Der Fürst runzelte die Stirn. „Was habt Ihr vor?"

„Ich werde mit ihnen einen Angriff fliegen."

Der Fürst sah Rajin völlig entgeistert an. „Mit fünfzig Drachenreitern – gegen diese Streitmacht? Mit Verlaub, mein Prinz, aber Entscheidungen hinsichtlich der Verteidigung dieser Stadt solltet Ihr Männern überlassen, die Erfahrung auf diesem Gebiet haben. Unsere Feinde sind so übermächtig, dass wir unsere Kräfte zurückhalten müssen. Ein Angriff wäre der Untergang!"

„Ich habe keineswegs vor, blind in mein Unglück zu rennen", entgegnete Rajin.

Die Sonne stand schon tief, als die ersten balkengroßen Brandpfeile auf die Stadt zuflogen, abgeschossen von den riesigen Springalds der Flugschiffe, und durch die Hausdächer schlugen. Offenbar kannten sich die Angreifer zumindest so gut in Sukara aus, dass sie recht genau wussten, wo sich die Drachenpferche befanden. Das war auch nicht verwunderlich, denn bis vor Kurzem hatten noch recht regelmäßig Handelsluftschiffe Sukara angeflogen, um ihre Ladung dort umzuschlagen und zum Weitertransport ins Landesinnere Drachenias in die Gondeln von Lastdrachen umzuladen. Um zu erfahren, wo die Drachenpferche waren, hatte man nur einige der tajimäischen Händler aus Diria oder Kajar befragen müssen, die diese Route regelmäßig flogen. Selbst jetzt lagen noch zwei kleinere Lastschiffe an einem Ankermast; die hatte man im Ostviertel von Sukara eigens errichtet, damit die eintreffenden Luftschiffe ihre Ankerleinen daran festmachen konnten.

Von dem Angriff der Tajimäer waren die Händler, denen diese Schiffe gehörten, ebenso betroffen wie die Bürger Sukaras. Eines der Schiffe wurde von einer der baumsteindicken Brandlanzen durchschlagen und fing Feuer. Die Flammen griffen auf das unmittelbar daneben ankernde zweite Luftschiff über. Die Halteseile glichen innerhalb kürzester Zeit Zündschnüren, wie sie in Feuerheim zu verschiedenen Zwecken in Gebrauch waren. Wenig später stiegen die beiden Schiffe brennend und unkontrolliert empor. Das Feuer verschlang sie mitsamt ihrer halb gelöschten Ladung. Brennende Träger sprangen in ihrer Verzweiflung hinab in die Tiefe. Ihre in Todesangst ausgestoßenen Schreie mischten sich mit dem Brüllen der Drachen in den Pferchen, wobei der größte Lärm gar nicht von den verhältnismäßig wenigen Kriegsdrachen ausging, deren Pferche innerhalb der Burg lagen, sondern von den größeren und eigentlich viel friedlicheren Lastdrachen.

Ein wahrer Hagel von Katapultgeschossen unterschiedlichster Art prasselte auf die Stadt und den Hafen nieder. Die Dschunken von Küstenhändlern und Fischern fingen in großer Zahl Feuer. Um die etwas höher gelegene Burg zu erreichen, die von der eigentlichen Stadt wie von einem breiten schützenden Saum umgeben wurde, reichte die Schussweite der meisten Katapulte jedoch nicht aus. Dennoch traf der Pfeil eines Springald einen der Haupttürme, krachte durch ein Fenster ins Innere, und bald schon schlugen Flammen aus den Fensteröffnungen und Scharten des Turms. Im Burghof schöpfte daraufhin eine Schar aufgescheuchter Drachenier Wasser aus dem Brunnen, um es zum Brandherd zu bringen. Daran, eine Eimerkette zu bilden, dachte niemand in der Panik.

Beinahe ebenso gefährlich wie die riesigen Pfeile der Springalds waren Hunderte von Drachenzwickern, die auf die Stadt herabregneten. Als einer der Transportdrachenpferche im Ostviertel nach mehreren Treffern sowohl durch brennende Drachenzwicker als auch durch Springald-Pfeile schließlich in hellen Flammen stand und selbst das Wasser der Drachentränken nicht ausreichte, um das Feuer zu löschen, brachen die ersten Transportdrachen aus ihren Pferchen aus. Wilden, in Panik geratenen Bestien gleich trampelten sie durch die Straßen. Jeder Brandherd, dem sie begegneten, verstärkte ihre Furcht. Manche von ihnen stießen aus ihren aufgerissenen Mäulern Feuerlohen aus und verschlimmerten damit die Lage noch, sowohl für sich selbst als auch für die Stadt.

Es war ein kleiner Vorgeschmack dessen, was die Welt erwartete, wenn die Herrschaft über die Drachen tatsächlich eines Tages völlig verloren ging …

Fürst Payu ließ unterdessen die Garde der Drachenreiter von Sukara im inneren Burghof antreten.

„Dies ist Prinz Rajin Ko Barajan, der letzte Spross des Kaiserhauses", rief der Fürst mit donnernder Stimme. „Er ist der rechtmäßige Kaiser des Drachenlandes. Mir gegenüber hat er seine Herkunft eindeutig bewiesen, und da ihr auf mich eingeschworen seid und mir vertraut, solltet ihr auch ihm vertrauen."

Ein Raunen ging durch die Reihen der Drachenreiter.

Rajin trat vor. „Manches musste bisher im Geheimen bleiben und durfte nur einer kleinen Zahl von Personen auf Burg Sukara bekannt werden. Doch die Notlage der Stadt und der Burg erfordert es nun, dass diese Vorsicht aufgegeben wird", erklärte Rajin. „Ich will es kurz machen: Ich brauche Drachenreiter, die bereit sind, mit mir dem Feind entgegenzufliegen und ihn anzugreifen!"

„Mit Verlaub, Herr – ich will nicht an Eurer Herkunft und Eurem Namen zweifeln, wenn Fürst Payu sich für Euch verbürgt", meldete sich einer der Männer zu Wort. Er trug das Rangzeichen des Ersten Drachenreiters von Sukara und war damit ihr Kommandant. Er verneigte sich und fuhr fort: „Doch wir sollten die Kriegsdrachen zurückhalten, bis sich der Feind genähert hat – denn wenn wir angreifen und vom Feind geschlagen werden, steht die Stadt nahezu schutzlos da und kann nur noch durch die Fußtruppen verteidigt werden."

„Wir werden das Flaggschiff der Tajimäer vernichten!", entgegnete Rajin. „Wie der Heilige Namboo werden wir dem Feind in das Jadeauge blicken, und mit der inneren Kraft auf unserer Seite werden wir siegen! Wenn das Flaggschiff vernichtet ist, wird die Ordnung des Feindes zerbrechen, was uns die Möglichkeit gibt, ihm zu widerstehen!"

„Der Heilige Namboo hatte immerhin das Wort des Unsichtbaren Gottes auf seiner Seite", entgegnete der Erste Drachenreiter von Sukara. Doch die vermeintliche Widerrede verwandelte sich mit seinen nächsten Worten in Zustimmung. „Aber wenn Ihr wirklich aus dem

Haus Barajan stammt, dann bin ich davon überzeugt, dass dies bei Euch auch der Fall ist!" Er neigte den Kopf und schlug sich mit der Faust gegen die Brust. „So wahr ich Unjan Ko Song bin, ich werde Euch folgen, denn alles ist besser, als auf den Feind zu warten."

Die Worte des Samurai erfüllten Rajin mit Stolz. „Wer mir nicht folgen will oder Zweifel hat, soll hierbleiben", gebot er. „Es bleibt keine Zeit – und wenn wir jetzt nicht handeln, wird es zu spät sein. Aber eines solltet ihr alle bedenken: Ihr wisst nun, wer ich bin, und jeder, der nun an meiner Seite und nicht gegen mich kämpft, wird sich den Zorn Katagis zuziehen."

„Sein Wohlwollen hatten wir ohnehin nicht, weil wir dem Fürsten vom Südfluss dienen", entgegnete Unjan. „Und im Übrigen haben wir angesichts der Lage ohnehin keine andere Wahl. Oder wird Katagi die Stadt schützen?"

In diesem Moment erschien über der Burg eines der kleineren Luftschiffe. Eine Reihe von Pfeilen und Armbrustbolzen, die von den Wehrgängen aus abgeschossen wurden, prallten an dem sehr dünnen Metall ab, aus dem der untere Teil bestand, doch einer von ihnen verfing sich im sich drehenden Flügelrad am Bug des Schiffs. Aber das schien die Funktionsfähigkeit des Fluggefährts nicht weiter zu beeinträchtigen. Luken sprangen an der Unterseite auf, Seile wurden ausgeworfen, an denen sich innerhalb weniger Augenblicke eine Schar von Dreiarmigen herabließ.

Ein zweites Luftschiff, ebenfalls nur von mittlerer Größe, hatte den äußeren Burghof erreicht und wurde dort mit Katapulten und Armbrüsten beschossen. Die meisten Geschosse prallten von der unteren Metallhaut ab, ein paar jedoch schlugen durch, allerdings ohne erkennbare Wirkung. Das Schiff verfügte über zwei Springalds, die jeweils an den Seiten angebracht waren und deren Schusswinkel vertikal verändert werden konnten.

Die beiden Riesenarmbrüste senkten sich und schossen in den Drachenpferch der Samurai-Garde von Sukara. Eine der echsenartigen Kreaturen brüllte laut auf, als ihr der baumdicke Pfeil mit der metallverstärkten Spitze durch den Leib fuhr. Ein Feuerstrahl fuhr aus dem Maul des getroffenen Drachen, wurde aber schnell zu einem Schwall heißer Luft und etwas Rauch, während sich der Drache röchelnd wand. Ein sofortiges Nachladen der Springalds war nicht möglich. Stattdessen wurde mit Drachenzwickern und einfachen Armbrüsten geschossen.

„Sie haben es auf die Drachen abgesehen!", rief Liisho, der sein Schwert gezogen hatte, um sich gegen die dreiarmigen Angreifer zu wehren, die sich, wild um sich schlagend, auf die versammelte Schar der Samurai stürzten. Sie hatten offenbar den gleichen Gedanken gehabt wie Rajin und alles in den ersten Angriff gelegt, der ins Herz des Feindes treffen sollte – nur waren sie dem Prinzen zuvorgekommen!

Ein Dreiarmiger stürmte auf Rajin zu. Mit der Axt schlug er einem Samurai, der sich bereits gegen einen anderen Gegner verteidigte, wie beiläufig den Kopf vom Rumpf, sodass dessen Blut hoch emporspritzte und den Schild des Dreiarmigen rot färbte.

Eine Welle des Grimms überkam Rajin, als er das sah. Mit wuchtigen Bewegungen kam der Dreiarmige auf ihn zu. Seine Haut war so fest wie die eines Drachen und konnte es mit einem gewöhnlichen Harnisch durchaus aufnehmen. Von irgendwoher sirrte ein Pfeil – wahrscheinlich von einem der Wächter auf den Türmen abgeschossen –, fuhr dem Dreiarmigen in die Schulter und ließ ihn barbarisch aufbrüllen. Sein Gesicht, ebenfalls von Schuppenhaut bedeckt, verzog sich. Es hatte eigentlich einen hellroten Farbton, doch jetzt veränderte es sich und wurde grün. Er riss das tierhaft wirkende Maul auf und entblößte Reißzähne von der Länge eines menschlichen Zeigefingers. Mit gesteigerter Wut stürzte er sich auf Rajin.

Dieser wich zurück. Die Schläge, die der Dreiarmige sowohl mit der Axt als auch mit dem Schwert führte, waren so wuchtig, dass es Rajin nur mit Mühe gelang, sie zu parieren. Sein Schwert musste er dabei mit beiden Händen fassen, damit es ihm nicht durch einen dieser Hiebe aus der Hand geprellt wurde.

Zwei, drei Schritte taumelte Rajin zurück. Die Axt hob sich, sauste durch die Luft, und Rajin wich blitzschnell zur Seite, woraufhin die mörderische Doppelklinge in die Fugen des Burgpflasters donnerte. Rajin nutzte die Gelegenheit, machte einen Ausfallschritt und wollte zustoßen. Aber sein Gegner hatte schnell reagiert und den hölzernen Schild gehoben, in den Rajins Klinge hineinhackte und stecken blieb.

Der Dreiarmige riss den Schild mitsamt dem Matana-Schwert des Prinzen empor. Die Waffe wurde Rajin aus den Händen gerissen, und er stolperte fast zu Boden. Nur mit Mühe konnte er dem Schwert seines Gegners ausweichen, aber er strauchelte und fiel dann doch. Er drehte sich um die eigene Achse und sah die bereits bluttriefende Doppelklinge der Streitaxt über sich zum mörderischen Schlag erhoben. Rajin riss seinen Dolch aus dem Gürtel und schleuderte ihn dem Dreiarmigen entgegen. Die Klinge fuhr ihm ins linke Auge, der Axtschlag ging ins Leere. Die Wucht war so stark, dass Steine aus dem Pflaster gesprengt wurden. Rajin rappelte sich auf, entriss seinem Gegner die Axt.

So, wie du es mich beim Drachenstab gelehrt hast, Liisho!, dachte er grimmig. So, wie ich es mit dem Schwert in den Händen vor dem Block aus Drachenbasalt bisher vergeblich versuchte!

Der Dreiarmige taumelte zurück. Rajin fasste den Stiel der schweren Axt mit beiden Händen und schwang seinem Gegner das schartige Blatt in den Leib. All die innere Kraft hatte er in sich gesammelt und auf einen Punkt konzentriert, so wie Liisho es ihm beizubringen versucht hatte. Es mochte sein, dass er noch nicht so weit war, den Drachenbasalt zu spalten oder den Urdrachen zu bezwingen, aber um einen Dreiarmigen zu töten reichte es.

Die Axt – obwohl so schwer, dass ein gewöhnlicher Menschenkrieger kaum in der Lage gewesen wäre, damit zu kämpfen – erschien dem Prinzen seltsam leicht. Beinahe gewichtslos, wie die nach drachenischer Art geschmiedete Matana-Klinge eines Drachenreiter-Samurai. Ein weiterer Dreiarmiger griff ihn an, und Rajin wirbelte mit der Axt herum und trennte ihm den Schädel vom Leib. Dann ließ er die plumpe Waffe fallen und ging zu dem Schild des ersten Angreifers und zog sein Schwert aus dessen Holz.

Überall waren inzwischen heftige Kämpfe entbrannt zwischen den Samurai und den Dreiarmigen. Wachen verließen ihre Posten auf den Wehrgängen, um den Samurai zu Hilfe zu eilen.

Der Weise Liisho hatte sich gerade eines Angreifers entledigt, indem er ihm mit einer Kraft, die man dem weißbärtigen, hageren Mann kaum zutraute, das Schwert in den Leib gerammt hatte. Scheinbar mühelos hatte er dabei die harte Schuppenhaut des Dreiarmigen durchstoßen, der nun mit gurgelnden Lauten in sich zusammenbrach. Ein weiterer dreiarmiger Söldner in den Diensten des tajimäischen Priesterkönigs stürzte auf ihn zu. Da Liisho seine Klinge, die im ziegelroten Schuppenpanzer des getöteten Gegners feststeckte, nicht schnell genug befreien konnte, ließ er die Waffe los, duckte sich unter dem Schlag seines Gegners hinweg, riss den Drachenstab hervor und stieß ihn dem Dreiarmigen gegen den Leib.

Das Metallrohr traf zwar zwischen zwei Schuppen, ganz ähnlich, wie es beim Drachenreiten der Fall war, aber es war nicht möglich, den relativ stumpfen Gegenstand in den Körper des Dreiarmigen zu stoßen. Selbst ein sehr viel kräftigerer Mann als Liisho hätte das nicht vermocht. Aber in dem Moment, da der Drachenstab den Körper des Söldners berührte, zuckte ein Blitz am Metall des Drachenstabs entlang und erfasste den Dreiarmigen, der zu Boden sank. Schon war Unjan, der Erste Drachenreiter von Sukara, zur Stelle, um ihm den Kopf mit einem einzigen Streich seines Matana-Schwerts von den Schultern zu schlagen. Der kantige Schädel des Dreiarmigen rollte über den Boden. Die Fratze seines im Tode erstarrten Gesichts wirkte wie eine Mischung aus verwundertem Grinsen und einem Ausdruck tiefsten Entsetzens.

Liisho stand taumelnd da. Er schien in diesem Moment um Jahre gealtert. Falten zerfurchten sein Gesicht in nie gekannter Weise, Adern traten darin deutlich hervor, und Haare lösten sich büschelweise aus seinem weißen Bart und fielen herab.

Rajin sah dies. Er runzelte die Stirn, und der Weise bemerkte den fragenden Blick seines prinzlichen Zöglings sehr wohl.

„Alles fordert seinen Preis!", hörte Rajin die Gedankenstimme seines Mentors. Erst die Begegnung mit dem Magier Abrynos aus Lasapur und jetzt dieser Kampf ums nackte Überleben – beides musste den Weisen von unbestimmbarem Alter ungeheuer viel an innerer Kraft gekostet haben. Und vielleicht sogar noch mehr als das, ging es Rajin durch den Sinn. Es war das erste Mal, dass er diesen scheinbar so übermächtigen Mann, dem nicht einmal das Alter etwas anzuhaben vermochte und der Rajin stets unerreichbar überlegen erschienen war, in einem Augenblick der Schwäche erlebte.

„Die Drachen!", murmelte Liisho, und die Worte hallten gleichzeitig mit der Kraft seiner Gedankenstimme in Rajins Innerem wieder. „Die Drachen. Wir müssen sie befreien ..."

Rajin kämpfte sich in Richtung der Drachenpferche. Das Brüllen der Tiere war ohrenbetäubend. Rajin spürte auch die Schreie ihrer Seelen. Ghuurrhaan!, durchfuhr es ihn. Er wich dem Axthieb eines Dreiarmigen aus, parierte und hieb ihm den dickeren Arm ab. Blut schoss aus dem Stumpf. Rajin beachtete den Verstümmelten nicht mehr, sondern strebte weiter auf die Pferche zu. „*Ghuurrhaan, erhebe dich!*", rief er in Gedanken, und er spürte die geistige Verbindung zu dem ehemaligen Wilddrachen von der Insel der Vergessenen Schatten, den er sich gezähmt hatte. Ghuurrhaan war größer und mächtiger als die meisten gewöhnlichen Kriegsdrachen. Und vor allem war er es gewöhnt, sich seine Nahrung selbst zu erjagen, aber Fürst Payu hatte davor gewarnt, ihn allzu oft frei herumfliegen zu lassen: Die Fischer und Bauern der Umgebung hätten ihn für einen Wilddrachen gehalten, und allein deswegen hätte er schon erhebliches Aufsehen erregt. Das hatte der Fürst vermeiden wollen. Doch auch wenn sich Ghuurrhaan bisher recht ruhig verhalten hatte, hieß das nicht, dass er sich an das Leben in einem Drachenpferch gewöhnt hatte. Angekettet auf Futter zu warten und ansonsten den Tag zu verdösen, wenn nicht gerade ein Ritt bevorstand, das mochte für jene degenerierten Verwandten genug sein, die vom Schlüpfen aus dem Drachenei an unter Menschen gelebt hatten, nicht aber für Ghuurrhaan. Der Weise Liisho hatte Rajin jedoch gezeigt, wie er seine innere Kraft einsetzen konnte, um den Drachen zumindest so weit zu beruhigen, dass für die Drachenpfleger des Fürsten keine Lebensgefahr bestand, wenn sie ihm die in letzter Zeit durch die steigenden Preise immer kargeren Seemammutportionen brachten oder versuchten, seinen Schuppenpanzer zu reinigen.

Dafür, dass ein Kriegsdrache nicht von seinem Feueratem Gebrauch machte, solange er sich im Pferch befand, war jeder Samurai selbst verantwortlich, weswegen die Mitglieder der Drachenreiter-Garde des Fürsten viel Zeit in den Pferchen verbrachten und stets darauf achteten, mit ihrem jeweiligen Tier in geistigem Kontakt zu bleiben. Normalerweise geschah es bei einem gut erzogenen Kriegsdrachen nicht, dass er sein Feuer hervorschießen ließ, solange er im Pferch war – und wenn doch, wurde sein Besitzer dafür in Schadenersatzhaftung genommen. Da es aber auch hin und wieder vorkam, dass die Erziehung eines Drachen misslang, waren die Gatter und Gebäude von Drachenpferchen in der Regel aus Stein, und alle brennbaren Bestandteile an benachbarten Gebäuden mussten mit einer seltenen Erde bestrichen werden, die man in den Ausläufern des Dachs der Welt gewann und die feuerabweisend wirkte. Nur aus diesem Grund standen die Dächer rund um die Pferche auch noch nicht in hellen Flammen, obwohl sie immer wieder von Brandpfeilen getroffen wurden.

„Ghuurrhaan! Erhebe dich!", schrie Rajin wie in einem Kampfschrei und mobilisierte alles an innerer Kraft, als er das Gatter der Pferche erreichte. Dieses diente dazu, Schaulustige von den Drachen fernzuhalten, die dahinter entweder am Boden angekettet waren oder sich in den kathedralengroßen Drachenställen aufhielten; ihr Brüllen hallte dort besonders schauerlich wider.

Die wenigen Drachen, die im Freien angekettet gewesen waren, hatten die Schützen des zweiten Luftschiffs mit ihren Armbrustbolzen und Drachenzwickern dahingestreckt. Der unbeschreiblich durchdringende Geruch von Drachenblut erfüllte die Luft. Eines der hohen Tore war trotz der feuerabweisenden Erde in Brand geraten; vielleicht war einer der Kriegsdrachen im Inneren der Stallung dafür verantwortlich, einer, der vor lauter Panik sein Drachenfeuer nicht mehr hatte zurückhalten können.

Auf einmal platzte eines der Tore aus seinen Verankerungen. Die Eisenscharniere brachen einfach weg, und Ghuurrhaan drang mit wildem Gebrüll ins Freie. Feueratem schoss ihm aus dem Maul, ließ das fallende Tor kurz aufglühen, und die Behandlung mit der seltenen Erde ließ die Glut bläulich leuchten. An Ghuurrhaans Hinterbeinen hingen noch die gesprengten Ketten.

Ghuurrhaan machte einen Satz nach vorn, entfaltete die auf seinem Rücken zusammengelegten Flügel und vollführte eine Mischung aus Flug und Sprung auf das Flugschiff zu, wobei ein weiterer Feuerstrahl seinem Maul entwich.

Der Kommandant des Luftschiffs hatte keine Möglichkeit mehr zu reagieren. Der Feuerstrahl traf die unteren Teile des Fluggeräts und ließ das Metall aufglühen. Das Flügelrad am Bug brannte, während es sich noch drehte, und erinnerte an Feuerheimer Wunderkerzen, die der Feuerfürst von Pendabar angeblich bei seinen Festen einsetzte und die man seit zwei oder drei Generationen auch bei Festen am Hof des Drachenkaisers abfackeln ließ.

Ghuurrhaan flog um das Luftschiff herum, wollte es erneut angreifen. Ein Drachenzwicker schlug durch die Haut seines rechten Flügels und riss ein armdickes Loch. Das aber machte den Drachen nur noch wütender. Er flatterte aufgeregt, Drachenblut spritzte durch die heftigen Bewegungen umher und regnete auf die am Boden kämpfenden Samurai und Dreiarmigen herab. Dann krallte sich Ghuurrhaan mit seinen Drachenpranken an einem der Springalds fest, während sich ein weiterer Feuerstrahl durch die mit feuerabweisender Erde bestrichenen Aufbauten des Luftschiffs fraß; dieser Glut konnte diese dünne Schutzschicht nicht widerstehen. Ghuurrhaan schleuderte mit einem Ruck das Luftschiff nach unten, drückte es mit seinem Gewicht nieder, sodass es in schräger Flugbahn gegen einen der Wachtürme der Burg von Sukara krachte und zerschellte. Feuer brach aus in dem Fluggerät und fraß sich von innen her durch die Wände. Flammen züngelten aus den Fenstern. Brennende Gestalten sprangen ins Freie, darunter ebenso tajimäische Schützen wie dreiarmige Söldner. Allerdings hörte man nur die Schreie von Menschen, denn den Dreiarmigen machten die Flammen wenig aus, sofern sie ihnen nur kurz ausgesetzt waren. Die Haut der *Veränderten* ähnelte nicht nur äußerlich, sondern auch in ihrer außergewöhnlichen Widerstandskraft jener der Drachen, und es hieß, dass jener Magier, der einst den ersten Dreiarmigen geschaffen hatte, dazu unter anderem aufgekochte und mit allerlei besonderen Ingredienzen versetzte Drachenhaut verwendet hätte. Auch wenn es Magiern seit dem Bann des Barajan nicht mehr möglich war, die geistige Herrschaft über die Drachen zurückzugewinnen, mit den Kadavern der riesigen Tiere taten sie, was man sowohl in Magus als auch unter den abtrünnigen Magiern andernorts wissenschaftliche Magie nannte.

Lediglich die Kleidung der Dreiarmigen brannte lichterloh – aber das schien keinen von ihnen zu stören oder gar davon abzuhalten, sich sofort ins Kampfgetümmel zu stürzen.

Ghuurrhaan taumelte zu Boden, landete unsanft im Hof, sowohl Dreiarmige als auch Samurai unter seinen Pfoten zermalmend, faltete dann die Flügel wieder auf den Rücken und drehte sich, wobei er seinen stachelbewehrten Schwanz herumschwenkte. Einer der Dreiarmigen wurde erst von den Hornzacken aufgespießt und anschließend durch das offene Tor des Drachenstalls geschleudert, aus dem Ghuurrhaan ausgebrochen war. Ein Drachenhals reckte sich daraus hervor. Mit dem Maul hatte das Ungetüm den Dreiarmigen aufgefangen und verschlang ihn als zwar aufgrund der Schuppenhaut etwas arg zähe, aber wegen der Stockseemammutknappheit dennoch willkommene Zwischenmahlzeit. Die mächtigen Kiefer des Drachen ließen die Knochen krachend zerbrechen, dann würgte er den Dreiarmigen geräuschvoll hinunter.

Rajin erkannte den Drachen sofort an der Zeichnung seiner Schuppenhaut. Es war Ayyaam, der Drache des Weisen Liisho, der ein direkter Nachfahre des Urdrachen Yyuum sein sollte. Auch er hatte die Ketten gesprengt und schob sich nun durch den Bogen des Stalltors, das größer war als das Tor so mancher Festung im Seereich oder in Feuerheim. Offenbar hatte sein weiser Mentor den Drachen dazu gebracht, sich ebenfalls zu erheben, so wie es Rajin zuvor von Ghuurrhaan verlangt hatte. Aber der Prinz spürte gleich, dass etwas nicht so war, wie es hätte sein sollen.

Dieser Drache war nicht unter Kontrolle, erkannte er sofort an der geistigen Präsenz des Giganten. Dann vernahm er die Stimme Liishos in seinem Kopf. *„Ich bin zu schwach! Meine Kräfte … sie reichen nicht aus …"*

Offenbar hatte Liisho seine innere Kraft bereits zu einem allzu großen Teil verausgabt, als er sich in höchster Not gegen den Angriff der Dreiarmigen hatte verteidigen müssen.

Rajin drehte sich um. Er sah Liisho inmitten des Kampfgetümmels, sah ihn auf die Knie sinken, sich dabei auf sein Schwert stützend und den Drachenstab zitternd in Richtung des Drachenstalles richtend. Für einen kurzen Moment umflorte erst ein bläuliches, dann ein grünliches Leuchten das Metall des Stabes. Das Gesicht Liishos wirkte so bleich wie die weiße Kalksteinwand süddrachenischer Häuser, die Haut sah aus wie Pergament.

Ein entsetzlich schwacher Gedanke erreichte den jungen Prinzen.

„Du wirst beide Drachen beherrschen müssen, Rajin!"

Rajin wurde von einem Dreiarmigen angegriffen, parierte dessen wütenden Schwertstreich und duckte sich im nächsten Moment unter der blutigen Axt weg. Mit seinem eigenen Schwertschlag zertrümmerte er den Schild seines Gegners, und der Dreiarmige brüllte auf, weil die Klinge nicht nur durch das Hartholz aus den Wäldern von Tembien hieb, sondern auch den Knochen seines Schildarms durchtrennte. Rajin stieß den Dreiarmigen mit einem wuchtigen Tritt zur Seite. Sein Gegner taumelte ein paar Schritte zurück, und Rajin strebte auf Liisho zu.

Nachdem ein weiterer Samurai unter den Schlägen eines Feindes zu Boden gegangen war, befand sich der Weise in großer Gefahr. Der Dreiarmige hackte dem am Boden liegenden Samurai mit der Axt den Kopf ab, dann stapfte er auf den völlig apathisch wirkenden Liisho zu.

„Ich bin nicht wichtig, Rajin. Meine Zeit habe ich ohnehin lange überschritten. Sammle deine innere Kraft für die Drachen! Du wirst sie beide beherrschen müssen! Und erfülle deine Bestimmung!"

Der Dreiarmige hatte Liisho erreicht. Die gewaltigen Muskeln seines Axtarms spannten sich. Er holte zu einem mächtigen Schlag aus, mit dem er Liisho den Schädel bis zum Brustbein spalten würde.

5

DRACHENBLUT UND DRACHENGEIST

„Ghuurrhaan! Ayyaam! Gehorcht!"

Rajins Gedanken waren wie ein Aufschrei. Die Zeit schien in diesem Augenblick so stark verlangsamt, als ob ein Zauber sie lähmte. In den Monaten, die der Weise Liisho ihn bereits auf Burg Sukara in der verfeinerten Anwendung der inneren Kraft unterwies, hatte Liisho immer wieder erwähnt, dass solche Empfindungen möglich seien. *„Diese Momente sind ein Zeichen wahrer Macht und wahrer Beherrschung"*, erinnerte sich Rajin der Worte seines Mentors, die durch seinen Kopf hallten und ihn für einen Moment völlig erfüllten, ähnlich wie es von der Litanei der Priesterschaft des Unsichtbaren Gottes in den Kathedralen Drachenias gesagt wurde.

Die mit Blut beschmierte Doppelklinge der Axt sauste mit atemberaubender Genauigkeit auf den Schädel des Weisen zu. Gleichzeitig hatte sich Ghuurrhaan erneut zu einem Flugsprung erhoben, um jenes Luftschiff zu attackieren, aus dem sich die Dreiarmigen herabgeseilt hatten.

Mit dem stachelbewehrten Schwanz schwang er dabei peitschenartig durch die Luft. Einer der Stacheln fuhr dem Dreiarmigen, der gerade im Begriff war, Liisho den Kopf zu spalten, in das geöffnete Raubtiermaul. Der schuppenhäutige Söldner wurde in die Luft gerissen und wie eine Puppe über die Burgmauer geschleudert. Irgendwo innerhalb des äußeren Burghofs schlug er mit einem dumpfen Laut auf. Veränderte von der Art der Dreiarmigen waren durchaus in der Lage, solche Stürze zu überleben, aber sogleich fiel eine Horde bewaffneter Bürger und Burgwachen über ihn her und tötete ihn, ehe er sich wieder aufrappeln konnte.

Im Sprung hatte Ghuurrhaan die Flügel ausgebreitet, aber er schwang sich mehr empor, als dass er tatsächlich flog. Er drehte sich dabei scheinbar chaotisch und schwerelos um den eigenen Körpermittelpunkt. Das Luftschiff drehte bereits bei. Das Flügelrad am Bug lief plötzlich mit deutlich höherer Geschwindigkeit.

Der noch bluttriefende Stachelschwanz Ghuurrhaans erwischte das Luftschiff dennoch am Heck und versetzte es seinerseits in eine Drehbewegung. Es trudelte davon, krängte zur Seite und rammte einen der Türme, woraufhin ein großes Stück der Außenverkleidung eingedrückt wurde.

Ghuurrhaan flatterte indessen kraftvoll mit seinen zur Gänze entfalteten Flügeln und flog steil nach oben. Doch inzwischen hatte auch Ayyaam den Boden verlassen, nachdem er in seinem engeren Umkreis sowohl Freund als auch Feind in die Flucht geschlagen hatte.

„Zerstöre es!", lautete der eindeutige Befehl, den Rajin mit aller Kraft in den Geist des Giganten brannte.

Der Nachfahre des Urdrachen sträubte sich zunächst dagegen, dass ihm jemand Anweisungen erteilte, von dem er es nicht gewöhnt war. Er brüllte laut auf, fauchte und flog einen seltsamen Zickzack-Kurs auf das trudelnde Luftschiff zu. Doch als er es erreichte, zögerte er nicht länger. Drachenfeuer hüllte für Augenblicke einen Teil des Luftgefährts ein. Die Metallteile begannen zu glühen, und selbst die mit der feuerabweisenden Erde geschützten Aufbauten hielten der enormen Hitze nicht stand. Doch sie brannten nicht richtig, sondern schwelten nur, wobei eine pechschwarze Rauchfahne nach Norden wehte, in die Provinz Ostmeerland.

Dann brach das Luftschiff auseinander. Glühende Wrackteile regneten herab, während sich Ayyaam ebenfalls in große Höhe schwang.

„Ich bleibe euer Herr – so wie ich als rechtmäßiger Drachenkaiser der Herr aller Drachen sein werde!", folgte ihm Rajins Gedankenruf.

Aber die beiden Drachen gaben durch nichts zu erkennen, dass Rajins Gedanke sie erreicht hatte. Sie flogen so weit empor, dass auch kein Geschoss aus einem angreifenden Luftschiff sie hätte treffen können.

Rajin blickte ihnen nach, murmelte ihre Namen, doch schon im nächsten Moment wurde er von gleich zwei Dreiarmigen angegriffen, die, wild die Äxte schwingend, auf ihn eindroschen.

Rajin wich zurück, verteidigte sich. Sein Schwert prallte von dem Holz eines Schildes ab, glitt zur Seite. Um Haaresbreite säbelte ein Schwert an seinem Ohr vorbei. Rajin blieb nichts anderes übrig, als weitere Schritte zurückzuweichen.

Dabei bemerkte er, dass der Weise Liisho inzwischen zu Boden gesunken war und regungslos dalag. Sein Gewand war blutgetränkt, aber Rajin hatte keine Möglichkeit auszumachen, ob dies Liishos eigener Lebenssaft oder der seiner Gegner war. Unjan, der Erste Drachenreiter des Fürsten vom Südfluss, kämpfte in der Nähe und trieb einen der Dreiarmigen zurück.

Inzwischen hatte Fürst Payu offenbar einen Teil seiner Fußtruppen in die innere Burg beordert, damit dieser die kleine und inzwischen auch noch recht zusammengeschmolzene Schar der Samurai bei der Verteidigung des innersten Burgbereichs unterstützte. An den äußeren Stadtmauern wurden derweil die Katapulte im schnellen Takt neu geladen und abgefeuert. Springalds schossen ihre gewaltigen Pfeile auf die heranrückenden Luftschiffe ab, und Trebuchets schleuderten Klumpen aus brennender Pecherde.

Noch hielten die Angreifer ihre großen Schiffe zurück. Offenbar gingen sie davon aus, dass sie für die Katapulte der Verteidiger zu leichte Ziele waren. Man wollte wohl erst abwarten, bis sich der Vorrat an Bolzen und Pecherde auf Seiten der Verteidiger verringert hatte.

Hornsignale wurden von den Türmen der Stadtmauern aus geschmettert. Es waren Warnsignale, die unter anderem ein Vordringen der Feinde über Land meldeten.

Im inneren Burghof wendete sich das Blatt sehr schnell, nachdem die Verstärkung durch die Fußsoldaten eintraf und die Dreiarmigen in die Unterzahl gerieten. Nach der Zerstörung der beiden Luftschiffe durch Ghuurrhaan und Ayyaam fehlte ihnen auch keinerlei Unterstützung aus der Luft. Es dauerte nicht lange, bis die Verteidiger die Oberhand gewannen. Die Dreiarmigen wurden einer nach dem anderen niedergemacht.

Rajin schaffte es nun endlich, zu Liisho vorzudringen, der reglos wie ein Toter auf dem Pflaster lag. Der Prinz drehte ihn herum. Das Gesicht seines Mentors war starr, die Augen blicklos, und es ließen sich weder Atmung noch Herzschlag feststellen.

„Liisho!", stieß Rajin hervor.

Was sollte er nur tun ohne den Rat des Weisen? Wenn je ein Drachenkaiser den Rat Liishos gebraucht hatte, dann war es zweifellos Rajin! Der Prinz schüttelte stumm den Kopf, während er in das unvorstellbar alt gewordene Gesicht seines Mentors blickte. Mochten sie auch in letzter Zeit bisweilen verschiedener Meinung gewesen sein und sich Rajin mitunter daran gestört haben, mit welch kompromissloser, ja, kaltherziger Rücksichtslosigkeit Liisho Ziele, die er meinte, für richtig erkannt zu haben, mitunter verfolgte, so war sich der Prinz doch der Tatsache bewusst, dass es kaum möglich sein würde, den Drachenthron ohne Liishos Hilfe zurückzuerobern.

„Die Drachen ... Halte die Drachen in deiner Gewalt ... Alles andere ist unwichtig ...!", hörte Rajin die Gedankenstimme des Weisen.

„Du wirst es schaffen, Rajin! Ohne mich und mit mir. Das ist nicht entscheidend ..."

„Nein!", schrie Rajin.

Aber er musste erkennen, dass er einen Toten anrief.

Rajin rief zwei Fußsoldaten herbei. „Bringt den weisen Meister fort von hier, damit sich ein Arzt um ihn kümmern kann!", herrschte er sie an.

Die beiden Fußsoldaten sahen sich verwundert an.

„Da hilft kein Arzt mehr, Herr", sagte der Größere der beiden.

„Tut trotzdem, was ich sage!", befahl Rajin.

Sie gehorchten. Inzwischen wurde im Burginnenhof kaum noch gekämpft. Nur hier und da wehrten sich noch einzelne Dreiarmige.

Rajin hatte Tränen des Zorns in den Augen. Ganz gleich, welche Mächte auch immer das Schicksal der Welt bestimmten, ob nun der Meeresgott Njordir und seine wilden Göttergesellen, an deren Wirken die Seemannen glaubten, oder der Unsichtbare Gott, dessen Existenz Tajimäer und Drachenier für eine unumstößliche Tatsache hielten – irgendetwas musste der Prinz getan haben, um diese Mächte gegen sich aufzubringen. Wie sonst war es zu erklären, dass er mit solch furchtbaren Verlusten gestraft wurde! Winterborg, den Ort, in dem er aufgewachsen war, hatten die Drachenreiter des Usurpators Katagi dem Erdboden gleichgemacht und dabei seinen Ziehvater Wulfgar Wulfgarsson und so gut wie alle Bewohner getötet. Und seine Geliebte Nya und ihr ungeborenes Kind waren zuerst gefangenen genommen und dann verzaubert worden, um als Lockvögel für ihn zu dienen; nun waren beide weiter von ihm entfernt, als man sich überhaupt vorstellen konnte. Sein getreuer Freund Bratlor Sternenseher war beim Kampf um die Zitadelle von Krena ums Leben gekommen, sein Leichnam lag aufgebahrt in dem Kellergewölbe unterhalb von Sukara. Nichts, was ihm lieb und teuer gewesen war, war ihm geblieben. In manchen Augenblicken nicht einmal die Gewissheit, dass er mit dem, was er tat, tatsächlich seiner wahren Bestimmung folgte.

Und nun, so schien es, hatte ihn auch noch Liisho verlassen. Ausgelaugt und bar jeden auch noch so winzigen Quantums an innerer Kraft war er seiner Schwäche erlegen. Einer Schwäche, die gewöhnlich Menschen dahinsiechen ließ, die nicht einmal ein Drittel von Liishos Jahren zählten.

„Ich habe nie behauptet, unsterblich zu sein …", hörte Rajin noch einmal die Gedankenstimme seines Mentors – diesmal so entsetzlich schwach und verhalten, dass es dem Prinzen unwillkürlich einen Stich versetzte. Liisho setzte noch hinzu: *„Bedenke, dass du ebenfalls nicht unsterblich bist …"*

Die beiden Fußsoldaten packten Liisho an Armen und Beinen und trugen ihn davon. Rajin hörte noch immer die Stimme seines weisen Mentors. Aber sie war so schwach und brüchig, dass er auch bei größter Anstrengung nicht mehr die einzelnen Worte unterscheiden und ihre Bedeutung erfassen konnte. Die Stimme Liishos wurde zu einem leisen Gemurmel. Wie ein Blätterrauschen des Geistes und ohne Bedeutung. Ohne Sinn. Ohne das Besondere, das ihn immer ausgezeichnet hatte.

„Liisho …!"

Es hatte keinen Sinn, einem Toten nachzurufen, erkannte Rajin. Er blickte suchend zum Himmel. Das Schwert steckte er ein, den Drachenstab nahm er dagegen in die rechte Hand. Er versuchte die beiden Drachen geistig zu erspüren und seine innere Kraft auf sie zu richten.

Ein Schwert, ein Stab... Das alles sind nur Werkzeuge!, erinnerte er sich an Worte, die Liisho so oft zu ihm gesagt hatte. Einen Moment lang glaubte er die Verbindung zu den beiden Drachen verloren zu haben. So sehr er auch seine innere Kraft zu sammeln versuchte, sie schien einfach nicht auszureichen. Der Moment, in dem er an dem Block Drachenbasalt zuletzt kläglich gescheitert war, kam ihm wieder in Erinnerung. Das Gefühl der Ohnmacht war gleich, aber er durfte sich dem nicht hingeben. Dann veränderten sowohl Ayyaam als auch Ghuurrhaan abrupt ihre Flugbahn. Sie kehrten in einem weiten Bogen zurück, und Rajin spürte zunehmend, wie er die Gewalt über beide Giganten wiedererlangte. Ein Zittern durchlief ihn dabei, und Funken sprühten für mehrere Augenblicke aus dem Drachenstab.

Die drachenischen Fußsoldaten sowie die Drachenreiter-Samurai, die den Kampf mit den beiden Luftschiffen überlebt hatten, standen wie angewurzelt da und starrten Rajin an.

„Wenn noch einer von uns daran gezweifelt haben mag, dass er der wahre Nachfolger des Drachenkaisers ist – jetzt haben wir den Beweis!", stieß Unjan ergriffen hervor.

Andere stimmten ihm lauthals zu.

„Kein gewöhnlicher Drachenreiter kann gleich zwei Drachen unter seinen Willen zwingen!"

„Er muss in direkter Linie von Barajan abstammen!"

„Habe ich euch nicht genau das gesagt?", rief Fürst Payu.

Auch der Fürst hatte sich ins Schlachtengetümmel gestürzt und höchstpersönlich gegen die Dreiarmigen gekämpft. Sein Schwert war dunkelrot vom Blut der Söldner und sein Wams an der Seite durch einen Schwertstreich aufgerissen. Darunter war eine Wunde zu sehen, die leicht blutete, den Fürsten vom Südfluss allerdings nicht weiter zu behindern schien.

Ayyaam und Ghuurrhaan sanken tiefer. Die Männer, die Rajin ehrfürchtig angestarrt hatten, wichen zur Seite, um ihnen Platz zu schaffen. Die sich heftig bewegenden Drachenflügel sorgten für Wind. Rajin trat auf die beiden Giganten zu, aus deren Mäulern dumpfe, knurrende Laute drangen. Aus Ghuurrhaans Echsenmaul entwich sogar ein wenig dunkler Rauch und heiße Gase, stechend riechend, die auszustoßen ein in einem Drachenpferch geschlüpftes Tier mit Sicherheit schon von frühester Jugend an zu vermeiden gelernt hatte. In ihnen beiden war die ungebändigte Kraft der Wilddrachen der Insel der Vergessenen Schatten, ging es Rajin durch den Kopf. Aber das musste kein Nachteil sein. Ganz im Gegenteil.

Er trat zuerst auf Ghuurrhaan zu und berührte ihn am Maul. Ein einziger Feuerhauch hätte Rajin getötet. Daher widersprach es allen Regeln der Drachenreiter, sich diesen Geschöpfen von vorn zu nähern, wenn es nicht unumgänglich war. Aber Rajin ging dieses Risiko bewusst ein. Wie sollten ihm diese Giganten gehorchen, wenn er nicht selbst mit absoluter Gewissheit daran glaubte, dass sie taten, was er befahl. *Der Zweifel tötete die innere Kraft* – das hatte Meister Liisho ihm oft genug beizubringen versucht. Vielleicht hatte er endlich seine Lektion gelernt.

Nachdem er einige Augenblicke bei Ghuurrhaan verharrte und sich dessen bedingungsloser Gefolgschaft daraufhin sicher war, wandte er sich auf gleiche Weise Ayyaam zu. Der Drache brüllte auf, öffnete dabei bedrohlich das Maul, so als wollte er sagen, dass ein direkter Nachfahre des Urdrachen Yyuum nicht einfach irgendjemandem folgte und schon gar niemandem, der im Vergleich zu Liisho bestenfalls ein Schüler war, jemand, dessen Geistesstärke sich auf keinen Fall mit dem des weisen Meisters würde messen können.

„Du wirst mir folgen, so wie du Liisho gefolgt bist!" Rajin versuchte jeglichen Zweifel in seinen Gedanken zu unterdrücken, legte stattdessen so viel innere Kraft in seinen mentalen Befehl, dass Ayyaams Brüllen zu einem leisen, fast demütigen Knurren wurde. *„All die Wut, die in dir ist, wird nur zu deinem Untergang führen, wenn du ihr zum falschen Zeitpunkt freien Lauf lässt … Also unterwirf dich!"*

Ayyaam senkte das Drachenhaupt, und das Knurren erstarb in einer kleinen Rauchwolke, die zwischen den Zähnen des Giganten hervorquoll.

Rajin kletterte auf Ghuurrhaans Rücken. Dass der Gigant im Moment gar nicht gesattelt war, fiel nicht weiter ins Gewicht. Rajin setzte sich an die Stelle, wo sich normalerweise der Sattel befand und die Stacheln in regelmäßigen Abständen fein säuberlich abgesägt wurden.

„Worauf wartet ihr, Drachenreiter von Sukara?", rief er.

Dieser Ruf löste sie aus ihrer Erstarrung.

Fürst Payu deutete auf Ayyaam. „Was ist mit ihm?", fragte er.

Rajin hatte zunächst daran gedacht, Ayyaam zurück in den Drachenpferch bringen zu lassen. Aber dann folgte er seinem Instinkt und entschied sich dagegen. „Ayyaam wird mit uns fliegen!"

„Aber es gibt niemanden, der den Drachen Liishos reiten könnte!", wandte Fürst Payu ein.

„Das weiß ich, und ich habe auch nicht daran gedacht, dass ihn jemand anderes reiten sollte als der, der sein rechtmäßiger Herr ist!"

„Aber ..."

„Ayyaam wird mir folgen und sich an dem Angriff beteiligen. Wir haben durch den Angriff der Luftschiffe mehr Drachen als Drachenreiter-Samurai, die in der Lage wären, einen Kriegsdrachen zu lenken."

Fürst Payu sah Rajin zweifelnd an. „Ihr wollt zwei Drachen während eines Kampfes beherrschen?"

„Das will ich."

„Es gab seit dem zweiten Äon niemanden mehr, der so etwas gewagt hätte!", erwiderte Payu.

„Dann wird es vielleicht Zeit, dass sich das ändert!" Und damit gab Rajin sowohl Ghuurrhaan als auch Ayyaam den Befehl, sich zu erheben.

Ayyaam brüllte laut auf. Aber es war kein aus Widerspenstigkeit geborener Schrei, sondern einer, der pure, ungezügelte Wut zum Ausdruck brachte. Wut über den Tod Liishos. Rajin spürte, wie der Nachfahre des Urdrachen Yyuum nach den Splittern des sich scheinbar verflüchtigenden Geistes des weisen Meisters suchte. Vergebens.

Ayyaam brüllte erneut auf, als er bereits etwa zehn Mannlängen hoch über den Mauern der Burg von Sukara schwebte. Wut war nicht die schlechteste Voraussetzung für den Kampf, dachte Rajin. Vor allem dann nicht, wenn man so hoffnungslos unterlegen war wie sie!

Von den fünfzig Drachenreitern, die zurzeit des Angriffs der tajimäischen Luftflotte auf Burg Sukara weilten, lebten kaum noch dreißig. So entschloss sich auch Fürst Payu, Prinz Rajin in den Kampf zu folgen. Schließlich war er selbst einer der wenigen in der Stadt mit der Fähigkeit, einen Kriegsdrachen zu reiten. Mochte Kommandant Giijii die Fußtruppen innerhalb der Stadt befehligen und die Abwehrmaßnahmen koordinieren.

Rajin ließ Ayyaam auf ein mittelgroßes Luftschiff zujagen, das bereits die Stadtmauern von Sukara überflogen hatte. Der Drache Liishos versengte das sich drehende Flügelrad am Bug, und ein Schlag mit dem Stachelschwanz ließ das Schiff zurück in den Bereich vor der Stadtmauer trudeln. Salven von Katapultgeschossen trafen das Schiff, Klumpen aus Pecherde liefen brennend an der Außenverkleidung nach unten und setzten alle Holzteile sofort in Brand. Das Luftschiff zerbrach, als es mit dem Heck den Boden rammte.

Ayyaam brüllte triumphierend und hätte sich wohl am liebsten sofort auf den nächsten Gegner gestürzt, aber Rajin hielt ihn zurück. Der Koloss wäre nicht nur geradewegs in den Geschosshagel der Trebuchets und Springalds gelaufen, die hinter den Stadtmauern positioniert waren, sondern auch in den Beschuss des Feindes.

Ein weiteres Luftschiff wurde von einem brennenden Springaldpfeil durchbohrt, sodass innen ein Brand ausbrach. Das Schiff drehte ab, versuchte dann eine Landung mitten auf dem Schlachtfeld.

Die bereits sehr weit vorgerückten Dreiarmigen wagten sich nicht aus ihren Verstecken heraus.

Rajin bemerkte erst jetzt, dass Ghuurrhaan an einem seiner Flügel verwundet war. Offenbar hatte ein Drachenzwicker nicht nur den Flügel durchstoßen, sondern dem Drachen auch noch an der Flanke eine üble Wunde gerissen, deren schwache Kruste aufgebrochen war. Den Drachenzwicker selbst hatte Ghuurrhaan entfernen können, ihn vermutlich mit seinem Maul herausgezogen; aufgrund des langen Halses konnte ein Drache der Hauptart fast den gesamten Körper mit seinem Maul erreichen.

„*Halte durch!*", sandte Rajin dem Drachen. „*Halte durch, es hängt so viel davon ab …*"

Innerhalb kurzer Zeit kreisten dreißig Kriegsdrachen über Sukara. Sie folgten Rajins Beispiel und stiegen fast senkrecht in den Himmel empor. Schnell erreichten sie eine Höhe, die keines der Katapulte mehr erreichen konnte, weder die am Boden noch die auf den Luftschiffen.

Dann sammelte sich der Trupp der Drachenreiter in einer typischen, pfeilförmigen Formation. Lediglich Ayyaam hielt sich nicht daran und flog einen Kurs, der nicht zu der Formation passte. Allerdings blieb er stets in der Nähe, und es war für jeden, der auch nur ein bisschen von der Drachenreiterei verstand, deutlich erkennbar, dass er geführt wurde. Allerdings grenzte schon allein die Tatsache, dass dies ohne direkte Berührung durch einen Drachenstab geschah, für manchen der Samurai nahezu an ein Wunder. Das verfeinerte Wissen über die Handhabung der inneren Kraft, das Liisho dem Prinzen hatte zuteilwerden lassen, war unter den einfachen Drachenreitern kaum verbreitet.

Rajin hingegen glaubte, überall in seinem Körper Schmerzen zu spüren. Schmerzen, die immer weiter anschwollen und wohl von der Anstrengung herrührten, die es bedeutete, zwei Drachen gleichzeitig zu führen.

Hier und dort wurden Armbrustbolzen in Richtung der aufsteigenden Drachen abgeschossen, aber sie trafen ihre Ziele nicht. Rajin blickte nach unten. Die sich aufbauende Schlachtordnung der Tajimäer war deutlich zu erkennen. Verbände von Dreiarmigen und Echsenkriegern hatten Stellung bezogen und machten sich bereit vorwärtszustürmen. So wie in der kaiserlichen Drachen-Armada fand die Verständigung durch Hornsignale statt. Da die Hornsignale der tajimäischen Luftmarine allerdings traditionell Ziel der drachenischen Spionage waren, wurden sie in willkürlich gewählten Abständen völlig verändert. In der drachenischen Drachen-Armada war das nicht der Fall. Die Hornsignale galten als Teil einer nahezu heiligen Überlieferung, die nicht so ohne Weiteres verändert werden durfte. Dafür nahm man dann auch in Kauf, dass der Feind diese Signale ebenfalls kannte.

Unten am Boden brach hier und da bereits Jubel unter den Angreifern aus. Sie glauben, dass wir fliehen, erkannte Rajin. Und wenn sich schon die Drachenreiter davonzustehlen versuchten, was hatte man dann noch an ernsthaftem Widerstand zu erwarten? Die Übergabe der Stadt konnte eigentlich nur noch eine Frage von Stunden sein – so schien man auf Seiten der Tajimäer zu denken.

Rajin ließ Ghuurrhaan einen Bogen fliegen. Die anderen folgten ihm und hielten dabei nach Möglichkeit die Formation; darauf waren diese geflügelten Riesen in jahrelanger Schulung von ihren Reitern gedrillt worden. Kaum ein geistiger Befehl war dazu nötig. Manche sagten, dass in so einer Formation notfalls sogar ein im Drachenreiten völlig unausgebildeter Nicht-Samurai hätte mitfliegen können. Allerdings nur so lange, wie die Formation nicht durch Einwirkungen des Gegners aufgelöst wurde. Dass sich Ayyaam so verhältnismäßig leicht lenken ließ, hatte gewiss damit zu tun, dass auch der ehemalige Wilddrache im Wesentlichen dem Flug der anderen folgte.

Rajin blickte in die Tiefe und änderte dann erneut die Richtung der Drachenreiter-Formation. Sein Blick schweifte über die weit unter ihm schwebenden, größtenteils mit Ankerseilen am Boden vertäuten Luftschiffe. Manche setzten inzwischen sogar leicht auf dem Boden auf, und weitere Truppen strömten hinaus, oder man lud schweres Gerät aus, darunter auch einige der gefürchteten tajimäischen Dampfkanonen. Diese Waffen bestanden aus dicken Kupferrohren, deren Mündung verschlossen wurde. Der hintere Teil wurde mit Wasser gefüllt, das man durch Ansetzen eines Feuers erhitzte. Passgenaue Kugeln wurden damit abgeschossen und flogen bis zu anderthalbtausend Schritt weit. Kein Springald und kein Trebuchet konnte seine Ladung so weit verschießen. Der Grund dafür, dass man an Bord der Luftschiffe Springalds und den armbrustähnlichen Katapulten den Vorzug gab, lag wohl darin, dass man kein Feuer an Bord haben wollte. Trotz der Verwendung feuerabweisender Erde gab es einfach zu viele brennbare Teile im Inneren dieser Schiffe, als dass man es hätte wagen können, Dampfkanonen während des Fluges in Betrieb zu nehmen.

Die Sonne stand tief, die Dämmerung hatte bereits eingesetzt. Nicht mehr lange, und der Blutmond würde über den Horizont kriechen. Wahrscheinlich wollten die Tajimäer das verbleibende Tageslicht noch nutzen, um die Mauern der Stadt unter Beschuss zu nehmen. Sie wollten die Schlacht noch entscheiden, bevor die Monde am Himmel standen. Dunkelheit würde auch dann nicht wirklich hereinbrechen – nicht angesichts der Brände, die überall in Sukara inzwischen ausgebrochen waren und denen man kaum Herr wurde.

Rajins Blick suchte nach dem Flaggschiff. Wahre Giganten der Luftschifffahrt hatten sich für den Angriff auf Sukara gesammelt. Welcher dieser Riesen mochte das Befehlszentrum dieser gewaltigen Streitmacht sein?

„Verlass dich auf deine innere Kraft!"
Es war die Stimme Liishos, die sich noch einmal in seinem Inneren meldete.

Vielleicht geisterten noch Reste seiner sich verflüchtigenden Seele über das Land, getrieben von der Sorge, ob sich der zukünftige Drachenkaiser dieser Herausforderung auch wirklich gewachsen zeigte. Mochte Liisho auch noch so oft beteuert haben, wie sehr er daran glaubte, dass Prinz Rajin Ko Barajan sich letztlich als der Auserwählte erweisen würde, so hatte er dem jungen Mann doch manchmal auch den Eindruck vermittelt, in Wahrheit von den eigenen Worten nicht so recht überzeugt zu sein.

Dann werde ich mich also auf die Kraft in mir verlassen, überlegte Rajin.

Ein Schiff, das allenfalls eine mittlere Größe hatte, fiel Rajin auf. Es hatte ungewöhnlich viele Fenster, die sämtlich verglast waren. Schießscharten waren dagegen kaum zu finden. Die Form war zwar im weitesten Sinn ebenfalls zylindrisch, wie es bei allen tajimäischen Luftschiffen der Fall war, aber dieses eine Schiff wirkte bauchiger und war insgesamt im Verhältnis zu seiner Länge sehr viel breiter als die anderen Fluggeräte. Ein Kampfluftschiff war es jedenfalls nicht. Der Luxus der Vollverglasung ließ eher darauf schließen, dass es einem hohen Würdenträger und Befehlshaber als Residenz diente.

An der Oberseite prangte das Zeichen der einander überlappenden zwei Kreise, das Symbol des Unsichtbaren Gottes, wie es auch die drachenische Priesterschaft von Ezkor zu ihrem Wahrzeichen erkoren hatte. Die Priesterkönige von Tajima nahmen in Glaubensdingen für sich selbst eine Führungsrolle in Anspruch, die man in der Heiligen Stadt Ezkor allerdings nicht anerkannte, und so verehrten die meisten Menschen in den Ländern Drachenia und Tajima zwar denselben Gott, waren sich aber uneins darüber, wer die Autorität hatte, die Schriften richtig auszulegen.

Das Luftschiff mit den vielen Fenstern musste die fliegende Residenz eines jener Priesterherzöge sein, die stellvertretend für den Priesterkönig das Luftreich regierten und jeweils einen Teil der Luftmarine befehligten.

Und damit war dieses Schiff das Angriffsziel, erkannte Rajin.

Er ließ Ghuurrhaan einen weiteren Bogen fliegen und dann herabstürzen. Die anderen Drachenreiter folgten ihm, und Ayyaam jagte am schnellsten in die Tiefe, da er am größten und schwersten war. Ehe die Truppen am Boden bemerkten, was Rajins Plan war, blieb ihnen bereits kaum noch eine Möglichkeit, den Angriff abzuwehren. Die großen Springalds ließen sich nicht schnell genug wenden, und die Feuer der ersten Batterien Dampfgeschütze waren gerade erst entzündet worden, sodass die Geschütze einfach noch nicht schussbereit waren. Von den anderen Luftschiffen aus konnte nicht geschossen werden, weder mit Armbrüsten noch mit Drachenzwickern oder Springalds, da die Gefahr viel zu groß gewesen wäre, sich gegenseitig zu treffen.

So blieben nur die Armbrustschützen am Boden, die versuchten, die angreifenden Kriegsdrachen zu treffen oder ihre Reiter aus dem Drachensattel zu schießen. Aber vielfach waren die einzelnen Kommandanten viel zu überrascht, um ihre Schützen schnell genug derart zu instruieren, dass konzentrierte Salven abgeschossen werden konnten. Hier und da traf ein einzelner Bolzen einen Drachen, riss ihm den Flügel auf oder drang sogar durch dessen Schuppenpanzer. Ein genauer Treffer am Kopf oder gar ins Auge hätte vielleicht den Tod des Drachen bedeutet, nicht aber, wenn nur der äußerst widerstandsfähige Körper getroffen wurde. Dazu wären schon mindestens ein Dutzend Bolzentreffer nötig gewesen, und auch dann kam es noch darauf an, in welcher Körperregion der Drache getroffen wurde.

Ayyaam erreichte das Luftschiff des Priesterherzogs als Erster und versengte es mit einem Flammenstrahl aus seinem weit geöffneten Maul, vollführte eine Drehbewegung und versetzte dem priesterherzöglichen Residenzluftschiff einen Schlag mit dem Schwanz, bevor er wieder emporstieg.

Die anderen Drachen flogen ein ähnliches Manöver. Immer wieder wurde das Residenzschiff versengt und von schweren Drachenschwanzschlägen getroffen. Die Stacheln an den Schwanzenden rissen die Außenverkleidung auf. Rauch stieg auf, und das Residenzschiff geriet ins Trudeln. Es stieß gegen eines der in der Nähe befindlichen Kriegsschiffe, sein Bug bohrte sich mit brennendem Flügelrad in das um einiges größere Fluggefährt, woraufhin auch dort ein Brand ausbrach.

Rajin und die ihm folgenden Drachenreiter stiegen wieder hoch empor, während ihnen nun ein wahrer Hagel von Armbrustbolzen hinterhergeschickt wurde. Die meisten verfehlten allerdings ihr Ziel.

Als Rajin und die Seinen zurück in Richtung der Stadtmauern von Sukara strebten, tauchten aus dem Nordwesten die Schatten dunkler Schwingen auf.

Drachen!, durchfuhr es Rajin. Eine Armada bestehend aus mindestens fünfzig einfachen Kriegsdrachen, dazu ein Dutzend gewaltige Gondeldrachen, deren Gondeln fliegenden Festungen gleich mit Armbrustschützen bestückt waren. Das mussten Drachenreiter-Verbände sein, die Katagi unterstanden.

Die fremden Drachenreiter überquerten rasch den Südfluss und griffen jene Luftschiffe an, die bereits bis zu der dem Fluss zugewandten Seite Sukaras vorgedrungen waren, und drängten sie zurück. Mehrere Luftschiffe gingen in Flammen auf oder wurden durch Drachenschwanzschläge schwer beschädigt, sodass sie manövrierunfähig am Himmel trudelten.

Schon drangen die ersten dieser fremden Drachenreiter bis zum eigentlichen Schlachtfelds auf der Südseite der Stadt vor. Einige der Dampfgeschütze waren inzwischen feuerbereit. Die genau dem Durchmesser der Mündungen angepassten Kugeln flogen mit ungeheurer Wucht dahin. Eine dieser Kugeln zerriss förmlich einen der Gondeldrachen, woraufhin er blutüberströmt mitsamt der Schützengondel zu Boden stürzte. Todesschreie gellten, dann zerschellte die Schützengondel und wurde anschließend noch von dem zerfetzten massigen Körper des Gondeldrachen begraben.

Aber ansonsten hielten sich die Verluste auf Seiten des Drachenheeres in Grenzen, und Rajin sah, dass sein Plan aufgegangen war. Durch die Zerstörung des priesterherzöglichen Residenzschiffs fehlte jegliche Ordnung in den Reihen des Gegners. Nur hin und wieder erschollen Hornsignale, mit denen offenbar einzelne Kommandanten versuchten, den Befehl an sich zu reißen.

Vergebens. Schon waren die Tajimäer in heilloser Flucht begriffen. Einheiten von Dreiarmigen und Echsenkriegern lösten sich auf, als sie merkten, dass die Luftschiffe, die sie eigentlich hätten an Bord nehmen müssen, bereits im Rückzug begriffen waren.

Immer öfter gingen Luftschiffe in Flammen auf. Manche stießen bei dem überhasteten Rückzug gegeneinander und wurden dabei schwer beschädigt. Auch die Bedienungsmannschaften der auf dem Boden in Stellung gebrachten Katapulte und Dampfkanonen versuchten nur noch sich selbst zu retten. Manche schafften es noch, an Strickleitern auf ihre bereits aufsteigenden Luftschiffe zu gelangen. Andere waren ihrem Schicksal überlassen. Ihnen blieb nichts anderes übrig als die heillose Flucht.

Ganjon und die getreuen Ninjas des Fürsten vom Südfluss hatten inzwischen den südlichen Rand des Schlachtfeldes erreicht. Sie verbargen sich im Unterholz eines Waldstücks, das auf einer Anhöhe gelegen war. Von dort aus konnte man selbst im Dämmerlicht des aufgehenden Blutmondes bis zu den Mauern von Sukara sehen.

Jeder der Männer trug das schwarze, leichte Wams und die eng anliegenden Hosen, die die Schattenkrieger in der Dunkelheit fast unsichtbar machten. Der Kopf war mit dunklem Seidentuch umwickelt. Nur die Augen blieben frei. Jeder von ihnen war mit einer drachenischen Matana-Klinge bewaffnet, die über den Rücken gegürtet war. Darüber hinaus trugen sie zumeist noch ein Kurzschwert, verschiedene Dolche und Shuriken und andere Wurf- und Schleuderwaffen sowie Blasrohre und ein Wurfseil bei sich.

Andong befand sich in Ganjons Nähe und meinte: „Es scheint, als kämen wir umsonst. Die Schlachtordnung des Feindes hat sich bereits aufgelöst."

„Aber ich glaube nicht, dass die Schlacht um Sukara schon vorbei ist", bekannte Ganjon. „Die Tajimäer werden sich wieder sammeln und neu ordnen."

„Vielleicht haben sie es sich etwas leichter vorgestellt, diese abgelegene Provinzhauptstadt einzunehmen", glaubte Andong.

„Gut möglich", murmelte Ganjon. „Aber ich frage mich, wer die Drachen geschickt hat, die vom Ostmeerland her über den Südfluss kamen. Das kann eigentlich nur ein Kommandant Katagis gewesen sein."

„Dann werden wir uns dieses Sieges kaum freuen können", gab Andong zurück.

Eine Gruppe von Echsenkriegern näherte sich im Laufschritt. Sie waren gepanzert und trugen schwere Waffen. Ihre Schwerter erinnerten Ganjon an die mächtigen Klingen seiner seemannischen Heimat. Und die Armbrüste und Langbögen, mit denen ein Teil von ihnen ausgerüstet war, waren größer und schwerer als jede Waffe, die ein menschlicher Krieger hätte einsetzen können.

Jeder dieser Echsenkrieger überragte selbst die größten Seemannen noch um etwa einen Kopf. Ihre geschuppte Haut schimmerte grün, hatte aber nicht annähernd die Widerstandskraft ihrer großen Drachenverwandten oder der Dreiarmigen, weshalb sie auf Rüstungen angewiesen waren. Ihre Kraft war allerdings sprichwörtlich, und so machte ihnen das Tragen schwerster Harnische und Schilde nicht das Geringste aus. Ihre schlangengleichen Zischlaute drangen bis zu den Ohren der Ninjas.

„Was tun wir?", fragte Andong seinen Kommandanten. „Erteilen wir ihnen eine Lektion?"

„Nein. Sie sind mehr als wir, und wir würden uns nur aufreiben. Außerdem könnte es sein, dass sowohl Prinz Rajin als auch Fürst Payu unsere Hilfe brauchen."

Dass Katagis Schergen die Stadt vor dem Heer der Tajimäer gerettet hatten, war eben nur eine Seite der Medaille.

Die Echsenkrieger näherten sich, ihr Zischen wurde immer lauter. Normalerweise hielten diese gepanzerten Krieger zumeist eine phalanxähnliche Formation ein, aber davon konnte in diesem Fall keine Rede sein. Sie liefen einfach davon, den Luftschiffen hinterher, deren Kommandanten sie schmählich im Stich gelassen hatten.

Ganjon und die anderen Ninjas verhielten sich vollkommen ruhig. Nicht ein einziger Ast knackte, kein Blatt raschelte.

Die Echsenkrieger kamen zum Teil bis auf wenige Schritte heran. Einer von ihnen blieb stehen, wandte den Kopf und ließ die gespaltene Riechzunge aus dem lippenlosen Maul schnellen. Dann stieß er einen durchdringenden Zischlaut hervor und wiederholte dies. Echsenkrieger hatten einen sehr guten Geruchssinn, darin waren sie fast allen anderen Lebewesen überlegen, und es war gut möglich, dass dieser schlangengesichtige Kämpfer irgendetwas gerochen hatte, was seinen Argwohn erregte.

Einer der anderen Krieger blieb ebenfalls stehen. Er stieß eine rasche Folge von Lauten aus, die sich wie ein aneinandergereihtes Fauchen und Zischen anhörten, woraufhin noch verschiedene Hauchlaute folgten, die in Ganjons Ohren wie ein lungenkranker Mensch klangen. Daraufhin aber setzte jener Krieger, der irgendetwas Verdächtiges gerochen zu haben schien, seinen Weg fort.

Ganjon nahm die Hand von dem Shuriken an seinem Gürtel, mit dem er dem Echsenkrieger die Kehle zerrissen hätte, falls es zum Kampf gekommen wäre. „Wir werden uns über den Geheimgang in die Stadt begeben", entschied er. Bis zum verborgenen Eingang war es nicht mehr weit.

6

DES TRAUMHENKERS ERNTE

Von allen Seiten hatten Drachenreiter Prinz Rajin und seine Getreuen eingekreist. Nur Ayyaam, der sich inzwischen von der Formation gelöst hatte, war es gelungen davonzufliegen. Man ließ ihn gewähren. Keiner der aus dem Ostmeerland eingetroffenen Drachenreiter schien auch nur einen einzigen Gedanken an die Möglichkeit zu verschwenden, diesen ehemaligen Wilddrachen einzufangen.

„Bleib!"

Rajins Befehl blieb ohne Reaktion – Ayyaam schien nicht mehr gewillt, den Anordnungen des Prinzen zu folgen. Er flog einfach davon und beschleunigte seinen Flug auch noch.

Rajin erkannte, dass es sinnlos war, ihn mit seinen Gedanken zurückrufen zu wollen. Ayyaam gehorchte ihm nicht mehr. Vielleicht war es nur der Durst nach Vergeltung gewesen, der ihn an der Seite des Menschen gehalten hatte. Vergeltung für den Tod Liishos, mit dem er für so viele Jahre verbunden gewesen war.

Rajin sah ihm nach. Manche würden darin ein schlechtes Omen sehen, dass der Drache ihm den Befehl verweigerte, ein Zeichen der Schwäche …

Fürst Payu lenkte seinen von mehreren Armbrustbolzen übel zugerichteten Kriegsdrachen in Rajins Nähe. „Flieht, mein Prinz! Meine Samurai und ich werden Euch die Schergen Katagis vom Leib halten!"

Die aus dem Ostmeerland gekommenen Kriegsdrachen standen in der Luft und bildeten einen Ring. Ihr Anführer nahm den Drachenstab, fasste ihn in der Mitte und streckte ihn empor. Gleichzeitig neigte er den Kopf.

Rajin hatte diese Geste unzählige Male in den Traumbildern gesehen, die ihm der Weise Liisho während seiner Jugendzeit auf Winterland geschickt hatte. Traumbilder, die ihn unter anderem mit dem Leben in Drachenia und den Gepflogenheiten am Hof von Drakor vertraut gemacht hatten.

Die Unterwerfungsgeste drachenischer Samurai, erkannte der Prinz. Eine Geste, die nur der rechtmäßige Kaiser einfordern darf und die nur ihm gegenüber ausgeführt wird …

Die Handlung der Drachenreiter ließ sich eigentlich nur auf eine einzige Weise interpretieren: Sie erkannten Prinz Rajin an. Aber woher wussten sie von ihm? Hatte das Gerücht von der Rebellion des Thronfolgers auch unter ihnen bereits Verbreitung gefunden? Oder war das nur eine Falle, damit er sich offenbarte und diese Samurai genau wussten, auf wen sie ihr Augenmerk richten und wen sie töten mussten?

Es blieb Rajin nur ein kurzer Moment, um sich zu entscheiden. Was würde geschehen, wenn diese Männer tatsächlich gekommen waren, um sich ihm anzuschließen, und er in dem Moment vor ihnen zu fliehen versuche, da sie sich ihm unterwarfen? Konnten sie ihm dann überhaupt noch voller Überzeugung folgen – einem zukünftigen Drachenherrscher, der sich selbst vor seinen Anhängern fürchtete? Bei Njordir und dem Unsichtbaren Gott, dachte er, was würde Liisho ihm raten?

Rajin hob seinen eigenen Drachenstab und zeichnete mit dessen vorderem Ende einen Halbkreis in den Himmel. Das war die traditionelle Erwiderungsgeste des Drachenherrschers. Nur ihm stand sie zu.

Fürst Payus Gesicht war bleich geworden. „Was habt Ihr nur getan, mein Prinz?"

Im nächsten Moment stießen die ostmeerländischen Drachenreiter die Enden ihrer Drachenstäbe zwischen die Schuppen ihrer Reittiere und gaben ihnen den Befehl zu einem durchdringenden, tief aus der Kehle kommenden Drachenruf. Die Samurai des Kaisers begrüßten damit ihren Herrscher vor einer Schlacht.

Rajin ließ Ghuurrhaan zu Boden gleiten. Er suchte sich einen Landeplatz mitten auf dem Schlachtfeld, zwischen havarierten Luftschiffen und zurückgelassenen Dampfgeschützen und Katapulten. Der Kommandant der ostmeerländischen Drachenreiter folgte seinem Beispiel und landete ebenfalls.

Rajin stieg von Ghuurrhaans Rücken und blieb neben ihm stehen. Der Kommandant musste auf ihn zukommen und dabei das Risiko in Kauf nehmen, dass Ghuurrhaan ihn auf einen Befehl seines Herrn hin mit einem Drachenfeuerstrahl verbrannte.

Der Kommandant blieb in einer Entfernung von fünf Schritten stehen und verneigte sich. „Ihr müsst Kronprinz Rajin sein, der rechtmäßige Erbe des Hauses Barajan."

„Und wer seid Ihr?", fragte Rajin.

„Mein Name ist Tong Ko Sarjan, und ich befehlige die Drachenreiter des Kaisers im südlichen Ostmeerland."

„Die Drachenreiter welches Kaisers?"

„Die Drachenreiter jenes Herrschers, der zurzeit den Drachenthron besetzt. Aber ich habe von Eurer Rebellion gehört. Die Gerüchte darüber verbreiten sich im ganzen Land. Manche glauben, Euch im Zweifjordland gesehen zu haben, andere wiederum vermuten Eure Schar von Getreuen in der weiten Ödnis der Provinz Tambanien oder im kaum besiedelten Tiefland zwischen den Flüssen Seng und Pa."

„So wusstet Ihr nicht, dass ich in Sukara weile?"

„Es gab Vermutungen. Schließlich ist es allgemein bekannt, dass der Fürst von Südfluss nicht immer mit dem Herrscher in Drakor konform ging. Aber als ich sah, dass die Drachenreiter des Fürsten von einem Samurai geführt wurden, dessen Reittier alle Zeichen eines ehemaligen Wilddrachen zeigt und dieser Anführer darüber hinaus offenbar noch in der Lage ist, einen zweiten, reiterlosen Wilddrachen dieser Größe zu lenken, da wusste ich, dass Ihr der rechtmäßige Drachenherrscher sein müsst."

„Es ist wahr", sagte Rajin. „Ich bin Rajin Ko Barajan, der Erbe Kaiser Kojans."

Tong verneigte sich noch einmal, und zwar sehr tief. „Mir ist nicht entgangen, dass die Herrschaft Katagis ungerecht und grausam geworden ist – und dass er offensichtlich auf Dauer nicht den Gehorsam der Drachen garantieren kann, da er nur noch zwei der drei Drachenringe besitzt."

„Der dritte soll im Besitz des Urdrachen Yyuum sein …"

„Man erzählt sich viele Geschichten darüber. Aber niemand kann abstreiten, dass überall Drachen aufmüpfiger und schwieriger lenkbar werden. Das gilt selbst für die Lastdrachen der Kaufleute! Und das ist nicht erst so, seitdem die Preise für Stockseemammut durch den Krieg mit dem Seereich so stark gestiegen sind, dass man die Giganten auf halbe Ration setzen musste und man nun im ganzen Drachenland das Knurren ihrer Mägen hören kann."

Die Herrschaft der Menschen von Drachenia über die Drachen zu garantieren – das war die allererste und wichtigste Aufgabe, die ein Kaiser auf dem Thron von Drakor zu erfüllen hatte. Wenn der Glaube daran schwand, dass er dazu auch in Zukunft in der Lage war, schmolz damit unweigerlich auch der Glaube an die Fähigkeit des Kaisers zur Herrschaft dahin …

Diese Entwicklung war in Katagis Reich offenbar schon weiter fortgeschritten, als Rajin geahnt hatte. Eigentlich hätte er sich darüber freuen sollen, schließlich kam es seinen Plänen, den Usurpator zu stürzen, entgegen. Aber die zunehmende Aufsässigkeit der Drachen brachte nicht nur die Existenz Drachenias in Gefahr, sondern auch die aller anderen Reiche. Selbst der Großmeister von Magus sah dies so und war deswegen so stark daran interessiert, Rajin als einen Bundesgenossen für seine Seite zu gewinnen.

„Die Samurai, die mit Euch geritten sind – können wir uns ihrer Loyalität sicher sein?", fragte Rajin.

„Sie gehorchen meinem Befehl – und sie werden Eurem gehorchen, da Ihr der rechtmäßige Erbe Barajans seid!"

„Niemand zweifelt daran?"

„Nicht, nachdem wir gesehen haben, dass Ihr zwei Drachen zu beherrschen vermögt. Und dies, ohne dass Ihr bereits einen Drachenring tragt!"

Die letzten Zweifel würden sich wohl erst dann verflüchtigen, wenn er es schaffte, dem Urdrachen Yyuum den dritten Ring abzunehmen, erkannte Rajin.

Ein lauter Drachenschrei drang über das Schlachtfeld. Ein Schrei, wie ihn nur ein ehemaliger Wilddrache auszustoßen vermochte. Die tiefen Untertöne verursachten einen dumpfen Druck in der Magengegend – selbst auf die große Entfernung hin.

Ayyaam!, durchfuhr es den Prinzen.

Rajin und Tong blicken gleichzeitig zu den Mauern von Sukara, die wie düstere Schatten wirkten. Hier und da züngelten noch Flammen empor, die von den Bürgern der Stadt gelöscht werden mussten. Der Blutmond war bereits zur Gänze aufgestiegen – dem Glauben der Seemannen nach der Sitz von Blootnyr, dem Gott der blinden Wut und der Schlachten. Vor Äonen war er in der Gestalt eines Drachen aufgetreten, aber die nahm er nur noch sehr selten an. Stattdessen pflegte er als roter Flammenstrahl zur Welt herabzufahren und als Feuerwesen zu erscheinen, und man sagte ihm nach, dass sich seine Seele an dem vergossenen Blut auf den Schlachtfeldern labte.

Dass sich Blootnyr nicht mehr gern als Drache zeigte, hatte gewiss mit der Sklavenexistenz zu tun, die die Mehrheit dieser Kreaturen führte, und so war er vielleicht der Meinung, dass in einer Welt, da die Drachen zu willfährigen Dienern herabgesunken waren, ihr Bild kaum als Symbol eines starken Gottes taugte.

Nun aber, da Ayyaam vor dem aufgegangenen roten Blutmond über der Stadt Sukara schwebte, wirkte dies wie ein Zeichen der wieder erstarkenden Kraft der Drachen, wie ein Menetekel, dass sich die Giganten vielleicht schon bald erheben würden, um sich vom Joch der drachenischen Samurai und ihres Kaisers zu befreien.

Der blaue Meermond war indessen bereits zur Hälfte über den Horizont gestiegen. Der Abstand zwischen dem Aufstieg beider Monde schwankte je nach Jahreszeit, und man sagte dem auf dem Meermond residierenden Njordirskint, Sohn des seemannischen Meeresgottes Njordir, eine starke Rivalität zu Blootnyr nach, dessen Mond er seit Äonen vergeblich einzuholen versuchte. Für den Fall, dass er es je schaffte, war ein Krieg unter den Göttern vorhergesagt, denn jeder der beiden hatte unter der Götterschaft der Seemannen mächtige Koalitionspartner.

Ayyaam stieß einen weiteren Schrei aus.

„Wilddrachen auf Distanz zu beherrschen, das vermag gerade einmal Katagi – und der trägt immerhin zwei der drei Drachenringe!", stieß Tong tief bewegt hervor. „Beim Unsichtbaren Gott, wie viel Stärke muss in Euch sein, Prinz Rajin, da Ihr so etwas vermögt, ohne im Besitz eines einzigen Ringes zu sein!"

Rajin widersprach ihm nicht. Es wurde viel von ihm erwartet. Vielleicht zu viel.

Wer hatte Ayyaam wirklich gerufen?, fragte er sich, während er den über der Stadt schwebenden Drachen ansah.

Prinz Rajin und die Seinen kehrten nach Burg Sukara zurück, wo Tong und seine Drachenreiter willkommen geheißen wurden.

Rajin stellte es jedem von ihnen frei, ihm oder dem Usurpator zu folgen, doch keiner von ihnen entschied sich dafür, Sukara wieder zu verlassen. Sie alle unterstellten sich dem Befehl des Prinzen und in dessen Stellvertretung jenem des Fürsten vom Südfluss.

„Die Gefahr durch die Tajimäer ist noch keineswegs gebannt", äußerte Kommandant Tong, als er zusammen mit Rajin und Fürst Payu auf einem der Türme stand, um sich einen Überblick zu verschaffen. Eilends mussten die Löcher in den Stadtmauern notdürftig verschlossen werden. Wo es nicht anders ging, errichtete man einfache Holzpalisaden. Auch wenn die Dampfkanonen der Tajimäer nur teilweise zum Einsatz gekommen waren, so hatten ihre Geschosse doch für unübersehbare Zerstörungen gesorgt.

Fürst Payu hatte inzwischen Fußsoldaten der Stadtwache ausgeschickt, um das Schlachtfeld nach verwertbaren Waffen abzusuchen. Gleichzeitig waren alle Besitzer von Lastdrachen dazu verpflichtet worden, bei der Bergung der Dampfgeschütze zu helfen. Bedauernswerterweise konnten diese von den Verteidigern Sukaras kaum effektiv eingesetzt werden, da es keine ausgebildeten Bedienmannschaften gab und man darüber hinaus nur die Munition zur Verfügung hatte, die man auf dem Schlachtfeld zusammenklauben konnte.

„Das Luftreich hat sich in den Krieg, den unser Herrscher vom Zaun brach, voll und ganz auf die Seite der Seemannen gestellt", fuhr Kommandant Tong fort.

„Das war zu erwarten", erklärte Fürst Payu. „Schließlich sieht der Priesterkönig in uns schon seit Langem eine besondere Konkurrenz für sein Reich ..."

Die extreme Rivalität zwischen Tajima und Drachenia beruhte eher auf Gemeinsamkeiten als auf den Unterschieden beider Reiche. Die Sprachen waren zweifellos ebenso miteinander verwandt wie die Bewohner. Und in beiden Reichen dominierte der Glaube an den Unsichtbaren Gott, auch wenn man in Drachenia der Meinung war, dass der Abt von Ezkor in Glaubensdingen die letzte Autorität war, während die Tajimäer davon ausgingen, dass der Priesterkönig des Luftreichs der Stellvertreter des Unsichtbaren Gottes auf Erden war. Wie sonst wäre es erklärlich gewesen, dass es der Priesterkönig war, der das geheime Wissen über die Gewichtslosigkeit erhalten hatte. Dem hielt der Abt von Ezkor entgegen, dass es der Überlieferung nach in Tajima schon Luftschiffe gegeben habe, lange bevor sich dort der Glaube an den Unsichtbaren Gott ausgebreitet hatte.

Jedenfalls hatte es von jeher Glaubensstreitigkeiten gegeben, und darüber hinaus sahen sich beide Reiche auch als Rivalen um die Herrschaft der Lüfte.

Dass die Tajimäer sich neu ordnen und dann noch einmal versuchen würden, Sukara zu erobern, lag auch für Rajin auf der Hand. Aber mit den Drachenreitern des Kommandanten Tong auf ihrer Seite durften die Verteidiger hoffen, die Stadt halten zu können.

„Was ist mit dem Bündnis zwischen Katagi und dem Feuerfürsten von Pendabar?", erkundigte sich Rajin bei Tong. „Habt Ihr darüber irgendetwas Neues gehört?"

„Nein", antwortete ihm Tong. „Aber die Hauptwaffe der Armee Feuerheims sind die mit Feuerwaffen bestückten Rennvogel-Streitwagen. Die eignen sich hervorragend dazu, die westlichen Teile Tajimas zu erobern, aber sobald sie die Ausläufer des Dachs der Welt erreichen, werden sie nicht weiterkommen, auch wenn ihre Waffen jeder Dampfkanone und jedem Springald überlegen sind. Selbst wenn bereits ein Großangriff des Feuerheimer Heeres auf Tajima erfolgt, können wir uns davon nicht unbedingt eine schnelle Entlastung erhoffen. Abgesehen davon müssten die Feuerheimer Streitwagen die unwegsamen sumpfigen Wälder von Tembien umfahren, was sie viel Zeit kosten wird."

Es schient also, als bräuchten sie die Hilfe des Großmeisters von Magus dringender, als er geahnt hatte, ging es Prinz Rajin durch den

Kopf. Die Stadt in dieser Lage zurückzulassen, missfiel dem Prinzen. Aber ohne die Kraft der Leuchtenden Steine von Ktabor würde er weder seine Bestimmung erfüllen noch seine Liebe retten können, das war ihm endgültig klar geworden. Die Zeit, sich die innere Kraft auf herkömmliche Weise durch Übung des Geistes zu erwerben, blieb ihm nicht, und davon abgesehen hatte er auch keinen Mentor und Lehrmeister mehr.

Rajin fasste den Entschluss, so schnell wie möglich aufzubrechen, auch wenn er sich darüber in diesem Moment nicht laut äußerte.

Ein Diener begab sich auf den Turm. Er verneigte sich und sprach den Fürsten an. „Eure Ninjas sind eingetroffen und melden sich zu Eurer Verfügung, mein Fürst."

„Niemand hat sie gerufen – aber in der Stunde der Not sind sie doch da!", sagte Fürst Payu hocherfreut. „Das nenne ich wahre Treue!"

„Diese Männer haben mehr Ehre als so mancher Samurai, der bereitwillig dem Usurpator dient", stellte Rajin fest. „Und das, obwohl sie eigentlich dazu dienen, Ehrloses zu tun." Rajin wandte sich an den Diener: „Richtet Hauptmann Ganjon und den Seinen aus, sie sollen sich bereit machen, um Prinz Rajin auf eine Reise zu begleiten."

Der Diener wirkte etwas überrascht, warf Fürst Payu einen kurzen, unschlüssigen Blick zu und nickte dann.

„Ja, Herr", sagte er unterwürfig.

Währenddessen kreiste Ayyaam noch immer über der Stadt. Das Licht des Blutmondes ließ seine Schuppenhaut rötlich schimmern, und hin und wieder stieß er Laute aus, die sich fast wie ein Klagelied der Götter anhörten.

Vielleicht trauerte er um seinen Herrn, dachte Rajin. Der Prinz hatte mehrfach versucht, die geistige Herrschaft über den Drachen zurückzugewinnen, aber einen deutlichen Widerstand gespürt. Und im Augenblick wollte er es nicht auf eine Kraftprobe ankommen lassen. Tatsache war, dass den Drachen irgendetwas über der Stadt hielt. Vielleicht spürte er den sich verflüchtigenden Resten von Liishos Seele nach und wollte noch einmal die Ahnung seines Geistes atmen.

Der grüne Jademond war als drittes Glied in der allnächtlichen

Mondenkette emporgestiegen, als Rajin den aufgebahrten Liisho aufsuchte. Er hatte sich davor gefürchtet, seinen toten Mentor zu sehen, aber gleichzeitig hatte ihn ein starker innerer Zwang hergetrieben. Als er auf Liisho zutrat, tobten in dem jungen Prinzen die widerstrebendsten Empfindungen. Er fühlte sich verloren und mit Mächten konfrontiert, denen zu begegnen er sich ohne Liishos Unterstützung kaum zutraute. Aber ein Teil von ihm fühlte sich auch von der steten Bevormundung Liishos befreit.

Ein Arzt aus dem Gefolge des Fürsten war bei Liisho. Sein Name war Angrhoo, und die Qualität seiner ärztlichen Kunst hatte ihm einen Ruf verschafft, der weit über das Südflussland und die Stadt Sukara hinausreichte.

»Es tut mir leid, dass ich nichts für diesen Mann tun konnte«, sagte er.

»Ich weiß, dass Ihr alles versucht habt, um ihn wieder ins Leben zu holen«, erwiderte Rajin.

»Der Unsichtbare Gott möge seiner Seele gnädig sein und ihm die Sünden vergeben, die er während seines langen Lebens begangen hat.«

»Diese Sünden werden gewiss durch seine guten Taten aufgewogen.«

»Das mag sein. Die Kunst eines Arztes hat hier jedenfalls ihre natürliche Grenze. Alles, was nun geschieht, ist Sache eines Priesters.«

»Gewiss.«

Der weiche Schein von Fackeln erhellte das Gesicht des Weisen. Schatten tanzten auf seinen Zügen. Seine Haut war bleich und wirkte wie zerknittertes Pergament. Noch nach seinem Tod schien der Weise gealtert zu sein, und Rajin konnte sich nicht entsinnen, je ein derartig von der Zeit gezeichnetes Gesicht gesehen zu haben.

Während seines überlangen Lebens hatte die Zeit Liisho kaum etwas anhaben können; von einem gewissen Tag an war er nur noch unwesentlich gealtert. Kraft und Beweglichkeit seines Körpers hatten in einem eklatanten Widerspruch zur Zahl der Jahre gestanden, die Liisho schon gelebt hatte. Doch nun, so schien es, hatte die Zeit das nachgeholt, was sie in Jahrzehnten zuvor an ihm versäumt hatte.

Leb wohl, Liisho, dachte Rajin. Es wird schwer werden, aber ich werde alles daransetzen, den Plan zu vollenden, den du geschmiedet hast!

Der Prinz wandte sich herum und schickte sich an, den Raum zu verlassen. Da spürte er plötzlich für einen kurzen Moment etwas, das sich wie ein Splitter aus Liishos kristallklarem Geist anfühlte. Rajin blieb stehen, drehte sich noch einmal herum. „Liisho?" Der Meister lag so tot und grausam gealtert da wie zuvor, und so sehr Rajin auch seinen eigenen Geist öffnete, er erhielt keine Antwort.

Der Arzt war noch immer anwesend. Er fand nichts Merkwürdiges an Rajins Verhalten, da er davon überzeugt war, dass es Ausdruck der übergroßen Trauer war, die der Prinz ob des Verlustes eines treuen Gefährten empfand. „Die Priester haben nach der Schlacht alle Hände voll zu tun", sagte er, „aber es wird gewiss möglich sein, in seinem Fall trotz der Umstände für eine schnelle Beisetzung zu sorgen." Für viele Anhänger des Unsichtbaren Gottes war es von Bedeutung, dass die priesterlichen Beerdigungsrituale möglichst rasch durchgeführt wurden.

„Die Beerdigung soll nicht vor morgen Abend stattfinden", bestimmte Rajin.

Von draußen drang ein durchdringender Schrei Ayyaams herein. Es war in jener Nachtstunde, da der Augenmond im Zenit stand, während sich Blutmond, Meermond und Jademond bereits dem Horizont entgegensenkten. Jenseits des Augenmondes aber leuchtete der Schneemond wie ein riesiges Unheilszeichen am Nachthimmel, so groß wie noch nie und umkränzt von einer schimmernden Korona. Sein helles, weißes Licht war so stark, dass es bereits das sandfarbene Leuchten des Augenmonds verwässerte und dermaßen überstrahlte, dass die charakteristischen, an Augen erinnernden dunklen Flecken auf seiner Oberfläche kaum noch zu sehen waren. Der Schneemond war so groß geworden, dass man meinen konnte, er müsste noch in derselben Nacht herabstürzen. Aber die Gebete, die die Priester allabendlich zum Unsichtbaren Gott sandten, um genau dies nicht geschehen zu lassen, schienen dies bisher verhindert zu haben. Vielleicht auch die Beschwörungen im Seereich, die den auf dem Schneemond wohnenden Verrätergott Whytnyr besänftigen sollten, oder die Zeremonien der Sonnenpriester in Feuerheim, die die Kraft des Sonnengottes stärkten, mit der dieser den Schneemond am Himmel hielt.

Doch so Furcht einflößend und entmutigend der Anblick des Schneemondes auch sein mochte, so war dies doch die Stunde des Augenmondes.

Der Todverkünder mit der Henkersaxt stieg in dieser Nacht herab und ging über das Schlachtfeld, um die Seelen der Toten von ihren Körpern zu trennen, so wie es seinem üblichen Geschäft entsprach.

Ogjyr nannten ihn die Seemannen, als Traumhenker kannte man anderswo die in eine dunkle Kutte gehüllte Gestalt, unter deren Kapuze ein sandfarben leuchtendes Oval mit zwei unterschiedlich großen dunklen Flecken verborgen war, das wie ein Abbild des Augenmondes selber wirkte.

Nur wenige vermochten den Traumhenker bei seiner Arbeit zu sehen, und die, welche mit diesem Fluch belegt waren, schwiegen darüber, denn es galt als das übelste aller denkbaren Omen für das eigene Schicksal.

Doch der Traumhenker verrichtete seine Arbeit in dieser Nacht nur mit halber Kraft und wenig Interesse. Die Aussicht, dass sich die Seele eines dieser Gefallenen dazu überreden ließ, ihm in die Einsamkeit des Augenmondes zu folgen, war schon deshalb denkbar gering, weil so gut wie alle Toten dieser Schlacht Anhänger des Unsichtbaren Gottes waren, bei denen die Ansicht vorherrschte, es wäre eine Sünde, dem Gott des Augenmondes die Hand zu reichen.

Nachdem der Traumhenker seine Arbeit auf dem Schlachtfeld beendet hatte, wandelte er in die Stadt Sukara und tat dort sein düsteres Werk. Manche Wächter sahen einen Schatten zwischen den Mauern daherschleichen, andere bemerkten nichts von seiner Gegenwart, und wieder andere nickten ein und wurden aus reiner Freude an der Qual anderer vom Herrn des Augenmondes mit üblen Albträumen heimgesucht.

Schließlich erreichte er das Lager Liishos.

Nicht mehr der Arzt Angrhoo wachte zu dieser Stunde bei ihm, sondern ein Priester des Unsichtbaren Gottes. Der Herr des Augenmondes versetzte ihn in einen tiefen Schlaf, sodass er zu Boden sank und regungslos liegen blieb. Man hätte ihn für tot halten können, so schwach waren sein Herzschlag und sein Atem, aber der Zeitpunkt, ihm die Seele vom Leib zu trennen, war noch nicht gekommen.

Die zuvor durchscheinende, schattenhafte Gestalt des Traumhenkers gewann mehr Substanz, sodass sich das Licht der Fackeln sogar in der blank polierten Doppelklinge seiner Henkersaxt spiegelte. Der Traumhenker fasste den Stiel mit seinen dürren Knochenhänden und stellte sich vor das Kopfende von Liishos Lager. Dann hob er die Klinge und rief: *„Sammelt euch, ihr Splitter von Liishos Seele, der ich einst die Kraft gab, länger zu leben als irgendein Mensch zuvor!"*

Die zweischneidige Klinge der Axt wurde von einem blauen Leuchten umflort.

Blitze zuckten den Stiel entlang und erfassten auch die Hände des Traumhenkers.

Das Abbild des Augenmondes unter seiner Kapuze leuchtete auf und wurde so hell, dass es die Fackeln im Raum bei Weitem überstrahlte.

Die Axt fuhr in den Kopf des Weisen, ohne ihn zu spalten. Das Axtblatt glitt einfach durch die Stirn Liishos hindurch, als wäre diese nichts weiter als ein Lichtschein. Die bläulichen Blitze griffen dabei auf Liishos Körper über, ließen ihn erzittern und sich aufbäumen.

„Deine Kräfte waren verbraucht, und du bist sehr leichtsinnig und verschwenderisch mit ihnen umgegangen, Liisho", stellte der Traumhenker fest. *„Aber du weißt, ich bin ein Spieler, der die Dramen in den kurzen Leben der Sterblichen schätzt. Sie vertreiben einem die Langeweile und entschädigen mich dafür, dass ihre Seelen mir zumeist nicht auf den Augenmond folgen mögen …"*

Liisho hatte das Gefühl, geschlafen zu haben wie ein Stein. Undeutlich stiegen die Erinnerungen an die Geschehnisse im inneren Hof der Burg Sukara wieder in ihm auf.

Er öffnete die Augen, aber schon in diesem Moment war ihm klar, dass er nicht wirklich erwacht war, sondern sich in einem Traum befand.

Ein grelles bläuliches Leuchten blendete seine Augen. Etwas wurde aus ihm herausgezogen, und im nächsten Augenblick sah er, dass es eine gewaltige, zweischneidige Axt war, deren Klinge sich offenbar mitten in seinem Kopf befunden hatte.

Eine Gestalt in dunkler Kutte stand neben seinem Lager und stützte sich auf den Stiel der Axt. Das sandfarben leuchtende Oval unter seiner Kapuze ließ keinerlei Zweifel daran, wer er war.

„Natürlich! Traumhenker! Dass du es bist, hätte ich mir denken können!", sagte Liisho nicht sonderlich überrascht und fragte sich, ob dieser Traum bereits Teil seines immerwährenden Todesschlafs war und er nun den Preis zu bezahlen hatte, den er dem Herrn des Augenmondes vor langer Zeit dafür versprochen hatte, dass dieser sein Leben über jedes natürliche Maß hinaus verlängert hatte.

Liisho setzte sich auf. Er betrachtete die Haut seiner Hände. Sie war so straff und glatt wie schon seit einem halben Jahrhundert nicht mehr. Er betastete sein Gesicht.

Der Traumhenker hob die monströse Doppelklinge der Axt und hielt sie so, dass Liisho darin sein Spiegelbild sehen konnte. Gleichzeitig durchströmte den Weisen ein Gefühl purer Lebenskraft, wie er es schon seit sehr langer Zeit in dieser Form nicht mehr empfunden hatte.

Er stand auf und ging ein paar Schritte durch den Raum.

„Warum hast du meine Seele nicht vom Körper getrennt, wie es jetzt deine Aufgabe gewesen wäre?", fragte der Weise schließlich.

„Wer sagt, dass ich das nicht schon getan habe oder noch tun werde?", gab der Traumhenker zurück und deutete mit einem seiner knorrigen Finger auf das Lager.

Liisho sah mit Entsetzen, dass dort der Körper eines uralten, über hundertjährigen Greises lag. Eines Greises, der älter zu sein schien als je ein Mensch zuvor und dessen zerfurchte Züge er nur mit Mühe und einem gehörigen Schrecken als die seinen erkannte.

Der Traumhenker lachte heiser auf.

„Dann geht es jetzt hinauf zum Augenmond?", fragte Liisho.

„Du hättest dich der Erfüllung unserer Abmachung beinahe entzogen, indem du dich so verausgabtest, dass deine Seele sich um ein Haar völlig aufgelöst hätte …"

„Das war keinesfalls meine Absicht!"

„Gewiss. Aber sei ehrlich: Es wäre kein Nebeneffekt gewesen, den du in irgendeiner Form bedauert hättest. Schließlich weiß ich ja auch, dass du den jenseitigen Heilsversprechen des Unsichtbaren Gottes mit gewisser Skepsis gegenüberstehst. Einer gesunden Skepsis, wie ich finde, denn die paradiesi-

schen Gefilde sind ganz sicher nicht der einzige Ort, an dem sich nach dem Tod gut verweilen lässt."

Liisho musterte die Gestalt des Traumhenkers einige Augenblicke lang und sagte dann: „Wenn Prinz Rajin auf sich allein gestellt seiner Bestimmung folgen muss, wird er sehr wahrscheinlich scheitern."

„Du hast nicht gerade viel Vertrauen in die Fähigkeiten deines Zöglings, Liisho", spottete der Herr des Augenmondes.

„Die Zeit wird knapp – und wenn er keinen Erfolg hat, ist alles verloren. Auch für dich, Traumhenker! Denn ich habe noch nichts davon gehört, dass du auch Drachenseelen zu dir auf den Augenmond nehmen würdest!"

„Lieber nicht", erwiderte der Traumhenker und hob dabei eine seiner dürren Hände, bei denen die Knochen stark hervortraten, sodass man auf den ersten Blick denken konnte, es mit einem Skelett zu tun zu haben. „Schließlich will ich mir keinen Ärger auf den Augenmond holen. Ich bin froh, dass es dort weder Drachen noch Drachenseelen gibt – schaue mir aber gern an, wie sich die Menschen Drachenias damit abplagen, diese ungestümen Kolosse unter ihrem Bann zu halten. Es scheint schwieriger zu werden." Der Traumhenker lachte kurz auf, und es war sein zynisches, spöttisches Lachen, das Liisho verabscheute.

„Wenn Rajin scheitert, wirst du bald nur noch dem Gebalge dieser Riesen zuschauen können."

„Ein Theater der besonderen Art, das wahrscheinlich sein Ende findet, sobald der Schneemond herabstürzt." Der Traumhenker zuckte mit den schmalen Schultern. „Danach wird Neues entstehen, und vielleicht werden eines Tages andere Rassen die kosmischen Tore durchschreiten und diese Welt besiedeln, wenn die innere Glut der aufgerissenen Drachenerde wieder erkaltet ist und sich die giftigen Winde, die aus ihrem Inneren gestiegen sind, verzogen haben. Dann beginnt alles neu – vielleicht mit einer Rasse von Sterblichen, die den Augenmond als ein gastliches Domizil für eine Existenz im Jenseits ansieht. Unter Menschen und Magiern ist dies ja leider kaum der Fall – und was Echsenkrieger und Dreiarmige betrifft, so sind das extrem streitsüchtige Kerle, sodass ich ihre Seelen ebenso wenig auf meinem Mond haben möchte wie Drachenseelen. Minotauren können manchmal ganz nette Gesellschafter sein. Immerhin riechen sie nicht mehr so streng, wenn ihre Seele erst mal vom Körper getrennt wurde. Das allerdings ist mitunter eine handwerkliche Zumutung."

„Du kannst die Linien der Zukunft klarer sehen als ich", sagte Liisho. „Also müsstest du die Bedrohung, die uns alle erwartet, doch auch deutlicher vor Augen haben."

„Diese Bedrohung betrifft mich nicht. Es könnte sein, dass ein Drama vorzeitig endet und ein weiteres beginnt, ohne dass die Darsteller bereits die Bühne dieser Welt betreten haben, was für den Zuschauer einen unbefriedigenden Zustand bedeutet …" Der Traumhenker trat sehr dicht vor Liisho.

„Dies – und nur dies! – ist der Grund, weshalb ich meinen Preis nicht jetzt schon einfordere und dich nicht mit auf den Augenmond nehme, damit du mir mit deiner Weisheit die Zeit vertreiben kannst."

„Dann lässt du mich meine Aufgabe vollenden?"

„Ich will nur nicht, dass man mir die Kulissen meines Theaters vorzeitig zerstört. Nein, bestimmt nicht. Aber ich bin ein Seelenhändler, und du wirst verstehen, wenn ich den Preis für die Gunst, die ich erweise, etwas erhöhe."

„Was verlangst du?"

„Absoluten Gehorsam in einem Augenblick, den ich bestimmen werde."

„Ich diene nur dem rechtmäßigen Kaiser Drachenias."

„Keine Sorge, ich werde diesen Preis erst von dir fordern, wenn du dein Ziel erreicht hast und wieder ein Spross des Hauses Barajan auf dem Thron sitzt."

„Bleibt mir irgendeine Wahl?"

„Nicht, wenn du Prinz Rajin helfen willst, seine Bestimmung zu erfüllen!"

„Dann sei es so", stimmte Liisho zu.

„So lass uns unsere Abmachung besiegeln", gab der Herr des Augenmondes zurück und streckte Liisho seine dürre Hand entgegen.

Zögernd ergriff Liisho sie. Als sich die Handflächen berührten, spürte er einen Schmerz den Arm hochfahren, der seinen ganzen Körper durchlief. Aber Liisho war unfähig zu schreien. Er öffnete nur den Mund.

Dann zog der Traumhenker die Hand zurück. „Sieh auf dein verjüngtes, straffes Fleisch, Liisho! Dort ist das Zeichen unseres Bundes eingebrannt. Nur du wirst es zu sehen vermögen. Es soll dich stets daran erinnern, wem du Gehorsam geschworen hast."

Liisho hatte die Hand zur Faust zusammengekrampft. Er öffnete sie zögernd und blickte hinein.

Ein Brandzeichen bedeckte die Handfläche. Es bestand aus einem Oval mit zwei unterschiedlich großen dunklen Punkten darin.

„Mein Siegel", erklärte der Traumhenker. „Aber nur für dich wird es sichtbar sein!"

7

AUFBRUCH INS UNGEWISSE

Wirre Träume hatten auch Prinz Rajin die ganze Nacht über heimgesucht. Träume, in denen der Traumhenker eine wichtige Rolle gespielt hatte, ohne dass Rajin am Morgen noch hätte sagen können, was diese von Winterland bis in den tiefsten Süden Tajimas bekannte Gestalt nun getan oder gesagt hatte. Er erinnerte sich auch daran, von Liisho geträumt zu haben, doch auch davon waren nichts als wirre Bilder in seinem Kopf zurückgeblieben. Bilder, die sich bereits in dem Moment zu verflüchtigen begannen, da er die Augen aufschlug. Ein Sonnenstrahl, der durch eines der hohen Fenster fiel, blendete ihn.

Das Triumphgeheul eines Drachen ließ ihn zusammenfahren.

Rajin sprang aus dem Bett und lief zum Fenster. Das Gemach des zukünftigen Kaisers gehörte zu jenen Räumen, denen der Luxus einer vollständigen Verglasung zuteilgeworden war. Rajin öffnete das Glasfenster und sah hinaus.

Ayyaam kreiste noch immer über der Stadt und Burg von Sukara. Einige der Samurai hatten sich im inneren Burghof versammelt und sahen zu dem mächtigen Wesen hinauf, und auch die Wächter auf den Wehrgängen und die Bedienungsmannschaften der Springalds und Trebuchets wunderten sich über das Verhalten des Drachen, ebenso wie Küchenmägde und anderes Personal, das zu Besorgungen ausgeschickt worden war.

„Man könnte fast denken, dass er uns bewacht!", trug der Wind die Worte eines der Samurai an Rajins Ohr.

Sie dachten, Rajin wäre dafür verantwortlich, dass Liishos Drache nach wie vor über der Stadt kreiste, erkannte der junge Prinz. Aber das war nicht der Fall. Etwas anderes hielt ihn in Sukara. Vielleicht weigerte er sich einfach zu akzeptieren, dass sein Herr und Meister nicht mehr unter den Lebenden weilte. Rajin hatte es nicht gewagt, noch einmal mit Ayyaam in eine geistige Verbindung zu treten. Er fürchtete, dass es dann zu einer Kraftprobe kam, die er nicht gewinnen konnte. Noch nicht, dachte er. Noch nicht …

Aber ihm wurde immer deutlicher bewusst, dass ihm dieser Drache beim Angriff auf das Residenzluftschiff des Priesterherzogs *freiwillig* gefolgt war und es wahrscheinlich gar nicht möglich gewesen wäre, den direkten Nachfahren des Urdrachen unter seinen Befehl zu zwingen.

Erneut stieß der Drache einen Schrei aus. Er brüllte laut und dröhnend, und im nächsten Augenblick antwortete ihm ein Chor aus Dutzenden, ja, Hunderten von Drachenkehlen. Nicht nur die Kriegsdrachen der Samurai antworteten auf Ayyaams Ruf, sondern auch ungezählte Lastdrachen überall in der Stadt. Deren Lenker waren zwar keine Samurai, sondern einfache Lastdrachenreiter, doch auch sie hatten der Legende nach ein wenig von Barajans Blut in sich. Es hieß, dass der aus Magiergeblüt stammende erste Drachenkaiser mit seiner menschlichen Gemahlin, die er über alles liebte, zunächst vergeblich auf Nachwuchs wartete. Als die Jahre ins Land gingen und die Kaiserin ihrem Gemahl keinen Erben zu gebären vermochte, schlug sie Barajan schweren Herzens vor, er möge zu den Dienerinnen in seinem Palast gehen und mit ihnen Söhne und Töchter zeugen, damit ihm jemand nachfolgen könnte. Da Kaiser Barajan auch keinen Ausweg mehr wusste, folgte er diesem Rat. Als dann aber die Kaiserin später doch noch schwanger wurde, verlangte sie von ihrem Mann, den Kindern der Dienerinnen alle Rechte des Adels abzusprechen. So wurden aus ihnen die einfachen Lastdrachenreiter, während sich die Linie Barajans und seiner Gemahlin im ganzen drachenischen Adel verbreitete. Und nur aus ihr, so wurde überliefert, gingen die Samurai hervor.

Ketzerische Stimmen, die schon lange für eine Minderung der Samurai-Privilegien eintraten, wiesen allerdings immer wieder darauf hin, dass, wenn die Legende stimmte, in den Adern von Lastdrachenreitern und Drachenreiter-Samurai letztlich der gleiche Anteil an Barajans Blut fließen würde und daher zwischen beiden Ständen auch keine Unterschiede zu rechtfertigen seien, außer denen des Handwerks, das sie erlernt hätten; bei dem einen war es der Handel, bei dem anderen der Krieg.

Wieder dröhnte Ayyaams Ruf über die Stadt, und diesmal antworteten ihm noch viel mehr Lastdrachen als zuvor. Da sie zumeist größer waren als Kriegsdrachen, konnte man ihre Laute leicht an den sehr tiefen, durchdringenden Tönen erkennen, die sogar das Glas in den Fenstern von Rajins Gemach zittern ließen.

Der junge Prinz wusste nicht so recht, was er von diesen Drachenrufen zu halten hatte. Wahrscheinlich waren sie ein Zeichen dafür, wie weit sich der Geist der Aufmüpfigkeit inzwischen auch schon unter den Lastdrachen verbreitet hatte. Es wurde höchste Zeit für Rajin, zu den Leuchtenden Steinen von Ktabor aufzubrechen und deren Kraft in sich aufzunehmen. Denn wer konnte schon sagen, wie lange sich diese Geschöpfe noch anders als durch den Besitz eines oder mehrerer Drachenringe bändigen ließen!

Was Rajin etwas verwirrte, war der Umstand, dass Ayyaams Laute inzwischen keineswegs mehr trauernd klangen, sondern kraftvoll, irgendwie ... ja, *optimistisch*.

Zu der Annahme, dass der Gigant den Tod seines Herrn beweinte, passte das ganz und gar nicht.

Ein Diener klopfte, und Rajin gebot ihm einzutreten. „Angrhoo, der Arzt des Fürsten, schickt mich", sagte der Diener. „Er weilt am Lager von Meister Liisho und bittet Euch, sofort zu ihm zu kommen."

Im selben Moment vernahm der Prinz eine vertraute Gedankenstimme: *„Worauf wartest du, Rajin?"*

Rajin zog sich an und suchte eilends das Totenlager seines Mentors auf. Angrhoo, der Arzt, befand sich bereits dort. Sein Gesichtsausdruck verriet vollkommene Fassungslosigkeit, und auch Rajin fiel das Kinn nach unten, als er Liisho aufrecht auf seinem Lager sitzen sah. Er sah jünger aus, als der Prinz ihn in Erinnerung hatte. So, als hätte er die Zeit in umgekehrter Richtung durchlebt, durchfuhr es ihn.

Er blieb einen Moment lang wie erstarrt stehen. „Liisho! Ich hatte schon keine Hoffnung mehr! Aber jetzt, da ich sehe, dass du am Leben bist ..."

„Die Hoffnung solltest du niemals fahren lassen", sagte Liisho mit einer Stimme, die gleichermaßen vertraut wie fremd klang. Das Fremde musste wohl das ungewohnt hohe Maß an Kraft und Festigkeit sein, das ihr auf einmal innewohnte.

Aber das war noch nicht alles, warnte Rajin eine innere Stimme. Da musste noch etwas sein, was er bisher noch nicht erkennen konnte, denn er hatte nicht den blassesten Schimmer, was dies sein konnte. Er spürte nur eine gewisse Scheu und deutlich hervortretendes Unbehagen gegenüber dem Weisen.

Trotzdem fasste Rajin ihn bei den Schultern. Die Freude darüber, den Totgeglaubten gegen alle Erwartung doch wieder unter den Lebenden zu wissen, überwog einfach alles andere.

Liisho wirkte seltsam in sich gekehrt, so als würde er gar nicht bemerken, was um ihn herum geschah. Er öffnete die Handflächen und blickte in sie hinein, wie es ansonsten die Anhänger des Sonnengottes in Feuerheim zu tun pflegten, wenn sie beteten.

„Meine Lebenskräfte waren vollkommen versiegt", sagte er leise. „Aber nun sind sie wieder da, und ich werde dir helfen können, Rajin, das zu erreichen, was deine Bestimmung ist."

„Wie ist das möglich?"

„Ich bin kein besonders gläubiger Mensch und hatte stets tiefe Zweifel", meldete sich der Arzt zu Wort. „Aber trotzdem sage ich: Dies muss ein Wunder sein!" Angrhoo malte das Zeichen des Unsichtbaren Gottes über seiner Brust – die ineinandergreifenden zwei Ringe, wobei der eine das Symbol der diesseitigen und der andere das Zeichen der jenseitigen Welt war. „Der Unsichtbare Gott möge mir meine Schwäche im Glauben verzeihen", murmelte er.

Rajin sah seinen Mentor ernst an. „Glaubst du auch an ein Wunder, das dir der Unsichtbare Gott zuteilwerden ließ?"

Liisho begegnete dem Blick des Prinzen. „Wir sollten nicht nach Erklärungen suchen, wo keine zu finden sind", gab er schließlich zur Antwort. „Es ist besser, die Gunst des Schicksals einfach zu nutzen, anstatt sich zu fragen, was der tiefere Grund dafür sein mag, dass sie sich gerade jetzt, zu diesem Zeitpunkt, bietet. Das führt nur zu fruchtloser Spintisiererei."

„Da magst du recht haben", musste Rajin zugeben, der aufgrund seiner Jugend im Winterland dem Glauben an den Unsichtbaren Gott nicht näher stand als den an die seemannischen Götter. Das meiste, was er über diesen Gott wusste, hatte Liisho ihm einst in seinen Geist eingepflanzt – so wie vieles andere auch, von dem sein Mentor geglaubt hatte, dass ein zukünftiger Kaiser Drachenias davon Kenntnis haben müsste.

Aber es war eben nur Wissen und keinesfalls eine Überzeugung. Liishos Rückkehr in die Welt der Lebenden mochte für die meisten gläubigen Drachenier ein göttliches Wunder sein, auf Prinz Rajin jedoch traf das nicht zu. Außerdem hatte er das Gefühl, dass ihm der Weise etwas verschwieg. Aber in diesem Moment der Freude wagte er es nicht, genauer nachzufragen.

Liisho wandte sich von Rajin ab und betrachtete noch einmal ungläubig seine Handflächen, wobei Rajin nicht die geringste Ahnung hatte, weshalb er das tat. Dann drehte sich der Weise ruckartig herum und sagte: „Man wird meine Rückkehr von den Toten als Zeichen deuten, Rajin! Als weiteres Zeichen dafür, dass mit dir tatsächlich der rechtmäßige Herrscher von Drakor zurückkehrt, der in der Lage sein wird, die Drachen auch in Zukunft zum Gehorsam zu zwingen!"

Wie eine Antwort auf diese Worte erscholl in diesem Augenblick ein weiterer Ruf Ayyaams, der wiederum aus Hunderten von Drachenkehlen in ganz Sukara beantwortet wurde.

In den nächsten Tagen wurden die Vorbereitungen für die Reise nach Magus getroffen. Die Lage in Sukara normalisierte sich in dieser Zeit einigermaßen. Die Stellen, wo die Geschosse von Dampfkanonen und Katapulten die Mauern in Mitleidenschaft gezogen hatten, wurden auf Fürst Payus Befehl hin ausgebessert, und außerdem Kundschafter ausgeschickt, um in Erfahrung zu bringen, wie weit sich der Feind zurückgezogen hatte.

Unjan, der Erste Drachenreiter des Fürsten, übernahm die Führung des Kundschaftertrupps. Als er zurückkehrte, berichtete er, dass sich die Tajimäer im Grenzland erneut sammelten und sich dort neu formierten. Vielleicht wartete man auch erst das Eintreffen eines neuen Priesterherzogs ab, der den Oberbefehl übernehmen konnte. Die Priesterherzöge rückten nämlich nicht einfach innerhalb der militärischen Hierarchie des Luftreichs nach, wenn einer von ihnen nicht mehr in der Lage war, seine Position auszufüllen, sondern mussten vom Priesterkönig geweiht werden.

Rajin blieb bei seiner Entscheidung, sich ausschließlich von Liisho und den vierundzwanzig Ninjas des Fürsten begleiten zu lassen. Den Bericht von Unjan und seinen Kundschaftern hatte der Prinz noch abwarten wollen, bevor er aufbrach. Doch nun gab es aus seiner Sicht keinen Grund, länger zu zögern. Nachdem sich Kommandant Tong und seine Drachenreiter aus dem südlichen Ostmeerland auf die Seite der Rebellion geschlagen hatten, schien Sukara gegen jedwede Angriffe gesichert – ganz gleich, von welcher Seite sie nun auch immer erfolgen mochten.

In den Tagen, da Rajin auf die Rückkehr der Kundschafter wartete, beschäftigte sich Liisho häufig mit seinem Drachen Ayyaam. Er unternahm ausgedehnte Flüge mit ihm, wobei er jegliche Begleitung strikt ablehnte. Rajin erkannte sehr bald, dass diese Ausflüge dem Zweck dienten, Liishos volle Autorität über Ayyaam wiederherzustellen. Seitdem der Drache nach Liishos wundersamem Wiedererwachen tagelang über Sukara gekreist war und sein Triumphruf ein Echo bei den Last- und Kriegsdrachen der Stadt gefunden hatte, schien er tatsächlich etwas aufmüpfig geworden zu sein. Die Freude darüber, dass sein Herr und Meister nicht in die paradiesischen Gefilde des Unsichtbaren Gottes eingegangen war, sondern weiterhin unter den Lebenden weilte, war offenbar mit einem Anspruch auf größere Selbstbestimmung verbunden.

„Er ist ein ehemaliger Wilddrache – was erwartest du?", gab Liisho nur zur Antwort, als Rajin ihn darauf ansprach. Mehr schien er dazu nicht sagen zu wollen. Rajin hatte fast den Eindruck, dass es Liisho sehr peinlich war, um den Gehorsam seines Drachen derart kämpfen zu müssen. Als dann Liisho auf Ayyaams Rücken am Tag vor der Abreise majestätisch seine Kreise über der Stadt zog, schien er jedem sichtbar beweisen zu wollen, dass er nach wie vor der Herr seines Drachen war.

Rajin sprach Liisho in der Nacht vor dem Aufbruch noch einmal auf die erste Reise des Weisen zu den Leuchtenden Steinen von Ktabor an. „Die Umstände haben es bisher verhindert, dass du mir mehr von deinem Aufenthalt im Inneren von Magus berichtet hast", sagte Rajin. „Aber du würdest mir sehr helfen, würdest du mich von deinen Erfahrungen in diesem seltsamen Land profitieren lassen."

Es hatte Rajin einiges an Überwindung gekostet, den Weisen noch einmal darauf anzusprechen. Eigentlich hatte der Prinz gedacht, dass Liisho früher oder später von sich aus darauf zu sprechen käme. Aber das war nicht der Fall gewesen, und so sah sich Rajin genötigt, selbst nachzuhaken.

„Es gibt nichts weiter darüber zu sagen", behauptete der Weise. „Und es gibt nichts, was ich hinzufügen möchte."

Der Magier Abrynos hatte behauptet, Liisho sei damals vor dem entscheidenden Schritt zurückgeschreckt – und Liisho hatte ihm in dieser Hinsicht nicht widersprochen. Beschämte dies Liisho dermaßen, dass er nicht in der Lage war, darüber zu sprechen?

Rajin verwunderte dies, denn er hatte Liisho bisher als einen Mann kennengelernt, dessen kompromisslose Zielstrebigkeit normalerweise auf nichts und niemanden Rücksicht nahm, und diese Rücksichtslosigkeit hatte auch stets gegenüber seiner eigenen Person gegolten. Umso erstaunter war Rajin über diese Empfindlichkeit.

„Dir wird nicht Gleiches widerfahren wie mir", sagte Liisho jetzt etwas versöhnlicher. „Denn im Gegensatz zu mir damals hast du das Wohlwollen und die Unterstützung des Großmeisters ... Und nun sind genug der Worte darüber geredet!"

„Es wäre mir ein Trost zu wissen, was auf mich zukommt", sagte Rajin.

„Wenn du wüsstest, was auf dich zukommt, würdest du die Reise nicht antreten, Rajin. Und dies wiederum würdest du mir niemals verzeihen. Es würde uns beide auf ewig entzweien, und der Einzige, der davon einen Nutzen hätte, wäre unser gemeinsamer Feind Katagi."

Im Morgengrauen brachen sie auf. Ayyaam und Ghuurrhaan erhoben sich in die Lüfte, beladen mit Proviant, Gepäck und jeweils zwölf Ninjas, die auf jedem der beiden Drachenrücken noch Platz finden mussten.

Rajin hatte Ganjon zuvor hinsichtlich des Ziels der Reise eingeweiht, und dieser hatte wiederum seine Männer darüber informiert.

Rajin wollte niemanden mitnehmen, der nicht innerlich dazu bereit war, sich auf dieses Abenteuer einzulassen, denn über das Land Magus kursierten die sonderbarsten Geschichten. Manche sagten, dass sie von Großmeister Komrodor und seinem Kollegium der magischen Hochmeister sogar gezielt in Umlauf gebracht wurden, um mögliche Angreifer abzuschrecken. In Wahrheit, so behauptete man, verfüge das Land Magus nämlich nur über eine sehr unzureichende Abwehr, was damit zusammenhinge, dass immer weniger Magier bereit und fähig wären, dem Großmeister als Schattenpfadgänger zu dienen.

Aber das alles waren nur Gerüchte, die vielleicht nur von in ihrem Stolz gekränkten Drachenreiter-Samurai weitererzählt wurden, denen es schwer erträglich war, dass es eine Macht gab, gegen die auch die größte Kriegsdrachen-Armada unter Umständen nichts auszurichten vermochte.

„Ich fürchte weder Magier noch Götter", hatte Ganjon dem Prinzen versichert. „Und das gilt für alle, die als Ninjas dem Fürsten vom Südfluss dienen."

„Ich behaupte nicht, irgendeine Ahnung davon zu haben, was uns in Magus erwartet", entgegnete Rajin. „Und ehrlich gesagt kann ich noch nicht einmal einschätzen, ob Großmeister Komrodor tatsächlich auch zu seinem Wort stehen wird, das er mir durch seinen Gesandten Abrynos gab."

„Wie Ihr inzwischen wisst, bin ich ein Gestrandeter. Ich war in all den Jahren glücklich im Südflussland, aber es reizt mich durchaus, zur Abwechslung mal wieder einen anderen Himmel zu sehen, mein Prinz."

„Einen anderen Himmel werdet Ihr sehen, Hauptmann Ganjon", antwortete Rajin. „Und vielleicht noch vieles mehr, von dem Ihr Euch später wünschen werdet, es nicht gesehen zu haben!"

Ghuurrhaan und Ayyaam flogen nach Westen und folgten damit dem Lauf des Südflusses. Rajin und Liisho ließen die Tiere hoch aufsteigen, sodass man sie selbst bei wolkenlosem Himmel vom Boden aus kaum sehen würde. Schließlich wollten sie so wenig Aufsehen wie möglich erregen.

Schon am Abend überquerten sie die Grenze nach Tajima. Schroff ragten die ersten Ausläufer des Dachs der Welt vor ihnen auf, und am Horizont zeichneten sich die teils nebelverhangenen, schneebedeckten Gipfel ab.

Rajin wollte dem Rat des Magiers Abrynos folgen und die Route durch Tajima nehmen, was auch hieß, dass man das Dach der Welt überfliegen musste. Aber dieser Weg war erstens allen zur Verfügung stehenden Karten nach der kürzeste, und zweitens teilte auch Liisho die Einschätzung, dass ihnen über Tajima weniger Gefahr drohte als am Himmel Drachenias. Dass Kommandant Tong und seine Drachenreiter mit fliegenden Fahnen zur Rebellion des Prinzen übergelaufen waren, war ein äußerst glücklicher Umstand gewesen, von dem man nicht erwarten konnte, dass es sich andernorts auf ähnliche Weise wiederholte. Schließlich verdankten die meisten Befehlshaber, die zurzeit im Amt waren, dem Usurpator ihre Stellung. Nicht wenige hatten Katagi während oder direkt nach dem Umsturz vor gut achtzehn Jahren unterstützt.

Dass allerdings die Tajimäer versucht hatten, den Hauptsitz der Rebellen zu vernichten, war vermutlich ihrer Unkenntnis geschuldet. Hätten sie gewusst, dass sich in Sukara die Keimzelle einer Rebellion gegen den Drachenherrscher in Drakor zusammengefunden hatte, hätten sie wahrscheinlich gar nicht angegriffen. Zumindest nicht auf diesem Abschnitt der langen gemeinsamen, quer durch den mitteldrachenischen Gebirgsrücken führenden Grenze, die Drachenia und Tajima voneinander trennte.

Die große Höhe, in der sie zunächst geflogen waren, konnten sie bei einer Überquerung des Dachs der Welt nicht beibehalten, denn über dem schroffen Hochgebirge war die Luft so dünn, dass sie weder für Drachen noch für Menschen zur Atmung ausreichte. So konnten sie das Gebiet nicht einfach unbemerkt überqueren, sondern mussten sich dichter am Boden halten, was natürlich die Gefahr einer Entdeckung vergrößerte.

Manche, besonders hoch aufragende Gebirgsmassive mussten sogar umflogen werden, da es keinem Drachen möglich war, eine Höhe zu erreichen, die für einen Überflug ausgereicht hätte. Da war zum Beispiel die große Mondnadel, ein Berg, der so steil und spitz in den Himmel ragte, dass man aus weiter Ferne an eine gewaltige Nadel dachte. Nur einem Menschen war es der Legende nach je gelungen, diesen Berg zumindest zu zwei Dritteln zu besteigen: Das war Masoo gewesen, der das Ziel gehabt hatte, jene Stelle zu erreichen, an der die Große Nadel den Himmel berührt. Der Legende nach hatte jedoch der Unsichtbare Gott Masoo den weiteren Aufstieg untersagt, weil es den Lebenden nicht gestattet war, die paradiesischen Gefilde des Himmels zu betreten. Würde dies jemals einem gelingen, so würde dieser das Jenseits unter seinesgleichen derart verherrlichen, dass die Menschen ihres mühsamen Daseins überdrüssig würden.

Die Legende berichtete, dass Masoo dort oben die Gebote des Unsichtbaren Gottes erhielt und damit zurückkehrte und zum Propheten des Gottes wurde. Nachdem er dann ein zweites Mal einen Aufstieg wagte, ließ der Unsichtbare Gott ihn sogar noch ein Stück höher hinaufkommen, wenn auch nur für kurze Zeit. Die Luft dort oben war so dünn, dass Masoo beinahe gestorben wäre. Bei dieser Gelegenheit übergab der Unsichtbare Gott ihm das Geheimnis der Gewichtslosigkeit, das ihn und alle, die sich ihm und seinen Nachkommen unterwarfen, die Möglichkeit eröffnete, fliegende Schiffe zu bauen.

Allerdings war das nur eine Version der Geschichte: Die Kirche von Ezkor behauptete, dass Masoos zweiter Aufstieg nie stattgefunden hatte, sondern sich der Prophet nach der Bekehrung der Tajimäer nach Drachenia gewandt habe und dort erster Abt der Priesterschaft geworden sei. Das war eines der vielen Dinge, die die Anhänger des Unsichtbaren Gottes in beiden Ländern voneinander trennten …

Die Große Nadel überragte selbst das übrige Dach der Welt und war weithin zu sehen. Manchmal wurde sie von der Sonne angestrahlt, und die vereisten Flächen leuchteten dann auf eine eigentümliche Weise.

„Es heißt, dass jeder, der die Große Nadel zum ersten Mal sieht, ein Anhänger und glühender Verehrer des Unsichtbaren Gottes wird", sagte Ganjon während des Fluges. „Und der Anblick ist tatsächlich überwältigend, nicht wahr?" Der Hauptmann der Ninjas des Südfluss-Fürsten saß, in einen Mantel gehüllt, zusammen mit zwölf seiner Kampfgefährten auf dem Rücken Ghuurrhaans, den Rajin mit leichter Hand zu lenken wusste.

Die Gegend, durch die Rajin und seine Getreuen bisher geflogen waren, war dünn besiedelt. Es gab nur vereinzelte kleinere Siedlungen, welche die beiden Drachen nach Möglichkeit weiträumig umflogen.

Während sie eine kleine Rast auf einer Hochebene einlegten, sahen sie ein paar Luftschiffe den Horizont entlangfliegen.

„Das sind Lastschiffe", meinte Liisho mithilfe eines Fernglases zu erkennen. „Wenn wir Glück haben, gehören sie Grenzschmugglern, die gegen das drachenische Transportmonopol für Drachen verstoßen und dabei Riesengewinne einstreichen. Schließlich verzehren Luftschiffe nicht Unmengen an teurem Stockseemammut."

Die Schiffe näherten sich. Ayyaam und Ghuurrhaan wurden angewiesen, sich flach auf den Boden zu legen und die Flügel zusammenzufalten.

„Um die Tiere gut zu tarnen, dürften hier kaum genügend Pflanzen wachsen", sagte Ganjon an Rajin gewandt. „Aber wenn wir Glück haben und die Drachen sich nicht bewegen, dann dürfte man sie von den Luftschiffen aus nicht sehen können, weil sie wie ein Teil der Landschaft aussehen. Außerdem sind wir in einer Schattenzone."

„Ja, und bald geht die Sonne unter", sagte Rajin. „Dann werden wir unseren Weg endlich fortsetzen können."

Die Ninjas verteilten sich in der Umgebung und verhielten sich ebenso ruhig wie die Drachen. Rajin blieb dicht bei Ghuurrhaan. Er berührte ihn mit einem Drachenstab, den er in eine der Furchen zwischen den Schuppen hineinstieß. Ein Teil seiner inneren Kraft war dabei ständig mit dem Geist des ehemaligen Wilddrachen in Verbindung, um zu verhindern, dass Ghuurrhaan eine unbedachte Bewegung machte, die dann trotz des Schattens und aller anderen günstigen Umstände an Bord der sich nähernden Lastschiffe sofort zu sehen gewesen wäre.

Liisho tat das Gleiche bei Ayyaam. Dieser hatte zwar während der gesamten Reise noch keinen einzigen Anlass zur Klage gegeben, aber Rajin hatte inzwischen bereits bemerkt, dass sein Mentor seinem Drachen nicht mehr so vollkommen vertraute, wie dies früher der Fall gewesen war. Der Weise stieß den Drachenstab besonders tief in die Schuppenfurche Ayyaams, und das Gesicht des Weisen wirkte so angestrengt, wie Rajin ihn nie erlebt hatte. Er schien ständig sehr viel an innerer Kraft aufzubieten, um Ayyaam auch ja in jedem Augenblick unter seiner Kontrolle halten zu können.

Die Lastschiffe näherten sich so weit, dass ihre Besatzungen den Prinzen und seine Gefährten trotz des Schattenfalls wohl kaum hätten übersehen können. Sie drehten ziemlich exakt in Richtung Nordosten. Die Luftschiffe selbst hatten nur sehr wenige Schießscharten, wie sie für Kriegsschiffe so charakteristisch waren, und keine fest installierten Springalds, deren Einsatz schon eine ziemlich große Gefahr darstellen konnte.

„Ich frage mich, weshalb es nie jemandem gelungen ist, den Tajimäern das Geheimnis der Gewichtslosigkeit zu entreißen", sagte Ganjon an Andong gewandt. Sie kauerten beide in der Nähe eines der wenigen Gebüsche, die in dieser Höhenlage noch wuchsen.

Andong zuckte mit den Schultern. „Weil dieses Geheimnis nur dem Priesterkönig offenbart wurde", gab der Schattenkrieger zurück. Von seinem Gesicht waren kaum mehr als die Augen zu sehen, doch Ganjon hatte während seiner Jahre im Dienst des Fürsten vom Südfluss gelernt, die anderen Ninjas anhand kleinster Merkmale zu erkennen. Bei Andong war das insbesondere eine Narbe oberhalb der linken Augenbraue.

„Und diese Schmuggler, denen selbst während eines Krieges ihr Profit wichtiger ist als ihr Land?", fragte Ganjon. „Sie bringen weiterhin ihre Waren über die Grenze. Ich habe gehört, dass viele von ihnen weit in das beinahe menschenleere Gebiet zwischen Seng und Pa fliegen und ihre Schmuggelware erst in der Nähe von Para von Hehlern auf Lastdrachen umgeladen wird."

„Weswegen der Markt von Para angeblich die günstigsten Preise im ganzen Reich hat", gab Andong zurück. *Billig wie in Para* war ein geflügeltes Wort in Drachenia. Da die Stadt am ostmeerländischen Ufer des Pa-Flusses ihre herausragende Stellung im Handel vor allem dem Grenzschmuggel verdankte, dachte man dort auch nicht im Traum daran, den Schmuggel ernsthaft zu bekämpfen.

„Die Schmuggler müssen das Geheimnis der Gewichtslosigkeit doch auch kennen, sonst würden ihre Schiffe nicht fliegen!", sagte Ganjon. „Es müsste doch möglich sein, ihnen dieses Geheimnis abzukaufen."

„Sie wissen vielleicht, wie so ein Schiff zu fliegen ist, aber mehr auch nicht", war Andong überzeugt. „Sie wären nicht in der Lage, selbst so eine Maschine zu bauen oder auch nur dafür zu sorgen, dass sie dauerhaft flugfähig bleibt. Außerdem ist in Drachenia niemand wirklich am Geheimnis der Gewichtslosigkeit interessiert."

„Also ich würde keinesfalls weghören, wenn jemand es in meiner Gegenwart erwähnte oder ich auf andere Weise darauf stoßen sollte", erklärte Ganjon. „Die Langschiffe meiner seemannischen Heimat könnte ich mir jedenfalls auch sehr gut in der Luft schwebend vorstellen."

Unter Andongs Gesichtsmaske drang ein dumpfes Gelächter hervor. „Mag sein, dass im Seereich andere Gesetze gelten und man sich dort ein solches Wunder sofort aneignen würde. Aber Drachenia wird nicht umsonst das Drachenland genannt. Wenn es wirklich irgendeinem Drachenier gelingen sollte, das Geheimnis der Gewichtslosigkeit in seinen Besitz zu bekommen, wird ihn der versammelte Adel der Drachenreiter-Samurai sicherlich ebenso bekämpfen wie die Gilde der Lastdrachenreiter. Niemand kann in Drachenia ohne Drachen zu Reichtum und Macht gelangen – und diejenigen, die damit bereits gesegnet sind, wissen sehr genau, dass sie diese Macht verlören, sobald niemand mehr auf ihre Drachen angewiesen wäre."

Die Schmugglerschiffe zogen an ihnen auf Sichtweite vorbei. Manche von ihnen waren so überladen, dass die Stauräume nicht mehr ausreichten, und so hatte man große Bündel außen an die zylindrischen Schiffskörper geschnürt, die mit allerlei Waren vollgestopft waren. Wahrscheinlich Stoffballen aus den edlen Tuchmanufakturen in der jenseits der Großen Nadel an den Ufern des Vulkansees gelegenen Stadt Kajar, die auch das Zentrum der gesamten tajimäischen Provinz Kajarstan bildete. Ein Zentrum, das Rajin und die Seinen über den unwegsamen Weg nordwestlich der großen Nadel umfliegen mussten.

„Sie müssen uns gesehen haben!", zischte Kanrhee, der Rennvogelreiter; er verbarg sich ganz in der Nähe von Ganjon und Andong hinter einem eiförmigen Felsbrocken, dem Wind und Regen im Laufe eines Äons seine glatte Form gegeben hatten, so als wäre er von einem der viel gerühmten Grabsteinmetze aus Ezkor oder Nangkor bearbeitet worden.

Andong richtete seinen Blick in Kanrhees Richtung. „Du kannst dennoch sicher sein, dass sie uns nicht verraten werden. Das würde schließlich ihren eigenen Interessen schaden."

Der Blutmond stieg im Dämmerlicht auf, und nachdem auch Meermond und Jademond am Himmel standen, gab Rajin den Befehl zum Aufbruch. Für die Drachen war die Rast lange genug gewesen, um sich etwas auszuruhen, und während der Nacht würden der Prinz und sein Gefolge ihren Weg leichter fortsetzen können, ohne entdeckt zu werden.

Im Nordwesten umrundeten sie die Große Nadel, die im Licht der Monde je nach Blickrichtung entweder in verschiedenen Farben funkelte wie ein riesiges Leuchtzeichen, das in den Himmel deutete, oder aber einem großen schwarzen Schatten glich. Schließlich erreichten sie den Quellsee des Flusses Pa, der weiter nordwestlich die Grenze nach Drachenia überschritt und bis zu seiner Mündung in den östlichen Ozean die nordwestliche Grenze des Ostmeerlandes bildete. Der Quellsee des Pa war über einen unterirdischen Höhlenfluss mit dem großen Vulkansee verbunden, an dessen Ufern die wichtigsten Zentren des Luftreichs lagen. Kajar gehörte nicht nur wegen seiner Stoffmanufakturen und seiner Werkstätten, die dem Luftschiffbau dienten, zweifellos dazu.

Die Lichter dieser großen Stadt schimmerten hinter den Bergen hervor wie ein fernes Leuchtfeuer. Luftschiffe waren zu sehen und wirkten wie Motten, die ein Feuer umschwirrten.

Als ihnen nordwestlich des Pa-Quellsees eine Patrouille von fünf großen Luftschlachtschiffen auf einer Entfernung von weniger als einer drachenischen Meile begegnete, ließen Rajin und Liisho ihre Drachen im Schatten einiger schroffer, felsiger Anhöhen am Nordwestufer verschwinden. Sie hielten sich in den besonders dunklen Bereichen auf, bis die Luftschiffe zwischen den Bergen verschwunden waren. Dann setzten sie ihren Weg fort.

Die Nachtstunden gingen dahin. Sie erreichten den Quellsee des Pa, in dem sich die Monde spiegelten. Es gab einige Fischerdörfer an den Seeufern, und nicht wenige Fischer waren bei Nacht hinausgefahren, um ihrem Beruf nachzugehen. Im Zwielicht von Blutmond und

Meermond waren ihre Boote deutlich auszumachen. Und wahrscheinlich sahen sie auch die beiden dunklen Schatten am Himmel, die über sie hinwegzogen.

„*Darauf sollten wir keine Rücksicht nehmen*", vernahm Rajin die Gedankenstimme Liishos. „*Solange es Nacht ist, wird uns ohnehin niemand zu stellen vermögen.*" Im Morgengrauen erreichten sie die nordwestliche Seite des Dachs der Welt. Dort, wo das Gebirge in ein flaches Hochland überging, war die Grenze zur Provinz Kajinastan. Deren Hauptstadt Kajina lag am Ma-Ka-Fluss, der durch den Vulkansee auf dem Dach der Welt gespeist wurde und von dort aus ins Mittlere Meer – auch die Mittlere See genannt – floss. Zeitweilig war Kajinastan von den Dracheniern erobert worden, aber man hatte das Land bereits unter Rajins Urgroßvater, dem Kaiser Ayjin, wieder aufgeben müssen. Der seinerzeit amtierende Priesterkönig hatte die Schmach einfach nicht ertragen können und vom Tag des Verlusts an dafür gearbeitet, die Provinz irgendwann wieder sein Eigen nennen zu dürfen. Und so hatte er die gewaltigste Kriegsluftschiff-Armada der bekannten Geschichte aufgeboten, um den Ma-Ka-Fluss zu überqueren und zuerst Kajina und später die ganze Provinz wieder in Besitz zu nehmen. Kaiser Ayjin hatte damals eine herbe Niederlage einstecken müssen, die Drachenarmada war mit Pauken und Trompeten aus Kajinastan verjagt worden. Seitdem war das Gebiet fest in tajimäischer Hand geblieben …

Als sie die letzten Ausläufer des Dachs der Welt hinter sich gelassen hatten, wurden die Drachen zunehmend unruhiger. Zunächst galt das nur für Ayyaam, der mehrfach für Augenblicke aus der Kontrolle seines Reiters ausbrach und sogar abrupt die Flugbahn änderte, wobei er dröhnende Schreie ausstieß. Liisho hatte alle Hände voll zu tun, das Tier wieder auf Kurs zu bringen, und die Ninjas, die auf Ayyaams Rücken Platz genommen hatten, mussten sich gut festhalten.

Rajin sprach den Meister nicht darauf an, denn er glaubte zu wissen, dass Liisho eine tiefe Scham darüber empfand, dass ihm sein Drache nicht mehr auf einen Gedankenblitz hin gehorchte, wie man es bei einem erfahrenen Drachenreiter eigentlich erwarten konnte.

Doch dann wurde auch Ghuurrhaan unruhig. Rajin spürte den inneren Widerstand, den der ehemalige Wilddrache ihm entgegensetzte, und er fühlte sich an jenen Moment auf der Insel der Vergessenen Schatten erinnert, als sich der Prinz durch eine am Strand lagernde Herde von Wilddrachen diesen einen zu seinem Reittier erwählt hatte. Es hatte einige Zeit gedauert, bis sich Ghuurrhaan schließlich widerstandslos lenken ließ. Nach manchem seiner ersten Flüge, die er unter Liishos Anleitung absolvierte, war er schweißnass gewesen, denn die ständige geistige Konzentration war ungeheuer anstrengend gewesen. Als sie unter sich eine Herde von achtbeinigen Hochlandantilopen sahen, befahl Liisho seinem Drachen, die Flugbahn zu senken. Es war recht schnell erkennbar, was der Weise beabsichtigte. Er wollte ein paar der Antilopen erjagen, damit Ayyaam und Ghuurrhaan frisches Fleisch bekamen. Drachen konnten zwar durchaus über längere Zeiträume ohne Nahrung auskommen, und Wilddrachen waren im Gegensatz zu ihren Artgenossen, die in Gefangenschaft groß wurden und in den Pferchen mit mundgerecht portioniertem Stockseemammut verwöhnt wurden, sogar daran gewöhnt. Aber selbst bei Wilddrachen hatte Hunger eine verheerende Auswirkung auf das Gemüt; umgekehrt wirkte eine reichliche Mahlzeit beruhigend.

Hunger konnte nicht die Ursache der Unruhe sein, von der die beiden Drachen befallen waren, ging es Rajin durch den Kopf, der von seinem Platz auf Ghuurrhaans Rücken aus beobachtete, wie Liisho seinen Drachen herabstürzen ließ. Ayyaam flog dicht über die Herde Hochlandantilopen hinweg, während zwei der Ninjas, die zusammen mit dem Weisen auf dem Drachenrücken Platz genommen hatten, ihre Bögen spannten und Pfeile durch die Luft sirren ließen.

Von den vierundzwanzig Ninjas, die unter dem Befehl von Hauptmann Ganjon standen, waren nur sechs mit Pfeil und Bogen ausgerüstet, da die Ninjas bei ihren Einsätzen den direkten Kontakt zum Gegner suchten. Aber als zusätzliche Option waren ein paar Schützen mit Reflexbögen auch in ihrer Truppe sinnvoll – vor allem dann, wenn sie über längere Zeit auf sich allein gestellt unterwegs waren und sich ihren Proviant selbst erjagen mussten.

Die Pfeile trafen mit tödlicher Präzision ihre Ziele.

Nachdem der Weise Liisho Ayyaam noch einmal zurückfliegen und ein weiteres Mal über die inzwischen in Panik geratene Herde hinwegbrausen ließ, lag in Kürze ein halbes Dutzend der achtbeinigen Hochlandantilopen im kargen Gras, das aus dem alles andere als fruchtbaren Boden spross. Die Hochlandantilopen hatten ein Stockmaß, das höher war als selbst die größten seemannischen Krieger. Im ersten Moment hatte Rajin Zweifel daran, ob ein einzelner Pfeil überhaupt ausreichte, um ein so großes Tier zu erlegen.

Ganjon schien Rajins Gedanken zu erahnen, denn er sagte: „Die Pfeile eines Ninjas sind vergiftet – ganz gleich, ob sie mit einem Blasrohr oder dem Reflexbogen abgeschossen werden." Wie zur Bestätigung seiner Worte brach im selben Moment eines der zuvor noch beinahe ungerührt wirkenden Tiere zusammen.

„Hätte ich mir ja denken können", gab Rajin zurück.

„Es ist eine Frage der Achtung allen Lebens", erklärte Ganjon. „Die zu tötende Kreatur soll nicht leiden – weder die Jagdbeute noch der Feind, den ein Ninja mithilfe eines Blasrohrs in die paradiesischen Gefilde schickt."

„Die Kirche des Unsichtbaren Gottes verherrlicht das Leiden", hielt Rajin dagegen.

„Ich weiß, denn schließlich hat auch der Prophet Masoo gelitten, als er die Nadel emporstieg, um die Gebote des Gottes zu empfangen. Aber der Ethos der Ninjas ist älter als der Glaube an den Unsichtbaren Gott."

„Ihr scheint ihn völlig verinnerlicht zu haben", stellte Rajin fest.

„Hattet Ihr daran gezweifelt, weil ich ein Gestrandeter bin, dessen Augen die Farbe des Meers widerspiegeln und der seine Gefährten mindestens um eine halbe Haupteslänge überragt?", fragte Ganjon. „Ich unterscheide mich in nichts mehr von den Männern, die ich befehlige."

Die Antilopenherde floh indessen Richtung Nordosten. Liisho ließ Ayyaam landen, und Rajin folgte seinem Beispiel und ließ Ghuurrhaan gleich neben Ayyaam zu Boden gehen.

Beide Drachen stießen dumpfe Knurrlaute aus, und hin und wieder entfleuchte ihren Mäulern auch Rauch, Ayyaam einmal sogar ein unbeherrschter Feuerstoß, der das trockene Hochlandgras auf eine Länge von fünfzig Schritt abflammte, sodass ein schwarzes, verrußtes Oval entstand.

Die Ninjas stiegen von den Drachenrücken, und sowohl Rajin als auch Liisho folgten ihrem Beispiel, nachdem sie beide noch einmal den Drachenstab tief zwischen die Rückenschuppen ihres jeweiligen Reittiers gesteckt hatten, um gleichzeitig mit ein paar sehr eindringlichen und mit innerer Kraft aufgeladenen Gedanken dafür zu sorgen, dass ihnen der Gehorsam der Giganten auch dann erhalten blieb, wenn sie nicht mehr im Sattel saßen.

Rajin hoffte nur, dass Liisho wusste, was er tat. Nun, der Weise war unbestreitbar der weitaus erfahrene Drachenreiter von ihnen beiden, und so entschied sich Rajin dafür, ihm zu vertrauen.

Die Drachen stießen in immer kürzerer Folge Knurrlaute aus, und zudem sickerte ihnen ätzender, übel riechender Speichel zwischen den Zähnen hervor und tropfte zu Boden.

„Sie wittern das Fleisch", stellte Liisho fest. „Wenn sie sich vollgefressen haben, werden sie wieder leichter lenkbar sein. Aber wir müssen diesen Moment noch etwas herauszögern. Es ist wichtig, dass wir es sind, die ihnen das Fleisch verschafft haben. Verstehst du?"

„Ich denke schon", sagte Rajin.

„Sie in dieser Lage selbst auf Jagd zu schicken, wäre sehr riskant. Aber unsere Fleischgabe wird die Bindung zwischen den Drachen und uns erneuern, zumindest für eine gewisse Weile."

„Du glaubst nicht, dass das Problem damit grundsätzlich gelöst ist." Rajins Blick traf sich mit dem des Weisen. Die Worte des Prinzen waren nicht im Ton einer Frage, sondern einer Feststellung gesprochen.

„Nein, das gewiss nicht", murmelte Liisho düster. „Jeder, der einen Drachen reitet, wird früher oder später in Schwierigkeiten kommen. Vielleicht zeigt es sich bei ehemaligen Wilddrachen früher als bei ihren trägen Artgenossen aus den Pferchen, und bei Kriegsdrachen eher als bei Lastdrachen. Aber die Ursache all dessen liegt unter dem mitteldrachenischen Gebirgsrücken begraben."

„Yyuum …", murmelte Rajin.

„Der Urdrache erwacht. Und die zwergenhaften Winzlinge, die die Nachfahren von ihm und seinesgleichen sind, spüren das." Liisho fasste Rajin bei der Schulter. „Es wird Zeit, dass du ihm endlich den Drachenring abnimmst, Rajin! Vielleicht habe ich nicht wahrhaben wollen, wie ernst die Lage in Wahrheit schon ist und wie wenig Zeit uns noch bleibt …"

Wenige Augenblicke später lockerten Rajin und Liisho die geistigen Zügel, mit denen sie ihre Drachen im Zaum hielten, und gestatteten ihnen, sich auf ihr Mahl zu stürzen. Wild und ungebärdig warfen sie sich auf die erlegten Hochlandantilopen. Das Pfeilgift, das die Ninjas verwendeten, mochte für die achtbeinigen Tiere tödlich sein – um einem Drachen von der Größe und Erhabenheit dieser beiden Kolosse zu schaden, wäre allerdings eine vielfache Menge nötig gewesen. Ayyaam und Ghuurrhaan zerrissen die Körper der Antilopen förmlich und schlangen große Stücke hinunter. Das feine Haar der Antilopenfelle flammten sie mit ihrem Feuerhauch weg, sodass knusprige Haut zurückblieb. Die Knochen brachen krachend zwischen den kräftigen Zähnen der Drachen und wurden zermahlen.

Während Ayyaam und Ghuurrhaan fraßen, wurden sie mit der Zeit deutlich träger und ihre Bewegungen langsamer. Ihr Hunger war offenbar längst gestillt, aber da Wilddrachen dann zu fressen pflegten, wenn sie die Gelegenheit dazu hatten, würgten sie alles in sich hinein, was ihre Mägen noch gerade so aufnehmen konnten.

Mit blutverschmierten Mäulern ließen sie schließlich von den wenigen Resten ihrer Mahlzeit ab. Ihr aggressives Knurren war zu einem weichen, dunklen Brummen geworden, das tief aus der Kehle kam und ihre massigen Rümpfe als Klangkörper benutzte. Es ließ den Boden vibrieren und erzeugte bei Menschen ein Druckgefühl im Bauch.

„Für eine Weile werden wir es jetzt leichter mit ihnen haben", sagte Liisho.

„Mit den Drachen vielleicht", erwiderte Rajin und deutete zum Horizont. „Aber ich fürchte, wir bekommen neue Schwierigkeiten!"

Liisho griff zu seinem Fernglas und sah am Horizont Dutzende von Luftschiffen unterschiedlichster Größe. Manche waren noch so weit entfernt, dass sie kaum mehr als dunkle Punkte waren.

„Eine Luftkriegsflotte der Tajimäer!", stellte Rajin fest.

Schreie drangen ganz leise und scheinbar aus großer Entfernung an ihre Ohren. Drachenschreie, die zunächst in Ayyaams und Ghuurrhaans Brummen untergegangen waren.

„Die Luftflotte ist vor der Kriegsdrachen-Armada Katagis auf der Flucht", stellte Liisho fest und reichte Rajin das Fernglas.

8

IM PALAST DES USURPATORS

Katagi saß mit regungslosem Gesicht auf seinem Thron. Über ihm prangte ein goldener Drachenkopf mit geöffnetem Maul – eines der Wahrzeichen, die man dem Kaiser traditionell zuordnete.

Seine Faust schloss sich um das Zepter, den kunstvoll verzierten Drachenstab. Dabei rutschte der Saum seines Ärmels hoch, sodass seine Finger sichtbar wurden.

Was fürchtete er? Diese Frage ging ihm durch den Kopf. Dass seine Schande offenbar wurde? Drei Drachenringe befanden sich an den Fingern der rechten Hand. Aber einer von ihnen war lediglich ein Imitat, das er sich erst vor wenigen Monaten hatte anfertigen lassen, um die Erzählungen von dem Affen Lügen zu strafen, der mit einer Gauklergruppe an den Hof gekommen war und eines der orgiastischen Feste, die seit der Thronbesteigung Katagis im Palast üblich geworden waren, dazu genutzt hatte, dem Herrscher einen der Ringe zu stehlen.

Eine Geschichte, die Katagi mehr schadete als alles andere, denn sie untergrub letztlich seine Autorität bei den Drachenreitern. Die drei Ringe waren das Symbol der Macht der Menschen über die Drachen, und nicht wenige fragten sich, ob jemand, dem einer dieser Ringe auf so lächerliche Weise abhandengekommen war, tatsächlich über die mächtigsten Geschöpfe der Welt gebieten konnte. Dazu mischte sich eine wenn auch nur unterschwellige Furcht: Furcht davor, dass sich die Legenden über den Urdrachen Yyuum, zu dem der Affe den Ring angeblich gebracht hatte, vielleicht bewahrheiteten und er aus seinem äonenlangen Schlaf erwachte. Vielleicht, um den seit Langem vorhergesagten Aufstand der Drachen gegen ihre menschlichen Herren anzuführen.

In den nun beinahe neunzehn Jahren seiner Herrschaft hatte Katagi alles nur Erdenkliche getan, damit die Bewohner des Drachenlandes ihn fürchteten. Insbesondere galt dies für die Samurai. Sie sollten ihren Kaiser mehr fürchten als irgendeinen Feind und sich lieber von tajimäischen Dampfkanonen zerreißen lassen, als dass sie es wagten, ihrem Kaiser mit der Meldung einer Niederlage unter die Augen zu treten. Aber ganz langsam hatte sich ein Gift im Reich ausgebreitet. Ein Gift, das auch aus Furcht bestand – der Furcht vor dem erwachenden Urdrachen. Und eines Tages war diese Furcht vielleicht größer als die vor ihm, dem selbst ernannten Nachfolger einer langen Reihe von drachenischen Kaisern, die bis auf den legendären Magiersprössling Barajan zurückging.

Katagi ahnte, dass es nur bedingt möglich war, die Furcht sowohl des Volkes als auch der Drachenreiter vor ihm zu erhöhen.

Auf dem großen Tisch im Thronsaal, der sonst als festliche Tafel diente, lagen Karten, die den gesamten Kontinent zeigten, auf dem die fünf Reiche lagen. Fünfland nannte man diesen Kontinent bisweilen auch – aber zumeist sprach man einfach nur von *dem Land*, denn es gab gute Gründe für die Annahme, dass das Fünfland der einzige Kontinent auf der Welt war und der Rest der Drachenerde mit Wasser bedeckt war. Den Legenden nach war das nicht immer so gewesen, sondern letztlich eine Folge der schier unbeschreiblichen Zerstörungen, die die Drachen zum Ende des Ersten Äons angerichtet hatten.

Jedenfalls gab es seit Menschen- und Magiergedenken Geschichten über Riesendrachen, die seinerzeit nicht nur von Erdreich begraben worden waren, sondern über die hernach auch noch ein sich ausdehnender Ozean hinweggespült war.

Das Fünfland war den drachenischen Drachenreiter-Samurai recht gut bekannt. Wirklich unbekannte Küsten gab es nicht, nur ein paar Gebiete und Inseln, auf denen die Anwesenheit Fremder aus den unterschiedlichsten Gründen nicht geschätzt wurde und die daher auch Katagis Bemühungen um eine kartographische Erfassung nicht unterstützt hatten.

Der Lord Drachenmeister Tarejo Ko Joma erläuterte mit großspuriger Gestik die militärische Lage, und einige Offiziere der Palastgarde hörten zu.

„Unsere Drachenreiter sind tief ins Seereich vorgedrungen", erklärte Tarejo, obgleich sein kaiserlicher Herr nicht den Hauch eines Interesses zeigte. Katagi versuchte gar nicht erst, dem Lord Drachenmeister etwas vorzuheucheln. Es war ihm gleichgültig, was andere über ihn dachten oder ob sie ihn in die Gefilde der Verdammten wünschten.

Katagi gähnte ungeniert, während Tarejo fortfuhr: „Unsere Samurai drangen in die seemannischen Provinzen Osland und Nordenthal-Land vor. Der Widerstand, auf den unsere Krieger dabei stießen, war nicht besonders heftig. Manche der Seemannen benutzten vergiftete Pfeile, die wohl mit einer ähnlichen Substanz getränkt werden wie die Harpunen, die man für gewöhnlich bei der Jagd auf Seemammuts benutzt. Außerdem versuchte man hier und da Katapulte gegen unsere Drachen in Stellung zu bringen, doch haben sich unsere Verluste in engen Grenzen gehalten."

„So ist damit zu rechnen, dass das Seereich in absehbarer Zeit fällt?", fragte Katagi.

Doch in dieser Hinsicht war der Lord Drachenmeister in seiner Einschätzung deutlich vorsichtiger. „Der Widerstand ist noch lange nicht gebrochen. Im Gegenteil. Und bei ihrem Rückzug haben die Seemannen die Speicher mit Stockseemammut vernichtet, soweit sie konnten. Ganze Schiffsladungen sind in Flammen aufgegangen."

„Sie wollten nicht, dass unsere Samurai mit dem Stockseemammut die Mägen der Drachen beruhigen", schloss Katagi. „Ich hätte anstelle der Barbaren nicht anders gehandelt."

„Immerhin fielen auch einige Lagerkontore bei Waldenborg in die Hände unserer Drachenreiter. Aber das ändert nichts an der Tatsache, dass wir den Krieg gegen das Seereich schnell gewinnen müssen, um dafür zu sorgen, dass wieder Stockseemammut an uns geliefert wird." Tarejo tat etwas, was sich sonst wohl niemand unter des Usurpators Getreuen erlauben konnte: Er machte einen Schritt auf den Thron zu, ohne sofort niederzuknien. Der Lord Drachenmeister deutete noch nicht einmal eine Verbeugung an und fuhr fort: „Wir sollten überlegen, ob wir uns nicht zumindest vorläufig mit dem Seereich einigen und unsere gesamte Schlagkraft gegen Tajima richten. Denn die Tajimäer sind die stärkste Konkurrenz um die Vorherrschaft unter den fünf Reichen, nicht die Seemannen."

„Außerdem werden uns die Feuerheimer den Großteil Tajimas wegnehmen, wenn wir uns nicht beeilen", gab ein grauhaariger Mann mit dünnem Knebelbart zu bedenken. Er trug das Rangzeichen eines Lordobersts, und sein Name lautete Ken Ko Sajiro. Er war ein Cousin des Usurpators und nur einer von mehr als hundert Amtsträgern, die wie der Kaiser dem Haus Sajiro entstammten. Katagi hatte nach seinem Machtantritt vor neunzehn Jahren sehr schnell begriffen, dass er an den entscheidenden Stellen des Reiches Personen positionieren musste, die ihm gegenüber auf Gedeih und Verderb loyal eingestellt waren – entweder, weil sie ihm durch Familienbande verpflichtet waren und gar nicht gegen ihn opponieren konnten, oder aber, weil sie Komplizen seiner Verbrechen wurden und wussten, dass der Sturz des Usurpators auch ihren eigenen Fall bedeutete.

Was Lordoberst Ken anbetraf, so war bei ihm beides zutreffend, was Katagi als den günstigsten aller möglichen Fälle ansah. Treu wie ein Kettenhund, dachte Katagi.

„Den Großteil Tajimas an die Feuerheimer?", wiederholte der Kaiser mit spöttischer Empörung. „Ihr traut den Tajimäern nicht viel zu, Lordoberst Ken."

„Weil die Streitmacht der Feuerheimer gewaltig ist. Gerade heute sind neue Berichte unserer Spione eingetroffen, die das bestätigen. Ein gewaltiges Heer mit Tausenden von Rennvogel-Kampfwagen sammelt sich bereits, und ich glaube ehrlich gesagt nicht, dass die Tajimäer diesem Sturm werden standhalten können."

Katagi erhob sich von seinem Thron. Er ging auf den Tisch zu und sah auf die Karte. Kleine geschnitzte Figuren aus dem Elfenbein der Seemammuts markierten die strategische Lage. Vor Jahrhunderten waren diese Figuren aus dem Seereich importiert worden und hatten einer ganzen Reihe drachenischer Kaiser zu demselben Zweck gedient. Doch der letzte bewaffnete Konflikt mit dem Seereich lag lange zurück. Damals war man siegreich gewesen und hatte das Zweifjordland erobert. Eine mittlerweile fast legendäre Begebenheit, die in vielen Liedern besungen und in Epen verherrlicht wurde.

„Man schicke eine Zweikopfkrähenbotschaft an unseren Gesandten beim Hochkapitän in Seeborg", sagte Katagi. „Er soll dem Hochkapitän ausrichten, dass wir uns damit zufriedengeben, wenn man uns die Provinz Osland überlässt und die Lieferungen an Seemammut wieder aufgenommen werden. Man gebe ihm zu bedenken, dass wir mit unserer Drachen-Armada notfalls jeden Ort im Seereich erreichen und ebenso zerstören können, wie es mit Winterborg geschah."

Katagi machte eine ruckartige Bewegung und blickte Tarejo streng an. „Worauf wartet Ihr noch, Lord Drachenmeister? Gerade hattet Ihr es doch so eilig, mit den Seemannen einen … *vorläufigen* Separatfrieden zu schließen, noch bevor der Krieg mit ihnen so richtig begonnen hat."

„Es könnte sein, dass Euer Angebot nicht weitreichend genug ist", sagte Tarejo. „Die Seemannen sind stolz. Und das, was mit Winterborg geschah, hat sie weniger eingeschüchtert als vielmehr empört. Ich schlage vor, Ihr gebt unserem Gesandten in Seeborg Verhandlungsfreiheit. Schließlich ist es ja nur – wenn ich Euch soeben recht verstanden habe – ein vorläufiger Friede, den Ihr schließt. Alles, was wir brauchen, sind ein paar Monate Zeit, um uns mit ganzer Kraft Tajima widmen zu können."

Katagi überlegte. Das Seereich und Tajima waren alte Konkurrenten im Handels- und Transportwesen. Niemand hatte bei Ausbruch des Krieges erwartet, dass sie sich so schnell zu einem Bündnis zusammenfinden würden.

„Versprecht Ihnen das Transportmonopol für die neuländischen Häfen an der Mittleren See", entschied Katagi. „Kein Luftschiff soll dort nach dem Krieg noch Waren löschen dürfen."

„Wie Ihr befehlt, mein Kaiser", sagte Tarejo, und nun verneigte er sich tief, bevor er den Raum verließ.

Katagi wandte sich an Lordoberst Ken. „Wir haben noch ein anderes Problem, das bisher ungelöst ist", sagte der Kaiser und deutete mit dem Finger auf die Provinz am Südfluss.

Lordoberst Ken senkte das Haupt. „Ja, Herr, ich weiß, was Ihr meint."

„Man muss das Feuer austreten, bevor es sich zum Flächenbrand ausweitet", sagte Katagi.

„Wie recht Ihr habt."

„Mein Lord Drachenmeister war leider in der Vergangenheit nicht einmal in der Lage, den Brandherd zu finden. Vielleicht erweist Ihr Euch als fähiger."

„Mein Kaiser weiß, dass ich stets mein Bestes gebe."

Katagi verzog das Gesicht zu einer höhnischen Grimasse. „Das solltet Ihr auch. In Eurem eigenen Interesse. Unser eben erwähnter Lord Drachenmeister zum Beispiel widmet sich für meinen Geschmack viel zu wenig der Bekämpfung dieses Rebellionsgespenstes, das seit einiger Zeit im Reich umgeht, und dafür umso mehr seinen allseits bekannten düsteren Leidenschaften. Ich kann Euch nur den Rat geben, Eure Prioritäten sorgfältiger zu wählen, Ken Ko Sajiro!"

„Sehr wohl."

„Wir stammen aus demselben Haus und vom selben Blut. Darum setze ich ganz besondere Hoffnungen in Euch, wenn Ihr versteht, was ich meine ... *Cousin!*"

Ken verneigte sich tief. „Ich verstehe durchaus."

Lord Drachenmeister Tarejo hatte eine eigenhändig verschlüsselte Nachricht mit sympathetischer Tinte auf ein Pergament geschrieben. Erst wenn man das Pergament leicht erhitzte, konnte man die Zeichen erkennen. Aber ihre Botschaft enthüllten sie nur dem, der das Verschlüsselungssystem kannte. Am Hof von Drachenia gab es eine lange Tradition in der Kodierung von Nachrichten. Bevor sich der Glaube an den Unsichtbaren Gott überall im Drachenland durchgesetzt hatte, war vor allem im Altland und in Tambanien die Lehre des Weisen Yshii sehr verbreitet gewesen, die davon ausging, dass es eine alles durchdringende, auf Gesetzmäßigkeiten basierende Ordnung gab, und die die Mathematik als eine heilige Wissenschaft ansah. Inzwischen hätte es zwar kein drachenischer Samurai des Altlandes mehr gewagt, die Existenz des Unsichtbaren Gottes infrage zu stellen und eine kalte mathematische Ordnung an dessen Stelle zu setzen, doch trotzdem hatte sich in vielen Adelshäusern die Liebe zur Mathematik und die Freude an der Erfindung ausgeklügelter Verschlüsselungssysteme erhalten. Allerdings war die Beschäftigung damit vielfach auf den Status eines Gesellschaftsspiels herabgesunken, mit dem sich altländische Adelige die langen Winterabende auf ihren Landsitzen vertrieben.

Tarejo hatte die Nachricht einer ausgeruhten Zweikopfkrähe an den Körper gebunden, die sie sicher nach Seeborg zum Haus des drachenischen Gesandten bringen würde. Danach begab er sich in die Kellergewölbe. Manche sagten, dass das Gelände unterhalb des Kaiserpalastes bis zu zehn Stockwerke tief mit einem Labyrinth aus Gängen und Verliesen unterhöhlt war. Genau hätten das vielleicht diejenigen gewusst, die noch zu Zeiten des alten Kaisers Kojan ihren Dienst im Palast getan hatten. Aber Katagi hatte gleich nach seiner Machtübernahme den Befehl gegeben, alle Getreuen seines Vorgängers umzubringen. Die frei werdenden Posten waren mit denen besetzt worden, die Katagi bei seinem Umsturz geholfen hatten.

Aber nicht in jedem Fall hatte sich das als sonderlich klug erwiesen. So hatte man auch den kaiserlichen Gewölbemeister hinrichten lassen, der für die Verwaltung der unterirdischen Bereiche des Palastes von Drakor verantwortlich war. Zu spät hatte man bemerkt, dass eine der Hauptaufgaben des Gewölbemeisters darin bestanden hatte, dafür zu sorgen, dass sich nicht Teile dieser Gewölbe mit Meerwasser füllten, das immer wieder – vor allem bei den periodischen Fünf-Monde-Fluten – in die Anlagen drängte. Ein kompliziertes System von Abflüssen hatte bei diesem Problem für Abhilfe gesorgt.

Aber in den ersten Jahren nach der Thronbesteigung Katagis hatte es niemanden im Palast gegeben, der sich damit auskannte. Die Wasseransammlungen waren zudem vielfach zu spät bemerkt worden, sodass es zu ernsthaften Schäden an den Fundamenten des Palastes gekommen war.

Ein Teil des Kellers stand nun permanent unter Wasser, und die Feuchtigkeit zog sich die Wände empor. Jene Gewölbe, die davon noch nicht betroffen waren, dienten einem düsteren Zweck – der Verbreitung von purem Grauen.

Die Herrschaft des Schreckens durch den Schrecken – so lautete die Maxime, nach der Katagi seine Regentschaft angetreten hatte. Noch immer wurden in unregelmäßigen Abständen willkürliche Verhaftungen vorgenommen. Es konnte den adeligen Samurai ebenso treffen wie den einfachen Tagelöhner, der sich ein paar Münzen damit verdiente, den Drachenkot aus den Pferchen zu entfernen. Die Schuld der Betroffenen musste nicht eigens festgestellt werden. Manche mochten sich ketzerischen Bewegungen angeschlossen haben, die sich gegen die Dogmen der Kirche von Ezkor wandten, mit deren Priesterschaft Katagi ein auf wackeligen Füßen stehendes Bündnis eingegangen war, um seine Herrschaft zu sichern. Andere waren vielleicht die Verwandten von Personen, die im Verdacht standen, gegen den Herrscher eine Verschwörung zu planen. Ganz wenige schmachteten unten in den kargen, feuchtkalten Zellen, weil sie tatsächlich an Attentaten oder Sabotageakten gegen Katagis Regierungsapparat beteiligt gewesen waren. Diese wenigen hielt man am Leben, wenn man glaubte, aus ihnen noch brauchbare Informationen über Mitverschwörer herauspressen zu können.

Von den anderen Gefangenen, die einfach nur willkürlichen Verhaftungen zum Opfer gefallen waren, ließ Katagi regelmäßig einige frei. Dies wiederum erfolgte ebenso willkürlich wie zuvor die Festnahmen, und es diente wie diese dem Zweck der Verbreitung des puren Entsetzens. Denn die Davongekommenen sollten berichten, was sie gesehen und am eigenen Leib erfahren hatten. Auf diese Weise wollte Katagi jene von ihren Vorhaben abschrecken, die sich vielleicht gegen den Kaiser stellen wollten.

Schauerliche Schreie hallten in den Gewölben wider und bildeten einen vielstimmigen, grausigen Chor, wie er ansonsten nur in den Gefilden der Verdammten erklingen mochte, wo der Lehre der Priesterschaft von Ezkor zufolge die Sünder nach ihrem Tod zu büßen hatten. Für Lord Drachenmeister Tarejo waren diese Schreie jedoch ein Wohlklang. Sooft es seine Verpflichtungen als Lord Drachenmeister und damit Oberster Kommandant der drachenischen Kriegsdrachen-Armada zuließen, begab er sich in die Verliese und frönte seiner düsteren Leidenschaft. Manchmal sah er nur zu, was die Folterknechte taten. Bisweilen reichte ihm auch der Klang der gequälten Stimmen schon, um eine finstere Erregung zu erzeugen und ihm schließlich Befriedigung zu verschaffen. Aber allzu oft konnte er einfach nicht anders, als den Folterern die Werkzeuge ihrer grausigen Kunst aus den Händen zu nehmen und sich selbst an den bedauernswerten Opfern abzureagieren.

Für das Opfer bedeutete dies einen sicheren, allerdings nicht allzu langsamen Tod, denn es fiel Tarejo oft genug sehr schwer, seine düstere Neigung zumindest so weit zu bezähmen, dass der Gefolterte nicht starb, bevor er jene Fragen beantworten konnte, deretwegen man ihn der grausigen Prozedur unterzog.

Das Licht von einem halben Dutzend Fackeln flackerte an den feuchten Steinmauern der Gewölbe. Ein unbeschreiblicher Gestank mischte sich mit dem durchdringenden Modergeruch, der an diesem Ort inzwischen allgegenwärtig war, seit man der Wasserplage durch die Fünf-Monde-Fluten nicht mehr Herr wurde.

Ein blutüberströmter menschlicher Körper war an den Fußgelenken aufgehängt worden und schwang wie ein Pendel von links nach rechts und wieder zurück. Ein stöhnender Laut klang dumpf durch den Raum und erzeugte ein schwaches Echo. Der Folterknecht zur Linken stocherte mit einer armlangen Eisenzange in glühenden Kohlen herum.

Tarejos Nasenflügel bebten. Schweiß perlte dem Lord Drachenmeister auf der Stirn, und in seinen unruhig blickenden Augen leuchtete der Wahnsinn.

„Gebt mir das Eisen!", befahl Tarejo. Er streckte die Hand aus.

„Wie Ihr befehlt, Lord Drachenmeister!"

„Macht schneller!"

„Gewiss."

Die Schreie, die bald darauf durch das Gewölbe schallten, erleichterten den quälenden, finsteren Drang, der Tarejos Seele beherrschte, zumindest für ein paar Augenblicke.

Zur gleichen Zeit widmete sich auch Katagi seiner Leidenschaft.

In seinem Gemach erwartete ihn eine junge Frau in der traditionellen Tracht des niederen Adels. Regelmäßig wurden ihm junge Frauen zugeführt, die dann für eine Weile Katagis Mätresse waren, bis er das Interesse an ihnen verlor.

Sich offiziell zu vermählen kam für ihn derzeit nicht infrage. Das hatte mehrere Gründe. Einerseits schürte er unter den Häusern des hohen Adels durchaus die Hoffnung, dass dereinst eine ihrer Töchter von Katagi zur Kaiserin gemacht werden könnte. Natürlich dachte er nicht im Traum daran, aber es war ein gutes Mittel, die Angehörigen dieser Häuser, die zumeist der alten Kaiserfamilie sehr verbunden gewesen waren, zu disziplinieren.

Katagi hoffte, den Tag seiner Entscheidung noch etwas in die Zukunft schieben zu können, denn natürlich konnte er kein Mädchen aus einem dieser Häuser zu seiner Gemahlin erheben, weil ihre Erwählung den Neid der anderen Häuser geweckt und Katagi die Herrschaft schwieriger gemacht hätte. Andererseits war Katagi in den Jahren seiner Herrschaft immer misstrauischer geworden, und so wollte er kein Weib über einen längeren Zeitraum an seiner Seite haben, weil es ihn womöglich durchschaut hätte oder Informationen, die es aufschnappte, an Feinde weitergab.

Seit Kurzem hatte sogar sein Vertrauen zu Lord Drachenmeister Tarejo Risse bekommen, denn er hatte das Gefühl, dass der Kommandant aller Drachenreiter seine Pflichten zugunsten seiner Leidenschaften vernachlässigte. Etwas, von dem Katagi glaubte, dass es ihm selbst niemals passieren konnte.

„Wie heißt Ihr?", fragte Katagi.

Die junge Frau verneigte sich und senkte den Blick. „Ich bin Wuanjii Ko Sun."

„Das Haus Sun ist mir bekannt", sagte Katagi. „Eine Reihe sehr getreuer Männer aus Eurer Familie dienen mir bereits."

„Ich werde Euch ebenso gut zu Diensten sein, wie Ihr es von den Angehörigen unseres Hauses gewohnt seid, mein Kaiser."

Katagi lächelte. „Davon bin ich überzeugt."

„Dann gefalle ich Euch?"

„Gewiss gefallt Ihr mir, Wuanjii."

Katagi blickte in ihre dunklen, mandelförmigen Augen. Sie hatte ein sehr fein geschnittenes Gesicht. Ihr langes, blauschwarzes Haar war kunstvoll hochgesteckt, wie es in dieser Perfektion nur die Frauen des Altlandes zuwege brachten.

Und doch, irgendetwas stimmte nicht mit ihr. Es war Katagi unmöglich zu bestimmen, was genau es war, das ihn störte. Eine Nuance in ihrem Blick? Ein verräterisches Zucken um ihre Augen, das eine üble Absicht verriet? Eine spezielle Färbung ihrer Stimme, die aus irgendeinem Grund sein Misstrauen erregte?

Katagi kam nicht mehr dazu, genauer darüber nachzudenken, denn

Wuanjii löste den Gürtel ihres Gewandes und ließ es mit einer gekonnten Bewegung von den Schultern gleiten. Sie trat auf ihn zu. Als sie sein Zögern bemerkte, hob sie die Augenbrauen. „Ihr werdet Euch doch nicht vor einer nackten Frau fürchten, mein Kaiser?" Sein Blick glitt an ihrem Körper herab. „Nein, natürlich nicht." Sie zog ihn mit sich, und sie sanken auf das große Bett, dessen Baldachin mit Drachenköpfen verziert war.

Wuanjii schwang sich plötzlich auf ihn, riss eine der Haarnadeln aus ihrer Frisur und stach zu.

Katagi schrie auf und stieß die junge Frau grob von sich. Die Nadel steckte in seiner Schulter. Ein brennender Schmerz durchflutete seinen gesamten Körper.

Er wollte schreien, wollte nach der Wache vor der Tür rufen, auf dass Wuanjii sofort ergriffen werden konnte, aber er brachte keinen Ton heraus. Seine Zunge war wie gelähmt. Ein bleiernes Gefühl breitete sich zusammen mit dem Schmerz in seinem ganzen Leib aus.

Die junge Frau, die durch Katagis Stoß zu Boden geworfen worden war, erhob sich und nahm in aller Seelenruhe ihr Gewand, wobei sie den Kaiser nicht einen einzigen Augenblick aus den Augen ließ. „Versucht nur zu schreien! Es wird Euch Kräfte kosten und die Wirkung des Giftes beschleunigen, mit dem die Nadel getränkt war." Ihre Stimme hatte einen Klang angenommen, der Katagi an das Eis der Gletscher erinnerte, die in jedem Winter von den Hängen des altländischen Nordost-Gebirges herabkrochen.

Sie zog sich ihr Gewand wieder an, hob das Kinn und blickte auf ihn herab. „Bevor Ihr sterbt und ich dieses Gemach völlig unbehelligt verlassen werde, weil Eure Wachen glauben, dass Ihr Euch vom Liebesspiel erholt, sollt Ihr noch wissen, wessen Rache Euch an diesem Tag trifft. Es sind schließlich so viele, denen Ihr in den nunmehr neunzehn Jahren Eurer Herrschaft Unrecht zugefügt habt. So viele, die aus nichtigen Anlässen ermordet oder in den Verliesen Eures Palastes grausam gefoltert und für den Rest ihres Lebens gezeichnet wurden."

Sie machte eine Pause, sah in seine Augen, die vollkommen starr waren, wie bei einem Toten. Selbst zu einem Lidschlag war er nicht mehr fähig. Auch das war eine Wirkung des Giftes, mit dem jene Nadel getränkt war, die ihm noch immer in der Schulter steckte.

Ihr Lächeln wirkte bitter und hasserfüllt. „Na, denkt Ihr gerade fieberhaft darüber nach, wessen Rache Ihr gerade schmeckt? Euch wird wohl kaum das schlechte Gewissen plagen, doch Ihr bedauert zutiefst, der falschen Person getraut zu haben, wo Ihr doch sonst so überaus vorsichtig und misstrauisch seid, dass es fast unmöglich erschien, an Euch heranzukommen. Aber nur fast. Denn auch Ihr wart nicht unverwundbar, wie sich gezeigt hat."

Wuanjii bemerkte mit Genugtuung, dass sich Katagis Brust kaum noch hob und senkte. Sie beugte sich über ihn, um mit den Augen den feinen Luftzug aus der Nase des starr daliegenden Kaisers spüren zu können. „In wenigen Momenten seid Ihr tot. Also will ich Euch verraten, wem Ihr Euer Ende verdankt. Einst diente ein treuer Gefolgsmann des Kaisers in diesen Mauern als Kanzler. Sein Name war Jabu Ko Jaranjan, und als Ihr und Euresgleichen das Kaiserpaar ermordet habt, floh Jabu mit seiner Familie nach Tajima, wo man ihm freundlich Asyl gewährte. Doch obgleich er sich an keiner der Planungen für einen Aufstand beteiligte, die man unter Eurer Regentschaft bei Hofe stets befürchtete, obgleich er sich nie etwas hatte zuschulden kommen lassen, wurde Kanzler Jabu in seinem Exil umgebracht. Was ich damit zu tun habe?" Sie lachte heiser auf. „Ich bin die Tochter des letzten drachenischen Kanzlers. Gut möglich, dass Ihr heute von meiner Existenz zum ersten Mal erfahrt, aber es stimmt. Es triumphiert heute also letztlich einer der Männer, die Ihr davongejagt habt und ermorden ließt. Das ist alles, mein *Kaiser*."

Das Wort *Kaiser* betonte sie auf spöttische Weise. „Ganz feige habt Ihr ihn ermorden lassen. Aber nun ist diese Rechnung bezahlt, Kaiser Katagi. Hört Ihr mich noch? Oder seid Ihr bereits dort, wo Ihr hingehört – im Reich der Verdammten?"

Auf einmal schreckte Wuanjii auf und wirbelte herum.

Durch die Wand drang eine dunkle, aus einer besonderen Art von Rauch bestehende Säule.

Die Rauchsäule drehte sich langsamer, verfestigte sich, und einen Augenblick später wurde die Gestalt eines Magiers sichtbar. Die wie eine nach unten gerichtete Pfeilspitze geformte Magierfalte auf der Stirn des Kahlköpfigen ließ keinen Zweifel daran, mit wem es Wuanjii zu tun hatte. Die außerordentlich buschigen Augenbrauen waren an den Außenseiten nach oben gerichtet, der schwarze Knebelbart war mit einer Präzision ausrasiert, zu der wahrscheinlich kein Barbier in ganz Drakor fähig gewesen wäre, und die Linien im Gesicht des Mannes wirkten wie aus Stein gemeißelt.

Ein Schattenpfadgänger, durchfuhr es den hilflos daliegenden Katagi. Und wahrscheinlich auch noch einer, der in offizieller Mission des Großmeisters auf Reisen war. Schließlich trug er das schwarze Gewand …

Viele Gedanken rasten dem Usurpator durch den Kopf. War dies vielleicht das Ende der Neutralität des Reiches Magus? Hatte sich der Großmeister in Magussa schließlich doch auf eine Seite geschlagen – und zwar auf die von Katagis Feinden?

Anders war das Auftauchen eines Schattenpfadgängers im Gemach des Kaisers von Drakor nicht zu erklären. Kein größerer Affront wäre im gegenseitigen Verhältnis beider Reiche möglich gewesen. Die Schattenpfadgängerei war in Drachenia schließlich strengstens verboten. Vor langer Zeit, als es letztmalig zum Konflikt zwischen beiden Reichen gekommen war, waren die Schattenpfadgänger der besondere Schrecken der Drachenreiter-Samurai gewesen.

Aber die Zahl dieser gefürchteten Diener des Großmeisters war im Laufe der Zeit immer kleiner geworden, denn jeder von ihnen zahlte einen hohen Preis für die Anwendung seiner besonderen Fähigkeit: die Verkürzung seiner Lebensspanne. Zwar war die bei Magiern etwa doppelt so groß wie bei Menschen, aber je öfter ein Schattenpfadgänger seine besondere Kunst anwendete, desto schneller alterte er.

Und diejenigen, die in Drachenia dabei erwischt wurden, waren normalerweise des Todes, ging es Katagi grimmig durch den Kopf.

Nichts gibt es, was vor Abrynos, dem Schattenpfadgänger aus Lasapur, verborgen werden kann – nichts!

Dieser Gedanke schnitt wie ein rot glühendes, gerade aus dem Feuer gezogenes Matana-Schwert durch Katagis Seele. Ein ungeheurer Schmerz von nie zuvor gekannter Intensität erfasste ihn. Er hätte laut schreien mögen, und nur die durch das Gift verursachte Lähmung verhinderte dies. Katagis Kopf lief dunkelrot an, die starren Augen traten unnatürlich weit aus ihren Höhlen hervor.

Wuanjii schien es nicht besser zu ergehen. Bevor sie schreien konnte, streckte der Magier die Hand aus und fasste ihre Kehle. Wuanjii erstarrte mit weit geöffnetem Mund. Sie wirkte wie das Sinnbild eines gefrorenen Schreis. Der Magier murmelte dumpfe Laute vor sich hin.

Nur Eingeweihte erkannten diese Laute als Worte einer entlegenen alt-magusischen Mundart, die nicht mehr gesprochen wurde, sondern nur noch für bestimmte magische Formeln Anwendung fand.

Der Magier öffnete den Mund, schwarzer Rauch drang daraus hervor und flog einem Insektenschwarm gleich in den Mund der jungen Frau, deren Körper von einem Zittern erfasst wurde. Aus Augen und Nase trat dieser schwarze Rauch wieder aus und strömte zurück in den Mund des Kahlköpfigen.

Dann ließ er Wuanjii los. Sie fiel zu Boden und blieb regungslos liegen.

„Ihr lebt gefährlich", sagte der Magier auf Magusisch, aber in Katagis Gedanken hallten diese Worte mit schmerzhafter Intensität in bestem Drachenisch wider. „Zu viele wünschen Euren Tod, ehrenwerter Kaiser. Zu viele sind erfüllt vom Durst nach Rache. Der Hass, den Ihr tausendfach gesät habt, fällt auf Euch zurück."

Wut erfasste Katagi. Was bildete sich dieser selbstherrliche Kerl ein, sich moralisch über ihn zu erheben?

„Ich weiß, dass Ihr gern Eure Wachen rufen würdet, um mich töten zu lassen. Aber bedenkt Folgendes: Erstens bin ich hier, um Euch zu helfen und Euer Leben wie auch Eure Herrschaft zu retten. Und zweitens müsstet Ihr mindestens die Hälfte Eurer Palastwache als Verlust einplanen, wenn es zum Kampf käme. Vorausgesetzt, ich würde es nicht vorziehen, einfach zu verschwinden. Ich bin ein Schattenpfadgänger. Ich bin überall und nirgends, und heute solltet Ihr froh sein, dass ich gerade in der Stunde tödlicher Gefahr bei Euch bin."

Abrynos ging auf den reglos auf dem Bett liegenden Katagi zu und griff nach der in der Schulter steckenden Nadel. Mit einem Ruck zog er sie heraus. Die Wunde blutete stark. Die Augen des Magiers verfärbten sich grün, und einen Moment später glühte die Nadel für einen kurzen Moment in der gleichen Farbe, woraufhin der Magier sie noch einmal in die Wunde an Katagis Schulter stach. Grünlich schimmernde Blitze erfassten den Körper des Usurpators und ließen ihn zucken und sich aufbäumen.

Auf einmal stieß Katagi einen Schrei aus, der abrupt abbrach, als der Magier ihm die Nadel aus der Schulter zog. Die Blitze tanzten noch ein paar Augenblicke über Katagis Körper, dann konnte sich der Thronräuber wieder bewegen. Mit ungläubigem Blick betrachtete er seine Hand, ballte sie zur Faust und öffnete sie wieder. Er setzte sich auf und betastete die Stelle an der Schulter, streifte das Gewand zur Seite und tastete noch einmal darüber.

„Das Gift ist durch meine besonderen Kräfte aus Eurem Körper gesogen worden", sagte Abrynos aus Lasapur. „Jetzt ist es wieder dort, wo es zu Anfang war, und haftet dieser Nadel an, die Ihr gewissenhaft entsorgen solltet – falls Ihr nicht noch etwas anderes damit plant." Ein kühles Lächeln spielte um die blutleer wirkenden schmalen Lippen des Magiers.

Es klopfte an der Tür. „Mein Kaiser! Ist alles in Ordnung mit Euch?", ertönte eine Männerstimme. Wahrscheinlich gehörte sie einem der Leibwächter des Herrschers, der wohl erst nicht so recht gewusst hatte, ob Katagis Schrei Teil des Liebesspiels mit der ihm zugeführten Konkubine war oder eine Bedrohung für Leib und Leben des Herrschers vorlag. Da eine falsche Einschätzung dieser Frage für den Wachmann bei einem so launenhaften Herrscher wie Katagi schwere Konsequenzen nach sich ziehen konnte, hatte er wohl so lange gezögert. Und auch dieses Zögern konnte ihn den Kopf kosten.

Katagi schwieg zunächst.

„Mein Kaiser?", vergewisserte sich der Soldat.

„Es ist alles in Ordnung", behauptete Katagi, denn er kam zu dem Schluss, dass der Magier, der sich Abrynos aus Lasapur nannte, wohl kaum die Absicht hatte, ihm zu schaden. Denn ansonsten hätte er den Herrscher des Drachenthrones einfach nur hilflos sich selbst und der Wirkung des heimtückischen Giftes überlassen müssen, mit dem die junge Frau ihn gelähmt hatte.

Katagi erhob sich vom Bett. Er fühlte sich noch etwas wackelig auf den Beinen. Ein leichtes Schwindelgefühl erfasste ihn, und er musste sich festhalten.

„Das dürften die Nachwirkungen des Giftes sein", sagte Abrynos. Seine Lippen bewegten sich und sprachen Magusisch, wovon Katagi eigentlich nicht ein einziges Wort verstand. Und doch begriff er, was der Magier sagte, weil eine Gedankenstimme ihm alles zeitgleich übersetzte.

Wenn er das vermag, muss seine magische Präsenz immens groß sein, ging es Katagi durch den Kopf.

„Weitaus größer zumindest als bei dem erbärmlichen Abtrünnigen, den Ihr früher in Euren Diensten hattet", stellte Abrynos fest.

Katagi schreckte auf. Er musste aufpassen. Offenbar war Abrynos in der Lage, allzu intensive Gedanken zu erfassen. Ein Umstand, der Katagi diesen Gesprächspartner nicht unbedingt sympathischer machte.

„Ihr kanntet Ubranos aus Capana?", fragte Katagi.

„Ein Scharlatan, der anderen seine Dienste anbot und in Wahrheit doch immer nur sich selbst diente", erwiderte Abrynos. „Ich habe von seinem traurigen Ende in der Kathedrale des Heiligen Sheloo während des Kampfes um die Zitadelle von Kenda gehört."

Katagi wurde bleich. Dass es Prinz Rajin und seinen Getreuen gelungen war, in einer Art Handstreich in die Kathedrale einzudringen und der Falle zu entkommen, die Katagi und Ubranos ihnen gestellt hatten, war eine Schmach, die noch immer an seinem Selbstbewusstsein kratzte. Eine Schmach, die ihm darüber hinaus eine erste Ahnung davon gegeben hatte, wie gefährlich dieser Gegner tatsächlich für ihn werden konnte, wenn es ihm nicht gelang, ihn schnellstens auszuschalten. Aber das würde sich wohl nicht so einfach bewerkstelligen lassen, wie er seinerzeit geglaubt hatte.

„Prinz Rajin hat den Köder, den ihr so sorgsam für ihn ausgelegt hattet, einfach geschnappt, ohne an Eurem Haken zu zappeln", stellte Abrynos fest. „Und zu allem Überfluss hat dabei Ubranos auch noch sein Leben verloren."

„Es ist unmöglich, dass Ihr davon wisst!", rief Katagi fassungslos.

Abrynos lachte. „Unmöglich? Ihr solltet wissen, dass dieses Wort für Menschen und Magier eine etwas unterschiedliche Bedeutung hat. Uns stehen Mittel und Wege zur Verfügung, von denen ihr nicht einmal ahnt."

Katagi schluckte. Er musste wohl akzeptieren, dass der Magier viel mehr über den Herrscher Drachenias und seine schlimmste Niederlage wusste, als diesem recht sein konnte.

„Was wollt Ihr von mir? Wie könnt Ihr es wagen, in meinen Palast einzudringen, und das auf eine Weise, die allein schon ein todeswürdiges Verbrechen darstellt?", fragte Katagi.

Abrynos' dünnlippiger Mund wurde zu einem schmalen Strich, und die Magierfalte auf seiner Stirn trat stärker hervor. Er hielt noch immer die Nadel zwischen Daumen und Zeigefinger seiner linken Hand. Doch nun machte er zwei Schritte zur Seite und legte sie auf eine Kommode. „Ich gehe davon aus, dass Ihr dieses Beweisstück erst noch von Euren kaiserlichen Alchimisten begutachten lassen wollt, Majestät – obwohl das zu nichts führen wird. Wie ich schon sagte, Ihr solltet darauf achten, dass die Nadel nicht in falsche Hände gerät."

„Was wollt Ihr?", wiederholte Katagi seine Frage, und er wurde zunehmend gereizter.

„Zunächst einmal nichts weiter, als dass ihr mir vertraut, Kaiser Katagi. Denn es sieht ganz danach aus, als hätten wir gemeinsame Interessen. Und gemeinsame Feinde, deren Vernichtung wir herbeisehnen."

„Ich habe nicht die geringste Ahnung, wovon Ihr sprecht, Abrynos!"

„Ach nein?" Der Magier deutete auf die junge Frau. „Sie ist am Leben, denn ich dachte, dass Ihr sie gern noch einer Befragung durch Eure Folterknechte unterziehen wollt, bevor sie je nach Urteil des Unsichtbaren Gottes in die paradiesischen Gefilde eingehen oder in Gesellschaft anderer Verdammter ihre postvitale Existenz fristen muss." Katagi wollte etwas erwidern, doch Abrynos brachte ihn mit einer Handbewegung – und im Übrigen ganz ohne die Anwendung magischer Kräfte – zum Schweigen: „Sagt jetzt nicht, es stünde bereits fest, dass diese junge Dame ihren ewigen Aufenthalt in der Hölle der Verdammten antreten muss. Wir wollen doch dem Urteil des Unsichtbaren Gottes nicht vorgreifen, oder? Die Grundzüge des in Eurem Reich am meisten verbreiteten Glaubens habe ich durchaus begriffen, zumal es auch in Magus Anhänger des Unsichtbaren Gottes gibt. Und zwar sowohl solche, die der Priesterschaft von Ezkor folgen, als auch jene, die den Priesterkönig von Tajima tatsächlich für den Erben des Propheten Masoo halten und in ihm den Stellvertreter des Unsichtbaren Gottes auf Erden sehen. Den meisten Magiern fehlt der Sinn für eine derart tröstliche Weltanschauung, aber für niedere Aufgaben beschäftigen wir ja durchaus auch Menschen und andere Geschöpfe, die sich leicht lenken lassen."

Auch Katagi deutete auf Wuanjii. „Wie weckt man sie auf?"

„Dazu reicht ein Gedanke von mir. Ich werde das für Euch tun, wann immer Ihr es verlangt."

„Ich nehme an, dass Ihr in ihren Geist gesehen habt."

„Gewiss."

„Dann sagt mir, warum sie mich töten wollte?"

„Sie ist die Tochter eines Mannes, den Eure Spione im tajimäischen Exil ermordet haben."

„Dann ist es also wahr, und sie ist wirklich Kanzler Jabus Tochter?"

„Es gibt keinerlei Grund, daran zu zweifeln."

Katagi atmete tief durch. Es war seine eigene Schuld gewesen, ging es ihm durch den Sinn. Er war zu leichtsinnig gewesen. Die Konkubinen, die man ihm zuführte, wurden normalerweise sehr sorgfältig ausgesucht. Junge Frauen aus Familien, mit denen noch irgendein Konflikt aus der Vergangenheit schwelte, wurden vorab aussortiert. Wuanjii musste sich also unter falschem Namen eingeschlichen haben.

Oder hatte vielleicht jemand aus seiner engsten Umgebung ihm diese Mörderin auf den Hals geschickt?

„Lasst sie foltern und vergleicht ihre Aussagen mit dem, was ich Euch gesagt habe, Kaiser Katagi", forderte ihn Abrynos auf. „Ihr werdet erkennen, dass ich Euch nichts als die Wahrheit mitgeteilt habe."

„Ihr wollt mir doch nicht erzählen, dass Ihr hier aufgetaucht seid, eigens um mich zu retten", gab Katagi zweifelnd zurück.

„Uns Magiern stehen vielerlei Quellen des Wissens zur Verfügung, die euch Unbegabten völlig unbekannt sind. Ich erlangte also auf eine Weise, die ich Euch nicht näher erklären kann, Kenntnis von einem Plan, der vorsah, Euch zu ermorden, und habe ihn vereitelt. Das ist alles."

Die Unbegabten. So bezeichneten Magier bisweilen die Angehörigen aller nicht magischen Völker, die Menschen der fünf Reiche ebenso wie die Dreiarmigen, die Veränderten, die Echsenkrieger oder die Minotauren. Aus der Sicht eines mit den Kräften der Magie gesegneten Wesens waren sie allesamt erschreckend primitiv, fast auf einer Stufe mit den Tieren.

Welche Schmach musste es einst für das Volk der Magier gewesen sein, als sich Barajan – immerhin einer der ihren – mit einer Menschenfrau vermählt und einen Weg gefunden hatte, die Herrschaft über die Drachen ausschließlich den Angehörigen des minderbegabten Menschenvolkes zuteilwerden zu lassen! Katagi konnte sich gut vorstellen, dass die Magier dies noch immer als größte Schande empfanden, obwohl das Reich Magus schon äonenlang nicht mehr auf die Dienste von Drachen angewiesen war.

„Der Vorfall mit Eurer schönen, aber gefährlichen Gespielin sollte Euch zeigen, wie sehr Ihr in Gefahr seid, Kaiser Katagi."

„Das weiß ich selbst!", knurrte Katagi gereizt.

„Es gibt jemanden, der Euch Eure Herrschaft über Drachenia streitig zu machen versucht", stellte Abrynos fest. „Ich spreche von Prinz Rajin, dem letzten Sohn Kaiser Kojans, den Ihr nicht habt töten können wie seine fünf Brüder. Ich könnte ihn in Eure Hand geben, sodass Ihr mit ihm tun könnt, was Ihr wollt."

Katagis Augen wurden schmal. Er zog die Augenbrauen zusammen und musterte seinen Gast. „Ich habe gehört, er soll im Südflussland sein …"

„Umgeben von Getreuen. Wollt Ihr ihn wirklich dort jagen und damit Eure Kriegskräfte schwächen?" Abrynos schüttelte energisch den Kopf. „Nein, ich liefere ihn Euch nahezu allein, nur von seinen engsten Vertrauten umgeben."

„Was verlangt Ihr dafür?", fragte Katagi. „Ihr werdet mir dieses Angebot sicher nicht ohne Gegenleistung unterbreiten."

Abrynos stieg über den reglos am Boden liegenden Körper der jungen Frau hinweg und ließ sich auf einem mit kunstvollen Stickereien versehenen Diwan nieder. Die Stickereien bildeten Ligaturen drachenischer Schriftzeichen, sehr verschnörkelt und nur für Eingeweihte zu entziffern: *Der Kaiser von Drakor herrscht über Drachen und Menschen auf ewig und einen Äon.*

„Ich muss Euch zunächst die Situation erklären, Kaiser Katagi", begann Abrynos. „Ihr habt einen Krieg vom Zaun gebrochen, der das Gleichgewicht zwischen den fünf Reichen wahrscheinlich für immer zerstört hat. Es wird lange dauern, bis sich ein neues Gleichgewicht einpendelt, und welche der heute noch existierenden Reiche dann noch bestehen werden, das weiß wahrscheinlich nicht einmal Euer Unsichtbarer Gott ..."

„Worauf wollt Ihr hinaus, Abrynos?", fragte Katagi.

„Offiziell erscheint das Reich Magus neutral, doch in Wahrheit hat sich Großmeister Komrodor längst entschieden, für welche Seite er Partei ergreift. Und – Ihr ahnt es bestimmt – es ist nicht die Eure!"

„Und weshalb kommt Ihr als sein Diener dann zu mir?"

Abrynos vermied eine direkte Antwort. „Der Großmeister ist entschlossen, Prinz Rajin zu unterstützen bei seinen Bestrebungen, die Macht des alten Kaiserhauses wiederherzustellen."

„Seid Ihr sicher? Oder beruft Ihr Euch wieder auf irgendwelche ominösen Erkenntnisquellen, die nur Magiern zugänglich sind?", gab Katagi sarkastisch zurück.

„Ich selbst war es, der die Botschaft an Prinz Rajin überbrachte. Magus wird sich mit der Rebellion des Prinzen verbinden – zumindest wenn der jetzige Großmeister im Amt bleibt. Und das wird er, denn es gibt im Kollegium der Hochmeister niemanden, der sich gegen seine aufdringliche geistige Präsenz zu wehren vermag ..."

„Doch Ihr vermögt das?"

Abrynos verzog das Gesicht zu einem berechnenden Lächeln. „Ich will es mal so ausdrücken: Ich habe meinen Weg gefunden."

Katagi atmete tief durch. Er begriff, worauf sein Gegenüber abzielte. „Ihr wollt, dass ich Euch helfe, den Großmeister zu stürzen", stellte er fest.

„Dafür bekommt Ihr Prinz Rajin. Er wird sich nach Magussa begeben, um das Bündnis mit dem Großmeister zu besiegeln. In diesem Moment müsst Ihr mit Eurer Drachenarmada dort sein und zuschlagen!"

„Wann ist es so weit?"

„Ich werde es Euch wissen lassen. Im Übrigen wird es notwendig sein, einige Vorbereitungen magischer Art zu treffen, damit dieses Unternehmen überhaupt Aussicht aus Erfolg haben kann." Abrynos lächelte. „Jedenfalls kann ich Euch versichern, dass Ihr Magus auf Eurer Seite hättet, würde der Großmeister meinen Namen tragen. Und mir ist bewusst, dass jede Herrschaft ohne die Herrschaft über die Drachen sinnlos ist. Die Welt würde im Chaos versinken und unser Reich mit ihr." Abrynos deutete eine Verbeugung an. Da er dies im Sitzen tat, wirkte diese Geste nicht besonders unterwürfig. „Ihr seid der Drachenherrscher, Katagi. Darum wäre es für jeden, der auch nur ein bisschen Macht erlangen will, töricht, sich gegen Euch zu stellen."

„Wie wahr ...", murmelte Katagi gedankenverloren. Er schien ins Nichts zu blicken und durchdachte dabei die neuen Optionen im Spiel um die Macht über die fünf Reiche, die sich durch ein Bündnis mit Abrynos möglicherweise ergaben.

„Rajin!", stieß er auf einmal hervor und ballte die Hände zu Fäusten. „Rajin muss sterben. Das ist das Wichtigste!"

„Wenn Ihr klug handelt, werdet Ihr am Ende dieses Krieges der Herr über vier der fünf Reiche sein, mein Kaiser."

Katagi hob die Augenbrauen. „Und mit dem fünften – Magus – werdet Ihr Euch begnügen, Schattenpfadgänger Abrynos?"

„So ist es."

Katagi versuchte, die Kraft des Gedankens, der sich in diesem Moment in ihm bildete, zumindest so weit zu dämpfen, dass Abrynos ihn nicht wahrzunehmen vermochte: Ihr mögt Euch ja mit einem Reich begnügen, Magier, ich aber keineswegs mit vieren ...

9

WENN DRACHEN SICH ERHEBEN ...

Hunderte von Luftschiffen unterschiedlichster Größe näherten sich von Nordwesten. Rajin setzte sich noch einmal das Fernglas ans Auge. Je geringer die Entfernung wurde, desto deutlicher war zu sehen, in welch schlechtem Zustand manche der Schiffe waren. Sie zeigten Spuren schwerer Drachenangriffe. Bei manchen waren ganze Abschnitte versengt oder ausgebrannt, andere waren nur noch verkohlte Ruinen, die durch die Luft schwebten, offensichtlich nur vom Wind getrieben und ohne jede Lenkung, weder in horizontaler noch in vertikaler Richtung. Die Besatzungen waren nicht zu beneiden. Um in die Tiefe zu springen, flogen die Schiffe zu hoch, das hätte den sicheren Tod bedeutet. Die Strickleitern reichten nicht weit genug herab, und davon abgesehen wären die Tajimäer am Boden auch schnell Opfer der drachenischen Drachenreiter geworden, deren Drachenfeuer sie dort jederzeit hätte auslöschen können.

So flogen sie dahin und konnten nur hoffen, dass die Kraft der Gewichtslosigkeit sich irgendwann erschöpfte und die Schiffe an den ersten größeren Steigungen des Dachs der Welt hängen blieben.

Eine riesige Drachenreiter-Armada war den noch steuerbaren und flüchtenden Luftschiffen auf den Fersen. Die einfachen Kriegsdrachen flogen immer wieder Angriffe gegen die Schiffe, ließen ihr Drachenfeuer aus den Mäulern schießen und versengten damit die Fluggeräte. Brände brachen aus, und ein besonders großes Luftschiff brach in der Mitte durch, während die Flammen hell emporloderten. Der leichte Wind, der vom drachenischen Neuland her über das Land zog, fachte das Feuer noch weiter an. Die hintere Hälfte des zerbrochenen Luftschiffs fiel krachend zu Boden und zerschellte, menschliche Schreie mischten sich in das Getöse, wurden aber vom Triumphgeheul der Kriegsdrachen übertönt.

Der Mechanismus, der das Geheimnis der Gewichtslosigkeit enthielt, schien sich im vorderen Teil des Schiffs zu befinden, denn dieser flog weiter durch die Lüfte, einen Flammenschweif hinter sich herziehend.

Die Springalds der Luftschiffe wurden nicht mehr abgeschossen, offenbar, weil es keine Munition mehr gab. So blieb den Tajimäern nur die Gegenwehr mit Armbrüsten und Drachenzwickern, den kleineren Verwandten der Springalds.

Hier und da schlugen deren Bolzen in die Leiber der Drachen, ließen Blut in Fontänen spritzen. Aber zumeist waren die Kriegsdrachen im Vorteil, denn an Wendigkeit und Beweglichkeit waren sie den Luftschiffen turmhoch überlegen.

So hielten sich ihre Verluste in Grenzen, zumal sie sich immer wieder zurückziehen konnten und dann Feuerschutz von den großen Gondeldrachen bekamen. Hunderte von Armbrustschützen saßen in den Schützengondeln, und mit Reflexbögen wurden Brandpfeile auf den Weg geschickt, die zu Tausenden auf die flüchtenden Luftschiffe niederprasselten.

„Es muss die berüchtigte Kleberde sein, mit denen sie ihre Brandpfeile versehen", sagte Ganjon an Rajin gerichtet.

„Kleberde? Davon habe ich nie gehört", gestand Rajin, während er das Fernglas in eine Tasche steckte, die er am Gürtel trug und die mit dem stilisierten Auge eines Drachen verziert war.

„Eine Erfindung der kaiserlichen Alchimisten", erläuterte Ganjon. „Die Brandpfeile brauchen nicht einmal die Außenhülle der Luftschiffe zu durchdringen oder darin stecken zu bleiben. Sie haften daran fest und übertreffen so ihre Feuersbrunst."

„Eine neuere Erfindung", kommentierte Liisho. „Und der Lord Drachenmeister hält sie streng geheim. Nur Truppenteile, deren Loyalität er ganz sicher ist, dürfen diese Kleberde verwenden!"

„Dann ist es also nicht Erfolg versprechend, diese Drachenarmada auf die Seite der Rebellion ziehen zu wollen", stellte Rajin fest, der offenbar tatsächlich mit dem Gedanken gespielt hatte, dies zu versuchen.

„Nein, natürlich nicht", sagte Ganjon. „Habt Ihr das Wappen des Fürsten von Sajar nicht gesehen, mein Prinz?"

„Ich habe nicht darauf geachtet", gestand Rajin.

„Er wurde erst von Katagi eingesetzt. Die alte Fürstenfamilie hat man ermordet, und Katagi setzte einen seiner Günstlinge auf deren Position. Der Fürst von Sajar führt offenbar das Kommando, und seiner Loyalität kann sich Katagi absolut sicher sein."

„Seht dort!", hörten sie den Ruf eines der Ninja. Es war Kanrhee, der Rennvogelreiter, wie Rajin inzwischen an der Stimme zu erkennen vermochte. Kanrhee streckte den Arm in Richtung Osten aus, wo die Gebirge des Dachs der Welt aufragten. Von dort näherte sich ein Geschwader von Luftschiffen, die man offenbar zusammengezogen hatte, um dem Vordringen der Drachenier doch noch etwas entgegenzusetzen.

„Ich fürchte, wir können im Moment auf beiden Seiten nicht mit Freundlichkeiten rechnen", drang die Stimme Liishos an das Ohr des Prinzen. „Auch die Tajimäer achten im Moment einzig darauf, dass wir auf Drachen reiten – und ehe du denen klargemacht hast, dass wir die Feinde ihres Feindes sind, haben die uns umgebracht."

„So lass uns dieses Land so schnell wie möglich durchqueren!"

„Vielleicht ergibt sich auf dem Rückflug die Möglichkeit, ein Bündnis zu schließen, Rajin", hoffte Liisho. „Denn so wenig sympathisch mir dieser Schattenpfadgänger Abrynos auch gewesen sein mag, in einem hatte er recht: Wir brauchen Verbündete!"

Ayyaam und Ghuurrhaan hatten auch die letzten Bissen der achtbeinigen Hochlandantilopen verschlungen. Nichts war von ihnen geblieben, und Rajin hoffte nur, dass die Drachen durch diese mehr als überreichliche Mahlzeit nicht *zu* träge wurden.

Jedenfalls gehorchten sie sofort, als Rajin und Liisho sie riefen. Ein paar blubbernde Geräusche entfleuchten den leicht geblähten Drachenleibern, und Ghuurrhaan drang eine Wolke aus heißer, mit Rauch und übel riechenden Gasen vermengter Luft aus dem geöffneten Maul. Aber das war kein Laut, der unterschwelligen Widerstand verkündete, sondern einfach nur etwas ganz Natürliches, gegen das sich offenbar auch Drachen nicht wehren konnten. Wenig später hatten Rajin, Liisho und die vierundzwanzig Ninjas aufgesessen. Ayyaam und Ghuurrhaan erhoben sich in die Lüfte.

Einige der kleineren Luftschiffe näherten sich sehr schnell. Was Liisho prophezeit hatte, trat ein: Sie hielten Rajin und sein Gefolge für eine Vorhut des Drachenreiterheeres, mit dem der Fürst von Sajar die Luftflotte verfolgte. Bereits aus großer Entfernung wurden Armbrustbolzen in Richtung von Ghuurrhaan und Ayyaam abgeschossen. Keiner davon traf, und aus dieser Entfernung wäre ein Treffer auch nichts weiter als ein glücklicher Zufall gewesen. Vielleicht hoffte man auch nur, die beiden Drachen damit beunruhigen und verscheuchen zu können. Aber den beiden vollgefressenen Giganten war das nicht einmal ein Knurren wert.

Sie sorgten mit ein paar kräftigen Flügelschlägen dafür, dass die Distanz zu den Luftschiffen größer wurde. Dabei konnte man noch immer hören, wie es in den Mägen und Gedärmen der riesenhaften Tiere arbeitete. Bisweilen vibrierte die gesamte Schuppenhaut. Durch die Bewegungen im Inneren der Tiere wirkten ihre Leiber wie die Resonanzkörper einer manngroßen Riesenlaute, die Bestandteil eines jeden Hoforchesters in Drachenia war.

Als die Tajimäer sahen, dass die beiden ehemaligen Wilddrachen in südwestliche Richtung gelenkt wurden, beschleunigten ein paar der leichteren und schnelleren Luftschiffe und nahmen die Verfolgung auf. Offenbar wollte man verhindern, dass die vermeintlichen Feinde tiefer in das Reich eindrangen.

Rajin bemerkte dies und versuchte Ghuurrhaan zu noch größerer Eile anzutreiben. Er setzte den Drachenstab in eine ganz bestimmte Lücke zwischen den Rückenschuppen und formte einen Gedanken von entsprechend großer Intensität.

Ghuurrhaan reagierte sofort und legte so sehr an Geschwindigkeit zu, dass die Tajimäer eigentlich kaum noch hoffen durften, die Drachen bald einholen zu können, denn Liisho verfuhr mit Ayyaam auf gleiche Weise. Hinsichtlich der Beschleunigung auf kurzen und mittleren Strecken konnte es kein Luftschiff mit einem einigermaßen ausgeruhten Drachen aufnehmen. Die Stärke der Luftschiffe lag woanders: Die Kraft der Gewichtslosigkeit erschöpfte sich nur sehr langsam. Sie konnten sehr lange Strecken fliegen, und bei einer Hetzjagd wären sie möglicherweise erfolgreich gewesen. Doch dazu waren es zu wenige Schiffe, die die Verfolgung der beiden ehemaligen Wilddrachen aufgenommen hatten. Der Hauptteil der Luftschiffflotte hatte schließlich die Aufgabe, sich dem Ansturm der drückend überlegenen Kriegsdrachen-Armada entgegenzuwerfen.

„Sie werden uns nicht kriegen!", prophezeite Liisho über seine Gedankenstimme, um von seinem Drachen während des Fluges nicht laut herüberrufen zu müssen.

„Die Tajimäer werden es auch nicht schaffen, die Drachen des Fürsten von Sajar zurückzuschlagen!", erwiderte Rajin ebenfalls in Gedanken.

Die Luftschiffe, die sich zunächst an ihre Fersen geheftet hatten, fielen immer weiter zurück. Sie wurden kleiner und verschwanden schließlich hinter den sanften, sämtlich in Richtung des Ma-Ka-Flusses abfallenden Hügeln.

Längst waren sie selbst für die beste Armbrust oder den stärksten Reflexbogen nicht mehr in Schussweite, von Springalds oder Drachenzwickern ganz zu schweigen.

„Ein Problem weniger", sagte Ganjon. Er machte sich an einer der aufgeschnallten Kisten zu schaffen, die mit breiten Riemen und dicken Seilen auf Ghuurrhaans Rücken befestigt waren.

„Seid vorsichtig!", riet Rajin. „Einen Sturz aus dieser Höhe vermag wohl nicht einmal ein Ninja zu überleben – auch wenn sicherlich niemand sonst die Kunst des Fallens so beherrscht wie Euresgleichen!"

„Keine Sorge, ich weiß mich auch auf schwankendem Grund sicher zu bewegen", versicherte Ganjon. Er öffnete eine der Kisten und holte eine Armbrust hervor, die sich deutlich von anderen Waffen ihrer Art unterschied: Sie war größer und schwerer, und vor allem war die Rille, in der der Bolzen geführt wurde, so breit wie ein menschlicher Arm. Zu der Waffe gehörte eine Metallgabel, auf die man die Armbrust stützte, um sie beim Schuss ruhig halten zu können.

„Was wollt Ihr mit diesem Monstrum?", fragte Rajin. „Für den Kampf, wie wir ihn vielleicht noch zu führen haben, ist dieses Gerät denkbar ungeeignet."

„Ihr habt natürlich recht, mein Prinz", erwiderte Ganjon. „Für den Einsatz auf dem Rücken eines Drachen ist dieses Gerät nicht geschaffen."

„Wozu dient es?"

Ganjon hakte den Abzugshebel in einen der Zwischenräume der Drachenschuppenhaut, sodass die Waffe nicht von Ghuurrhaans Rücken rutschen konnte. Dann wandte er sich noch einmal der Kiste zu und holte das Geschoss hervor, das mit dieser Armbrust verschossen wurde. Es hatte zwar vorn eine Metallspitze, glich aber ansonsten eher einem zylindrischen Behälter und war recht schwer.

„Man nennt diese Waffe auch einen Luftschifftöter", erklärte er dem Prinzen.

„Davon habe ich nie gehört", bekannte Rajin.

„Es gibt auch nur dieses eine Exemplar. Es lagerte in der speziellen Waffenkammer, die den Ninjas des Fürsten auf Burg Sukara zur Verfügung steht. Aber ich dachte, es wäre nicht schlecht, den Luftschifftöter mitzunehmen. Der Bolzen enthält eine Säure, die Metalle zerfrisst. Der Behälter ist aus imprägnierter Drachenhaut, bei der man die Schuppen entfernt hat. Beim Aufprall zerplatzt er."

Der Weise Liisho hatte Rajin während dessen Jugend auf Winterland eine Menge Wissen eingepflanzt, doch der junge Prinz konnte sich an einen Luftschifftöter nicht erinnern.

„Warum wurde diese Waffe nicht bei der Verteidigung von Sukara eingesetzt?", fragte er.

„Ich denke, keiner der Verteidiger wusste davon oder wäre in der Lage gewesen, sie richtig zu bedienen. Davon abgesehen ist der Inhalt des Behälters enorm schwer herzustellen. Ich habe gehört, dass ein Alchimist, der dem Urgroßvater des heutigen Fürsten diente, sie einst zusammenbraute. Der Gedanke, sie mit einem Armbrustbolzen zu verschießen, kam ihm, als der Fürst die Burg des aufmüpfigen Grenzland-Samurai Mong Ko Jorana belagern musste. Burgherr Mong hatte sich durch Versprechungen der Tajimäer verleiten lassen, die Seiten zu wechseln. Sie wollten ihn zum Fürsten des Südflusses machen, wenn das Südflussreich ein Teil des Luftreiches würde."

„Ein übler Verräter", stellte Rajin fest.

„Jedenfalls glaubte sich Mong in seiner Burg sicher, denn ihre Tore waren mit massiven Eisenbeschlägen versehen, und die Mauern unüberwindlich. Ein Angriff aus der Luft war ebenfalls nicht durchführbar, denn Mong hatte sich von seinen tajimäischen Verbündeten so viele Dampfgeschütze besorgt, dass jede Drachenattacke in einem Kugelhagel geendet hätte.

Ein ganzes Jahr belagerte der damalige Fürst die Burg des aufmüpfigen Mong, und Euer Vorfahr, der Kaiser in Drakor, drohte schon damit, ihm das Lehen zu entziehen und einen anderen Fürsten einzusetzen, der vielleicht besser in der Lage wäre, die Herrschaft des Drachenthrones im Südflussland zu sichern. Doch da erdachte der Alchimist, dessen Name mir leider entfallen ist, den Luftschifftöter, und ein Ninja des Fürsten vom Südfluss sorgte mit einem gezielten Schuss dafür, dass die Beschläge des Haupttores samt Halteketten zerbröselten, als hätten sie Jahrhunderte vor sich hingerostet. Daraufhin half dem aufmüpfigen Mong auch die große Zahl seiner plumpen und kaum zu schwenkenden Dampfgeschütze nichts mehr."

„Aber weshalb heißt diese Waffe dann Luftschifftöter, wenn sie doch in Wahrheit dazu geschaffen wurde, ein Burgtor zu zerstören?"

„Weil die tajimäischen Verbündeten des aufmüpfigen Mong ihm zu Hilfe eilten. Auch da erwies sich diese Waffe als äußerst wirkungsvoll – schließlich ist die gesamte Unterseite eines Luftschiffes mit Metall beschlagen."

„Ich verstehe."

„Wir haben noch drei Behälter mit der Säure jenes Alchimisten", sagte Ganjon. „Drei Schuss für drei Luftschiffe, die man wohlgemerkt von unten anfliegen muss. Denn gegen Holz ist die Säure viel weniger wirksam. Hinzu kommt, dass der Inhalt der Behälter uralt ist. Nach dem Tode des Alchimisten ging auch das Wissen um die Herstellung der Säure verloren. Bisweilen setzten die Nachfolger des damaligen Fürsten vom Südfluss ein paar der Geschosse noch bei dem einen oder anderen Grenzscharmützel ein, das es im Laufe der Zeit mit den Tajimäern gab."

„Ist es denn sicher, dass der Inhalt der Behälter noch wirkt?"

„Das werden wir sehen, wenn wir eines der Geschosse einsetzen", erwiderte Ganjon. „Es könnte sein, dass es mal das letzte Mittel für uns ist. Deshalb will ich dafür sorgen, dass die Waffe einsatzbereit ist."

Rajin schüttelte den Kopf. „Ihr seid ein Seemanne und kennt die Legenden Drachenias besser als ich, der ich der Kaiser dieses Landes werden soll."

„Ich bin kein Seemanne mehr", gab Ganjon zurück. „Und was das Südflussland betrifft, so hatte es immer schon eine gewisse Eigenständigkeit. Ihr wärt nicht der erste Drachenier, der nicht alles darüber weiß ..."

Während sie in westliche Richtung flogen, beobachtete Rajin am Boden immer wieder Menschen, die offenbar ihre Höfe verlassen hatten und sich mit Sack und Pack auf den Weg machten. Der Anblick der beiden ehemaligen Wilddrachen Ghuurrhaan und Ayyaam löste Panik unter diesen Flüchtlingen aus. Sie hielten Rajin und seine Begleiter offensichtlich auch für eine Vorhut der Drachen-Armada.

Daraufhin ließ Rajin seinen Drachen deutlich höher steigen, und Liisho folgte mit Ayyaam diesem Beispiel. Es war schließlich nicht nötig, dass diese Menschen grundlos noch mehr erschreckt wurden. Ihre Angst vor den Dracheniern musste ohnehin schon immens sein, und keiner von ihnen glaubte wohl noch daran, dass die Luftschiffflotte in der Lage sein würde, die Drachen-Armada aufzuhalten.

Als sie sich dem Ma-Ka-Fluss näherten, kamen höchst eigenartige Winde auf. Winde, die von oben herabwehten und die beide Drachen dazu zwangen, ihre Flughöhe zu verringern.

„Was ist das?", rief Rajin ärgerlich zu Liisho hinüber. Hatten sie sich den Zorn irgendwelcher launischen Elementargeister zugezogen, oder hatten die Tajimäer einen abtrünnigen Magier auf ihrer Seite, der sich auf das Erschaffen solcher Winde verstand?

Zauberei und Magie wurden seit dem Siegeszug der Kirche des Unsichtbaren Gottes kaum noch praktiziert, da der Priesterkönig sie im Gegensatz zur Kirche von Ezkor als Ketzerei ansah. Allerdings behaupteten manche, dass er in Wahrheit nur keine Magier oder Zauberer zu dulden bereit war, die nicht in seinen Diensten standen. Und vielleicht war er nun, da es Krieg gab, ja der Meinung, dass der Zweck auch magische Mittel heiligte.

Doch Liisho hatte eine andere Erklärung. „Diese Winde drücken bereits seit Urzeiten alles dem Fluss entgegen und verhindern, dass man eine bestimmte Höhe übersteigt!", rief er, nachdem er Ayyaam näher an Ghuurrhaan herangelenkt hatte.

Da die verbale Verständigung in dieser Höhe aber immer noch schwierig war, wiederholte er seine Worte mit seiner Gedankenstimme und fügte hinzu: „*Mondwinde sind das. Gleichgültig, ob nun die Monde diese Winde erzeugen oder ein Fluch des Flusses diese ständig aufgewühlten Wassermassen verursacht – wir werden den Strom niedrig überfliegen müssen …*"

Sie sahen vor sich einen Schwarm Vögel, die über das Flusstal zogen, plötzlich herabsanken und völlig aus der Schwarmordnung gerieten, so als ob sie von einer gewaltigen Kraft niedergedrückt würden. Erst in geringer Höhe fingen sich die Tiere wieder, nahmen erneut ihre Formation ein und setzten ihren Weg fort.

Rajin versuchte eine geistige Kraft zu erspüren, die vielleicht für das Phänomen verantwortlich war. Irgendein Zauberwesen oder ein missmutiger Elementargeist, der sich möglicherweise in das grabenartige Flussbett verkrochen hatte und menschliche Gesellschaft nicht mochte. Doch der junge Prinz konnte nichts ausmachen, das auf solch eine Entität hingewiesen hätte.

Das Tosen des Wassers war so laut, dass man sein eigenes Wort nicht verstehen konnte.

Sie hatten den Fluss zur Hälfte überquert, da wurde gleich aus einer ganzen Batterie von Dampfgeschützen auf die beiden Drachen geschossen, und auch Springalds und Drachenzwicker wurden gegen sie eingesetzt.

Entlang dem südlichen Flussufer hatten sich unzählige tajimäische Krieger im Gebüsch verborgen und ihre Katapulte und Geschütze gut versteckt aufgestellt. Zum Teil waren sie so perfekt getarnt, dass man sie selbst beim niedrigen Vorbeiflug kaum hätte ausmachen können.

Mehrere Drachenzwicker trafen Ghuurrhaan. Außerdem wurde einer der Ninjas von einem gewöhnlichen Armbrustbolzen getroffen und vom Rücken des Drachen heruntergeholt. Mit einem Todesschrei auf den Lippen fiel er in den Fluss, dessen reißende Fluten und Strudel ihn fortrissen.

Auch Ayyaam bekam einiges ab. Das Geschoss eines Dampfgeschützes fetzte ihm durch den linken Flügel und riss ein Loch, durch das ein menschlicher Kopf hindurchgepasst hätte. Blut troff an ihm herab, und Ayyaam brüllte laut auf.

Liisho ließ sein Reittier abdrehen, und Rajin folgte seinem Mentor.

Die Tajimäer wollten offenbar das bisher ungeklärte Phänomen der Mondwinde nutzen, um die Drachen-Armada am Ma-Ka-Fluss aufzuhalten. Denn die Kriegsdrachen konnten an diesem Ort die Stellungen der Tajimäer nicht einfach in großer Höhe überfliegen. Der üble Flussgeist, der das Wasser brodeln und schäumen ließ, schien auf Seiten der Verteidiger zu sein.

Und auch für ein nachrückendes Landheer bildete dieser Strom, der sich vom Vulkansee auf dem Dach der Welt bis zur Mittleren See zog, eine natürliche Barriere, die kaum zu überwinden war. Kein Fluss in den fünf Reichen war reißender, denn das Gefälle zwischen seinem Quellsee auf dem Dach der Welt und seiner Mündung in die Mittlere See war enorm. Schon wenn er wenig Wasser führte, war der Ma-Ka gefährlich, doch sobald sich der Vulkansee mit Schmelzwasser anfüllte, verwandelte sich der Fluss in eine Bestie, die alles verschlang.

Bevor sich der Glaube an den Unsichtbaren Gott in Tajima durchgesetzt hatte, wurde in diesem Teil des Landes ein Schlangengott verehrt. Der Legende nach war der Ma-Ka-Fluss entstanden, als dieser Schlangengott von dem Propheten Masoo mit einer Steintafel erschlagen worden war, auf denen die Gebote des Unsichtbaren Gottes gestanden hatten. Im Todeskampf hatte sich der Schlangengott gewunden, und sein ätzendes Blut hatte die tiefe Furche ins Erdreich gegraben, die zum Bett des Flusses geworden war.

Es war in allen fünf Reichen bekannt, dass es unmöglich war, über diesen Fluss eine Brücke zu errichten, weil seine Strömung zu stark war. Immer wieder hatten sich Baumeister aus allen fünf Reichen an dieser höchsten Herausforderung versucht, aber der Fluss hatte selbst noch die Ruinen ihrer Bauvorhaben fortgespült. Nichts war davon geblieben, außer Dutzende von tragisch endenden Geschichten über jene, die an der Macht des Flusses gescheitert waren.

Stattdessen verkehrten Fährluftschiffe weiter westlich bei Kajina über den Fluss. Die Dienste diese Luftfuhrleute waren allerdings teuer und sie selbst über die Grenzen Tajimas hinaus als Sinnbild des

Wucherers sprichwörtlich bekannt. Nun, da so viele vor den herannahenden Invasoren aus Drachenia flohen, verdienten sie sich gewiss eine goldene Nase.

Rajin und Liisho ließen ihre Drachen abdrehen, und der Prinz rief seinem Mentor zu: „Wir werden es weiter flussabwärts noch einmal versuchen!"

„Und wenn die Tajimäer das gesamte Flussufer auf diese Weise gesichert haben?", fragte Ganjon.

Ghuurrhaan stieß einen jaulenden Laut aus. Er blutete aus mehreren Wunden, und Ayyaam ebenso. Kanrhee, der Rennvogelreiter, zog einen Drachenzwicker zwischen Ghuurrhaans Schuppen hervor, der darin festgesteckt hatte. Die Wunden während des Fluges zu versorgen, schien nicht ratsam, denn erstens waren die Ninjas darin nicht geübt, da sie normalerweise keinen Umgang mit Drachen pflegten, und zweitens wollten Rajin und Liisho den Tieren nicht zu viel zumuten, nachdem sie schon einmal am Gehorsam hatten mangeln lassen.

So entschied sich Rajin zu einer Landung, nachdem sie sich noch einige Meilen vom Fluss entfernt hatten. In einer von Hügeln umgebenen, nicht schon auf weite Entfernung einsehbaren Mulde gingen Ghuurrhaan und Ayyaam nieder.

Mit größter Eile wurden die Wunden der Drachen versorgt. Liisho gab dazu genaue Anweisungen. Einige Tinkturen, die sich in der Drachenheilkunde gut bewährt hatten, führten sie im Gepäck mit, und da beide Drachen nach ihrem ausführlichen Antilopenmahl ohnehin relativ ruhig waren, ließen sie die Behandlungen auch über sich ergehen.

Ayyaam leistete sich dabei eine Unbeherrschtheit, indem er einen unkontrollierten Feuerstrahl aus dem Maul schießen ließ. Auf hundert Schritte entflammten sämtliche Sträucher, und das Gras war schwarz. Begleitet wurde der Flammenstoß von einem durchdringenden Laut, der wie ein Stöhnen klang. Es geschah, als Liisho eine der Wunden am Körper versorgte. Der Drache schlug dabei mit den Flügeln, und Ganjon musste sich blitzschnell zu Boden werfen, um nicht getroffen und meterweit durch die Luft geschleudert zu werden.

Es hätte nicht viel gefehlt, und Ghuurrhaan wäre noch von dem Flammenstrahl gestreift worden. Er zuckte zurück, sodass Rajin, der gerade eine der Wunden auf dem Rücken des Drachen versorgte, im letzten Moment nach einem der Rückenstacheln greifen und sich festhalten musste, um nicht in die Tiefe zu fallen.

„Ganz ruhig, Ghuurrhaan!", sprach er mit seiner Gedankenstimme auf das Tier ein.

Der Drache knurrte. Ein Laut, der langsam verebbte und sich mit dem Geräusch vermischte, das immer dann entstand, wenn er Dampf durch die Nüstern pustete. Ayyaam erwiderte das Knurren und wandte das geöffnete Drachenmaul in Ghuurrhaans Richtung.

Liisho musste eingreifen, stieß den Drachenstab tief in eine der Vertiefungen zwischen den Schuppen, wobei er laut aufschrie, um die innere Kraft zu sammeln, sodass er durch den Drachenstab auf den Drachen einwirken konnte.

Ayyaam atmete heftig.

„Der Schmerz raubt dir die Sinne, aber ich werde dafür sorgen, dass du Erleichterung erhältst", versuchte der Weise den Drachen zu beruhigen, was auch zunächst Erfolg zu haben schien. Ayyaam legte den Kopf auf den Boden. Mit geschlossenem Maul blieb er so liegen. Nur hin und wieder stieg etwas Rauch zwischen seinen Zähnen hervor und kräuselte empor.

Liisho holte aus einer der auf den Drachenrücken aufgeschnallten Kisten einen faustgroßen Ledersack hervor. Rajin beobachtete die Behändigkeit, mit der sich der uralte Weise neuerdings bewegte. Seitdem er auf wundersame Weise den Weg zurück ins Leben gefunden hatte, wirkte Liisho stärker und jugendlicher, als Rajin ihn in Erinnerung hatte, und der Prinz fragte sich, woher die Kraft wohl so plötzlich kommen mochte, die Liisho auf einmal erfüllte.

Mit dem faustgroßen Ledersack begab sich Liisho zum Kopf des Drachen, dessen Augen den Weisen auf eine Weise musterten, die wohl nur ein anderer Drache wirklich zutreffend hätte interpretieren können.

Unerschrocken trat Liisho von vorn auf Ayyaam zu. Dann berührte er mit dem Drachenstab den Oberkiefer Ayyaams. Ein grollender Laut, der einem aufkommenden Gewitter ähnelte, ließ den Boden leicht erzittern. Aber Ayyaam gehorchte dem Weisen und öffnete das Maul.

Liisho griff in den Lederbeutel und streute etwas auf die sich hervorreckende Drachenzunge. „Hier, nimm! Sand vom Oststrand der Insel der Vergessenen Schatten!", rief Liisho. „Auf dass du dich daran erinnerst, wie du unterworfen wurdest!"

Ayyaam antwortete mit einem weiteren Knurren, das jedoch mehrere Oktaven höher und insgesamt auch sehr viel leiser war. Er verhielt sich ansonsten ruhig, während Liisho noch ein paar Augenblicke vor seinem Kopf stehen blieb, so als wollte er den Gehorsam seines Drachen prüfen. Ein einziger unbeherrschter Atemzug seines Reittieres hätte selbst ihn, der dem Tod auf eine für alle kaum erklärliche Weise entkommen war, sofort getötet. Nicht nur das Drachenfeuer hätte Liisho innerhalb eines Augenaufschlags zu Asche verbrannt, aus dieser Nähe reichte schon ein etwas heißerer Schwefelatem, um einen Menschen so zu versengen, dass er an den Verletzungen starb, mal abgesehen davon, dass die Gase, die ein Drache ausatmete, hochgiftig waren. Und ein heißer Luftstrom, wie er sich bisweilen durch die Zähne der riesigen Kreatur stahl, konnte unter Umständen bereits die Kleider entzünden.

Liisho zwang Ayyaam auf diese Weise, sich zu beherrschen, wollte er seinen Herrn nicht töten. Diese Methode war nicht ohne Risiko, wie Rajin inzwischen wusste.

Dann endlich trat der Weise zurück, entfernte sich von dem Drachen und begab sich zu Rajin. Er warf ihm den zuvor wieder sorgsam verschnürten Lederbeutel zu, und Rajin fing ihn auf. „Hier! Du solltest Ghuurrhaan auch etwas davon geben!"

Eine lange Pause konnte man sich nicht erlauben. Nachdem Rajin auch seinem Drachen etwas von dem Sand der Insel der Vergessenen Schatten gegeben hatte, ahmte einer der Ninjas den Ruf einer Zweikopfkrähe nach. Er hatte sich auf einer der Anhöhen im Osten postiert, von wo er einen besseren Überblick über die Umgebung hatte. Im Laufschritt kehrte er zurück.

„Das ist Andong", sagte Ganjon an Rajin gewandt. „Und sein Ruf bedeutet, dass wir aus Osten mit Feinden zu rechnen haben."

„Gleichgültig, ob es Luftschiffe oder Drachen sind, die sich da nähern", meinte Rajin, „Freunde werden es nicht sein."

„Das ist anzunehmen, Prinz."

„Lasst Eure Männer aufsitzen, Ganjon."

„Sehr wohl, mein Prinz."

„Wir warten nicht, bis die Kundschafter zurückgekehrt sind, sondern werden sie einsammeln."

Wenig später erhoben sich die beiden Drachen wieder in die Lüfte. Rajin und Liisho ließen sie zunächst in verschiedene Richtungen fliegen und kurz landen, um die ausgesandten Kundschafter wieder aufzunehmen.

Sie flogen westwärts und hielten sich dabei außerhalb des Einflussbereichs der Mondwinde, um in größerer Höhe bleiben zu können. Schließlich tauchten in der Ferne die Türme einer Stadt auf. Dazwischen waren die hohen Anlegemasten für Luftschiffe zu sehen, die die Türme noch überragten.

Dies musste Kajina sein, die Hauptstadt der tajimäischen Provinz Kajinastan, die vom Ma-Ka-Fluss bis zur drachenischen Grenze reichte. Kajina war mit schweren Mauern befestigt und lag auf einer Anhöhe. Wenn das Schmelzwasser vom Dach der Welt hinabrauschte, reichten die reißenden Fluten des Ma-Ka wahrscheinlich bis vor die Tore der Stadt. In manchen Jahren war die Stadt auf der Anhöhe sogar mehrere Monate lang eine Insel. Das letzte Mal, dass dies der Fall gewesen war, konnte noch nicht lange her sein, denn die tiefer gelegenen Gebiete um den Stadthügel herum waren noch von dem dunklen Schlamm bedeckt, den der Fluss mitgebracht hatte, und ein Heer von wilden Zweikopfkrähen fiel in Schwärmen über gestrandete Wassertiere her, die sich im Schlamm eingegraben hatten. Hier und da blitzte allerdings auch schon grünes Gras hindurch, und kleine Sträucher sprossen auf dem fruchtbaren Boden.

Unzählige Menschen strömten in Richtung der Stadt, um in den Mauern Schutz zu finden. Kajina war offenbar der einzige Ort, den die Tajimäer diesseits des Ma-Ka-Flusses zu halten versuchten. Jedenfalls war nicht erkennbar, dass sie vorhatten, die Stadt zu räumen. Im Gegenteil. Auch außerhalb der Stadtmauern waren Dampfgeschütze und Katapulte aufgebaut worden. Sie bildeten einen dicht gestaffelten Verteidigungsring.

Gleichzeitig verkehrten Fährluftschiffe ständig zwischen beiden

Flussufern hin und her. Sie legten an den Luftschiffmasten in Kajina an, nahmen neue Passagiere an Bord und brachten sie an das jenseitige Ufer des Flusses. Gut ein Dutzend solcher Luftfähren war im Einsatz. Sie unterschieden sich von den Kriegsschiffen vor allem durch das Fehlen der Schießscharten und fest angebrachten Springalds.

Es war deutlich zu erkennen, dass sich auch die Fährluftschiffe während der Flussüberquerung sehr niedrig hielten. Wenn sich eines dieser Gefährte zu weit in die Höhe verirrte, wurde es meistens schon nach wenigen Augenblicken durch die launischen Mondwinde wieder in die Tiefe gedrückt.

„Wir sind eingekreist", stellte Rajin fest, während er sich nach vorn beugte und den Drachenstab aus dem Schuppenpanzer seines Reittieres zog. „Feinde von allen Seiten!"

Ganjon hatte inzwischen den Luftschifftöter griffbereit befestigt, sodass er notfalls jederzeit zu dieser letzten Waffe greifen konnte, falls ihnen eines der Kriegsschiffe zu nahe kam. Von Osten her folgte ihnen bereits seit ihrem Bodenaufenthalt zur Versorgung der Drachenwunden eine Flotte von Luftschiffen. Es handelte sich um Einheiten mittlerer Größe. Nur ein größeres Schiff war darunter, das durch einen Aufbau mit gleich mehreren Springalds auffiel. Die waren allerdings in diesem Fall ausnahmsweise nicht zu schwenken und allesamt nach links ausgerichtet, sodass Rajin annahm, dass sich das Schiff in Kampfsituationen zur Seite drehen musste, damit man auf den Gegner schießen konnte. Und auch besonders schnell war dieses große Schiff nicht. Es blieb immer ein ganzes Stück hinter den kleineren und wendigeren Einheiten zurück, von denen einige schon ziemlich weit aufgeholt hatten.

Aus Nordwesten und Nordosten tauchten gleichzeitig Drachen am Horizont auf. Die Kriegsdrachen-Armada rückte auf breiter Front vor.

Rajin und Liisho verlangsamten den Flug ihrer Drachen, denn wieder glaubten die Verteidiger, es bei ihnen mit der Vorhut des Drachenheeres zu tun zu haben. Die ersten Dampfgeschütze und Katapulte wurden abgeschossen. Ein Drachenzwicker schoss geradewegs auf Ghuurrhaan zu, bevor sich die Flugrichtung des Geschosses dann aber absenkte und es zu Boden ging. Die beiden Drachen waren noch nicht nahe genug heran, dass ihnen die Geschosse gefährlich werden konnten.

Als weitere Drachenrufe ertönten, wurde die Lage wirklich brenzlig, denn auch in westlicher Richtung – noch weit hinter der Stadt Kajina – tauchten Drachenreiter auf. Sie waren offenbar von der tajimäischen Küste an der Mittleren See aus ins Landesinnere eingeflogen. Gleichgültig, welche Richtung sie einschlugen, Rajin und seine Begleiter würden immer geradewegs den Waffen ihrer Feinde entgegenfliegen, erkannte der junge Prinz.

„*Zum Fluss!*", meldete sich Liishos Gedankenstimme mit großer Dringlichkeit. „*Es ist unsere einzige Möglichkeit!*"

Rajin folgte mit Ghuurrhaan seinem Mentor, der Ayyaam in Flussrichtung und nach unten lenkte. Die Mondwinde waren drückend und zwangen sie, sehr niedrig zu fliegen. Rajin konnte spüren, wie sehr dies Ghuurrhaan missfiel. Und da war auch noch etwas anderes, das er bei seinem Drachen plötzlich bemerkte: Unruhe. Eine so tief gehende Unruhe, wie der Prinz sie zuvor noch nie bei seinem Drachen gespürt hatte. Ein Zittern durchlief den Körper des Tieres, und zunächst hatte Rajin keine Erklärung dafür. Die Wunden waren schließlich versorgt, der Drachenmagen voll, und dass sich Ghuurrhaan vor den Mondwinden so sehr ängstigte, konnte sich Rajin eigentlich nicht vorstellen; das wäre völlig gegen Ghuurrhaans Art gewesen.

Aber Ayyaam schien es nicht anders zu ergehen. Ein durchdringender, für Drachenverhältnisse sehr schriller Schrei entrang sich der Kehle von Liishos Reittier. Ein Schrei, wie man ihn vielleicht bei einer schweren Verletzung oder in höchster Todesgefahr erwartet hätte. Aber dafür war – noch – kein Anlass. Die auf der gegenüberliegenden Flussseite in Stellung gebrachten Dampfgeschütze und Katapulte konnten sie nicht erreichen, ehe die Drachen nicht wenigstens die Hälfte der Flussbreite überquert hatten. Gleiches galt für die Verteidiger Kajinas.

Eines der Fähren-Luftschiffe zog langsam und völlig überladen in Südrichtung und wich dabei Rajin und Liisho mit ihren Drachen aus, sodass es einen weiten Bogen fliegen musste. Offenbar fürchtete man einen Drachenangriff auf die wehrlosen Fähren.

Rajin blickte zurück. Eines der kleineren Kriegsluftschiffe, das ihre

Verfolgung aufgenommen hatte, drohte sie inzwischen einzuholen. Und von jenen Schiffseinheiten, die ihnen aus westlicher Richtung entgegenkamen, waren einige auf Abfangkurs gegangen, um den beiden Drachen den Weg abzuschneiden.

Aber einfach über den Fluss zu fliegen hätte den Tod bedeutet. Im Gegensatz zu jenem Abschnitt des Flusses, an dem Rajin und Liisho zum ersten Mal versucht hatten, den Strom zu überqueren, machten sich hier die Verteidiger nicht einmal die Mühe, sich zu tarnen. Mit dem Fernglas waren Tajimäer, Dreiarmige und Echsenkrieger deutlich auszumachen. Eine Kolonne von Kampfkäfern machte sich bereit, um sich von einem der Fähren-Luftschiffe über den Fluss nach Kajina bringen zu lassen.

Pfeile, Bolzen und Drachenzwicker schossen auf einmal aus den Schießscharten jenes Luftschiffs, das sich ihnen an die Fersen geheftet hatte. Die Schüsse gingen zunächst fehl, aber je weiter sich das Luftschiff näherte, desto größer wurde die Wahrscheinlichkeit, dass die beiden ehemaligen Wilddrachen erneut schwer verletzt wurden. Das konnte dann das Ende ihrer Reise bedeuten.

„Mein Prinz, ich werde den Luftschifftöter zum Einsatz bringen!", rief Ganjon. „Das gäbe uns zumindest eine Verschnaufpause!"

Die beiden Drachen flogen nur noch sehr langsam, denn gleichgültig, in welche Richtung sie sich wandten, überall wären sie dem Tod entgegengeeilt.

Rajin streckte den Arm aus. „Wollt Ihr etwa, dass ich dem Luftschiff dort hinten entgegenfliege, um es von *unten* anzugreifen, wie es ja wohl für den Einsatz Eurer Waffe nötig wäre?"

Als wollte das Schicksal selbst die Absurdität dieses Vorhabens demonstrieren, pfiff ein Armbrustbolzen so dicht an Rajins Kopf vorbei, dass er den Luftzug spüren konnte. Weil Ghuurrhaan den Kopf etwas zur Seite gewandt hatte, traf das Geschoss einen der Halsstacheln. Der Stachel brach an der Wurzel heraus, und Blut schoss aus der entstehenden – allerdings nicht sehr tiefen – Wunde. Ghuurrhaan brüllte auf. Mit größter Anstrengung konnte Rajin sein Reittier ruhig halten und die geistige Herrschaft über den Drachen behaupten. Etwas, wozu er immer mehr innere Kraft aufbringen musste, wie ihm schien.

„Es ist nicht nötig, dass Ihr Euch dem Luftschiff zu weit nähert!", widersprach Ganjon. „Nur ein Stück weit, dann müsst Ihr Euch sehr niedrig halten, damit der Luftschifftöter von schräg unten auftreffen kann!"

Rajin überlegte kurz. Anscheinend blieb ihnen tatsächlich keine Wahl. Also lenkte er Ghuurrhaan in einem Bogen herum – auch zu Liishos Verwunderung – und ließ seinen Drachen anschließend nur knapp eine Mannhöhe über den Boden fliegen. Mit ein paar kräftigen Flügelschlägen beschleunigte der Drache. Die durch den herausgebrochenen Stachel verursachte Wunde blutete noch immer recht stark, behinderte Ghuurrhaan allerdings in keiner Weise. Eher weckte der Geruch des eigenen Blutes seine Wut, was es Rajin in diesem Moment erleichterte, den Gegner frontal anzugreifen.

Ganjon richtete seine Waffe aus. Die Haltegabel der schweren Armbrust war in einer Kerbe zwischen zwei Drachenschuppen versenkt, damit sie nicht abrutschte. Der Ninja-Hauptmann des Fürsten vom Südfluss wusste sehr genau, dass er nur einen einzigen Schuss haben würde, denn auf eine Gelegenheit, die Waffe nachzuladen, brauchte er erst gar nicht zu hoffen.

Er zielte kurz und schoss, als er glaubte, dass Rajin den Drachen nahe genug herangelenkt hatte. Ein Hagel schlecht gezielter und überhastet abgeschossener Armbrustbolzen hagelte in Ghuurrhaans Richtung, und ein Drachenzwicker bohrte sich durch den linken Flügel und riss ein Loch.

Der Bolzen aus Ganjons Waffe hingegen traf das Luftschiff an der Unterseite, und die Säure des Alchimisten hatte offenbar nach all der Zeit, die sie in der Waffenkammer des Fürsten von Sukara gelagert worden war, nichts von ihrer Gefräßigkeit verloren. Mit einem Zischen löste sich das Metall auf der Unterseite des Schiffes auf. Weißgelber Rauch entstand dabei und hüllte das Schiff ein. Schreie gellten. Teile des Bodens brachen heraus und fielen in die Tiefe. Mit Seidenschirmen sprangen einige der Besatzungsmitglieder von Bord, während sich der untere Teil des Luftschiffes immer mehr auflöste. Der Kapitän ließ das Schiff herabsinken und versuchte eine Notlandung.

Ghuurrhaan flog derweil in einem Bogen auf das Flussufer zu, und Liisho versuchte ihm zu folgen, aber Ayyaam scheute vor dem Fluss zurück. Der Drache brüllte auf, als wäre im Flusstal der alte Schlangengott selbst wieder zum Leben erwacht, dessen Blut sich der Legende nach in das Erdreich geätzt hatte.

Die Strömung war sehr stark. Das Wasser kräuselte sich, bildete Wellen, die jedem Naturgesetz zu widersprechen schienen. Dann ertönte ein Laut, der selbst das Tosen des Wassers übertönte. Ein Grollen, gegen das jeder Drachenschrei wie ein schwächliches Ächzen wirkte. Die Erde selbst begann zu zittern. Die Dampfgeschütze auf dem Südufer stürzten um, und die Krieger des Luftreichs – ganz gleich, ob es sich um Menschen, Dreiarmige oder Echsenkrieger handelte – stoben in Panik vom Fluss fort. Dann verfärbte sich das Wasser. Es wurde rot wie Blut und begann zu kochen. Dampfschwaden stiegen auf – und schließlich brodelte die Glut des Erdinneren aus den Fluten heraus. Zischend kühlte sie ab.

Ein Gedanke von Liisho erreichte Rajin.

„Yyuum erwacht …"

IO

DRACHENWUNDEN

Schwaden von beißenden Dämpfen stiegen aus dem Fluss empor, und immer mehr Glut quoll hervor. Es hatte den Anschein, als wäre der Hieb einer gewaltigen unsichtbaren Axt vom Himmel herabgefahren, hätte die Erde mitten im Flussbett gespalten und beide Ufer dadurch ruckartig ein Stück auseinandergerissen.

In der Stadt stürzte einer der Türme von Kajina in sich zusammen. Zwei weitere folgten wenig später, denn gewaltige Erdstöße erschütterten das Land. Selbst die angreifenden Verbände von Kriegsdrachen kamen nicht ungeschoren davon, denn die Drachen scheuten vor dem, was sich da vor ihnen tat. Der Geruch der Erddämpfe musste bereits bis zu ihnen herüberdringen; das Grollen des Erdreichs tat es auf jeden Fall. Furcht erfasste sie, und manchem Drachenreiter war es kaum noch möglich, sein Tier zu bändigen. So flogen einige von ihnen seltsame Kapriolen oder drehten einfach um und ergriffen scheinbar vor dem Feind die Flucht.

Aber es waren nicht die in heilloser Panik auseinanderlaufenden Tajimäer mit ihren dreiarmigen Helfern, den Echsenkriegern und Veränderten, vor denen sie sich fürchteten, sondern vor dem, was sich im Fluss ereignete.

Yyuum ..., dachte Rajin. Regte er sich in seinem gebirgigen Grab? Erwachte er nun endgültig aus seinem äonenlangen Schlaf, und war das, was sich hier ereignete, vielleicht nur der Vorbote viel schrecklicheren Chaos?

Rajin fragte sich allerdings gleichzeitig, wie es möglich sein sollte, dass eine Bewegung, ein Erwachen des Urdrachen, noch an diesem Ort, bei Kajina, derartige Auswirkungen haben konnte. Schließlich wurde allgemein angenommen, dass Yyuum seine für lange Zeit letzte Ruhe unter dem Hunderte von Meilen entfernt gelegenen mitteldrachenischen Gebirgsrücken hatte, der einer Drachenschnauze gleich das Dach der Welt nordwestwärts fortsetzte.

„Über den Fluss!", nahm er Liishos Gedankenstimme wahr – die einzige Stimme, die er bei diesem unbeschreiblichen Getöse der Elemente überhaupt zu verstehen vermochte. *„Wende all deine Kraft auf, um deinen Drachen zu zwingen!"*

Liisho stieß den Drachenstab mit beiden Händen in eine Vertiefung zwischen den Drachenschuppen seines Reittiers. Er tat dies zweimal kurz hintereinander und so heftig, dass sogar etwas Blut hervortrat. Es war allerdings nicht das stumpfe Metallrohr, das zumindest die oberen Schichten der Drachenhaut durchdrang, sondern die innere Kraft, die der Weise so stark auf dieses Werkzeug fokussierte, dass es von Blitzen umflort wurde. Blitzen, die aus seiner Hand schlugen, das Metall umtanzten und dann in den Körper des Drachen fuhren. Ayyaam brüllte auf.

Erinnerte er sich in diesem Moment an seinen Ahnen, der sich womöglich gerade unter den Gesteins- und Geröllmassen des mitteldrachenischen Gebirgsrückens zu räkeln begann, um ein neues Zeitalter des Chaos anbrechen zu lassen?

Liisho schaffte es schließlich, den Widerwillen Ayyaams zu brechen. Der Weise lenkte den Drachen geradewegs auf die brodelnden, rot glühenden Fluten zu.

Rajin folgte ihm mit Ghuurrhaan, der zwar ebenfalls scheute, aber insgesamt leichter zu beherrschen schien. Sie flogen geradewegs über den kochenden Fluss. Die Dampfschwaden waren beißend, aber dafür schienen sich die Mondwinde abzuschwächen. Mehr noch – mitten über dem Fluss wurden die beiden Drachen plötzlich von einer so heftigen Aufwärtsströmung erfasst, dass es selbst für diese gewaltigen, vor ungebärdiger Kraft nur so strotzenden Riesenkreaturen nicht möglich war, sich dagegen zu wehren.

Der Luftstrom riss sie in eine Höhe, aus der sie das ganze Ausmaß der Ereignisse überschauen konnten: Das, was eben noch der Ma-

Ka-Strom gewesen war, wirkte nun wie eine klaffende Wunde in der Erde, die sich von Horizont zu Horizont durch das Land zog.

Dies musste ein Vorgeschmack auf das sein, was ihnen allen blühte, wenn die Drachen sich von der Herrschaft der Menschen befreiten, ging es Rajin durch den Kopf. Um wie vieles furchtbarer musste das Chaos gewütet haben, als die Drachen in einem Anfall von Hybris das Erdreich aufrissen und ihrer Herrschaft damit eigenhändig ein vorläufiges Ende gesetzt hatten.

Sie flogen weiter westwärts. Liisho bestand darauf, die Drachen zu schinden, bis es nicht mehr ging, um eine möglichst weite Strecke zurückzulegen. Sie flogen hoch – so hoch, dass mancher Beobachter am Boden die beiden Drachen für weit oben fliegende Vögel hielt.

Hin und wieder sahen sie auch kleine Verbände von Kriegsluftschiffen, die in entgegengesetzte Richtung flogen. Aber gleichgültig, ob sie überhaupt Notiz von Rajin und seinen Getreuen nahmen – so hoch wie Ghuurrhaan und Ayyaam vermochte keines dieser Schiffe zu fliegen.

Der Blutmond ging auf, und die Nacht brach herein, als sie ein ausgedehntes Waldgebiet erreichten. Zunächst überflogen sie einen Teil davon, ehe sie schließlich auf einer Lichtung ihr Nachtlager aufschlugen. Da war es allerdings schon spät, und alle fünf Monde bildeten bereits eine Perlenkette am Himmel. Der Schneemond wirkte so groß, wie Rajin – so meinte er – ihn noch nie zuvor gesehen hatte. Wie ein Menetekel des kommenden Unheils, das sich im Tal des Ma-Ka-Flusses angekündigt hatte.

Es war unwahrscheinlich, dass tajimäische Luftschiffe sie hier entdeckten, trotz der Lagerfeuer, die sie entzündet hatten.

„Einen besseren Lagerplatz könnten wir uns gar nicht wünschen", meinte Liisho.

Andong und Kanrhee halfen Rajin dabei, die Wunden Ghuurrhaans zu versorgen. Liisho kümmerte sich zunächst um seinen eigenen Drachen, ehe er sich schließlich Ghuurrhaans Flügel ansah. „Die Löcher werden sich schließen", prophezeite er. „Vielleicht sogar innerhalb einer Nacht – oder nach einer weiteren. Wenn man Drachen länger ruhen lässt, stärkt das ihre Selbstheilungskräfte."

178

„Aber wir können hier nicht mehrere Tage und Nächte verweilen", murrte Rajin.

„Das ist allerdings wahr. Morgen früh müssen wir weiter. Du hast ja mit eigenen Augen gesehen, wie es steht." Liisho schüttelte den Kopf. Tiefe Furchen hatten sich in seine Züge gegraben, die voller Sorge waren. Die Zuversicht, die den Weisen trotz aller Widrigkeiten stets ausgezeichnet hatte, schien von ihm gewichen zu sein. Rajin glaubte, deutliche Zweifel bei ihm zu erkennen. Zweifel daran, ob die Mission, der sie beide dienten, überhaupt von Erfolg gekrönt sein konnte oder ob nicht alles am Ende vergeblich war.

Ein erwachender Urdrache und ein stürzender Mond – das waren die Mächte, die letztlich alles zunichtemachen konnten, selbst wenn es gelang, die Herrschaft des Usurpators zu brechen.

„Du glaubst wirklich, dass Yyuum für das verantwortlich war, was im Ma-Ka-Tal geschah?", stellte Rajin jene Frage, die seine Gedanken beschäftigte, seit er gesehen hatte, wie die Erdglut im Fluss aufgestiegen war und dessen Wasser zum Kochen gebracht hatte.

Liisho wandte den Kopf, sodass sein Gesicht großteils vom Schatten verborgen wurde. „Es war Yyuum. Das spüre ich – und die Drachen haben es auch gespürt. Nicht nur die unseren, sondern auch die, mit denen Katagis Schergen in dieses Land eingedrungen sind. Sie scheuten, weil an jeden Drachen von Generation zu Generation eine Ahnung des Grauens weitergegeben wird, das diese Geschöpfe einst über ihresgleichen brachten, als sie die Erde aufrissen und ihre Glut emporsteigen ließen. Sie fürchten ihre riesigen Verwandten, die unter Gestein und Geröll schlummern oder deren Geister in Blöcke aus Drachenbasalt eingeschmolzen wurden. Sie ahnen vielleicht sogar, dass es auch ihr eigenes Ende bedeuten könnte, wenn ihresgleichen wieder die Herrschaft erringt. Und doch werden sie mehr und mehr gegen ihre Herren aufbegehren."

„Aber warum, wenn sie doch erkannt haben, dass es ihr eigener Untergang wäre?"

„Weil sie die Giganten in der Tiefe, ihre riesigen, Chaos bringenden Verwandten, noch mehr fürchten als alles andere. Das, was auf die Welt zukommt, sehe ich sehr deutlich vor mir, und einen Vorgeschmack darauf haben wir ja auch schon erhalten."

„Dennoch ..." Rajin fuhr sich mit einer Hand über das Gesicht. „Angeblich ruht Yyuum doch Hunderte von Meilen vom Ma-Ka-Fluss entfernt unter der Erde? Wie kann er auf diese Entfernung so etwas bewirken?" Liishos Mund formte ein müde wirkendes Lächeln. „Es gibt vieles in diesem Zusammenhang, das schwer oder gar nicht zu erklären ist oder worüber weder Menschen noch Magier ausreichend Wissen besitzen, um es tatsächlich begreifen zu können. Ich selbst habe lange in alten Inschriften nach Erklärungen gesucht. In den Bergen des Dachs der Welt, unweit der Großen Nadel, gibt es in Stein gehauene Schriftreliefs. Ganze Bücher sind dort an Felswänden verewigt worden, in einer Zeit, da noch niemand an den Unsichtbaren Gott glaubte. Selbst die Gesetzestafeln des Masoo erscheinen gegen diese uralten, ebenfalls vergessenen Göttern gewidmeten Schriften wie eine schnöde Briefnotiz."

„Und in diesen alten Schriften hast du etwas über den Urdrachen gefunden, was andere nicht wissen?", fragte Rajin hoffnungsvoll.

„Nun, dort habe ich sehr vieles gefunden", bestätigte Liisho, „und bei einer Reise, die ich vor langer Zeit dorthin unternahm, habe ich sogar einen kleinen Teil davon abgeschrieben, um es später in Ruhe und mit Unterstützung von Gelehrten übersetzen zu können. Nur ist nichts darunter gewesen, was uns beruhigen könnte."

„Was meinst du damit?"

„Es wird in diesen uralten Schriften immer wieder davon berichtet, wie sich Yyuum in seinem Lager unter dem mitteldrachenischen Gebirgsrücken bewegte, dass dadurch die Erde bebte und bisweilen aufbrach. Ganze Städte versanken in Schutt und Asche, wenn sich Yyuum im Schlaf rührte oder sein Glutatem über das Land strich. Was glaubst du wohl, weshalb zwischen Seng und Pa bis heute kaum jemand siedelt? Weil die Schreckensgeschichten über den sich regenden Yyuum noch lebendig sind."

„Dann hat er sich früher häufiger gerührt?", fragte Rajin.

„Das scheint von Zeitalter zu Zeitalter unterschiedlich gewesen zu sein. Aber es wird auch berichtet, dass Yyuums Berge erzitterten und diese Kräfte wie unterirdische Wellen durch die Erde fuhren, sodass an anderen, manchmal weit entfernten Orten Risse und Glutspalten im Boden aufbrachen oder ganze Landesteile auf einmal ruckartig herabsanken oder sich hoben. Doch es gibt einen Unterschied zu früher, Rajin. Einen Unterschied, der entscheidend ist! Yyuum mag früher manchmal ein Zeitalter lang einen unruhigen Schlaf gehabt haben, aber zweifellos *schlief* er. Jetzt aber ist das anders. Sein Erwachen muss bereits weit fortgeschritten sein. Glaub mir."

Ganjon teilte einen Trupp ein, der sich in der Umgebung etwas umsehen sollte. Sicher war sicher.

Rajin schlug vor, den beiden Drachen die Gepäckstücke während der Nacht vom Rücken zu schnallen, damit sie sich besser erholen konnten. Aber Liisho riet, damit zu warten, bis die Späher zurückgekehrt waren.

„Wir wollen schließlich keine unliebsamen Überraschungen erleben", sagte er. „Aber falls sich kein Grund zur Sorge ergibt, bin ich einverstanden."

So setzten sie sich ans Feuer.

Ganjon machte den Vorschlag, nicht die mitgeführten Vorräte anzubrechen, sondern auf die Rückkehr der Späher zu warten. „Ich bin mir sicher, dass sie uns eine schmackhafte Jagdbeute mitbringen", sagte er. „Einen völlig ausgestorbenen Eindruck machen diese Wälder jedenfalls nicht. Da wird es gewiss irgendein Getier geben, dass sich leicht erjagen und zubereiten lässt!"

„Wenn Eure Männer nicht vor Hunger zu meutern beginnen, bin ich gern bereit zu warten", gab Rajin zurück. Er selbst hatte kaum Appetit.

Nun, da er zum ersten Mal seit ihrem Aufbruch aus Sukara Zeit hatte, ein wenig nachzudenken, kehrten die bedrückenden Erinnerungen zurück, die ihn schon so lange quälten. Er dachte an Nya und den ungeborenen Sohn, den sie unter dem Herzen trug. Er seufzte schwer, denn ein Gefühl der Hilflosigkeit wollte von ihm Besitz ergreifen.

Er hörte Ganjon, der mit einem Ninja scherzte, den er Sekinji nannte, eine Bezeichnung für ein achtbeiniges Nagetier, das wegen seiner Fressgier und Unersättlichkeit berüchtigt war. Mitunter kam es in manchen drachenischen Städten zu wahren Sekinji-Plagen, und manche Eltern glaubten, dass sich diese Parasiten nicht weiter fortpflanzten, wenn man das eigene Kind nach ihnen benannte. Ob diese Strategie bei der Nagetierbekämpfung je Erfolg gehabt hatte, war zweifelhaft. Aber Tatsache war, dass es nach jeder Sekinji-Plage eine Flut von Neugeborenen beiderlei Geschlechts gab, die diesen Namen trugen, inklusive einiger fantasievoller Variationen, und sich später im Leben deswegen jede Menge Spott gefallen lassen mussten. Aber der Ninja Sekinji schien daran gewöhnt zu sein und wusste mit beißender Ironie zu antworten.

Für den Prinzen bildeten die Worte der Männer bald nur noch einen undeutlichen Singsang, während er wieder in der Welt seiner Erinnerungen versank. Er fasste sich mit der Hand an die Brust, wo er unter dem Wams das magische Pergament trug. Es stellte die einzige Verbindung zu den Seelen seiner Lieben dar.

Liisho schien zu ahnen, was dem Prinzen durch den Kopf ging. „Man sollte sich nicht an Hoffnungen klammern, die kaum zu erfüllen sind, Rajin."

„Du hast die Worte des Magiers Abrynos gehört", entgegnete Rajin. Der Weise nickte. „Gewiss habe ich sie gehört, und es mag sein, dass sich Großmeister Komrodor noch als guter Verbündeter gegen Katagi erweist. Zumindest besteht die Hoffnung. Und ich glaube sogar, dass du mit Hilfe des Großmeisters von der Kraft der Leuchtenden Steine profitieren kannst. Aber was den letzten Teil seiner Versprechungen betrifft, schien mir selbst Abrynos nicht so recht überzeugt davon, dass es möglich ist, Nya und ihren Sohn zurückzuholen."

„Ich habe Kojan II. auf dem magischen Pergament gesehen …"

„Aber gewiss – nur wie willst du wissen, ob dieser Magier dich nicht nur hat sehen lassen, was du sehen wolltest?"

„Ich bin stark genug, das zu unterscheiden."

„Die Illusionskunst der Magier sollte niemand unterschätzen. Und davon abgesehen hat er vielleicht gar kein eigenes Trugbild geschaffen, sondern lediglich dasjenige, das du dir selbst gemacht hast, so verstärkt, dass du es für die Wahrheit gehalten hast. Gegen Illusionen aus unserer eigenen Seele sind wir alle machtlos. Da mag man über so viel innere Kraft verfügen und so lange von den Weisesten der Weisen geschult worden sein, wie man will, es würde nicht reichen."

„Sprichst du aus eigener Erfahrung oder aus der anderer?", fragte Rajin.

„Ich habe mehr erlebt als jeder andere Mensch, der zurzeit in den fünf Reichen wandelt. Ich habe selbst die übliche Lebensspanne eines Magiers schon längst überschritten und vieles gesehen, was niemand sonst gesehen hat. Warum sollte ich auf die Erfahrungen anderer angewiesen sein, um mir ein Urteil zu bilden, Rajin?"

Die Blicke der beiden Männer begegneten sich. Rajin gefiel es nicht, dass seine Seele und sein Leben für den Weisen offenbar ein offenes Buch waren. Von klein auf hatte er Rajin mit seinen Gedanken begleitet, und manchmal – wie während des Drachenflugs von Sukara bis hierher – tat er es noch. Aber umgekehrt, so stellte Rajin fest, gab es Abschnitte aus Liishos eigener Vergangenheit und Bereiche seines Wesens, die er vor dem Prinzen zurückhielt. Dinge, über die er nicht reden wollte, wie zum Beispiel über seine eigenen Erlebnisse im Land der Leuchtenden Steine bei Ktabor.

Und letztlich war er auch immer einer Erklärung dafür ausgewichen, welcher Macht er eigentlich sein langes Leben zu verdanken hatte. Denn die Natur allein – dessen war Rajin sich inzwischen gewiss – konnte dafür nicht verantwortlich sein. Doch wenn Rajin seinen Mentor auf diese Dinge ansprach, dann redete er zu einer steinernen Wand, hinter die kein Blick möglich war und von der er auch keine Antwort erwarten durfte. Es schien sinnlos zu sein, tiefer in Liisho dringen und mehr erfahren zu wollen. Und vielleicht war es auch gar nicht nötig, dachte der Prinz. Zumindest einstweilen nicht. Er war und blieb Rajins Mentor – ein weiser Ratgeber, auf dessen Ratschlag er bei seinem Kampf gegen Katagi so sehr angewiesen war wie auf sonst nichts. Der Gedanke daran, dass er diesen Kampf noch vor Kurzem um ein Haar allein hätte weiterführen müssen, ließ ihn noch immer schaudern.

Sie schwiegen eine Weile und hörten dem Prasseln des Feuers zu. Sekinji hatte ein warmes, belebendes Getränk aufgebrüht, einen Tee aus dem Oberen Südflussland, wie man das Gebiet nannte, wo der Fluss die Grenze nach Tajima überschritt. Das Gebiet war sehr unwegsam, und das schon auf der drachenischen Seite der Grenze. Darum waren die Teesorten, die dort an den Hängen des Flusstals wuchsen, auch besonders teuer, zumal ihre Blätter im unbehandelten Zustand nicht mit Hilfe von Drachen transportiert werden durften, weil die Ausdünstungen jedweden Drachenatems das Aroma ruinierten. Erst später, im behandelten Zustand, war das verhältnismäßig gleichgültig, denn dann war der Geruch des Tees manchmal so durchdringend, dass so mancher Lastdrache, der behandelten Tee transportierte, später noch danach roch und von seinen Artgenossen eine Weile lang nicht im Pferch geduldet wurde.

Liisho erhob sich, nahm einen brennenden Scheit aus dem Feuer und ging damit zu den Drachen, um noch einmal nach ihren Verletzungen zu sehen, und dazu reichte ihm das Licht der fünf Monde offenbar nicht aus. Normalerweise hätte Rajin ihn dabei begleitet, aber er hatte das Gefühl, dass der Weise dies allein tun wollte.

Eine ganze Weile hielt Liisho innere Zwiesprache mit Ayyaam. Der zeitweilige Ungehorsam seines sonst so treu ergebenen Drachen schien ihn tief betroffen zu haben. Rajin war sich allerdings nicht sicher, ob Liishos Sorge mehr der Illoyalität seines Drachengefährten galt oder ob er an seinen eigenen Fähigkeiten als Drachenreiter zu zweifeln begonnen hatte.

Schließlich kehrte er zurück und setzte sich wieder. „Der Einfluss Yyuums ist bereits deutlich zu spüren", sagte er. „Überall, in jedem Drachen spürt man die Wirkung der inneren Kraft des Urdrachen – nicht nur dort, wo die Erde erbebt und aufreißt." Er sagte das so, als müsste er irgendetwas erklären.

„Was ist mit den anderen Drachen, die am Ende des Ersten Äons verschüttet wurden?", fragte Rajin. „Zum Beispiel jenem, von dessen Geist ein paar Fetzen in den Block aus Drachenbasalt hineingeschmolzen wurden, den ich zu zerschlagen versuchte. Wann werden auch sie erwachen?"

Liisho zuckte mit den Schultern. „Niemand kann das vorhersagen. Auch ich nicht. Ich hatte gehofft, dass wir noch länger Zeit haben, um Yyuum den Ring wegzunehmen, was sich jetzt aber wohl als Irrtum erweist. Es ist durchaus möglich, dass sich die anderen rühren, sobald Yyuum wach ist. So mancher, der noch seinen friedlichen Jahrhunderttausendschlaf unter irgendeinem inzwischen von Wind und Wetter abgetragenen Hügel fristet, wird allein deshalb schon erwachen, weil er Yyuums Präsenz spürt. Der Tag, an dem sie sich alle erheben, wäre der letzte, den irgendein Mensch erlebt, Rajin."

„Ich habe meinen zehnjährigen Sohn auf dem magischen Pergament gesehen", kam Rajin auf eine andere Sache zurück. „Kann es sein, dass dies ein Blick in eine Zukunft war, die möglich wäre? Es würde bedeuten, dass weder der Tag der Drachenerhebung noch jener, an der der Schneemond herabfällt, bereits eingetreten wären ..."

„Vielleicht existierte Kojan II. auch in einer verlorenen Variante der Zukunft", sagte Liisho weit weniger optimistisch. „In einer Linie der Zeit, die zu einem bestimmten Moment nicht mehr Wirklichkeit werden konnte, die aber noch durch ein paar magische Trugbilder spukt, die im Wesentlichen in deinem Kopf existieren, Rajin, und nirgendwo sonst mehr."

Die Kundschafter hatten sich in mehrere Gruppen aufgeteilt. Die erste brachte einiges an Jagdbeute – Tiere, die wie eine vergrößerte Spielart des Sekinji aussahen, was dem Träger dieses Namens natürlich erneut einige spöttische Bemerkungen eintrug.

„Auf jeden Fall stehen mir mit meinem Namen die ersten und besten Stücke zu", gab der Ninja zurück, wobei er gleich einschränkend hinzufügte: „Natürlich erst nach unserem Kronprinzen und zukünftigen Kaiser."

„Nein, das ist schon in Ordnung", fand Rajin. „Der Tee aus dem oberen Südfluss hat mir gereicht. Ich verspüre keinerlei Appetit, so köstlich Ihr diese Tiere sicherlich zuzubereiten vermögt."

Wenig später kehrte auch die zweite Gruppe zurück. Andong hatte sie angeführt. Man hörte sie schon von Weitem, denn jemand brüllte mit sehr tiefer Stimme ein paar Worte in einer Sprache, die keiner der Anwesenden verstand – abgesehen von Liisho, dem zumindest ein paar Wörter bekannt vorkamen.

„Das ist eine Mischung aus Tajimäisch und noch etwas anderem, was ich irgendwann schon einmal gehört habe, nur kann ich mich im Augenblick nicht erinnern, wo das war", murmelte er stirnrunzelnd.

Niemanden hielt es am Feuer. Alle – auch Rajin – sprangen auf und sahen der Gruppe entgegen.

Andong führte sie an. „Keine Sorge, wir haben alles im Griff!", rief er – woran die aus dem nahen Unterholz dringenden Geräusche durchaus zweifeln ließen. Büsche wurden niedergetrampelt, und die Stimmen der Ninjas redeten ganz gegen ihre gewohnte Art aufgeregt durcheinander.

Dann kam ein gewaltiger Dreiarmiger zum Vorschein. Die Ninjas hatten ihn mit Seilen so eingeschnürt, dass er keinen seiner drei Arme auch nur einen Fingerbreit bewegen konnte. Außerdem hatte man ihm die Waffen abgenommen – das große Langschwert, das jeden seemannischen Anderthalbhänder wie ein zierliches Feuerheimer Rapier aussehen ließ, die monströse Streitaxt und den Schild.

Die Waffen des Dreiarmigen waren inklusive des Schildes so schwer, dass nur jeweils einer der eher zierlich gewachsenen Ninjas eine davon tragen konnte. Sie wurden neben einem der Lagerfeuer abgelegt.

Der Dreiarmige blieb stehen, riss sein tierhaftes Maul auf und stieß ein lautes, grollendes Geschrei aus, woraufhin Ayyaam und Ghuurrhaan wie aus einem Drachenmaul antworteten und man für einige Momente nichts mehr hören konnte bis auf das Brüllen der Giganten und des Dreiarmigen.

Dutzende von Zweikopfkrähen wurden in ihrem Schlaf gestört und stoben aufgeregt davon, und einige in der Nacht jagende Flugwölfe und Waldflügelkatzen nahmen ebenso Reißaus; ihre lederhäutigen Flügel hoben sich deutlich gegen das Mondlicht ab. Im Wald erklang ein vielstimmiger Chor unterschiedlichster Kreaturen.

Der Dreiarmige wurde daraufhin ruhiger. Er wurde von mehreren Ninjas mit Seilen gehalten, die ihm außerdem noch Schlingen um die Füße gebunden hatten, die sie jederzeit durch ein paar kunstvoll geknüpfte Ninja-Knoten zusammenziehen konnten, was den Dreiarmigen sofort völlig bewegungsunfähig gemacht hätte. Jeder Widerstand war daher trotz seiner körperlichen Überlegenheit sinnlos.

„So kräftig der Kerl auch sein mag, ein Ninja-Seil kann nicht einmal er zerreißen", gab sich Andong zuversichtlich.

„Jemand, der die Nachtruhe unserer Drachen stört, hat uns gerade noch gefehlt", knurrte Liisho ungehalten und wandte sich ziemlich barsch an Andong. „Weshalb habt Ihr diesen Brüllaffen mitgebracht? Was soll er hier?"

„Der Kerl hat im Unterholz auf uns gelauert und uns überfallen", berichtete Andong. „Wir waren auf der Jagd – und er anscheinend auch."

Überall in den fünf Reichen kursierten Geschichten über verwilderte Dreiarmige, die in einsamen Gegenden hausten. Die Wälder Tembiens waren dafür ebenso berüchtigt wie so manche schroffe Felswüste im Osten Tajimas. Und von diesen verwilderten Dreiarmigen wurde erzählt, dass sie sich unter anderem von Menschenfleisch ernährten. Angeblich brieten sie mit besonderer Vorliebe kleine Kinder über dem Feuer und bestrichen sie mit Schlangengift, das für sie selbst ungefährlich war. Abgesehen davon, dass diese Geschichten ein allgemeines Bedürfnis nach Schauder befriedigten, dienten sie wohl auch dazu, die Künste der Magier infrage zu stellen. Schließlich waren die Dreiarmigen und andere Veränderte Geschöpfe der Magier, die angeblich durch einen Bann zu absolutem Gehorsam ihrem Herrn gegenüber gezwungen waren. Doch hin und wieder – vor allem bei Veränderten ab der dritten oder vierten Generation – gab es sogenannte „Missratene", Dreiarmige oder andere Veränderte, die ihren Gehorsam mit der Zeit vergaßen und schließlich nicht mehr bereit waren, ihrem jeweiligen Herrn bedingungslos zu dienen. Und wenn die Geschichten um die menschenfressenden verwilderten Dreiarmigen einen wahren Kern hatten, dann gewiss den, dass die Missratenen allzu oft vor ihrem Herrn oder ihrer Heereseinheit flohen und ihr eigenes Leben zu führen versuchten.

„Wir konnten uns nicht einigen, ob wir ihn gleich töten oder erst noch herauszubekommen versuchen sollten, ob noch mehr von seiner Sorte in der Gegend herumstreichen", erklärte Andong. „Und da dachten wir, am besten überlassen wir die Entscheidung Euch."

„Er soll sich ans Feuer setzen", sagte Rajin. „Und man gebe ihm zu essen und zu trinken!"

„Ist das Euer Ernst?", fragte Andong verwundert.

„Ja, das ist es", versicherte Rajin.

„Allerdings werden wir diesem Menschenfresser wohl kaum seine Lieblingsspeise zubereiten können", witzelte einer der Ninjas, „denn es mangelt uns zurzeit an Kindern!"

Einige der Männer brachen daraufhin in Gelächter aus, das allerdings vom wütenden Aufbrüllen des Dreiarmigen erstickt wurde. Er riss an den Seilen, mit denen er gehalten wurde. Die Männer, die sie hielten, wurden mit einem Ruck zu Boden gerissen. Dafür zogen andere die Schlinge seiner Fußfesseln zusammen, sodass er zu Boden stolperte und sich nicht mehr rühren konnte.

„Wir sollten ihn mit seiner eigenen Axt erschlagen!", schlug Ganjon vor.

„Halt!", schritt Rajin ein. „Er hat uns nichts getan, und deshalb sollte er auch von uns nichts zu befürchten haben."

„Ja, weil wir ihm keine Gelegenheit dazu gelassen haben, uns etwas zu tun!", gab Andong zu bedenken. „Ich glaube schon, dass er jeden von uns gern einen Kopf kürzer machen würde."

Der Dreiarmige rollte auf dem Boden und spannte die gewaltigen Muskeln seines Axtarmes an, schaffte es aber wieder nicht, die Seile, mit denen ihn die Ninjas gefesselt hatten, zu zerreißen.

„Das ist Hanf aus Nangkor – der beste, den es gibt", kommentierte Andong. „Behandelt mit einer Tinktur des namenlosen Alchimisten am Hof von Sukara."

„Ist das derselbe Alchimist, der auch den Luftschifftöter erfand?", erkundigte sich Rajin.

Andong nickte. „Dies und vieles mehr, woran heute noch Menschen ihren Nutzen haben."

„Umso bedauerlicher, dass sein Name nicht überliefert wurde", meinte Rajin.

„Verflucht worden wäre gewiss sein Name!", drang es auf einmal aus dem lippenlosen, mit Raubtierzähnen bewehrten Maul des Dreiarmigen.

„Du beherrschst unsere Sprache?", wunderte sich Rajin.

Der Dreiarmige wandte den haarlosen, von harter, purpurfarbener Schuppenhaut bedeckten Schädel, und sein Blick musterte den Prinzen. „Was wundert dich daran?"

„Dreiarmige pflegen für gewöhnlich nicht als Sprachgelehrte und Übersetzer aufzutreten", mischte sich Liisho ein. „Eher erwartet man eine handfestere und blutigere Profession."

„Ich diente eine Weile als Leibwächter eines drachenischen Kaufmanns, der sich in Capana niedergelassen hatte", erklärte der Dreiarmige. „Und mein Herr bestand darauf, dass ich seine Sprache erlernte."

„Du überraschst uns", gestand Liisho. „Aber man tut generell gut daran, sein Urteil nicht nach dem äußeren Anschein zu fällen."

„Wie wahr", gab der Dreiarmige zurück.

„Capana …", ergriff Rajin wieder das Wort. „Das liegt im Lande Magus."

„Ja, mein Herr hatte dort ein Kontor für ein Handelshaus im drachenischen Vayakor gegründet. Seine Lastdrachen flogen regelmäßig zwischen Vayakor und Capana hin und her. Es müssen Zehntausende von Lastgondeln gewesen sein, die sie im Laufe der Zeit nach Capana brachten, voll mit Waren aller Art."

„Und warum dienst du deinem Herrn nicht mehr?", fragte Liisho.

„Das Geschäft meines Herrn lief schlecht, weil die Konkurrenz ihn preislich unterbot. Mag der Teufel wissen, wie sie es schafften, ob sie ihren Drachen nur das halbe Futter gaben oder meinen Herrn einfach nur aus dem Geschäft drängen wollten und deswegen unter ihren Selbstkosten flogen. Jedenfalls diente ich später einem Schmied in Feuerheim nahe der Stadt Faran, bis dieser an der Roten Pest starb. Die Krankheit wütete drei Monate in der Stadt, und danach war die Hälfte ihrer Einwohner tot. Es gab nicht einmal mehr genügend Sonnenpriester, um die Totenrituale durchzuführen."

„Du scheinst eine abenteuerliche Geschichte hinter dir zu haben", sagte Liisho. „Viel abwechslungsreicher jedenfalls, als man es bei jemandem erwarten würde, der erschaffen wurde, gehorsam zu sein."

„Vielleicht solltest du nicht so viel über deine Vergangenheit, sondern mehr über die Gegenwart reden", schlug Andong vor. „Was hast du in diesen Wäldern zu suchen?"

„Vielleicht sollte er uns zunächst einmal seinen Namen sagen", wandte Rajin ein.

„Mein Name ist Koraxxon", stellte sich das Wesen vor. „Ich bin ein dreiarmiger Veränderter in dritter Generation."

„Also doch ein Missratener", stellte Andong fest.

„Ich glaube nicht, dass dir ein Urteil über mich zusteht!", knurrte Koraxxon. „Solange ich gefesselt bin, führst du freche Reden – aber sobald ich nur meinen Axtarm frei habe und dich zu fassen kriege, zerquetsche ich dir deinen Schädel mit der bloßen Hand, wenn du es darauf anlegen willst! Ich habe niemandem von euch etwas getan, aber ihr habt mich gefangen wie ein Tier!"

„Weil du dich wie ein Tier auf uns gestürzt hast", erinnerte Andong. „Was sollten wir tun? Uns von dir abschlachten lassen, um als Braten über deinem Lagerfeuer zu enden?"

„Es ist genug!", schritt Rajin ein. Er trat auf Koraxxon zu. „Sind noch mehr von deiner Art hier in der Nähe?"

„Nein. Hier leben nur ein paar wilde Minotaurenstämme."

„Und du lebst ganz allein hier? Völlig auf dich gestellt?", hakte Rajin noch einmal nach.

„Allein bin ich – ja! Aber nicht auf mich gestellt."

„Was soll das heißen?", wollte es Rajin etwas genauer wissen.

„Mit den Minotauren tausche ich alles, was man so braucht."

Rajin musterte den Dreiarmigen. „Vor wem bist du auf der Flucht, Koraxxon?"

„Du glaubst nicht, dass man freiwillig hier leben könnte?"

„Antworte!"

„Ich erzähle dir den Rest meiner Geschichte, wenn du mich losbindest."

Da zog Rajin sein Schwert, und mit der scharfen Matana-Klinge zerschnitt er die Seile, sodass sich der Dreiarmige daraus befreien konnte.

Fast alle Ninjas ließen die Hände zu den Waffen gleiten, zogen sie allerdings nicht hervor.

Koraxxon bedachte Andong mit einem zugleich aggressiven und spöttischen Knurren, das diesen förmlich zusammenzucken ließ. Daraufhin verzog der Dreiarmige das Gesicht und entblößte die Zähne. Vielleicht war dies seine Art zu lächeln.

Das Wesen streifte die Fesseln vollends ab und warf einen kurzen, aber eindeutig sehnsüchtigen Blick in Richtung seiner Waffen, die von den Männern aus Andongs Spähtrupp in einer Entfernung von gut zwanzig Schritt abgelegt worden waren.

„Jetzt rede!", forderte Rajin.

„So werde ich also meine Erzählung an der Stelle fortsetzen, da mich die Rote Pest von Faran erneut heimatlos machte. Ich heuerte auf einem Dampfschiff an, das nach Marjanmi in Tajima fuhr. Die

Tajimäer ließen seinerzeit niemanden aus Faran an Land, da man verhindern wollte, dass sich die Seuche auch im Luftreich ausbreitete. Aber das galt nicht für meinesgleichen."

„Warum nicht?"

„Die Rote Pest befällt Dreiarmige nicht", erklärte Koraxxon.

„Kein Wunder, du bist ja auch bereits rot genug!", warf Andong ein.

Der Dreiarmige wandte den Kopf und bedachte Andong mit einem scharfen Blick, und hätten Blicke töten können, der Ninja wäre auf der Stelle zusammengebrochen. „Die Rote Pest ist eine Geißel der Menschheit, und ich bin froh, dass sie zumindest mich niemals dahinraffen wird", versetzte Koraxxon. „Aber du neunmalkluger Narr kannst niemals und nirgends sicher sein, dich nicht eines Tages damit anzustecken. Die Rote Pest grassiert noch immer in vielen Häfen der fünf Reiche ..."

„Du wolltest deine Geschichte erzählen, Koraxxon", erinnerte Rajin mit ruhiger Stimme und bedeutete Andong, der gerade zu einer Erwiderung angesetzt hatte, zu schweigen.

„Der Rest ist schnell gesagt", meinte Koraxxon und machte dabei eine wegwerfende Geste mit der Schildhand, während die gewaltige Pranke des Axtarms ruhig und entspannt auf seinem Knie lag. „Ich ließ mich in Marjani von den Landetruppen des tajimäischen Heeres anwerben. Schließlich brauchte ich einen neuen Herrn, und der Dienst beim Priesterkönig schien mir zukunftssicher, schließlich steht ein mächtiger Gott auf seiner Seite, und der wird seinen Stellvertreter sicherlich nicht im Stich lassen. Zweimal hatte ich es erleben müssen, keinen Herrn mehr zu haben. Noch einmal wollte ich dieses Schicksal nicht erleiden müssen."

Rajin hob die Augenbrauen. „Nun, was ist geschehen? Wie wir alle wissen, residiert der Priesterkönig noch immer in seiner prächtigen Residenz in Taji an den Ufern des Vulkansees, und ich könnte mir denken, dass er zurzeit jeden Soldaten braucht."

„Ja, das ist wahr." Der Dreiarmige nickte, und der weiche Schein des Feuers bildete tanzende Schatten auf der purpurfarbenen Schuppenhaut. Koraxxon strich sich die Tunika glatt, die durch das Leben im Wald bereits sichtlich in Mitleidenschaft gezogen war. „Die Kunde vom Krieg wird sogar unter den Waldminotauren erzählt. Schließlich kämpfen viele ihrer Brüder ebenfalls im Heer des Priesterkönigs."

Er schwieg einige Augenblicke und atmete tief durch, so als trüge er selbst in diesem Moment, da er am Lagerfeuer saß, eine unsichtbare schwere Last auf den Schultern. Mit dem Schwertarm deutete er in Richtung der Drachen. „Da ihr mit solchen Reittieren unterwegs seid, gehört ihr wohl zu den Feinden des Luftreichs, und ich kann euch daher sagen, weshalb ich nicht mehr Soldat des Priesterkönigs bin. Ich bin desertiert – und manche mögen mich deswegen einen Missratenen nennen, wie dein maskierter Freund dort, der nicht einmal Mut genug hat, sein Gesicht zu zeigen!" Koraxxon warf einen kurzen Blick in Andongs Richtung. „In Wahrheit habe ich mir nur das Recht genommen, ein Leben zu führen, das ich selbst bestimme. Es war ein Fehler, den Kontrakt mit der Armee des Priesterkönigs zu besiegeln. Aber als ich das erkannte, war es zu spät. Und nun lebe ich hier, in diesen Wäldern, und muss mich verborgen halten, denn die Krieger des Priesterkönigs würden mich töten, wenn sie meiner habhaft würden."

„Ich glaube, die Soldaten des Priesterkönigs haben im Moment andere Sorgen, als dich zu jagen", war Rajin überzeugt.

„Das kannst du laut sagen", stimmte ihm Koraxxon zu. „Von den Minotauren habe ich gehört, dass er mit Feuerheim und Drachenia zur gleichen Zeit Krieg führt – eine Situation, die das Ende des Reiches bedeuten kann!"

Auf Rajins Befehl hin wurde dem Dreiarmigen ein Becher mit Tee gereicht. Er nahm einen Schluck und spuckte ihn dann neben sich auf den Boden, wonach er sich lautstark räusperte. „Will mich da jemand vergiften?", rief er.

„Wir hätten dich jederzeit töten können!", behauptete Andong ärgerlich. „Warum sollten wir uns die Mühe machen, dich zu vergiften, die uns hernach nur mit der Pflicht belastet hätte, den Becher zu reinigen, damit nicht einer von uns daran stirbt? Wenn wir dich einfach gefesselt im Wald zurückgelassen hätten, wären irgendwann die Flugwölfe gekommen, um sich durch deine Drachenhaut zu beißen."

„Du willst mich mit deinen Beleidigungen provozieren", erwiderte Koraxxon. „Aber das wird dir nicht gelingen, den die Gesellschaft ehrlicher Minotauren hat mich innerlich ruhig werden und die Falschheit der Menschen fast vergessen lassen."

„Schluss jetzt!", schritt Rajin ein. „Was soll dieser sinnlose Streit? Weder unser Gast noch wir haben etwas davon, Andong!"

Koraxxon bleckte die Zähne. „Gast? Das klingt nicht schlecht ...", meinte er, und ein dröhnender, an ein Lachen erinnernder Laut drang tief aus seiner Kehle hervor. „Ich kann mich nicht erinnern, dass mich je jemand so bezeichnet hat." Die verhältnismäßig kleine Hand seines Schwertarms nahm einige der Seilfetzen vom Boden auf und hielt sie hoch. „Die Einladung war allerdings recht rabiat, wie ich sagen muss, und eigentlich eines drachenischen Edelmannes unwürdig." Er sah Rajin prüfend an. „Oder bist du nur ein Bandit, der einem Samurai den Drachen gestohlen hat?"

„Es braucht dich einstweilen nicht zu kümmern, wer wir sind!", mischte sich Liisho ein.

„Nun – zuerst dachte ich ja an eine Vorhut der Drachen-Armada. Aber ich habe zwar hohen Respekt vor deren Kriegskunst, konnte mir jedoch kaum vorstellen, dass die Drachenier in der Lage wären, *so* schnell *so* weit vorzudringen, und ich habe in meiner Zeit, in der ich gewissermaßen in drachenischen Diensten stand, Hunderte von Drachen gesehen."

„Wie meinst du das?", fragte Liisho.

„Ich habe meinen Herrn auf Reisen nach Vayakor, Frangkor und Sajar begleitet", führte Koraxxon weiter fort. „Ein paar weitere Städte des drachenischen Neulandes dürften noch dabei gewesen sein, aber sie sind mir nicht weiter im Gedächtnis geblieben. Einmal flog ich mit ihm in einer Drachengondel sogar bis nach Menda am Alten Fluss. Jedenfalls habe ich genug Kriegsdrachen gesehen, um zu erkennen, dass diese beiden dort sich von ihnen unterscheiden. Im Land zwischen Seng und Pa soll es ja noch einzelne Kolonien von Wilddrachen geben, aber dass die zu zähmen sind, halte ich für eine Legende."

„Ach, ja?", sagte Rajin.

„Ein Freund meines damaligen Herrn hat versucht, aus der Zähmung von Wilddrachen ein Geschäft zu machen, an dem sich mein Herr unglücklicherweise finanziell beteiligt hat. Die Sache ist kläglich gescheitert, und die Schulden, die dabei entstanden sind, waren ein Grund für den späteren Ruin, durch den ich meine Bestimmung verlor."

„Du hast es als deine Bestimmung angesehen, deinem Herrn zu dienen?"

„Jeder Veränderte tut dies, sofern er kein Missratener ist", sagte der Dreiarmige. „Und für meinesgleichen gilt das in ganz besonderer Weise. Die Dreiarmigen sind schließlich berühmt für ihre Treue und Loyalität. Aber weich meiner Frage nicht aus. Die Drachenwunden habe ich sehr wohl bemerkt. Der Blutgeruch hängt in der Luft, dass man ihn schon auf eine Meile riechen kann, hat man nicht gerade eine unvollkommene Menschennase im Gesicht. Ihr seid auf der Flucht und zweifellos kürzlich in Kämpfe verwickelt worden, so viel steht fest."

„Deine Anlage zu absolutem Gehorsam scheint missraten, aber dein Verstand wohl kaum", diagnostizierte Liisho.

„Wo liegt das Ziel eurer Reise?", fragte Koraxxon.

„Darüber werden wir dir keine Auskunft geben", erklärte Liisho, noch bevor Rajin dem Dreiarmigen zu antworten vermochte. „Morgen früh sind wir jedenfalls nicht mehr hier."

„Lasst mich raten", fuhr der Dreiarmige fort, lehnte sich etwas zurück und stützte sich dabei auf seinen gewaltigen Axtarm. „Im Nordosten wütet der Krieg. Die Wunden eurer Drachen haben irgendetwas damit zu tun, und so nehme ich nicht an, dass ihr dorthin zurückwollt. Und wenn ihr weiter nach Feuerheim fliegt, dann könnt ihr als Drachenreiter wohl auch nicht mit freundlicher Aufnahme rechnen …"

„Zerbrich dir nicht unseren Kopf, Dreiarmiger!", fuhr ihm Liisho ungehalten ins Wort.

„Normalerweise würde ich vermuten, dass ihr nach Lisi oder Marjani fliegen wollt, aber da ihr auf der Flucht seid, müsst ihr die großen Städte meiden, solange ihr euch in Tajima aufhaltet." Koraxxon verzog das Gesicht, und Speichel tropfte von einem der raubtierhaften Eckzähne. „Magus? Oder gar das Seereich? Sind das eure Ziele? Ich weiß nicht, was ihr auf dem Kerbholz habt, aber wahrscheinlich wollt ihr so weit wie möglich weg. Nur fort, immer weiter fort …"

„Einigen wir uns darauf, dass ich meiner Bestimmung folge" sagte Rajin. „Mehr brauchst du nicht zu wissen – um deinetwillen und auch um unsertwillen."

„Geheimnisse stacheln nur noch mehr meine Neugier an", erklärte sich Koraxxon. „Aber abgesehen davon: Könnte einer dieser recht kräftig aussehenden Drachen nicht noch einen zusätzlichen Passagier befördern?" Der Blick, den er zu den Drachen sandte, wirkte abschätzend. Er stand auf, und sogleich gingen Andong und mehrere andere Ninjas in Kampfstellung, die Hände an den Gürteln, wo sie die Griffe der Matana-Klingen oder die Shuriken und Wurfdolche berührten. Einer hatte bereits einen Pfeil in seinen Reflexbogen eingelegt, ein weiterer hob eine gespannte Armbrust.

Koraxxon erstarrte mitten in der Bewegung und hob alle seine drei Hände in Schulterhöhe. Bei jedem anderen hätte dies als Geste der Beschwichtigung gewirkt – angesichts der Größe und Gestalt des Dreiarmigen wirkte es eher wie eine Drohung.

„Es tut mir leid – ihr seid so leicht zu erschrecken", sagte er. „Ich hatte nicht die Absicht, irgendjemanden etwas zu tun, zumal ich ja die Hoffnung hege, dass ich nach Nordwesten mitgenommen werde. Magus wäre mir recht. Vielleicht weiß einer der Magierwissenschaftler, die sich mit den Gebrechen von Veränderten befassen, einen Rat für mich und erlöst mich von der Qual des freien Willens."

Rajin erhob sich daraufhin ebenfalls. Er machte den Ninjas ein Zeichen, mit dem er ihnen bedeutete, ihre Waffen zu senken. Er wusste nicht, weshalb, aber in seinem tiefsten Inneren war er der Überzeugung, dass von diesem Dreiarmigen keinerlei Gefahr ausging. Zumindest nicht für ihn.

„Du empfindest den freien Willen als Qual?", erkundigte sich Rajin.

„Er hat mich in meine missliche Lage gebracht und einen gehorsamen Diener und geachteten Söldner des Priesterkönigs zu einem zweifelnden Geächteten gemacht, der gezwungen ist, die Dunkelheit des Waldes zu suchen, um in Frieden gelassen zu werden."

„So warst du früher glücklicher dran?", fragte Rajin.

„Aber natürlich war ich das", behauptete Koraxxon. „Ich brauchte nur zu tun, wozu man mich beauftragte, und niemand hat verlangt, dass ich über meine Taten nachdenke. Jetzt vergeude ich meine Zeit mit Grübeleien und bin ein Ausgestoßener. Eine positive Bilanz vermag ich da nicht zu ziehen."

„Wir sind keine Passagierdrachen-Flieger!", sagte Liisho barsch. „Ich fürchte …"

„Mein Begleiter fürchtet gar nichts auf der Welt", unterbrach Rajin. „Ich habe nichts dagegen, wenn du uns begleitest."

Liisho warf dem Prinzen einen grimmig-mahnenden Blick zu, den dieser nicht zu beachten pflegte.

„Bezahlen kann ich mit meiner Kampfkraft und meinem Schutz, den ich eurer Gruppe zur Verfügung stelle, solange ich mit euch reise."

Rajin hörte Andongs leisen, aber dafür umso galligeren Kommentar: „Als ob wir auf den Schutz dieses Kerls angewiesen wären!"

Koraxxon streckte die riesige Pranke seines Axtarms dem Prinzen entgegen. „Bist du einverstanden?", fragte er – und Rajin schlug ein.

I I

DAS LEERE LAND

Koraxxon bekam seinen Anteil an der Fleischmahlzeit, die von den Ninjas erjagt worden war. Darauf, dass er der Mahlzeit der Ninjas beiwohnte, reagierte Andong mit erkennbarem Widerwillen. Das hatte nicht nur mit seiner allgemeinen Abneigung gegen den Dreiarmigen zu tun, sondern auch damit, dass er gezwungen war, in Anwesenheit eines Feindes seine Maskierung abzunehmen. Und das brachte angeblich Unglück.

Beim Essen und Trinken legten die Ninjas immerhin ihre Gesichtsmasken ab. Die meisten hielten sich dabei absichtlich außerhalb des Feuerscheins, damit ihr Antlitz nicht zu sehen war.

Eine absurde Tradition, dachte Rajin. Aber sie schien diesen Männern etwas zu bedeuten. Nicht einmal der zukünftige Kaiser Drachenias sollte die Gesichter jener Männer sehen, die bereit waren, sich notfalls für ihn zu opfern. Seitdem sich der Glaube an den Unsichtbaren Gott in Drachenia verbreitet hatte, war ein wahrer Kult um die Gesichtslosigkeit der Ninjas entstanden, denn schließlich war auch das Gesicht des Unsichtbaren Gottes nicht bekannt, sodass die Ninjas eine göttliche Eigenschaft für sich reklamieren konnten. In der Kirche von Ezkor war darüber unter der Priesterschaft ein heftiger Streit ausgebrochen. Aber der Priesterschaft waren die Ninjas wohl vor allem deswegen suspekt, weil sie eine der wenigen Institutionen im Land Drachenia waren, auf die der Klerus des Unsichtbaren Gottes keinen Einfluss hatte.

„Ich bin nicht euer Feind", wandte sich Koraxxon an Ganjon. „Vielleicht wäre ich es gewesen, hätte der Krieg früher begonnen, als ich noch Angehöriger des priesterköniglichen Heeres war."

„Du bist anscheinend mit den Gebräuchen der Ninjas vertraut", stellte Ganjon fest.

„Ich habe davon gehört", gab der Dreiarmige zurück. „Obwohl ich zugeben muss, heute zum ersten Mal so vielen von euch von Angesicht zu Angesicht gegenüberzustehen."

„Und dabei kannst du froh sein, noch am Leben zu sein."

„Vielleicht lässt sich von euch dasselbe sagen."

Ganjon lachte. „Offenbar mangelt es dir nicht an Selbstvertrauen. Das gefällt mir."

„So wie es mir gefällt, dass jemand zu eurem Trupp gehört, der die Augenfarbe eines Seemannen hat. Da wird euren Männern jemand mit drei Armen und einer purpurnen Schuppenhaut auch nicht fremdartiger vorkommen."

Ganjon stutzte zunächst. Eine so genaue Beobachtungsgabe hatte er dem eher plump wirkenden und ungestüm auftretenden Dreiarmigen nicht zugetraut. Dann aber lachte der Ninja-Hauptmann abermals. „Wie wahr, du Drachenhäutiger!", rief er und nahm einen tiefen Schluck aus seinem Becher.

Oft genug bezeichnete man die Haut der Dreiarmigen in Drachenia als Drachenhaut, da sie dieser in Struktur und Widerstandsfähigkeit so ähnlich schien. Angeblich wurden bei der magischen Zeugung von Dreiarmigen Dracheneier verwendet. Wie so ein magisches Ritual genau ablief, wusste niemand – aber dass Dracheneier dabei eine entscheidende Rolle spielen mussten, ließ sich schon an den hohen Preisen ermessen, die inzwischen für sie bezahlt wurden. Zeitweilig hatte man sich am Hof von Drachenia sogar schon Sorgen um den Bestand an Drachen gemacht und den Export von Dracheneiern daher untersagt. Es gab sogar Pferchebesitzer, die hatten die eigentliche Zucht längst aufgegeben und sich stattdessen auf den Verkauf von Dracheneiern konzentriert. Zumeist fanden diese von Jandrakor oder Vayakor aus ihren Weg nach Magus, allerdings per Luftschiff, denn keinem Drachen konnte man diesen Transport zumuten.

Das, was von der Nacht noch blieb, war kurz, aber den Schlaf hatten alle bitter nötig, die mit Rajin auf die Reise nach Magus gegangen waren.

Der junge Prinz blickte vor dem Einschlafen noch einmal auf das magische Pergament, in der Hoffnung, dass sich dort vielleicht doch noch Nya und Kojan zeigten. Aber im Moment war dort nichts anderes zu sehen als ineinanderlaufende Kleckse, die in unruhiger Bewegung waren. Rajin hielt das Pergament so, dass das Zwielicht der Monde und der Schein des Feuers es gut erhellte. Auf wundersame Weise zeigte das Pergament keinerlei Falten, obgleich Rajin es die meiste Zeit über fest an den Körper gepresst über dem Herzen trug und dabei eigentlich deutliche Spuren davon hätten entstehen müssen. Eine ganze Weile starrte der Prinz die wabernden Farbflecke an, deren Größe mal etwas anwuchs und dann wieder schrumpfte. Jedes Mal, wenn er das Pergament entrollte und ansah, wurde die Sehnsucht in ihm übermächtig. Es war, als ob ein Sog von dem Pergament ausging. Ein Sog, der dafür sorgte, dass er den Blick nicht mehr davon lösen konnte, sondern wie gebannt auf die Farbkleckse starrte. Die Hoffnung, vielleicht doch noch Nyas liebliche Züge zu sehen zu bekommen, wurde dann übermächtig. Der Gedanke, dass sie – und vielleicht auch der kleine Kojan – ausgerechnet dann auf dem Pergament erscheinen könnten, wenn er es wieder zusammengerollt und unter sein Wams gesteckt hatte, wurde in solchen Augenblicken zur Besessenheit.

Während der Zeit auf Burg Sukara hatte ihn diese Besessenheit manchmal stundenlang in ihren Klauen gehabt und mitunter ganze Nächte nicht schlafen lassen. Etwas mehr Gewissheit – mehr wollte er nicht. Nur eine Bestätigung dafür, dass Nya und Kojan noch irgendwo in den Weiten des Polyversums existierten, wo auch immer das sein mochte.

Aber diesmal war das Pergament kein Fenster in eine andere Existenzebene, sondern einfach nur ein waberndes, unbestimmtes Etwas – geschaffen von einem Magier, um den Geist eines drachenischen Prinzen zu lähmen. So erreicht Ubranos aus Capana, dieser Lakai des Usurpators, selbst nach seinem eigenen Tod doch noch das, was er sich vornahm, als er mir dieses Pergament durch eine Zweikopfkrähe schickte, ging es Rajin durch den Sinn, und der Widerwille dagegen, etwas zu tun, das im Nachhinein nur im Sinne seiner Feinde war, stärkte ihn. So hatte er schließlich die Kraft, das Pergament wieder zusammenzurollen und einzustecken.

Rajin saß schweißgebadet am Feuer und bemerkte, dass Liisho ihn die ganze Zeit über beobachtet hatte, während die meisten anderen im Lager – abgesehen von den eingeteilten Wachen – bereits schliefen.

„Was siehst du mich so an, Meister?", fragte Rajin.

„Ich sehe mit Sorge, dass der Feind deine Gedanken weiterhin mit seinen üblen Tricks von der eigentlichen Aufgabe ablenkt, die vor uns liegt."

„So ist es nicht", versicherte der Prinz.

„Was hältst du davon, mir das Pergament zu geben? Natürlich nur zur Aufbewahrung?"

Sie schauten einander fest an, und in Rajins Kopf rasten die Gedanken. Schließlich schüttelte er den Kopf. „Nein, ich möchte es nicht aus der Hand geben."

Ein durchdringender Laut war plötzlich ganz aus der Nähe zu hören, dann ein Pfeifen. Die Geräusche ließen sowohl Rajin und Liisho als auch die eingeteilten Wächter sofort herumfahren.

Wie sich schnell herausstellte, war Koraxxon die Ursache der Geräusche. Er schnarchte vernehmlich, und der Luftzug, der zwischen den Raubtierzähnen seines Mauls hervorströmte, ließ die Flammen des Lagerfeuers in schöner Regelmäßigkeit aufflackern.

„Auch das ist eine Entscheidung, die ich nicht nachvollziehen kann", sagte Liisho in gedämpftem Tonfall zu Rajin. „Mal abgesehen davon, dass es eine Zumutung ist, in der Nähe dieses Schnarchers schlafen zu sollen, halte ich es ganz und gar nicht für klug, ihn mitzunehmen. Ich schlage vor, du überdenkst das noch mal, und wir brechen auf, bevor dieser dreiarmige Koloss erwacht ist …"

„… und machen uns einfach davon?"

„Wir sollten uns nicht mit einem dreiarmigen Deserteur und seinem schwankenden Gemüt belasten, glaub mir."

„Er hat seine Bestimmung verloren", erwiderte Rajin. „Vielleicht ist es das, was mich an ihm interessiert. Außerdem gibt es keinen Grund, ihn zurückzulassen, ganz zu schweigen davon, dass wir mit ihm an unserer Seite momentan sicherer sind als ohne ihn. Wenn er sich darüber hinaus entschließen sollte, bei uns zu bleiben, könnte das ein Gewinn sein. Schließlich kennt er die Verhältnisse in Magus und kann uns bestimmt den einen oder anderen Ratschlag geben."

Liisho hob die Augenbrauen. „Du bist der zukünftige Kaiser", sagte er.

„Das ist richtig."

„Dann musst du auch entscheiden. Allerdings habe ich kein gutes Gefühl hinsichtlich des Dreiarmigen."

„Dann kann ich nur hoffen, dass ich mit meinem Gefühl richtigliege und dich das deinige trügt", erwiderte Rajin.

Darauf legte auch er sich hin und schloss die Augen …

Rajin fiel in einen unruhigen Schlaf voll wirrer Träume, über deren Inhalt er nach dem Erwachen nichts mehr hätte sagen können und von denen er nur noch wusste, dass sie furchtbar gewesen waren. Träume, von denen nichts als wirrer Schrecken blieb.

Im ersten Moment fühlte er Erleichterung, als er urplötzlich erwachte und den sandfarbenen Augenmond im Zenit stehen sah. Mit den beiden unterschiedlich großen Flecken wirkte er wie das Gesicht des Traumhenkers, wie es in den Legenden beschrieben wurde. Rajin war, als ob dieses Gesicht auf ihn herabblickte und ihn beobachtete. Er fuhr auf, sah sich um – und dann packte ihn das Entsetzen. Es brannten keine Feuer mehr, und auch von den anderen war nirgends etwas zu sehen.

Er war vollkommen allein auf der Lichtung.

Er stand auf. Nicht einmal Spuren einer Feuerstelle oder des Lagers waren zu sehen. Dort, wo bei seinem Einschlafen noch Ayyaam und Ghuurrhaan gelegen hatten, stand das Gras kniehoch, dazwischen wuchsen einige Sträucher, sodass dort innerhalb der letzten Wochen und Monate ganz gewiss nicht zwei gigantische Drachen gelegen haben konnten.

Rajin stellte fest, dass auch seine Decke nicht mehr vorhanden war. Gleiches galt für seinen Mantel, den er sich zusammengerollt unter den Kopf gelegt hatte, als er einschlief. Es schien so, als hätte er einfach im Gras gelegen. Auch seine Waffen konnte er nirgends entdecken.

Etwas unschlüssig machte Rajin einen Schritt nach vorn. Seine Beine fühlten sich bleiern an, und ein unangenehmes Drücken machte sich in seiner Magengegend bemerkbar.

Im ersten Moment wollte er Ghuurrhaan mit einem entschlossenen, intensiven Gedanken rufen. Er forschte mithilfe seiner inneren Kraft nach dem Verbleib des Drachen. Wenn er noch in der Nähe war, musste es ihm eigentlich gelingen, Verbindung zu ihm aufzunehmen.

Aber dann hielt sich Rajin zurück, denn für einen Moment zog er die Möglichkeit in Erwägung, dass all dies nur die Fortsetzung eines seiner wirren Träume darstellte und er in Wahrheit gar nicht erwacht war, sondern noch immer am Lagerfeuer bei den anderen lag. Wenn das zutraf, würde ein Befehlsgedanke an seinen Drachen nur für Unruhe sorgen und mit Sicherheit den Schlaf des schuppigen Riesen stören. Schlaf, den der Drache nach seinen Verletzungen so dringend brauchte und den er so schwer hatte finden können.

Rajin machte ein paar Schritte. Es war windstill. Kein Blatt raschelte im nahen Wald, kein Ast knackte, weil irgendein Tier sich dort bewegt hätte. Keine Flugwölfe glitten im Rudel von den Baumkronen, um sich auf die größeren Verwandten der Sekinji zu stürzen, die in diesem Wald zu Hause waren. Nichts dergleichen geschah, der Wald erschien wie ausgestorben. Der immerwährende Chor von unterschiedlichsten Stimmen, Lauten und Geräuschen war vollkommen verstummt.

„Wo seid ihr alle?", fragte Rajin. Er tat das mehr, um den Klang seiner eigenen Stimme zu hören und sich selbst damit zu versichern, dass dies kein Traum war, als dass er tatsächlich eine Antwort erwartet hätte.

Und er erhielt auch keine Antwort. Er wanderte über die Lichtung und sah dabei kurz zu den Monden am Himmel empor. Wenigstens sie waren vertraut, wenn ihm auch der ansonsten immer so bedrohlich vergrößerte Schneemond des Verrätergottes Whytnyr etwas weniger angeschwollen erschien und auch von keiner Korona umkränzt wurde, wie man es in letzter Zeit so häufig bei ihm sah.

„Bjonn Dunkelhaar!", rief plötzlich eine helle Stimme den Namen, den Rajin bei den Seemannen getragen hatte.

Rajin wirbelte herum. Am Waldrand sah er Nya. Und neben ihr

stand ein etwa zehnjähriger Junge. Beide wirkten fahl und unwirklich, was aber auch an dem blauen Licht des Meermondes liegen konnte.

Kojan …

Rajin schluckte. Es war der Junge, den er bereits einmal auf dem magischen Pergament gesehen hatte. Nein, da war kein Zweifel mehr möglich: Dies waren seine Geliebte Nya und sein Sohn, der eigentlich noch gar nicht geboren war.

Aber wer konnte schon ahnen, was auf jener seltsamen Existenzebene geschehen war, während Nya und Kojan II. dort gefangen waren? Wer wusste schon, wie dort die Zeit verlief und ob sie nicht vielleicht einfach viel schneller voranschritt als an anderen, vertrauten Orten des Polyversums.

Rajin war das alles im Augenblick ziemlich gleichgültig. Seine Hand griff zur Brust, wo er das magische Pergament unter dem Wams trug. Er fühlte die leichte Erhebung und hatte das Gefühl, dass ein Strom unheimlicher Kraft ihn durchfuhr. Er hatte nie zu glauben aufgehört, dass Nya und Kojan II. noch irgendwo existierten und eine Rettung möglich war. Und nun, so schien es, war er dafür von den Göttern belohnt worden.

Er näherte sich den beiden. Zuerst machte er ein paar schnelle Schritte, dann wurde er langsamer, denn er fürchtete, dass sich die Erfüllung des Traums, die er mit größter Sehnsucht erwartete, in nichts auflösen würde, sobald er Nya und Kojan zu nahe kam.

Der Junge wandte den Blick auf seine Mutter.

„Nya!", rief Rajin.

Aber sie antwortete nicht. Stattdessen drehte sie sich um und ging in Richtung des Unterholzes am Waldrand. Der Junge folgte ihr, wandte sich allerdings zwischendurch noch einmal um, bevor beide in der Dunkelheit des großen Schattens verschwanden, den die ersten hohen Bäume warfen.

Rajin setzte zu einem Spurt an.

„So wartet doch!", rief er.

Das bleierne Gefühl in seinen Beinen verstärkte sich mit jedem Schritt, den er hinter sich brachte. Es war, als ob sie immer schwerer wurden, je schneller er zu laufen versuchte.

Mit Schweißperlen auf der Stirn erreichte Rajin den Waldrand.

Dichtes Gestrüpp wuchs zwischen den Bäumen. Schon nach wenigen Schritten blieb Rajin in den dornigen Sträuchern hängen, die das Unterholz fast undurchdringlich machten.

„Nya!", rief er und blickte sich nach allen Seiten um, konnte jedoch niemanden ausmachen. Einen Moment verharrte er und lauschte. Die absolute Stille, die in diesem Wald herrschte, wirkte gespenstisch.

Dornen hatten sich in seine Unterarme gebohrt. Er blutete an mehreren Stellen und fühlte den Schmerz. Allein das sprach dagegen, dass er noch immer träumte.

Rajin schlug das Herz bis zum Hals. Ein ganzer Schwall von durcheinanderwirbelnden Gedanken und offenen Fragen durchtoste ihn. Warum waren Nya und Kojan vor ihm davongelaufen? Und was war mit den Drachen und all denen geschehen, die ihn auf dieser Reise begleitet hatten?

Die vollkommene Stille war kaum zu ertragen. Alle Geräusche, die Rajin hören konnte, verursachte er selbst. Er kämpfte sich vorwärts durch das Gestrüpp und fragte sich, wie es Nya und Kojan geschafft hatten, dort durchzukommen. Vielleicht war er einem Trugbild erlegen. Aber das, was er gesehen hatte, war ihm so vollkommen wirklich erschienen, dass er sich dies eigentlich nicht vorstellen konnte.

Rajin befreite sich aus dem Gestrüpp und stolperte weiter vorwärts. Das Licht der Monde drang nur hier und da mal durch das Blätterdach, und so konnte er manchmal kaum die Hand vor Augen sehen.

„Nya!", rief er noch einmal. So weit konnte sie doch noch nicht gekommen sein!

Rajin sah zurück zur Lichtung. Eine schattenhafte Gestalt tauchte dort auf und hob sich dunkel gegen das Licht der Monde ab. Sie war nur einen kurzen Moment zu sehen, dann verschwand sie im Dunkel des Unterholzes. Nya oder Kojan II. konnten es nicht sein, denn die Gestalt war viel größer gewesen. In der unheimlichen Stille des Waldes fiel das Knacken der Äste unter den Füßen des Fremden sofort auf. Auch sein rasselnder Atem war zu hören. Er arbeitete sich offenbar durch das Gestrüpp vor und näherte sich Rajin in ziemlich gerader Linie.

Der junge Prinz versuchte den Geist dieses Fremden zu erspüren, so wie er es bei Drachen zu tun pflegte. Da war ein vages Gefühl der

Vertrautheit, das ihn aber keineswegs beruhigte. Ganz im Gegenteil. Rajin bewegte sich sehr vorsichtig und leise zu einem dicken knorrigen Baum hin, den sicher ein Dutzend Mann gemeinsam nicht hätten umfassen können. Durch ein Loch im Blätterdach fiel ausgerechnet das Licht des Augenmondes auf einen Teil der knorrigen, von zahllosen Verwachsungen und knollenartigen Wucherungen übersäten Rinde. Im Zusammenspiel mit Licht und Schatten konnte man glauben, dass der Stamm von fratzenhaften Gesichtern bedeckt war.

Rajin stellte sich neben den Baum, sodass der Fremde ihn auf keinen Fall sehen konnte, und verharrte dort ruhig. Als der Schemen dann an eine Stelle trat, an der ihn das Licht des Blutmondes kurz streifte, erkannte Rajin die sehr ungleichen drei Arme. Das Purpur seiner Schuppenhaut wurde durch die Farbgebung des Blutmondlichts noch verstärkt.

Koraxxon!, durchfuhr es Rajin.

Wie kam es, dass er hier war – und all die anderen, die mit Rajin auf der Lichtung gelagert hatten, auf einmal verschwunden waren?

Koraxxon blieb stehen. Den kräftigen Daumen des geradezu monströsen Axtarms klemmte er hinter den Gürtel seiner Tunika, während er sich mit den vergleichsweise feinen Fingern des Schwertarms irgendwelche Reste des gebratenen Sekinji aus den Zähnen pulte. Die Faust des Schildarms, der ihm unterhalb der Schwertarm-Schulter hervorwuchs, war hingegen in die Hüfte gestemmt.

Rajin hörte ihn schnüffeln wie ein Raubtier, das Witterung aufnehmen will. Ein leises Knurren entrang sich der Kehle des Veränderten.

Im nächsten Moment bemerkte Rajin aus den Augenwinkeln heraus eine Bewegung. Es waren ein paar dünnere Äste des Baumes, hinter dem er Schutz gesucht hatte. Obgleich der junge Prinz zunächst den Eindruck gehabt hatte, dass er aus festem Holz bestand, glichen sie plötzlich doch eher biegsamen Ranken. Blitzschnell legte sich einer dieser Astarme um Rajins Körper, und dann wanden sich weitere wie Fesseln um seine Arme, Beine und den Hals. Rajin konnte sich nicht mehr bewegen, und er bekam auch keine Luft mehr und konnte nicht einmal mehr schreien, als er plötzlich in die Höhe gerissen wurde. Nur ein unterdrücktes Ächzen brachte er noch heraus. Die zuvor starr wirkenden, gesichtsähnlichen Muster auf der Rinde bekamen ein Eigenleben. Münder öffneten sich, Dutzende von Augenpaaren stierten die Beute an, die sich der Baum mit seinen Astarmen eingefangen hatte. Ein barbarisches Brüllen durchdrang den Wald. Koraxxon setzte zu einem schnellen Lauf an. Seine Beine waren enorm muskulös, und trotz seiner Stämmigkeit vermochte sich der Dreiarmige mit großer Behändigkeit zu bewegen. Mit weiten Schritten kam er heran, erreichte den Baum und kletterte an ihm empor. Astarme, die ihn auf ebensolche Weise zu fesseln versuchten wie Rajin, riss er mit der rohen Kraft seiner drei Arme einfach entzwei. Manchmal zerbiss er auch eine der Ranken mit seinem Raubtiermaul.

Aus den Mündern der Rindengesichter drangen entsetzte Laute, vor allem, als Koraxxon ihnen seine riesigen, knollenförmigen Zehen in die Augen rammte, um sie als Tritte für seinen ungestümen Aufstieg zu benutzen. Äste bogen sich, schlangen sich geschmeidig und peitschend um die Gliedmaßen des Dreiarmigen und für einige Augenblicke schien es so, als würden sie seiner habhaft, als würden sie ihn genauso fesseln, wie sie es mit Rajin getan hatten. Aber die Kräfte des Dreiarmigen waren enorm. Mit dem Axtarm riss er weitere Äste einfach ab, und innerhalb weniger Augenblicke hatte er sich mit schnellen, kraftvollen Bewegungen von dem Geäst befreit. Dann kletterte er weiter empor.

Er packte Rajin am Fuß und zog ihn mit dem Axtarm zu sich heran, während er sich mit den beiden anderen Armen festhielt. Dann stieß er sich ab, und gemeinsam fielen Koraxxon und Rajin zu Boden.

Mit einem dumpfen Laut schlug der Dreiarmige auf den weichen Waldboden, und Rajin landete auf ihm. Die Äste, die den Prinzen umschlungen hatten, waren abgebrochen. Die Kraft, die sie erfüllt hatte, wich aus ihnen. Rajin rollte sich von Koraxxons massigem Körper und streifte die schlaff gewordenen Fesseln ab.

„Ich hoffe, du hast dich nicht verletzt", sagte Rajin zu dem Dreiarmigen, während er sich die Handgelenke rieb, um die sich sehr dünnes Geäst rankengleich geschlungen und ihm das Blut abgeschnürt hatte.

Koraxxon erhob sich. „Sehe ich vielleicht aus wie ein empfindlicher Mensch? Bei dir scheinen mir die Sorgen begründeter."

Rajin atmete tief durch und betastete seine linke Schulter, mit der er auf dem Dreiarmigen gelandet war. Sie schmerzte, aber er glaubte nicht, dass er eine ernsthafte Verletzung davongetragen hatte. „Scheint alles in Ordnung", meinte er.

„Da bin ich aber erleichtert", sagte Koraxxon. „Ich habe oft genug erleben müssen, wie verwundbar ihr Menschen doch seid. Angesichts dieser überempfindlichen Körper fragt man sich wirklich, wie ihr auf dieser Welt zur vorherrschenden Art werden konntet."

Koraxxon trat einen Schritt auf den Baum zu, der Rajin angegriffen hatte. Die Rindengesichter schnitten grimmige Grimassen. Die zahnlosen Münder bewegten sich und murmelten Worte einer Rajin völlig unbekannten Sprache. Doch auch wenn er die einzelnen Worte nicht verstehen konnte, so schien ihm die Bedeutung auf der Hand zu liegen. Ein Schwall übler Verwünschungen kam da hervor.

Koraxxon war offenbar nicht gewillt, die Beleidigungen auf sich sitzen zu lassen. Er stieß einen wüsten Schrei aus, dann trommelte er mit seinen drei Fäusten auf die Baumrinde ein. Die zu den Gesichtern gehörenden Stimmen jaulten auf, und selbst die peitschenden Äste schienen Koraxxon nicht weiter zu kümmern. Einen davon, der sich um das Handgelenk seines Schwertarms schlang, riss er mit einem Ruck einfach ab.

Endlich verstummte der gespenstische Chor der Rindengesichter. Sie bewegten sich kaum noch, doch ihre Augen starrten den Dreiarmigen auf eine Weise an, die Furcht verriet. Die zahnlosen Baummünder waren geschlossen und wirkten wie Messernarben, die jemand in die Rinde geritzt hatte.

Koraxxon trat einen Schritt zurück. „Es soll nur niemand glauben, dass ich mich von übellaunigen Bäumen beleidigen lasse!", knurrte er auf Drachenisch, nachdem er zunächst etwas auf Tajimäisch gesagt hatte, was sicherlich nicht freundlich gewesen war. Dann wandte sich Koraxxon an Rajin. „Lass uns von hier verschwinden."

„Und wohin? Zur Lichtung zurück?"

„Nein, das würde ich nicht empfehlen."

„Warum nicht?"

„Das erkläre ich dir später. Komm einfach!"

„Und wo sind die anderen?"

„Auch das werde ich dir erklären."

„Nein, ich will es jetzt wissen."

Koraxxon stieß einen Laut aus, der eine Mischung aus Grunzen und Knurren war. „Du Narr! Willst du erst abwarten, bis alle Bäume hier aus ihrem Schlummer erwachen? Gegen einen oder zwei komme ich wohl an, und ich habe dir diesmal mit knapper Not das Leben retten können. Aber wenn der Zorn all dieser Gewächse auf einmal erwacht, bin ich ebenfalls machtlos. Also komm! Sonst wirst du dein Ziel nicht mehr erreichen!"

Angesichts der Umstände fand Rajin es das Klügste, dem Dreiarmigen zu folgen.

Koraxxon legte ein ziemlich beachtliches Tempo vor. Manchmal schlugen Rajin Zweige gegen den Leib oder ins Gesicht, oder dorniges Gestrüpp verhakte sich in seiner Kleidung. Hier und da erkannte er auf einmal auch auf den Rinden anderer Bäume Gesichter. Gesichter, deren Augen zumeist noch geschlossen und deren Münder stumm waren.

„Ich wusste nicht, dass einen in den Wäldern Tajimas Bäume angreifen", bekannte Rajin.

„Wir sind nicht in Tajima", sagte Koraxxon. „Jedenfalls nicht in dem Land, das du unter diesem Namen kennst."

„Das verstehe ich nicht!"

„Ich habe jetzt keine Zeit, es dir zu erklären. Also schweig! Der Wald hört dich, und viele Rindengesichter mustern dich bereits!"

Sie erreichten schließlich eine weitere Lichtung. Der Blutmond war nicht mehr am Himmel zu sehen, war bereits hinter den Baumkronen versunken. Es konnte nicht mehr lange bis Sonnenaufgang dauern.

Das Licht des Schneemonds und des Augenmonds beschienen jedoch einen Stein, der mit seiner ovalen Form wie ein riesiges Ei aussah – ein Steinei, so groß wie eines der mehrstöckigen Häuser, die es in Silara gab.

Rajin spürte etwas. Reste eines Drachengeistes wohnten in diesem Stein. Er fühlte es ganz deutlich. Aber die Kraft, die in dem Steinei war, war keinem geordneten Willen unterworfen. Rajin fühlte sich an die Empfindungen erinnert, die er bei dem Block aus Drachenbasalt verspürt hatte, den er vergeblich zu zerschlagen versuchte. Eine Probe, die er nicht bestanden hatte und die ihm deswegen wohl Zeit seines Lebens im Gedächtnis haften würde.

„Die Zeit hat dieses Drachenei zu Stein werden lassen", sagte Koraxxon.

„Es ist riesig!", stieß Rajin hervor.

Koraxxon nickte. Die Eier, aus denen die Jungen der drachenischen Kriegsdrachen schlüpften, waren etwa so groß wie ein menschlicher Torso. Dieses Ei musste demnach von einem weitaus größeren Drachen stammen.

„Es muss aus dem Ersten Äon stammen", stieß Rajin hervor.

„Deshalb hat es auch eine so große Macht", stellte Koraxxon fest. „Wir sind hier jedenfalls sicher. Die wütenden Bäume stecken zum Glück mit ihren Wurzeln fest in der Erde. Andernfalls hätten wir jetzt vielleicht mehr Grund zur Sorge."

„Koraxxon, ich verlange eine Erklärung!", forderte der junge Prinz. „Was ist geschehen? Wo sind die Drachen? Wo Meister Liisho und die Ninjas, die mich begleitet haben?"

Und Nya?, fügte er in Gedanken hinzu. Aber das brachte er nicht über die Lippen.

„Wie ich schon sagte, wir befinden uns nicht mehr in unserer Welt, sondern in einer, die der uns bekannten in sehr vielem gleicht, aber es gibt doch einen Unterschied."

„Und der wäre?", fragte Rajin gereizt.

„Hast du es wirklich nicht bemerkt?"

„Wovon sprichst du, Koraxxon? Ich habe keine Ahnung, worauf du hinauswillst."

Der Dreiarmige verschränkte seinen Schwertarm mit dem Axtarm, was angesichts der unterschiedlich ausgeprägten Länge und Muskulatur recht eigenartig aussah. Seinen dritten Arm ließ er einfach schlaff herabhängen. „Ich nenne diese Welt das *Leere Land*", sagte Koraxxon.

„Dann warst du schon öfter hier?"

„Ich bin zwar ein Veränderter der dritten Generation, aber letztlich eben auch ein Geschöpf der Magie, denn Magie war es, die meine Großeltern aus einem Bottich steigen ließ, der eine Lösung aus unaussprechlichen Zutaten enthielt und … Na ja, ich war natürlich nicht dabei, aber so ähnlich kann man es sich wohl vorstellen." Er zuckte mit den Schultern. „Wenn ich jedoch ehrlich sein soll, ich will gar nicht so genau wissen, was für einer Magier-Wissenschaft meine unmittelbaren Vorfahren ihre Existenz verdankten …"

12

DAS DRACHENEI

Rajin und Koraxxon gingen auf das Drachenei zu. Die innere Kraft, die in diesem steinernen Oval schlummerte, drängte sich nicht gleich in das Zentrum von Rajins Aufmerksamkeit, aber je länger der Prinz sie spürte, desto mehr ahnte er, wie groß sie war. Er berührte den Stein mit der Hand. Die Empfindungen, die ihn dabei überkamen, ähnelten sehr stark jenen, die er bei der Berührung des Drachenbasalt-Blocks gehabt hatte, der auf Burg Sukara aufbewahrt wurde.

„Du bist ein Drachenreiter und kannst spüren, was in diesem Ei steckt", stellte Koraxxon fest.

„Du ebenfalls?", fragte Rajin.

„Ich sagte es bereits: Ich bin ein Geschöpf der Magie, und die innere Kraft eines Drachen ist der Kraft eines Magiers sehr ähnlich, auch wenn man beides sicher nicht vergleichen kann. Aber ich habe eine gewisse … nun, *Sensibilität* dafür, das stimmt." Er streckte den Furcht einflößenden Axtarm aus und deutete mit dem Zeigefinger auf den Prinzen: „Du musst etwas an dir haben, dem magische Kraft innewohnt!"

„In alle Drachenreitern fließt magisches Blut", sagte Rajin und schränkte sogleich ein: „Mehr oder weniger." Dass dies in besonderer Weise für die Mitglieder des Hauses Barajan galt, erwähnte er nicht, denn er hatte nicht die Absicht, Koraxxon zu diesem Zeitpunkt darüber aufzuklären, wer er wirklich war und welche Mission er verfolgte.

„Es muss mehr sein als das", widersprach Koraxxon.

„Wie kommst du darauf?"

„Weil du sonst nicht hier wärst. Das Leere Land ist eine Existenzebene, die normalerweise nur Geschöpfe der Magie betreten können. Oder solche, die auf irgendeine Weise magisch manipuliert wurden."

„Nun, meine Ahnen …"

„Die fallen nicht ins Gewicht", fiel ihm der Dreiarmige ins Wort. „Da ist etwas anderes, das dich hergebracht hat. Vielleicht etwas, das dir ein Magier gegeben hat … Man muss sehr aufpassen, wenn man von einem Magier Geschenke annimmt. Sie neigen dazu, so eine Gabe mit irgendeiner Art von magischer Beeinflussung zu verbinden."

Rajin fasste sich unwillkürlich an die Brust. Er spürte das magische Pergament, das Ubranos aus Capana ihm einst gegeben hatte – in der Hoffnung, ihn beeinflussen zu können.

„Ich habe da etwas", gab er zu. „Aber der Magier, der es mir bringen ließ, ist tot."

„Das spielt keine Rolle", entgegnete Koraxxon. „Manchmal erfüllen solche Gegenstände noch lange nach dem Tod des jeweiligen Magiers ihre Aufgabe. Es gibt sogar Fälle, in denen sie erst durch den Tod ihre volle Kraft entfalteten."

Rajin hatte plötzlich das Bedürfnis, das Pergament hervorzunehmen. Er tat es auch und entrollte es.

Das Licht des Augenmonds fiel darauf, und was der Prinz zu sehen bekam, erschrak ihn bis ins Mark.

Nicht mehr chaotische Farbkleckse waren darauf zu sehen, sondern eine Waldlichtung bei Nacht. Die Monde standen am Himmel – abgesehen vom Blutmond, der nur noch rot hinter den Baumwipfeln hervorschaute.

Das Drachenei hob sich als düsterer Schatten ab, und davor – gerade noch innerhalb des Bereichs, der von den Monden noch beschienen wurde – waren ein junger Mann und ein Dreiarmiger zu sehen.

Rajin und Koraxxon.

„Dann habe ich mich also nicht getäuscht", murmelte Rajin. „Dies ist die Welt, in der es sie verschlagen hat …"

„Wer ist *sie*?", fragte Koraxxon.

„Die Frau, die ich liebe und deren Seele verschollen ist – zusammen mit jener meines ungeborenen Sohns."

Koraxxon kratzte sich am Hinterkopf und benutzte dazu seinen

Schildarm, was für den darüber aus der Schulter wachsenden Schwertarm bedeutete, dass er im Weg war. Entsprechend verrenkt hing er also in der Gegend herum, bis Koraxxon den Schwertarm wieder sinken ließ. Die Schuppenhaut des Veränderten ähnelte auch in der Hinsicht der eines Drachen, dass die Zwischenräume zwischen den Schuppen allen möglichen Schmarotzern ideale Lebensbedingungen boten. Doch im Gegensatz zu einem Drachen konnte ein Dreiarmiger nicht einfach seinen Hals verrenken und alle erreichbaren Körperpartien mit einem heißen, giftigen Atemhauch versengen, sodass die Juckerei danach erheblich nachließ.

Sofern Dreiarmige einem Magier dienten, konnten sie darauf hoffen, dass der mit seinen Kräften für Abhilfe sorgte. Aber den Dienern menschlicher Herren ging es in dieser Hinsicht nicht so gut – und erst recht nicht den verwilderten Missratenen, die wie Koraxxon auf sich gestellt in irgendwelchen einsamen Gegenden hausten.

„Ich schlage vor, dass du das alles erklärst, wenn wir wieder zurück sind", sagte Koraxxon.

„Zurück?"

„Ich habe gespürt, dass du das Leere Land betreten hast. In meinen Träumen betrete ich es manchmal selbst. Wie gesagt, das hängt damit zusammen, dass ich ein Geschöpf der Magie bin, auch wenn ich leider selbst nicht über magische Kräfte verfüge, was für mich das eine oder andere erleichtern würde. Aber ich will nicht klagen ... Ich gehöre genauso hierher wie in die Welt, die du auch kennst – aber du nicht! Auf dich allein gestellt würdest du hier umkommen oder dich hoffnungslos verirren. Von der Kleinigkeit mal abgesehen, dass du vermutlich auch gar keine Ahnung hast, wie du zurückkehren könntest."

„Das ist allerdings wahr ..."

„Es gibt Stellen, auf die man achten muss. Solche, an denen üble Geister lauern oder solche Kreaturen wie die lebendigen Bäume. Die haben sich über ihre Wurzeln mit den Seelenresten all jener vollgesogen, die im Leeren Land gestrandet und hier umgekommen sind. Ihre Gebeine wurden zu Humus, und aus dem haben die Bäume dieses Waldes alles herausgesogen, was es für sie zu holen gab. An anderen Orten sind diese Seelenreste zu Stein geworden oder wurden von Flüssen und Meeren aufgenommen. Oder vom Wind."

„Es gibt hier keinen Wind!", stellte Rajin fest.

„Bisher hast du innerhalb des Leeren Landes keinen Wind kennengelernt, das ist richtig. Falls du auch nur einen leichten Hauch spüren
solltest, bist du in höchster Gefahr, das muss ich dir sagen. Für mich
als Geschöpf der Magie ist das alles halb so schlimm. Schließlich bin
ich häufiger in meinen Träumen hier und mit den Gefahren vertraut."
Er deutete auf das versteinerte Drachenei. „Das ist ein Ort besonderer
Kraft, durch den auch du zurückkehren kannst ... Komm jetzt. Ehe
wir doch noch irgendeinen Wind spüren oder ein paar verdammten
Seelen begegnen, die durch irgendeinen Zauber hierher verschlagen
wurden. Auf der Lichtung, auf der wir zuerst waren, waren solche Verdammten, deshalb wollte ich auch, dass wir uns möglichst rasch von
dort entfernen und auf keinen Fall dorthin zurückkehren, wie du es
vorgeschlagen hast."

„Das könnten mein Sohn und meine geliebte Nya gewesen sein",
sagte Rajin und musste schlucken. „Ich habe sie schließlich am Waldrand kurz gesehen. Das ist ja überhaupt der Grund, weshalb ich in den
Wald gelaufen bin. Ich bin ihnen gefolgt!"

Koraxxon legte die schwere Hand des Axtarms auf Rajins Schulter.
„Wir sprechen darüber, wenn wir zurück sind. Für mich ist das alles
kein Problem – aber für dich könnte es eines werden, wenn du dich
länger hier aufhältst."

Rajin trat einen Schritt zurück. „Nein!"

„Geh durch das Steinei, dann wirst du wieder am Lagerfeuer bei
den anderen liegen!"

„Nein, ich muss Nya und meinen Sohn finden. Und ich war ihnen
nie näher als hier!"

Koraxxon streckte die Hand des Axtarms aus und sagte: „Dieses
Pergament, das dir wichtiger als deine Seele zu sein scheint, hat dich
hierhergebracht. Ich weiß nichts über die näheren Umstände, unter
denen es dir gegeben wurde – aber es kann nur zu einem Zweck geschehen sein: dich eines Tages hier stranden zu lassen, auf dass du
im Leeren Land verendest oder durch irgendeine der Kreaturen, die
hier hausen, vernichtet wirst. Du hast doch erlebt, wie sehr die Bäume
danach hungerten, dich aufzunehmen. Die Seelenreste, die sie verein-
nahmt haben, bilden neue Seelen, die aus Fetzen und Lumpen zusam-

mengenähten Gewändern ähneln. Sie warten nur auf einen Narren wie dich. Du hattest diesmal Glück, dass ich in der Nähe war – aber das wird beim nächsten Mal vielleicht nicht der Fall sein. Und dann bist du verloren."

„Aber Nya ..."

„Ich weiß nicht, was du gesehen hast, Rajin. Vielleicht war es nur ein Streich, den dir die Einfalt deines eigenen Geistes spielte. Ein Trugbild, geboren aus deiner Sehnsucht. Es entspricht eigentlich der üblichen Methode, um jemanden hierherzulocken: Du zeigst ihm mithilfe eines magischen Artefakts, was er sich am meisten ersehnt, und wenn diese Sehnsucht groß genug ist, geht sein Geist willig in das Leere Land, wo auf ihn jedoch nichts als Tod, Verdammnis und Wahnsinn warten."

„Das kann ich nicht glauben!"

„Es ist die Wahrheit. Allerdings sind mitunter selbst Magier darauf hereingefallen und haben sich im Leeren Land verloren."

„Wie kann so etwa geschehen?"

Koraxxon zuckte mit den Schultern. „Ich habe lange in Magus gelebt und kenne die Gepflogenheiten dort. Es kommt vor, dass Magier sich gegenseitig solche Geschenke machen, wie du offensichtlich eins bekommen hast – und das einzige Ziel dabei ist, den anderen ins Leere Land zu locken. Man muss dabei nur wissen, was sich der andere so sehr ersehnt, dass er jegliche Vernunft und Vorsicht darüber außer Acht lässt. Der Magier, der dir das Pergament gab, war auf jeden Fall ein Könner seines Fachs und wusste auch bestens über dich Bescheid, denn er wusste genau, was er dir zeigen muss. Und da dieser Fluch dich sogar immer noch in seinem Bann hält, nachdem er schon längst das Zeitliche gesegnet hat, muss er bei dir wirklich genau ins Schwarze getroffen haben."

Rajins Gesichtsausdruck wurde sehr ernst. „Koraxxon, hilf mir, sie zu finden! Und danach können wir zurückkehren!"

„Du bist ein Narr! Und sehr leichtsinnig dazu! Schon jetzt hältst du dich für einen Menschen viel zu lange im Leeren Land auf. Hast du mir denn nicht zugehört? Der Sog wird immer unwiderstehlicher. Du wirst dich nicht davon lösen können, bis es keine Möglichkeit zur Rückkehr mehr gibt. Dann kann auch ich dir nicht mehr helfen!"

In diesem Augenblick sah Rajin erneut zwei Gestalten am Waldrand. Es waren Nya und der zehnjährige Kojan. Eigentlich standen sie in einem Bereich, der vom Licht der Monde gar nicht beschienen wurde, sodass man nicht mehr als vage Schemen von ihnen hätte sehen können. Doch sie waren von einem eigenartigen Leuchten erfüllt, das sie aus ihrem Inneren heraus strahlen ließ. Der Lichtflor, der sie umgab, ließ sie wie überirdische, ätherische Wesen erscheinen.

Der Glaube an den Unsichtbaren Gott hatte unzählige Legenden über Heilige hervorgebracht, die zu überirdisch leuchtenden Wesen geworden waren und als solche den Gläubigen erschienen. Die Kirchen und Tempel in den Städten Drachenias und Tajimas waren voll von Bildern, die solche Heiligen darstellten, und auch wenn es immer wieder einzelne Prediger gegeben hatte, die an diesem Bilderkult Anstoß nahmen, so war er doch derart stark verbreitet, dass wohl jeder Versuch, ihn abzuschaffen, auf viele Generationen in die Zukunft hinweg von vornherein zum Scheitern verurteilt war.

Der Lichtflor, der Nya und Kojan umgab, ließ Rajin zwar für einen Moment stutzen – aber warum sollten ihre Seelen nicht auf eine ähnliche Weise weiterexistieren, wie man es dem Volksglauben nach vielen verklärten Heiligen nachsagte?

„Nya!", stieß Rajin aus und lief ihnen entgegen.

„Warte doch, du Narr!", rief Koraxxon.

Bis auf ein paar Schritte näherte sich Rajin den beiden. Das Leuchten durchdrang Nya und Kojan immer stärker. Sie sahen völlig unbeteiligt in Rajins Richtung – und durch ihn hindurch, so als bemerkten sie ihn gar nicht.

„Erkennt ihr mich nicht? Ich bin es – Bjonn Dunkelhaar!"

Nya wandte ruckartig den Kopf, so als hätte der Klang dieses Namens etwas in ihr ausgelöst. Er verlangsamte seinen Lauf, ging auf sie zu, streckte den Arm aus und versuchte sie zu berühren, aber seine Hand glitt durch sie hindurch, so als würde sie aus nichts anderem als Lichtstrahlen bestehen, die sie von innen heraus durchdrangen.

„Nein!", schrie Rajin, als er begriff, dass Koraxxon recht gehabt und er tatsächlich nur Trugbilder vor sich hatte. Irrlichter, die ihn hatten glauben lassen, die beiden wichtigsten Menschen seines Lebens wiedergefunden zu haben.

Im selben Moment schlangen sich Ranken um seine Füße. Der Boden, auf dem er bisher gestanden hatte, begann zu schwanken und sich zu bewegen. Das Gras brach auf, und schlangenähnliche Arme wanden sich aus dem Erdreich hervor. Rajin hatte nicht mal eine Waffe bei sich. Es gelang ihm zwar, sich loszureißen, doch kaum war er zwei Schritte davongestolpert, legten sich weitere rankenähnliche Arme um seine Knöchel. Er wurde zu Boden gerissen, aber da war Koraxxon heran und befreite ihn von dem aus der Tiefe wuchernden Gestrüpp. Ärgerliche, stöhnende Laute drangen dabei von überall her. Sie schienen aus dem Boden zu kommen.

Dazwischen mischte sich Koraxxons Stimme. „Was habe ich dir gesagt?", polterte der Dreiarmige, der Rajin befreit hatte.

„Wenn ich nur ein Schwert zur Verfügung hätte", knurrte Rajin.

„Du hättest eines, hättest du es im Schlaf berührt!", sagte der Dreiarmige. „Ich beherzige das immer – aber leider hattet ihr mir meine Waffen nicht zurückgegeben, und nun stehe ich fast genauso wehrlos da wie du."

Rajin sah sich noch einmal um. Wo waren Nya und Kojan geblieben? Sie schienen einfach verschwunden, hatten sich in nichts aufgelöst. Hatte man ihn wirklich derart getäuscht? War alles nur ein Trugbild gewesen, das ihn ins Verderben hatte locken sollen?

„Sie schienen mir so, als würden sie von einer weiteren, noch ferneren Existenzebene hierher schauen", sagte er. „Aber sie konnten mich nicht sehen ... Nur für den einen Moment, als ich auf der anderen Lichtung ..."

„Du redest Unsinn!", tadelte Koraxxon. „Und wenn wir jetzt nicht endlich verschwinden, wirst du hier gefangen bleiben. Die Seelenreste der Verdammten, die im Leeren Land gestrandet sind, sind überall. Ah ...!" Koraxxon stapfte wild auf und trat einen Pflanzenarm nieder, der plötzlich aus der Erde gewuchert war und versucht hatte, nach seinem Fuß zu greifen.

Rajin war hin und her gerissen. Das Gezücht, das aus dem Boden emporkroch, erinnerte ihn an einen Zauber, mit dem der Magier Ubranos ihn in der kalten Senke auf Winterland angegriffen hatte, kurz nachdem er das Pergament erhalten hatte. Für einen Moment stand Rajin alles klar und deutlich vor Augen. Er wusste, dass Koraxxon recht hatte und all das, was er im Moment erlebte, nur eine Variante jener Magie war, die ihn schon auf Winterland hatte vernichten sollen. Das Perfide waren die Lockvögel, die dabei benutzt wurden.

Nya und Kojan ...

Dass hier, im Leeren Land, doch keine Möglichkeit bestand, den beiden verloren geglaubten Seelen begegnen zu können, wollte ihm aber nicht in den Kopf. Zu lebendig waren ihm die Erscheinungen vorgekommen.

Unterdessen rupfte Koraxxon mit wütendem Gebrüll einige der aus dem Erdreich ragenden Pflanzenarme aus und zerfetzte sie mit den Raubtierzähnen, zerriss sie und warf die Einzelstücke von sich. „Was ist los, willst du erst warten, bis sich hier jeder Grashalm gegen uns wendet oder auch noch die Monde übellaunig auf uns sind?", rief er.

Aber Rajin hörte ihn nicht.

„Bjonn!"

Er glaubte plötzlich Nyas Stimme zu vernehmen. Ganz nahe, so vertraut und warmherzig, wie er sie in Erinnerung hatte. Er wandte sich herum, sah sie aber nirgends.

„Bjonn!"

Der Ruf hallte dutzendfach in Rajins Kopf wider, und ein Schwall von Gedanken und Erinnerungen stieg in ihm auf. Da fiel plötzlich ein grüner Lichtbalken, abgestrahlt vom Jademond, direkt vor ihm auf den Boden. Wo er auftraf, stand im nächsten Moment Nya vor ihm.

„Wo warst du so lange?", fragte sie. „Sieh, was geschehen ist! Groenjyr hat uns zusammengeführt."

Groenjyr, der Schicksalsgott lebte der Legende nach in einem Palast auf dem Jademond, wo er den Teppich des Schicksals webte. Zumindest glaubten die Seemannen daran. Allerdings nahm diesen Gott kaum jemand wirklich ernst. Eher die Furcht vor seinen Fehlern als Respekt vor seiner Göttlichkeit stand bei allen im Vordergrund, und sie nahmen seinen Namen zumeist in den Mund, wenn sie fluchten. Denn Groenjyr war ein Trunkenbold, sodass ihm beim Weben des Schicksalsteppichs immer wieder die übelsten Fehler unterliefen.

Aber vielleicht war ja jenes grausame Schicksal, das Rajin und Nya getrennt hatte, einer dieser Webfehler, und warum sollte der nachlässige Groenjyr nicht versuchen, diesen Fehler in den seltenen Stunden, da er nüchtern war, auszubessern? Daran, dass in diesem Leeren Land die Götter vielleicht gar nicht existierten und auch die Monde unter Umständen so leer und unbewohnt waren wie das Leere Land selbst, dachte Rajin in diesem Moment nicht.

„Nya, ich bin so froh, dich gefunden zu haben!", sagte er und …

Etwas traf ihn am Kopf, und es wurde ihm schwarz vor Augen.

Koraxxon hob sich den bewusstlosen Rajin auf die Schulter und trampelte ein paar der gierig emporgereckten Pflanzenarme nieder. Ein Chor stöhnender Stimmen erklang daraufhin. „Ja schreit nur, ihr Seelenreste und Geistesflicken, die ihr eine neue Kreatur zu formen versucht!", polterte er.

Der grüne Strahl des Jademondes hatte Rajin so in seinen Bann geschlagen, dass Koraxxon keinen anderen Ausweg mehr gesehen hatte, als Rajin gewaltsam jenen Mächten zu entreißen, von denen der junge Mensch offensichtlich gefangen war.

Ein seltsamer Kauz war das, dachte der Dreiarmige. Vielleicht ein hoher drachenischer Adeliger oder dergleichen – jemand, der mit dem gegenwärtigen Drachenherrscher im Konflikt liegt, jedenfalls.

Aber das war im Moment nicht so wichtig.

Koraxxon ging auf das Drachenei zu. Es gab in dem Leeren Land auch die Seelenreste einiger sehr alter Drachen aus dem Ersten Äon, die sich ganz bewusst hierhergerettet hatten, als die große Katastrophe begann, die die damaligen Herrscher der Welt selbst ausgelöst hatten. Koraxxon hatte sich allerdings während seiner allwöchentlichen Aufenthalte im Leeren Land stets von ihnen ferngehalten, und die meisten waren auch längst zu Staub zerfallen und eines ganz natürlichen Drachentodes gestorben. Hin und wieder sah man ihre Gebeine in der Sonne bleichen. Und versteinerte Rieseneier hatten sie auch in nicht unbeträchtlicher Zahl hinterlassen. Im Leeren Land allerdings schienen die Drachen ihre Eier ohne jeden Bedacht abgelegt zu haben. So als hätten sie schon im Augenblick ihrer Ablage gewusst, dass nichts aus ihnen entschlüpfen würde. Koraxxon wusste nicht, woran es lag, aber die Drachen hatten sich im Leeren Land nicht vermehren können.

Der Dreiarmige ging auf das steinerne Ei zu. Er selbst spürte so gut wie nichts von der Kraft, die von diesem Ort ausging. Aber er wusste, dass sie da war. Und darauf kam es an.

Nur eine ganz leichte Empfindung verriet ihm, dass er an dieser Stelle, an diesem Platz richtig war und dieses Ei auf eine Weise versteinert war, die zumindest einen Teil seiner ursprünglichen inneren Kraft bewahrt hatte.

Ob der Kerl ihn noch auf dem Rücken seines verfluchten Drachen nach Magus flog, sobald er aufwachte und sich daran erinnerte, dass Koraxxon ihn niedergeschlagen hatte? Vielleicht hatte Koraxxon ja Glück, überlegte der Dreiarmige. Nicht jeder, der im Leeren Land gewesen und dem eine glückliche Rückkehr gelungen war, hielt das dort Erlebte später für mehr als einen Traum. Manche beließen es einfach dabei, anschließend einen Sud mit beruhigenden Kräutern aufzusetzen und ansonsten davon auszugehen, dass sich alles lediglich um einen besonders intensiven Albtraum gehandelt hatte.

Koraxxon hatte Rajin über die Schulter seines Axtarms gelegt und tätschelte seine Last nun leicht mit der dazugehörigen monströsen Hand. Er sah sich um, beobachtete, wie jetzt überall das Gezücht aus dem Boden wucherte, und machte dann den entscheidenden Schritt.

Er ging einfach durch den Stein, zu dem das Drachenei geworden war.

13

IN DER FALLE DER MINOTAUREN

„Aufwachen!" Rajin hätte nicht sagen können, ob er diesen Ruf wirklich hörte oder ob es nur die Gedankenstimme Liishos war, deren Worte da in seinem Kopf mit einer geradezu schmerzhaften Intensität widerhallten. Jemand fasste Rajin an den Schultern und rüttelte ihn grob. „Na los, aufwachen!"

Rajin öffnete die Augen und sah in Liishos Gesicht. Der erste Griff ging zur Brust, dann atmete der Prinz erleichtert auf, als er das Pergament fühlte. Es war noch da, wo es sein sollte, und damit auch die Hoffnung darauf, die Verbindung zu Nya und Kojan nicht zu verlieren. Erst allmählich stiegen die Erinnerungen an das Leere Land in ihm auf. Das Letzte, was er gespürt hatte, war ein Schlag gewesen … Sein Kopf schmerzte. Rajin betastete die Stelle, wo er getroffen worden war.

„Ich hatte schon die Befürchtung, dass …", murmelte Liisho und brach dann ab. Er hatte die aufgeplatzte Beule auch gesehen. „Du scheinst ungeschickt gelegen zu haben, Rajin."

„Ja, das muss es wohl gewesen sein", murmelte der und blickte zu Koraxxon hinüber, der ebenfalls sehr mühsam wach wurde, während Ganjon und seine Ninjas bereits damit beschäftigt waren, das Lager abzubrechen.

„Was ich sagen wollte, ist, dass ich schon befürchtete, mit dir könnte etwas nicht stimmen", sagte Liisho.

„Was hätte das sein sollen?"

„Es gibt bisweilen sehr intensive Träume, in denen man sich verlieren kann."

„Magische Träume?"

„Ja, zum Beispiel."

„Ich habe nur einen einzigen Traum."

„Ich weiß. Du denkst an Nya."

„Und Kojan."

„Bedenke, dass auch dieser Traum sich in nichts auflösen wird, solltest du deine Bestimmung nicht erfüllen."

„Das ist mir bewusst, keine Sorge."

Liisho streckte plötzlich die Hand aus. Er berührte die Stelle an Rajins Wams, unter der sich das magische Pergament befand. Der Weise schloss die Augen, und sein Gesicht veränderte sich, so als würde ihn ein Schmerz für einen kurzen Moment durchfahren. „Ah", stöhnte er auf. Dann sah er Rajin mit ernster Miene an. In der Mitte seiner Stirn hatte sich eine senkrechte Falte gebildet, die ihn sehr streng erscheinen ließ. „Die Kraft des Pergamentes ist aus irgendeinem Grund stärker geworden ..."

„Woran könnte das liegen?"

„Vielleicht an dir. Möglicherweise wird es durch deine innere Kraft gespeist. Es ist jedenfalls nicht gut, ein solches magisches Artefakt so dicht am Körper zu tragen. Deshalb solltest du es mir zur Aufbewahrung geben."

„Nein!" Rajin schüttelte entschieden den Kopf. „Das kommt nicht infrage. Abgesehen davon wäre das Pergament ja für dich wohl genauso schädlich wie für mich, falls deine Theorie stimmt."

„Nein, durchaus nicht", widersprach Liisho.

„Dann hast du keine unerfüllten Träume, die sich darauf vielleicht manifestieren und dich in ihren Bann ziehen könnten?"

„Das Pergament wurde für *dich* geschaffen, Rajin", erinnerte ihn Liisho. „Um *dich* zu schwächen."

„Ich bin stark genug."

„Das will ich hoffen."

Das Lager wurde abgebrochen, und Liisho machte sich daran, noch einmal die Wunden der Drachen zu versorgen. Die Heilkraft, die ihnen innewohnte, war enorm. Viele Wunden hatten sich bereits geschlossen, und selbst die Löcher in den Flügeln waren bereits teilweise zugewachsen. Die wenigen Stunden der Nachtruhe hatten schon viel bewirkt.

Ein paar Stellen mussten noch mit Heiltinkturen bestrichen werden, aber es war anzunehmen, dass sie spätestens nach der nächsten oder übernächsten Nacht ebenfalls geheilt sein würden.

Rajin erhob sich und legte seine Waffen an.

Inzwischen war auch der dreiarmige Koraxxon wach geworden und erhob sich. Ganjon und Andong standen in der Nähe und hatten unwillkürlich die Hände an den Waffen.

„Keine Sorge, ich tue euch nichts", sagte Koraxxon. „Wieso sollte ich mich auch an denen vergreifen, mit denen ich nach Magus fliegen will?"

Rajin trat auf Koraxxon zu. „Eine gute Frage, Koraxxon!", sagte er. „Ich hoffe, ich habe dich nicht zu hart getroffen."

„Mir dröhnt der Schädel – aber immerhin weiß ich dadurch, dass das Leere Land mehr war als eine Illusion."

„Ja, das ist es – und auch wenn dein Körper hier am Feuer gelegen und scheinbar geschlafen hat, du hättest dort umkommen können. Und in aller Unbescheidenheit will ich darauf hinweisen, dass ich dies verhindert habe!"

„Mag sein ..."

„Du hättest deine Geliebte nicht gefunden, Rajin. Jedenfalls nicht auf so einfache Weise, wie es dir vorgespiegelt wurde. Stattdessen wärst du ein Teil dieses Flickenteppichs aus Seelenresten geworden, der dort sein Unwesen treibt – erfüllt von einem unbestimmten, unstillbaren Hunger. Du hast es ja erlebt."

„Vielleicht können wir ja noch einmal ins Leere Land zurückkehren ..."

„Nein, geh dort nie wieder hin!", warnte ihn Koraxxon. „Einmal habe ich dich schützen können, aber da du dir dort selbst der größte Feind wärst, kann ich nicht garantieren, dass mir das bei einem weiteren Versuch noch einmal gelingen würde! Du solltest dir magischen Beistand holen ... Aber ich vermute, das ist der eigentliche Grund deiner Reise nach Magus, nicht wahr?"

Rajin ließ die Frage unbeantwortet. „Mach dich fertig, wir brechen gleich auf."

„Was ist mit meinen Waffen? Ich möchte vermeiden, dass deine Getreuen sich gleich auf mich stürzen, wenn ich danach greife."

„Ich würde dich nicht auf meinem Drachen mitnehmen, würde ich glauben, dass du deine Waffen gegen einen von uns richtest. Also nimm sie und mach dich reisefertig!"

Es war alles für den Aufbruch bereit, da wurde der Wald, der die Lichtung umgab, auf der Rajin und seine Getreuen gelagert hatten, plötzlich von Leben erfüllt. Ein barbarisches Kriegsgeheul ertönte. Laute, die an wütende Stiere erinnerten, erhoben sich in einem schauderhaften Chor, und ein Schwall von Pfeilen schnellte von allen Seiten aus dem dichten Grün des Waldes. Keiner davon traf jedoch. Sie blieben ein Stück vom Lager entfernt im grasbewachsenen Boden stecken und bildeten einen Kreis.

Ein weiterer, ähnlich gezielter Pfeilhagel folgte.

Die Ninjas griffen zu ihren Waffen. Die Reflexbogenschützen legten Pfeile ein, aber da war nirgends ein Gegner auszumachen. Die Drachen begannen unwirsch zu knurren.

„Bleibt ruhig!", rief Koraxxon, der inzwischen wieder Schwert, Streitaxt und Schild angelegt hatte. Das Schwert trug er links, griffbereit für den Schwertarm, die Streitaxt rechts am Gürtel, und den Schild hatte er sich an einem Riemen auf den Rücken geschnallt. „Das sind die Waldminotauren! Ich werde mit ihnen reden!"

„Habe ich mir doch gedacht, dass es deine Freunde sind, die uns zu töten versuchen!", knurrte Andong.

„Wenn es ihr Ziel gewesen wäre, euch zu töten, dann hätten ihre Pfeile euch getroffen!", erwiderte Koraxxon. „Nein, sie wollen etwas anderes … Jedenfalls sollte keiner von euch etwas Unbedachtes tun! Die Minotauren des Waldes sind hervorragende Bogenschützen, und wenn irgendjemand von uns jetzt eine falsche Bewegung macht, durchbohrt ihn schon im nächsten Moment ein tödlicher Pfeil!"

„Haben die noch nie einen Drachen gesehen, oder weshalb fürchten sie sich nicht?", polterte Liisho. „Ein einziger Feuerstrahl aus einem Maul könnte Dutzenden von ihnen das Leben kosten, und der entstehende Waldbrand würde auch dem Rest der Bande noch den Garaus machen!"

„Du kannst getrost davon ausgehen, dass die Minotauren dieses Risiko sehr wohl bedacht haben", hielt Koraxxon ihm entgegen. „Aber sie wissen auch, dass die meisten von uns tot wären, ehe einer von euch dem Drachen überhaupt nur den Befehl geben könnte, mit seinem Feuerstrahl das Unterholz des Waldrandes zu versengen."

Die Drachen spürten die Bedrohung. Sie wurden unruhig. Ghuurrhaan wollte sich erheben, aber Rajin brachte ihn mit einem Gedanken dazu, zu bleiben, wo er war, und sich nicht zu rühren. Der Gigant quittierte das mit einem tiefen Grollen, das sehr deutlich zeigte, wie wenig er damit einverstanden war, einfach nur auszuharren und geduldig abzuwarten.

Am Waldrand war eine Bewegung zu sehen. Eine Gestalt, etwa um die Hälfte größer als ein Mann, brach aus dem Gestrüpp des Unterholzes.

Ein Minotaur.

Er hatte einen menschenähnlichen Körper, der es an Größe und Kraft durchaus mit dem des Dreiarmigen aufnehmen konnte, wenngleich Minotauren sicherlich nicht so unempfindlich gegen Verletzungen waren, wie man es den Dreiarmigen nachsagte. Jedenfalls hatten nur die Dreiarmigen eine Haut, die es an Festigkeit mit der eines Drachen aufnehmen konnte. Der auf den ungeheuer breiten Schultern sitzende Kopf glich dem eines Stieres mit ausladenden Hörnern.

Der Minotaur war mit einer Tunika aus Fell bekleidet, die in der Mitte von einem breiten Gürtel gehalten wurde; hinter dem steckten eine Streitaxt und ein langes Messer. In der Hand aber hielt er einen Langbogen. Den Köcher mit den dazugehörigen Pfeilen trug er über den Rücken gegürtet.

Die Langbögen der Minotauren waren weithin berühmt. Sie galten als die besten Bögen überhaupt, allerdings musste man schon die Kraft eines Minotaurs mitbringen, um sie benutzen zu können. Ihr Einsatz kam daher für Menschen nicht infrage.

„Ich werde ihm entgegengehen", kündigte Koraxxon an. „Mir werden sie nichts tun, schließlich lebe ich seit einiger Zeit mit ihnen zusammen hier im Wald und kenne so manchen von ihnen persönlich."

„Genau das macht mir Sorge!", meldete sich Andong erneut zu

Wort. Er wandte sich an Rajin. „Ich nehme an, dass er mit diesen Wilden unter einer Decke steckt!"

„Er soll es versuchen", gab Rajin zur Antwort. „Auf einen Kampf sollten wir es auf keinen Fall ankommen lassen", erklärte er. Dann wandte er sich an Koraxxon und deutete mit einem Arm in Richtung des Minotaurs. „Kennst du auch den Kerl dort persönlich?"

„Ich habe ihn schon mal gesehen, aber das ist auch alles."

„Dann ist es nicht ihr Anführer?"

„Wo denkst du hin! Das ist ein Halbminotaur mit einem menschenähnlichen Körper. Die schaffen es in einer Horde von Waldminotauren nur selten bis an die Spitze. Die pflegen hier ihre Meinungsverschiedenheiten und die Rangfolge in ihrem Stamm mit waffenlosen Zweikämpfen zu regeln, und da ist ein Vollminotaur mit vier Beinen und Stierkörper so einem Hänfling wie dem da natürlich weit überlegen."

Koraxxon machte einige Schritte auf den offenbar als eine Art Unterhändler ausgeschickten Minotauren zu. Seine Waffen legte er jedoch ebenso wenig ab, wie es sein Gegenüber auf der anderen Seite tat. Der Minotaur näherte sich ebenfalls einige Schritte und blieb dann stehen. Er rief ein paar Worte in tajimäischer Sprache zu Koraxxon herüber.

„Die Minotauren glauben offenbar, dass sie eine Belohnung erhalten, wenn sie uns an den Priesterkönig ausliefern", übersetzte Liisho an Rajin gewandt. „Die Situation könnte tatsächlich brenzlig werden. Die Minotauren scheinen überall in den Büschen zu stecken und könnten jederzeit einen Hagel gut gezielter Pfeile auf uns abschießen. Und die einzige Deckung, die sich uns hier auf der Lichtung bietet, sind unsere Drachen."

„Dann schlägst du vor, uns mit einem Lösegeld freizukaufen?"

„Ich weiß nicht, ob sie sich darauf einlassen würden."

„Wieso sollten sie das nicht?"

„Siehst du das Zeichen, dass sich der Halbminotaur auf seine Felltunika gebrannt hat?"

Rajin nickte. „Die ineinandergreifenden Kreise …"

„Das Zeichen des Unsichtbaren Gottes! Das bedeutet, diese Gruppe hat dem Glauben an ihre alte Stiergötter abgeschworen und betrachtet sich als Untertanen des Priesterkönigs."

Das Gespräch zwischen Koraxxon und dem Halbminotaur ging hin und her. „Ich möchte nicht mit einem Laufburschen verhandeln!", erklärte Koraxxon schließlich. „Schickt mir euren Anführer! Ich habe dich vor einiger Zeit mal gesehen, als ich im Dorf von Ka-Terebes war. Deswegen nehme ich an, dass du zu seinem Stamm gehörst."

„Das ist richtig", bestätigte der Halbminotaur in Tajimäisch mit starkem Akzent. Er deutete auf das in die Felltunika eingebrannte Zeichen. „Wir sind ein frommer, gottesfürchtiger Stamm, der an den Unsichtbaren Gott glaubt und den Priesterkönig als dessen Stellvertreter ansieht. Viele aus unseren Reihen haben in der Vergangenheit im Heer des Priesterkönigs gedient und geholfen, das Luftreich gegen seine Feinde zu verteidigen. Da werden wir uns jetzt, da das Drachenland gegen uns Krieg führt, nicht davon abbringen lassen, diese Spione auszuliefern! Und ehrlich gesagt verstehe ich nicht, wieso du ihnen dienst."

„Wie gesagt, ich verhandele nur mit Ka-Terebes persönlich!"

„Ich bin Ka-Esan, sein Sohn."

„Ah, deshalb bist du mir in Erinnerung geblieben … Wenn aus dir mal ein Vollminotaur geworden ist und du vielleicht Ka-Terebes als Stammesführer nachgefolgt bist, werde ich vielleicht auch mit dir reden."

Ka-Esan knurrte etwas Unverständliches, dann stieß er hervor: „Sag deinen neuen Freunden, dass sie sich ergeben sollen, dann kommen sie mit dem Leben davon, und wir werden auch den Drachen nichts tun!"

„Den Drachen nichts tun? Nur ein einfältiger junger Halbminotaur kann so ein dummes Zeug daherreden!", polterte Koraxxon. „Ihr könnt doch froh sein, dass der Zorn dieser Giganten nicht schon über euch gekommen ist, denn ihr Feuer könnte euch mit Leichtigkeit zu Asche verbrennen!"

Der Halbminotaur schnaubte verächtlich. „Wie viele Pfeile glaubst du, kann ein Drache vertragen, bevor er zusammenbricht? Hundert? Zweihundert?" Er deutete mit der freien Hand zum Waldrand. „Dort stehen dreihundert Schützen zwischen den Bäumen, die innerhalb weniger Augenblicke tausend Pfeile abschießen können. Pfeile, die mit Spitzen und Widerhaken aus Obsidian versehen sind und sowohl die Drachenhaut dieser Ungetüme als auch die deine mit Leichtigkeit durchdringen können. Und die Gifte des Waldes, die wir für die Jagd benutzen, werden auch auf die Drachen ihre Wirkung haben."

„Du willst mir Angst machen, aber im Gegensatz zu Ka-Terebes, der einen Halbminotaur schickt, um sich von ihm vertreten zu lassen, kenne ich keine Furcht!"

„Die Magier, die deine Sippe von Veränderten schufen, haben offenbar nicht nur Krieger ohne Furcht, sondern auch ohne Verstand geschaffen!"

„Willst du mich beleidigen?", rief Koraxxon, der wohl bereits seine Möglichkeit schwinden sah, diesen Wald auf so schnelle und einfache Weise in Richtung Magus verlassen zu können, wie sie ein Mitflug auf Rajins Drachen eröffnete.

„Wir können das gern in einem waffenlosen Zweikampf klären, wenn dir danach ist!", knurrte Ka-Esan drohend.

Der Halbminotaur senkte leicht den behörnten Kopf, wodurch man von seinen Augen nur noch das Weiße sah.

Koraxxon trat einen Schritt auf ihn zu, und da wurde deutlich, dass der Minotaur ihn um fast eine Elle überragte.

„Mit einer halben Portion werde ich nicht kämpfen", sagte Koraxxon dennoch. „Wie ich schon sagte, Ka-Terebes wäre vielleicht gerade so meine Tunika-Größe."

„Mach dich nicht lächerlich!"

„Das tue ich nicht – im Gegensatz zu Ka-Terebes, der sich auf Halbminotauren verlässt, weil ihm der Mut fehlt, sich selbst zu zeigen!"

Ka-Esan scharrte mit dem rechten Fuß im Gras, ein Zeichen dafür, dass bei ihm die Transformation zum Vollminotaur kurz bevorstand. Dann wuchs einem Minotaur innerhalb weniger Wochen ein mächtiger büffelartiger Unterkörper, aus dem vorne der menschenähnliche Torso herausragte. Manche bedeckten diesen Torso auch nach ihrer Transformation mit einer Tunika, andere verzichteten darauf, da in diesem Stadium der minotaurischen Entwicklung ein starker Haarwuchs einsetzte, und so wurden sowohl männliche als auch weibliche Minotauren bisweilen von einem felldichten Pelz bedeckt, der das Tragen von Kleidung eigentlich absurd erscheinen ließ.

Obwohl Ka-Esan innerlich sehr erregt sein musste, bemühte er sich um Beherrschung. „Wir hatten keinen Streit mit dir, Dreiarmiger, obwohl du ein Deserteur aus dem Heer des Priesterkönigs bist und es eigentlich unsere Pflicht gewesen wäre, auch dich auszuliefern", sagte er verhältnismäßig ruhig und so leise, dass Rajin und seine Getreuen es nicht mehr verstanden.

„Zu großzügig", entgegnete Koraxxon sarkastisch. Der Dreiarmige hatte lange Zeit nicht gewusst, was Spott war. In den Zeiten seines Lebens, da er gehorsam irgendwelchen Herren gedient hatte, war ihm so etwas unbekannt und unverständlich gewesen. Ebenso unbekannt wie Ironie. Aber während er im Heer des Luftreichs gedient hatte, lernte er einen Offizier kennen, einen Seemannen, den ein verworrenes Schicksal und vor allem wohl der gute Sold im Heer des Priesterkönigs dazu gebracht hatte, seinen alten Göttern abzuschwören und dem Luftreich zu dienen. Bragir war sein Name gewesen, und durch ihn lernte Koraxxon, was Spott bedeutete. Im Nachhinein war der Spott der erste Schritt gewesen, den er zur Existenz eines Missratenen zurückgelegt hatte, dessen war Koraxxon sich durchaus bewusst.

Mit dem Spott hatte all das Unglück angefangen, das ihm widerfahren war und ihn schließlich zu einem Verfemten gemacht hatte, der gezwungen war, in den Wäldern bei den Waldminotauren zu hausen. So war die Freude, die Koraxxon empfand, wenn er spottete, immer geteilt, da sie mit der Erinnerung daran einherging, dass es früher einmal eine bessere Zeit in seinem Leben gegeben hatte. Eine Zeit, in der es keinerlei Zweifel darüber gegeben hatte, was zu tun und zu lassen war. Eine Zeit, in der er seine Bestimmung gekannt hatte und nicht mühsam danach hatte suchen müssen. Dieses Glück, das der Gehorsam für ihn bedeutet hatte, war verloren – und in seinem Innersten zweifelte Koraxxon sogar daran, ob er es tatsächlich wiederfinden würde, wenn er sich in Magus Hilfe suchte.

Minotauren hingegen hatten durchaus Sinn für Spott. Vor allem waren sie empfindlich, wenn sie das Gefühl hatten, verspottet zu werden. Koraxxon war das ganz besonders in seiner Zeit im tajimäischen Heer aufgefallen, wo er mit zahlreichen Minotauren gedient hatte, die immer dazu geneigt hatten, sich verspottet zu fühlen. Dass ein gehorsamer, nicht-missratener Dreiarmiger normalerweise gar nicht wusste, was Spott war, und alles, was er sagte, auch keine versteckte Bedeutung hatte, ließen sie nicht gelten, und so hatte es oft genug völlig sinnlose Raufereien gegeben. Koraxxon war jedes Mal froh gewesen, nicht in einem schwachen Menschenkörper geboren zu sein. Bei den Magiern war der Geist stark, bei den Dreiarmigen die Muskeln, doch wer als Mensch auf die Welt gekommen war, hatte nichts von beidem und musste sich zumeist ohne übernatürliche Hilfe und körperlich schwach durchs Leben schlagen.

In diesem Augenblick hatte Koraxxon seinen Spott jedoch ganz bewusst eingesetzt. Ihm war klar, wie sein Gegenüber reagieren musste: so impulsiv, wie man es von einem Minotaur erwarten konnte. Und Halbminotauren waren für ihre Unbeherrschtheit sogar noch berüchtigter als ihre ausgewachsenen Verwandten. Ka-Esan stürzte sich mit einem Schrei auf Koraxxon. Den Langbogen warf er dabei einfach beiseite.

Zwar war Koraxxon kein Mitglied des Stammes und gehörte natürlich auch nicht zu einem der anderen Stämme in der Gegend, aber in der Zeit, da er in diesen Wäldern lebte, war er oft genug bei den Minotauren gewesen, und da Koraxxon Freude an der Rauferei und an Wettkämpfen in jeder Form hatte, war er zu Dutzenden von waffenlosen Zweikämpfen angetreten und hatte sich dadurch einen hohen Respekt unter den Waldminotauren erworben.

Den Angriff seines Gegenübers hatte Koraxxon erwartet. Auch er griff nicht zur Waffe; Schwert und Axt ließ er stecken, auch wenn sie ihn in dieser Situation ebenso behinderten wie der klobige Schild auf seinem Rücken.

Koraxxon machte einen Schritt zurück, setzte mit seinen drei Armen einen Hebelgriff an, durch den er Ka-Esans Kraft gegen ihn selbst kehrte, und mit einem wütenden Knurrlaut landete der Halbminotaur auf dem Rücken.

Ka-Esan ärgerte dies maßlos, immerhin galt er als Nachfolger seines Vaters Ka-Terebes, und bald würde bei dem Halbminotaur die Transformation einsetzen. Da konnte er sich keine Schlappe leisten.

Ka-Esan sprang wieder auf, warf das Messer und seine Axt von sich, streifte sich den Köcher von den Schultern und versuchte es noch einmal. Doch dieser zweite Angriff war ebenso untauglich wie der erste. Koraxxon schien jede Bewegung, jeden Ausfall und jeden Schlag des

Minotaurs im Voraus zu erahnen. Mit gesenktem Haupt, die Hörner voran, stürmte Ka-Esan auf den Dreiarmigen zu. Dieser wich aus, ließ den Angreifer ins Leere laufen und brachte ihn mit einem heftigen Stoß zweier Ellbogen zu Fall. Es waren glücklicherweise nur Stöße der beiden schwächeren Arme, doch auch die ließen Ka-Esan laut aufjaulen.

Koraxxon beherrschte seinen Körper mit einem hohen Maß an Perfektion. Wenn er eins konnte, dann kämpfen, denn das war es, wozu man seinesgleichen letztlich geschaffen hatte. Ob nun mit privatem Auftrag als Leibwächter eines Handelsherrn oder als Söldner in den Diensten des Luftreichs – immer hatte in Koraxxons Leben diese Fähigkeit im Vordergrund gestanden. Nur seine Jahre als Schmiedegehilfe hatten eine gewisse Ausnahme gebildet und im Übrigen auch dafür gesorgt, dass er in äußerst schlechter Form gewesen war, als das Schiff, auf dem er kurzzeitig angeheuert hatte, Marjani erreichte. Es hatte Wochen intensiver Übung bedurft, um wieder auf einen Stand zu kommen, der für seine Art als normal galt.

Erneut versuchte Ka-Esan einen Angriff. Diesmal traf Koraxxon ihn mit einem Faustschlag seiner Axthand. Der wirkte wie der Hieb mit einem Schmiedehammer. Ka-Esan wurde geradewegs an der Stirn seines Stiergesichts getroffen und taumelte benommen zurück, ehe er im Gras niederging, wo er sich nicht mehr rührte.

„Wo ist Ka-Terebes?", rief Koraxxon. „Hat er jetzt den Mut sich zu stellen, oder gibt er den Kampf für seinen Stamm verloren?"

Einige Augenblicke lang war es vollkommen still in den Büschen des Unterholzes rund um die Lichtung. Koraxxon kannte sich in den Gebräuchen der Waldminotauren gut aus, und er wusste genau, dass Ka-Terebes diese Herausforderung nicht unbeantwortet lassen konnte. Schließlich war der von ihm bestimmte Bote zu Boden geschlagen worden und lag bewusstlos im Gras, und das war eine Schmach sondergleichen, die er sich auf keinen Fall bieten lassen durfte, wollte er nicht vor seinem Stamm das Gesicht verlieren. Selbst die Ergreifung von ein paar Fremden, die auf Drachen ritten und allem Anschein nach zu den Feinden des Priesterkönigs gehörten, fiel dabei nicht ins Gewicht.

Es knackte, und Augenblicke später brach ein ausgewachsener Vollminotaur aus dem Dickicht des Waldrandes hervor. Sein massiger Unterkörper walzte alles pflanzliche Leben, das sich ihm in den Weg stellte, einfach nieder. Ein muskulöser, menschenähnlicher Oberkörper ragte aus dem Bullenleib. Eine Tunika trug dieser Minotaur nicht mehr. Dichtes Haar bedeckte fast den gesamten Oberkörper. Ka-Terebes war bereits ergraut und eines der Hörner an seinem Kopf war ein ganzes Stück kürzer als das andere. Auf die Länge einer Elle war es an der linken Seite abgebrochen, was gewiss bei einem der zahllosen Kämpfe geschehen war, die Minotauren untereinander auszutragen pflegten.

Er scharrte mit den Vorderhufen und senkte den Kopf, sodass die Hörner nach vorn zeigten. An der Seite trug er ein Schwert, das so lang wie ein Menschenmann war. Das verblasste Wappen auf der Lederscheide deutete an, dass auch er vor vielen Jahren einmal in der Streitmacht des Priesterkönigs gedient hatte, dann war er als Veteran entlassen worden und zu seinem Stamm zurückgekehrt. Außerdem trug er einen besonders großen und schwer zu spannenden Bogen, den er selbst angefertigt hatte; er war so lang und groß, dass es sogar für einen Dreiarmigen kaum möglich gewesen wäre, ihn zu benutzen. Die Pfeile im Köcher waren fast so lang und dick wie leichtere Jagdspeere, wie Menschen sie benutzten.

„Du hast mich herausgefordert, Koraxxon!", grollte Ka-Terebes. „Ausgerechnet du, dem wir immer freundlich begegnet sind, obwohl einige von uns daran zweifelten, dass es richtig sein kann, jemandem zu helfen, der dem Priesterkönig den Dienst verweigert."

„Ich will fort von hier – und diese Drachenreiter werden mich mitnehmen!"

„Mir persönlich tut es leid für dich, aber wir können sie leider nicht gehen lassen!"

„Ich habe dich herausgefordert, und du wirst diese Forderung annehmen müssen, wenn du dich nicht in Zukunft deines abgebrochenen Horns wegen verspotten lassen willst und selbst deine Halbminotaurenkrieger dich nicht mehr ernst nehmen!", entgegnete Koraxxon. „Aber wir könnten diesen Kampf mit einem interessanten Einsatz würzen. Was hältst du davon?"

Ka-Terebes stampfte mit dem linken Vorder- und dem rechtem Hinterhuf gleichzeitig auf und kratzte ganze Brocken Erdreich aus dem Gras, die in hohem Bogen in Richtung Waldrand flogen. Der Vollminotaur nahm den Bogen und den Köcher ab und warf sie von sich, dann folgte das Schwert: Mit einem wilden Schrei riss er es auf eine Weise hervor, bei der man denken konnte, dass er das Gebot zur Waffenlosigkeit bei Zweikämpfen missachten und sich mit blanker Klinge auf seinen Gegner stürzen wollte.

Aber Koraxxon kannte ihn und die Verhältnisse bei den Waldminotauren gut genug, um zu wissen, dass dies nur eine Drohgebärde war. Ka-Terebes hätte so etwas nie getan, denn es hätte bedeutet, dass er sich nie wieder einem regulären Zweikampf hätte stellen können. Nichts wurde unter den Waldminotauren mehr verachtet als ein Regelbrecher. Selbst für sogenannte Minotauren-Heiden, die noch an den alten Göttern festhielten, mit denen dieses Volk einst durch die kosmischen Tore gekommen war, hatte man mehr Verständnis als für einen, der die Regeln des waffenlosen Zweikampfs brach. Die meisten dieser Minotauren-Heiden lebten in den Wäldern der Provinz Tembien im westlichen Feuerheim, während die Minotauren Tajimas so gut wie alle zum Glauben des Unsichtbaren Gottes bekehrt waren.

Dass sich auch Ka-Terebes als tiefgläubiger Anhänger dieses Kultes verstand, demonstrierte er durch ein silbernes Amulett, das er auf der Brust trug. Es zeigte die ineinandergreifenden Kreise. Der Minotaur nahm das Amulett mit Daumen und Zeigefinger seiner rechten Hand, hob es an und murmelte dabei ein Gebet.

„Heh, ich habe noch keine Antwort!", rief Koraxxon. „Oder scheust du das Risiko?"

Was Koraxxon dem Minotaur vorwarf, war Feigheit, und das war so ziemlich das Schlimmste, was man ihm unterstellen konnte, zumal er Stammesführer war.

„Es gibt kein Risiko, das ich scheue", widersprach Ka-Terebes, „und ich hoffe, du tust es auch nicht!"

„So höre mein Angebot!", rief Koraxxon. „Wenn ich den Kampf verliere, werde ich dir helfen, die Drachenreiter gefangen zu nehmen und an den Priesterkönig auszuliefern."

„Und wenn du den Kampf gewinnst, soll ich sie ziehen lassen, sodass sich überall herumspricht, ich hätte den Feinden des Priesterkönigs geholfen?", vermutete Ka-Terebes.

„Wer sagt denn, dass sie wirklich Feinde des Priesterkönigs sind?",
hielt Koraxxon dagegen. „Es haben sich schließlich auch in Magus und
Feuerheim drachenische Handelsherren niedergelassen, und soweit
ich weiß, herrscht auch über Tajima normalerweise kein Drachenflug-
verbot, so wie es die Drachenier umgekehrt für Luftschiffe in ihrem
Land verhängt haben. Du könntest also sagen, dass du nur ein paar
harmlose Reisende hast ziehen lassen, die vielleicht sogar vor den
Schergen Kaiser Katagis auf der Flucht waren. Man weiß doch, wie
viele seiner eigenen Leute er hat umbringen lassen. Ich selbst habe
in meiner Zeit im tajimäischen Heer einmal einem drachenischen
Diplomaten Geleitschutz gegeben, der hier im Exil lebte und nichts
so sehr fürchtete wie die Geheimpolizei seines eigenen Kaisers, auf
den er doch einst einen Eid abgelegt hatte."

„Du redest viel, Dreiarmiger!", stellte Ka-Terebes fest und schnaubte.

„Und du zögerst wie ein unwürdiger Minotauren-Heide, dem
das Vertrauen in den Unsichtbaren Gott fehlt und der deswegen ein
furchtsames Leben führen muss!"

Ka-Terebes stieß erneut einen Schrei aus und trommelte sich
auf den gewaltigen behaarten Brustkorb seines menschenähnlichen
Oberkörpers. Die riesigen Hände waren dabei zu keulenartigen Fäusten geballt. Koraxxon ahnte, dass er sein Gegenüber bald genau dort
haben würde, wo er ihn haben wollte – in einem Zustand der Raserei.

Der Minotaur blies geräuschvoll die Luft durch seine Nase aus
und spuckte mehrere Meter weit. Ein Zeichen der Verachtung und
Kampfbereitschaft. „Also gut", knurrte er. „Da ich dich ohnehin besiegen werde, lasse ich mich auf den Handel ein! Aber eines stört mich
noch daran!"

„Was?", wollte Koraxxon wissen.

„Mir scheint, dass nur ich ein Risiko dabei eingehe, während du im
schlimmsten Fall eine Mitfluggelegenheit verlierst, die es dir erlauben
würde, das Luftreich zu verlassen, ohne befürchten zu müssen, den
Soldaten des Priesterkönigs zu begegnen."

„Ist das nicht Risiko genug? All meine Hoffnungen ruhen auf dem
Rücken dieser Drachentiere!" Als er dies sagte, machte Koraxxon mit
seinen beiden zarteren Armen eine ausholende Geste in Richtung von

Ayyaam und Ghuurrhaan, während er den gewaltigen Axtarm in die Hüfte gestemmt hatte.

„Nein, das ist nicht genug", widersprach Ka-Terebes. „Dreiarmige wie du gehorchen normalerweise, ohne dass sie noch groß nachfragen – es sei denn, sie sind Missratene, wie du zweifellos einer bist."

„Das kann ich nicht leugnen."

„Wenn du den Kampf verlierst, wirst du mir dienen, Koraxxon. Und ich werde dich lehren, kein Missratener mehr zu sein. Einen Diener könnte ich gut brauchen. Na, was ist? Oder bist du vielleicht ein Heide, dem das Gottvertrauen fehlt?"

Aus den Büschen rund um die Lichtung waren zustimmende Rufe zu hören. Obwohl beide Kontrahenten nicht lauter gesprochen hatten als unbedingt nötig, konnte man sicher sein, dass jedes Wort von dem, was sie gesagt hatten, von den Minotaurenkriegern gehört und verstanden worden war. Minotauren hatten ein sehr feines Gehör, und besonders galt dies für Waldminotauren, denen selbst die feinsten Tierstimmen und Waldgeräusche nicht entgingen, während sie selber sich trotz ihrer eher plump wirkenden körperlichen Erscheinung annähernd lautlos bewegten.

Koraxxon blickte kurz zu Rajin und seinen Begleitern hinüber. Die Drachen zeigten deutliche Anzeichen von Unruhe, und auch wenn Koraxxon keinen geistigen Zugang zu der inneren Kraft der Tiere hatte, wie es bei einem Drachenreiter der Fall war, so erkannte er zumindest die äußeren Anzeichen. Ein dumpfes Knurren drang aus den Körpern der Tiere, immer wieder öffneten sie die Mäuler, und ein wenig heiße Luft und ab und zu etwas Rauch drang daraus hervor. Der Dreiarmige hatte genug Drachen erlebt, um zu wissen, dass diese beiden nicht mehr lange zu halten sein würden.

„Also gut!", rief er zu Ka-Terebes zurück. „Es sei, wie du gesagt hast!"

Auf diesen Moment hatte Ka-Terebes gewartet. Er stürmte auf Koraxxon zu.

Der Dreiarmige versuchte auszuweichen, doch diesmal hatte er einen weitaus geschickteren und darüber hinaus auch sehr viel stärkeren Gegner.

Trotz seines großen büffelartigen Unterleibs war der Anführer des

Minotaurenstammes in der Lage, blitzschnell die Richtung zu ändern. Und so rammte er den Dreiarmigen mit ganzem Körpergewicht. Zwar konnte Koraxxon den gesenkten Hörnern ausweichen, von denen vor allem das Abgebrochene äußerst spitz war und die selbst für einen Dreiarmigen eine tödliche Waffe darstellten, aber er wurde dennoch zu Boden gerissen, und dann erwischten ihn die Hufe. Der Minotaur trampelte über Koraxxon hinweg, und nur die widerstandsfähige purpurfarbene Drachenhaut verhinderte, dass Koraxxon zu Tode getreten wurde.

Der Minotaur lief noch ein paar Schritte, schnaubte und drehte dann um, in der Absicht, seinen dreiarmigen Gegner ein weiteres Mal anzugreifen. Diesmal sollte dieser unverschämte Deserteur den Rest bekommen. Der Kampf unter Minotauren wurde zwar waffenlos geführt, aber da der Einsatz der Hörner und Hufe erlaubt war, endeten solche Kämpfe sehr häufig tödlich. Koraxxon hatte das immer wieder erlebt, sowohl bei Raufereien unter Angehörigen des priesterköniglichen Heeres als auch unter den Waldminotauren.

Wutschnaubend und in der Morgenkühle förmlich dampfend, nahm Ka-Terebes zu seinem zweiten Sturm Anlauf. Die Drachen des Ersten Äons mussten sich, als die Erdglut sie unter sich begrub, ähnlich gefühlt haben wie Koraxxon im Angesicht dieses stampfenden Gebirges aus Fleisch und Muskeln, das da auf ihn zudonnerte, das Haupt mit den Hörnern wieder gefährlich gesenkt. Doch Koraxxon hatte sich wieder erhoben und erwartete den Angriff in aller Ruhe, wie man sie ansonsten allenfalls den Angehörigen von Kampfmönch-Bruderschaften zugetraut hätte.

Einen Augenaufschlag, bevor sich die Hörner des Minotauren in den Körper des Dreiarmigen gebohrt, ihn aufgespießt und in die Luft geschleudert hätten, griff Koraxxon mit allen drei Händen zu, packte den Minotaur bei den Hörnern und legte alle Kraft in eine Drehbewegung, die den stampfenden Koloss herumwarf. Mit einem überraschten, ächzenden Laut fiel er auf die Seite. Jeder schwächeren Kreatur wäre das Genick gebrochen worden, aber der Minotaur war derart muskulös, dass er dies aushalten konnte.

Trotzdem brüllte er wütend auf. Er strampelte mit den Hufen und wollte sich wieder herumdrehen, da traf ihn der Hammerschlag einer groben Faust am Kopf, die Koraxxon mit der riesigen, prankenartigen Hand seines Axtarms gebildet hatte, und wie ein Keulenschlag streckte dieser Hieb den Anführer des Minotaurenstammes endgültig nieder. Sein Gebrüll erstarb augenblicklich, und er blieb regungslos liegen.

Koraxxon riss in der Pose des Siegers alle drei Arme hoch, während aus dem Unterholz des nahen Waldes Laute des Erstaunens und des Erschreckens erklangen.

Es war nicht das erste Mal, dass Koraxxon sich an einem waffenlosen Zweikampf beteiligt hatte – aber seine Gegner waren zuvor meist Halbminotauren gewesen, und so hatte niemand ernsthaft damit gerechnet, dass er den Stammesführer besiegen würde.

„Euer Anführer schläft und mag davon träumen, wie er mich in einem anderen Kampf vielleicht doch noch besiegen kann!", rief Koraxxon zum Waldrand hinüber. „Ich erwarte, dass ihr euch an die Vereinbarung haltet und uns ziehen lasst, so wie es hier vor Zeugen mit Ka-Terebes abgemacht wurde!"

Schweigen war zunächst die Antwort.

Koraxxon trat auf den Sohn des Anführers zu, der gerade wieder zu sich kam. Er rieb sich mit der Hand zwischen den Hörnern und machte insgesamt einen noch ziemlich weggetretenen Eindruck. Seine Augen waren derart verdreht, dass fast nur das Weiße zu sehen war. Laut schnaubte er durch die aufgeblähten Nasenlöcher, und er öffnete das Maul, aber er schaffte es noch nicht, ein klares Wort hervorzubringen.

Nachdem er sich etwas orientiert hatte und sich wieder daran erinnerte, was geschehen war, erhob er sich und sah zu seinem bewusstlos am Boden liegenden Vater. Es war deutlich zu erkennen, dass er noch lebte, denn seine Brust blähte sich auf und schrumpfte dann wieder zusammen, ganz im Rhythmus seiner Atemzüge, so wie ein Blasebalg, wobei manchmal eigenartige Laute entstanden, je nachdem, wie weit der Vollminotaur das Maul geöffnet hatte.

In der Zeit, nachdem die Minotauren die Tore passiert und in die Welt gekommen waren, hatte man in den Lauten und dem Gebrabbel von Schlafenden Botschaften der alten Götter erkennen wollen, und diese Vorstellung hatte sich bei vielen von ihnen bis zu diesem Tag erhalten. Selbst auf die große Mehrheit der Minotauren Tajimas, die inzwischen dem Glauben an den Unsichtbaren Gott anhingen, traf dies zu. Nur hatte sich die Bedeutung, die man den Lauten Schlafender gab, etwas geändert: Man glaubte nun, dass es der Rat von verstorbenen Heiligen war, der sich darin äußerte.

Für Ka-Esan schien diese Botschaft eindeutig zu sein. Sie gemahnte den Halbminotauren offenbar daran, die Regeln einzuhalten, und so sagte er schließlich zu Koraxxon: „Geht! Geht alle! Geht, wohin ihr wollt, so wie Ka-Terebes es bestimmt hat!"

Koraxxon nahm seine Waffen vom Boden auf. Als der Dreiarmige sich gut ein Dutzend seiner ausgreifenden Schritte vom Kampfplatz entfernt hatte, brach ein Vollminotaur aus dem Dickicht hervor und schritt mit stampfenden Hufen und geblähtem Maul zu dem bewusstlosen Stammesführer. Er senkte den Kopf, öffnete das Maul und ließ einen Wasserschwall auf Ka-Terebes' Haupt klatschen. Es waren mindestens drei geeichte tajimäische Markteimer Wasser, die der Minotaur offenbar in irgendeiner nahen Wasserquelle in sich aufgenommen hatte und nun von sich gab. Untermalt von lautem Gurgeln ergoss er das Wasser auf seinen Stammesführer.

„Ich, Ka-Nemsos, reiche dir das Wasser, Ka-Terebes!", kommentierte er anschließend in feierlichem Tonfall. Koraxxon wusste, dass diese traditionelle Formel dazu diente, den Anspruch auf die zukünftige Führung des Stammes anzumelden.

„Ich bin dir zu Dank verpflichtet", sagte Rajin an Koraxxon gerichtet, als dieser zu dem Prinzen und seinen Getreuen zurückgekehrt war. „Innerhalb kurzer Zeit hast du mich zweimal gerettet – einmal in einem Traum und einmal in der Wirklichkeit."

„Das erste Mal war alles andere als ein Traum", erinnerte ihn Koraxxon. „Die Leere Welt ist so real wie jede andere Existenzebene des Polyversums."

„Ja, das mag sein. Und daher hoffe ich, dass auch Nya und Kojan mehr waren als nur Traumgespinste."

„Als wir *dort* waren, warst du überzeugt davon."

„Das ist richtig. Aber etwas hat das Leere Land eben doch mit einem Traum gemein. Die Erinnerung lässt es irreal erscheinen."

Koraxxon verzog den lippenlosen Mund und entblößte dabei sein beeindruckendes Raubtiergebiss. „Das geht nur denen so, die selten dort sind. Wie du ja weißt, bin ich ein Geschöpf der Magie, und als solches durchstreife ich dieses Land jede Nacht. Und solange du dieses Pergament bei dir trägst, wird es dich auch immer öfter dort hinziehen, glaube mir." Darüber wollte Rajin nicht reden. Nicht zu diesem Zeitpunkt. „Wie gesagt, ich stehe in deiner Schuld, und wenn es etwas gibt, das ich für dich tun kann, dann sag es mir."

Koraxxon deutete eine Verbeugung an.

Sie stiegen auf die Drachenrücken. Koraxxon nahm zusammen mit Rajin, Ganjon und zehn weiteren Ninjas auf Ghuurrhaan Platz. Die restlichen Krieger kletterten auf den Rücken Ayyaams. So war die zu transportierende Last für beide Drachen in etwa gleich verteilt.

Mit wuchtigen Flügelschlägen erhoben sich die gigantischen Fluggeschöpfe in die Luft. Sie fauchten wütend und hätten wohl am liebsten noch ein paar Feuerstrahlen auf die Minotauren hinabgesengt, aber daran konnten ihre jeweiligen Drachenreiter sie hindern.

Bald schon hatten sie die Lichtung weit unter sich gelassen. Eine Schar von Flugwölfen wurde aus den Baumwipfeln aufgescheucht. Sie flatterten mit ihren ledrigen Schwingen in alle Richtungen davon und stießen dabei teils quiekende, teils durchdringend heulende Laute aus, um sich wenig später und in einiger Entfernung wieder in anderen Baumwipfeln niederzulassen.

Während des Fluges saß Koraxxon in Rajins Nähe. Der Dreiarmige hielt sich mit dem Schild- und dem Axtarm fest. Ihm war offenbar mulmig zumute. „Es ist lange her, dass ich zuletzt auf einem Drachen geflogen bin", gestand er. „Ich begleitete damals meinen früheren Herrn auf seinen Flügen."

„Aha", sagte Rajin. „Aber diese Drachen waren bestimmt auch keine Drachen wie Ghuurrhaan, richtig?"

„Komfortable Gondeldrachen waren das", gab Koraxxon zu, „nicht so unbequeme Drachenrücken wie dieser hier!"

Rajin lachte. „Es tut mir leid, dass wir dir nicht den gewohnten Luxus bieten können – allerdings stand es dir frei, uns nicht zu begleiten!"

Koraxxon hob die noch freie Hand des Schwertarms zu einer beschwichtigenden Geste. „Nein, nein, so wollte ich keineswegs verstanden werden!"

„Dann ist es gut."

Koraxxon warf einen vorsichtigen Blick in die Tiefe. Offenbar traf die Legende von der Furchtlosigkeit der Dreiarmigen nur dann zu, solange sie festen Boden unter den Füßen hatten.

„Du selbst hast gesagt, dass ich dich um einen Gefallen bitten dürfte", sagte er schließlich, nachdem sie schon eine ganze Weile über das große Waldgebiet inmitten der tajimäischen Provinz Lisistan geflogen waren. Die Provinzhauptstadt Lisi lag den Karten nach, die sie mit sich führten, genau auf ihrem Weg. Allerdings war es wohl ratsam, diese große Hafenstadt an der Küste der Mittleren See großzügig zu umfliegen und sich eine Zeit lang etwas mehr in nordwestlicher Richtung zu halten.

„So schnell verlangst du bereits die Einlösung meines Versprechens?", wunderte sich Rajin.

„Erzähl mir etwas über dich und den Grund, aus dem du mit deinen Getreuen unterwegs bist", verlangte Koraxxon. „Das wird mich von dem Gedanken an die unermessliche Tiefe unter uns etwas ablenken." Als er nicht sofort Antwort erhielt, fügte er hinzu: „Dass ich auf eurer Seite bin, habe ich sowohl bei den Minotauren als auch in dem Leeren Land bewiesen."

Rajin überlegte noch immer, doch schließlich nickte er. Warum nicht?, dachte er. Viele von denen, die seine Feinde waren, wussten weitaus mehr über ihn als dieser Dreiarmige, der ihn zweimal gerettet hatte. Obwohl … Liisho würde damit nicht einverstanden sein.

Aber das sollte ihn nicht kümmern. Er traf seine eigenen Entscheidungen und tat das, was er selbst als das Richtige erkannte. Und Koraxxon zu vertrauen war richtig, daran hatte er seltsamerweise in diesem Moment nicht den Hauch eines Zweifels.

Also begann er zu erzählen …

Am Nachmittag hatten sie die Wälder Lisistans hinter sich gelassen und erreichten das Hügelland, das sich bis zur Küste der Mittleren See erstreckte. Im Südwesten schloss sich eine Ebene an, die bis zum Feuerheimer Grenzfluss reichte und wie geschaffen war für die Rennvogel-Kampfwagen, die den Hauptteil der Heeresmacht des Feuerfürsten von Pendabar ausmachten.

„Seht nur!", rief Ganjon gleichermaßen ergriffen wie besorgt, als er eine riesige Schar dieser Wagen erblickte. Es handelte sich dabei um die schnelle Vorhut des Feuerheimer Heeres. Die zweibeinigen, flügellosen Rennvögel hatten mehr Ausdauer als jedes andere Reit- oder Zugtier. Und im Verhältnis zu Drachen waren sie äußerst genügsam, ernährten sich von Gras oder am Boden lebenden Kleintieren. Jeder der schnellen Wagen, die sie zogen, war mit zwei Kriegern besetzt. Einer hielt die Zügel des Rennvogels, den zu lenken eine ganz eigene Kunst war, der andere bediente eine schwenkbare Muskete, die auf einem Metallständer befestigt war. Auch bei voller Fahrt konnte man diese Feuerwaffen abschießen, aber am wirkungsvollsten waren sie, wenn sich die Schützen in Formation aufstellten und ganze Salven abgefeuert wurden. Die Wirkung war verheerend, und sie konnten selbst Drachen und Luftschiffen gefährlich werden, denn ihre Schussweite war ziemlich groß.

„Ich habe nicht gewusst, dass die Feuerheimer schon so weit sind", gestand Koraxxon; Andong hatte ihm widerwillig sein Fernrohr gereicht, sodass auch der Dreiarmige einen genaueren Blick auf die Truppen des Feuerfürsten werfen konnte.

„Der Großteil der Luftflotte wird wohl zur Abwehr der Drachen-Armada gebraucht", vermutete Rajin. „Da hat das Heer des Feuerfürsten freie Hand."

„Dann ist dieser Teil Tajimas schon so gut wie verloren", sagte Koraxxon, und Rajin glaubte, eine gewisse Niedergeschlagenheit im Tonfall des Dreiarmigen zu vernehmen.

„Fast könnte man meinen, du bereust es, das priesterkönigliche Heer verlassen zu haben", gab der Prinz zurück.

Doch Koraxxon schüttelte den Kopf. „Nein, ganz und gar nicht. Und im Übrigen habe ich sowohl in Feuerheim als auch in Tajima lange gelebt, und so hätte ich Schwierigkeiten, mich für eine Seite zu entscheiden, würde man mich vor die Wahl stellen."

„Das höre sich einer an!", spottete Andong. „Ein Dreiarmiger, der sich nicht sicher wäre, welches Reich er verteidigen würde! Das muss man wirklich mit eigenen Ohren gehört haben!"

„Spotte du nur!", entgegnete Koraxxon, und als er Andongs irritierten Gesichtsausdruck sah, nickte er und sagte: „Ja, ich weiß, was Spott ist, und kann ihn sogar erwidern, wenn mir danach ist. Aber im Moment ist dies ganz und gar nicht der Fall, denn meine Gedanken sind bei Ka-Terebes' Stamm. Die Armee des Feuerfürsten wird die Wälder sehr bald erreichen!"

„Aber dort werden sie nicht weit kommen", glaubte Ganjon. „Jedenfalls kann ich mir nicht vorstellen, dass diese Wagen einfach so durch das Unterholz zu rollen vermögen."

„Was ich nur bestätigen kann", mischte sich Kanrhee, der Rennvogelreiter, ein. „Mit einem Rennvogel durch einen Wald zu reiten kann eine wahre Qual sein."

„Ja, wenn man sein Tier schlecht erzieht und ihm nicht beigebracht hat, dass irgendwelche Schatten unter Bäumen oder das Rascheln im Unterholz noch kein Grund zur Panik sind", versetzte Ganjon. „Dann ist es bestimmt eine Qual, mit so einem Tier durch den Wald zu reiten."

Und dann berichtete Ganjon, wie Kanrhee ihn einmal mitgenommen hatte. Zu zweit hatten sie auf dem Rücken von Kanrhees Rennvogel Platz genommen, und das Tier war durch ein paar aufgescheuchte, ihrerseits vor Angst zitternde Flugwölfe so in Panik geraten, dass es mehr oder minder völlig kopflos durch den Wald gerannt war. An die Peitschenschläge der vielen Äste, die sie gestreift hatten, konnte sich Ganjon immer noch lebhaft erinnern, und seitdem hatte er sich nie wieder auf den Rücken eines Reitvogels gesetzt.

„Ich glaube nicht, dass die Feuerheimer solche Probleme haben", meinte Koraxxon, der die Verhältnisse im Reich des Feuerfürsten von Pendabar bestens kannte. „Die Feuerheimer verfügen über ein beängstigendes Arsenal an Wunderwaffen, darunter auch solche, die wie das Maul eines Drachen Feuer speien, dass man nur froh sein kann, dass diese Waffen nicht auch noch zu fliegen imstande sind. Damit können die Soldaten des Feuerfürsten eine breite Schneise in ein Waldgebiet brennen, wenn sie anders nicht vorwärtskommen."

„Woher willst du das so genau wissen, Dreiarmiger?", fragte Andong. „Warst du je dabei?"

„Ich habe gehört, dass die Feuerheimer ganz ähnlich in ihrer Provinz Tembien vorgegangen sind, wo es immer noch große unberührte

Waldgebiete gibt", antwortete Koraxxon. „Wälder, in denen unter anderem Minotaurenstämme leben. Manchmal gelangten einige dieser Minotauren bis zu uns nach Lisistan. Auf welch geheimen Pfaden das geschah, blieb leider ihr Geheimnis, aber im Westen Tajimas gibt es einige große Wüstengebiete, nichts als Felsen, Sand und alle möglichen Arten von Riesenkakteen. Ich glaube nicht, dass es für eine kleine Gruppe von Minotauren sonderlich schwierig ist, von Tembien aus bis in die Wälder von Lisistan zu gelangen." Koraxxon lachte kurz auf. „Minotauren-Heiden nennt man sie in Lisistan. Aber was sie erzählten, war furchtbar. Die Feuerheimer brennen sich ohne jede Rücksicht durch die Wälder. Die unglaublichen Zerstörungen, die sie dabei anrichten, kümmern sie nicht."

Rajin und Liisho ließen ihre Drachen ein deutliches Stück höher steigen, denn aus Nordwesten flogen ein paar Luftschiffe heran – der klägliche Rest einer stolzen Flotte, die derzeit voll und ganz durch den Kampf gegen die Drachenier gebunden war.

Mit den Geschützen der Feuerheimer wollten Rajin und sein Gefolge lieber keine Bekanntschaft machen, zumal bereits die ersten Musketen auf sie abgeschossen wurden. Hier und da krachten Schüsse, und Wolken aus Pulverdampf umhüllten den Rennvogelwagen des Schützen.

Am Horizont tauchten indes die stärkeren Geschütze auf, die auf riesigen Wagen transportiert wurden und in ihrer Größe nur mit den Springalds und Trebuchets der Drachenier und Tajimäer vergleichbar waren. Eskortiert wurden diese Wagen von den Reitern der Rennvogel-Kavallerie. Sie waren mit einschüssigen Pistolen und leicht gebogenen Säbeln ausgestattet. Diese Pistolen konnten ebenfalls während des Reitens und im vollen Galopp abgefeuert werden, waren aber nicht sehr treffsicher.

Das Feuer auf Rajin und sein Gefolge wurde eingestellt, wohl auch, weil die Drachen mittlerweile außer Schussweite waren.

„Vielleicht ist ihnen ja eingefallen, dass wir als Drachenreiter eigentlich ihre Verbündeten sein müssten", wunderte sich Ganjon. „Schließlich kämpfen doch Drachenia und Feuerheim gemeinsam gegen das Luftreich, um es nach einem Sieg unter sich aufzuteilen."

„Darauf würde ich mich nicht verlassen", widersprach Rajin. „Wenn die Gefahr besteht, dass sich die Drachen-Armada ein zu großes Stück der Beute unter den Nagel reißt, werden Verbündete ganz schnell zu Feinden. Daher ist es unwahrscheinlich, dass der Feuerfürst Drachenpatrouillen in diesem Teil Tajimas duldet."

„Insofern ist es folgerichtig, wenn sie auf uns schießen", stimmte Ganjon zu. „Sie wollen uns warnen. Oder aber, es hat ihnen jemand gesagt, wer Ihr seid und was Ihr vorhabt, mein Prinz."

„Und wer könnte das gewesen sein?", hakte Rajin nach, doch er hatte noch nicht ausgesprochen, da fielen ihm die warnenden Worte Liishos hinsichtlich des Magiers Abrynos ein.

„Wenn man nach Verrätern sucht, sollte man unter den sichersten Verbündeten beginnen", meldete sich Koraxxon zu Wort, dem Rajin verraten hatte, wer er war und wohin ihre Reise führte – zumindest im Groben. Alle Einzelheiten kannte der Dreiarmige noch nicht. So hatte ihm Rajin bisher auch nichts von Abrynos aus Lasapur erzählt.

„Was willst du damit sagen?", fragte Andong den Dreiarmigen.

Koraxxon, der es noch immer vermied, allzu oft in die Tiefe zu blicken, zuckte mit den breiten Schultern und erklärte: „Das ist ein tajimäisches Sprichwort. Mehr nicht. Es ist mir nur gerade so eingefallen …"

ZWEITES BUCH

YYUUM UND
DIE MACHT DES DRITTEN
DRACHENRINGS

Fünf Herrscher für fünf Reiche – und der Schatten des einen fällt auf alle;
fünf Monde für die fünf Fünftel der Nacht – und das Licht des einen
wird größer als die Sonne;
fünf mal fünfundzwanzig Schlachten werden im Krieg der fünf Reiche
geschlagen, ehe der Fünfte Äon zu Ende geht.
Fünf Tore waren es, durch die die fünf Völker der Drachen, Magier,
Menschen, Echsenmänner und Minotauren in die Welt kamen – und durch
eines kam die feurige Dämonenbrut herein.

Der Gesang der Fünf

Es geschah aber, dass der Fluss Ma-Ka die Farbe von Blut annahm und
in seinem angestammten Bett das Erdreich aufriss, sodass die Glut aus der
Tiefe der Welt an die Oberfläche strömte. Der Priesterkönig, der in jener
Zeit seinen Palast in der Stadt Taji hatte, war in großer Sorge. „Wie kann
ich Glück auf dem Schlachtfeld haben, wenn die Zeichen des Schicksals gegen
das Luftreich sind?", rief er voller Verzweiflung im großen Tempel und fiel
im Innersten Heiligtum, als niemand es sah, auf die Knie und flehte zum
Unsichtbaren Gott: „Waren wir nicht immer die treuesten all deiner Die-
ner? Warum werden wir dann so gestraft, dass nicht nur die drachenischen
Ketzer über uns triumphieren, sondern auch die Kriegswagen des Feuer-
fürsten von Pendabar, der ein ungläubiger Barbar ist? O Herr, das ist mehr
als eine Bestrafung! Das ist eine Demütigung!"
Doch der Unsichtbare Gott schwieg, und der Priesterkönig wusste sehr
genau, dass dieses Schweigen mitunter sehr vielsagend war.
Was hatte der Nachfolger des Propheten Masoo getan, dass er solche
Schmach und solche Herabwürdigung verdient hatte? Verzweiflung über

diese Frage hatte das ganze Land erfasst, und manche sagten, dass selbst die Waldminotauren darüber rätselten.

Schlimme Nachrichten erreichten den Priesterkönig in seiner Residenz. Überall im Land waren die Luftschiffe auf dem Rückzug. Aus den Resten der geschlagenen Luftschiffgeschwader wurden in aller Hast neue Einheiten zusammengesetzt, und zunehmend war das Reich Tajima gezwungen, Fußtruppen gegen seine Feinde in Marsch zu setzen.

Im Volk wurden die Stimmen lauter, die sagten, dass all das Verhängnis, das über den Priesterkönig von Tajima und sein Luftreich gekommen war, darin seine Ursache hatte, dass man die Residenz des göttlichen Stellvertreters von Kajar fort in die neue Kaiserstadt Taji verlegt hatte. Der Herr schien nicht einverstanden zu sein damit, dass der Priesterkönig und Nachfolger des Propheten Masoo so weit von der Großen Nadel entfernt weilte.

Und schon gab es ketzerische Prediger im Land, die daran zweifelten, dass der Priesterkönig dem Unsichtbaren Gott gegenüber so gehorsam war, wie es vom Propheten Masoo überliefert wurde. Wie sollte auch ein Herrscher seinem Volk ein Vorbild im Glauben sein, der die Große Nadel nur noch bei schönem Wetter zu sehen vermochte; gemahnte sie doch jeden Gläubigen, gleich, ob Herrscher oder Lakai, wie Masoo die Gebote des Herrn empfangen hatte.

Die Chronik der Priesterkönige des Luftreichs Tajima, Apokryphe Zusätze (in den offiziell verbreiteten Abschriften fehlend), Foliant XXXIV

Der Magier Abrynos, den Großmeister Komrodor als seinen Boten ausgesandt hatte, verfolgte seine eigenen Ziele. Er war entschlossen, lieber ein kurzes und bedeutendes Leben als Mächtiger zu führen, denn als unbedeutender Lakai ein hohes Alter zu erreichen, wie es für Magier gemeinhin üblich war.

So hatte er auch keine Hemmungen, seine Fähigkeiten als Schattenpfadgänger ohne Rücksicht auf sich selbst einzusetzen, was ihn früh altern ließ. Länger als ein Mensch würde er kaum leben. Aber das war immer noch lange genug, genug, um zu herrschen, so die Ansicht des Abrynos aus Lasapur. Die Zeit war schließlich keine absolute Größe, wie die Magierwissenschaftler in Magussa längst erkannt hatten.

*Niemand wusste genau zu sagen, welches Interesse es war, das Abrynos
aus Lasapur trieb. Aber die schier unersättliche Gier nach Macht und An-
erkennung war ganz gewiss eine seiner Triebfedern. Darin aber war er sich
gleich mit Kaiser Katagi, der sich zum Herrn der fünf Reiche aufzuschwin-
gen versuchte.*

Das Buch der Verräter; nach der in der Bibliothek von Lasapur eingestellten
Abschrift, Rolle III, Kapitel 27

*Der Traumhenker hatte mir eine zusätzliche Spanne Leben geschenkt, um
mich vollenden zu lassen, was noch zu vollenden war. Ich fühlte mich stärker und jünger als lange Jahre zuvor, obwohl nicht einmal die ältesten Magier mein Alter erreicht hatten.*

*Alle waren frohen Mutes, als wir in das Reich der Magier flogen. Mir
aber war das Herz schwer, denn erstens traute ich unseren neuen Bundesgenossen, dem Großmeister Komrodor von Magussa sowie seinem Lakaien
Abrynos, nicht über den Weg, und zweitens schreckte ich vor dem Gedanken zurück, noch einmal das Land der Leuchtenden Steine zu betreten,
in dem ich vor so langer Zeit beinahe den frühen Tod und den Verfall
meiner Selbst in den Wahnsinn erlebt hatte. Allein der Gedanke an die
ungeheuren Kräfte, die in den Leuchtenden Steinen schlummerten, ließ
mich schaudern.*

Aus den Schriften des Weisen Liisho

*So begab es sich, dass Thalmgar Eishaarssohn, dessen Ahnen von Wulfgar
Eishaar aus Winterborg abstammten, zum Hochkapitän von Seeborg gewählt wurde. Dies geschah, als der Krieg der fünf Reiche ausgebrochen war
und man sich nicht einig werden konnte, was zu geschehen habe. Die Vorfahren Thalmgars leiteten ihre Familie auf einen Sohn Wulfgar Eishaars
zurück, der das Winterland einst verließ und in Gutland siedelte, zuerst in
Engborg und später in Seeborg, wo Mitglieder in ununterbrochener Folge
dem Kapitänsrat angehörten und insgesamt dreimal den Hochkapitän des
Seereichs stellten.*

Es begab sich weiterhin, dass die Drachenier einige Monate nach Ausbruch des Krieges eine Botschaft an den Hochkapitän sandten, in der sie ihm einen Separatfrieden anboten und dafür die Provinz Osland für sich und das Reich des Drachenkaisers einforderten. Da das Leiden groß war und viele Menschen schon durch Angriffe der Drachen-Armada gestorben waren, war ein Teil der Mitglieder des Kapitänsrates diesem Vorschlag durchaus zugeneigt, zumal das völlige Erliegen des Handels mit Stockseemammut nicht nur den Drachenherren, sondern auch dem Seereich selbst sehr geschadet hatte.

Thalmgar Eishaarssohn aber war tief erzürnt, weil man dies in Erwägung zog. „Habt ihr vergessen, was mit Winterborg geschah? Wie die Schergen Katagis den ganzen Ort auslöschten, obwohl Frieden herrschte?"

Dem entgegnete Leifdhór Bruchsilber, von dem überall bekannt war, dass er mit vielen Schiffen Stockseemammut nach Etana gefahren hatte, bevor der Krieg entbrannte: „Du willst doch nur den Tod deiner Verwandtschaft rächen, was ich verstehe. Aber niemand macht die Bewohner Winterborgs oder der zerstörten Siedlungen in Osland wieder lebendig! Ein Hochkapitän sollte mit Weisheit entscheiden und nicht mit dem heißen Herzen des Rächers, das wohl dem Herrn einer Sippe, aber nicht dem Herrn des Seereichs zusteht!"

„Wohl gesprochen!", gab Thalmgar zur Antwort. „Und so werde ich mit Weisheit und kühlem Verstand dafür entscheiden, dass das Angebot des Drachenherrschers abgelehnt wird! Denn in Wahrheit will Katagi doch keinen Frieden. Er will nur freie Hand, um das Luftreich in die Knie zu zwingen. Danach wird er sich wieder uns zuwenden, und ich fürchte, dann kann uns nicht einmal mehr der nasse Njordir helfen!"

Normalerweise war es Brauch, dass der Kapitänsrat in seiner Mehrheit Entscheidungen von Wichtigkeit fällte. Aber in Kriegszeiten kam es vor, dass dem Hochkapitän größere Befugnisse und die Macht der Entscheidung gegeben wurden. Genau dies war einige Monate zuvor geschehen, und so bestimmte Thalmgar aus eigener Weisheit und Machtvollkommenheit.

In den Werften und Werkstätten von Borghorst bis Südenthal, von Islaborg bis zum Nordenthal-Land hörte man indes die Hämmer und Äxte schlagen, um aus der Flotte der tausend Schiffe eine Flotte der fünftausend zu machen, hoch gerüstet mit Katapulten und Springalds nach Bauart der verbündeten Tajimäer.

Die Chronik der Sternenseher von Seeborg

Fünf kosmische Tore gab es, und manche sagten, es seien fünf mal fünf ge-
wesen. Die Zeit hat sie vergessen, und das Wissen darum, wie man sie
benutzen kann, geriet mit ihnen in Vergessenheit. Selbst der Weise Liisho
kannte nur einen Teil ihrer Geheimnisse. Magier forschten danach ebenso
wie die Gelehrten von Pendabar, unter denen der Feuerfürst für denjenigen,
der es schaffte, mittels eines dieser Tore eine Verbindung zu anderen Welten
wiederherzustellen, lebenslangen Reichtum als Preis des Tüchtigen auslobte.
Doch all die Mühen waren vergebens …

Die Schriften des Sehers Yshlee von Sajar, Band XXII

Können Minotauren oder Echsenmenschen Mitglieder der Kirche des Un-
sichtbaren Gottes werden? Diese Frage beschäftigte immer wieder die Ge-
lehrten, und ich holte umfangreiche Gutachten dazu bei verschiedenen von
ihnen ein. Als entscheidend wurde dabei von verschiedener Seite immer
wieder die Frage der Herkunft angesehen. Während Veränderte wie zum
Beispiel die Dreiarmigen auch nach mehreren Generationen noch als von
Magiern geschaffene Wesen angesehen werden, die letztlich nur Werkzeu-
ge in der Bestimmungsgewalt ihrer jeweiligen Herren bleiben, so sie nicht
zu Missratenen herabsinken, gelten Echsenmenschen und Minotauren als
Völker, denen prinzipiell der gleiche Status zusteht wie einem Menschen.
Einem Veränderten Autonomie in Glaubensdingen zuzugestehen, macht
hingegen auch nach meinem Dafürhalten keinen Sinn, da er sie doch sonst
in keinem Lebensbereich genießt oder auch nur anstrebt. Das Problem der
Missratenen will ich hier bewusst und aus systematischen Gründen unbe-
handelt lassen.

Echsenmenschen gelten als Verwandte der Drachen, die ebenso wie Ma-
gier, Seemannen, Drachenier und Tajimäer die kosmischen Tore passierten,
um hier eine neue Heimat und einen neuen Gott zu finden. Warum sollte
ein Gott, der unsichtbar ist, jemanden wegen äußerer Merkmale aus seiner
Gemeinschaft ausschließen? Dafür gibt es keinen Grund, und auch wenn es
in den Schriften des Propheten Masoo keinen eindeutigen Hinweis auf seine
Haltung zu diesem Problem gibt, so ist hier doch ein Satz aus den Geboten
maßgebend, die Masoo auf der Großen Nadel erhielt: „Du sollst Wesen und
Geist achten und kein Urteil aufgrund der Gestalt fällen!"

Davon abgesehen, gibt es zwar eine erkleckliche Anzahl von Echsenmenschen im Heer des Priesterkönigs, aber die meisten von ihnen sind in Glaubensdingen eher indifferent.

Was die Minotauren betrifft, führen nun viele die Zweifel an ihrer Herkunft ins Feld, um ihre Zugehörigkeit zur Kirche des Unsichtbaren Gottes abzulehnen. Zwar behaupten die Minotauren selbst, vor vielen Zeitaltern durch die kosmischen Tore auf diese Welt gelangt zu sein wie die anderen Völker auch.

Die Chroniken der Seemannen legen jedoch eine andere Herkunft nahe. Ihnen zufolge sind die Minotauren durch ein Missgeschick ihres Schicksalsgottes Groenjyr entstanden, der auf dem Jademond am Teppich des Schicksals webt. Die Seemannen hatten nämlich bei ihrer Passage der kosmischen Tore ein Haustier namens „Rind" mit in die Welt gebracht, das später ausstarb, weil es sich nicht an die neuen Lebensbedingungen anzupassen vermochte. Nun verwechselte aber der Überlieferung nach der betrunkene Schicksalsgott Groenjyr in einer Mischung aus Liebes- und Weinrausch eine sterbliche Seemannenfrau, die er schon länger begehrte und vom Jademond aus beobachtet hatte, mit einer Rinderkuh. Aus der Verbindung zwischen ihr und Groenjyr entstand der erste Minotaur. Als Groenjyr nach einem jahrelangen Schlummer seinen Rausch ausgeschlafen und sich von seiner Liebesmüh erholt hatte, erkannte er, welch ein Monstrum er gezeugt hatte, und er sandte eine Krankheit zu den Rindern der Seemannen, an der die meisten von ihnen starben, denn er wollte durch ihren Anblick nicht ständig an seinen Fehltritt erinnert werden.

Seine Webergehilfen aber, die während seines Erschöpfungsschlafes die Schicksalsmuster weitergewoben hatten, hatten die Farben des ersten Minotauren und seiner Abkömmlinge darin so stark gezeichnet, dass es unmöglich war, dieses Muster einfach abbrechen zu lassen, ohne den gesamten Teppich zu verderben. So wurden nur die Rinder, nicht aber die Minotauren von Groenjyr aus dem Muster des Schicksalsteppichs getilgt, sodass die Seemannen seitdem gezwungen sind, andere Tiere zu zähmen oder zu jagen, um sie zu verzehren.

Können aber die Söhne und Töchter eines fremden Gottes, dessen Verehrung all denen strengstens verboten ist, die den Worten des Propheten Masoo folgen, Aufnahme unter den Rechtgläubigen finden? Darüber ereifern sich nicht wenige Gelehrte und Prediger, die sich auch dagegen wenden, dass

Minotauren im Heer des Priesterkönigs dienen. Manche von ihnen sagen *sogar, dass man die Gehörnten zur Gänze aus dem Luftreich Tajima verjagen müsse, wenn dies ein Reich der Rechtgläubigen bleiben solle.*

Doch erstens ist nicht erwiesen, dass die seemannische Überlieferung eher der Wahrheit entspricht als die von den Minotauren selbst behauptete Herkunft als eines von mehreren Völkern, das durch die Tore in die Welt gelangte. Und zweitens gilt auch hier jener Satz aus den Geboten, die einst Masoo auf der Großen Nadel erhielt, der da lautet: „Du sollst Wesen und Geist achten und kein Urteil aufgrund der Gestalt fällen!" Es wäre auch *nicht einsichtig, weshalb ausgerechnet ein Gott, der aus Bescheidenheit auf ein eigenes Antlitz verzichtet und daher unsichtbar bleibt, an der tierhaften Gestalt eines Teils seiner Gläubigen Anstoß nehmen sollte.*

Ich empfehle daher, der Teilhabe von Minotauren an der Gemeinschaft der Gläubigen keinerlei Beschränkungen aufzuerlegen.

Joyan, Prälat für Glaubensdogmen an der Gelehrtenschule von Kajar in einer Empfehlung an den CLXII. Priesterkönig von Tajima

Es schlummert Yyuum, der Urdrache,
Unter den Bergen, die das Dach der Welt verlängern.

Wenn er sich dreht, reißt das Erdreich auf,
Wenn er atmet, erzittert der Kontinent,
Wenn er das Maul öffnet, spuckt die Feuersbrunst heraus – wie aus einem Vulkan.

Im Schlaf beherrscht er nur ein paar Affen,
Sobald er die Augen öffnet, erheben sich die Drachen in ihren Pferchen.

Wehe euch allen, wenn dies geschieht ...

Der Gesang von Yyuum, dem Zerstörer – unter Sängern des Ostmeerlandes ein verbreitetes Repertoire-Stück unbekannter Herkunft.

„Nehmen wir uns, was man uns nehmen lässt!", sprach der Feuerfürst von Pendabar. „Feuerheim hat diesen Krieg nicht gewollt, aber es wird davon profitieren wie sonst kein anderes Reich!"

Ich gebe zu, in diesem Augenblick nicht mehr geglaubt zu haben, dass die Macht der Diplomatie noch irgendetwas würde ausrichten können.

Der Feuerfürst lachte mir ins Gesicht und sprach im breiten Dialekt der Pendabar-Küste: „Auch wenn sich Euer Heimatreich derzeit rapide verkleinert, ehrenwerter Botschafter, so ist das kein Grund zur Verzweiflung. Bündnisse werden geschlossen, aufgelöst und neu geschlossen. Der Verrat ist das vornehmste Mittel der Diplomatie, und wer sagt, dass nicht auch Ihr noch davon Euren Vorteil haben werdet?"

In diesem Moment aber ritt die Parade-Rennvogelkavallerie in den inneren Burghof von Pendabar. Die Kavalleristen hatten Pistolen schussbereit gemacht, und die brennenden Lunten verbreiteten ihren Gestank nicht nur bis zur Tribüne des Feuerfürsten, sondern gar bis in den Himmel.

Der Salut, den die Rennvogelkavallerie im vollen Vogellauf schoss, war ohrenbetäubend, und das pfeifende Geräusch, das ich seitdem auf meinem linken Ohr höre, hat mich nicht wieder verlassen.

Aus den Erinnerungen von Chong Sorong, dem Gesandten des Luftreichs Tajima in Pendabar, der Hauptstadt Feuerheims.

I

IM LAND DER MAGIER

Der warme Seewind blies aus der Bucht von Faran in Richtung der Mittleren See. Herden von Springrochen ließen sich von der starken Strömung treiben, die bisweilen auch von den Dampfschiffen genutzt wurde, die von der Feuerheimer Hafenstadt Faran aus nach Capana fuhren. Auf dem Hinweg brauchten sie die Kraft des Dampfes nicht, und man sah sie ohne die charakteristische Rauchfahne ihrem Ziel entgegentreiben, während auf der Rückfahrt die Feuer, die die Kessel heizten, umso heftiger brannten. Rajin war froh, die Küste des Luftreichs endlich hinter sich gelassen zu haben. Im Nordwesten Tajimas stellte man sich ohne viel Hoffnung auf den Großangriff der Feuerheimer Rennvogel-Kriegswagen ein. Bei ihrem Überflug hatten Rajin und seine Getreuen gesehen, wie man verzweifelt versuchte, die Dampfgeschütze und Katapulte noch rechtzeitig in Stellung zu bringen, um dem Ansturm zu begegnen. Aber letztlich standen wohl einfach zu wenig Luftschiffe zur Verfügung, als dass man der Abwehr des Feuerheimer Heeres große Aussichten auf Erfolg geben konnte.

Während Ghuurrhaan und Ayyaam mit ruhigen Flügelschlägen der magusischen Küste entgegenstrebten, blickte Rajin in die Tiefe und sah den Scharen von Springrochen zu, die versuchten, ein Feuerheimer Schiff zu überholen. Die Springrochen waren bis zu fünf Schritt lang, und wenn sie aus dem Wasser hervorschossen, schnappten sie sich manchmal sogar unvorsichtige Zweikopfkrähen, die sich auf der Jagd nach Kleinfischen zu weit auf das offene Meer gewagt hatten und nicht mehr schnell genug eine ausreichende Flughöhe zu erreichen vermochten, um sich vor den Räubern aus der Tiefe rechtzeitig in Sicherheit zu bringen.

Koraxxon, der schon beim Überflug des nordöstlichen Luftreichs jeden Blick nach unten vermieden hatte, fühlte sich angesichts der schäumenden See noch unwohler. Zunächst hatte er sich selbst erfolgreich damit abgelenkt, dass er Rajin alle möglichen Fragen stellte. Darüber, wie er es anstellen wollte, den Usurpator zu vertreiben und selbst als letzter Vertreter des Hauses Barajan wieder die Macht zu übernehmen, und wie er dem Urdrachen Yyuum zu begegnen gedachte, von dem auch der Dreiarmige natürlich schon gehört hatte.

Es gab nach Rajins Dafürhalten keinen Grund, irgendetwas von dem, was seine Identität betraf, dem Dreiarmigen gegenüber zu verbergen. Im Gegenteil: Je mehr Koraxxon darüber wusste, desto größer war vielleicht auch die Möglichkeit, dass Koraxxon dem Prinzen etwas über den Verbleib von Nya und Kojan zu sagen vermochte. Schließlich waren sie beide gemeinsam im Leeren Land gewesen, wo die Verschollenen Rajin begegnet waren. Und mochte Koraxxon auch überzeugt davon sein, dass der Prinz nichts als Trugbilder gesehen hatte, so hatte Rajin doch die Hoffnung, dass der Dreiarmige ihm vielleicht durch sein Wissen über das Leere Land weiterhelfen konnte.

Dass Rajin vom Großmeister in Magussa in dieser Angelegenheit letztlich Hilfe bekam, war nicht sicher. Selbst Abrynos hatte ihm in dieser Hinsicht nur verhaltene Hoffnung gemacht.

„Ich habe mir die höflichen Umgangsformen in meinen Jahren im Wald von Lisistan etwas abgewöhnt", gestand Koraxxon schließlich, als sie sich mitten über dem Eingang zur Bucht von Faran befanden und in keiner Richtung Land zu sehen war. Gleichgültig, ob der Dreiarmige nach oben, unten oder in eine der fünf Himmelsrichtungen sah, überall bot sich ihm der gleiche Anblick, der diesen furchtlosen Krieger zutiefst ängstigte. Einen ausgewachsenen Vollminotauren bei den Hörnern zu fassen, schien ihm leichter zu fallen als dieser Überflug.

Dazu hatte der Dreiarmige natürlich von Andong und einigen anderen Ninjas beißenden Spott ertragen müssen. Als sie aber sahen, wie ernst dieses Problem für jenen Krieger war, der sie schließlich vor der Gefangennahme durch die Minotauren bewahrt hatte, unterließen sie weitere Bemerkungen dieser Art. Es war schließlich gegen den Ehrenkodex eines Ninja, sich grausam gegenüber Schwächeren zu verhalten, wobei dieser Leitsatz nur sehr selten zum Tragen kam, denn es war meistens so, dass die Ninjas gegen eine große Übermacht und völlig auf sich allein gestellt hinter den Reihen des Feindes operierten, und da waren sie so gut wie immer in der Position des hoffnungslos Unterlegenen.

„Wie sicher jeder verstehen wird, sind unter Waldminotauren Höflichkeitsfloskeln nicht gefragt, und um ehrlich zu sein, auch in meiner Zeit im Heer des Priesterkönigs waren die höchsten Amtsträger, mit denen ich zu tun hatte, unsere Unteroffiziere, und die waren so ungehobelt wie wir selbst. Ist ‚Majestät‘ die richtige Anredeform?"

„Sprich mich weiterhin an wie bisher, Koraxxon!", bestimmte Rajin.

„Aber das ist nicht angemessen. Meine Zeit, als ich einem drachenischen Handelsherren diente, ist zwar schon einige Jahre her, aber ..."

„Ich will es so", schnitt Rajin dem Dreiarmigen das Wort ab, der wohl gerade wieder zu einem ausgedehnten Wortschwall ansetzen wollte, um zu erklären, weshalb er in dieser Frage so unsicher war. Erklärungen, die letztlich wohl in erster Linie der eigenen Beruhigung dienten und die Höhenangst, unter der er offensichtlich litt, etwas dämpfen sollten. „Ich will, dass du mit mir redest, wie dir dein Maul gewachsen ist. Es gibt jetzt schon zu viele, die in Ehrfurcht erstarren, wenn ich ihnen gegenübertrete, und von denen ich kaum noch eine ehrliche Antwort erwarten kann."

„Wie Ihr meint, Majes... Wie du meinst, Rajin."

„Ich bin unter seemannischen Seemammutjägern aufgewachsen und bin es gewohnt, dass man mir ohne Umschweife sagt, was man denkt."

„Dann werde ich das in Zukunft so halten", versprach Koraxxon.

„Das klingt fast so, als wolltest du dich unserer Sache anschließen", mischte sich Andong ein.

„Offenbar bin ich aus einer Armee desertiert, um mich einer anderen anzuschließen", bemerkte Koraxxon. „Ich bin mir ehrlich gesagt noch nicht sicher, ob das wirklich der richtige Weg für mich ist. Jeder hier sollte bedenken, was ich bin: ein Missratener."

In der Ferne tauchten die kuppelförmigen Gebäude von Capana auf. Hunderte von Schiffen waren rund um den Hafen auf dem glitzernden Meer zu sehen. Dampfschiffe aus Feuerheim waren ebenso darunter wie Schiffe der Seemannen, deren Segel aus der Ferne wie die Flügel von Riesenfaltern wirkten. Aber es ragten auch hohe Masten auf, an denen Luftschiffe anlegten. Und aus Nordosten näherte sich ein schwer beladener Lastdrachen, den das Gewicht der zwei Gondeln, die er zu tragen hatte, immer wieder zur Wasseroberfläche zog.

„Es herrscht Krieg zwischen den Reichen, aber hier begegnen sich ihre Bewohner noch immer zu Handel und Austausch", stellte Ganjon bewegt fest. „Fast könnte man meinen, dass das Reich der Magier seine selbst gewählte Neutralität in diesem Krieg wirklich ernst nähme."

„Der Drachenlandeplatz der Stadt liegt im Nordwesten", sagte Koraxxon. „Zumindest tat er das zu der Zeit, als ich hier lebte. Du kannst einen Bogen fliegen, Rajin, und wirst dann auf direktem Weg dorthin gelangen. Die Aufwinde an den Klippen erleichtern dabei sowohl die Landung als vor allem auch den Start, das wirst du sehen."

Rajin amüsierte es, dass ausgerechnet der von Flugangst gepeinigte Dreiarmige ihm Ratschläge für die Landung in Capana gab. Aber der Prinz enthielt sich einer spöttischen Bemerkung, denn seiner Ansicht nach hatte Koraxxon schon genug zu leiden.

Der Drachenlandeplatz der Stadt Capana lag auf einem hohen Felsplateau gleich am Meer und bot hervorragende Bedingungen für den Abflug. Für einen Kriegsdrachen war dies vielleicht nicht so wichtig, und ehemalige Wilddrachen wie Ayyaam und Ghuurrhaan waren noch weniger auf die Hilfe günstiger Winde angewiesen. Aber die oft hoffnungslos überladenen Lastdrachen, die zwischen Capana und Vayakor im drachenischen Neuland pendelten, waren sehr dankbar dafür, zumal sie nach dem langen Flug sehr erschöpft waren. Schließlich musste diese Passage quer über die Mittlere See ohne Zwischenlandung geflogen werden, denn es gab auf diesem Weg kein Eiland und also keine Möglichkeit für die Drachen, sich zwischendurch auszuruhen. Da galt es schon zu Beginn der Reise so viel Kraft wie möglich zu sparen.

Ghuurrhaan und Ayyaam gingen nieder. Es gab verhältnismäßig viel Platz auf dem Felsplateau. Koraxxon berichtete, dass dies zu seiner Zeit ganz anders gewesen sei. „Aber damals herrschte auch kein Krieg", gestand er dann selbst die mangelnde Vergleichbarkeit der momentanen Situation mit der von früher ein.

In der Nähe des Drachenlandeplatzes gab es Unterkünfte für die Reiter und Drachenpferche, wo die Tiere des Nachts untergebracht werden konnten. Eine Gebühr war an den Verwalter des Drachenlandeplatzes zu entrichten, einen missmutig wirkenden Echsenmann, der immerhin gut Tajimäisch und Drachenisch sprach. Wie sich herausstellte, war er ein Veteran des priesterköniglichen Heeres, und eigentlich hätte er gerne mitgeholfen, das Luftreich gegen die Invasoren aus Feuerheim und Drachenia zu verteidigen. Aber nach einer Verletzung war sein Bein steif geblieben, sodass er für den Kampf untauglich geworden war.

Obgleich der Echsenmann das Drachenische gut beherrschte, war er nicht leicht zu verstehen, denn er sprach mit zischelnder Stimme. Besonders erfreut war er aber offenbar nicht über Gäste aus dem Drachenland, was wohl mit der Situation in Tajima zu tun hatte, denn es schien ihn mit dem Land, dessen Priesterkönig er früher gedient hatte, immer noch viel zu verbinden. Rajin war es zumindest ein Trost, dass er alle Drachenier gleich mürrisch behandelte.

Gegenüber den anderen Drachenier, auf die sie in Capana trafen, gab Rajin sich als ein Samurai aus Dongkor aus. Diese Stadt lag auf der gleichnamigen Insel im östlichen Ozean und gehörte nominell noch zur Provinz des drachenischen Altlandes, dem Zentrum des Reiches also. Aber in Wahrheit war Dongkor der letzte Außenposten Drachenias vor dem endlosen Ozean. Jeder Lastdrachenbesitzer, der Waren nach Dongkor brachte, wurde mit einem Betrag aus Steuergeldern dafür belohnt. Schon seit vielen Generationen war das so, und der Verdacht, dass Dongkor andernfalls ebenso unbewohnt wie die Insel der Vergessenen Schatten gewesen wäre, lag nahe.

Jedenfalls konnte sich Rajin sicher sein, dass keiner der drachenischen Händler, die in Capana ihre Geschäfte mit den Magiern tätigten, über Dongkor mehr wusste als über das Jenseits oder den Schlund der Gluthölle im Erdinneren.

Einer dieser Händler sprach Rajin darauf an, ob er vielleicht in offizieller diplomatischer Mission und im Auftrag von Kaiser Katagi unterwegs wäre, um die Neutralität des Großmeisters von Magus aufzuweichen, worauf Rajin nur ausweichend antwortete. Dass man ihn für einen Gesandten Katagis hielt, amüsierte ihn.

Mit Liisho, der sogar hervorragend Magusisch zu sprechen vermochte, begaben sich Rajin, Koraxxon und Ganjon in die eigentliche Stadt, um auf dem Markt ein paar Neuigkeiten aufzuschnappen. Neuigkeiten, die sie vielleicht die gegenwärtige Lage im Reich Magus besser einschätzen ließen.

Die Magier selbst waren in ihrem eigenen Reich in der Minderzahl. Auf den Straßen Capanas begegnete man vielen Echsenmenschen, aber auch Dreiarmigen und anderen Veränderten mit zum Teil recht bizarren Körperformen, die ihrer jeweiligen Arbeit angepasst waren. So sah Rajin einen Schneider, aus dessen Leib mehrere Dutzend Arme mit äußerst feingliedrigen Händen wuchsen, mit denen er seine Tätigkeit mit einer um ein Vielfaches größeren Präzision und höheren Geschwindigkeit ausführen konnte als alle seine Konkurrenten in Drachenia oder Tajima. Er arbeitete so rasch und handhabte seine Nadeln dennoch mit einem derart filigranen Stich, dass es für ein menschliches Auge wie Zauberei wirkte. Dieser Veränderte diente einem Echsenmenschen, der folgerichtig auch den Lohn einstrich, den der Vielarmige von seinen Kunden erhielt.

Rajin fühlte einen dumpfen Druck in seinem Kopf, während er zusammen mit seinen Getreuen durch die Straßen Capanas schritt und sich umsah. Erst überlegte er, ob er sein Haupt vielleicht während des Fluges über die Mittlere See gegen den Wind hätte schützen sollen und dieses unangenehme Gefühl daher rührte. Doch der Weise Liisho nahm ihn zwischenzeitlich zur Seite und sprach ihn darauf an, denn er schien unter dem gleichen Phänomen zu leiden.

„Es gibt zu viele Magier an diesem Ort, das erzeugt einen Druck an Geisterkraft, den wir nicht gewöhnt sind", erläuterte der Weise. „Ah …" Er fuhr sich mit einer fahrigen Handbewegung über die Stirn und machte einen gequälten Gesichtsausdruck. „Es ist lange her, seit ich diesem Druck das letzte Mal ausgesetzt gewesen war. Sehr lange. Und ich hatte schon fast vergessen, wie das ist …"

„Kann man nichts dagegen tun?"

„Nein. Du wirst dich daran gewöhnen." Liisho lachte. „Sieh dir Koraxxon an oder diesen Ninja mit den meergrünen Augen, dessen Heimat das Seereich ist und in dessen Adern mit Sicherheit nicht ein einziger Tropfen Magierblut fließt. Die spüren gar nichts, weil ihr Geist so unsensibel ist, wie man es sich nur denken kann. Sie fühlen die innere Kraft nicht, wie wir das tun, und deswegen macht ihnen der geistige Druck, der durch die Präsenz so vieler Magier entsteht, auch nichts aus."

„Und die Drachen?"

„Sie werden sich daran gewöhnen. Tumbe Lastdrachen haben damit etwas weniger Probleme als Wilddrachen, und wir müssen damit rechnen, dass es in den Pferchen heute Nacht etwas unruhig wird." Liisho lächelte verhalten. „Aber das ist nichts gegen die Schwierigkeiten, die wir mit ihnen hatten, als der Urdrache Yyuum sich rührte." Dann hob er mahnend einen Zeigefinger. „Und noch etwas, Rajin: Versuch nicht zu intensiv an unsere Mission zu denken. Es könnte sein, dass dir sonst unabsichtlich und unwissentlich ein Gedanke entfleucht, der von einem der Magier hier in Capana aufgefangen wird."

„Ich werde mir Mühe geben", versprach Rajin.

„Wir sollten jedes Aufsehen vermeiden. Selbst, dass wir offenbar in einem gewissen Maße das Wohlwollen des Großmeisters genießen, muss niemand wissen."

Es war bereits dunkel, als sie zu den Pferchen zurückkehrten. Die Drachen waren tatsächlich sehr aufgeregt, und einer der Lastdrachenbesitzer gab den Hinweis, dass sich der Geruch eines geräucherten Springrochen, wie man ihn in Capana an jeder Ecke kaufen konnte, äußerst beruhigend auf die Drachen auswirken würde.

Wie es der Zufall wollte, kam gerade ein Händler mit seinem Verkaufskarren an den Pferchen vorbei. Er hatte sein Tagesgeschäft beendet und war auf dem Weg nach Hause, hatte aber noch einen drei Schritte großen Springrochen übrig und verkaufte diesen bereitwillig an Rajin. Der zerteilte das stark ölig riechende Tier mit seinem Schwert, und anschließend bekam jeder der beiden ehemaligen Wilddrachen eine Hälfte davon unter die Nase gehalten.

„Magier essen so etwas", erklärte der Händler, der seinen Karren bei den Pferchen abgestellt hatte. „Ich selbst bin schon bei magusischen Geschäftspartnern zu Banketten eingeladen gewesen, auf denen dieses stinkende Zeug als Delikatesse gereicht wurde."

„Ich nehme an, dass es ausschließlich von Magiern verzehrt wurde", vermutete Rajin.

„Gewiss", nickte der Händler. „Jeder Mensch müsste sich anschließend übergeben, und Drachen sind glücklicherweise so klug, dass sie niemals versuchen würden, davon auch nur einen Bissen herunterzuwürgen. Nicht einmal die degeneriertesten, verwöhntesten Pferchdrachen würden das herunterschlingen. Aber der Geruch wirkt Wunder, wie Ihr gleich sehen werdet."

Der Händler versprach damit nicht zu viel …

Rajin und seine Getreuen sahen in dieser Nacht zum ersten Mal seit dem Aufbruch aus Sukara wieder richtige Betten. Sie hatten sich in einer der vielen Unterkünfte eingemietet. Sie wurden, wie sich herausstellte, von dem missmutigen und dem Drachenland gegenüber so ablehnend eingestellten Echsenmann verwaltet.

Es blieb tatsächlich ruhig in den Pferchen. Liisho und Rajin nahmen sich ein Zimmer im Dachgeschoss der Unterkunft. Bevor er sich zu Bett legte, wollte sich Liisho noch einmal selbst davon überzeugen, dass mit den Drachen alles in Ordnung war. Die Wunden, die sie insbesondere an den Flügeln davongetragen hatten, waren mittlerweile vollkommen verheilt. Die Narben, die davon zurückgeblieben waren, hätte ein unkundiger Betrachter gar nicht als solche erkannt.

Nachdem Liisho gegangen war, befand sich Rajin allein in der Dachkammer. Er entkleidete sich, schlüpfte ins Bett und nahm noch einmal das magische Pergament zur Hand, das er wie stets unter seinem Wams über seinem Herzen getragen hatte.

Ein eigenartiges Gefühl durchströmte ihn. Einen Augenblick lang war er versucht, das Pergament erneut zu öffnen, wieder auf die wabernden, ineinanderlaufenden Farben zu starren …

Nein, dachte er energisch und sehr entschlossen. So schwer es ihm auch fiel, er durfte sich nicht von diesem magischen Artefakt in den Bann schlagen lassen. Er brauchte all seine Kraft für das, was vor ihm lag, sagte er sich, doch für einen kurzen Augenblick war er sich nicht sicher, ob dieser Gedanke wirklich von ihm selbst oder vielleicht von Liisho stammte. Aber das spielte keine Rolle, wie er fand. Er ließ das Pergament zusammengerollt und schlief wie ein Stein. Zwar plagten ihn erneut wirre Träume, aber eine weitere Nacht im Leeren Land blieb ihm erspart.

Mitten in der Nacht erwachte Rajin. Es war, als ob ein durchdringender Gedanke ihn geweckt hätte. Kerzengerade saß er in dem einfachen Holzbett. Das Licht der Monde fiel durch das offen stehende Fenster. Die Nächte im Süden von Magus waren warm, und es war angenehm, wenn eine kühle Brise von der Mittleren See her wehte.

Das Bett Liishos war leer, und als Rajin dies gewahrte, war er sofort hellwach. Er stand auf und ging zum Fenster. Der Schneemond stand gerade im Zenit. Das letzte Fünftel der Nacht hatte begonnen, und in wenigen Stunden würde hinter den nahen Bergen die Sonne aufgehen. Irgendwo dort im Westen lag das Land der Leuchtenden Steine, aber der Weg des Prinzen und seiner Getreuen würde zunächst zur Hauptstadt Magussa führen, denn ohne die Unterstützung des Großmeisters hatte die Kraft dieser geheimnisvollen Steine wohl kaum einen Wert.

Rajin blickte hinaus auf den Drachenlandeplatz, der etwas tiefer gelegen war als die Unterkunft. Er spürte eine geistige Kraft, zwar nur einen Moment, aber sehr intensiv, und für einen kurzen Augenblick glaubte er auch, einen schwarzen Rauchwirbel durch die Luft schweben zu sehen. Die Rauchfahne drehte sich um sich selbst und war dann verschwunden.

Ein Schattenpfadgänger!, durchfuhr es Rajin. Aber so sehr er seine Augen und die Fühler seines Geistes auch anstrengte, er konnte nichts mehr erkennen oder mithilfe der inneren Kraft erspüren.

Da hörte Rajin Schritte hinter der Tür. Die Treppe knarrte, und wenig später öffnete sich die Zimmertür. Es war Liisho.

„Ich war noch einmal bei den Drachen, um nach ihnen zu sehen", sagte er.

Die beiden Männer sahen sich an, und Rajin hatte das untrügliche Gefühl, dass sein Mentor ihn anlog. Der Mann, dessen Geistesstimme ihn durch seine gesamte Jugend auf Winterland begleitet und ihm ein Wissen vermittelt hatte, das er mit niemand anderem hatte teilen können, sagte ihm nicht die Wahrheit, da war er sich auf einmal ganz sicher.

„Mir war, als wäre draußen ein Schattenpfadgänger gewesen", sagte Rajin frei heraus. „Hast du nichts davon bemerkt?"

Da senkte Liisho beschämt den Kopf und gestand: „Ich war mir nicht sicher und wollte dich nicht beunruhigen. Deshalb habe ich mich hinausgeschlichen, um nachzuschauen."

„Nun, ich bin mir sicher", erklärte Rajin.

„Es könnte Abrynos gewesen sein", vermutete Liisho. „Er hat uns aufgespürt, um uns dem Großmeister früh genug melden zu können."

„Gut möglich."

Liisho legte sich auf sein Bett. Aber seine Augen blieben für das letzte Fünftel der Nacht offen, und das fahle Licht des Augenmondes spiegelte sich in ihnen.

Nein, du musst noch nicht alles über mich erfahren, Rajin, dachte er. Doch ich fürchte, das wirst du noch früh genug …

Bei Sonnenaufgang brachen sie auf. Rajin spürte den Druck im Kopf nicht mehr, der ihn noch am Vortag bei ihrer Ankunft in Capana geplagt hatte. Offenbar hatte er sich tatsächlich an die geistige Präsenz so vieler Magier an einem einzigen Ort gewöhnt.

Den Drachen schien es ähnlich zu gehen, denn sie waren ausgesprochen gut gelaunt und leicht zu lenken.

Vom Verwalter des Drachenlandeplatzes kauften sie ein paar Portionen Seemammutfleisch, damit den Drachen bei der letzten Etappe des Fluges nicht der Magen knurrte. Die Vorräte an Stockseemammut waren in Magus kaum weniger knapp geworden als in Drachenia, obwohl sich das Magierreich nicht mit dem Seereich im Kriegszustand befand und dementsprechend auch nicht von den Langschiffen boykottiert wurde. Aber die meisten Seemammutjäger hatten schon seit Monaten den Fang komplett eingestellt, da sie und ihre Schiffe der Flotte des Hochkapitäns Thalmgar Eisenhaarssohn zur Verfügung zu stehen hatten. Und die Lager mit Stockseemammut waren vielerorts bereits zur Neige gegangen. Dementsprechend teuer war die Mahlzeit für die beiden ehemaligen Wilddrachen, und sie konnten von Glück sagen, dass man in Capana problemlos mit drachenischen Silbermünzen bezahlen konnte.

„Wir hätten sie lieber selbst auf die Jagd schicken sollen", sagte Liisho zu Rajin. „Das hätte unsere Reisekasse nicht so angegriffen."

„Aber es hätte mehr Zeit gekostet", wandte Rajin ein. „Wir scheinen ja wohl in Magussa erwartet zu werden."

„Ja", murmelte Liisho, und er wirkte auf einmal so in sich gekehrt wie der Echsenmensch, der als Verwalter des Drachenlandeplatzes fungierte. „Scheint so …"

Auf das Vorkommnis der letzten Nacht wollte Liisho offenbar nicht noch einmal eingehen. Er wandte sich um, ging ein paar Schritte und sah Ayyaam beim Fressen zu.

Wenig später bestiegen sie die Drachen. Koraxxon blickte an dem schuppigen, mit einer Reihe von Stacheln gespickten Rücken Ghuurrhaans empor und seufzte.

„Wenn du auch weiterhin mit uns reisen willst, kann ich dir leider die Unannehmlichkeiten eines Drachenflugs nicht ersparen", sagte Rajin, als er Koraxxons Blick bemerkte.

„Ich weiß. Ich denke, ich werde es schon schaffen", versprach er.

„Einen Magier, der dich von deiner Missratenheit befreit, könntest du sicherlich auch hier in Capana finden."

„Mag sein. Aber die wirklich großen Meister leben in der Hauptstadt des Magierreiches. Und da du in den Kreisen des Großmeisters eine gewisse Wertschätzung und Achtung zu genießen scheinst, könnte ich vielleicht von allerhöchster Stelle einen wahren Könner seines Fachs vermittelt bekommen, der mir den Gehorsam zurückgibt."

„Ich persönlich würde es bedauern", erwiderte Rajin. „Du wärst dann zweifellos nicht mehr derselbe."

„So willst du ernsthaft behaupten, einen ungehorsamen Begleiter einem gehorsamen vorzuziehen?", wunderte sich der Dreiarmige. „Einen seltsamen Herrscher wirst du abgeben, wenn du nach dieser Devise auch noch verfährst, sobald du erst Kaiser bist."

„Noch ist dies nicht der Fall, da kann ich mir diese Meinung erlauben."

Sie flogen nach Nordosten, die gewundene Linie der magusischen Küste entlang. Eine Anzahl einsamer burgähnlicher Anwesen lag an dieser Küste, aufgereiht wie an einer Perlenkette. Dazwischen waren manchmal Fischerdörfer zu sehen. Es gab solche, die anscheinend von Menschen besiedelt wurden, andere hingegen von Echsenmenschen. Auch weiter im Landesinneren waren Dörfer und Höfe auszumachen, aber im Ganzen schien Magus ein vergleichsweise dünn besiedeltes Land zu sein. Lange Abschnitte des Küstenlandes waren vollkommen unbewohnt. Nur riesige Kolonien von Zweikopfkrähen sammelten sich dort am Ufer und brüteten.

2

DER PLAN DES SCHATTENPFADGÄNGERS

Der schwarze Rauchwirbel wurde selbst von den aufmerksamen Kampfmönchen, die die Zitadelle von Kenda bewachten, kaum bemerkt, und wer darauf aufmerksam wurde, der dachte an Staub, den der vom Meer her wehende Wind aufgewirbelt hatte.

Abrynos der Schattenpfadgänger huschte durch die schwere, mit gusseisernen Beschlägen versehene Tür der Kathedrale des Heiligen Sheloo – und dann wusste er plötzlich, dass er am Ziel war. Ein einzigartiges Gefühl durchflutete ihn. Ein Gefühl der Kraft und der Erfüllung. Ja, hier bin ich richtig!, ging es ihm durch den Kopf. Endlich ...

Abrynos aus Lasapur verließ den Schattenpfad und verstofflichte sich. Der schwarze Rauch verwirbelte und sammelte sich, nahm Substanz an und wurde zu einem Körper.

Die Kathedrale war ein Bauwerk, das Abrynos durchaus beeindruckte, obgleich er selbst nicht dem Glauben an den Unsichtbaren Gott anhing. Sein Blick glitt an den kunstvoll gestalteten Reliefs an den Wänden entlang und blieb dann auf dem aus einem Steinquader bestehenden Altar hängen, in den das Zeichen des Unsichtbaren Gottes hineingemeißelt war: die ineinandergreifenden Kreise.

Einer der Kampfmönche der Bruderschaft des Leao, die mit der ehrenvollen Aufgabe betraut war, diese Zitadelle und vor allem die Kathedrale zu bewachen, kniete vor dem Altar und wirkte vollkommen in sich gekehrt. Seine Augen waren geschlossen, und das Gesicht des Mannes strahlte eine Form vollkommenen Friedens aus, die Abrynos aus Lasapur so nicht kannte. Der Widerspruch zwischen Wunsch und Wirklichkeit war im verklärten Gesicht des Mönchs nahezu aufgelöst.

Abrynos tastete mit seinen magischen Sinnen nach den vielfältigen Kräften, die innerhalb dieses Gemäuers zu erspüren waren. Kräfte, von deren wahrer Herkunft auch die Mönche nichts ahnten.

Einst war dieses Gemäuer Teil eines kosmischen Tores, wusste Abrynos. Er hatte sich lange mit den Überlieferungen beschäftigt und in Bibliotheken in allen fünf Reichen nach Hinweisen auf jene kosmischen Tore gesucht, durch die einst sowohl die Drachen als auch Magier, Menschen und einige andere Völker die Welt betreten hatten. Tore, die eine Verbindung zu anderen, unsagbar fernen Welten oder gar zu verschiedenen Existenzebenen des Polyversums schaffen konnten.

Es war so bedauerlich, dass das Wissen um ihre Funktionsweise und die Kräfte, die in ihnen wirksam waren, fast vollständig verloren gegangen war und alle Bemühungen, es zurückzugewinnen, nichts gefruchtet hatten. Einigen wenigen Gelehrten war es angeblich gelungen, einen solchen Durchgang wenigstens für die Reise von einem zum anderen Tor zu benutzen, ohne dabei allerdings diese Welt zu verlassen.

Die Tore waren der Schlüssel zur Macht. Und diese Kathedrale war vielleicht der Schlüssel, um sie erneut zu öffnen …

Er spürte die Seelenreste von Ubranos, jenem Magier, der einst in den Diensten Katagis gestanden hatte. Abrynos murmelte eine Formel.

In diesem Moment erhob sich der Mönch am Altar von seinem Gebet. Er senkte kurz den Kopf, als er ihn sah, so als würde er einen Mitbruder grüßen, der ebenfalls Andacht und innere Versenkung suchte, dann schritt er an Abrynos vorbei.

Abrynos wartete, bis der Mönch von der Dunkelheit der Kathedrale verschluckt worden und seine Schritte verklungen waren, dann ging er vorwärts, bis er sich schließlich unter der großen Kuppel befand. Er blieb stehen, sah hinauf, schloss dann die Augen und spürte den Geistern und Kräften nach, die in diesen Mauern wirksam gewesen waren.

Er sah Ubranos Tod vor sich, als wäre es eine reale Erinnerung für ihn. Ein Ninja in Rajins Diensten hatte ihn umgebracht. Magie schützte eben nicht gegen jede Bedrohung. Ein zynisches Lächeln spielte um Abrynos' schmallippigen Mund.

Aber da waren noch mehr Seelenreste, die in diesem Gemäuer mehr oder minder gefangen waren.

Nya, die Geliebte Rajins, und ihr ungeborener Sohn Kojan. Dort hatte der gläserne Sarg in der Luft gehangen, den Rajin aus der Zitadelle mitgenommen und nach Sukara gebracht hatte. Aber ein Teil ihrer Seelen war noch hier. Ihr Schmerz hing in dieser kühlen, modrigen Luft – die Verzweiflung Rajins und die Sorge einer jungen Mutter um ihr ungeborenes Kind. Ubranos hatte sie zu Marionetten in seinem perfiden Spiel gemacht, und unter den Emotionen, die daraus resultierten, war auch eine Menge Hass. Sehr gut. All das ergab eine Mischung, die sich gut einsetzen lässt, wenn man all dies zusammenfügte.

In dem Moment, da Abrynos aus Lasapur im Gewölbe unter Burg Sukara vor dem gläsernen Sarg Nyas stand, hatte der Schattenpfadgänger mit seinen magischen Sinnen auch das Innere der Kathedrale gesehen und gewusst, dass Nya an einem ganz besonderen Ort gewesen war. Zumindest ihr Körper. Wo sich ihr Geist befand, war eine ganz andere Frage.

Abrynos breitete die Arme aus und atmete tief durch. Die Kraft dieses Raumes würde ihm viele Jahre zurückgeben, die er durch seine jahrzehntelange Schattenpfadgängerei an Lebensspanne verloren hatte, wusste der Magier.

Immer weiter streckte er die unsichtbaren Fühler seiner magischen Sinne aus, denn da war noch eine sehr viel größere Quelle seelischer Kraft.

Wulfgarskint …

Eine weiße Schneelandschaft tauchte vor Abrynos' innerem Auge auf. Ein Ort an der Küste und Drachenreiter, die dort ein Gemetzel anrichteten. Das musste Winterborg sein, erkannte Abrynos. Eine kleine Gemeinschaft von Seemammutjägern am beinahe entlegensten Punkt der fünf Reiche, die zu trauriger Berühmtheit gelangt war, weil durch den Angriff der Drachen-Armada dort der Krieg zwischen Drachenia und dem Seereich ausgelöst worden war. Das war also der Anfang. Der Beginn von so vielem, das er sich zunutze machen konnte …

Seelen- und Erinnerungsfetzen hingen in der Luft, und Abrynos setzte aus ihnen nach und nach ein Mosaik zusammen:

Wulfgarskint, der Sohn von Wulfgar Wulfgarssohn, dem Seemannenkrieger, bei dem Prinz Rajin aufgewachsen war. Immer schon waren sie Rivalen gewesen, seit dem Tag, da dieser fremde, mandeläugige Säugling, den sie Bjonn Dunkelhaar nannten, auf Winterland ausgesetzt worden war. Rivalen um die Gunst des Vaters und um die Gunst des Schicksals gleichermaßen. Aber wie konnte jemand Gerechtigkeit vom Schicksal erwarten, der einem Volk angehörte, das an einen trunksüchtigen Schicksalsgott glaubte?

Abrynos sah vor seinem geistigen Auge jenes Gemetzel, das dazu hatte dienen sollen, den letzten potenziellen Thronfolger aus dem Hause Barajan zu töten, und dem stattdessen nur Unbeteiligte zum Opfer gefallen waren.

Ihr habt den Euren kein Glück gebracht, Prinz Rajin! Habt Ihr darüber schon einmal nachgedacht?, ging es dem Magier durch den Kopf. Sie alle wurden getötet. Auch Wulfgarskint Wulfgarssohn, mit dem Ihr wie ein Bruder aufgewachsen seid und mit dem Euch derselbe, nur unter Brüdern zu findende Hass verband. Aber der Traumhenker hat ein Einsehen gehabt und Wulfgarskint wiedererstehen lassen. Er folgte denen, die Euch verfolgten, Prinz Rajin – und geriet in die Fänge von Ubranos, dem Magier des Usurpators …

Ubranos hatte das getan, was nahelag. Er hatte den Hass Wulfgarskints für sich zu nutzen gewusst – einer Kreatur, die längst schon kein Mensch mehr gewesen war, sondern eine Manifestation des reinen Hasses. Ein Monstrum, das zumeist einer aufrecht gehenden Riesenratte geähnelt hatte, seine Gestalt aber auch verändern konnte und als Wolke kleinster schwarzer Teilchen wie ein Insektenschwarm über das Land flog …

„Wulfgarskint? Hörst du mich?", rief Abrynos.

Da war nichts weiter als ein Murmeln des Geistes, das ihm antwortete. Ein Rumoren geistiger Seelenfetzen, von denen ein beträchtlicher Anteil aber noch erkennbar von diesem Monstrum stammte, zu dem Wulfgarskint einst geworden war, nachdem er mit dem Traumhenker und Todverkünder handelseinig geworden war.

Der Preis, den der Traumhenker verlangte, war immer der gleiche, wusste Abrynos. Die verdammte Seele, der er zusätzliche Leben schenkt, musste ihm irgendwann auf den Augenmond folgen. Wie kam es aber dann, dass noch so viel von Wulfgarskint an diesem Ort war? Die Antwort wurde Abrynos sehr bald offenbar. Da war noch eine weitere Kraft, die das bewirkt.

Eine Kraft, deren Anziehungskraft mindestens genauso stark war wie diejenige, die der Herr des Augenmondes aufzuwenden vermochte, um Wulfgarskints Seele in seine Heimat, auf den Augenmond, zu entführen.

Der Widerstreit dieser Kräfte musste es wohl gewesen sein, der Wulfgarskints monströs gewordene Seele schließlich zerrissen hatte. Aber es war noch genug von ihr zurückgeblieben, um damit und mit den anderen Seelenresten etwas anzufangen.

Abrynos brauchte einen Schlüssel, um das Tor zu öffnen, wie es in den alten Schriften stand. Einen Schlüssel des Geistes, und ihm schien, dass ihm das nur an diesem Ort gelingen konnte.

Der Magier sog die kühle, feuchte Luft tief in seine Lungen und vereinnahmte gleichzeitig noch etwas mehr von dieser düsteren Kraft, die in diesen Mauern allgegenwärtig war.

Er fühlte sich jünger, stärker und geistig gefestigter als je zuvor in seinem Magierleben. Seine Präsenz wuchs. Seine Augen begannen grün zu leuchten.

Lass etwas übrig ... Du brauchst es noch, wenn du deinen Plan in die Tat umsetzen willst ...

Kaiser Katagi befand sich in der großem Wandelhalle seines Sommerpalastes in Vayakor.

Er weilte mit Bedacht in der Hafenstadt im drachenischen Neuland. Vayakor lag auf einer Halbinsel, die weit in die Mittlere See hineinragte. Von dort aus verkehrten Lastdrachen fast täglich nach Magus, denn von Vayakor aus war die Entfernung zum Land der Magier kürzer als von jedem anderen Ort des Drachenlandes.

Nachdem ihm der Magier Abrynos zum ersten Mal begegnet war und sie ihren besonderen Pakt geschlossen hatten, der einerseits Prinz Rajin vernichten und andererseits Abrynos die Position des Großmeisters von Magus bescheren sollte, zog Katagi bei Vayakor seine Kriegsdrachen-Armada zusammen. Alle Einheiten, die an den verschiedenen Fronten des Reiches erübrigt werden konnten, hatte er herbeordert.

Seine Befehlshaber wagten es nicht, ihre Kritik daran offen zu äußern. Aber die gut informierte Geheimpolizei des Usurpators wusste sehr wohl, wie die Stimmung unter den Kommandanten war. Katagi hatte sogar ein gewisses Maß an Verständnis dafür. Sie konnten ja schließlich nicht wissen, welchen Plan ihr Herrscher damit verfolgte. Mit der Drachen-Armada wollte er innerhalb weniger Tage die Mittlere See überqueren und Magussa erreichen, die Hauptstadt der Magier, die zur Falle für Prinz Rajin werden sollte.

Währenddessen erhielt Katagi täglich gleich mehrere Gesuche des Fürsten von Sajar, der die in Richtung Kajina vordringenden Kriegsdrachen befehligte. Er bat dringend um Verstärkung. Angeblich hatte der Feind am Ma-Ka-Fluss eine Widerstandslinie errichtet, die nicht so leicht zu überwinden war. Davon abgesehen mussten die unwegsamen Bergregionen des Luftreichs noch erobert werden, der Kern des Landes, wenn man so wollte, und dazu brauchte man jeden Kriegsdrachen.

Weshalb der Kaiser einen beträchtlichen Teil seiner Drachen-Armada nach Vayakor beorderte und die Drachenreiter sich in den dortigen Freudenhäusern vergnügen ließ, während andernorts nicht genug Drachen und Drachenreiter zur Stelle waren, verstand niemand unter den vorrückenden Truppen. Selbst ein Mann wie der Fürst von Sajar, der Katagi so ergeben war wie sonst kaum jemand, konnte die Entscheidung seines Kaisers nicht nachvollziehen. Schließlich wurde Tajima gerade aufgeteilt, und wenn man den Feuerheimern ein zu großes Stück davon überließ, hatte man im nächsten Krieg gegen einen viel mächtigeren Gegner zu kämpfen.

Noch weniger Verständnis fand Katagis Entscheidung bei jenen Befehlshabern, deren Drachenverbände die Grenze zum Seereich überquert hatten und dort in einer viel schwierigeren Lage waren. Zudem fehlte es noch immer an Stockseemammut. Die Mägen der Drachen knurrten und machten sie unwillig und schwer lenkbar. Auch dies war ein Grund, einen Sieg möglichst rasch herbeizuführen, weil er sonst vielleicht nicht mehr fortsetzbar war.

Aber Katagi hatte gute Gründe für seine Entscheidung. Den

Schlimmsten seiner Feinde würde er auf diese Weise loswerden. Prinz Rajin, den unseligen letzten Spross der alten Kaiserfamilie, den er aus widrigen Umständen heraus bisher nicht zu töten vermocht hatte.

Um ihn zu schlagen, musste er alle anderswo irgendwie entbehrlichen Kräfte konzentrieren, jeden Drachenreiter, jeden Armbrustschützen. Soweit sich das beeinflussen ließ, hatte Katagi dafür gesorgt, dass die Drachen jener Streitmacht, die er in Vayakor sammelte, mit den besten Schützen bemannt waren.

Katagi fand, wie so oft in letzter Zeit, keinen Schlaf. Selbst die Tinkturen, die er sich zu diesem Zweck von seinen Hofalchimisten hatte brauen lassen, verfehlten ihre Wirkung.

Manchmal wachte er schweißgebadet auf und glaubte einen Chor gequälter Seelen zu hören. Der Traumdeuter, den er deswegen befragt hatte, war in den Folterkellern unter dem Palast gelandet und hatte hernach die absurdesten Dinge gestanden. Inzwischen war seine Leiche ein paar abgerichteten Flugwölfen zum Fraß vorgeworfen worden, die mit Wonne zerrissen hatten, was nach der Behandlung in den Kellern noch von dem Mann übrig gewesen war.

Als er daraufhin nach Ersatz geschickt hatte, hatten sich alle professionellen Traumdeuter der Hauptstadt verleugnen lassen. Einige hatten sogar vorsorglich die Stadt verlassen, um nicht in die Verlegenheit zu geraten, dem Herrscher eine unangenehme Wahrheit offenbaren zu müssen.

Daraufhin war Katagi zu der Überzeugung gelangt, dass Traumdeutung Aberglauben wäre, und er hatte gehörigen Druck auf die Oberen der Kirche von Ezkor ausgeübt, damit sie diese Praktiken, wie sie bisher im ganzen Land gang und gäbe waren, als Ketzerei verdammte. Der Abt von Ezkor war diesem Ansinnen nachgekommen, und seitdem war Traumdeutung in Drachenia ein todeswürdiges Verbrechen.

Aber die Worte jenes Traumdeuters, dessen Überreste er schließlich den Flugwölfen hatte vorwerfen lassen, klangen dem Herrscher des Drachenlandes noch immer in den Ohren.

„Wir alle sind Sünder, o Kaiser. Und Euch lassen die Gedanken an diejenigen, an denen Ihr gesündigt habt, nicht mehr los. Sucht Vergebung und innere Einkehr, dann werden die Träume Euch nicht mehr heimsuchen."

Jener Traumdeuter war von den Kampfmönchen ausgebildet worden, die die Zitadelle von Kenda bewachten. Vielleicht hatte diese Zeit seine Sicht der Dinge geprägt. Und da Katagi ahnte, dass in den Worten des Traumdeuters vielleicht doch ein Kern Wahrheit zu finden war, hatten sie ihn so tief getroffen wie ein Dolchstoß.

Katagi irrte zwischen den Säulen der Wandelhalle umher. Die Fackeln ließen Schatten an den mit kunstvollen Mosaiken versehenen Säulen tanzen, auf denen Drachenheere vergangener Epochen dargestellt waren, jeweils angeführt von einem Kaiser aus dem Hause Barajans.

Jedes dieser Motive schien ein bebilderter Hinweis darauf zu sein, dass er den Platz auf dem Thron zu Drakor nicht rechtmäßig eingenommen hatte und dass eigentlich ein anderer an seiner Stelle hätte herrschen müssen.

„Entfernt sie, diese verfluchten Mosaike!", schrie er, obwohl niemand in der Nähe war. „Lasst die Säulen abschleifen und verziert sie in des Unsichtbaren Gottes Namen mit meinem Antlitz und meinem Wappen!" Er zog sein Schwert und schlug in einem Anflug von Raserei auf eine der bebilderten Säulen ein. Die leicht gebogene, nach drachenischer Art gefertigte Klinge prallte an dem Stein ab. Funken sprühten, und nur kleine Stücke des Mosaiks brachen heraus und fielen zu Boden. Der letzte Schlag des Kaisers war so heftig, dass ein geradezu höllischer Schmerz seine Hand und den rechten Arm durchfuhr. Die Klinge wurde ihm durch die Wucht des eigenen Hiebs aus der Hand gerissen und fiel klirrend zu Boden.

Katagi stöhnte auf. Er hatte offensichtlich weder die Kraft, ein Säulenmosaik zu zerstören, noch genug, um eine drachenische Klinge zum Bersten zu bringen. Wild fluchte er vor sich hin, was schließlich in eine Folge wimmernder Laute überging. Vielleicht lag seine Reizbarkeit daran, dass er schon tage- und wochenlang nicht richtig hatte schlafen können. Jedenfalls konnte sein wildes, ungehemmtes Wimmern und Schreien niemand hören, denn er hatte sich – wie jede Nacht – ausgebeten, die Wandelhalle des Sommerpalastes ganz für sich allein zu haben.

Die Wächter hatten Anweisung, nicht zu ihm zu eilen, ganz gleich, was immer sie zu hören glaubten. Katagi wollte nicht, dass jemand

Zeuge seiner inneren Schwäche wurde. Es durfte niemand von der Verzweiflung und der Qual erfahren, die ihn mitunter peinigte. Eine Pein, die er jedoch mit Freuden an Untergebene, Untertanen und Gefangene weiterzugeben pflegte ...

In diesem Moment erschien der Schattenpfadgänger Abrynos im Sommerpalast von Vayakor. Sein dunkler Rauchwirbel huschte durch die Wandelhalle, verharrte dicht vor Katagi und wurde zu einer stofflichen Gestalt.

„Sei gegrüßt, Kaiser des Drachenlandes", sagte der Magier und verbeugte sich tief vor Katagi.

„Ich hoffe, Ihr bringt mir erfreuliche Kunde, Bote des Großmeisters", entgegnete Katagi.

„Bote ja – aber nur noch in eigener Sache", lautete die Antwort des Schattenpfadgängers. „Ich habe gute Neuigkeiten für Euch."

„So sprecht!"

„Fliegt mit Euren Kriegsdrachen, so schnell es geht, nach Magussa. Prinz Rajin und seine Getreuen werden dort bald eintreffen."

„Ihr beobachtet sie?"

„Was habt Ihr erwartet? Ich vermag die Schattenpfade zu benutzen, und so sind Entfernungen für mich nichts. Ich kann Euch nur raten, Euch zu beeilen. Es besteht das Versprechen des Großmeisters, Rajin in das Land der Leuchtenden Steine zu begleiten, und wenn er von dort zurückkehrt, könnte es sein, dass Ihr keine Gelegenheit mehr bekommt, ihn zu töten. Im günstigsten Fall deshalb, weil er zu schwach war und die Kräfte in den Steinen ihn vernichtet haben. Im ungünstigsten Fall allerdings wird er stärker denn je sein, und es wird dann sehr schwer für Euch werden, ihn zu besiegen."

Katagi blickte sich um, als fürchte er, belauscht zu werden. Aber da war niemand. Der Usurpator und der Magier waren ganz allein in der Wandelhalle, und Abrynos pflegte ihn ohnehin nur dort aufzusuchen, wo es weder Ohren- noch Augenzeugen ihrer Unterredungen gab. Schließlich setzte auch er sein Leben aufs Spiel.

Wenn Großmeister Komrodor von seinem geplanten Verrat erfuhr, würde die Strafe schlimmer sein als nur der Tod. Die besonderen Sinne der Magier ließen sich nämlich auch auf ebenso besondere Weise quälen, vorausgesetzt, man hatte die Mittel und das Wissen dazu.

Aber bei einem Großmeister von Magus konnte man davon getrost ausgehen. Er würde Abrynos vernichten, und das so schmerzhaft und qualvoll, dass es jeden anderen Magier für Generationen davon abhielt, einen Verrat an dem Großmeister zu begehen.

„Ich muss Euch etwas sagen, Abrynos. Die Streitmacht, mit der ich angreifen kann, wird nicht so groß sein wie erhofft", sagte Katagi.

„Das höre ich nicht gern", erwiderte der Magier in eisigem Tonfall. Aber noch brauchte er diesen erbärmlichen Wichtigtuer. Denn Katagi hatte etwas, was Abrynos aufgrund eines uralten Banns aus den Tagen Barajans verwehrt war:

Macht über die Drachen!

„Es tut mir leid", sagte Katagi.

„Ich habe mich auf Euch verlassen", knurrte Abrynos. „Wenn Ihr bei Magussa scheitert …" Er atmete tief durch und vollendete seinen Satz nicht. „Es wird kaum einen zweiten Versuch geben."

„Das ist mir bewusst. Aber das Seereich hat mein Friedensangebot abgelehnt. Meine Drachen-Armada hat in Osland keine Entlastung!"

„Dann seid nachgiebig. Gebt den Seemannen, was sie verlangen."

„Ich soll ihnen am Ende sogar Osland zurückgeben?"

„Natürlich." Abrynos grinste verschlagen. „Sie werden es ohnehin nicht behalten."

„Wie soll ich das verstehen?"

„Schon bald werdet Ihr Verstärkung in einem Ausmaß erhalten, von dem Ihr nie zu träumen gewagt habt."

„Was meint Ihr?", verlangte Katagi mit Nachdruck zu wissen.

„Habt Ihr schon einmal von den Dämonen des Glutreichs gehört?"

„Sie sollen in der flüssigen Tiefe zu Hause sein und sind Verwandte der Drachen, wenn man dem glauben darf, was die Legenden sagen."

„Es *waren* Drachen", korrigierte Abrynos. „Drachen, die am Ende des Ersten Äons in flüssigem Stein eingeschmolzen und von den Gewalten der Erdglut in die Tiefe gezogen wurden. Manche von ihnen mögen wieder aufgestiegen sein, und ihre Seelenreste überdauerten in Felsen aus Drachenbasalt die Zeitalter. Aber andere sanken so tief in der Glut, dass es ausgeschlossen erschien, dass sie je wieder aufsteigen könnten. Die ungeheuren Kräfte, die dort wirken, rissen auch die Reste ihrer Seelen noch auseinander und pressten sie unter ungeheurem Druck zu etwas Neuem zusammen – den Dämonen des Glutreichs. Es gibt keinen Weg für sie an die Oberfläche, es sei denn, man risse die Welt noch einmal auf so grobe Weise auf, wie es die Drachen am Ende des Ersten Äons taten."

„Ich möchte mich als Kaiser über allen Herrschern etablieren – aber nicht als derjenige, der dafür sorgte, dass die Welt zerrissen wird", wandte Katagi ein. „Was immer Ihr da an fauler Magie vorbereitet, ich bin dagegen!"

„Niemand denkt daran, die Welt zu zerreißen, auf dass die Dämonen des Glutreichs freigesetzt werden. Es gibt einen anderen Weg."

„Welchen?"

„Über ein kosmisches Tor könnte man sie an die Oberfläche holen. Und letztlich sind sie aus Drachenseelen zusammengesetzt – Ihr könnt sie mithilfe Eurer inneren Kraft und der Drachenringe lenken und zum Gehorsam zwingen, so wie Ihr als Drachenherrscher auch den Gehorsam anderer Drachen garantiert. Ich bin mir sicher, dass die Dämonen des Glutreichs äußerst effektive Krieger wären. Holt meinetwegen den Rat Eurer Alchimisten und Gelehrten ein, Katagi. Aber tut es schnell, denn wenn das Seereich auf Eure Friedensbemühungen nicht eingehen will, sind wir auf zusätzliche Bundesgenossen angewiesen!"

Katagi schwieg. Er rieb sich nachdenklich das Kinn und überlegte eine Weile. Dann fragte er: „Was ist mit dem Bann Barajans, der reinblütige Magier von der Drachenherrschaft ausschloss?"

„Was soll damit sein?", fragte Abrynos scheinbar gleichgültig.

„Gilt er auch für die Dämonen des Glutreichs?"

Der Magier verzog spöttisch die Lippen. „Das wissen wir, wenn wir ihnen begegnen, mein Kaiser. Außerdem würde es an der Nützlichkeit dieser Wesen für unseren Plan nichts ändern."

Nein, das mochte schon sein, dachte Katagi. Abgesehen davon, dass

Abrynos mithilfe dieser Wesen vielleicht nicht mehr so sehr auf seine Drachen-Armada angewiesen wäre …

Katagi konnte nicht behaupten, dass ihm dieser Gedanke gefiel. Aber vielleicht hatte er tatsächlich keine Wahl.

3

DIE AUDIENZ DES GROSSMEISTERS

Als in der Ferne die Zinnen von Magussa auftauchten und die überall bekannten fünf Türme der Stadt, atmete Koraxxon erleichtert auf. Auch wenn er auf der letzten Etappe der Reise nicht ein Mal geklagt und sich sehr zusammengerissen hatte, so konnte letztlich keine Rede davon sein, dass er sich an das Drachenfliegen gewöhnt hatte, so wie es bei den anderen der Fall war, die auf Ghuurrhaans Rücken saßen. Magussa war um ein Vielfaches größer und prächtiger, als man es von Capana hätte sagen können. Den Kern der Stadt bildete eine gewaltige, in der Form eines Fünfecks angelegte Burganlage. Fünf riesige Türme ragten in den Himmel – höher als alle Türme, die Rajin je gesehen oder die der Weise Liisho ihm während seiner Jugend als Traumbilder gezeigt hatte. Nirgends gab es innerhalb der fünf Reiche etwas Vergleichbares. Nicht einmal der Kaiserpalast von Drakor konnte mit diesen Bauwerken mithalten.

Rajin ließ Ghuurrhaan etwas höher fliegen, um einen besseren Überblick zu bekommen. Liisho hingegen schien daran nicht interessiert, denn er behielt mit Ayyaam die niedrigere Flughöhe bei.

In der Mitte der fünfeckigen Burg befand sich ein Gebäude, das von einer riesigen Kuppel überspannt wurde. Das war der Dom des Großmeisters. Einer Religion oder irgendwelchen Göttern wurde dort nicht gehuldigt, sondern der reinen magischen Wissenschaft. Das Kollegium der Hochmeister hatte dort seinen Tagungsort und ebenso die große Versammlung der Magiermeister, die nur ab und zu und bei wichtigen Fragen einberufen wurde.

Die Kuppel selbst blinkte in der am Abend tief stehenden Sonne, und es war unmöglich zu bestimmen, welche Farbe sie eigentlich hatte. Ständig changierten auf ihrer Oberfläche die Farben, liefen ineinander, bildeten Strukturen und Formen, die manchmal wie die Schattenrisse irgendwelcher bekannten Figuren und Gegenstände aussahen, manchmal aber auch an abstrakte Ligaturen aus Schriftzeichen verschiedener Alphabete erinnerten.

Rajin dachte an das, was man auf dem magischen Pergament zu sehen bekam, das er nach wie vor an seine Brust gepresst unter seinem Wams mit sich führte. Offenbar gab es unter Magiern eine gewisse Vorliebe für unklare, in steter Veränderung befindliche Darstellungsformen.

Die Stadt wurde durch mehrere große Wälle geschützt, auf denen gewaltige Mauern errichtet waren. Die ersten drei dieser Wälle zeichneten die fünfeckige Form des inneren Burghofs um den Dom des Großmeisters nach. Die äußeren beiden Stadtmauern hatten einen unregelmäßigen Verlauf. Offenbar war die Stadt immer weiter gewachsen, und man hatte weitere Bereiche in die Schutzwälle einschließen wollen.

Doch auch die äußerste Mauer bildete keineswegs die Stadtgrenze. In den äußeren Bezirken wimmelte es nur so von eigenartigen, teilweise fast wie durchscheinende Fata Morganen wirkenden Häusern.

„Du kennst dich doch so gut aus im Magierland", meinte Rajin an Koraxxon gerichtet. „Falls es dir möglich ist, einmal einen Blick in die Tiefe zu werfen …"

„Nur unter größter Überwindung!", gab der Dreiarmige zurück.

„Diese durchscheinenden Häuser in den Außenbezirken – worum handelt es sich dabei? Ein Theater der Trugbilder? Sollen damit Fremde verwirrt werden, damit sie die Stadt für doppelt so groß halten, wie sie wirklich ist?"

„Um dir das zu erklären, muss ich nicht unbedingt hinabsehen", sagte Koraxxon. „Es gibt solche Gebäude in fast jeder Stadt in Magus."

„In Capana sind sie mir nicht aufgefallen."

„Capana ist durch den starken Handel keine typische magusische Stadt", gab Koraxxon zu bedenken. „In Capana sind die Magier schließlich in der Minderheit. Aber in Magussa sind sie es nicht. Ich war mit meinem damaligen Herrn einige Male hier, und wir hatten Schwierigkeiten, einen Landeplatz für unseren Gondeldrachen zu finden, da man hier auf Besucher kaum eingestellt ist. Was die durchscheinenden Häuser betrifft, so handelt es sich um Ruinen."

„Seltsam ..."

„Tja, das ist der Nachteil, wenn man nicht mit Stein und Mörtel oder wenigstens mit Harthölzern aus den tembischen Wäldern baut, sondern mit purer Magie. Diejenigen, die die Häuser einst errichteten, leben längst nicht mehr. Und die folgenden Magier-Generationen haben ihre eigenen ästhetischen Vorstellungen und wollen keine Kraft in die Überreste uralter Magie geben, um sie zu erhalten. *Keine frische Magie für alten Zauber* heißt ein magusisches Sprichwort."

Das Wort „Zauber" hatte in diesem Zusammenhang eine deutlich abwertende Bedeutung, denn man bezeichnete damit jede Form von geistiger Manipulation oder übernatürlicher Beeinflussung, die von Nicht-Magiern ausgeübt wurde, also von Menschen, die entweder selbst etwas magisches Blut in sich trugen oder denen es irgendwie gelungen war, sich einen Teil des Wissens anzueignen, das normalerweise den Angehörigen des Magiervolkes vorbehalten war. Natürlich war die Anwendung stümperhaft und richtige Magie und die Zauberei der Menschenvölker für einen Meister dieses Fachs jederzeit eindeutig zu unterscheiden.

In früheren Zeitaltern hatten Magier oft die Forderung an ihren Nachwuchs gestellt, er möge die von ihnen geschaffenen magischen Bauwerke doch erhalten. Eine Tradition, gegen die sich jüngere Magier auflehnten, indem sie die Magie der Alten als schlichte Zauberei herabqualifizierten.

„Ich kann mir nicht vorstellen, dass in Capana weniger häufig mit Magie gebaut wurde als in anderen Städten von Magus", bekannte Rajin.

„Das ist auch nicht der Fall", stimmte Koraxxon zu. „Aber in Capana achtet man weniger auf die Tradition. Magische Gebäude, deren Schöpfer nicht mehr leben und in deren Aufrechterhaltung die Erben keinerlei innere Kraft investieren möchten, kann man nämlich auch durch entsprechende magische Formeln verschwinden lassen, anstatt dass sie langsam verblassen. Es gibt im Landesinneren ganze Städte, die nur aus diesen Fata Morganen bestehen und wo schon seit Jahrhunderten kein Magier und auch sonst niemand mehr lebt. Verlassene Orte, die man aus Respekt vor ihren Erbauern nicht durch ein paar einfache magische Maßnahmen auflöst."

„Ich weiß, dass es schon eine Weile her ist, dass du zum letzten Mal hier warst", wechselte Rajin das Thema, „aber hast du zufällig noch in Erinnerung, wo sich der Drachenlandeplatz befand, so unzureichend er auch gewesen sein mag?"

„Ich glaube, wir erhalten Gesellschaft!", rief in diesem Moment Ganjon. Der Hauptmann der Ninja-Truppe streckte den Arm aus und deutete in Richtung der fünf Türme der inneren Burg. Aus den Fenstern dieser Türme drangen schwarze, um sich selbst wirbelnde Rauchwolken, die sich rasch näherten.

„Schattenpfadgänger!", stieß Rajin hervor.

„Nirgends gibt es davon mehr als an diesem Ort", erklärte Koraxxon. „Das ist die Garde des Großmeisters. Sie schützt die Stadt. Ich hege große Bewunderung für diejenigen, die der Garde dienen."

„Weshalb?", fragte Ganjon. „Was ist an diesen fliegenden Magiern anders als an Soldaten in jeder anderen Heereseinheit in den fünf Reichen?"

„Das will ich dir sagen: Für dich und deine Leute oder die Söldner des priesterköniglichen Heeres oder meinetwegen auch für die Drachenreiter aus Drachenia ist der Satz, dass sie ihr Leben geben, nur die Beschreibung einer Möglichkeit, von der jeder dieser Männer hofft, dass sie niemals eintrifft. Aber bei den Angehörigen der Schattenpfadgänger-Garde des magusischen Großmeisters ist das anders. Schließlich kostet jeder Schattenpfadgang sie ein Stück ihrer Lebenskraft und bringt sie dem Tod näher."

„Warum tun sie es dann in diesem Fall?", fragte Rajin. „Es gibt keinen Grund dafür. Schließlich kann ich nirgends eine akute Gefahr für den Großmeister, sein Magierkollegium oder irgendjemand anderen entdecken."

„Sie wollen dich damit ehren, Rajin. Das ist der Grund. Sie eskortieren uns. Es ist eine Ehre, die nur sehr selten jemandem zuteilwird, wie du wissen solltest."

Die Schattenpfadgänger wirbelten ihnen entgegen. Es mussten an die hundert sein. Eine Hälfte von ihnen nahm Ayyaam in ihre Mitte, die anderen gruppierten sich um Rajins Drachen Ghuurrhaan und bildeten eine Formation, die ein exakt gleichseitiges Fünfeck ergab. Ghuurrhaan ließ einen stöhnenden Laut hören. Die wirbelnden Insektenschwärmen ähnelnden Rauchwolken der Schattenpfadgänger verwirrten den ehemaligen Wilddrachen. Rajin selbst spürte wieder jenen charakteristischen Druck im Kopf, unter dem er bereits in Capana in der ersten Zeit nach der Ankunft gelitten hatte, nur war er diesmal stärker. Aber da die Ursache dafür – nämlich die Anwesenheit einer so hohen Anzahl von Magiern – auf der Hand lag, beunruhigte ihn dies nicht sonderlich. Wahrscheinlich würde er sich auch in Magussa bald daran gewöhnt haben, sagte er sich.

Er ließ Ghuurrhaan die Flugbahn senken, sodass er sich wieder auf gleicher Höhe und in unmittelbarer Nähe von Ayyaam befand, woraufhin die Schattenpfadgänger eine Fünfeck-Formation um beide Drachen bildeten und mit ihnen auf die Kuppel des Großmeister-Doms zuflogen.

Beide Drachen waren ein wenig unruhig und knurrten leise. Sie schwenkten den Kopf, und Ghuurrhaan stieß sogar zwischenzeitlich ein bisschen heiße Luft durch die Zähne hervor. Eine kleine Rauchwolke verflüchtigte sich in der klaren Seeluft.

„Wo werden wir landen?", rief Rajin zu Liisho hinüber, von dem der Prinz zwar wusste, dass er schon mal bei den Leuchtenden Steinen von Ktabor gewesen war, nicht aber, ob er bereits mit einem Drachen in Magussa gewesen war. Die Burganlage sah jedenfalls nicht so aus, als würde sich darin ein geeigneter Landeplatz befinden. Überhaupt fehlte es dort an größeren Plätzen, und Drachen mochten es für gewöhnlich überhaupt nicht, in die Schluchten zwischen hohen Mauern hinabzufliegen, denn es gab keine Gewissheit, ob sie von dort unten auch wieder aufsteigen konnten.

„Ihr fliegt durch das Dach der Domkuppel!", erreichte ein intensiver Gedanke Rajin – und wahrscheinlich auch Liisho, denn er wandte genau in diesem Moment Rajin sein Gesicht zu und sah ihn verblüfft an. Offenbar hatten sie beide den Gedanken eines Schattenpfadgängers vernommen.

„Erkennst du mich nicht?"

Jene wirbelnde Rauchsäule, die der Formation voranflog, drehte sich auf einmal langsamer, und für einen Moment war die Gestalt eines Magiers auszumachen, der sich im Flug herumdrehte und eine Verbeugung andeutete.

„Abrynos!", stieß Rajin laut hervor.

„Zu Euren Diensten, zukünftiger Kaiser des Drachenlandes", erhielt er auf mentaler Ebene zur Antwort. *„Der Dom stammt noch aus dem zweiten Äon, einer Zeit, da das Magiervolk Herr der Drachenheit war, ehe Euer Vorfahre Barajan seinen Bann sprach. Wir sind also bestens auf Euren Besuch vorbereitet. "*

Ghuurrhaan und Ayyaam sträubten sich nur leicht, bevor sie in das Kuppeldach flogen, durch wabernde Farbwolken hindurch, die sich zu immer neuen Bildern, Strukturen und Mustern zusammenfügten; doch immer dann, wenn man gerade etwas zu erkennen glaubte, löste sich das Bild wieder auf und machte etwas völlig Unbekanntem, scheinbar Sinnlosem Platz.

Der Flug durch die Kuppel dauerte länger, als Rajin erwartet hatte. Lange Augenblicke vergingen, in denen sich die Drachen inmitten dieser ineinanderfließenden Muster befanden. Hin und wieder glaubte er, Gesichter zu sehen, so wie man manchmal in den Nebelbänken vor Winterland Gesichter entdecken konnte, wenn man lange genug in die grauen Schwaden starrte. „Der nasse Njordir schickt die Toten vom Meeresgrund herauf, damit sie zusehen, ob du deine Arbeit richtig machst!" So hatte man unter den Seemannen des Winterlandes darüber gesprochen und zumeist darüber gelacht.

Schließlich sanken die Drachen aus der Innenseite der Domkuppel hervor. Der ganze Vorgang hätte eigentlich nicht länger als einen Herzschlag lang dauern dürfen, Rajins Gefühl nach aber war es fast so lang gewesen wie der Anflug auf die Fünfeckburg von Magussa.

„Die Zeit ist eine Illusion!", erklärte Abrynos, so als würde dies die Verwirrung des Prinzen beseitigen können. *„Allerdings eine, der selbst wir Magier zumeist nahezu hilflos unterworfen sind, obwohl wir doch eigentlich ‚Meister der Trugbilder' genannt werden. "*

Das Innere des Doms hatte gewaltige Ausmaße, die alles in den Schatten stellten, was Rajin je gesehen hatte. Seltsamerweise wirkte die Domkuppel von innen sogar noch um vieles größer als von außen. Der Unterschied war so enorm, dass er mit architektonischen, das Auge verführenden Besonderheiten allein nicht zu erklären war, sondern eindeutig Magie mit im Spiel sein musste, denn im Inneren schien der Dom so groß zu sein wie aus der Sicht von außen die gesamte Stadt Magussa inklusive ihrer verblassenden Außenbezirke. Die Schattenpfadgänger schwebten hinab zu einem Drachenpferch. *„Er wurde lange Zeit kaum mehr benutzt"*, erläuterte Abrynos mit seiner klaren Gedankenstimme, *„und wenn, dann allenfalls von Gästen."* Ghuurrhaan und Ayyaam landeten auf einer freien Fläche, die von einer mit Mosaiken besetzten Mauer umgeben war. Auch die Wände des eigentlichen Drachenpferchs waren mit Mosaiken bestückt. Sie zeigten Szenen aus der Geschichte des Magiervolkes: Scharen von Magiern schritten durch ein kosmisches Tor, die Landschaft glich jener der kalten Senke auf Winterland, nur dass das Land nicht unter Schnee und Eis begraben war, sondern von den absonderlichsten Pflanzen überwuchert wurde. Aber der schwarze Felsen, der in der Mitte der Kalten Senke aufragte, war auch auf dem Mosaik deutlich zu erkennen. Der bläuliche Lichtbogen spannte sich über den Himmel, und Rajin stellte fest, dass das Mosaik bei längerer Betrachtung einen so realen Eindruck bekam, dass man meinen konnte, in diese längst vergangene Welt hineinversetzt worden zu sein.

„Es ist wirklich das Tor auf der Kalten Senke", sagte Liisho, der Rajins Gedanken offenbar erfasst hatte.

„Dann sind die Magier über das winterländische Tor in die Welt gekommen?"

„Möglich. Vergiss nicht, dass diese magischen Mosaike nur Kunstwerke sind, die von späteren Magier-Generationen geschaffen wurden. Keiner von denen, die sie geschaffen haben, ist selbst durch eines der kosmischen Tore geschritten oder hat noch jemanden gekannt, der das getan hat."

„So sind es Produkte magischer Fantasie?"

„So wie die Malereien, Lieder und Epen der Menschen auch", bestätigte Liisho. „Aber wie diese können sie einen wahren Kern enthalten."

„Unter den Seemannen erzählt man sich, dass Winterland einst ein warmes Klima hatte und sogar mit dem Festland über eine Landbrücke verbunden war."

„Siehst du. Aber ich empfehle dir ganz allgemein, dich nicht zu intensiv mit diesen Mosaiken zu befassen."

„Warum nicht?"

„Sie verführen den Geist und können dich derart fesseln, das du dich nicht mehr von ihnen zu lösen vermagst. Zumindest nicht aus eigener Kraft."

Die Schattenpfadgänger verstofflichten sich. Sie trugen magische, aus einem schwarz glänzenden Metall bestehende Harnische und hatten Schwerter auf dem Rücken gegürtet, die im Verhältnis zu ihrer Körpergröße monströs wirkten. Dazu trugen sie bis an den Boden reichende Gewänder, unter denen die Spitzen von messingbeschlagenen Stiefeln hervorschauten. Auch Abrynos trug die Rüstung der Schattenpfadgänger-Garde.

„Die Drachenreiter müssen ihre Reittiere selbst in den Pferch bringen und sie dort anketten", erklärte er, und diesmal sprach er erstaunlicherweise reinstes Hoch-Drachenisch. Davon abgesehen schien er auch mit einer völlig anderen Stimme zu reden als bei seinem Besuch in der Festhalle des Palasts von Burg Sukara. „Der Bann des Barajan wird Euch gewiss ein Begriff sein. Er verhindert, dass wir Magier auf Drachen in größerem Maße geistigen Einfluss ausüben können. Bedauerlicherweise hindert uns das in diesem Fall daran, unseren seltenen Gästen so zuvorkommend zu dienen, wie es ihnen gewiss angemessen wäre."

Abrynos verneigte sich tiefer, als Rajin es je von ihm gesehen hatte. Vielleicht etwas zu tief, so kam es dem Prinzen vor.

Nachdem sich keiner ihrer Begleiter mehr auf den Rücken der Drachen befand, sorgten also Rajin und Liisho dafür, dass sich die beiden ehemaligen Wilddrachen gehorsam in ihren Pferch begaben.

Hauptmann Ganjon ließ die Ninjas indessen Aufstellung nehmen, auch wenn seine Kriegertruppe natürlich nicht für repräsentative Zwecke geschaffen war, zumal ihre bloße Existenz oft genug geleugnet wurde, geschweige denn, dass der Fürst vom Südfluss oder irgendein anderer Fürst im Reich sie auf Paraden seiner Drachenreiter hätte auftreten lassen. Doch irgendwie schien Ganjon offenbar das Gefühl zu haben, dass er und seine Männer dem höfisch-militärischen Gepränge im Dom des Großmeisters etwas entgegensetzen mussten, um nicht als vollkommene Fremdkörper zu erscheinen. Koraxxon hingegen gab sich völlig ungezwungen. Er war zum ersten Mal im Dom des Großmeisters, denn sein früherer Herr war keineswegs bedeutend genug gewesen, um jemals zum Großmeister selbst vorgelassen zu werden. Nicht einmal die Residenz hatte er von innen gesehen.

Der Dreiarmige schaute fasziniert empor zum Kuppeldach, das in steter Veränderung begriffen war. Gerade bildete es den Sternenhimmel bei Nacht nach. Die wabernden Formen waren verschwunden oder hatten sich in bekannte Himmelsobjekte verwandelt. Fünf Monde zogen, aufgereiht wie auf einer Perlenkette, über das Kuppeldach und blieben so stehen, dass der grüne Jademond im Zenit stand. Ein Bild, das Koraxxon zutiefst beeindruckte, denn es erweckte den Eindruck, als würde man sich tatsächlich unter freiem Himmel befinden.

Nur eines war anders, als man es aus den Nächten in freier Natur kannte: Der Schneemond war viel kleiner als gewöhnlich, und er war auch nicht von einer leuchtenden Aura umgeben. Das Dach des Großmeister-Doms war offenbar bereits in einer Zeit entstanden, da der Schneemond noch nicht bedrohlich tief am Himmel geschwebt hatte, sodass man denken konnte, dass er jeden Tag von dort herabfallen könnte.

Rajin und Liisho kehrten zu den anderen zurück, nachdem sie ihre Drachen versorgt hatten. Ein paar Dreiarmige schafften Brocken aus Stockseemammut heran, mit denen die Giganten gefüttert werden sollten. Wenn es darum ging, Drachen zu beruhigen, waren die Magier offenbar auf konventionelle Methoden angewiesen, seit der Bann Barajans ihnen jede Macht über die schuppigen Riesen genommen hatte.

Ein durchdringendes Gebrüll scholl aus dem Pferch. Rajin wusste sofort, dass es Ayyaam war, der sich da vernehmen ließ, während von Ghuurrhaan nur ein zwar unfreundliches, aber doch vergleichsweise verhaltenes Knurren zu hören war.

„Die Drachenküche der Magier scheint den beiden nicht zu schmecken", meinte Rajin.

„Kein Wunder", murmelte Liisho düster. „Schließlich können sie die Drachen mit ihren Trugbildern nicht betrügen und angegammeltes, wahrscheinlich uraltes Stockseemammut als eine Köstlichkeit erscheinen lassen." Der Weise wandte Rajin das Gesicht zu und bedachte ihn mit einem warnenden Blick. „Wir haben aber nicht die gleiche Widerstandskraft gegen die Einflüsterungen von Magiern wie unsere Drachen", mahnte er den jungen Prinzen. „Zumindest nicht von Natur aus."

„Ich weiß", versicherte Rajin.

„Du wirst auf dich achten müssen. Sobald du den kleinsten Versuch einer magischen Manipulation spürst, müssen wir dagegen vorgehen und notfalls sogar die Gespräche, die wir hier führen, abbrechen."

„Ich gehe davon aus, dass der Großmeister weiß, mit wem er es zu tun hat", gab Rajin zurück.

„Das will ich hoffen", murmelte Liisho.

Die Schattenpfadgänger nahmen Rajin und seine Getreuen in ihre Mitte und führten sie durch das Labyrinth aus Mauern, das sich am Grund des Doms erstreckte. Es gab Dutzende von größeren und kleineren Räumen, mehr oder minder voneinander getrennt. Die Wände waren in der Regel so hoch wie andernorts ein zweistöckiges Haus.

Nach oben hin waren diese Räume so gut wie immer frei, sodass man die imposante Kuppel sehen konnte, und viele der Wände waren mit Mosaiken versehen, die unterschiedlichen Schwerpunkten gewidmet waren. Es gab einige Portraits bedeutender Großmeister aus der Vergangenheit der Magier, die den Blick des Betrachters so intensiv erwiderten, dass man meinen konnte, die Betreffenden wären noch am Leben und würden nur von einer anderen Existenzebene aus auf die noch Lebenden schauen.

Koraxxon war wie gebannt von diesen Mosaiken. Es war lange her, dass er etwas annähernd Vergleichbares gesehen hatte, obwohl sich selbst die Mosaiken, die andernorts in Magus oder in anderen magusischen Gebäuden zu finden waren, sich mit diesen nicht messen konnten. Vage Erinnerungen stiegen in dem Dreiarmigen auf. Erinnerungen an jene Tage, da er einen drachenischen Handelsherrn aus Capana begleitet hatte und dabei auch in einigen vornehmen Häusern in Magussa zu Gast gewesen war. Auch die Reliefs, die er dort gesehen hatte, waren recht lebensecht gewesen, und die Sitte, die eigenen Ahnen oder Amtsvorgänger auf diese Weise zu verewigen, war keineswegs auf den magusischen Großmeister beschränkt. Aber Koraxxon konnte sich nicht entsinnen, damals eine derartige Faszination empfunden zu haben. Woran mochte das liegen?

Koraxxon blieb mehrere Male stehen und schien sich vom Anblick der Mosaike stets kaum lösen zu können.

„Du musst ein Missratener sein", stellte Abrynos fest – diesmal gleichzeitig laut und in magusischer Sprache sowie mit seiner Gedankenstimme, die offenbar keinerlei Sprachbarrieren kannte.

„Wie kommst du darauf?", fragte Koraxxon.

„Veränderte, die nicht missraten sind, werden von derlei Kunstwerken kaum angesprochen und geben sich schon gar nicht davon beeindruckt", erklärte Abrynos. „Zumindest, wenn sie nach allen Regeln der magischen Kunst geschaffen wurden und die siebte oder achte Generation noch nicht überschritten haben." Der Magier verzog den dünnlippigen Mund zu einem zynischen Lächeln. „Das ist so beabsichtigt, denn der Geist eines Veränderten ist dermaßen schwach, dass er durch derartige Kunstwerke zu leicht beeinflussbar wäre und er sich in den Bildwelten verlieren würde. Und was könnte man von so einer Kreatur noch an Dienstbarkeit erwarten?"

„Ja, du hast recht, ich bin ein Missratener", gestand Koraxxon ein. „Und ich suche jemanden, der mich von diesem Schicksal erlöst."

„Ich fürchte, dass ich dich in diesem Punkt enttäuschen muss", sagte Abrynos, und wie er es sagte, schien ihm das sadistische Freude zu bereiten.

Koraxxon, der seinen Schild auf dem Rücken trug und Axt und Schwert am Gürtel, stemmte zwei seiner drei Fäuste in die Hüften, während er sich mit der Hand des Schwertarms hinter dem Ohr kratzte. Die Ohren waren bei Dreiarmigen allerdings nichts weiter als kaum sichtbare Öffnungen an beiden Seiten des Kopfes. Es gab keine Ohrmuschel oder dergleichen, und wer sich nicht genauestens mit dem Körperbau eines Dreiarmigen auskannte, konnte die Ohren auch für etwas groß geratene Zwischenräume zwischen den Schuppen halten.

„Ich hatte eigentlich gehofft, hier Hilfe zu finden", erklärte Koraxxon. „Es muss doch magische Methoden geben, um einem Missratenen den Gehorsam und damit seine Bestimmung zurückzugeben. Wenn mein Geist so schwach ist, wie du sagst, dann muss es doch ein Leichtes sein, ihn dergestalt zu beeinflussen, dass ich die Zweifel und den Eigensinn verliere, der mich daran hindert, in einem Heer als Söldner zu dienen oder einem neuen Herrn, dessen Weisungen ich in gleicher Vorbehaltlosigkeit befolge, wie ich es früher gekonnt habe."

„Es gibt eine sehr einfache Methode, die dich sofort und äußerst effektiv erlösen würde."

„Und die wäre?"

Abrynos lachte. „Nimm dein Schwert und ramm es dir in den Mund, in ein Ohr oder ein Auge. Das sind verhältnismäßig sichere Methoden, einen Dreiarmigen zu töten. Dass du kräftig genug zustoßen musst, brauche ich dir gegenüber wohl nicht zu betonen, denn du weißt sicherlich um die Widerstandskraft, die deinesgleichen angezüchtet wurde."

„Du spottest über mich!", knurrte Koraxxon gereizt.

Von da an sprach Abrynos ausschließlich in magusischer Sprache weiter und verzichtete darauf, zusätzlich seine Gedankenstimme zu benutzen. Offensichtlich wollte der Magier aus irgendeinem Grund, dass dieser Wortwechsel zwischen ihm und dem Dreiarmigen blieb.

Rajin jedenfalls war dieser Sprache nicht mächtig und auch keiner der Ninjas. Davon, dass Liisho sie durch seine Studien alter Schriften nahezu perfekt beherrschte, ahnte der Magier nichts, denn Liisho war es offenbar gelungen, seinen Geist vor den forschenden Magiersinnen ausreichend abzuschirmen.

„Spott?", fragte Abrynos aus Lasapur an Koraxxon gerichtet. „Dass du ihn überhaupt bemerkst, ist ein weiterer Beweis deiner Missratenheit." Er zuckte mit den Schultern. „Im Allgemeinen lohnt es sich nicht, einen Missratenen auf eine solche Weise zu behandeln, wie du es gerade vorgeschlagen hast ..."

„Wieso?"

„Der Aufwand ist zu groß. Vor allem auch deshalb, weil du wahrscheinlich trotz der magischen Behandlung wieder rückfällig würdest. Abgesehen davon wären deine Nachkommen vermutlich auch missraten, ganz gleich, wie nachhaltig die Behandlung ist. Und welcher Herr würde dafür einen Magier bezahlen, da ihm doch ein neuer Veränderter nicht wesentlich teurer zu stehen käme?"

„Das leuchtet mir ein", sagte Koraxxon. „Auch wenn ich darüber großes Bedauern empfinde."

„Einen Ausweg habe ich dir ja gesagt", erinnerte Abrynos. „Aber vielleicht ist der Großmeister ja entgegenkommend." Abrynos wandte den Blick kurz in Rajins Richtung. „Es könnte sein, dass er eine solche Behandlung als Gunstbeweis deinem Herrn gegenüber durchführen würde ... Wenn Komrodor gnädig gestimmt ist. Vielleicht solltest du mit deinem Herrn darüber sprechen."

„Du meinst Prinz Rajin?"

„Ah, solltest du etwa schon dermaßen missraten sein, dass du nicht nur gegenüber deinem Herrn ungehorsam bist, sondern gar keinen mehr hast?", merkte Abrynos auf. „Dann allerdings sehe ich selbst für den Fall eines gnädig gestimmten Großmeisters kaum noch Hoffnung."

Sie wurden vor den Großmeister geführt, der auf einem Thron mit fünfeckiger Lehne saß. Großmeister Komrodor hatte einen vollkommen haarlosen Kopf. Nicht einmal die ansonsten für das Magiervolk so charakteristischen, nach oben gerichteten und mitunter sehr buschigen Augenbrauen waren bei ihm zu sehen. Stattdessen befanden sich an ihrer Stelle ebenfalls an den Seiten aufwärtsgerichtete Tätowierungen in Form kleiner, schwarzrot gemusterter Schlangen. Dafür trat die Magierfalte auf seiner Stirn umso deutlicher hervor.

Sein Gesicht war sehr hager. Die Hautfarbe erinnerte an das bleiche Elfenbein von Seemammutstoßzähnen.

Vor dem Thron befand sich eine fünfeckige Tafel, bestehend aus einem massiven Steinblock, der mit Reliefs verziert war. Die wiederum stellten eine Unzahl von Gestalten und Wesen dar, darunter Magier, aber auch Drachen, Menschen, Dreiarmige, Minotauren und Kreaturen, wie Rajin sie noch nie gesehen hatte. Obwohl aus Stein, waren sie in ständiger Bewegung. Sie veränderten sich permanent und bildeten neue Formen, neue Gestalten und so bizarre Mischkreaturen, dass Rajin sich fragte, welche davon je in der Realität existiert hatten.

An diesem Tisch saßen fünf mal fünf Magier. „Das ist das Kollegium der Hochmeister", raunte Liisho seinem Zögling zu. „Fünf mal fünf an der Zahl, so wie es seit Urzeiten Tradition ist."

Die Hochmeister waren deutlich unterschiedlichen Alters. Manche wirkten noch sehr jugendlich, fast kindlich, andere uralt und bereits so zerbrechlich, dass man ihnen trotz der Unterstützung magischer Kräfte kaum zutraute, sich aus eigener Kraft von ihrem Platz zu erheben. Dies waren also die fünf mal fünf fähigsten Magier des Landes, deren Kräfte zusammen immens groß sein mussten. Formell war der Großmeister ein Erster unter Gleichen. Aber auch für Rajin war sofort die unwahrscheinlich starke Präsenz zu erkennen, die von Komrodor ausging. Eine Präsenz, die einschüchternd wirkte. Rajin spürte sehr deutlich die innere Kraft seines Gegenübers und fühlte, wie der Großmeister ihn mithilfe seiner magischen Sinne zu erfassen versuchte.

Die Schattenpfadgänger teilten sich auf und positionierten sich in zwei Halbkreisformationen. Nur Abrynos reihte sich dort nicht ein. Er schien eine herausgehobene Position innerhalb der Schar von Schattenpfadgängern einzunehmen. Es mochte damit zu tun haben, dass Großmeister Komrodor ihn als Boten ausgesandt hatte.

Abrynos aus Lasapur umrundete den fünfeckigen Tisch, auf dem sich die Relieffiguren immer heftiger bewegten. Stellte einer der Magier seinen Pokal darauf ab oder legte die Hände auf den Stein, so wichen die aus der steinernen Oberfläche hervorgehobenen Kreaturen beiseite, damit Platz war. Sie waren stumm, und ihre Münder und Mäuler öffneten sich, als würden sie schreien, rufen oder singen. Ein sehr schwacher Nachhall davon erklang, allerdings nur durch die Stimme des Geistes, die Ohren bekamen davon nichts mit.

Abrynos fiel auf die Knie und erhob sich erst wieder, als der Großmeister ihn dazu aufforderte. Beide schienen sich mithilfe ihrer Gedankenstimmen stumm und für alle anderen unhörbar auszutauschen.

Auf Komrodors hagerem Gesicht erschien die Ahnung eines Lächelns. Er wirkte zufrieden. Dann erhob sich der Großmeister und schritt mit Abrynos an der Seite auf seine Gäste zu.

„Seid gegrüßt, Rajin, Erbe des Drachenkaisers und Nachfolger Barajans!", sagte Komrodor.

Dass er den Begründer des Kaiserhauses überhaupt erwähnte,

konnte man als besondere Höflichkeit werten – denn während Barajan in der drachenischen Geschichte als Held verehrt wurde, war
er nach magusischer Interpretation ein Verräter am Magiervolk, der
aus purem Eigennutz dafür gesorgt hatte, dass die Herrschaft über die
Drachen ausschließlich in den Händen seiner Nachfahren lag. Durch
seinen Bann war es dazu gekomen, dass kein Magier mehr Macht auf
die Drachen ausüben konnte.

Rajin hatte ein gewisses Verständnis dafür, dass man diese Ereignisse an diesem Ort, im Dom des Großmeisters, immer noch als eine
der größten und schmerzlichsten Niederlagen der Geschichte wertete.
Dass man schon seit vielen Zeitaltern gar nicht mehr auf die Dienste
der Drachen angewiesen war und es im ganzen Reich Magus wohl
niemanden gab, der sich ernsthaft wünschte, die alten Zeiten würden
zurückkehren, hinderte die Magier nicht daran, die Ereignisse von damals noch immer zu betrauern.

Eines Tages, so hatten seitdem zahllose Generationen von Mitglie-
dern des Hochmeister-Kollegiums einmütig geschworen, würde ein
kluger Großmeister dem Reich Magus seine alte Bedeutung zurückgeben. Aber diejenigen, in denen dieser Wunsch am heißesten und
ungeduldigsten brannte, hätten keine Prognose darüber gewagt, wann
dieser Zeitpunkt kommen und ob es noch vor dem bald vermuteten
Weltuntergang durch den niederstürzenden Schneemond geschehen
würde.

„Seid ebenfalls gegrüßt, Großmeister Komrodor. Man spricht überall in den fünf Reichen von Euch!", erwiderte Rajin.

Die schlangenförmigen Tätowierungen über den Augen des Großmeisters hoben sich ein wenig, während das grüne Leuchten, das seine
Augen vollkommen ausfüllte, intensiver wurde, sodass es Rajin beinahe blendete und es ihm schwerfiel, dem Blick des Magiers standzuhal-
ten. Aber er zwang sich dazu, denn ihm war wohl bewusst, dass dieser
Moment nichts anderes als eine Prüfung war.

Für einen Moment spürte er einen stechenden Schmerz in seinem
Kopf. Im Gesicht des Großmeisters erschien ein verhaltenes Lächeln,
und das Leuchten in seinen Augen wurde etwas schwächer und veränderte die Farbe: Das grelle Grün wandelte sich in ein kaltes Blau-
grün.

„Es ist viel von der Stärke Barajans in Eurem Geist", sagte er. „Nun, mein Vertrauter Abrynos hat Euch eingehend überprüft, bevor er Euch hierher einlud, und auch ich bin jetzt restlos davon überzeugt, dass Ihr tatsächlich aus der Linie des Kaiserhauses stammt."

„Ich möchte die Kraft der Leuchtenden Steine von Ktabor in mich aufnehmen", erklärte Rajin.

Die Augen des Großmeisters wurden schmal. „Ja, das sagte man mir."

„Und?"

„Ihr seid mutig. Vielleicht auch töricht. Das muss sich noch herausstellen."

„Werdet Ihr mir helfen, Großmeister Komrodor?"

„Meinem Bundesgenossen werde ich helfen."

„Mein Ziel ist es, dem Urdrachen Yyuum den dritten Drachenring abzunehmen, den er mithilfe eines Affen in seinen Besitz brachte. Auf diese Weise kann die Herrschaft über die Drachen wiederhergestellt werden. Und außerdem will ich natürlich den Thron von Drakor besteigen und die unselige Herrschaft Katagis beenden. Beides liegt in Eurem wie in meinem Interesse."

Komrodor nickte. „Nur deswegen habe ich Euch mein Angebot unterbreitet."

„Die Tatsache, dass ich hier bin, zeigt wohl, dass ich nicht abgeneigt bin."

„Es ist ein großes Risiko damit verbunden, die Kraft der Leuchtenden Steine nutzen zu wollen", mahnte der Großmeister von Magus.

„Ich bin mir dessen bewusst."

„Es sind viele daran gescheitert. Aber von Euch glaube ich, dass Ihr es womöglich schaffen könntet. Allerdings nur mit meiner Hilfe."

„Das weiß ich."

Der Magier streckte seinen dürren Arm aus. „So sind wir handelseinig?"

Noch ergriff Rajin die dargebotene Hand nicht, sondern sagte: „Es gibt da noch eine andere Sache, über die ich mit Euch reden muss und für die Ihr vielleicht auch eine Lösung wisst – auch wenn Euer Bote Abrynos mir in dieser Hinsicht wenig Hoffnung machte."

Die Züge des Großmeisters wurden starr und maskenhaft. Er zog die Hand zurück. „Ja, Abrynos hat mich darüber informiert. Es geht um Eure Geliebte und Euren Sohn."

„So ist es."

„Ich weiß alles", sagte der Magier und streckte den Finger aus, sodass er auf Rajins Brust zeigte. Genau dorthin, wo der Prinz das magische Pergament unter dem Wams trug. Ein grünlich schimmernder Blitz fuhr aus dem Finger und drang zischend durch das Wams. Das Pergament, das darunter war, leuchtete grün auf, und zwar so heftig, dass es durch das Wams schimmerte, obwohl dieses dicht gewebt war.

Liisho machte einen Schritt nach vorn. Aber ehe der Weise seinen Schützling erreichen oder sonst irgendetwas unternehmen konnte, verstellten ihm zwei Schattenpfadgänger den Weg. Blitzschnell hatten sie sich entstofflicht, waren zu wirbelnden Rauchsäulen geworden und hatten vor Liisho wieder Substanz angenommen. Die Schwerter hatten sie aus den Lederscheiden gerissen, die sie auf dem Rücken trugen, und zielten mit deren Spitzen auf die Brust des Weisen.

Die Klingen glühten auf und waren von einem magischen Feuer erfüllt. Grünliche Flammen schlugen aus dem Metall, und Liisho verharrte wie erstarrt vor diesem Anblick.

Auch die Ninjas griffen sofort zu ihren Waffen, und Koraxxon riss seine Axt hervor.

Da schritt der Großmeister ein. Seine Stimme dröhnte auf Magusisch durch den Raum, aber gleichzeitig sprach er mit seiner Gedankenstimme, sodass ihn jeder im Thronsaal verstehen konnte, gleichgültig, welchen Sprachen er mächtig war: *Haltet ein! Lassen wir es nicht zu einem Missverständnis kommen!"*

Der Großmeister hatte die Hand mit dem ausgestreckten Finger inzwischen gesenkt. Aber das magische Pergament an Rajins Brust schien zu brennen. Ein höllischer Schmerz erfasste den Prinzen in der Herzgegend, wo sich alles in ihm zusammenkrampfte. Für ein paar Augenblicke war Rajin unfähig, etwas zu sagen. Er konnte nicht einmal mehr atmen. Es war, als ob jemand seinen Brustkorb zusammenschnürte.

Der Großmeister hob die Hände, wie jemand, der demonstrieren will, dass er keine bösen Absichten hat. „Den Schmerz, den Ihr empfindet, habe nicht ich verursacht, Prinz Rajin", erklärte er. „Er kommt aus Euch selbst. Und nur Ihr könnt die Wunde schließen, die in Eurer Seele klafft."

Die Stimme Komrodors hatte auf einmal einen sehr warmen, dunklen Klang. Er sprach bestes Drachenisch, als wäre er von klein auf an dieses Idiom gewöhnt.

Es dauerte eine ganze Weile, bis sich Rajin einigermaßen erholt hatte und wieder in der Lage war, etwas zu sagen.

„Was hat dieser magusische Katzenhund Euch angetan?", knurrte Ganjon.

„Gar nichts", ächzte Rajin. „Es ist so, wie er sagt. Der Schmerz ist in mir. Er war dort die ganze Zeit, und unser Gastgeber hat nichts anderes getan, als ein bisschen davon freizusetzen." Rajin atmete tief durch und richtete den Blick wieder auf den Großmeister. Er war der Einzige unter den anwesenden Magiern, dessen Augen permanent von dem charakteristischen Leuchten erfüllt waren, von dem man sich erzählte, dass es eigentlich nur im Moment der Freisetzung sehr großer magischer Potentiale zu sehen war.

Bei dem Gedanken daran, was dies im Hinblick auf Großmeister Komrodor bedeutete, konnte Rajin nur schaudern. In ihm wirkten offenbar ständig magische Kräfte von einem Ausmaß, wie Rajin es sich nicht einmal vorzustellen vermochte.

Komrodor streckte die Hand aus. „Gebt mir das Pergament", forderte er. „Es wird Euch nicht entlasten, Prinz Rajin. Aber vielleicht finde ich eine Möglichkeit, Euch zu helfen."

Rajin zögerte. Dann griff er schließlich doch unter das Wams und holte das Pergament hervor. Ein schmerzhaftes Kribbeln durchlief dabei seine Hand und den gesamten Arm bis zur Schulter, und von dort aus strahlte der Schmerz noch in die gesamte Körperhälfte aus.

Was habt Ihr nur damit getan, Magier?, ging es Rajin durch den Kopf – offenbar derart intensiv, dass Komrodor seine Gedanken mitbekam.

„Nichts, was nicht in Eurem Sinn wäre, Prinz Rajin", sagte der Großmeister.

Während Rajin das Pergament an Komrodor übergab, hörte es auf zu leuchten.

Komrodor entrollte es. Dort, wo bisher Farben und Formen durcheinandergeflossen waren und sich manchmal die Gestalten Nyas und Kojans gezeigt hatten, stieg Rauch auf, bildete einen Wirbel, ähnlich wie bei einem Schattenpfadgänger, der sich gerade entstofflichte. Der Rauch zog sich in die Länge und stieg empor, direkt auf das gewaltige Kuppeldach zu, das den Dom des Großmeisters überspannte.

Komrodor murmelte einige Worte in einer Sprache, die mit der bekannten Form des Magusischen kaum noch etwas gemein hatte. Das Bild des Sternenhimmels und der fünf Monde auf der Unterseite der Domkuppel veränderte sich. Die Formen zerflossen, ähnlich wie es bei dem magischen Pergament immer der Fall gewesen war. Schon nach kurzer Zeit war von den Monden nichts mehr zu sehen. Stattdessen sahen alle Anwesenden eine Landschaft mit üppigen Wäldern. Nirgends gab es Anzeichen einer menschlichen Besiedlung, von magischen Gebäuden ganz zu schweigen. Manche der Bäume waren bis in die Einzelheiten zu erkennen, obwohl es den Anschein hatte, als würde man aus großer Höhe auf diese Landschaft hinabblicken. Etwas Vergleichbares hatte Rajin noch nicht erlebt. Er konnte selbst die feinsten Verästelungen in den Strukturen der Baumrinde erkennen, trotz der Entfernung, die das Bild suggerierte.

Der Blick auf die Kuppel glich dem Blick eines Auges. Es war zunächst das Auge eines fernen Betrachters, der sich jedoch immer weiter der Landschaft näherte. So mochte vielleicht der Blick einer landenden Zweikopfkrähe sein.

Oder der eines Schattenpfadgängers, der sich seinem Ziel nähert, ging es Rajin durch den Kopf.

„Lass dich nicht verwirren!", meldete sich die Gedankenstimme Komrodors in ihm, diesmal so, dass nur er sie zu hören vermochte. *„Es ist dein Geist, der auf die Reise geht. Erkenne das Offensichtliche und lasse dich nicht vom Unwesentlichen ablenken."*

Der Blick des Auges war nun der von jemandem, der diesen dichten Wald durchquerte und das Gestrüpp zur Seite schlug. Und in den Rinden der Bäume waren Gesichter zu erkennen, unzählige, zum Teil grässlich verzogene Fratzen.

Dann erreichte das Auge eine Lichtung, auf der ein Steinei zu finden war. Es glich einem Oval und hatte die Ausmaße eines Hauses. Ein versteinertes Drachenei, erkannte Rajin.

„Das ist das Leere Land!", meldete sich Koraxxon zu Wort, der den Kopf in den Nacken gelegt hatte und wie alle anderen hinauf zur Kuppel starrte. „Erkennst du es nicht, Rajin?"

Doch. Rajin schluckte. Er war nur zu einem Gedanken, nicht aber zu einer Äußerung fähig.

„Ihr habt das Leere Land bereits betreten?", fragte Großmeister Komrodor. Die beiden Tätowierungen über seinen Augen zogen sich zusammen, und die wie eine nach unten gerichtete Pfeilspitze geformte Magierfalte furchte sich noch tiefer in seine Stirn. „Das ist nicht gut, Prinz Rajin."

„Was meint Ihr damit?"

„Euer Geist wurde bereits davon gefangen genommen. Ihr solltet den Kontakt zu diesem Pergament meiden. Es wurde von einem wahren Teufel ersonnen."

„Es war ein Magier im Dienst Katagis."

„Eine Schande für unser Volk!", grollte Komrodor. „Ein Abtrünniger, der dem Bösen diente und Euch übel geschadet hat – mehr, als Ihr vielleicht ahnt."

Der Großmeister und Rajin sahen sich an. Das Leuchten in Komrodors Augen war zu einem vollkommenen Himmelblau geworden und verblasste allmählich.

„Seht noch einmal hoch zur Kuppel, Rajin", forderte Komrodor den jungen Menschen auf. „Auch wenn es Euch schmerzen wird …"

Rajin gehorchte, blickte empor und sah neben dem Drachenei zwei Gestalten stehen – einen Jungen und eine Frau.

„Nya!", murmelte er. „Kojan … Dann sind sie doch dort, im Leeren Land, so wie ich vermutet habe! Wie ich es gefühlt habe! Es war keine Illusion! Was muss ich tun, um sie zurückzuholen, Großmeister Komrodor? Sagt es mir!"

„Nein, sie sind nicht dort im Leeren Land, auch wenn es Euch so erschienen sein mag", erklärte Komrodor.

„Aber …"

„Und Ihr solltet froh darum sein! Denn wären sie dort, würden die Seelenreste, die in den Pflanzen dort weiterexistieren, sie verschlingen. Wenn Ihr wirklich dort gewesen seid, so müsste Euch das doch klar sein. Glaubt Ihr, Eure Geliebte und Euer Sohn könnten wirklich dort unbehelligt ausharren, wenn sie realer wären als eine flüchtige Spiegelung? Die Seelenreste des Leeren Landes sind unersättlich. Sie können das Leere Land auf eine ähnliche Weise beobachten, wie wir es jetzt tun. Es ist eine sehr dünne Verbindung, die schwächer und schwächer wird!"

„Es gibt keine Möglichkeit, sie zu retten?"

„Das habe ich nicht gesagt, Prinz Rajin. Aber es wird schwierig. Und Ihr braucht sehr viel innere Kraft."

„Das weiß ich."

„Nein, Ihr kennt nicht das Ausmaß dessen, was Euch abverlangt werden wird. Ihr seid noch nicht einmal in der Lage, es Euch vorzustellen. Jedenfalls werdet Ihr ohne die Kraft der Leuchtenden Steine weder Eure Lieben zurückgewinnen noch dem Urdrachen Yyuum gegenübertreten können. Und möglicherweise wird die Kraft trotz allem nur für eines von beidem reichen. Auch auf diese Möglichkeit solltet Ihr Euch einstellen."

Die Bilder des Leeren Landes verschwammen. Erst sah es so aus, als wäre ein sehr starker Nebel aufgezogen, dann aber verliefen die Farben ineinander wie bei einem Aquarell. Ein Chaos aus unbestimmten Formen entstand.

„Was soll nun geschehen?", fragte Rajin.

„Ihr müsst in das Land der Leuchtenden Steine reisen", erklärte Komrodor. „Lasst aber sowohl Eure Gefährten als auch Eure Drachen zurück, sobald Ihr die Grenze zum inneren Kreis um Ktabor erreicht."

„Wo liegt diese Grenze?"

„Ihr werdet sie erkennen. Und Ihr werdet sie fühlen", sagte der Großmeister. „Eure Drachen würden dem Wahnsinn verfallen, wenn Ihr sie zu weit in dieses Land hineinfliegen lasst. Und mit Euren Gefährten würde Gleiches geschehen. Es wird Euch niemand helfen können, wenn Ihr Euch in Ktabor befindet, der Stadt der Leuchtenden Steine."

„Abrynos stellte mir in Aussicht, dass Ihr mich anleiten würdet."

„Ich war einmal im Land der Leuchtenden Steine", bekannte Komrodor, während sich die Farbe seiner Augen abermals veränderte. Sie wurden auf einmal rot, und dazu passend erschien in der Kuppelwölbung eine übergroße Darstellung des Blutmondes – derart groß, als hinge er so tief über dem Erdgrund, dass man ihn bereits mit einem Drachen oder einem Luftschiff anfliegen und auf ihm landen könnte. Bedrohlich wirkte er, aber Rajin beachtete nicht weiter, was auf der Innenfläche der Kuppel geschah, wie dort Farben und Formen durcheinanderflossen und neue Strukturen, Muster und schließlich komplexe Bilder entstanden.

„Ein zweites Mal möchte ich dieses Land ungern aufsuchen. Die Strahlung, die von diesen Steinen ausgeht, verändert denjenigen, der sich dorthin begibt." Der Großmeister verstummte kurz. Währenddessen füllte das Abbild des Blutmondes die gesamte Kuppel aus und tauchte alles in ein rötliches Licht. Es war unklar, ob Veränderungen in dem Kuppelbildnis von allein entstanden oder das Ergebnis einer direkten Beeinflussung durch Komrodor waren.

Der Großmeister rollte das Pergament wieder zusammen. „Ein sehr starkes magisches Artefakt", murmelte er. „Und sehr gefährlich für den, der es zu lange bei sich trägt. Ihr solltet es abgeben."

„Nein. Gebt es wieder her!" Rajin trat auf Komrodor zu und streckte die Hand aus. „Es ist mein Eigentum, und ich habe es Euch nur leihweise zum Erkenntnisgewinn überlassen, damit Ihr mir die Hilfe angedeihen lassen könnt, die Ihr mir eigentlich versprochen hattet!" Sein Ton war fordernd, und ein nahezu fanatischer Zug war in seine Miene getreten. Harte Linien hatten sich dort gebildet.

Komrodor nahm diese Veränderung mit einem wissenden Nicken zur Kenntnis. „Seht Ihr, wie sehr Ihr schon daran hängt? Wie sehr Euer Geist bereits ein Gefangener ist und von diesem Pergament beherrscht wird."

„Es ist der Gedanke an meine geliebte Gefährtin und meinen Sohn, die mich beherrschen", widersprach Rajin. „Falls so etwas unter Euresgleichen unbekannt sein sollte, tut es mir leid …"

„Ihr versteht mich nicht, Prinz Rajin. Das geistige Gift dieses Pergaments hat bereits eine lange Zeit auf Euch gewirkt. Es wurde geschaffen, um Euch zu zerstören – das ist die Wahrheit. Und je länger es bei Euch ist, desto nachhaltiger kann es seine Wirkung entfalten!"

„Her damit, wenn Ihr mir nicht zu helfen vermögt!", rief Rajin.

„Was würdet Ihr als Nächstes tun, um es zu bekommen?", fragte Komrodor, der das Pergament noch immer in der Hand hielt. „Das Schwert gegen mich ziehen? Euch blindwütig und ohne jede Rücksicht auf Euer eigenes Leben auf mich stürzen?" Komrodor reichte Rajin das Pergament mit den Worten: „Ihr wollt gar nicht begreifen, in welcher Abhängigkeit Ihr bereits seid!"

Der junge Prinz riss dem Großmeister von Magus die Pergamentrolle förmlich aus der Hand und trat einen Schritt zurück. Es dauerte einige Augenblicke, bis er sich wieder einigermaßen beruhigt hatte.

„Sorgt Euch um Euch selbst", murmelte Rajin düster.

„Ich sorge mich nicht Euretwillen um Euch, sondern weil ich um einen Bundesgenossen fürchte – und weil ich im Augenblick niemand anderen sehe, der Eure Rolle in diesem Drama der Götter ausfüllen könnte, an dessen Ende vielleicht das Ende der Welt steht", erklärte Komrodor mit Nachdruck. „Da uns die Drachenherrschaft aus gewissen Gründen verwehrt ist und wir uns im Verlauf des letzten Äons nicht ausreichend darum bemüht haben, sie auf irgendeine Weise zurückzuerlangen, sind wir nun auf Euch, den letzten Spross Barajans, ebenso angewiesen wie alle anderen Geschöpfe der fünf Reiche auch. Denn für uns ist es besser, ein Drachenkaiser beherrscht die Drachen, als wenn niemand es tut."

Komrodor straffte seine Gestalt und fügte hinzu: „Ich werde Euch helfen, Prinz Rajin! Ich werde mein Versprechen halten, aber ich kann in unser aller Interesse nur dafür beten, dass Ihr das Eure auch haltet."

„Dann sagt mir endlich, wie Ihr mir zu helfen gedenkt!", erwiderte Rajin mit frostigem Tonfall.

Komrodor breitete die Arme aus und streckte sie empor zur Kuppel. Der Blutmond, der die gesamte Fläche ausfüllte, verwandelte sich in rote Glut, wie sie bisweilen aus dem Erdinneren aufstieg. Etwas tauchte aus dieser Glut aus. Es war ein länglicher Gegenstand in Form eines Schlüssels.

„Ein Schlüssel des Geistes!", rief Komrodor sowohl in magusischer Sprache als auch in Gedanken und mit einer so heftigen Präsenz, dass Rajin beinahe schmerzerfüllt aufstöhnte. *„Es ist lange her, dass ein Schlüssel des Geistes in Magussa geschmiedet werden musste – aber dies ist*

der Zeitpunkt, es zu tun. Es wird ein paar Tage dauern. Seid solange unsere Gäste. Dann geht mit ihm zu den Meistern des Geistes in Ktabor, Prinz Rajin. Und mit ihrer Hilfe werdet Ihr die Kraft der Leuchtenden Steine erlangen!"

4

DER SCHLÜSSEL DES GEISTES, DAS PERGAMENT DER TORHEIT UND DAS FEUER DER DRACHEN

Der Himmel über Vayakor war dunkel durch den Schatten vieler Drachenleiber, die sich gerade auf ihren Schwingen erhoben hatten. Ihr sonores Brüllen erfüllte die Luft, und selbst der scharf riechende Kot großer Zweikopfkrähenkolonien, die derzeit in der Nähe der Stadt brüteten, war trotz des Westwindes kaum noch wahrnehmbar, so stark war der Schwefelgeruch der aufbrechenden Armada.

Gewaltige Schützengondeln wurden von riesigen Kriegsdrachen in die Höhe gehoben, als wären sie gewichtslos wie ein tajimäisches Luftschiff. Nur die Staatsgondel des Kaisers war noch am Boden. Sharanzinôn, der gewaltigste Drache der drachenischen Kriegsarmada, kauerte am Boden, und die vier Drachenreiter, die auf seinem Rücken saßen, hatten alle Mühe, ihn zu bändigen. Sharanzinôn konnte es einfach nicht erwarten, ebenfalls aufzusteigen. Er, der riesige Gondeldrache, war mit einem eher einfältigen Lastdrachenverstand geschlagen, der sich in keiner Weise mit der Schlauheit der kleineren Kriegsdrachen messen konnte. Und darum verstand er auch nicht, weshalb er nicht seinen Drachenbrüdern folgen durfte.

Sharanzinôn brüllte laut auf, und die vier Drachenreiter, deren Sättel jeweils dort platziert waren, wo mehrere Stacheln auf dem Rücken des Giganten abgesägt waren, stießen ihre Drachenstäbe in die Schuppenhaut des Drachen. Sie mussten alles an innerer Kraft aufwenden, um den Koloss daran zu hindern, das zu tun, wofür er geschaffen und worauf er dressiert war.

Die langen Seile, mit denen die Gondel am Körper des Drachen befestigt war, lagen schlaff herum. Bedienstete hatten genau kontrolliert, dass diese Seile an keiner Stelle ineinander verheddert waren.

„Was ist mit Euch, mein Kaiser?", fragte Lord Drachenmeister Tarejo Ko Joma. „Wir müssen aufbrechen."

Katagi stand wie erstarrt. Er sah auf die Drachenringe an seiner Hand und berührte schließlich jenen Finger, an dem er den dritten Ring getragen hatte – bis zu dem unseligen Tag, als ein Affe ihm diesen entwendete. Das Imitat, das er stattdessen an den Finger gesteckt hatte, schob er ein Stück nach oben. Ein roter Striemen war dort erkennbar, seit er das Original verloren hatte, und wollte nicht verschwinden, als sollte Katagi ständig daran erinnert werden, dass ihm ein wichtiges Symbol der kaiserlichen Macht abhandengekommen war. Unwiederbringlich, wie es schien, denn keiner, den er ausgesandt hatte, ihm den dritten Ring zurückzubringen, war erfolgreich gewesen.

Das Imitat bedeckte diesen Striemen zwar, verursachte bisweilen aber ein unangenehmes Jucken. So rieb Katagi sich die rote Stelle, die für ihn immer einem üblen Geschwür geähnelt hatte, einem Ekzem – etwas, das da nicht hingehörte und sich doch trotz aller Kunst seiner Hofärzte nicht vertreiben ließ.

„Mein Kaiser", erhob Lord Drachenmeister Tarejo noch einmal die Stimme. „Ihr habt den Befehl gegeben, über die Mittlere See zu fliegen und Magussa unverzüglich anzugreifen! Soll Eure Drachen-Armada vielleicht ohne Euch in die Schlacht ziehen?"

„Das soll sie!", entschied Katagi überraschenderweise. Ein Ruck war kurz zuvor durch seinen Körper gegangen, und plötzlich hatte ihn das Gefühl überkommen, die kaiserliche Gondel, mit der die Sharanzinôn ihn nach Magussa tragen sollte, nicht betreten zu dürfen, wollte er nicht seinem Untergang entgegenfliegen.

„Wie bitte? Habe ich Euch richtig verstanden, mein Kaiser?"

Tarejo war offensichtlich verwirrt. Eine tiefe Furche zeigte sich in der Mitte seiner Stirn. Er hob den Blick und sah seinem Lord Drachenmeister direkt in die Augen. Er hatte eine Entscheidung gefällt, die – oberflächlich betrachtet – allem widersprach, was man Vernunft oder militärische Logik hätte nennen können. Vielleicht konnte man es am besten als eine Ahnung beschreiben, was Katagi dazu bewog.

Eine Ahnung kommenden Unglücks, die begleitet wurde von einer Furcht, wie er sie bisher nicht einmal in seinen finstersten Momenten gespürt hatte. „Ihr werdet die Kriegsdrachen-Armada gegen Magussa führen, Lord Drachenmeister!", bestimmte er.

„Und was ist mit Euch?"

„Ich werde hier in Vayakor auf Euch warten, sofern man mich nicht andernorts braucht."

„Ihr habt nicht einmal einen Gondeldrachen hier!", gab der Lord Drachenmeister zu bedenken.

„Eine Botschaft per Zweikopfkrähe ist schnell verschickt, sodass ich diesen Luxus nicht lange werde entbehren müssen. Davon abgesehen rechne ich damit, dass Ihr und das Drachenheer in Kürze erfolgreich zurückkehren werdet, Tarejo."

Tarejo atmete tief durch. Es lag ihm offenbar noch eine Erwiderung auf der Zunge, aber in all den Jahren, da er Katagi schon diente, war ihm immer wieder vor Augen geführt worden, wie verhängnisvoll es enden konnte, dem amtierenden Kaiser zu widersprechen. Tarejo hatte viele dieser Unglücklichen persönlich foltern dürfen, was ihm immer wieder ein nicht enden wollender Quell düsterer Freude gewesen war. Aber er war sich durchaus der Tatsache bewusst, dass seine eigene Position in Katagis Gefolge zwar herausgehoben, aber nicht unantastbar war.

Und so verneigte er sich, obwohl es zahlreiche Argumente dafür gegeben hätte, auf der Anwesenheit des Kaisers zu bestehen. „Wie Ihr befehlt, mein Kaiser."

„Ihr werdet Euch sicher wundern, da Ihr noch bis vor ein paar Augenblicken davon ausgehen konntet, dass ich den Feldzug persönlich anführe."

„Es steht mir nicht zu, meine Verwunderung zu äußern", gab Tarejo demütig zurück. Er erkannte schon am Tonfall seines Herrschers, wie prekär die Situation auf einmal war. Ein falsches Wort konnte den Tod bedeuten, wenn der Kaiser in dieser Stimmung war. Also war größte Zurückhaltung geboten.

„Ich habe mir überlegt, dass es in der gegenwärtigen Lage nicht gut wäre, hielte ich mich außerhalb des Reichs auf. Schließlich ist Drachenia an mehreren Fronten in einen Krieg verwickelt. Da ist mein Platz hier – in Drachenia. Außerdem habe ich das Gefühl, dass es zwischen mir und dem Fürsten von Sajar inzwischen ein paar Differenzen über das weitere Vorgehen in Tajima gibt. Und da ist es gewiss von Vorteil, wenn ich ihn im Auge behalte."

„Ich verstehe", sagte Tarejo auf eine Weise, die sein Unverständnis kaum verbarg.

„Mir fiele diese Entscheidung schwerer, wenn ich nicht wüsste, wie würdig Ihr mich vertreten werdet", sagte Katagi. Er trat auf Tarejo zu und legte ihm eine Hand auf die Schulter. „Ihr werdet einen großartigen Sieg erringen, Lord Drachenmeister. Den wichtigsten dieses Krieges."

„Jedenfalls werde ich Prinz Rajin töten, darauf könnt Ihr Euch verlassen, mein Kaiser!", versprach Tarejo.

Katagi verzog das Gesicht zu einem zynischen Lächeln. „Tut mir nur einen Gefallen, Lord Drachenmeister."

„Jeden, mein Kaiser!"

„Ihr mögt mit all jenen, die Euch in die Hände fallen, tun, was Ihr wollt und sie meinetwegen zur Befriedigung Eurer düsteren Leidenschaften länger am Leben lassen, als es erforderlich wäre. Aber was Prinz Rajin betrifft, so möchte ich, dass Ihr den schnellen und sicheren Weg wählt und ihn sofort vernichtet."

„Mein Wort! Obwohl es gewiss von besonderem Reiz wäre, die innere Kraft eines Prinzen aus dem Hause Barajans auf eine Weise auf die Probe zu stellen, wie auch der widerspenstigste Drache es nicht vermag ..."

Daraufhin bestieg der Lord Drachenmeister die kaiserliche Gondel, und nur Augenblicke später wurden die Befehle zum Aufbruch gegeben. Sharanzinôn erhob sich mit einem erleichterten Brüllen und einem Schwall heißer schwefelhaltiger Luft in die Höhe. Die Seile strafften sich, und mit einem unsanften Ruck, der für den Start der kaiserlichen Drachengondel eigentlich eher untypisch war, hob sie vom Boden ab.

Katagi aber stand da und sah seiner Kriegsdrachen-Armada zu, wie sie sich allmählich entfernte. Die Hand mit den Drachenringen krampfte sich zu einer Faust zusammen. Er schalt sich einen Narren, schließlich waren seine Drachenheere im Begriff, einen Großteil der bekannten Welt zu erobern – aber trotzdem hatte er das tief empfundene Gefühl, dass seine Herrschaft auf tönernen Füßen stand.

Das Licht von Fackeln erhellte das düstere Gewölbe tief unter dem Dom des Großmeisters. Aber an diesen Fackeln flackerte kein gewöhnliches Feuer. Es war kalt, und das Pech an den Fackeln brannte nicht. Die Zuckungen der Flammen richteten sich nicht nach dem Luftzug, sondern folgten ihrem eigenen, abgehackten Rhythmus, dessen geheimes Muster Rajin bisher nicht hatte erfassen können.

Drei Tage weilten Rajin und seine Getreuen nun schon in Magussa, und in all dieser Zeit hatten sie den Dom nicht ein einziges Mal verlassen. Nun hatte Großmeister Komrodor verkündet, dass alles vorbereitet sei, um den Schlüssel des Geistes zu schmieden, mit dessen Hilfe Rajin die Kraft der Leuchtenden Steine in sich aufnehmen sollte. So hatte Komrodor den Prinzen mit sich genommen und ihn in die Katakomben unter dem Dom geführt.

Liisho hatte ursprünglich darauf bestanden, seinen Zögling zu begleiten. Aber da war er am Widerstand des Großmeisters gescheitert. „Auch wenn Ihr Euren Geist vor mir zu verschließen versucht, so weiß ich doch, dass Ihr bereits einmal im Land der Leuchtenden Steine gewesen und an dem gescheitert seid, was Prinz Rajin jetzt versuchen will. Die Wunde in Eurer Seele ist zu tief, als dass Ihr sie wirklich vor mir verbergen könntet. Ich aber will nicht, dass Prinz Rajin dieselben Fehler macht, die für Euer Scheitern verantwortlich waren. So lasst mich mit ihm allein. Ich denke, Ihr wisst in Eurem tiefsten Inneren, dass uns beiden damit am meisten gedient ist."

Nun stand Rajin vor einem Block aus einem Gestein, der den Prinzen stark an den Block aus Drachenbasalt erinnerte, der sich in den Kellern von Burg Sukara befand und den zu zerschlagen er sich vergeblich bemüht hatte. Er versuchte mithilfe seiner inneren Kraft zu erfassen, ob auch in diesem Block noch irgendwelche Reste von Drachenseelen eingeschmolzen waren, und er wurde fündig.

Der Großmeister hatte ihn genau beobachtet. Ein Lächeln flog über seine Lippen, als er bemerkte, dass Rajin die Natur des Gesteins erkannt hatte.

„Es ist tatsächlich Drachenbasalt", erklärte der Großmeister.

„Aber ich dachte, Ihr Magier habt auf Drachenseelen keinen Einfluss mehr, seit mein Vorfahre Barajan jenen Bann über Euch aussprach!"

„Das ist wahr. Aber ein Schlüssel des Geistes lässt sich nur schmieden, wenn auch ein Element dabei ist, das nicht berechenbar ist. Etwas, das selbst wir Magier nicht zu kontrollieren vermögen."

„Drachenseelen …"

„Oder das, was von ihnen nach der Katastrophe am Ende des Ersten Äons übrig blieb und sich nun in diesem Stein befindet", stimmte Komrodor zu. „Ihr seht, in gewisser Weise hat uns Euer Vorfahre Barajan mit seiner Tat sogar einen Gefallen getan, denn was sollten wir sonst anstelle von Drachenseelenresten benutzen, um einen Schlüssel des Geistes zu schmieden? Es gibt wohl kaum noch etwas anderes, das sich in auch nur annähernd ähnlicher Weise dem Einfluss unserer Kräfte entzieht."

„Ihr Magier scheint in dieser Sache immer noch nachtragend zu sein", stellte Rajin fest.

„Ihr meint den Bann des Barajan?"

„Genau."

„Niemand erinnert sich gern einer Niederlage, auch wenn sie einen Äon oder länger zurückliegt. Das ist auch bei Euresgleichen nicht anders."

„Mag sein."

„Vielleicht kommt eines Tages eine Zeit, da die Herrschaft über die Drachen an die Magier zurückfällt, womit sie in wahrlich besseren Händen läge, als es zurzeit der Fall ist. Aber im Moment stehen wir vor dem Problem, dass vielleicht bald schon niemand mehr über die Drachen herrschen könnte."

„Ein erschreckender Gedanke …"

„Ihr wisst dies hoffentlich zu verhindern, Prinz Rajin."

In den Block aus Drachenbasalt war die Form eines etwa ellenlangen Schlüssels eingelassen. Der Großmeister hob die Hände über den Stein und begann Formeln in alt-magusischer Sprache vor sich hinzumurmeln. Die Augen des Magiers veränderten dabei ihre Farbe. Sie leuchteten zunächst grün, wie man es von ihnen die meiste Zeit über gewohnt war, dann wurden sie blau und anschließend rot wie der Blutmond am Abendhimmel.

Ein Zittern durchlief den Großmeister. Er sprach plötzlich mit einer um zwei Oktaven abgesenkten Stimme, sodass seine Worte zu einem sehr dunklen, tiefen Murmeln wurden.

Innerhalb der Schlüsselform trat glühendes Metall aus dem Drachenbasalt und füllte sie wenige Augenblicke später völlig aus. Grünliche Flammen schlugen zischend aus diesem Metall empor.

Der Großmeister beendete sein Gemurmel aus Formeln und Sprüchen. Seine Augen passten sich in ihrer Färbung dem glühenden Metall an. Er umrundete den Block aus Drachenbasalt und sah Rajin an.

„Damit es gelingen kann, fehlt noch etwas, Prinz."

„Was sollte das sein?"

„Ihr wisst es längst."

„Es tut mir leid, Großmeister!"

„Bringt ein Opfer, Prinz Rajin!" Großmeister Komrodor hob die Hand und deutete auf Rajins Herzgegend, wie er es schon mal getan hatte. Wieder fuhr ein grün leuchtender Blitz aus seiner Fingerspitze und traf Rajin dort, wo er das magische Pergament verbarg.

Rajin schluckte. „Was wollt Ihr damit?"

„Es muss in den Schlüssel des Geistes hineingegeben werden und darin verschmelzen."

„Ich werde damit die einzige Verbindung zu Nya und Kojan verlieren, die ich habe!"

„Andernfalls verliert Ihr jede Möglichkeit, sie jemals zu retten. Erscheint Euch das wirklich als die bessere Alternative?" Großmeister Komrodor streckte die Hand aus – so wie er es ebenfalls schon einmal getan hatte. „Zeigt den Mut, der notwendig ist, Prinz Rajin! Wenn Ihr Euch zu diesem Schritt nicht durchzuringen vermögt, ist jeder weitere sinnlos, und Ihr könnt Euch die Reise ins Land der Leuchtenden Steine von Ktabor sparen!"

Rajin zögerte. Sein Instinkt sagte ihm, dass Komrodor die Wahrheit sprach. Und doch fiel es ihm schwer, das Pergament abzugeben. Er holte es unter seinem Wams hervor und war schon im Begriff, es Komrodor auszuhändigen, da zögerte er erneut. „Ich möchte es noch einmal entrollen und mir ansehen."

„Wenn Ihr das tut, ist alles verloren. Ihr würdet Euch aus dem Bann nicht mehr befreien können – glaubt mir. Ihr wärt nicht der Erste, dessen Reise nach Ktabor bereits in einem so frühen Stadium endete."

Rajin starrte auf das zusammengerollte Pergament. Er dachte an Nya und ihr verzweifeltes Gesicht. Er versuchte sich an den Ausdruck ihrer Augen zu erinnern, als sie sich das letzte Mal von Angesicht zu Angesicht gegenübergestanden hatten, aber die Erinnerung schien in diesem Moment einfach zu zerfließen, löste sich in nichts auf, und er hatte das Gefühl, dass sein Kopf vollkommen leer war.

Er gab sich einen Ruck und reichte dem Großmeister das Pergament. „So sei es", flüsterte er, aber in dem Moment, als er das Pergament aushändigte, erfasste ihn ein furchtbarer, krampfartiger Schmerz, der noch schlimmer wurde, als Komrodor das magische Artefakt in den glühenden Schlüssel des Geistes gab.

Innerhalb eines Augenaufschlags war nichts mehr davon übrig. Grüne Flammen loderten kurz auf, dann waren die verkohlten Reste im Inneren des flüssigen, glühenden Metalls verschwunden.

Der Schlüssel erkaltete innerhalb eines einzigen Augenblicks. Er erstarrte in seiner Form und leuchtete zunächst messingfarben, bevor er dann einen grünlichen Belag ansetzte, als wäre er bereits vor vielen Jahren geschmiedet worden und hätte danach jahrelang auf irgendeinem Speicher herumgelegen.

„Nehmt ihn Euch!", forderte Großmeister Komrodor den jungen Prinzen auf. „Dieser Schlüssel des Geistes ist Euer – und er entfaltet auch nur bei Euch seine Wirkung."

Rajin griff zögernd danach. Als seine Finger den Schlüssel umschlossen, durchströmte ihn ein Gefühl geistiger Klarheit, das er zuvor noch nie empfunden hatte. Das verworrene Geflecht des Schicksals und seiner Bestimmung schien ihm für einen kurzen Moment völlig entwirrt und klar vor ihm zu liegen. Aber diese Empfindung währte nur wenige Augenblicke.

Großmeister Komrodor machte plötzlich einen sehr abwesenden Eindruck. Sein Kopf bewegte sich ruckartig, als hätte er irgendetwas gehört, was nur seinen magischen Sinnen zugänglich war.

„Was getan werden musste, wurde getan!", sagte er schließlich.

„Aber ich erfahre gerade, dass eine Situation eingetreten ist, die uns alle mit Sorge erfüllen sollte."

„Was ist geschehen?", fragte Rajin, der sich den Schlüssel des Geistes hinter den Gürtel steckte.

Die Züge des Großmeisters von Magus verfinsterten sich, und seine Augen leuchteten mit einer Intensität, die es unmöglich machte, ihn direkt anzusehen.

„*Eine Kriegsdrachen-Armada nähert sich Magussa!*", ließ Komrodor den Prinzen über seine Gedankenstimme an dem teilhaben, was ihm gerade durch den Kopf ging. „*Wir werden uns eines Angriffs erwehren müssen – und das viel früher, als ich es für möglich hielt!*"

Großmeister Komrodor rief in aller Eile das Kollegium der Hochmeister an der fünfeckigen Tafel zusammen und außerdem alle derzeit zur Verteidigung von Magussa zur Verfügung stehenden Schattenpfadgänger. Auch Rajin und sein gesamtes Gefolge wurden hinzugerufen sowie die bedeutendsten in der Stadt residierenden Magier.

„Eine gewaltige Drachen-Armada nähert sich Magussa", erklärte Komrodor. „Die Tatsache, dass sie so spät entdeckt wurde, ist dadurch begründet, dass niemand derzeit mit einem Angriff des amtierenden Drachenkaisers Katagi gerechnet hat. Schließlich haben die Drachenier bereits an zwei Fronten zu kämpfen, und wie man so hört, sind ihre diplomatischen Bemühungen nicht gerade erfolgreich, den Krieg mit dem Seereich zumindest zu unterbrechen, sodass sie wieder mit Stockseemammut für die Futtertröge der Drachenpferche beliefert würden. Aber was immer sie auch im Schilde führen – sie sind nun einmal da, und wir werden uns auf diesen Angriff, so gut es geht, einstellen müssen!"

„Die Zahl unserer Schattenpfadgänger ist nicht groß", gab ein verhältnismäßig junger Magier aus der Runde der Hochmeister zu bedenken. Er sah höchstens aus wie ein fünfzehn- oder sechzehnjähriger Menschenjunge, aber das Alter eines Magiers ließ sich mit dem eines Menschen schwer vergleichen. „Wird sie ausreichen, um uns zu schützen?"

„Ich habe die geringe Zahl von Schattenpfadgängern seit Langem bemängelt", erklärte Komrodor. „Aber andererseits gestaltet es sich schwierig, genügend Magier für diese Aufgabe zu finden, was ich angesichts ihrer reduzierten Lebensspanne durchaus verstehen kann. Doch ganz gleich, welche Schritte wir in dieser Hinsicht in Zukunft unternehmen werden, auf die Schnelle lassen sich mehr Schattenpfadgänger ohnehin nicht ausbilden. Das ist eine langfristige Strategie, die erst in ein paar Jahren überhaupt greifen und ertragreiche Früchte bilden kann. Jetzt werden wir uns mit der Situation wohl oder übel arrangieren müssen."

Rajin wandte sich an Liisho und flüsterte ihm zu: „Ich werde anbieten, dass wir die Stadt verlassen. Und zwar sofort. Die Drachenier kommen doch garantiert nur unseretwegen."

„Sie würden uns auf dem Weg Richtung Ktabor mit Leichtigkeit abfangen können", gab Liisho zu bedenken.

„Aber die Stadt bliebe vielleicht verschont."

„Glaubst du das wirklich?" Liisho schüttelte den Kopf. „Etwas besser solltest du deinen Kontrahenten durchaus kennen, Rajin."

In diesem Augenblick trat Abrynos vor, und da es offenbar völlig unüblich war, dass sich ein Schattenpfadgänger zu Wort meldete, drehten sich alle anwesenden Hochmeister nach ihm um.

„Die Schattenpfadgänger sind bereit, gegen den Feind zu ziehen!", verkündete er.

„Gut, so tut dies jetzt!", gab Komrodor seinen Befehl.

Die Schattenpfadgänger wurden bereits im nächsten Augenblick zu Rauchsäulen, die sich innerhalb von wenigen Herzschlägen völlig verflüchtigten.

Nur einer von ihnen tauchte ganz kurze Zeit später wieder auf. Er verstofflichte mitten auf der Fünfecksteinplatte, die die Tafel der fünf mal fünf magischen Hochmeister bildete.

Mit einem Schrei auf den Lippen stand Abrynos aus Lasapur plötzlich da, nicht einmal einen halben Schritt von seinem völlig verdutzten Großmeister entfernt und das Schwert in beiden Händen hoch erhoben.

Die Klinge glühte grell auf, dann ließ Abrynos die Waffe nach unten sausen und spaltete damit den Kopf Komrodors.

„Eine Klinge, deren Metall aus Drachenbasalt herausgeschmolzen wurde! Eine Waffe, um einen Großmeister von Magus zu töten!", rief

Abrynos mit schriller Stimme, während er das Schwert aus dem Kopf des bis dahin allmächtig erscheinenden Komrodor riss. Blut und Hirnmasse spritzten von der leuchtenden Klinge. Komrodors lebloser Körper sackte von seinem Fünfeck-Thron und schlug auf den kalten Steinboden des Doms, wo sich eine riesige Blutlache um ihn herum bildete. Noch im selben Moment verwandelte sich Abrynos wieder in eine Rauchsäule, sodass niemand der Anwesenden ihm, etwas anhaben konnte.

Lord Drachenmeister Tarejo beobachtete von der kaiserlichen Gondel aus, wie sich seine Kriegsdrachen-Armada den Mauern und der Domkuppel von Magussa näherte. Auf die Kuppel kam es an, das wusste der Lord Drachenmeister, denn Katagi hatte ihm eine ausgefeilte taktische Vorgehensweise mitgegeben, nach der er sich angeblich nur zu richten brauchte, um das Gefecht siegreich zu bestehen.

Die Drachen der Kaiserlichen Armada hatten die übliche keilförmige Angriffsformation eingenommen. Die Vorhut wurde aus einfachen, jeweils von einem Drachenreiter-Samurai gelenkten Kriegsdrachen gebildet, dann folgten die Schützengondel-Drachen.

Tarejo sorgte dafür, dass Sharanzinôn immer ein Stück hinter dem eigentlichen Heer zurückblieb. Nach dem riesigen Gondeldrachen folgte nur noch eine Eskorte aus einem halben Dutzend einfachen Kriegsdrachen, deren einzige Aufgabe es war, die Gondel des Kaisers zu schützen. Dass sich Katagi gar nicht in der Staatsgondel befand, sondern in Vayakor zurückgeblieben war, änderte daran nichts.

Die Drachenreiter hatten die Anweisung, sich auf die Domkuppel zu konzentrieren. Denn unter der Kuppel sollte sich auch Prinz Rajin befinden.

Die Stadt Magussa war bereits in Sichtweite. Dass Drachen durch die in Magus praktizierte Magie kaum beeinflussbar waren, war eine Folge des Banns, den Barajan einst verhängt hatte und der über die Zeitalter hinweg nichts von seiner Kraft verloren hatte. Zumindest war das für Tarejo und das Drachenheer zu hoffen, denn wirklich ausprobiert hatte das seit langer Zeit niemand mehr. Schließlich hatte es kein Drachenkaiser seit mehr als einem Äon gewagt, mit dem Reich der Magier Krieg zu führen.

Aber wenn die Überlieferungen stimmten, dann war es den Magiern zumindest nicht möglich, die Drachen durch einfache Illusionen in die Flucht zu schlagen, wie sie es bei anderen Kreaturen sofort getan hätten, etwa indem sie durch Trugbilder einen Angriff lästiger Insektenschwärme suggerierten und Ähnliches.

Vor der Garde der berüchtigten Schattenpfadgänger waren die Angreifer jedoch nicht sicher.

„Lord Drachenmeister, steigt dort Rauch über dem Wasser auf?", drang die Stimme des Hauptgondelmeisters der kaiserlichen Drachengondel in die Gedanken Tarejos. Der Hauptgondelmeister hieß Bradang Ko Sun und war einer von zahlreichen Sprösslingen des Hauses Sun, die von Katagi mit verantwortungsvollen Posten bedacht worden waren.

„Wo habt Ihr Rauch gesehen?", fragte Tarejo alarmiert und erbleichte.

Dutzende von Schattenpfadgängern verstofflichten im Flug und hielten sich durch Selbstlevitation in der Luft. Mit ihren glühenden Schwertern drangen sie auf die Kriegs- und Gondeldrachen ein. Insbesondere auf die Gondeldrachen hatten sie es abgesehen, denn wenn sie einen von ihnen vom Himmel holten, war damit jeweils eine große Zahl von Kriegern mit einem Schlag ausgeschaltet.

Gleichzeitig erschienen Trugbilder von gewaltigen Scharen allerlei fliegenden Getiers. Manche dieser Kreaturen existierten nur in den Erzählungen von Magiern und Menschen, waren nicht mehr als Produkte der Fantasie: Mehrköpfige Flugschlangen waren darunter, von denen die drachenischen Legenden behaupteten, sie wären zusammen mit den Echsenkriegern als verkümmerte Verwandte der Drachenheit durch die Tore gekommen, was jedoch im Widerspruch zu den Legenden Tajimas stand, die besagten, die Flugschlangen wären aus dem Vulkansee aufgestiegen, nachdem der Prophet Masoo die Geister der alten Götter in einen Stein gebannt und in eben jenem See versenkt habe. Drei Jahre habe es danach keine Fische im See auf dem Dach des Luftreichs gegeben, und die Menschen hatten den Propheten Masoo bereits dafür verflucht, dass er ihnen den Glauben an den Unsichtbaren Gott gebracht hatte. So hatte Masoo noch einmal auf die Große Nadel steigen müssen, um den Unsichtbaren Gott um Hilfe zu bitten, denn das Volk drohte von ihm abzufallen, kaum dass es den wahren Glauben gefunden hatte.

Andere Wesen, die sich plötzlich auf die Drachenreiter stürzten, waren wohlbekannt: Flugwölfe etwa, wie sie in den Wäldern Tajimas weit verbreitet waren, oder Zweikopfkrähen. Die Drachen waren durch diese Erscheinungen nicht zu erschrecken, denn die Magie hatte keine Macht über ihren Geist. Für die Drachenreiter und die Besatzungen der Gondeldrachen galt dies jedoch nicht. Um sie zu verwirren, waren diese Trugbilder erschaffen worden, die den Angriff der Schattenpfadgänger begleiteten. Wirklich Substanz zu gewinnen und zu wahrhaftigen Geschöpfen der Magie zu werden vermochten diese Trugbilder jedoch nicht, denn die innere Kraft der Magier war begrenzt. Schon das Beschreiten des Schattenpfads und die anschließende Selbstlevitation, um sich auf Kampfhöhe mit den Drachen zu halten, verlangten enorme Kräfte, die die Lebensspanne der Schattenpfadgänger enorm dezimierten …

Blitzschnell schlugen die Schattenpfadgänger zu, hieben ihre glühenden Schwerter in die Drachenleiber. Manche von ihnen verstofflichten erst unmittelbar in der Nähe eines Drachen, stießen ihre glühende Waffe in den Körper des Giganten und lösten sich wieder in Rauch auf, um in die sicheren Gefilde des Schattenpfades zurückzukehren.

Die betroffenen Drachen brüllten laut auf. Drachenblut schoss in Fontänen aus den Wunden, und der Geruch des Drachenblutes machte andere halb wahnsinnig und äußerst schwer lenkbar. Die Schwerter der Schattenpfadgänger durchdrangen nahezu widerstandslos die geschuppte Drachenhaut. Und der durch die magische Glut, die das Metall erfüllte, ausgelöste Brand setzte sich zumeist noch eine kurze Weile fort, wenn die Klinge schon längst wieder aus dem Drachenfleisch herausgezogen worden war.

Dann erst begann der Selbstheilungsprozess, der den Drachen eigen war und der oft dafür sorgte, dass sich auch größere Verwundungen bereits nach wenigen Tagen wieder schlossen. In diesem Fall funktionierten diese Selbstheilungskräfte aber nur bedingt, was mit der besonderen Natur der Schwerter zu tun haben musste, die die Schattenpfadgänger benutzten.

Dennoch bedurfte es mehrerer Angriffe, um einen Drachen schließlich zu töten.

Die ersten Kriegsdrachen stürzten in die aufgewühlte See vor der Küste bei Magussa. Die Todesschreie der Drachenreiter mischten sich mit dem letzten Brüllen der Drachen, und beides wurde untermalt vom Rauschen des unablässig gegen die felsige Küste schlagenden Meeres.

Ein Gondeldrachen fiel in die Tiefe, noch ehe er die Mauern von Magussa überflogen hatte, um zumindest notlanden zu können. Die Gondel zerschellte auf den Untiefen, die es vor der Küste gab und über denen immer wieder die anbrandenden Wellen der Mittleren See zusammenschlugen.

Dort wurde ein Drachenreiter aus dem Sattel geschlagen, an anderer Stelle die Halteseile einer Gondel von den Schwertstreichen der urplötzlich aus dem Nichts auftauchenden Schattenpfadgänger durchtrennt. Doch die Kriegsdrachen wussten sich ihrer Haut zu wehren. So manches Mal verglühte einer der fliegenden Magier schon im Moment seiner Verstofflichung im Drachenfeuer. Wann immer die stetig wütender werdenden Drachen auch nur einen Hauch schwarzen Rauchs zu entdecken glaubten, ließen sie ihren Feueratem hervorschießen. Dabei nahmen sie auch auf sich selbst keine Rücksicht und versengten den eigenen Leib, wenn einer der Angreifer in zu großer Nähe verstofflichte.

Der Kampf in den Lüften vor der Magussa-Küste dauerte nicht lange. Die große Übermacht der Drachen-Armada ließ sie die Verluste besser verkraften, während jeder getötete Schattenpfadgänger angesichts der ohnehin geringen Zahl dieser magischen Kämpfer doppelt wog. Schon bald waren die überlebenden Verteidiger gezwungen, sich zunächst einmal zurückzuziehen. Sie flüchteten in die sicheren Gefilde des Schattenpfades, wohin ihnen keiner der Drachen mit seinem Feuer zu folgen vermochte. Manche harrten in jenen Gefilden aus, um die Gelegenheit zu einem weiteren Angriff abzuwarten, was enorm kraftaufwendig war und die Lebensspanne der Betreffenden auf ein Minimum reduzierte. Doch sie schienen zu jedem Opfer bereit, um die Residenz des Großmeisters und die Hauptstadt des Reiches Magus gegen diese unbarmherzigen Invasoren zu verteidigen.

Andere hingegen kamen offenbar zu dem Schluss, dass es das Beste sei, sich an anderer Stelle zu sammeln. Sie verstofflichten entweder im inneren Burghof nahe dem Dom des Großmeisters oder auf den fünf Türmen von Magussa.

Dort hatten sich einige der stärksten Magier von Magussa versammelt, um die Angreifer mit Magie zu bekämpfen. Zwar war damit den Drachen aufgrund des Banns Barajans nicht beizukommen, wohl aber den drachenischen Schützen und Fußsoldaten, die in den Drachengondeln darauf warteten, abgesetzt zu werden und die innere Burg Magussas zu erobern.

Die Magier murmelten Beschwörungsformeln in alt-magusischer Sprache und hatten bereits eine Unzahl schwebender Steine über der inneren Burg entstehen lassen. Kein einziger Magier und keiner ihrer bediensteten Veränderten hielt sich noch in dem verwinkelten Burghof auf, und keinem Angreifer war eine Landung dort zu empfehlen, denn sobald dies geschah, würden die Gesteinsbrocken herabregnen.

Da die Magier auf den Türmen keine Schattenpfadgänger waren und ihre Kraft vollkommen auf die Verstofflichung dieser Brocken verwenden konnten, waren diese sehr real, anders als das fliegende Getier, das nur dazu gedient hatte, die Drachenreiter und die Gondelbesatzungen zu verwirren. Solange sie nur Trugbildern glichen, deren Existenz auf der Beeinflussung des Geistes beruhte, waren sie für die Drachen ungefährlich und wurden von diesen nicht einmal bemerkt. Sobald sie aber ein gewisses Realitätsstadium erreicht hatten und verstofflicht waren, konnten sie natürlich auch einen Drachen verletzen.

Allerdings hatten die Magier auf den Türmen nicht genug Kraft, um die Steinbrocken schwer genug werden zu lassen, um einen der echsenhaften Giganten damit wirklich erschlagen zu können, und auch der maximalen Fallhöhe der Felsen waren Grenzen gesetzt.

Von den Trugbildern der Schattenpfadgänger hingegen waren nur ein paar verirrte geisterhafte und fast durchscheinende Flugwölfe geblieben, die noch durch die Lüfte streiften, vollkommen konsterniert darüber, dass es weit und breit keinen Wald und keine Bäume gab, in deren Kronen sie landen konnten. Und ehe diese aus Magie geborenen, aber nicht verstofflichten Geschöpfe die Situation erfassen konnten, vergingen sie vollends, denn inzwischen gab es keine magische Kraft mehr, die ihre Weiterexistenz unterstützte. Es erging ihnen wie den verblassenden Hausruinen in den Außenbezirken von Magussa – nur dass bei flüchtig und ohne viel Sorgfalt erzeugten Geschöpfen und Gegenständen dieser Prozess um ein Vielfaches schneller vonstatten ging. Noch ehe sie richtig zu existieren begonnen hatten, waren sie bereits dem Vergessen anheimgefallen.

5

DRACHENRACHE UND MAGIERZORN

Auf der Innenseite der Domkuppel war zu sehen, was sich außerhalb des gewaltigen Gebäudes abspielte. Überall schwebten riesige Felsbrocken in der Luft, die sich in unterschiedlichen Stadien der Verstofflichung befanden und durch ihre bloße Existenz verhinderten, dass die Invasoren im inneren Burghof landeten, wenn sie nicht riskieren wollten, von einem Steinschlag tödlich getroffen zu werden. Aber dorthin wollten die Invasoren offensichtlich auch überhaupt nicht. Die Drachen näherten sich der Domkuppel. Die schwebenden Gesteinstrümmer überflogen sie einfach – und die Magier auf den Türmen waren offenbar nicht in der Lage, diese Felsbrocken noch höher in den Himmel zu heben und sie gleichzeitig real zu halten; das schien einfach ihre Kräfte zu übersteigen.

Und diese Steine über dem Kuppeldach entstehen zu lassen, verbot sich, es sei denn, man war bereit, die Zerstörung des Großmeister-Doms in Kauf zu nehmen, was nicht infrage kam, denn seit undenklichen Zeiten war dieses Bauwerk das geistige und kulturelle Zentrum des Magiervolks.

Die Augen des durch Abrynos' schädelspaltenden Schwerthieb getöteten Großmeisters hatten ihren magischen Glanz verloren, und das Leuchten war erloschen.

Doch plötzlich zuckte aus dem gespaltenen Schädel ein feuerroter Blitz und traf den Schlüssel des Geistes, den Rajin zusammen mit seinem Drachenstab hinter den Gürtel gesteckt hatte.

Rajin fühlte noch, wie eine immense Kraft ihn zu Boden schleuderte, dann verlor er für Augenblicke das Bewusstsein …

… und als er wieder zu sich kam, kniete Liisho neben ihm.

„Was ist mit mir?", murmelte Rajin. Er griff zum Schlüssel des Geistes – und eine eigenartige, nie gekannte Kraft durchflutete seinen Arm und setzte sich in seinem Körper fort.

Rajin riss den Schlüssel des Geistes aus dem Gürtel. Er brannte in seiner Hand, und Rajin hätte ihn am liebsten von sich fortgeschleudert. Aber das war nicht möglich, der Schlüssel haftete an seiner Handfläche, die Finger krampften sich förmlich um das Metall, und ein höllischer Schmerz durchraste Rajin.

„*Flieht von hier! Jetzt! Sonst war alles umsonst, und es gibt keine Zukunft, kein Morgen, keinen Aufgang der Mondenkette mehr – nur ein aufgerissenes Erdreich, das Magma blutet und einem weidwunden Tier gleicht …*"

Die Gedankenstimme, die er vernahm, gehörte zweifellos Komrodor; Rajin erkannte sie sofort wieder. Von Wort zu Wort wurde die Stimme schwächer und verhallte schließlich. Rajin verstand zum Schluss nur noch einzelne sinnlose Worte.

Seelenreste des ermordeten Großmeisters waren offensichtlich in den Schlüssel des Geistes gefahren und verflüchtigten sich allmählich. Aber vielleicht bleibt ja etwas von ihrer Kraft, dachte Rajin. Es war der erste klare Gedanke, den er fassen konnte, seit er zu Boden geschleudert worden war.

Es war der stiere Blick Liishos, der ihm verriet, dass irgendetwas mit ihm nicht stimmte – und dann bemerkte Rajin es selbst.

Seine linke Hand und der Ansatz des Unterarms hatten sich verändert. Sie schimmerten ebenso messingfarben und schienen sich in das gleiche Metall verwandelt zu haben, aus dem der Schlüssel des Geistes bestand, mit dem seine Linke auf einmal untrennbar verbunden war, als wären sie zusammengeschmolzen.

Dafür ließ nun der Schmerz spürbar nach. Stattdessen war da diese Kraft, die ihn durchflutete und von der er nicht wusste, ob sie aus ihm selbst oder diesem magischen Artefakt kam.

Aber war es nicht so, dass alle Kraft letztlich aus dem eigenen Inneren kam? Jeder magische Gegenstand war im Grunde nur ein

Hilfsmittel, gleichgültig, ob nun ein Drachenstab oder eben dieser besondere Schlüssel des Geistes, den Komrodor für ihn geschaffen hatte. Ein austauschbares Werkzeug, das selbst keine Kraft beisteuerte, sondern nur das zu bündeln vermochte, was an Kräften ohnehin schon vorhanden war.

Rajin erhob sich. Der Schmerz hatte beinahe vollkommen aufgehört.

„Zu den Drachen!", rief der Prinz. „Wir müssen fort von hier! So schnell wie möglich!"

„Darauf, dass wir den Dom verlassen, warten Katagis Schergen doch nur!", widersprach Liisho. „Ich weiß, dass sie meinetwegen hier sind. Aber wenn wir es jetzt nicht schaffen, aus der Stadt herauszukommen, wird es uns vermutlich gar nicht mehr gelingen ..."

Durch das Kuppeldach war zu sehen, wie sich einige der Schattenpfadgänger der Übermacht der Drachen entgegenzustellen versuchten. Einer der Kriegsdrachen wurde schwer getroffen, und auch sein Reiter erhielt einen Schwertstreich, der seinen Kopf vom Torso trennte. Während der Kopf in hohem Bogen durch die Luft flog, rutschte der Rumpf aus dem Sattel und fiel durch das offenbar gleichermaßen durchsichtige wie durchlässige Kuppeldach des Großmeisterdoms.

Die Magier am Fünfecktisch erwachten aus ihrer Erstarrung. Einige von ihnen reckten ihre Hände empor und riefen verzweifelt ein paar Beschwörungsformeln. Sie versuchten das Dach, das wohl unter der Kontrolle des ermordeten Großmeisters gestanden hatte, zu schließen. Bilder entstanden dort aus dem Nichts. Aber es waren nur Bruchstücke aus verschiedenen Darstellungen, die dort ansonsten zu sehen gewesen waren. So entstand unter anderem eine Nachbildung des Blutmondes, der allerdings keinerlei Substanz gewann und eigentlich nur die freie Sicht nach außen behinderte.

Der tödlich verwundete Kriegsdrache hielt sich mit seinen letzten Flügelschlägen noch ein paar Augenblicke in der Luft, bevor er schließlich in den Dom krachte. Er schlug schwer auf und drückte ein paar der Trennungsmauern nieder, die die einzelnen Bereiche voneinander abteilten.

Ein Stück Mauerwerk wuchs auf einmal über das Kuppeldach und verstofflichte. Die Magier am Fünfecktisch schienen endlich ihre Kräfte zu bündeln, aber das reichte keineswegs aus, um die Kuppel wirklich zu schließen.

Rajin dachte schaudernd an die Macht, die Großmeister Komrodor besessen hatte und die die Kräfte der anderen fünf mal fünf Magier an der fünfeckigen Tafel der Hochmeister bei Weitem überragt hatte. Wie weit er ihnen überlegen war, zeigte sich in diesen Momenten auf dramatische Weise.

Ein Gondeldrache flog in die Kuppel ein und sank heftig flatternd zu Boden. Salven von Armbrustbolzen wurden abgeschossen. Sowohl einige der Hochmeister als auch Angehörige des veränderten Dom-Personals wurden getroffen. Schreie gellten, und die gerade manifestierten Mauerstücke im Kuppeldach des Doms brachen herab, aber sie hatten so wenig stoffliche Substanz, dass sie bereits verblasst waren, ehe sie auf den Boden trafen.

Die aus der Drachengondel abgesetzten Drachenier schwärmten aus und griffen alles an, was sich bewegte.

In diesem Augenblick erschien Abrynos noch einmal auf der Fünfecktafel. Er verstofflichte mitten auf dem steinernen Tisch, sein glühendes Schwert in der Hand und einen furchtbaren Schadensspruch ausstoßend, wie sie die Magier häufig benutzten, um ihre Gegner zu bekämpfen. Die Hochmeister waren vollkommen verdutzt, schließlich hatten sie sich auf die Abwehr der Angreifer aus der Drachengondel konzentriert.

Mit einem einzigen Schwertstreich ließ Abrynos gleich drei Köpfe rollen. Dann folgte eine Anzahl weiterer Hiebe, die mit schier unglaublicher Präzision ausgeführt wurden. Blut spritzte und besudelte die Fünfecktafel. Zwei der Ninjas spannten ihre Reflexbögen. Die Pfeile zischten durch die Luft und hätten normalerweise Abrynos' Brust und seinen Hals durchbohrt.

Aber Abrynos war bereits wieder auf einem Schattenpfad. Die Pfeile jagten durch eine wirbelnde Rauchsäule, die einen Augenblick später gar nicht mehr da war – dafür erschien sie ein paar Schritte entfernt, und Abrynos verstofflichte innerhalb eines Lidschlags wieder, um erneut ein paar der Hochmeister mit wenigen Hieben zu töten.

Dies geschah mit einer so großen Geschwindigkeit, dass es seinen Opfern unmöglich war, rechtzeitig zu reagieren und auszuweichen, geschweige denn sich zu verteidigen.

Die anderen stoben in heller Panik auseinander. Manche von ihnen kreischten in höchster Not Worte in magusischer Sprache. Es handelte sich dabei vor allem um magische Beschwörungen, die dazu dienen sollten, den Feind nicht übermächtig werden zu lassen, und der eine oder andere ließ Blitze aus seinen Händen zucken, um den Angreifer damit zu treffen. Aber sie gingen ins Leere. Abrynos war bereits wieder entstofflicht, bevor die Blitze ihn erfassen konnten, und erschien plötzlich im Rücken eines Gegners, um ihm die Klinge von hinten in den Leib zu rammen.

Es zeigte sich, dass keiner der Hochmeister gegen einen Schattenpfadgänger bestehen konnte. Der Kampf gegen magisch unbegabte Völker – das war es, worauf man sich einigermaßen vorbereitet hatte, und auch das in erster Linie innerhalb der Schattenpfadgänger-Garde. Gewöhnliche Magier bis hinauf zu den Hochmeistern waren froh gewesen, dass sie für diese Dinge keine innere Kraft aufzuwenden brauchten, die ihnen am Ende zur Verlängerung ihres Lebens fehlte.

Diese Haltung, die einfach auf der Annahme beruhte, dass eine Auseinandersetzung, wie sie in diesem Moment geführt wurde, völlig abwegig war, rächte sich nun.

Rajin und seine Getreuen waren unterdessen bereits auf dem Weg zum Drachenpferch. Überall liefen Veränderte umher. Das Dienstpersonal des Magierdoms versuchte sich ebenso in Sicherheit zu bringen wie die Magier selbst.

Dann begegneten sie den ersten Dracheniern, die blindwütig auf alles einschlugen, was ihnen begegnete. Ganjon und seine Ninjas stellten sich ihnen entgegen. Schwerter klirrten gegeneinander. Die Klingen der Ninjas wirbelten durch die Luft und trennten Köpfe und Schwertarme ab. Schreie gellten, und Shuriken und von Reflexbögen abgeschossene Pfeile sirrten durch die Luft. Innerhalb kurzer Zeit war der Weg freigekämpft.

Rajin hatte ebenfalls sein Schwert gezogen. Da die linke Hand mit dem Schlüssel des Geistes verschmolzen und damit für den Kampf unbrauchbar war, blieb ihm nur noch die rechte. Immer wieder musste er einen Blick auf das messingfarbene Artefakt werfen, das sich auf so groteske Weise mit seinem Körper verbunden hatte. Kein Schmerz peinigte ihn mehr, aber er fühlte ein tiefes Unbehagen darüber, ob er tatsächlich den richtigen Weg eingeschlagen hatte.

„Komrodor?", sandte er einen Gedanken aus, von dem er hoffte, dass die Seelenreste des ermordeten Großmeisters vielleicht darauf antworteten. Zu wissen, dass genug vom Geist dieses obersten aller Magier im Schlüssel des Geistes gefangen war, um ihm später, wenn er das Land der Leuchtenden Steine erreichte, helfen zu können, wäre ihm nicht nur Trost gewesen, sondern auch Anlass zu neuem Mut.

Aber es antwortete ihm kein Gedanke des Großmeisters von Magus. Da war nur ein unbestimmtes, unverständliches Seelenraunen. Eine Kraft, von der Rajin nicht wusste, ob sie nicht vielleicht ohnehin dem Schlüssel eigen war und mit Komrodor nichts zu tun hatte.

Die Gruppe erreichte nun den Drachenpferch. Ghuurrhaan und Ayyaam hatten laut zu brüllen begonnen, die Veränderten, die dort dienten, waren längst geflohen, doch ein paar drachenische Soldaten tauchten auf, und es kam erneut zum Kampf. Drei der Ninjas starben durch Armbrustbolzen, doch alle Angreifer bezahlten dafür mit dem Leben. Ganjon schleuderte einen Shuriken, und Andong hatte gleich zwei Wurfdolche in der Hand, die zielsicher ihren Weg fanden und jeweils einen Feind röchelnd zu Boden sinken ließen. Kanrhee nahm sich den Reflexbogen eines Gefallenen und schoss blitzschnell Pfeil um Pfeil ab. Die Todesschreie der Feinde gingen im Gebrüll der Drachen unter.

Liisho und Rajin versuchten, die riesigen Kreaturen einigermaßen zu beruhigen. Rajin stellte dabei fest, dass ihn der Schlüssel des Geistes zwar behinderte, weil ihm nur eine Hand zur Verfügung stand, es ihm aber erleichterte, Ghuurrhaan geistig unter Kontrolle zu zwingen. Offenbar hatte das mit seiner Hand verschmolzene Artefakt eine ähnliche Wirkung, wie sie ansonsten einem Drachenstab eigen war, wenn man ihn tief in die Vertiefung zwischen den Drachenschuppen stieß.

Liisho, der Ayyaam bereits von den Ketten gelöst hatte, stutzte plötzlich, bevor er seinen Drachen aus dem Pferch führte. „Spürt du das auch, Rajin?"

„Ich weiß nicht, was du meinst?"

„Es sind nicht nur unsere Drachen, deren Kräfte im Moment so wild und ungebärdig sind, dass man fünf Drachenstäbe gebrauchen könnte, um sie unter den eigenen Willen zu zwingen ...“ Ruckartig drehte er den Kopf zuerst nach rechts, dann nach links. „Ich kann es spüren, Rajin. Da ist etwas im Gange, das ...“

Er stockte, denn in diesem Moment war ein so durchdringendes Drachengebrüll zu hören, dass es die Laute von Ayyaam und Ghuurrhaan eher wie ein verhaltenes Wispern erscheinen ließ.

Der Gondeldrache, der die drachenischen Soldaten auf dem Domboden abgesetzt hatte, erhob sich. Wie ein Berserker tobte er durch den Dom, riss eine Begrenzungsmauer nach der anderen einfach ein.

Von der Decke herabfallende Brocken aus magischem Gestein, mit denen die wenigen noch lebenden Hochmeister versucht hatten, die Kuppel zu schließen, reizten ihn noch mehr, auch wenn sie ihm kaum gefährlich werden konnten. Er kümmerte sich um nichts und niemanden und hörte augenscheinlich auch nicht mehr auf seinen Reiter, der schließlich von einem Schwanzschlag getroffen wurde.

Einer der Stacheln, mit denen der lange Schwanz besetzt war, spießte ihn auf, und die nächste schwungvolle Bewegung des Drachenschwanzes schleuderte den leblosen Körper des Drachenreiter-Samurai fast bis zum Kuppeldach empor, bevor er zurück zum Boden fiel.

„Yyuum ...“, murmelte Liisho, und sein Gesicht wirkte so besorgt, wie Rajin es selten bei ihm gesehen hatte. „Es ist der Urdrache, dessen mächtiger Geist endgültig erwacht. Die Drachen richten sich nach ihm aus, und da kein Drachenherrscher in der Nähe ist, der die drei Ringe Barajans besitzt ...“ Der Weise sprach nicht weiter. Er war bleich wie die Wand geworden.

Dass die Zeit drängte, war ihnen allen durchaus bewusst gewesen, aber offenbar war das Erwachen des Urdrachen weiter fortgeschritten, als sie bisher geahnt hatten.

Rajin spürte es nun auch. Die Präsenz Yyuums war über all die ungezählten Meilen und die Mittlere See hinweg für ihn spürbar. Nur ganz leicht, aber die Empfindung ließ sich nicht leugnen. Kein Wunder, dass die Drachen darauf reagierten, dachte Rajin, und ein tiefes Schaudern erfasste ihn bis ins Mark.

Die beiden Drachen zeigten sich äußerst widerspenstig, als Rajin und Liisho sie aus dem Pferch führten. Inzwischen hatten die Ninjas mit tatkräftiger Unterstützung Koraxxons die drachenischen Soldaten vertrieben oder getötet. Blut troff von der Axt des Dreiarmigen und den Schwertern der Ninjas. Insgesamt fünf von ihnen waren allein in diesem verbissenen Kampf gefallen. Zu groß war die Übermacht der Gegner gewesen.

Sie bestiegen die Drachen. Kaum hatten sie ihre Plätze eingenommen, da polterte der Gondeldrache auf sie zu. Mit einer Mischung aus Flugbewegung und Sprung überwand er die Umgrenzung des Pferchs.

Liisho und Rajin ließen ihre Drachen das Maul in Richtung des blindwütigen Angreifers richten, den eine Zerstörungswut gepackt hatte, die weder Freund noch Feind kannte. Beide Wilddrachen spuckten im selben Moment Feuer. Jeweils ein breiter grellgelber Strahl trat aus den Mäulern von Ayyaam und Ghuurrhaan und versengte den viel größeren Gondeldrachen schmerzhaft.

Dieser brüllte auf, wich zurück und riss dabei eine der Mauern mit den kunstvollen Mosaiken ein, die sich zuvor bereits merklich verändert hatten. Für den Betrachter entstand dabei der Eindruck, als würden die zahllosen dargestellten Gestalten zu fliehen versuchen. Ihre Augen weiteten sich vor Angst, bevor das Gemäuer von dem riesigen Gondeldrachen zerstört wurde.

Der Koloss schreckte vor dem Feuer zurück, während Ayyaam und Ghuurrhaan unter heftigem Flügelschlag vom Boden abhoben.

Der Feuerstoß, der aus dem Maul des taumelnden Gondeldrachen drang, war schwach und verfehlte außerdem die beiden anderen Drachen. Ein schier unerträglicher Schwefelgeruch hing in der Luft und raubte Rajin und seinen Getreuen beinahe den Atem.

Dann strebten die beiden ehemaligen Wilddrachen hinauf zum Kuppeldach und flogen ins Freie.

Überall in Magussa waren die Drachen zu blindwütigen Berserkern geworden, bar jeder Kontrolle durch ihre Reiter. Manchmal wurden diese auf dem Rücken der Tiere noch geduldet, in anderen Fällen entledigten sich die wild gewordenen Giganten ihrer Herren durch Schwanzschläge oder Drachenfeuer. Gondeldrachen zerbissen die Halteseile ihrer Gondeln, sodass diese mitsamt ihren Schützen in die Tiefe fielen. Wer durch den Aufprall nicht getötet wurde, der wurde durch die bis dahin in der Luft schwebenden Gesteinsbrocken erschlagen, die in die engen Gassen des inneren Burghofs herabregneten. Einige der rebellierenden Drachen waren dort bereits gelandet und zogen voller Zerstörungslust dahin. Die herabfallenden Felsbrocken machten sie nur wütender – sofern das Gestein bei der direkten Berührung überhaupt noch genug Substanz besaß, um ihnen schaden zu können, denn die seit dem Bann Barajans bestehende Gefeitheit der Drachen vor der Beeinflussung durch Magier sorgte dafür, dass sich die Brocken zum Teil entstofflichten, bevor sie die Drachen trafen.

Der Krieg, den die Giganten für das Drachenland und seinen Herrscher Katagi führen sollten, war den urtümlichen Kreaturen vollkommen gleichgültig geworden. Sie töteten ihre eigenen Herren mit dem gleichen Vergnügen wie jeden Magier, Veränderten oder drachenischen Fußsoldaten, der ihnen zu nahe kam. Drachengondeln wurden durch gewaltige Schwanzschläge zerstört oder durch einen Feuerstoß in Brand gesetzt, bevor man sie in die Tiefe stürzen ließ. Manchmal versengten sie sich in ihrem Wahn gegenseitig, woraufhin untereinander Kämpfe von äußerster Brutalität ausbrachen. Ineinander verkrallt stürzten sie vom Himmel, begruben ganze Häuser unter sich und zerstörten in ihrem grenzenlosen Hass und ihrer völlig zügellos gewordenen Wut alles, was in ihre Nähe geriet.

Es schien fast so, als würde sich der äonenlang aufgestaute Zorn über die Versklavung der eigenen Art in einem Inferno der Gewalt Bahn brechen. Die Magier waren schließlich die ersten Herren jener Kreaturen gewesen, die die Welt zuerst in Besitz genommen hatten und daher doch eigentlich ein gewisses Vorrecht besaßen.

Aber gegen die Drachenier gingen sie nicht minder heftig vor. Die Schreie drachenischer Schützen, die mitsamt ihrer Gondel in die Tiefe stürzten und bereits in den Klippen unmittelbar vor der Stadt jämmerlich zerschellten, mischten sich mit dem wilden Drachengebrüll und den panischen Schreien der Bewohner, die völlig verängstigt durch die

Straßen Magussas irrten und sich in Sicherheit zu bringen versuchten. Für Magier wie für Veränderte und alle anderen Bewohner galt das gleichermaßen. Die Magier unter ihnen wussten, dass sie die Drachen in keiner Weise beeinflussen konnten. Bei jeder anderen Kreatur wäre das ein Leichtes gewesen, aber ausgerechnet bei diesen verhinderte dies ein jahrtausendealter Bann.

Obgleich die Kriegsdrachen-Armada zweifellos Magussa angesteuert hatte, um ihn, den letzten Erben des Hauses Barajan, zu töten, und die plötzlich ausgebrochene Drachenwut ihm wahrscheinlich das Leben rettete, war der Prinz zutiefst entsetzt über das, was sich vor seinen Augen abspielte.

Vielleicht war sogar schon seine Reise ins Land der Leuchtenden Steine sinnlos geworden, da sich die Drachen endgültig zu erheben schienen und ihre Knechtschaft abgeschüttelt hatten.

Zumindest bei den Drachen der Armada war dies der Fall – ob es in gleicher Weise auch für alle anderen Drachen Drachenias galt, wusste Rajin nicht. Aber er zweifelte keinen Augenblick daran, dass dies – falls es nicht bereits geschehen war – noch passieren würde.

Und das schon sehr bald ...

6

FLUCHT AUS MAGUSSA

Rajin und Liisho lenkten ihre Drachen steil empor, um dem Kampfgeschehen so schnell wie möglich zu entkommen. Rajin spürte, wie auch in der Seele Ghuurrhaans der Aufruhr aufkeimte. Tief stieß er den Drachenstab zwischen die Schuppen des Tiers und sammelte alles an innerer Kraft, was er zu mobilisieren vermochte. Außerdem benutzte er den Schlüssel des Geistes instinktiv wie einen zweiten Drachenstab und stieß ihn in eine der zahllosen Vertiefungen zwischen den einzelnen Schuppen. Tatsächlich reagierte Ghuurrhaan darauf. Rajin verfügte nicht plötzlich über mehr innere Kraft, aber er hatte das Gefühl, sie besser bündeln zu können. Sie floss mit einer nie gekannten Leichtigkeit dorthin, wo sie helfen konnte, die Herrschaft über Ghuurrhaans widerspenstigen Geist zu behaupten.

Liisho hingegen schaffte es im letzten Moment, mit Ayyaam einem der letzten schwebenden Felsbrocken auszuweichen, und beide Drachen stiegen unter mannigfachen Schwierigkeiten so hoch, dass das furchtbare Gemetzel, das die Drachen in Magussa anrichteten, tief unter ihnen geschah.

Keiner der Kriegsdrachen schien irgendeine Neigung zu verspüren, sich an Ayyaams und Ghuurrhaans Schwanzspitzen zu heften und ihnen zu folgen. Das Zerstörungswerk, das sie begonnen hatten, nahm sie offenbar innerlich vollkommen gefangen.

Rajin sah, wie sich ein wild gewordener Gondeldrache mit voller Wucht seitlich gegen einen der fünf Türme warf, wo sich ein gutes Dutzend hochkarätiger Magier versammelt hatte, die mit ihren geistigen Kräften die Verteidigung Magussas zu unterstützen versuchten. Aus wie viel Magie und wie viel realer Bausubstanz die Türme bestanden, konnte Rajin unmöglich ermessen, zu geschickt war beides miteinander verwoben. Aber dem ungeheuren Gewicht des Gondeldrachen hatte dieses Bauwerk nichts entgegenzusetzen.

Das Mauerwerk brach ein, und die Spitze des Turmes stürzte mitsamt den darauf befindlichen Magiern in die Tiefe. Blitze zuckten sogar noch aus deren ausgestreckten Händen, während sie gleichzeitig mithilfe von Selbstlevitation den freien Fall aufhielten. Aber die Drachen ließ das unbeeindruckt. Sie versengten die schwebenden Magier mit ihrem Drachenfeuer. Todesschreie erfüllten die schwefelhaltige, kaum noch atembare Luft über Magussa.

Der seitwärts taumelnde Gondeldrache stabilisierte seinen Flug durch ein paar heftige Flügelschläge, ließ einen breit gefächerten Feuerstoß aus seinem Maul hervorschießen, der den zurückgebliebenen Stumpf des Turms schwarz anrußte, und geriet dann drei gewöhnlichen, sehr viel kleineren Kriegsdrachen ins Gehege, denen er mit den weit ausladenden Schwingen in die Drachengesichter schlug.

Er drehte sich herum und traf einen von ihnen mit der stachelbewehrten Schwanzspitze. Die Stacheln zerrissen die Flügelhaut des kleineren Drachen auf eine Länge von mehr als zehn Schritt, und das Tier stürzte dem Boden entgegen.

„Fort von hier!", vernahm Rajin die Gedankenstimme seines Mentors Liisho. Ob dieser Gedanke statt an ihn eigentlich an dessen Drachen Ayyaam gerichtet war, hätte der Prinz nicht zu sagen vermocht. Aber darauf schien es ihm im Augenblick auch nicht weiter anzukommen.

Ayyaam und Ghuurrhaan verstärkten die Bewegungen ihrer Flügel. Sie holten mit den lederhäutigen Schwingen weit aus und gewannen an Höhe und Geschwindigkeit.

In diesem Augenblick hätte Rajin all seine innere Kraft auf die Lenkung seines Drachen Ghuurrhaan konzentrieren müssen, doch da war etwas, was ihn davon ablenkte. Eine kaum wahrnehmbare Empfindung, eine vage Ahnung davon, dass sich ihm etwas näherte.

Ein Wirbel aus schwarzem Rauch entstand unmittelbar vor ihm, und innerhalb eines Augenblicks verstofflichte sich Abrynos. Mit beiden Händen hielt er sein Schwert, dessen glühende Schneide auf Rajins Kopf herabsauste. Rajin hob instinktiv den linken Arm mit dem Schlüssel des Geistes. Das Schwert prallte gegen das Metall des Schlüssels. Myriaden grüner Funken sprühten, und Blitze zuckten vom Schlüssel aus die Klinge entlang. Abrynos wurde in hohem Bogen fortgeschleudert und schrie. Noch während er sich in der Luft um die eigene Achse drehte, entstofflichte er sich und wurde wieder zu einem dunklen Rauchwirbel, der sich dann in nichts auflöste.

Zuvor hatten Ganjon und ein paar andere Ninjas ihm noch Shuriken und Pfeile hinterhergesandt, aber als die ihn erreichten, durchdrangen sie gerade noch eine wirbelnde Rauchsäule, der man auf diese Weise nichts anhaben konnte. Abrynos hatte sich in die sicheren Gefilde der Schattenpfade zurückgezogen.

Abrynos' Schrei aber hallte dutzendfach in Rajins Kopf wieder – so heftig und laut, dass der Prinz Augenblicke lang nicht einen einzigen klaren Gedanken fassen konnte.

Der Schlüssel des Geistes war für einen Moment von demselben Glühen erfüllt wie die Schwertklinge des Magiers. Dann verlosch das Leuchten. Der Messington des Schlüssels und der mit ihm zusammengeschmolzenen metallisch gewordenen Hand war etwas dunkler geworden. Rajin saß schwankend in seinem Drachensattel. Schwindel hatte ihn erfasst, und es hätte nicht viel gefehlt, und er wäre hinabgestürzt. Ein starker Arm griff nach ihm.

Es war Koraxxon, der ihn festhielt. Zwei Schritte weit war er trotz seiner Flugangst über den Rücken des Drachen gekrochen. „Beim Propheten Masoo! Ich weiß gewiss nicht, was ich hier tue!", jammerte er. „Aber du auch nicht, Rajin! Entweder sag mir, wie man einen Drachen lenkt, oder mach das selbst!"

Die dröhnende Stimme Koraxxons und das plötzliche Aufbrüllen Ghuurrhaans weckten Rajin aus seiner Benommenheit. Während Liisho mit Ayyaam mit einem Teil der Ninjas längst weiter aufgestiegen war und sich nach dem Prinzen umdrehte, war Ghuurrhaan um einiges abgesunken. Davon abgesehen war das laute Gebrüll des Drachen alarmierend, denn auch bei ihm war eine Rebellion gegen seinen Herrn nicht ausgeschlossen.

Rajin stieß den Schlüssel des Geistes wieder zwischen die Drachenschuppen. Das riesige Reittier beruhigte sich daraufhin etwas. Wenig später gewann Ghuurrhaan auch wieder an Höhe.

„Das war verdammt knapp, würde ich sagen!", äußerte sich Koraxxon. „Aber dieser Magierteufel hat so schnell angegriffen, dass es nahezu unmöglich war, sich gegen ihn zu wehren. Ich hatte noch nicht mal die Hand an der Axt, da war dieser hinterlistige Kerl auch schon wieder auf und davon!"

„So sind nun mal die Schattenpfadgänger", murmelte Rajin.

„Ich fürchte, dass ihm der Schlag gegen deinen Schlüssel zwar sehr unangenehm war …"

„Er war gewiss schmerzhaft für ihn", unterbrach Rajin. Genau wie für mich, setzte er in Gedanken hinzu.

„… aber du hast ihn nicht getötet!", vollendete der Dreiarmige seinen Satz.

„Wie du schon bemerkt hast, Koraxxon – es war nicht möglich", gab Rajin zurück.

„Ich weiß", knurrte der Dreiarmige düster und wagte dann voll Schaudern einen Blick in die Tiefe.

Beeil dich!", erreichte Rajin die Gedankenstimme des Weisen Liisho. Er hatte Ayyaam den Flug zwischenzeitlich nicht verlangsamen lassen und war daher bereits ein ganzes Stück voraus. Den Weg ins Land der Leuchtenden Steine schien er gut zu kennen.

Lord Drachenmeister Tarejo hielt sich an einem der Haltegriffe fest, die in der kaiserlichen Drachengondel für den Fall von Turbulenzen von der Decke hingen.

Die Gondel legte sich schief, schwang langsam zur Seite und anschließend wieder zurück.

Sharanzinôn brüllte laut auf. Der Gondeldrache schien es darauf anzulegen, die kaiserliche Gondel loszuwerden. Soeben hatte Tarejo gesehen, wie zwei der vier Drachenreiter, die auf dem Rücken des Riesendrachen gesessen hatten, in hohem Bogen in die Tiefe geschleudert worden waren. Die beiden verbliebenen Drachenreiter mühten sich offenbar vergebens darum, das Tier wieder unter Kontrolle zu bekommen.

Aber Sharanzinôn war wie außer Rand und Band. Er senkte die Flugbahn und hielt genau auf die Klippen zu, auf die die Mauern der inneren Burg von Magussa mit dem Dom des Großmeisters errichtet waren. Ein Felsenfundament, von dem behauptet wurde, dass es zu einem großen Anteil aus reinem Drachenbasalt bestand und nicht mithilfe von Magie stabilisiert worden war, sodass es auch dann noch existieren würde, wenn vielleicht einmal längst kein Magier mehr auf der Welt wandelte.

Mit Entsetzen hatte Tarejo mitansehen müssen, wie ein Drache nach dem anderen den Befehl verweigert hatte und nur noch seiner eigenen Wildheit anstatt dem Angriffsplan des Lord Drachenmeisters gefolgt war. Zuerst hatte Tarejo geglaubt, dass es den Magiern vielleicht doch auf irgendeine Weise gelungen war, Einfluss auf die Drachenseelen zu nehmen, obwohl sie dies angeblich seit Äonen nicht mehr konnten. Und so hatte der Lord Drachenmeister gehofft, dass dieser Einfluss, unter dem die Drachen im Moment standen, die kaiserliche Gondel vielleicht nicht treffen konnte, solange diese sich weit genug vom Geschehen fernhielt.

Aber das war ein Irrtum – ebenso wie Tarejos Spekulationen über die Ursachen für den Ungehorsam der Drachen.

Da die Drachen weiterhin voller Zerstörungswut über die Magier herfielen und in der Stadt keinen Stein auf dem anderen ließen, schied schließlich auch nach Tarejos Dafürhalten eine Manipulation durch die Magier als Ursache aus. So war eigentlich nur noch ein Grund denkbar für den Aufstand der Drachen gegen ihre Herren, ein Ereignis, von dem in alten Legenden und Weissagungen berichtet wurde – aber auch in den Geschichten der Straßensänger, die Kaiser Katagi deshalb schon zeitweilig hatte verbieten lassen.

Der Urdrache Yyuum!, ging es dem Lord Drachenmeister voller Schaudern durch den Kopf. Wahrscheinlich war er die Ursache allen Übels. Schließlich wurde mit seinem Erwachen schon seit Langem gerechnet, und verdächtige Erdzeichen hatte es in letzter Zeit wahrlich genug gegeben.

Wut erfasste Tarejo. Aber diese Wut richtete sich nicht gegen den Urdrachen Yyuum, denn das wäre vollkommen sinnlos gewesen – fast so töricht, als hätte er seine Wut gegen irgendeine Naturgewalt gerichtet. Der Sonne oder dem Wind zu zürnen war schließlich nichts anderes als eine fruchtlose Narretei.

Nein, der Lord Drachenmeister zürnte in diesem Moment seinem Kaiser. Hatte er nicht die Drachenringe an seinen Fingern, die die Herrschaft der Drachenier über das Drachengetier garantieren sollten? Aber ausgerechnet bei diesem Feldzug seiner Drachen-Armada, der sie so weit fort vom gewohnten Einflussbereich des Kaiserthrons in Drakor geführt hatte, war Kaiser Katagi nicht bei seinem Drachenheer.

Der Gedanke, dass der Kaiser vielleicht irgendeine Ahnung von dem gehabt hatte, was sich gerade tatsächlich ereignete, ließ Lord Drachenmeister Tarejo nicht mehr los. Katagi hatte um die Gefahr gewusst und sich selbst dem Risiko entzogen, erkannte er. Oder aber er hatte gerade dadurch die Niederlage seiner Drachen-Armada erst herbeigeführt, dass er sie auf diese Reise nicht begleitet hatte …

Sharanzinôn hatte die Klippen erreicht und flog eine schwungvolle Kurve, sodass die kaiserliche Drachengondel mit voller Wucht gegen die Felsen prallte und dort zerschellte. Das Rauschen des Meeres und der Lärm der marodierenden Drachen verschluckten jeden Todesschrei.

Dann flog der Drache weiter, während die Reste der Gondel noch an den Halteseilen an ihm herabhingen. Sharanzinôn neigte das Drachenhaupt und verdrehte den im Vergleich zu seinem massigen Körper recht schlanken Hals, sodass er eines der Seile mit seinem Maul erreichen konnte und biss es durch.

„Eine Botschaft für Euch!", meldete Guando, der gegenwärtige Persönliche Adjutant des Kaisers.

Es hatte sich mittlerweile herumgesprochen, dass man in dieser Position kein besonders hohes Alter erreichte, denn Katagi war in den letzten Jahren immer misstrauischer geworden, und ganz besonders misstraute er den Menschen in seiner direkten Umgebung.

Die letzten zwölf Persönlichen Adjutanten hatten ihr Leben in den Folterkellern des Lord Drachenmeisters ausgehaucht und Beteiligungen an den absurdesten Verschwörungen gestanden, nachdem ihnen die dort übliche Behandlung zuteilgeworden war.

Aber es war besser, fünf Unschuldige zu töten, als einen Verschwörer davonkommen zu lassen. Das war Katagis Devise schon von Beginn seiner Regentschaft an gewesen. Sie hatte ihm Leben und Herrschaft über all die Jahre hinweg gesichert, also gab es keinen Grund, an ihr auch nur eine Kleinigkeit zu ändern.

Allerdings hatte dies dazu geführt, dass sich immer weniger junge Adelige aus den höhergestellten Samurai-Häusern für die Position des Persönlichen Adjutanten beworben hatten und Katagi bisweilen auch schon gezwungen gewesen war, weniger geeignete Bewerber zu akzeptieren.

Auch Guando Ko Sun hatte Katagi nur notgedrungen als Adjutanten akzeptiert, denn er kam wie so viele andere Günstlinge und Postenträger, die derzeit seine Umgebung suchten, aus dem Hause Sun. Zwar war dessen Aufstieg mit dem Katagis eng verknüpft, sodass nicht damit zu rechnen war, dass irgendjemand aus den Reihen dieser Familie, die er mit diversen Posten in der Armee, der Verwaltung oder am Hof bedacht hatte, ihm in nächster Zeit die Gefolgschaft aufkündigen würde. Jedem im Hause Sun war zweifellos bewusst, dass ein Fall Katagis auch den eigenen jähen Sturz zur Folge hatte.

Das Problem lag in der schieren Zahl von Sun-Günstlingen, die mittlerweile überall zu finden waren. Er musste immer ein gewisses Gleichgewicht zwischen den verschiedenen, ihm in besonderer Weise verpflichteten Häusern wahren. Und die Tatsache, dass sich aus anderen Häusern niemand für den offenbar mit einem hohen Risiko für Leib und Leben behafteten Posten des Persönlichen Adjutanten beworben hatte, bedeutete keineswegs, dass man deshalb keinen Neid gegenüber der Familie Sun empfand, deren Sprössling jene Position nun innehatte.

Katagi stand auf dem der See zugewandten Nordwestturm der inneren Burg von Vayakor, die auch seinen Sommerpalast beherbergte. Der Kaiser von Drachenia wirkte gedankenverloren. Die Worte seines Adjutanten schien er gar nicht registriert zu haben, jedenfalls ging er nicht darauf ein, sah nur kurz zur Seite und richtete dann wieder den Blick in die Ferne und über die Mittlere See. Irgendwo hinter dem dunstigen Horizont hatte sich womöglich bereits sein Schicksal entschieden.

„Die Zweikopfkrähen-Nachricht, auf die Ihr schon seit Tagen wartet, ist eingetroffen", wandte sich Guando noch einmal an seinen Kaiser. Sich zu ungestüm in die Gedanken des Kaisers zu drängen konnte ebenso gefährlich sein, wie dies zu zaghaft und verhalten zu tun. Beides hatte der Kaiser Guandos Vorgängern im Adjutantenamt bereits zum Vorwurf gemacht und ihnen daraus im wahrsten Sinn des Wortes einen Strick gedreht.

Ein Ruck ging durch den Kaiser, der tief in seinen derzeit überwiegend finsteren Gedanken versunken gewesen war. „Warum sagst du das nicht gleich? Handelt es sich um eine Nachricht meiner Armada?"

„Ja, Herr." Guando verneigte sich und übergab seinem Kaiser in einer Haltung tiefster Demut ein zusammengefaltetes Pergament.

Katagi riss es dem Adjutanten förmlich aus der Hand und faltete es auseinander. Die Nachricht war von seinem Lord Drachenmeister persönlich. Ein paar schnell dahingekritzelte Zeilen, geschrieben offenbar in höchster Not – und im Angesicht einer drohenden Katastrophe. Offenbar war auch das Pergament in aller Eile gefaltet und der Zweikopfkrähe umgehängt worden, die man dann auf die Reise über die Mittlere See geschickt hatte.

Katagi las die wenigen Zeilen und stieß dann einen Wutschrei aus, wie ihn Guando in seinem jungen Leben noch nie gehört hatte, nicht einmal von einem Drachen.

„Kann man sich denn auf nichts mehr verlassen! Gilt die Güte des Unsichtbaren Gottes etwa nicht mehr dem Kaiser der Dracheniere? O Schande über das Schicksal selbst, wenn es mich so hintergeht!"

In diesem Augenblick war ein dumpfes Grollen zu hören. Der Usurpator spürte, wie der Boden zu seinen Füßen leicht schwankte. Risse entstanden im Mauerwerk des Turms, und ein großer Gesteinsbrocken brach heraus und polterte nach unten.

Unwillkürlich blickte Katagi nach Osten – in jene Richtung also, wo angeblich der Urdrache Yyuum unter dem mitteldrachenischen Bergrücken begraben lag und Erdbeben auslöste, sobald er sich im Schlaf bewegte.

Katagi schluckte. Ein Zeichen, durchfuhr es ihn. Das musste ein Zeichen sein – aber keines, das etwas Gutes für ihn verhieß.

Namenlose Furcht erfasste Katagi. Er ließ das Pergament mit der Nachricht seines Lord Drachenmeisters sinken und berührte einer plötzlichen Regung folgend das Imitat des dritten Drachenringes an seiner Hand. Selten zuvor hatte der rote Striemen, der sich darunter verbarg, so höllisch gejuckt wie in diesem Augenblick.

7

IM LAND DER LEUCHTENDEN STEINE

Bald schon hatten Rajin und seine Getreuen Magussa hinter sich gelassen, wo die Drachen ihr furchtbares Zerstörungswerk immer noch
fortsetzten, und dies auf eine Weise, wie man es seit Äonen nicht mehr
gesehen hatte. Rauchsäulen stiegen am Horizont empor.

Ayyaam und Ghuurrhaan flogen in südwestliche Richtung ins
Landesinnere. Rajin ließ seinen Drachen einfach Liisho und Ayyaam
folgen. Der Weise schien den Weg genau zu kennen, was angesichts
des Umstandes, dass er schon mal in Ktabor gewesen war, auch nicht
weiter verwunderte.

Das Land, das sie überflogen, war dünn besiedelt. Immer wieder
waren magische Anwesen zu sehen, von denen viele aber wohl nicht
bewohnt waren und ebenso verblassten wie so manches Gebäude in
den Außenbezirken von Magussa. Kleine Siedlungen gab es, aber kaum
eine davon erreichte die Größe eines Dorfes oder gar einer Stadt. Sie
glichen eher ausgedehnten Landsitzen und Gütern, die von Feldern
mit absonderlichen Pflanzen umgeben waren, darunter riesenhafte
Blumen, aus deren Kelchen ein Chor von Stimmen drang.

„Das sind die singenden Blumen", sagte Koraxxon an Rajin gerichtet. „Ich habe davon gehört, aber weder in Capana, Magussa oder wo
sonst auch immer ich in Magus war, bekam ich welche zu sehen. Angeblich ist nur in ganz bestimmten Gegenden der Boden gut genug,
um sie züchten zu können."

„Wahrscheinlich kann man mithilfe magischer Beeinflussung die
absonderlichsten Züchtungen hervorbringen", sagte Rajin. „Aber noch

frage ich mich, welchen Sinn es hat, singende Blumen von der Größe einer winterländischen Riesenschneeratte wachsen zu lassen!"

„Abgesehen davon, dass sich aus diesen Pflanzen allerlei nützliche Essenzen gewinnen lassen, geschieht es wohl vorwiegend deshalb, um sich die Langeweile zu vertreiben", erklärte Koraxxon. „Und manche Magier sehen in der Zusammenstellung eines bestimmten Blumenchors auch eine Art Kunst. So ein Feld will wohlkomponiert sein."

Koraxxon setzte zwar die Höhe noch immer zu, aber für die singenden Blumen war er offenbar bereit, sich zu überwinden; er schaute immer wieder in die Tiefe, solange die Felder mit den eigenartigen Pflanzen unter ihnen dahinzogen. Dabei lauschte er angestrengt und sehr aufmerksam den verschiedenen Blumenchören, die von Feld zu Feld deutlich variierten. Er wandte sich noch einmal an Rajin und meinte: „Wie ich schon erwähnte, ich sehe solche Felder heute zum ersten Mal, obgleich ich schon viel davon gehört habe. Jetzt, so muss ich ehrlicherweise zugeben, bin ich etwas enttäuscht."

„Weshalb?"

„Nun, vielleicht ist die Fantasie einfach größer als jedes Wunder. Ich habe mehr erwartet und kann nicht einmal genau sagen, was."

Da mischte sich der Ninja Andong mit einer wie üblich recht sarkastischen Bemerkung ein. „Eigentlich gehören weder Kunstsinn noch Fantasie zu den Eigenschaften, die man Dreiarmigen für gewöhnlich nachsagt." Der Tonfall, in dem er dies sagte, war allerdings weitaus weniger scharf, als man es von seinen sonstigen Äußerungen Koraxxon gegenüber gewöhnt war.

„Vielleicht bin ich eine Ausnahme", erwiderte Koraxxon.

„Oder missratener, als du gedacht hast!"

„Ja, auch das könnte sein", stimmte Koraxxon zu, der durch nichts zu erkennen gab, dass er sich durch Andongs Bemerkung provoziert fühlte.

„Nach der Zerstörung Magussas und der Ermordung des Großmeisters sind deine Chancen, dass du von deiner Missratenheit geheilt werden wirst, mehr als gering geworden."

Der Dreiarmige nickte. „Das ist leider wahr, Andong. Obwohl ..."

„Obwohl was?"

„Möglicherweise ist der Zustand der Missratenheit genau das, was mir bestimmt ist. Ein Zustand, an dem ich nichts ändern sollte, weil er mich zu dem macht, was ich bin." Er verzog das lippenlose Maul und entblößte sein Raubtiergebiss, was vielleicht ein Lächeln imitieren sollte. Seine Augen wurden dabei schmal, und die Schuppenhaut in der Schläfengegend faltete sich auf eine Weise, die diesen Eindruck noch verstärkte. „Wenn man schon ansonsten nicht in der Lage ist, auf irgendeinem Gebiet etwas Herausragendes zu leisten, oder gar schon von Geburt an das Glück hat, hervorgehoben zu sein, so kann man als Veränderter zumindest noch den Rang des am meisten Missratenen für sich in Anspruch nehmen."

„Es wird ja immer schlimmer mit dir!", gab Andong zurück. „Ruhmsüchtig bist du also auch noch! Ist das nicht eigentlich auch eine Eigenschaft, die ein Dreiarmiger oder ein anderer Veränderter nicht haben sollte? Schließlich ist deine Brut doch dazu geschaffen worden, den Ruhm ihrer jeweiligen Herren zu vermehren."

„Ich gebe zu, den Grad meiner eigenen Missratenheit vielleicht noch nicht hinlänglich erkannt zu haben", gestand Koraxxon. Er wandte sich an Rajin und fragte in einem sehr persönlichen, fast besorgten Tonfall: „Was glaubst du, wird aus deiner Hand?"

Der Prinz hatte darüber zwar auch schon nachgedacht, aber immer versucht, jeden weitergehenden Gedanken daran zu unterdrücken. „Ich weiß es nicht", murmelte er.

„Wird sie jetzt auf ewig mit dem Schlüssel verschmolzen sein?"

„Auch das weiß ich nicht – wie ich mir auch nicht erklären kann, wieso meine linke Hand plötzlich Eigenschaften hat, die …" – flüsternd setzte Rajin seinen Satz fort, und sein Gesicht verdüsterte sich dabei – „… die nicht mehr menschlich sind." Er hob die zu Metall gewordene Hand mit dem damit verschmolzenen Schlüssel des Geistes und hielt diesen in Koraxxons Richtung. Ghuurrhaan gehorchte längst wieder gut genug, sodass Rajin nicht ständig mit dem Artefakt den Drachen berühren musste. Der Einfluss, unter dem die Drachen der Kriegs-Armada gestanden hatten und der auch bei Ayyaam und Ghuurrhaan spürbar gewesen war, war deutlich schwächer geworden, je weiter sie ins Landesinnere vordrangen. Ob das etwas miteinander zu tun hatte, darüber wagte Rajin keine Vermutung.

Gegen Abend erreichten sie die ersten Ausläufer des nördlichen Arms der zentralmagusischen Höhenzüge. Die Gipfel waren teilweise von Schnee und Eis bedeckt. In dieser Gegend lebte kaum noch jemand. Sie suchten sich einen sicheren Lagerplatz für die Nacht. Als sie später am Feuer saßen, holte Liisho eine der Karten hervor, die sie aus Sukara mitgenommen hatten.

„Jenseits des Höhenzuges beginnt bereits der Einfluss der Leuchtenden Steine", erklärte der Weise. „Das ganze Land zwischen dem nördlichen und dem südlichen Arm der zentralmagusischen Höhenzüge kann man zum Land der Leuchtenden Steine zählen. Und das Zentrum von alledem bildet zweifellos die Stadt Ktabor, wo die Meister des Geistes leben."

„Was ist so besonders an diesen Meistern?", fragte Rajin. „Und was unterscheidet sie von anderen Magiern?"

„In erster Linie, dass sie ein besonderes Geschick im Umgang mit der Kraft haben, die in den Leuchtenden Steinen wohnt", sagte Liisho. „Und sie sind in der Lage, deren Strahlung auszuhalten, ohne wahnsinnig zu werden oder zu sterben. Aber beides hängt wohl irgendwie miteinander zusammen."

„Es wäre schön, wenn du mir noch etwas mehr sagen könntest, bevor wir den inneren Bereich des Landes der Leuchtenden Steine erreichen", sagte Rajin nach einigem Zögern, denn es war ja nicht das erste Mal, dass er seinen Mentor vergeblich auf dessen eigene Erlebnisse dort ansprach.

Liisho starrte gedankenverloren in das Lagerfeuer. Der weiche Schein der Flammen ließ unruhige Schatten in seinem Gesicht tanzen. „Ich fürchte, diesmal werde ich dir einfach nicht helfen können, Rajin. Wenn ich dir über meine eigenen Erlebnisse berichte, wird dir dies nichts nützen, denn das Land, das wir jetzt betreten, hat eine Reihe seltsamer Eigenschaften, unter anderem die, dass die Dinge, die man dort erlebt, nicht verallgemeinert werden können."

„Was willst du damit sagen?"

„Du wirst es schon in den nächsten Tagen selbst erleben, wenn deine Leute behaupten, etwas zu sehen, was deiner Ansicht nach gar nicht existiert, oder umgekehrt du etwas siehst oder hörst, was nur für dich zu existieren scheint. Manchmal wirst du zusammen mit den anderen dastehen, und ihr werdet euch nicht darüber einigen können, welche Farbe ein Tier oder eine Pflanze hat, weil jeder von euch etwas anderes sieht."

„Das klingt nach etwas, das mit dem Wahnsinn verwandt sein muss."

Liisho nickte. „Da sagst du ein wahres Wort. Genau damit hat es zu tun. Du hast mich gefragt, was die Meister des Geistes unter allen anderen Magiern auszeichnet. Wahrscheinlich kann man es einfach dahingehend zusammenfassen, dass sie sehr viel weniger anfällig für den Wahnsinn sind, der ansonsten fast alle Geschöpfe früher oder später trifft, die in dieses Land eindringen."

„Auch du wolltest dir die Kraft der Leuchtenden Steine zunutze machen", sagte Rajin vorsichtig. Er war mit den Auskünften, die Liisho ihm bisher gegeben hatte, noch längst nicht zufrieden. „Aus welchem Grund?"

Liisho zögerte, doch schließlich begann er: „Ich war damals noch ein sehr junger Mann. Und wahrscheinlich trieb mich einerseits die Suche nach Erkenntnis, andererseits aber auch pure Eitelkeit. Und ich habe seinerzeit meine eigenen Kräfte und Möglichkeiten schlichtweg überschätzt. Ich war in Ktabor und habe von den Meistern des Geistes verlangt, sie möchten mir dabei helfen, diese besondere Kraft der Leuchtenden Steine in mich aufzunehmen."

„Was haben sie geantwortet?", fragte Rajin. Es war unübersehbar, dass es Liisho sehr schwerfiel, über diese Dinge zu sprechen.

„Sie haben mich gewarnt", antwortete der Weise leise. „Heute heißt man mich den Weisen Liisho – damals hätte man mich gut und gerne Liisho den Toren nennen können und hätte keineswegs übertrieben."

„Was geschah dann?"

„Ich habe versucht, ohne die Hilfe der Meister des Geistes das zu bekommen, was ich so sehr begehrte. Und dabei bin ich beinahe gestorben. Ein paar Rituale, mit deren Hilfe sich die Kräfte der Leuchtenden Steine beschwören lassen, hatte ich mir angeeignet, ohne auch nur im Entferntesten zu ahnen, womit ich da eigentlich spiele. Anschließend verbrachte ich ein ganzes Jahr bei den Meistern des Geistes, die mich pflegten, bis ich von meinem Wahn genas. Ja, meine Seele vermochten die Meister des Geistes zu heilen, allerdings hatte die Strahlung der

Leuchtenden Steine meinen Körper sehr schwer geschädigt und so stark geschwächt, dass kaum jemand geglaubt hätte, ich könnte noch wesentlich älter als dreißig Jahre werden. Ein früh Vergreister bin ich gewesen – und wunderlich wurde ich noch dazu."

Rajin merkte auf. „Nicht einmal dreißig Jahre – und wie alt bist du jetzt?"

„Ich weiß, dass dir all das seltsam erscheinen muss!"

„Das ist ziemlich untertrieben", entgegnete Rajin. „Schließlich hat dein Alter inzwischen jedes menschliche Maß gehörig überschritten, aber du wirkst stärker und kräftiger als so mancher Jüngling."

Liisho sah Rajin an. „Mag sein. So etwas könnte man eine Ironie des Schicksals nennen. Ich war durch eigenes Verschulden ein Gezeichneter, dem ein früher Tod bevorstand, und bin jetzt doch entgegen aller Erwartung ein alter Mann geworden."

Mehr wollte Liisho dem jungen Prinzen nicht eröffnen. Er erhob sich und sagte: „Ich werde mich jetzt zur Ruhe begeben."

Damit ging er.

Am nächsten Tag erreichten sie bereits die große Hochebene, die den Hauptteil des Gebietes ausmachte, das man als das Land der Leuchtenden Steine bezeichnete.

Hier und da sah man einige dieser kristallartigen Gebilde einfach auf dem harten, ausgetrockneten Boden liegen. Sie schimmerten manchmal grünlich, manchmal rot wie der Blutmond oder so blau, als wären sie kleine Splitter des Meermondes.

Sie gerieten auf ihrem Flug in die Nähe einer Felsformation, die blau erstrahlte, und da die Drachen davor zurückscheuten, blieb ihnen nichts anderes übrig, als einen weiten Umweg zu nehmen. Eine gewaltige Herde achtbeiniger Fünfhornbisons, aus deren Haut man in Magus magische Pergamente machte, hielt sich um diese blauen Felsen herum auf, obwohl es dort so gut wie kein Gras oder anderen Pflanzenbewuchs gab. Es waren Tausende von Tieren, jedes von ihnen gut zwei Mannlängen hoch und fünf lang.

Später am Abend, als sie wieder am Feuer saßen, erklärte Liisho, was es damit auf sich hatte. „Diese Tiere brauchen nur äußerst wenig Futter", sagte er. „Es sind die Kräfte in den Leuchtenden Steinen, die sie am Leben halten. Sie versammeln sich in ihrer Nähe und lassen sich anstrahlen. Nur sehr selten ziehen sie los, um etwas Gras zu fressen, vielleicht ein- oder zweimal im Jahr."

„Mehr Gras findet man hier ja auch kaum noch", erwiderte Rajin. „Der Boden gleicht dem einer trockenen Halbwüste."

„Und doch lebt hier eine Vielzahl von Geschöpfen, von denen man annimmt, dass das Licht der Leuchtenden Steine für ihre besonderen Eigenschaften verantwortlich ist", fuhr Liisho fort.

„Zumindest können wir auf diese Weise sicher sein, dass wir selbst und die Drachen immer genügend Fleisch zu essen bekommen", mischte sich Ganjon ein.

„Den Verzehr dieser Tiere kann ich niemandem empfehlen!", widersprach Liisho. „Auch keinem Drachen. Denn ihr Fleisch ist verseucht mit der Kraft der Leuchtenden Steine, und die kann tödlich sein oder Wahnsinn auslösen, wie ich selbst habe erfahren müssen." Liisho nahm ein paar der kleinen Steine auf, die überall am Boden lagen. „Noch überwiegen die rot und blau leuchtenden Steine", sagte er. „Wenn wir uns Ktabor nähern, werden fast nur grün leuchtende zu finden sein. Und ab dort wird es fast unerträglich werden." Liishos Gesicht wurde sehr ernst, als er den Kopf hob und Rajin ansah. „Ich weiß nicht, ab wann du allein weiterziehen musst, aber ich werde versuchen, dich so weit wie möglich zu begleiten. Und ich denke, das gilt auch für jeden anderen hier."

Für die Gefallenen der bisherigen Kämpfe wurde eine kleine Trauerfeier nach dem Ritus des Unsichtbaren Gottes abgehalten. Während nach der in Tajima herrschenden Konfession des Priesterkönigs zwingend die Anwesenheit eines Priesters nötig gewesen wäre, konnte ein Totenritus nach Lesart der in Drachenia verbreiteten Kirche von Ezkor auch von Laien durchgeführt werden, sofern kein Geistlicher zur Verfügung stand.

In diesem Fall kam Ganjon diese Rolle zu, dem Hauptmann der Ninjas. Er sprach die entsprechenden Gebete mit großer Selbstverständlichkeit, obwohl ihm als gebürtigem Seemannen der Glaube an den Unsichtbaren Gott nun wirklich nicht in die Wiege gelegt worden war. Aber ganz gleich, wie lebendig in seinem Herzen noch die Verehrung für Njordir und die anderen Götter der Seemannen sein mochte – es gehörte einfach zu den traditionellen Aufgaben eines Ninja-Hauptmanns, dies für die Männer seiner Einheit zu tun.

In der Nacht schlief Rajin schlecht. Wirre Träume suchten ihn heim, und schließlich weckte ihn ein Schmerz in der mit dem Schlüssel des Geistes verschmolzenen Hand. Das vorletzte Fünftel der Nacht hatte begonnen, und der Augenmond stand im Zenit. Rajin bemerkte, dass einige der kleinen, höchstens fingerkuppengroßen leuchtenden Steine, die überall auf dem Boden lagen, besonders hell erstrahlten. Der Großteil hatte die rote Farbe des Blutmondes, und ein kleinerer Anteil war so blau wie der riesige blaue Felsen, um den sich die Fünfhornbisons versammelt hatten.

Als Rajin sich mit dem Schlüssel des Geistes einer gemischten Ansammlung von Steinen näherte, verstärkte sich deren Leuchtkraft noch einmal; die Steine schienen förmlich aufzuglühen. Vielleicht hingen die Schmerzen, die er hatte, mit dieser Wirkung zusammen.

Rajin stellte fest, dass Liishos Schlafplatz leer war. Seine Decke lag einfach zur Seite geschlagen am Boden. Vielleicht ist der Weise bei den Drachen, dachte Rajin. Er begab sich ebenfalls zu den Tieren, denn er war zu aufgewühlt, um schlafen zu können.

Die Drachen schliefen zwar, machten aber dennoch einen sehr unruhigen Eindruck. Sie stießen teils brummende, teils beinahe wimmernde Laute aus, als ob auch sie unter unruhigen Träumen litten.

Rajin umrundete die schlummernden Drachenleiber und fand Liisho, das Gesicht zum Augenmond gerichtet. Er murmelte etwas. Worte, die zu leise gesprochen wurden, als dass Rajin sie hätte verstehen können.

Was hatte das zu bedeuten? Rajin erinnerte sich an jene Nacht in Capana, als er geglaubt hatte, einen Schattenpfadgänger gesehen zu haben und Liisho davon angeblich nichts bemerkt hatte. War der Weise damals ebenfalls so in sich versunken gewesen? Auch in Capana war es die Stunde des Augenmond-Zenits gewesen, rief sich Rajin ins Gedächtnis. Die Residenz des Traumhenkers und Todverkünders schien den Weisen auf eine Weise zu faszinieren, die den jungen Prinzen irritierte.

Liisho breitete die Arme aus. Seine Handflächen zeigten in Richtung des sandfarbenen Augenmondes. Als ein Schwall heiße Luft zischend aus Ayyaams Nüstern schoss, drehte sich Liisho herum. Rajin stand da und erwiderte den Blick seines Mentors.

Für Augenblicke sagte keiner von ihnen ein Wort, aber Rajin hatte erkannt, dass sein Gegenüber zutiefst erschrocken war.

Dann entspannte sich Liishos Körperhaltung. Er kam auf Rajin zu und sagte: „Du findest keinen Schlaf, Rajin?"

„Nein. Es sind zu viele Gedanken und zu wirre Träume, die mich quälen."

„So geht es dir wie mir."

„Kann man vom Herrn des Augenmondes Erleichterung erwarten, oder ist er die Ursache des Übels?", fragte Rajin.

Das Gesicht des Weisen Liisho zeigte ein gequältes Lächeln. „Träume können viele Ursachen haben, aber in diesem Fall sehe ich sie eher bei der Strahlung der leuchtenden Steine, die es in diesem Land in so großer Zahl gibt." Er legte Rajin eine Hand auf die Schulter. „Du wirst jedes bisschen Kraft noch dringend brauchen, also ist es das Beste, wenn du die letzten Stunden der Nacht zu schlafen versuchst."

Im Morgengrauen flogen sie weiter. Die Drachen waren dabei widerspenstig wie selten. Sie scheuten davor zurück, weiter in das Land der Leuchtenden Steine vorzudringen.

Aber Rajin und Liisho zwangen ihre jeweiligen Reittiere unter ihren Willen. Noch waren sie zu weit von Ktabor entfernt, als dass Rajin den letzten Teil des Weges hätte zu Fuß zurücklegen können.

Das Land wurde immer unfruchtbarer und karger. Die Sonne brannte unbarmherzig vom Himmel und erzeugte zusammen mit der Strahlung der leuchtenden Steine ein bizarres Zwielicht.

Während des Drachenflugs sah Rajin aus dem trockenen, teilweise sandigen Boden schlangengleiche Erdwürmer hervorkriechen, die von demselben Leuchten wie die Steine erfüllt waren. Sie krochen zu größeren Gesteinsbrocken und saugten sich daran mit ihren Mäulern fest. Anschließend leuchteten sie in derselben Farbe auf, die auch der jeweilige Stein hatte. Würmer, die zunächst schwach in einer Farbe geschimmert hatten, die eine andere war als die des Steins, an dem sie sich festsaugten, strahlten anschließend in Mischtönen.

Offenbar lebten auch diese Erdwürmer von der geheimnisvollen Kraft, die den Steinen innewohnte.

Um die Tagesmitte wurden die Ninjas von Übelkeit und Schwindel erfasst. Manche von ihnen glaubten, fratzenhafte Gesichter im Himmel zu sehen, die sie anstierten. Auch wurde es immer schwerer, den Widerwillen der Drachen gegen einen Weiterflug zu überwinden. Sogar Liisho litt unter den Symptomen, die den Ninjas zu schaffen machten, wenn auch längst nicht so stark. Er vermochte sich geistig dagegen abzuschirmen und wirkte dadurch sehr in sich gekehrt. Rajin fiel auf, dass ihn keinerlei gedankliche Botschaften seines Mentors mehr erreichten. Vielleicht hatte er einfach mit sich selbst und seinem Drachen Ayyaam genug zu tun, sodass er sich darauf nicht auch noch zu konzentrieren vermochte.

Rajin selbst spürte einen immer bohrenderen und unerträglicher werdenden Schmerz, der vom Schlüssel des Geistes ausging. Manchmal waren die Wellen des Schmerzes so stark, dass er keinen klaren Gedanken mehr zu fassen vermochte und sogar für ein paar Augenblicke die Kontrolle über Ghuurrhaan verlor. Der Drache nutzte das jedes Mal sofort aus und flog dann in entgegengesetzter Richtung davon. Bevor Rajin ihn dann wieder unter seinen Willen zwingen konnte, hatte Ghuurrhaan oft schon ein oder zwei Meilen in die falsche Richtung zurückgelegt.

Der Einzige, der gegen die besonderen Begleiterscheinungen weitgehend gefeit zu sein schien, die ein Aufenthalt im Land der Leuchtenden Steine mit sich brachte, war Koraxxon. Der Dreiarmige hatte zwar morgens Schwierigkeiten beim Aufstehen und klagte darüber, dass sein Geist nur sehr schwer aus dem Leeren Land zurück in die Welt fände, aber ansonsten verspürte er keinerlei Beeinträchtigung.

Rajin kehrte in seinen Träumen nicht in das Leere Land zurück. Er machte dafür den Umstand verantwortlich, dass er das magische Pergament geopfert hatte, um den Schlüssel des Geistes zu erhalten. „Allerdings ist doch auch dieser Schlüssel, der nun auf so besondere Weise mit mir verbunden ist, zweifellos ein Artefakt der Magie", wandte er sich während des Fluges an Koraxxon. „Könnte er mich dann nicht auch auf ebensolche Weise in das Leere Land versetzen, wie es bei dem Pergament der Fall war?"

347

Sie überflogen gerade ein Gebiet, in dem es insgesamt sehr viel weniger leuchtende Steine gab als in Landstrichen, die sie zuvor überquert hatten. Die Schmerzen, die vom Schlüssel des Geistes ausgingen, waren daher erträglich, und es fiel Rajin auch leichter, die Herrschaft über seinen Drachen zu behaupten.

„Im Prinzip hast du recht", antwortete Koraxxon, der sich anscheinend auch deshalb ganz wohl fühlte, weil er es derzeit konsequent vermied, auch nur einen einzigen Blick in die Tiefe zu werfen. Abgesehen vom verschiedenfarbigen Leuchten der Steine und diversem bizarren Getier, das sich an deren Kraft labte, gab es dort ohnehin nichts Interessantes zu sehen, wie er fand. Und dass von dort irgendwelche Gefahren drohten, war seiner Ansicht nach nicht anzunehmen.

„Und warum bin ich dann in keiner der letzten Nächte dort gewesen?", fragte Rajin. „Oder hast du mich dort gesehen, und ich kann mich nur nicht daran erinnern, im Leeren Land gewesen zu sein?"

„Nein, du warst nicht dort", sagte Koraxxon.

„Und Nya?"

„Auch sie und ihr Sohn nicht."

„Solltest du ihnen begegnen …"

„… werde ich dir sofort Bescheid sagen", versprach der Dreiarmige. „Du hast das Pergament bereits sehr lange bei dir getragen, und es hat lange gedauert, bis du durch seine Kraft in das Leere Land gezogen wurdest. Vielleicht ist es bei dem Schlüssel ähnlich, und du musst einfach noch abwarten. Andererseits solltest du nicht vergessen, dass dich das Pergament in jenes Land zog, um dich zu vernichten. Ich verstehe, dass du dich nach deiner Geliebten sehnst – aber *danach* solltest du dich nicht sehnen."

Am folgenden Tag kamen sie in ein Gebiet, in dem wieder deutlich mehr Leuchtende Steine den Boden bedeckten. Die durchschnittliche Größe der einzelnen Brocken war ebenfalls wesentlich größer als zuvor. Es gab viele Stücke, die hatten die Ausmaße eines Drachenleibs und waren Anziehungspunkt für mannigfaches Getier, das offenbar nach ihrer Kraft gierte.

Fast alle Steine schimmerten in einem Giftgrün, das dem Leuchten in den Augen vieler Magier entsprach, wie es zumeist dann auftrat, wenn sie ihre magischen Kräfte besonders stark konzentrierten.

Die Drachen scheuten immer mehr, und unter den Ninjas brach immer öfter aufgrund irgendwelcher Wahnvorstellungen Streit aus. Selbst Hauptmann Ganjon war davor nicht gefeit. So schoss er mit dem Luftschifftöter auf einen Felsen, weil er nicht davon zu überzeugen war, dass es sich keineswegs um ein angreifendes tajimäisches Kriegsschiff handelte, das ihnen gefolgt war. Die letzten Schüsse des Luftschifftöters wurden auf diese Weise verschwendet, ehe seine eigenen Männer ihn zu überwältigen vermochten. Rajin musste dazu zwischenzeitlich mit Ghuurrhaan eine Art Notlandung durchführen.

Und danach weigerte sich der Drache beharrlich, sich erneut in die Lüfte zu erheben. Er faltete die Flügel zusammen und krampfte sie regelrecht gegen seinen Leib, als wollte er damit deutlich machen, dass er unter keinen Umständen bereit war, tiefer in dieses Land vorzudringen.

Liisho ließ Ayyaam in unmittelbarer Nähe landen. Der Zeitpunkt war wohl gekommen, da Rajin sich allein auf den Weg machen musste.

8

DIE MEISTER VON KTABOR

Weder die Drachen noch die Ninjas waren in der Lage, den Weg fortzusetzen. Und auch wenn es nicht ganz klar war, ob und wie Liisho
mit den Folgen der Strahlung der Leuchtenden Steine zurechtkam, so
musste er doch allein schon deswegen zurückbleiben, um die Drachen
unter Kontrolle zu halten. Schon das würde angesichts der Umstände
schwierig genug sein.

Koraxxon hingegen bestand darauf, Rajin zu begleiten. „Ich spüre
keinerlei Beeinträchtigungen", erklärte er, „und davon abgesehen fühle
ich mich jetzt, da wir wieder festen Boden unter den Füßen haben, so
wohl wie seit unserem Aufbruch aus Magussa nicht mehr."

„Du weißt nicht, was für Kräfte im inneren Bereich um Ktabor
vielleicht wirken", wandte Liisho ein. „Tödliche Kräfte …"

„Kräfte, die für andere tödlich sein mögen, mir aber anscheinend
wenig ausmachen", gab Koraxxon zurück.

„Selbst Großmeister Komrodor wollte kein zweites Mal nach Ktabor reisen", erinnerte ihn Liisho. „Und er war einer der mächtigsten
aller Magier."

„Vielleicht ist es ein Teil meiner Missratenheit, dass ich für diese
Kräfte nicht empfänglich bin. Ich weiß es nicht, und es sollen sich
andere über Erklärungen dafür die Köpfe zerbrechen. Das Einzige,
worum es mir geht, ist, jemanden auf einem schwierigen Weg zu begleiten, den ich inzwischen als meinen Freund betrachte."

So brachen Rajin und Koraxxon schließlich auf. Rajin hatte einen
Kompass und die genaueste Karte mitgenommen, die es im Fundus

des Fürsten von Sukara von dieser Weltgegend gab. Doch beides schien nicht viel wert zu sein.

Schon nachdem Rajin und Koraxxon einen halben Tag gelaufen waren, mussten sie feststellen, dass der Kompass, der wie jeder Kompass natürlich stets südwärts zu zeigen hatte, in die absurdesten Richtungen wies und sich die Nadel manchmal sogar im Kreis drehte. Waren es vielleicht die besonderen Kräfte in der Gegend um Ktabor, die auch auf eine Kompassnadel einwirkten?

In der folgenden Nacht, als das Licht der Sonne sie nicht mehr blendete, wurde deutlich, dass Rajins metallene Hand mit dem an ihr festgeschmolzenen Schlüssel des Geistes bereits selbst in einem schwachen Grünton leuchtete. Offenbar reagierte das von Komrodor geschmiedete Artefakt, in das der Großmeister selbst nach seinem Tod auf geheimnisvolle Weise eingegangen war, auf ganz besondere Weise auf die Strahlung der Steine.

Immer zahlreicher wurden diese, und ihr Licht war in der Nacht heller als der Schein der fünf Monde.

Die Karte stellte sich als ebenso untauglich heraus wie der Kompass, denn weder Entfernungsangaben noch die Lage von Gebirgen und anderen Merkmalen der Landschaft schienen mit der Wirklichkeit übereinzustimmen.

„Ich hoffe nicht, dass wir hier nur sinnlos durch eine Halbwüste voller glitzernder Steine irren", sagte Koraxxon.

„Ich werde mich auf meine innere Kraft verlassen müssen", entgegnete Rajin. „Auf meinen Instinkt – und auf das hier!" Dabei hob er den Schlüssel des Geistes.

„Wenn ich deine bisherigen Äußerungen richtig verstanden habe, dann hat dir das Ding bislang nicht mehr als unerträgliche Schmerzen eingebracht", setzte der Dreiarmige dagegen. „Und es macht dich zu einem Einhändigen, was ich mir auch nicht besonders vorteilhaft vorstelle, obwohl ich es mir ganz sicher eher leisten könnte, eine Hand zu verlieren als du."

Rajin blickte auf den von einem grünlichen Schimmer umgebenen Schlüssel. „Vielleicht habe ich einfach nur noch nicht richtig verstanden, wie man ihn einsetzen muss", murmelte er mehr zu sich selbst als zu seinem unverwüstlichen Begleiter.

In der Nacht schliefen sie kaum und hielten abwechselnd Wache. Das Getier, das diese Steinwüste bevölkerte, schien nicht gefährlich zu sein.

Die leuchtenden Erdwürmer kümmerten sich nur um sich selbst und darum, einen möglichst großen leuchtenden Stein zu finden, an dem sie sich festsaugen konnten. Und die achtbeinigen Fünfhornbisons, die schon aufgrund ihrer schieren Körpergröße eine Gefahr hätten darstellen können, waren in dieser Gegend kaum verbreitet. Vielleicht bevorzugten sie die Kraft von blau und rot leuchtenden Steinen und verschmähten das grelle Grün, das in diesem Teil des Landes vorherrschend war.

Rajin verlor bald jedes Gefühl für Entfernung und Zeit. Tage gingen mit einer immer sinnloser erscheinenden Wanderschaft dahin, in den Nächten war der Prinz zu Tode erschöpft und fand doch bis zum Morgengrauen keinen Schlaf. Nur die Schmerzen, die von dem Schlüssel ausgingen, ließen deutlich nach und wurden schließlich eher durch ein unablässiges, dauernd spürbares Kribbeln abgelöst, das neben den Träumen sicherlich auch dazu beitrug, dass Rajin überhaupt keinen Schlaf fand.

Hinzu kam, dass die räumliche Orientierung immer schwieriger wurde. Anhöhen oder Felsformationen, die weiter entfernt zu sein schienen, erreichten sie dennoch innerhalb kürzester Zeit, während sich umgekehrt sehr nahe liegende Orte immer wieder in unerreichbare Ferne zu verschieben schienen.

„Ich würde an deiner Stelle nicht die eigenen Sinne in Frage stellen, sondern diese Erscheinungen den Besonderheiten dieses Landes zuschieben", meinte Koraxxon, als der Prinz ihn darauf ansprach.

„Wenigstens beruhigt es mich, dass nicht ich allein unter diesen Täuschungen leide", gab Rajin zurück, „wo du dich doch sonst recht gefeit gegenüber den Einflüssen zeigst, die hier wirksam sind."

„Oh, sag das nicht", murmelte Koraxxon. „Sag das nicht ... Aber ich bin froh, dass ich so gut wie keinen Hunger oder Durst mehr verspüre, je tiefer wir in dieses Land vordringen."

„Das geht mir ebenso", stellte Rajin fest.

Was Koraxxon mit seiner Bemerkung über den Einfluss der Leuchtenden Steine auf ihn gemeint haben mochte, offenbarte sich zunehmend in den folgenden Nächten, in denen es für Rajin immer schwieriger wurde, den Gefährten zu wecken.

„Es ist das Leere Land", erklärte der Dreiarmige, während sie auf ein nah erscheinendes Gebirge zumarschierten, das sich aber mit jedem Schritt, den sie zurücklegten, weiter von ihnen zu entfernen schien. „Ich habe manchmal das Gefühl, dies hier wäre der Traum und das Leere Land die eigentliche Realität."

„Fällt dir das Erwachen deshalb immer schwerer?", fragte Rajin.

Der Dreiarmige nickte. „Es tut mir leid, aber der Sog, der mich im Leeren Land zu halten versucht, ist so stark, dass ich mich ihm manchmal kaum noch zu widersetzen vermag. Ich möchte dich keineswegs im Stich lassen, aber ..."

Er brach den Satz ab, und als Koraxxon auch weiterhin schwieg, hakte der Prinz nach. „Aber was, Koraxxon?"

Der Dreiarmige blieb stehen, und Rajin sah ihm direkt in die Augen. Der Dreiarmige schürzte das lippenlose Maul, sodass seine Raubtierzähne auf eine Weise zum Vorschein kamen, die weder Grinsen noch Drohgebärde war. Vielleicht war es der hilflose Versuch, so etwas wie Bedauern auszudrücken.

„Ich fürchte, du wirst diesen Weg bald allein gehen müssen", sagte er.

„Was redest du da?", rief Rajin erschrocken, zumal er ahnte, dass der Dreiarmige möglicherweise recht hatte. Schließlich hatte Großmeister Komrodor ihm genau dies prophezeit: dass er letztlich ganz auf sich allein gestellt in den inneren Bereich des Landes der Leuchtenden Steine gelangen würde.

Am nächsten Morgen wachte Koraxxon nicht wieder auf. Was er auch mit ihm anzustellen versuchte, um ihn aus seinem Schlaf zu wecken und seine Seele aus dem Leeren Land zurückzuholen, es wollte Rajin einfach nicht gelingen.

Rajin entschied sich schließlich, den Dreiarmigen bei ihrem Lager zurückzulassen. Es blieb ihm keine andere Möglichkeit. Um ihn etwa zu tragen oder mitzuschleifen, war er einfach zu schwer. Davon abgesehen hatten sie an einer geschützten Stelle gelagert, wo Koraxxon relativ sicher war.

„Ich werde zurückkehren", sagte Rajin laut, als wollte er sich dadurch selbst Mut zusprechen. „Und dann werde ich die Kraft der Leuchtenden Steine in mich aufgenommen haben."

Ganz gleich, wie man die Sache auch drehen und wenden mochte, es hatte einfach keinen Sinn auszuharren und nichts zu tun. Ob es allerdings noch einen Sinn hatte, diese Wanderung fortzusetzen, da war sich Rajin inzwischen auch nicht mehr sicher.

„Ich weiß, was ich gerade gesagt habe, klingt reichlich optimistisch für jemanden, der doch nicht mal mehr genau weiß, wo er sich befindet, und eigentlich nur umherirrt, ohne dass sein Ziel auch nur in Reichweite kommen würde …"

Rajin seufzte und brach dann auf. Auch wenn es aussichtslos erschien, er musste es einfach versuchen, wenn nicht die gesamten fünf Reiche – ja, die ganze Welt! – in einem von Drachenwut erzeugten Chaos versinken sollte.

Nachdem sich Rajin bereits ein paar Dutzend Schritte von seinem schlafenden Begleiter entfernt hatte, drehte er sich noch einmal herum und blickte zurück. „Du hättest im Heer des Priesterkönigs bleiben sollen", sagte er laut, doch das Land schien seine Worte förmlich zu verschlucken, sodass es ihn selbst überraschte, wie leise seine Stimme war. „Was mich angeht, bist du jedenfalls wohl dem Falschen gefolgt, mein Freund …"

Als er sich zusammen mit Koraxxon auf den Fußmarsch gemacht hatte, hatte er eine Tasche mit Proviant und einen Schlauch voll Wasser mitgenommen. Das alles war kaum angerührt, und Rajin entschloss sich, diese Dinge beim Lager zurückzulassen. Offenbar war das Land der Leuchtenden Steine ein Bereich ohne Hunger oder Durst, und vielleicht war es sogar so, dass er genau wie einige der bizarren Wesen, die in dieser Gegend beheimatet waren, in Wahrheit längst von der Kraft dieser Steine lebte, ohne dass ihm dies bisher richtig bewusst geworden war.

Er blickte kurz auf den Schlüssel des Geistes, der grünlich aufleuchtete, in einem Rhythmus, der an einen Herzschlag erinnerte. Es war derselbe Rhythmus, in dem auf einmal auch ein Großteil der leuchtenden Steine in der näheren Umgebung aufglühte. Dieser Effekt wurde immer stärker, und Rajin sah ihn sich eine ganze Weile interessiert an.

Dann ging er zurück zu Koraxxon und legte seine Tasche ab. Daraufhin hatte er nur noch den Drachenstab und sein Schwert bei sich. Vielleicht ist dies das Geheimnis, dachte er. Alles zurücklassen, was hier keine Bedeutung hat ...

Wenig später setzte Rajin seinen Weg fort. Er überlegte nicht, wohin er sich zu wenden hatte, sondern ging einfach drauflos. Seine Beine bewegten sich wie automatisch. Aber sie schmerzten nicht – trotz des immens langen Fußmarsches, den er schon hinter sich hatte.

Das gleichzeitige pulsierende Leuchten des Schlüssels und der leuchtenden Steine in seiner Umgebung hielt an. Und dann glaubte Rajin einen Chor von Stimmen zu hören.

„Du wirst erwartet. Bald."

Er blieb stehen und blinzelte gegen die inzwischen tief stehende Sonne. Türme und Zinnen von einem eigenartigen, sehr filigran wirkenden architektonischen Stil waren plötzlich in der Ferne zu sehen. Die Luft flimmerte vor Hitze, und so war sich Rajin zunächst nicht sicher, ob es sich vielleicht um nichts weiter als eine Fata Morgana handelte. Vielleicht sogar ein Trugbild, das irgendwelche magisch begabten Besucher dieses Landstrichs zurückgelassen hatten.

Doch dann vernahm er Geräusche und auch Stimmen in einer Sprache, die Rajin nicht kannte, ihn aber an das Idiom erinnerte, dass Abrynos aus Lasapur bei ihrer ersten Begegnung benutzt hatte. Und doch verstand er Bruchstücke des Gesagten. Offenbar wirkten diese Worte direkt auf seinen Geist und wurden ihm als Gedanken mitgeteilt.

Angesichts all dessen, was ihm in diesem Land schon widerfahren war, wunderte sich der Prinz nur mäßig darüber.

Er erkannte nun, dass dort tatsächlich eine ganze Stadt vor ihm lag. Sie hatte keine Umgrenzungsmauer und bestand aus einer Vielzahl von Häusern, Türmen und Gebäuden, die wie kleine Burgen oder Schlösser wirkten. Und manche dieser Gebäude schienen schon fast verblasst zu sein, was dafür sprach, dass sie durch Magier und nicht durch das Aufeinanderschichten von Steinen entstanden waren.

Das musste Ktabor sein.

Ich bin am Ziel, dachte Rajin.

„Tritt näher, Fremder! Wir haben dich erwartet."

Es war ein Chor von Gedankenstimmen, der in Rajins Kopf widerhallte. Sie sprachen Magusisch und manche sogar Alt-Magusisch – und doch konnte er sie verstehen.

Rajin näherte sich der Stadt und beschleunigte seinen Schritt. Aber er stellte fest, dass die sich immer weiter zu entfernen schien, je größere Anstrengungen er unternahm, um sie zu erreichen.

„Bleib stehen!", sagte eine der Gedankenstimmen.

„Vergeude nicht deine Kraft!", riet eine andere, und eine dritte fragte: *„Bist du nicht hier, Kraft zu empfangen, anstatt sie zu verlieren?"*

„Wo seid ihr?", rief Rajin.

„Dort, wo du uns nicht erwartest …"

„Wo sollte das sein?", rief Rajin.

„Wir sind längst bei dir!", erklärte eine Stimme zu seiner Linken. Rajin drehte sich um und sah eine Gestalt in einem weißen, knöchellangen Gewand. Dass es sich um einen Magier handelte, konnte man an der Stirnfalte erkennen. Ähnlich, wie es bei Komrodor der der Fall gewesen war, war der Kopf vollkommen haarlos, und statt der nach oben wachsenden, oft recht buschigen Augenbrauen vieler Magier hatte auch dieser schlangenartige Tätowierungen. Rajin erkannte nun, dass sie gar keine Schlangen darstellten, sondern Abbilder der Erdwürmer waren, die sich an den Leuchtenden Steinen labten.

Die Gestalt hob den Arm und deutete mit dem Finger auf den Schlüssel des Geistes. „So kehrt zumindest ein Teil deines Geistes hierher zurück, Komrodor!"

„So, wie wir es prophezeit hatten", sagte eine andere Stimme. Rajin wandte sich dem zweiten Sprecher zu und stellte plötzlich fest, dass er sich inmitten der Stadt befand und von mindestens hundert Magiern umringt war. Sie alle hatten gemeinsam, dass ihre Köpfe haarlos waren, gleichgültig, ob es sich um Männer oder Frauen handelte und wie stark sie ansonsten vom Alter gezeichnet waren.

„Wer seid ihr?", fragte Rajin.

„Weißt du es wirklich nicht?"

„Er ahnt es längst, traut aber seinen Sinnen und seinem Verstand nicht."

„Ist das ein Wunder? Er ist ein Mensch – erwarte nicht zu viel von ihm. Auch wenn das magische Blut Barajans in ihm fließen mag."

„Man erwähne diesen Namen bitte nicht mehr hier in Ktabor! Nie wieder!"

Rajin lauschte den Stimmen und stellte fest, dass er plötzlich in der Lage war, sowohl die magusische als auch die alt-magusische Sprache auch dann zu verstehen, wenn ihm die Bedeutung der Worte nicht gleichzeitig als Gedanken mitgeteilt wurde. Er hatte keine Ahnung, wie das möglich war, doch er hatte das Gefühl, diese Sprachen schon immer beherrscht zu haben, obwohl sein Verstand ihm sagte, dass dies ganz gewiss nicht der Fall gewesen war.

„Du kannst sogar in dieser Zunge sprechen", sagte einer der Meister des Geistes.

„Aber wir verstehen dich auch, wenn du dein eigenes Idiom benutzt", fügte ein anderer Magier hinzu.

Rajin hob den Arm mit dem Schlüssel des Geistes. „Es hat einen Grund, dass ich hierhergekommen bin."

„Wir kennen den Grund. Es besteht kein Anlass, uns mit Erklärungen und Rechtfertigungen zu langweilen."

„Lasst ihn doch einfach tun, weshalb er hier ist", rief eine andere Stimme, die brüchig klang und eine Sprache verwendete, die zu etwa zwei Dritteln aus alt-magusischen Wörtern bestand. Aber selbst bei diesem derartigen, recht persönlich gefärbten Misch-Idiom hatte Rajin nicht die geringsten Verständnisprobleme. „Lasst es ihn ausprobieren, und es wird sich herausstellen, was geschieht. Es könnte sein, dass er zu schwach ist – so wie andere, die es versuchten. Oder er rettet die Seinen und damit auch uns vor dem Chaos."

„Er besitzt einen Schlüssel des Geistes!", gab ein weiterer Sprecher zu bedenken. Er war von einem grünen Schimmer umgeben, der wie das Glühen der Leuchtenden Steine von innen aus ihm herausstrahlte. „Ist das nicht eine gute Voraussetzung?"

„Dann lasst es endlich beginnen!", forderte eine sehr gebrechlich wirkende Sprecherin, deren blasse Haut den Eindruck von rissigem Pergament erweckte.

Wie auf ein geheimes Zeichen hin hoben die Magier die Arme und begannen einen Singsang. Ein Schwall von Gedanken erreichte Rajin mit schmerzhafter Intensität. Er hob die Hand mit dem Schlüssel des Geistes, der wieder anfing zu glühen – erst rötlich, dann in demselben

Grün, das den meisten Leuchtenden Steinen in dieser Gegend eigen war.

Aus Tausenden von großen und kleinen Brocken aus leuchtendem Gestein schossen auf einmal Blitze in den Himmel. Sie trafen sich an einem bestimmten Punkt hoch über der Stadt Ktabor und zuckten dann in gebündelter Form herab. Ein greller Blitz, so gleißend hell wie die Sonne – das war das Letzte, was Rajin sah.

Ein finaler Moment absoluter Erleuchtung und Klarheit.

9

„ICH TRAUE KEINEM DRACHEN MEHR!"

Ein dumpfes Grollen drang vom mitteldrachenischen Bergrücken herüber, und die Erde erzitterte mit einer Heftigkeit, die nur das Schlimmste verheißen konnte.

„Ich traue keinem Drachen mehr", murmelte Katagi, während er vom Außenbalkon der großen Reisegondel hinab auf die Wälder im zentralen drachenischen Neuland blickte, die den Bergen vorgelagert waren. Breite Schneisen waren in diese Wälder geschlagen worden, unzählige Bäume waren umgeknickt wie Streichhölzer. Risse zogen sich durch das Erdreich, und ganze Teile des Landes hatten sich erhoben oder waren abgesunken.

Katagi schauderte bei dem Gedanken an jene Macht, die zweifellos hinter all dem steckte: der legendäre Urdrache Yyuum.

Er rieb sich den Finger, an dem sonst das Imitat des dritten Drachenringes steckte. Er hatte dieses Imitat abgenommen und an einen Finger der anderen Hand gesteckt, weil er es einfach nicht mehr aushalten konnte, es über der roten, juckenden Stelle zu tragen. Allein bei dem Gedanken daran stellten sich ihm die Nackenhaare auf.

„Der Drache scheint mir einigermaßen ruhig zu sein", sagte Guando, der Persönliche Adjutant des Kaisers. Trotzdem machte er ein sorgenvolles Gesicht, obwohl er sehr darum bemüht war, seine Gefühle und Gedanken nicht nach außen dringen zu lassen.

Katagi hörte ihm gar nicht zu. Vielleicht hatte er sogar nicht einmal bemerkt, dass der junge Mann überhaupt in der Nähe war. Guando wusste, dass dies eine gefährliche Situation werden konnte.

„Der Kaiser Drachenias muss sich von einem Lastdrachen und mit der Gondel eines einfachen Fürsten zu seinem Palast tragen lassen!" Katagi schüttelte nahezu fassungslos den Kopf. „Ich kann es ehrlich gesagt noch immer kaum glauben, dass es so weit kommen konnte. Welch eine Schande!"

Die Gondel, in der Katagi flog, gehörte eigentlich dem Fürsten von Vayakor, der auch den Sommerpalast verwaltete, wenn der nicht gerade vom Kaiser in Anspruch genommen wurde. Doch dass der Herrscher Drachenias die Gondel eines untergeordneten Fürsten benutzen musste, war nicht die größte Schmach. Die bestand darin, dass es nicht einmal ein Gondeldrache war, der diese Gondel Richtung Nordosten trug, sondern ein ganz gewöhnlicher Lastdrache, den man zu diesem Zweck von einem Händler in Vayakor konfisziert hatte. Nach dem, was offenbar bei Magussa geschehen war, musste man auch andernorts jederzeit damit rechnen, dass einzelne Drachen oder gar ganze Kontingente ihren Reitern den Gehorsam verweigerten. Und da einfache Lastdrachen nun einmal leichter zu lenken waren als die großen Gondeldrachen der Armada, hatte Katagi aus Sicherheitsgründen darauf bestanden, dass ein solches Tier verwendet wurde, um ihn und sein Gefolge zurück zum Palast in Drakor zu bringen. Dort, so hoffte Katagi, würde er zumindest vorübergehend in Sicherheit sein.

Begleitet wurde die vom Kaiser ausgeliehene Gondel nur von einer Handvoll Drachenreiter auf ihren Reittieren. Dass die Eskorte so klein ausfiel, hatte damit zu tun, dass einfach kaum Drachenreiter zur Verfügung gestanden hatten. Aber eigentlich war Katagi selbst diese Eskorte noch zu groß, denn wer konnte schon vorhersagen, wann welcher Drache möglicherweise rebellierte und sich gegen seine Herren wandte?

Vor seiner Abreise aus dem Sommerpalast in Vayakor hatte Katagi noch einen Befehl an alle Drachenheere ausgegeben, sich hinter die Grenzen des Reichs zurückzuziehen. Dass nämlich ausgerechnet die Drachen aus der Armada, die der Lord Drachenmeister nach Magussa geführt hatte, als Erste den Aufstand geprobt und die Menschenherrschaft abgeschüttelt hatten, konnte kaum Zufall sein. Katagi nahm an, dass es mit der großen Entfernung zu tun hatte. Offenbar reichten zwei Drachenringe nicht aus, um eine so gewaltige Drachenschar, wie sie beim Angriff auf Magussa versammelt gewesen war, geknechtet zu halten – zumindest dann nicht, wenn gleichzeitig der Urdrache Yyuum das offenbar letzte Stadium seines Erwachens mit ein paar heftigen Bewegungen begleitete. Eine kleine Gruppe Kriegsdrachen flog ihnen entgegen. Manche trugen noch das Geschirr und ihre Sättel – auf keinem von ihnen saß ein Reiter. Fauchend und mit wilden Bewegungen der Flügel auf sich aufmerksam machend, flogen sie einen weiten Bogen um die Gondel des Kaisers und zogen dann Richtung Osten davon. Ihr Ziel mussten die Gebiete jenseits der Wälder sein, wo sich der mitteldrachenische Gebirgsrücken vom Dach der Welt aus bis zum Quellgebiet des Flusses Seng hinzog.

Die Drachen hatten ihre Reiter abgeschüttelt und sehr wahrscheinlich getötet und waren nun auf den Weg zu jenem gewaltigen Wesen, dessen unheimliche Präsenz sie offenbar schon in seinen Bann geschlagen hatte, noch bevor es zur Gänze erwacht war.

Und doch schien ein gewisser Respekt vor dem Kaiser und vor allem vor den zwei Drachenringen, die Katagi noch besaß, bei den Kolossen geblieben zu sein. Keine der Kreaturen griff jedenfalls von sich aus an. Die Kraft, die von Katagis zwei verbliebenen Drachenringen ausging, schien sie davon abzuhalten.

Katagi sammelte seine innere Kraft, um die rebellischen Kreaturen unter seine Herrschaft zu zwingen. Aber es war nur ein halbherziger Versuch – vielleicht auch deshalb, weil er ahnte, dass er der rohen, entfesselten Drachenkraft im Moment nichts Gleichwertiges entgegenzusetzen hatte und daher scheitern musste. Zumindest solange er nur zwei der drei Drachenringe an den Fingern trug. Diese Ringe – das war ihm nie so deutlich geworden wie in diesem Augenblick – waren offenbar doch mehr als nur reine Symbole. Er spürte den Widerwillen der Drachenseelen, sich ihm zu unterwerfen. Ihre schrillen, abweisenden Rufe gaben davon nach außen beredtes Zeugnis.

Katagi verkrampfte die Hände zu Fäusten. Wie konnte er Drachenkaiser bleiben, wenn er die Herrschaft über diese Giganten nicht mehr garantieren konnte, wie es Generationen seiner Vorgänger auf dem Thron von Drakor getan hatten? Die Stimmen, die seine Absetzung forderten, wenn auch noch hinter vorgehaltener Hand, würden sich mehren. Die Zukunft malte sich der Usurpator in den düstersten Farben aus.

Wahrscheinlich würde er früher oder später die Unterstützung der Priesterschaft von Ezkor verlieren, dachte er. Und auch in den Reihen der Samurai musste er mit Widerstand rechnen, je öfter Drachen den Gehorsam verweigerten.

Die rebellierenden Kriegsdrachen verschwanden hinter dem östlichen Horizont. Sie flogen ihrem neuen Herrn entgegen – Yyuum, dem Urdrachen und Meister des Chaos. Und Katagi ahnte in seinem tiefsten Inneren, dass er sie nicht wiederzugewinnen vermochte …

„Was starrst du mich so an, als wäre ich der Traumhenker persönlich?", fuhr Katagi den Adjutanten Guando an, als er dessen völlig konsternierten Blick bemerkte und dachte: Eigentlich müsste ich ihn töten, denn er hat mich in einem Augenblick der Schwäche gesehen, was kein Kaiser zulassen sollte!

Guando war zunächst unfähig, etwas zu seiner Verteidigung vorzubringen. „Verzeiht, mein Kaiser", stotterte er schließlich und verneigte sich.

Katagi schnaubte nur, drehte sich um und ging ins Innere der Gondel. Er zog sich in das Gemach zurück, das dort für ihn in aller Schnelle hergerichtet worden war.

Eine Rauchsäule erschien und ließ den Usurpator aufschrecken, nachdem er eine ganze Weile seinen finsteren Gedanken nachgehangen hatte. Durch die verglasten Fenster hatte er beobachtet, mit welcher Mühe die ihn begleitende Eskorte aus Drachenreiter-Samurai ihre jeweiligen Kriegsdrachen unter Kontrolle zu halten versuchte. Im Großen und Ganzen gelang dies zwar, aber jedem, der auch nur ein wenig von Drachenlenkung verstand, musste bei diesem Anblick deutlich werden, wie widerspenstig die Reittiere der Samurai bereits waren.

Die Rauchsäule brauchte diesmal außergewöhnlich lange, ehe sie zur Gestalt eines Schattenpfadgängers verstofflichte.

„So etwas hätte es früher nicht gegeben", sagte Abrynos aus Lasapur mit spöttischem Unterton und in der eingebildeten, arroganten Diktion eines drachenischen Adeligen. „Rebellierende Drachen und ein Kaiser, der gezwungen ist, mit einem Lastdrachen zu fliegen, weil die als träge und weniger widerspenstig gelten. Eine Schande, die jeden Nachfolger Barajans zum Freitod bewegt hätte."

„Was wollt Ihr hier?", fauchte Katagi sein Gegenüber an. „Ich habe mich auf Euren Rat als Bundesgenosse verlassen. Und was ist geschehen? Eine Katastrophe hat sich bei Magussa ereignet!"

„Ich hatte mich ebenfalls auf meinen Bundesgenossen verlassen", entgegnete Abrynos kühl. „Jetzt haben die Drachen Magussa in Schutt und Asche gelegt und ziehen marodierend durch das Land. Ich nehme an, dass Euer ehemaliges Drachenheer nur die erste Gruppe von rebellischen Drachen sein wird."

„Sollen sie ruhig ganz Magus zerstören, das wäre mir nur recht!", knurrte Katagi wütend.

„In dieser Hinsicht muss ich Euch leider enttäuschen, mein Kaiser ..."

„Ach ja? Sollte ihre uralte Wut auf das Magiervolk so schnell verraucht sein, wie man es von Euch gewohnt ist, wenn Ihr Euch entstofflicht?"

„Sagen wir so: Ich nehme an, dass sie einem Ruf gefolgt sind, der stärker ist als alles andere."

„Was sollte das sein?"

„Spielt nicht den Ahnungslosen! Auch hier im drachenischen Neuland haben sich bereits ganze Gruppen von Drachen ihrer Herren entledigt, und ich nehme an, dass sie in dieselbe Richtung fliegen wie die Drachen Eurer ehemaligen Armada – nach Osten. Ich bin ihnen vorausgeeilt ..."

Katagi erbleichte. „Yyuum!", murmelte er mit zitternder Stimme. „Er wird sie um sich scharen und sammeln – und zu ihrem Herrn aufsteigen!"

„Die Lage ist nicht so hoffnungslos, wie Eure Mutlosigkeit einen glauben machen könnte", meinte Abrynos. „Komrodor ist tot. Und mit ihm ein Großteil der Hochmeister, sodass es keine Schwierigkeit für mich sein wird, mich als neuer Großmeister zu etablieren. Der erste Schattenpfadgänger, der dieses Amt bekleidet! Es geschehen Zeichen und Wunder."

„Und was ist mit Prinz Rajin? Wurde wenigstens er von einem gierigen Drachenmaul zerrissen?", fragte der Kaiser wenig hoffnungsvoll.

„Ich fürchte, nein. Er ist in Richtung das Landes der Leuchtenden Steine entkommen und besitzt durch Großmeister Komrodor einen Schlüssel des Geistes."

„Ihr seid also auch in dieser Hinsicht ein Versager", stellte Katagi bitter fest.

„Hört mich an, Kaiser Katagi. Wir müssen jetzt entschlossen handeln, sonst ist für uns beide alles verloren. Ich weiß, was Prinz Rajin plant, denn ich war ihm für einen kurzen Moment sehr nahe. Um ein Haar hätte ich ihn töten können, aber dieses verfluchte Artefakt hat es verhindert."

„Was habt Ihr für einen Plan?", fragte Katagi.

„Die Dämonen des Glutreichs habe ich Euch gegenüber ja schon erwähnt."

„Ja – und ehrlich gesagt hat der Gedanke daran, diese Kreaturen auf die von Euch beschriebene Weise in die Welt zu holen, mich wenig begeistert."

„Weil Ihr ein ängstlicher Zauderer seid. Aber nur durch diese Verbündeten werden wir beide unsere Herrschaft noch etablieren können. Unglückseligerweise bin ich auf Euch angewiesen, Katagi, denn mir ist es leider verwehrt, auf Drachen geistigen Einfluss zu nehmen." Abrynos deutete auf Katagis Hand, an der die Drachenringe prangten. „Auch wenn einer davon nur ein billiges Imitat ist, seid Ihr mir in dieser Hinsicht leider weit überlegen, und eins dürfte feststehen: Wenn die Drachen nicht mehr geknechtet sind, wird es für keinen von uns eine längere Herrschaft geben. Es wird dann weder fünf noch zwei Reiche oder gar ein einziges geben, wie es Euch ja wohl insgeheim vorschwebt. Es wird dann überhaupt kein Reich mehr geben, sondern nur eine Welt, die aus unzähligen Wunden glühendes Gestein herausblutet."

„Und wie sollen Eure Dämonen des Glutreichs uns helfen?"

„Sie werden jenen Drachen begegnen müssen, die Yyuum bereits zu sich gerufen hat. Eine Macht der Zerstörung sammelt sich jenseits des mitteldrachenischen Gebirges, wie es die Welt seit den letzten Tagen des Ersten Äons nicht mehr gesehen hat …"

Katagi musterte sein Gegenüber. Wenn erst die Dämonen des Glutreichs in der Welt waren und es Abrynos gelang, sie unter seiner

Herrschaft zu halten, war der verräterische Magier vielleicht schon bald nicht mehr auf den Drachenkaiser angewiesen. Zumindest dann nicht, wenn der größte Teil der Drachenheit – und vielleicht sogar Yyuum selbst – im Verlauf der kommenden Auseinandersetzungen vernichtet werden sollte, ging es Katagi durch den Kopf.

„Ich habe wenig Zeit", erklärte der Schattenpfadgänger.

„Wie üblich", gab Katagi mit einem dünnen, etwas säuerlichen Lächeln zurück. Jeder spielte hier sein eigenes Spiel um die Macht, und Katagi hatte das seine noch keineswegs aufgegeben. Aber er sah ein, dass er im Moment keine Wahl hatte und an Abrynos' Seite stehen musste. Doch die Tatsache, dass der Magier momentan der stärkere Partner ihres Bündnisses war, gefiel dem Kaiser überhaupt nicht.

Abrynos verzog das Gesicht. „Ich erwarte Euch bei der Zitadelle von Kenda", sagte er. „Wie ich annehme, werdet Ihr etwa später dort eintreffen."

„Ich hatte eigentlich vor, mich zum Palast in Drakor zu begeben!"

„Eine unbedeutende Abweichung Eures ursprünglichen Reiseplans, mein Kaiser", sagte Abrynos lapidar. „Und noch etwas: Stellt mir ein Dokument aus, das mir den Umgang mit den Kampfmönchen erleichtert, die die Zitadelle für Euch bewachen. Unterstellt sie meinem Befehl. Ich möchte sie ungern töten müssen, bevor ich das kosmische Tor zum Glutreich öffne. Abgesehen davon, dass ich mir diese Kraftverschwendung im Moment ersparen möchte, könnte ich vielleicht auch die Hilfe der Mönche brauchen."

„Gut", murmelte Katagi. „Ich werde Euch ein solches Dokument ausstellen und es mit dem kaiserlichen Siegel versehen, sodass Ihr in Kenda freie Hand habt."

„Ihr seid zu gütig, mein Kaiser." Abrynos verbeugte sich, ein wenig zu tief, um die Geste ehrlich gemeint wirken zu lassen. „Aber Ihr dient letztlich zu allererst Euch selbst."

„Das will ich hoffen!", murmelte Katagi düster. Dann rief er in barschem Ton einen Schreiber herbei, denn es geziemte sich nicht, dass ein Kaiser Drachenias selbst zu Feder und Pergament griff.

IO

RAJINS ERWACHEN

Als Rajin die Augen aufschlug, war es Nacht, und die Monde standen am Himmel – gerade so, dass sie einen Halbkreis bildeten und der grüne Jademond, die Heimat des trunksüchtigen Schicksalsgottes Groenjyr, im Zenit stand. Rajin setzte sich auf und blickte über das vorwiegend grünlich funkelnde Land. Myriaden leuchtender Steine erfüllten alles mit ihrem eigenartigen Licht – große Brocken und ganze Felsmassive waren ebenso darunter wie winzige Stücke, deren Größe nur knapp die von Sandkörnern übertraf.

Aber von der Stadt Ktabor und den Meistern des Geistes war nirgends etwas zu sehen, sie waren einfach verschwunden.

Oder befand er sich an einem anderen Ort?, fragte sich Rajin. In diesem Land, in dem Dinge sich entfernten, wenn man sich näherte, und plötzlich da waren, wenn man stehen blieb, war das nicht immer so eindeutig zu bestimmen.

Rajin erhob sich. Ein Gefühl der Kraft durchfuhr ihn und erfüllte ihn auf eine Weise, die ihm Hoffnung gab. Er hob seine linke, metallisch gewordene Hand, die sich wieder bewegen ließ, denn der Schlüssel des Geistes war verschwunden.

Hatten ihn die Magier von Ktabor an sich genommen? Rajin versuchte, sich an das zu erinnern, was geschehen war. Vergeblich. Das grelle Licht, das ihn von oben getroffen hatte, war das Letzte gewesen, was er bewusst mitbekommen hatte. Danach war da einfach nichts mehr, nichts außer einer Leere, die er nicht füllen konnte.

Rajin krümmte und streckte die einzelnen Finger der Metallhand, die sich ebenso leicht bewegen ließen, wie er es mit den Fingern seiner Rechten konnte.

Das messingfarbene Metall reichte eine Handspanne weit am Oberarm empor und ging dort in sein Fleisch über. Es glich in seinen Eigenschaften keinem Metall, das der Prinz in seinem bisherigen Leben kennengelernt hatte, und es gab keine eindeutige Grenze zwischen Metall und Fleisch. Auf drei, vier Fingerbreit waren Metall und Fleisch auf eine gleichermaßen fantastische wie groteske Weise gemischt.

Vorsichtig berührte Rajin das Metall mit seiner rechten Hand und stellte fest, dass es durchaus empfindungsfähig war.

„Wo seid ihr, Meister des Geistes?", rief er. Hatte er tatsächlich die Kraft der Leuchtenden Steine in sich aufgenommen? Rajin ging davon aus, dass es so war.

Aber wenn dies zutraf – reichte das Quantum an Kraft, das er erhalten hatte, um seiner Bestimmung zu folgen und dem Urdrachen Yyuum gegenüberzutreten?

„*Zweifle nicht!*", vernahm Rajin eine Gedankenstimme.

Doch darüber hinaus erhielt er keine Antwort.

Rajin irrte eine Weile durch die mondhelle Nacht und erst nach und nach wurde ihm das Ausmaß der inneren Kraft einigermaßen bewusst, die er erhalten hatte. „*Ghuurrhaan! Verstehst du mich?*", sandte er einen Gedanken an seinen Drachen, denn er stellte überrascht fest, dass dieser sich ganz in der Nähe befinden musste; Rajin spürte seine Präsenz ganz deutlich.

Vielleicht aber spielten ihm die in diesem Landstrich auf so seltsame Weise gestörten Empfinden für Entfernungen einen Streich. Oder seine innere Kraft war so immens gewachsen, dass sich der Horizont seiner geistigen Sinne stark erweitert hatte. Er war sich noch nicht ganz sicher, was die Ursache sein mochte.

Es würde sich erweisen, dachte er mit einer Gelassenheit, zu der er früher nicht fähig gewesen wäre. Es würde sich ebenso erweisen, wie er im Laufe der Zeit erfahren würde, welche Eigenschaften diese Metallhand besaß.

Aber vielleicht hing ja auch beides unmittelbar zusammen. Rajin hob die Metallhand und betrachtete sie einige Augenblicke. Ein grünlicher Flor aus Licht bildete sich für kurze Zeit und verschwand dann wieder. Wenig später durchdrang der Schrei eines Drachen die Stille der Nacht. Einem dunklen Schatten gleich hob sich der fliegende Gigant gegen das Licht der Monde ab, und Rajin erkannte ihn sofort an der Silhouette.

„Ghuurrhaan!", durchfuhr es ihn. *„Du hast mich erhört! Lande jetzt!"*

Der ehemalige Wilddrache schrie in ungewohnt schriller Weise auf, und schon daran war für Rajin erkennbar, wie widerwillig Ghuurrhaan diesen Kurs geflogen war, mitten hinein in den inneren Bereich des Landes der Leuchtenden Steine, vor dem er doch so sehr zurückgeschreckt war. Noch immer schien ihm diese Umgebung überhaupt nicht zu behagen. Aber Rajins Ruf war offensichtlich stärker als diese Empfindung gewesen und hatte ihn hergeführt.

Er landete wenige Schritte von dem jungen Prinzen entfernt. Dabei stieß er Laute aus, die fast wie ein schmerzerfülltes Heulen klangen. Heiße Luft schnaubte aus seinen Nüstern, wirbelte Staub auf und blies Hunderte von kleinen leuchtenden Steinen fort. Ein kurzer, halb unterdrückter Feuerstoß folgte.

„Wir werden nicht länger hierbleiben, als unbedingt nötig", versuchte Rajin ihn zu beruhigen.

Der Prinz erklomm in gewohnter Weise den Rücken des Drachen, der im Übrigen noch mit allen Gepäckstücken beladen war. Die Metallhand ließ sich beim Emporklettern am Drachenleib ohne Beeinträchtigungen einsetzen. Schon wenige Augenblicke später saß Rajin im Sattel. Der Drache unter ihm knurrte leise. Rajin dachte daran, den Drachenstab aus dem Gürtel zu ziehen, doch dann folgte er einer plötzlichen Eingebung: Er beugte sich nach vorn und ergriff mit seiner Metallhand den nächstgelegenen Rückenstachel Ghuurrhaans.

„Und nun erhebe dich"!, sandte er dem Drachen seinen Befehl, dem Ghuurrhaan unmittelbar darauf Folge leistete. Mit kräftigen Schlägen der gewaltigen Drachenschwingen stieg er auf.

Das Licht der Monde sowie der unzähligen leuchtenden Steine war hell genug, um auch aus größerer Höhe noch gut sehen zu können, was sich am Boden tat. Was die Orientierung betraf, so hatte sowohl

Rajin als auch sein Drache dennoch nach wie vor Schwierigkeiten. So dauerte es fast bis zum Morgengrauen, bis sie schließlich jene Stelle wiederfanden, an der Rajin den Dreiarmigen Koraxxon zurückgelassen hatte.

Der Prinz zwang den widerwilligen Ghuurrhaan zur Landung, stieg ab und fand Koraxxon schlafend, aber unversehrt vor. Er berührte ihn mit der Metallhand an der Schulter. Mit einem Zischen sprang ein grünlicher Funke von der Metallhand über und ließ Koraxxon zusammenzucken. Im nächsten Moment schlug der Dreiarmige die Augen auf.

„Rajin!", entfuhr es ihm. „Beim Unsichtbaren Gott, ich hatte schon befürchtet, von dir und der Reise in das Land der Leuchtenden Steine nur geträumt zu haben und in Wahrheit nie woanders als im Leeren Land gewesen zu sein!" Dann starrte er auf Rajins Hand. „Was ist mit dir geschehen?"

„Das werde ich dir später erklären", antwortete Rajin. „Obwohl ich mir nicht sicher bin, ob ich es überhaupt erklären kann." Dann drängte er: „Wir haben keine Zeit zu verlieren, Koraxxon!"

Koraxxon legte seine Waffen an. „Ich bin bereit!" Er wischte sich mit der großen Pranke seines Axtarms über das Gesicht, als wollte er den Nebel seiner Träume vom Leeren Land damit fortwischen.

„Hast du ... sie gesehen?" Rajin konnte sich die für ihn wichtigste Frage nicht verkneifen, als sie bereits beide auf dem Rücken Ghuurrhaans Platz genommen hatten.

Koraxxon brauchte einen Augenblick, um zu begreifen, was der Prinz meinte. „Ich habe weder Nya noch deinen Sohn drüben im Leeren Land entdeckt", erklärte er. „Es tut mir leid."

„Schon gut", erwiderte Rajin. „Wenn ich ehrlich bin, habe ich es auch kaum zu hoffen gewagt."

Es dauerte nicht lange, bis sie Liisho, Ayyaam und die Ninjas fanden. Koraxxon war ebenso wie Rajin sehr verwundert darüber.

„Seltsam, ich hatte die Strecke, die wir zusammen zurückgelegt hatten, als viel weiter in Erinnerung", äußerte Koraxxon, nachdem Ghuurrhaan gelandet war.

„Eine der Besonderheiten dieses Landes", meinte Rajin.

Liisho begrüßte Rajin erfreut und starrte wie alle anderen verwundert auf die Hand.

„Ich habe nicht viel Zeit, um alles zu erklären", sagte Rajin. „Aber so viel steht fest: Ich bin bereit, dem Urdrachen Yyuum gegenüberzutreten. Die Kraft der Leuchtenden Steine ist in mir, auch wenn ich selbst kaum ermessen kann, welche Macht mir das gibt."

Liishos Gesichtsausdruck veränderte sich. Skepsis und Erleichterung hielten sich darin die Waage. „Bist du dir sicher, Rajin?", fragte er. „Ich hoffe, dir ist klar, dass es nur *einen* Versuch geben und Yyuum dir keine zweite Möglichkeit lassen wird."

Rajin lächelte. „Meinst du, ich sollte erst noch mal an einem Block aus Drachenbasalt üben? Ich hätte nichts dagegen, nur fürchte ich, ist die Zeit, die uns bleibt, dafür zu knapp."

„Ja, das ist wohl wahr", murmelte Liisho. „Wenn wir nicht ohnehin bereits zu spät kommen."

„So lasst uns so schnell wie möglich in das Land zwischen Seng und Pa fliegen!", forderte Rajin.

„Der mitteldrachenische Gebirgszug ist lang und unwegsam", wandte Liisho ein.

Rajin aber ballte die metallische Hand zur Faust, woraufhin sie einen grünlich schimmernden Lichtflor bekam. „Ich werde wissen, wo ich Yyuum zu suchen habe", war der junge Prinz plötzlich überzeugt. „Seine Kraft, seine Präsenz … Ich kann sie bis hierher spüren, Liisho!"

Sie versuchten sich in westlicher Richtung zu halten. Solange sie sich innerhalb des Landes der Leuchtenden Steine befanden, konnten sie sich dabei nicht auf ihren Kompass verlassen. Dafür boten ihnen der Sonnenstand und die Position der Monde einigermaßen zuverlässige Orientierung.

An der Küste der Mittleren See übernachteten sie auch diesmal in Capana und erfuhren interessante Neuigkeiten: Das ganze Land Magus schien in hellem Aufruhr, und es war inzwischen die Nachricht gen Süden gesickert, dass die Horde rebellischer Drachen der ehemaligen Kriegsdrachen-Armada die Hauptstadt Magussa in Schutt und Asche gelegt hatte. Der Dom des Großmeisters war nur noch eine Ruine und weite Bereiche der Stadt völlig zerstört. Die Drachen hatten offenbar ihrer über Zeitalter hinweg aufgestauten Wut auf alles und jeden freien Lauf gelassen. Doch schließlich waren sie zur allgemeinen Erleichterung des Magiervolkes nicht gegen andere Städte des Landes vorgegangen, sondern als geschlossener Schwarm über die Mittlere See davongezogen.

Drachenische Kaufleute, die noch kurz vor dem Angriff der Drachen-Armada auf Magussa in Capana mit ihren Drachengondeln angekommen waren, berichteten von furchtbaren Erdbeben im gesamten Süden des drachenischen Neulandes und sprachen ganz offen davon, was inzwischen alle vermuteten: dass der Urdrache erwacht war. Angeblich flüchteten bereits zahllose Menschen aus den betroffenen Gebieten und auch die zunehmenden Schwierigkeiten, die die Berichtenden selbst mit ihren Drachen hatten, sprachen für diese Vermutung.

„Die Drachen rebellieren. Vielleicht haben wir noch viel weniger Zeit, als wir bisher angenommen haben", meinte Liisho.

In aller Frühe brachen sie wieder auf und flogen über die Mittlere See. Diesmal wollten sie nicht den Weg über tajimäisches Gebiet, sondern die Seeroute zwischen Capana und der Halbinsel von Vayakor nehmen. Die Sommerhauptstadt des drachenischen Kaisers mieden sie weiträumig und übernachteten in den Hügeln des Hochlandes im Osten der Halbinsel. Die Drachen waren zu Tode erschöpft und brauchten dringend etwas Ruhe.

Rajin trat den Tieren nacheinander von vorn entgegen und berührte sie mit seiner Metallhand am Maul. Grüner Lichtflor und Funken sprangen über, und Liisho sah verwundert zu, wie Rajin nicht nur auf seinen eigenen Drachen Ghuurrhaan neue Kraft übertrug, sondern sich dies auch Ayyaam widerstandslos gefallen ließ.

„Was immer in Ktabor mit dir geschehen ist, du scheinst das erreicht zu haben, was so vielen anderen verwehrt blieb."

„Du sprichst von dir selbst und dem, was dir im Land der Leuchtenden Steine widerfuhr?", fragte Rajin.

„Ja, auch davon."

„Ich hatte den Schlüssel des Geistes."

„Solche Unterstützung hatte ich leider nicht." Liishos Blick war nach innen gekehrt, so als ob sich seine Gedanken in den Erinnerungen an eine schon sehr lange zurückliegende Zeit verloren. Und Bitterkeit sprach aus seinen Worten. Vielleicht sogar Neid, dachte Rajin. Neid auf seinen Schützling, dem das zuteilgeworden war, worum sich der Weise selbst vergeblich bemüht hatte. Diesmal konnte Liisho diesen Eindruck nicht mit seiner üblichen zur Schau gestellten Gelassenheit abmildern.

„Ich verstehe selbst nicht, was da in Ktabor geschehen ist", gestand Rajin. „Aber es wird uns helfen, das zu vollenden, was du begonnen hast."

„Dann erfülle nun deine Bestimmung, Rajin", sagte Liisho – doch sein Blick schien dabei durch den Prinzen hindurchzugehen. Dann aber durchfuhr ihn ein Ruck, und er deutete auf Rajins metallene Linke. „Jedenfalls scheinst du jetzt eine wahrhaft glückliche Hand im Umgang mit Drachen zu haben", sagte er sarkastisch, „und das wird wohl für uns alle von Vorteil sein …"

Auf dem Weg durch den Süden des drachenischen Neulandes begegneten sie kleinen Verbänden der Kriegsdrachen-Armada, die sich aus dem Luftreich zurückzogen. Sie flogen ungeordnet und nicht in Formation, wie es eigentlich üblich war. Offenbar hatten auch diese Samurai ihre liebe Not, die Kontrolle über ihre Reittiere zu behalten. Einige disziplinlose, unmotivierte Feuerstöße legten davon beredtes Zeugnis ab. Auch fielen manche der Drachen innerhalb der Gruppe plötzlich zurück, als wollten sie sich den Befehlen ihrer Reiter entgegenstemmen und nicht mehr weiterfliegen.

Rajin und Liisho wichen diesen Verbänden, so weit es ging, aus, und anscheinend hatten die Samurai mit ihren eigenen Reittieren genug zu tun, sodass sie Ayyaam und Ghuurrhaan kaum Beachtung schenkten.

Als sie in die Nähe der Stadt Sajar kamen, bot sich ihnen ein Bild der Zerstörung und des Grauens. Die Stadt brannte lichterloh, und am Himmel flatterten sowohl Kriegs- als auch Gondel- und Lastdrachen. Zum Teil waren sie in verbissene Kämpfe untereinander verwickelt. An manchen hingen noch Gondeln oder zumindest deren Geschirre. Die Giganten kreisten in der Luft wütend umeinander und attackierten sich gegenseitig immer wieder mit ihrem Drachenfeuer.

Die Bewohner der Stadt allerdings waren auf der Flucht, soweit sie das von den rebellischen Drachen ausgelöste Inferno überlebt hatten. In mehreren Trecks zogen die Menschen über das Land, um sich in Sicherheit zu bringen. Dabei versuchte jeder mehr von seinen Habseligkeiten mitzunehmen, als er tragen konnte. Die wenigen Karren, die sie mitführten, mussten sie selbst ziehen. Nur selten stand dem ein oder anderen ein Rennvogel oder ein flügelloser Laufdrache zur Verfügung, wie sie zum Warentransport innerhalb mancher drachenischen Stadt benutzt wurden. Allerdings hatten sich diese recht kleinen vierbeinigen Laufdrachen aufgrund ihrer Schwerfälligkeit nie durchsetzen können, und so gab es sie nur in geringer Zahl.

Aber auch auf sie konnte man sich offenbar nicht mehr voll und ganz verlassen, denn einige von ihnen verweigerten offenkundig den Dienst und irrten ziellos in der Nähe der Stadt umher.

Während über den brennenden Dächern von Sajar gleichermaßen heftig und sinnlos gekämpft wurde, flog ein Teil der Drachen nach Osten, den neuländischen Wäldern entgegen, die dem mitteldrachenischen Bergrücken vorgelagert waren. Auch sie folgten dem Ruf des Urdrachen.

Auf halbem Weg zwischen Sajar und den neuländischen Wäldern landeten Ayyaam und Ghuurrhaan auf einer verlassenen Drachenfarm, auf der früher Lastdrachen gezüchtet worden waren. Die Drachen hatten sich befreit, die Pferche waren leer, die Bewohner der Farm hatten das Weite gesucht, und das Haupthaus war nur noch eine verkohlte Ruine. Zwar war die Fähigkeit zum Erzeugen eines imposanten Drachenfeuers bei Lastdrachen weit weniger ausgeprägt als bei den Kriegsdrachen, aber es hatte offenbar völlig ausgereicht, um das einstmals prachtvolle Haus nahezu bis auf die Grundmauern zu zerstören. Dass die Flammen nicht auf die anderen Gebäude übergesprungen waren, lag nur daran, dass es etwas abseits der Drachenpferche lag.

„Die Wut, die die Drachen erfüllt, muss groß sein", sagte Liisho im Angesicht dieser Zerstörungen. „Immerhin waren es Ostdrachen, die dies hier angerichtet haben, und die gelten allgemein als besonders ruhig und fügsam."

„Wenn wir Glück haben, findet sich noch etwas Stockseemammut in den Speichern, das wir an unsere Drachen verfüttern können", meinte Rajin. Eigentlich hätten die ehemaligen Wilddrachen zwar noch etwas länger ohne Futter durchgehalten, aber mit vollen Mägen waren sie besser zu lenken und zu kontrollieren.

Doch der Weise antwortete auf Rajins Vorschlag mit einem Kopfschütteln und sagte: „Man merkt, dass du noch nie eine wirklich hungrige Drachenmeute erlebt hast. Und ich gehe davon aus, dass sie hungrig waren, denn derzeit ist Stockseemammut recht knapp. Überall wurden die Drachen auf schmalere Rationen gesetzt."

„Mag sein", erwiderte Rajin voll innerer Gelassenheit. Er strahlte eine Ruhe und Kraft aus wie nie zuvor – und das blieb auch Liisho nicht verborgen. „Aber vielleicht", fuhr der Prinz fort, „gab es für die Drachen etwas sehr viel Stärkeres als den Hunger nach Stockseemammut, das sie fortzog."

Ganjon und die Ninjas sahen sich in den Pferchen um und fanden tatsächlich unberührte Speicher mit Stockseemammut.

„Aber wir sollten uns nicht allzu lang mit der Fütterung aufhalten!", mahnte Ganjon. „In den Pferchen gibt es Hunderte von Dracheneiern, die kurz vor dem Schlüpfen stehen, und wenn das geschieht, könnte es hier recht ungemütlich werden. Lastdrachenjunge sind wahre Biester, bis sie von einem Fachmann ordentlich gezähmt werden."

„Und im Moment dürften sie besonders unausstehlich sein", stimmte Rajin zu. Da Lastdrachenjunge beim Schlüpfen bereits – je nach Unterart – mindestens die Größe eines Menschen hatten, war mit ihnen nicht zu spaßen. Sie konnten durchaus gefährlich werden – vor allem dann, wenn sie in großer Zahl auftraten.

So fütterte man Ayyaam und Ghuurrhaan mit dem aufgefundenen Stockseemammut und flog dann sofort weiter nach Osten – dorthin, wo es derzeit die gesamte Drachenheit auf wundersame Weise hinzog.

Nicht ohne Sorge bemerkte Rajin, dass es selbst Ghuurrhaan außerordentlich danach drängte, in diese Richtung zu fliegen. Er schien gar nicht schnell genug zu jenen Bergen gelangen zu können, unter denen der allgewaltige Yyuum seit Äonen schlummerte.

Am Rand der neuländischen Wälder waren in der Nacht mehrfach Erdstöße zu spüren, und die Drachen wurden sehr unruhig. Breite

Schneisen der Verwüstung zogen sich durch die Wälder. Offenbar Folgen der Erderschütterungen, die derzeit das ganze Land heimsuchten. Yyuum rührte und reckte sich in seinem zu unbequem gewordenen Bett, in dem er seit dem Ende des Ersten Äons geruht hatte.

II

DIE DÄMONEN DES GLUTREICHS

Schritte hallten in der Kathedrale des Heiligen Sheloo wider. Sie stammten von Abrynos aus Lasapur, dem die Kampfmönche, die die Zitadelle von Kenda bewachten, den heiligen Bereich überlassen hatten. Grund dafür war das Dokument mit dem kaiserlichen Siegel, auch wenn Abrynos die Skepsis des Abts nicht entgangen war, als dieser das Pergament entrollt und gelesen hatte. Auch bei den anderen Mönchen registrierte er dieses Misstrauen. Dafür musste er nicht mal ihre Gedanken lesen. Selbst diesen ansonsten eher gelassenen und gleichmütigen Männern gelang es nicht zu verbergen, wie unwohl ihnen war, einen Schattenpfadgänger innerhalb der Kathedrale frei schalten und walten zu lassen. Doch ihre Loyalität zu Katagi war absolut und offenbar stärker als alles andere.

Ein Tempel des Glaubens und der göttlichen Ordnung war dieses Gemäuer, aber es sollte zu einem Monument der Finsternis und des Chaos werden. Abrynos lächelte bei diesem Gedanken. Ja, die Fetzen der üblen Seelen, die noch in diesem Gemäuer zu finden waren, würden ihm helfen.

Wulfgarskint Wulfgarssohn …

Ubranos aus Capana …

Namen, die keine Bedeutung mehr hatten. Aber die gesammelte Kraft ihrer Seelenreste und ihres Hasses waren ein Quell der Kraft, den Abrynos nicht länger in aller Heimlichkeit zu genießen brauchte. Diese Quelle sollte nicht nur die Lebenskraft ausgleichen, die ihm die exzessive Schattenpfadgängerei der letzten Zeit genommen hatte, sondern vor allem auch das Tor zu den Dämonen des Luftreichs öffnen.

Abrynos trug das Schwert eines Schattenpfadgängers bei sich, wie es alle Mitglieder der Garde des Großmeisters während des Kampfes zu tragen pflegten. Er zog die Klinge blank. Sie glühte auf, ohne zu zerschmelzen. Dann warf er sie auf den Boden. Klirrend und zischend blieb sie dort liegen und brannte sich in den Stein, sodass man ihre Umrisse als verkohlten Rand erkennen konnte.

Der Magier hob die Arme und murmelte ein paar Formeln in altmagusischer Sprache. Die Worte dröhnten durch die Kathedrale und hallten zwischen den mit Reliefs verzierten Wänden wider.

Aus dem Nichts zuckte ein Blitz. Und mit dem Knirschen gegeneinander schabender Steinplatten glitt der als Altar dienende Steinquader zur Seite. Eine finstere Öffnung entstand.

Abrynos schritt darauf zu und sah hinab. Er lächelte, murmelte eine Formel zur Selbstlevitation und schwebte in die Tiefe. Niemand sollte je erfahren, was er dort tat. Niemand würde es je verstehen, außer denjenigen, die zumindest eine vage Ahnung davon hatten, wie die kosmischen Tore in uralter Zeit funktioniert hatten.

Wenig später sah man einen Lichtbogen, der sich von der Kathedrale aus fast eine Meile weit über das Land spannte bis an eine Stelle, die seit Langem bei den Bauern der Umgebung als verrufen und unheimlich galt. Ein riesiger schwarzer Felsblock ragte dort aus dem Erdreich hervor, dem allerlei wundersame Eigenschaften nachgesagt wurden. Aus dem Lichtbogen wurde ein Tor, und jenseits dieses Tores war das rote Glutreich zu sehen, und ein heißer Wind aus Schwefel wehte daraus hervor und fauchte über das Land.

Bisher hatten die Bauern steif und fest behauptet, dass die Macht des schwarzen Felsens ihre Tiere wachsen und ihre Herden wohlschmeckender Pferdeschafe sich mehren und gedeihen ließ, doch die Kirche von Ezkor verdammte dies als Aberglaube und Zweifel an der Allgewalt des Unsichtbaren Gottes. Und an diesem Tag schienen die Bauern für ihren Unglauben schwer von diesem Gott bestraft zu werden, denn im Umkreis mehrerer Meilen starb das Vieh an den heißen Dämpfen und viele der Bauern mit ihm. Selbst in der Stadt Kenda, die die Zitadelle umgab, waren Opfer zu beklagen. Nur in der Zitadelle selbst war man vor dem Unheil sicher, da die üblen Gase über den Boden krochen und kaum in die Luft emporstiegen.

Die Kreaturen, die anschließend das Tor durchschritten, ließen selbst die riesigen Lastdrachen in Kenda vor Angst aufschreien, und sofern auch bei ihnen schon der Geist der Rebellion um sich gegriffen hatte, ließ der Schrecken selbst ihren Zorn und ihre Wut erstarren.

Als Katagi mit seiner Drachengondel in Kenda eintraf, fand er eine Totenstadt vor, in der die Leichen der Erstickten in den Straßen lagen. Die Drachen, die es in der Stadt gegeben hatte, waren auf und davon. Von ihnen war ebenso wenig geblieben wie von dem übel riechenden Miasma, das die Menschen und alle anderen Haustiere getötet hatte. Das alles war offenbar so schnell gegangen, dass sich wohl nur wenige mithilfe von Schiffen hatten retten können.

Während des Fluges über die Bucht von Drakor war Katagi eine Flotte bunt gemischter Dschunken aufgefallen, aber er hatte nicht gewusst, dass dies diejenigen gewesen waren, die sich noch aus Kenda hatten retten können. Die vielen Toten am Hafen und die Tatsache, dass einige der Dschunken halb seetüchtig gemacht worden waren, zeugten davon, wie schnell das Unheil über die Stadt hereingebrochen war.

Schon die Scharen von flüchtenden Drachen aus Kenda, die ihnen entgegengeflogen waren, hatten Katagi das Schlimmste befürchten lassen. Namenlose Furcht hatte sie fortgetrieben, und auch der Lastdrache, der Katagis Gondel hielt, sowie die Kriegsdrachen seiner Eskorte sträubten sich.

Abrynos verstofflichte neben dem fassungslos am Fenster seiner Gondel stehenden Katagi. Die Gondel schwebte gerade genau über der Zitadelle, sodass man einen Überblick über die gesamte Umgebung hatte. Katagi allerdings nahm die toten Pferdeschafe und ihre Hüter auf den Weiden überhaupt nicht zur Kenntnis. Ihn nahm der Anblick jener grauenerregenden Kreaturen völlig gefangen, die sich auf der Ebene unweit von Kenda versammelt hatten.

Ausgeburten der Hölle, durchfuhr es ihn. Geschöpfe, die niemals das Licht der Sonne und der fünf Monde hätten erblicken dürfen!

„Ich hoffe, Ihr seid zufrieden mit mir" sagte Abrynos mit zynischem Unterton. Dass seine unterwürfige Redeweise reiner Spott war, entging dem Kaiser nicht. „Ich bedauere, dass Ihr zu spät kommt, um den herrlichen Blick des Lichtbogens zu genießen, der das kosmische Tor bildete. Aber ich konnte die Verbindung zum Glutreich nur für kurze Zeit aufrechterhalten, wie Ihr sicherlich verstehen werdet. Ihr seht ja, dass schon dieser kurze Moment ein paar kleinere Opfer gefordert hat, und es war nicht meine Absicht, die ganze Welt zu vergiften oder auch nur einen größeren Landstrich. Schließlich will ja niemand von uns zerstören, was er zu beherrschen beabsichtigt."

„Im Angesicht dieser Kreaturen bin ich mir bei Euch nicht mehr ganz so sicher", gestand Katagi schwer atmend – denn obgleich der Seewind die üblen Gase des Glutreichs inzwischen verweht hatte, so lag doch noch immer ein übler Geruch in der Luft.

„Das sind sie, die Dämonen des Glutreichs!", sagte Abrynos nicht ohne Stolz. „Und ich gebiete über sie. Zumindest für eine gewisse Zeit, denn ich bin mir nicht sicher, wie lange sie in dieser Welt überlebensfähig sind. Aber bei Bedarf lässt sich leicht Nachschub herbeischaffen."

Katagi starrte nur auf jene bizarren Geschöpfe, die von der Gestalt her den Drachen der Hauptart stark ähnelten, nur dass sie viel größer waren und aus geschmolzenem Gestein oder glühendem Metall zu bestehen schienen. Hier und dort brachen erkaltete Brocken von ihnen ab, die sie wohl aus ihrer Heimat in der Tiefe des Glutreichs mitgebracht hatten. Zischende Laute waren zu hören, die an das Zusammentreffen von Lava und Wasser erinnerten, und ihre Körper dampften unablässig.

Mit den vier Beinen unter ihrem mächtigen Leib und den weit gespannten Flügeln wirkten sie wie glühende und zum Leben erweckte Drachenstandbilder, deren Form kurz davor war zu zerfließen. Aus den großen, zahnlosen Mäulern schossen immer wieder bläuliche und grünliche Flammenzungen hervor.

„Und Ihr seid sicher, dass sie euch gehorchen werden?", fragte Katagi misstrauisch.

„Aber gewiss doch!" Abrynos lachte. „Ich habe sie hierhergeholt, und sie vertrauen mir. Sie denken, dass sie wieder zurück in ihr Reich gelangen werden, wenn sie alles tun, was ich ihnen sage, und solange ihnen niemand anders diese Möglichkeit glaubhaft versprechen kann, werden sie mir folgen, auch ohne dass ich ständig meine Kräfte auf sie konzentrieren müsste. Habe ich es nicht immer gesagt: Verbündete sollten gemeinsame Interessen haben."

„Ja, ich verstehe", murmelte Katagi schaudernd.

„Ihr solltet Euch nicht mehr auf diesen Lastdrachen verlassen, der Eure Gondel trägt", mahnte Abrynos. „Er schreit bereits wild herum, und Ihr müsst jeden Augenblick mit dem Schlimmsten rechnen. Lasst Euch lieber von einem der Dämonen des Glutreichs die Gondel tragen. Dann seid Ihr auch schneller dort, wo man Eure Gegenwart jetzt braucht: in Seng-Pa, am Fuß des mitteldrachenischen Gebirges, wo sich derzeit Tausende von Drachen sammeln, die dem Ruf Yyuums gefolgt sind. Oder hat Euch der Mut verlassen, und Ihr habt womöglich den Plan, Euch als Drachenherrscher zu halten, schon aufgegeben?"

„Nein, natürlich nicht!", sagte Katagi scharf.

Abrynos Mund wurde zu einer schmalen, geraden Linie. „Es freut mich zu hören, dass Ihr Euren Enthusiasmus noch nicht verloren habt, mein Kaiser. Ich helfe Euch übrigens gern mit feuerabweisender Magie für das Geschirr Eurer Gondel aus, damit es nicht gleich verbrennt, wenn eines dieser Geschöpfe des Glutreichs sie trägt."

Ayyaam und Ghuurrhaan wurden immer unruhiger, und Ayyaam ließ sich immer schwerer reiten. Liisho hatte erhebliche Probleme, seinen Drachen unter Kontrolle zu halten, während Ghuurrhaan seinem Reiter weniger Mühen abverlangte. Offenbar lag das an Rajins Metallhand, mit der der Drache um einiges besser zu beherrschen war als bloß mit einem Drachenstab.

„Deine Kraft muss tatsächlich enorm angewachsen sein!", sandte Liisho dem Prinzen einen halb anerkennenden, halb ängstlichen Gedanken.

Rajin bemerkte das leise Schaudern, das in den Gedanken seines Mentors mitschwang. *„Du kannst mir vertrauen"*, gab er in Gedanken zurück.

„Das mag schon sein", entgegnete der Weise und warnte ihn: *„Aber umgekehrt solltest du dir in dieser Hinsicht bei niemandem allzu sicher sein."*

„Was willst du damit sagen?"

Aber darauf erhielt Rajin keine Antwort mehr. Der Weise Liisho verschloss seine Gedanken vor ihm, und da er Ayyaam in einer Entfernung von fast hundert Schritt fliegen ließ, war es auch nicht möglich, zu ihm hinüberzurufen.

Es hatte keinen Sinn, sich darüber den Kopf zu zerbrechen, entschied Rajin. Er würde sich ganz darauf konzentrieren müssen, den Urdrachen aufzuspüren. Nichts durfte ihn davon ablenken.

Er ballte die Metallhand zur Faust. Um Ghuurrhaan damit zu lenken, brauchte er keineswegs ununterbrochen die Schuppenhaut des Giganten oder einen der Stacheln zu berühren. Es reichte vollkommen, wenn er dies dann tat, wenn die Richtung verändert werden sollte oder er den Drachen sonst wie lenken wollte.

Rajin dachte nach. War der Schlüssel der Weisheit nicht in ihm eingeschmolzen? Dann sollte es doch eigentlich keine Schwierigkeit darstellen, dass er ihm den Weg wies.

Sie trafen auf Scharen von Drachen, die sich anscheinend aus allen Teilen des Drachenlandes aufgemacht hatten, um zu dem erwachenden Urdrachen zu gelangen.

„Sie haben dasselbe Ziel wie wir!", meinte Koraxxon. „Wie wär's, wenn du ihnen einfach nachfliegst?"

„Im Prinzip keine schlechte Idee", entgegnete Rajin. „Aber der Ort, an dem sich die Drachen treffen, die dem Ruf Yyuums folgen, muss nicht zwangsläufig auch jener sein, an dem ich den besten Zugang zu ihm finden kann."

„Vergiss nicht, es geht in erster Linie um den dritten Drachenring", erinnerte Ganjon den Dreiarmigen. „Und der kann tatsächlich überall versteckt sein."

Zwischen den zerklüfteten Gebirgshängen kletterten ganze Horden von bis zu zwanzig Bergaffen herum, so behände, als würden sie sich von Baum zu Baum hangeln. Rajin kam die Idee, dass ihm diese Affen vielleicht wertvolle Hinweise auf den Verbleib des Rings liefern könnten. Erstens hatte ja einer von ihnen den Ring einst gestohlen, und zweitens war anzunehmen, dass alle Bergaffen des mitteldrachenischen Gebirges unter der geistigen Herrschaft Yyuums standen. Aber diese Tiere waren in heller Panik. Aufgeschreckt liefen sie verwirrt in verschiedene Richtungen, verharrten aber jedes Mal wie erstarrt, wenn plötzlich die Felsen zu zittern begannen. Letzteres kam immer öfter vor. Risse von mehr als einer Meile durchzogen die Felswände und verzweigten sich in unzählige feine Verästelungen.

Zwischendurch waren Rajin und Liisho gezwungen, die Drachen landen und ausruhen zu lassen. Auch die Ninjas brauchten Schlaf. So kampierten sie des Nachts an Stellen, die geschützt schienen. Ganjon war der Meinung, dass man besser auf ein Lagerfeuer verzichten sollte, aber Rajin widersprach dem. „Es hält die Affen und was es sonst noch an Getier in diesen Bergen geben mag, von uns fern. Aber für die, die uns möglicherweise nachstellen, macht es keinen Unterschied, ob ein Feuer brennt oder nicht. Sie würden uns auch so finden."

Danach irrten sie einige Tage lang in den Bergen herum. Sie landeten mal hier und mal dort, stießen mal auf eine Höhle, die Rajin vielversprechend erschien, weil er dort die Kräfte des dritten Drachenrings zu spüren glaubte, was sich allerdings jedes Mal als Täuschung oder Trugschluss herausstellte, mal auf ein Rudel Einzahn-Berglöwen, die jedoch einen so verwirrten Eindruck machten, dass sie keine Gefahr darstellten und sofort Reißaus nahmen.

Schließlich erreichten sie die östliche Seite des mitteldrachenischen Gebirges, wo die Seng-Pa genannte Ebene zwischen den Flüssen Seng und Pa begann – ein kaum besiedeltes, von kleineren bewaldeten Gebieten unterbrochenes Ödland. Dort folgten sie einer Gruppe rebellierender Kriegsdrachen eine halbe Tagesreise weit in nordöstliche Richtung, weil sich Rajin auf einmal ganz sicher war, dass dort der Ring zu suchen sein musste.

Sie erreichten den Pyramidenberg – einen Berg, der annähernd die Form einer Pyramide hatte, auch wenn es Wind und Wetter und nicht die geschickten Hände eines Riesensteinmetzes waren, die ihm diese besondere Form gegeben hatten. Da er das Symbol eines Kultes von Sternenanbetern gewesen war, der sich vor der Verbreitung des Glaubens an den Unsichtbaren Gott großer Beliebtheit in Drachenia erfreut hatte, war der Pyramidenberg von der Priesterschaft in Ezkor zum verbotenen Gebiet erklärt worden und galt als Unglückszeichen. Kein Gebäude durfte seither in Drachenia ganz oder in Teilen der Form einer Pyramide ähneln, denn der Pyramidenberg galt als Ort des Bösen, von dem man sich fernzuhalten hatte. Da sowohl Seng-Pa selbst als auch das mitteldrachenische Gebirge nahezu unbesiedelt waren, kam auch kaum jemand in die Versuchung, diesen Ort aufzusuchen, was aber die Straßensänger in den Städten nicht davon abhielt, sich immer schaurigere Märchen auszudenken, in deren Mittelpunkt der Pyramidenberg stand.

In der Ebene am Fuße des Pyramidenbergs lagerten Abertausende von Drachen. Die meisten kauerten ruhig am Boden, manche im Zustand vollkommener Erschöpfung. Die Wappen an den Geschirren oder Sätteln, die einige noch trugen, zeigten, welch lange Strecke sie zurückgelegt hatten. Aus jedem Teil des Reiches waren sie gekommen, aus dem Zweifjordland ebenso wie aus der im rauen Nordosten gelegenen Provinz Tambanien.

Dazu kamen auch einige Wilddrachen, von denen es im Seng-Pa-Land noch ein paar letzte Kolonien gab. Im Gegensatz zu jenen Drachen, die aus weit entfernten Regionen gekommen waren, wirkten sie übermütig und trugen an verschiedenen Stellen kleinere Kämpfe aus, manchmal auch nur Scheinkämpfe ohne Einsatz von Drachenfeuer und Stacheln, die nur dazu dienten, die Kräfte zu messen. Die beteiligten Drachen flogen dazu mit voller Wucht gegeneinander und prallten mit den Brustkörben zusammen. Nach spätestens drei bis vier solcher Begegnungen war der Kampf entschieden und die Rangfolge festgelegt.

„Der Ring – er muss hier irgendwo sein!", sandte Rajin einen Gedanken an Liisho und hob die linke Hand, die wieder von einem grünlichen Lichtflor umgeben war.

„Du solltest dich einfach führen lassen", erreichte ihn daraufhin eine geistige Antwort, bei der er sich nicht sicher war, ob sie wirklich von Liisho oder von jemand anderem stammte. *„Lass alles los. Die eigenen Ambitionen, deinen eigenen Willen – auch deine Furcht ..."*

Rajin starrte die Metallhand an, deren Leuchten stärker wurde. „Komrodor ...", murmelte er. Konnte es sein, dass noch immer zumindest ein Teil der Seele des ermordeten Großmeisters von Magus in diesem Metall existierte? Wenn der Schlüssel des Geistes mit ihr verschmolzen war, so war das mehr als wahrscheinlich. „Also gut, ich werde tun, was du mir rätst."

„Das solltest du. Immerhin bist du auch im Land der Leuchtenden Steine gut damit gefahren ..."

Rajin spürte die Kraft der Metallhand deutlicher als je zuvor. Sie schien in diesem Moment eine Art Eigenleben zu entfalten. Ein Eigenleben, das er bisher offenbar nicht so recht zugelassen hatte. Mit einem Ruck bewegte sich die Hand nach vorn, zog den Oberkörper des Prinzen mit sich und umfasste den nächstgelegenen Rückenstachel des Drachen. Ein Blitz trat aus dem Metall, wanderte den Stachel entlang und fuhr in die Schuppenhaut Ghuurrhaans, der daraufhin ein dumpfes Knurren vernehmen ließ, einen Laut, der eine gewisse Verwirrung andeutete, aber keinesfalls Auflehnung.

Ghuurrhaan beschleunigte mit ein paar sehr kraftvollen Flügelschlägen, und einige der miteinander Scheinkämpfe austragenden Wilddrachen wichen ihm sogar aus. Liisho bemerkte es und ließ Ayyaam folgen.

I 2

IM ANGESICHT DES URDRACHEN

Ghuurrhaan landete auf einem der vielen Felsplateaus, die den Pyramidenberg kennzeichneten und der an seiner Südwestseite über einen breiten Höhenzug mit dem Rest des mitteldrachenischen Bergrückens verbunden war. Verbunden wie der Kopf eines Drachen mit seinem Torso, ging es Rajin auf einmal durch den Kopf, und ihn schauderte bei dem Gedanken, dass die Legenden vielleicht stimmten und dies tatsächlich die Ausmaße des Urdrachen waren.

Überall zeigten sich Risse im Fels, und einige größere Brocken waren auch schon herausgebrochen und die steilen Hänge hinab in die Tiefe gerollt.

Während des Landeanflugs beobachtete Rajin eine Gruppe von Bergaffen, die aufmerksam die beiden Drachen betrachteten, die auf sie herabsanken. Als Ghuurrhaan dann mit seinen Pranken auf dem Felsplateau aufsetzte, stob die Gruppe auseinander, und die Affen rannten und kletterten in alle Richtungen davon. Aber einen von ihnen sah Rajin auf ganz besondere Weise verschwinden. Gerade noch stand er vor der undurchdringlich erscheinenden Felswand, dann war er einen Augenaufschlag später einfach nicht mehr da.

Während Ghuurrhaan sich ohne Probleme zu dem Felsplateau lenken ließ und dort landete, hatte Liisho mit Ayyaam einige Schwierigkeiten. Der Drache scheute, und es sah schon so aus, als würde er der Kontrolle des Weisen entgleiten. Doch dann gelang es Liisho doch noch, den Drachen unter seinen Willen zu zwingen, und er landete ebenfalls auf dem Felsplateau.

„Was geschieht jetzt?", wandte sich Koraxxon an Rajin, nachdem alle vom Drachenrücken geklettert waren. „Um ehrlich zu sein, ich bin froh, wieder festen Boden unter den Füßen zu haben – aber meine Freude darüber wird ganz erheblich durch den Anblick so vieler Drachen getrübt, die offenbar auf nichts und niemanden mehr hören!"

In diesem Moment ertönte ein Grollen tief unter der Erde, und in den Felsen des Pyramidenbergs entstand knackend ein weiterer Riss. Große Brocken Gestein polterten in die Tiefe.

„Diese Drachen haben durchaus jemanden, auf den sie hören", korrigierte Rajin. „Sie haben sich nur einen neuen Herrn gesucht."

„Yyuum?", flüsterte Ganjon.

Rajin nickte düster. „So ist es. Ich werde jetzt gehen, um den Ring zu holen."

„Du weißt, wie du ihn finden kannst?", fragte Liisho verwirrt.

„Ich weiß, dass ich ihn finden werde. Das ist viel mehr wert."

„Ich werde dich begleiten!", kündigte Koraxxon an.

Aber Rajin schüttelte entschieden den Kopf. Er hob die metallene Hand, die so hell leuchtete, dass es schon beinahe blendete, und ballte sie zur Faust, wodurch das Leuchten etwas nachließ, so als würde der Prinz damit das grünliche Licht, das aus ihr herausstrahlte, festhalten. „Diesmal nicht, Koraxxon. So sehr ich dieses Angebot auch zu schätzen weiß, aber in diesem Fall werde ich allein gehen müssen. Wartet hier auf mich, sofern es möglich ist. Sorgt dafür, dass niemand mir folgt, gleichgültig, ob Drache oder wer sonst auch immer."

„Wer sollte denn sonst noch infrage kommen?", fragte Koraxxon unbekümmert.

Aber Liisho verstand sehr gut, wovon Rajin sprach, denn er fühlte durch seine innere Kraft etwas Ähnliches wie der Prinz, wenn vielleicht auch nicht mit der gleichen Intensität, da Rajins Kräfte inzwischen in jeder Beziehung ungleich größer waren als die des Weisen.

„Er meint, dass noch jemand eintreffen wird", murmelte Liisho ahnungsvoll.

Rajin nickte und blickte zum Horizont. „Und zwar schon sehr bald. Ich kann nicht genau sagen, wer oder was es ist. Die geistige Kraft, die ich spüre, ähnelt jener der Drachen, ist aber doch anders …" Rajins Gesicht wirkte sehr ernst. „Ich werde mich sehr beeilen müssen und kann nur hoffen, dass uns genügend Zeit bleibt. Sonst sind wir alle verloren. Und wenn es einem von euch ein Trost sein sollte – dies gilt dann nicht nur für uns."

Damit setzte er sich in Bewegung und ging auf die Felswand zu, in der er den Affen hatte verschwinden sehen. Er streckte die metallene Hand aus. Sie fuhr durch den Stein, als wäre dort nichts.

„Ein Trugbild!", stellte Liisho fest.

Rajin machte einen Schritt vorwärts und war im nächsten Augenblick verschwunden.

Als Koraxxon ebenfalls auf die Felswand zutrat, um Rajin entgegen dessen ausdrücklichen Wunsch zu folgen, prallte er gegen festen Stein und taumelte zurück.

„Du bist jedenfalls derjenige von uns, dem das am wenigsten ausmacht", kommentierte Andong, und wahrscheinlich grinste er dazu unter seiner schwarzen Maske.

Rajin befand sich in einem natürlichen Höhlengang, dessen Wände aus nacktem, unbehauenem Fels bestanden. Die einzige Lichtquelle war die Metallhand, die er wie eine Fackel emporhielt, um seine nähere Umgebung auszuleuchten. Er folgte dem Höhlengang und registrierte deutlich den Schwefelgeruch.

Wie der Atem eines Drachen, ging es ihm durch den Kopf.

Er erreichte eine große Höhle, deren gesamte Ausmaße er nicht einmal ermessen konnte. Das Licht seiner Metallhand erreichte weder die gegenüberliegende Wand noch die Höhlendecke.

Ein dumpfes Grollen war zu hören und ein ebenso dumpfer pulsierender Schlag, der den gesamten Berg erzittern ließ. Der Rhythmus erinnerte an den Schlag eines Herzens.

Ein schrilles Affenkreischen durchdrang die Höhle und hallte darin dutzendfach wider. Dann leuchteten plötzlich Flammen auf, und für einen kurzen Moment zeigten sich Rajin die riesenhaften Ausmaße der Höhle, gegen die die Kathedrale des Heiligen Sheloo in Kenda wie das Innere einer kleinen Hütte wirkte.

Die Flammen züngelten zwischen gewaltigen Zähnen hervor, die in einem gigantischen Maul steckten. Heißer Wind blies Rajin entgegen.

Der Atem des Urdrachen …

Fast hundert Schritt weit waren die Flammen durch die Höhle gezuckt wie Speere aus reinem Feuer. In diesem kurzen Moment der Helligkeit hatte Rajin auch die geschlossenen Augen des Ungetüms gesehen. Der Drache war noch nicht vollkommen wach, erkannte der junge Prinz. Aber seine innere Kraft ließ Rajin schaudern.

Ein Schatten huschte die Wände empor. Das musste der Affe sein, den er gehört hatte. Aber schon nach wenigen Augenblicken war dieser in der Dunkelheit verschwunden.

„Verlass dich nicht auf deine eigenen Sinne!", vernahm Rajin wieder die Gedankenstimme Komrodors. Er war sich nun sicher, dass er es sein musste, der da zu ihm sprach – oder zumindest das, was von seiner Seele geblieben und in den Schlüssel der Weisheit eingegangen und damit wohl auch in seine Metallhand eingeschmolzen worden war.

„Worauf soll ich mich denn verlassen?", lautete Rajins gereizte Entgegnung. Ein Gedanke nur, aber der Seelenrest des Großmeisters schien ihn bestens zu verstehen.

„Auf die Sinne derer, denen diese Höhle vertraut ist", lautete die überraschend simple Antwort.

„Das trifft nur auf den Affen und Yyuum selbst zu. Und wenn ich den Affen unter meine geistige Kontrolle zwinge, wird der Urdrache das vermutlich ebenso bemerken, als wenn ich es bei ihm selbst versuche."

„Hier leben mehr Kreaturen, als du für möglich hältst. Wesen, die zu winzig sind, als dass Yyuum ihre Geister auch nur bemerken würde, wenn er sie nicht gerade zu etwas benötigt. Aber sag mir, gibt es da immer noch Furcht und Zweifel in dir? Wozu warst du Narr in Ktabor? Du hättest dir die Mühe sparen und in Ruhe abwarten können, dass mächtigere Wesen als du das Schicksal der Welt nach ihrem Gutdünken bestimmen."

Rajin lauschte dem unablässigen Herzschlag des Urdrachen. Ein weiterer heißer Atemzug fegte durch die Höhle, und wieder vibrierte deren Boden leicht. Irgendwo brach etwas von der Höhlendecke und polterte herab.

Und dann spürte Rajin all die winzigen Seelen, die sich in seiner Nähe befanden. Geister, die kaum einen Gedanken zu formulieren vermochten und sich ihrer selbst nicht mehr bewusst waren als ein Sandkorn.

Spinnentiere …

Tausende von ihnen saßen an der Höhlendecke. Manche verbargen sich in den Spalten und Rissen, andere spannen ihre Netze, die wie staubige Vorhänge aus Seide von der Decke hingen. Keine von ihnen war größer als eine menschliche Hand.

Um sie mit dem Auge zu erkennen, war das Licht zu schwach und die Entfernung zur Höhlendecke zu groß. Aber das war auch gar nicht nötig. Rajin wusste einfach, dass sie da waren. Ihre Geister waren leicht zu lenken. Und so nahm er wahr, was sie wahrnahmen. Sie waren an die Dunkelheit gewöhnt. Ob es wirklich Augen waren, mit denen sie ihre Umgebung erkannten, oder ganz andere, fremde Sinne, die vielleicht sogar selbst den Magiern unbekannt waren, wusste Rajin nicht. Aber es spielte auch keine Rolle. Wichtig war nur, dass er alles erkennen konnte, was in dieser Höhle zu finden war.

Unter anderem war das ein unscheinbar wirkender messingfarbener Ring. Er hing an einem hauchdünnen Faden aus Spinnenseide von der Höhlendecke, sodass er annähernd in der Mitte der Höhle frei zu schweben schien. Yyuum hatte die Spinnentiere dazu veranlasst, den Ring dort aufzuhängen. So hatte er ihn im Blick, sobald er die Augen aufschlug.

Das Symbol der Unterdrückung der Drachen …

Und vielleicht der Schlüssel dazu, die Macht über die Drachenheit denen wieder zu entreißen, die sie so lange innegehabt hatten – den Menschen.

„Worauf wartest du, Rajin? Geh!"

„Der nächste Feuerstoß des Urdrachen wird mich zu Asche zerblasen. Er wird mich töten, während er noch schläft, und es nicht mal bemerken!"

„Du hast dich von allem gelöst – nur nicht von deiner Furcht!"

Wieder blies der Atem des Urdrachen durch die Höhle. Mehrere kleinere Flammenzungen stahlen sich zwischen den Zähnen hindurch, von denen ellengroße, angerußte Versteinerungen abplatzten und auf den Boden der Höhle bröckelten. Ablagerungen aus Äonen waren das. Ein Laut, der fast wie ein Knurren klang, drang aus der Kehle Yyuums und verursachte bei Rajin ein so drückendes Gefühl in der Magengegend, dass er sich kaum noch aufrechthalten konnte. Wie ein kräftiger Fausthieb in den Bauch wirkten diese ungeheuer tiefen Töne.

Der dritte Drachenring schwang an dem Faden aus Spinnenseide wie ein Pendel hin und her.

Rajin trat vor. Auch wenn ihm die Knie weich wurden und er wegen des Drucks auf seiner Bauchdecke kaum atmen konnte.

„Erfasse den Rhythmus seines Herzens – und den seiner Atmung. Beachte die Pendelbewegung des Rings. Und dann nutze dein Wissen!", mahnte ihn die Gedankenstimme des Großmeisters.

Rajin wartete den nächsten Atemzug des Urdrachen ab. Der Ring pendelte durch den heißen Luftzug auf Rajin zu. Er lief darauf zu. Seine Schritte waren sicher, und obwohl er die leuchtende Metallhand wie eine Fackel vor sich hertrug, war er für seine Orientierung nicht auf ihr Licht angewiesen. Neben den Spinnentieren gab es unzählige Käfer und wurmartige Kreaturen, deren Geister er nutzen konnte, um ein so exaktes inneres Bild von der Höhle zu haben, wie es ihm die eigenen Augen niemals hätten vermitteln können.

So gab es keine Fehltritte, kein Stolpern und Straucheln an rutschigen oder unebenen Stellen.

Dann blieb Rajin stehen, hob die Metallhand, öffnete sie und vertraute ganz ihrer Führung. Den Ring einfach durch Anwendung der inneren Kraft an sich zu reißen, wie es wohl möglich gewesen wäre, verbot sich. Das hätte den Drachen sofort geweckt – mit unabsehbaren Folgen.

Der Ring glitt in die metallene Handfläche, die Hand schloss sich, der Spinnenfaden riss.

In diesem Moment öffnete Yyuum die Augen.

Augen, die zu glühen schienen wie das geschmolzene Gestein im Erdinneren. Das Maul öffnete sich. Rajin wollte instinktiv zurückweichen, aber der Sog, der entstand, als der Urdrachen einatmete, verhinderte dies.

Im nächsten Augenblick verkehrte sich der Sog in sein Gegenteil, und eine gewaltige Feuersbrunst schoss aus dem Maul des Drachen.

„Das habe ich nicht erwartet!", murmelte Liisho fassungslos, während er in die Ferne starrte. Bleich war der Weise geworden, und der pure Schrecken stand ihm ins Gesicht geschrieben.

Auch die Ninjas waren sichtlich erschüttert, und selbst Koraxxon, den so schnell nichts schreckte – abgesehen von einem Blick aus Drachenflughöhe in die Tiefe –, fiel der purpurrote Kinnladen seines vorgewölbten Mauls nach unten, und er vergaß für ein paar Augenblicke, es wieder zu schließen.

Es sah aus, als würde der Horizont selber lichterloh in Flammen stehen.

„Die Dämonen des Glutreichs!", flüsterte Liisho. „In den alten Schriften werden sie erwähnt, aber ich habe nicht geahnt, dass es möglich ist, sie tatsächlich in die Welt zu holen!"

Auf einmal ließ den Weisen eine plötzlich aufkommende Ahnung herumfahren. Er blickte empor und sah auf einem fernen Berghang für einen Moment eine dunkle Rauchsäule. Einen Augenblick später war sie verschwunden. „Abrynos", knurrte er grimmig. „Habe ich es mir doch gedacht. Der Feigling beobachtet aus der Ferne, was geschieht!"

Ganjon starrte durch ein Fernglas, und so fiel ihm an einem der Dämonen des Glutreichs ein interessantes Detail auf. „Seht Ihr die Drachengondel unter einer dieser Bestien?", fragte er. „Es wundert mich, dass das Gondelgeschirr die unglaubliche Hitze aushält!"

„Mich nicht", murmelte Liisho, nachdem er Ganjon das Fernglas aus der Hand gerissen und selbst einen Blick hindurchgeworfen hatte.

„Sieht aus wie die Gondel eines Fürsten", meinte Ganjon. „Ich glaube sogar, dass Wappen erkannt zu haben. Es ist der Fürst von Vayakor!"

„Nein", widersprach Liisho. „Es ist Katagi selbst. Alles andere würde keinen Sinn ergeben. Warum sollte Abrynos irgendeinen Provinzfürsten herbringen? Aber Katagi könnte ihm durchaus nützlich sein. Er trägt immerhin zwei der drei Drachenringe an der Hand."

„Was glaubt Ihr, was Abrynos und Katagi planen?", fragte Ganjon.

„Jeder der beiden weiß, dass seine Herrschaft zu Ende ist, wenn Yyuum erwacht und sich zum Herrn der Drachen aufschwingt. Selbst der Titel eines Großmeisters von Magus wäre dann nichts weiter als eine durchscheinende Illusion – ein Trugbild, wie es sie so oft im Land der Magier gibt."

„Sollen die nur kommen!", rief Koraxxon, nahm den Schild vom Rücken und zog die Axt. Das Schwert ließ er einstweilen noch stecken, um wenigstens eine Hand frei zu halten. „Die glühenden Bestien werden es bereuen!"

„Unterschätze sie nicht! Keiner von uns dürfte in der Lage sein, sie zu besiegen", warnte ihn Liisho. „Aber wenn wir Glück haben, halten wir lange genug durch, um sie von allein sterben zu sehen."

„Von allein sterben?", fragte Koraxxon irritiert.

„Es heißt in den Überlieferungen, dass sie außerhalb des Glutreichs nicht zu überleben vermögen", erklärte Liisho. „Jetzt wird sich zeigen, wie weit diese Legenden stimmen."

In diesem Moment ertönte aus dem Inneren des Pyramidenbergs ein Laut, der so tief war, dass gleich die Hälfte der Ninjas, sich mit verzerrtem Gesicht den Magen haltend, auf die Knie sank, während sich die andere Hälfte nur mit Mühe auf den Beinen halten konnte.

Überraschenderweise litt Liisho weniger unter der Gewalt dieser Töne, die wie Schmerzensschreie klangen. Und Koraxxon machten sie am wenigsten aus.

„Verdammt, was ist das für ein mieser Zauber?", entfuhr es Khanree dem Rennvogelreiter, während er sich mit schmerzverzerrtem Gesicht den Leib hielt.

Risse von zum Teil mehr als zwei Schritt Breite entstanden in den Felswänden. Ein ganzes Stück der Spitze des Pyramidenbergs brach ab und fiel in die Tiefe. Glücklicherweise nahm es seinen unaufhaltsamen Weg nicht an dem Hang mit der Felsterrasse, wo Rajin und sein Gefolge gelandet waren, sonst hätte es für niemanden Rettung gegeben.

Die Drachen unten am Fuße des Berges wurden unruhig. Sie begriffen nicht, was geschah, und wussten auch nicht, wie sie reagieren sollten. Die Dämonen des Glutreichs stürzten sich auf die Ersten von ihnen. Zischend versengte ihr Feuer ein paar der in der Luft Scheinkämpfe ausführenden Kriegsdrachen. Nichts als Asche blieb von ihnen, die auf die anderen niederregnete.

Lastdrachen wurden von den Glutreich-Bewohnern gepackt, deren mächtige glühende Pranken sich zischend in die Schuppenhaut brannten, sie wie nichts durchdrangen und den Reptilien furchtbare Verletzungen zufügten.

Ein grausiges Gemetzel begann, und die Schreie der Drachen erfüllten ganz Seng-Pa.

Es war überall rot und gelb und sehr grell.

Und heiß.

Eine Feuersbrunst, wie sie im Inneren der Sonne herrschen mochte; Flammen, die alles verzehrten und zu Asche werden ließen; eine Hitze, die sengend durch die Höhle schoss ... Wer hätte dem Urdrachen schon gebieten können – außer demjenigen, der den dritten Drachenring trug? Wer außer einem Nachfahren Barajans hätte es wagen können, ihm entgegenzutreten?

Als das Drachenfeuer Yyuums auf ihn zufachte, glaubte Rajin fest, dass es das Letzte war, was er überhaupt sehen würde. Doch wie von selbst hob sich seine zur Faust geballte metallische Hand, die den dritten Drachenring fest umschloss. Sie leuchtete grünlich auf, und innerhalb eines Augenaufschlags bildete sich ein Schirm aus Licht, der das Drachenfeuer zurückwarf.

Yyuum brüllte, als sein eigenes Feuer seinen Leib erfasste, und Rajin wurde von den Kräften, die er entfesselt hatte, nach hinten geschleudert und prallte gegen die Felswand, während etwas Dunkles, Schattenhaftes herabfiel. Es war der Affe, der das Flammeninferno auf einem hochgelegenen Vorsprung an der Höhlenwand überlebt hatte. Doch die tiefen Töne des Drachenschreis hatten seine Gedärme zerrissen, und auch Rajin spürte, wie ein furchtbarer Schmerz seinen gesamten Körper durchflutete. Er hielt sich den Leib und rappelte sich mühsam auf. Der Schirm aus Licht hatte ihn zumindest vor dem Schlimmsten bewahrt.

Yyuums Schrei war längst verklungen. Das eigene Feuer hatte seinen Kopf verglühen lassen. Ein rauchender Drachenschädel – das war alles, was von ihm geblieben war. Aus der Mundhöhle und den Augen quoll dichter weißer Rauch.

Rajin rang nach Luft, taumelte vorwärts und sah plötzlich den freien Höhleneingang. Mit dem Urdrachen war auch das Trugbild vergangen, das den Zugang zur Höhle hatte verbergen sollen.

„Rajin?", rief eine raue Stimme. Es war Koraxxon, der ihm entgegenkam. Er packte Rajin am Arm und zog ihn mit sich. Rajin hustete. Der Rauch biss in seinen Lungen. Sie gelangten ins Freie, und die Helligkeit blendete ihn.

„Ist alles in Ordnung?", fragte Koraxxon.

Rajin nickte nur, rang erneut nach Luft und musste jämmerlich husten. Aber das Wichtigste hatte er geschafft. Der dritte Drachenring war in seiner Hand. Er hob die metallene Faust, öffnete sie aber nicht, sondern starrte sie nur einen Moment lang an.

Er atmete schließlich tief ein und ließ den Blick schweifen. Grauenerregender Schlachtenlärm herrschte überall. Es war ein Ringen der Giganten – aber keineswegs ein gleichwertiger Kampf. Die Dämonen des Glutreichs fielen unbarmherzig über die Drachen her, zerrissen ihre Leiber zu Dutzenden. Das Blut spritzte hoch auf und verkochte zischend, wenn es die glühenden Angreifer traf. Manche von ihnen wateten regelrecht darin. Ihre Pranken verkrallten sich in den Drachen, die davonfliegen wollten, und rissen sie zu Boden.

Nie zuvor in seinem Leben hatte Rajin derart furchtbare Schreie gehört. Er öffnete die Faust. Der Ring kam zum Vorschein. Einer der drei Ringe, die schon so viele seiner Vorfahren getragen hatten und die die Herrschaft der Menschen über die Drachen gewährleisteten.

„Bei Njordir!", entfuhr es Rajin, ohne dass er darüber nachdachte; immerhin hatte er seine Kindheit und Jugend als Bjonn Dunkelhaar auf Winterland und unter Seemannen verbracht, die den Meeresgott verehrten.

Dann nahm er den Ring zwischen Daumen und Zeigefinger der Rechten und steckte ihn sich an den metallischen Ringfinger der Linken. *„Hört ihr mich, ihr Drachen? Hört ihr euren Herrn?"*

Die Dämonen des Glutreichs hatten überall die Oberhand gewonnen. Eine Drachengondel, getragen von einem der Glutdämonen, dessen glühende Flügel eine flirrende Hitze erzeugten, näherte sich der Felsenterrasse des Pyramidenbergs, auf der sich Rajin und seine Getreuen befanden.

Die Dämonen machten die aufständischen Drachen gnadenlos nieder. Aber es gab etwas, was sie für Katagi und Abrynos nicht zu vollbringen vermochten: Der amtierende Drachenkaiser musste sich den dritten Ring zurückholen, nur dann konnte er hoffen, die Drachenherrschaft zurückzuerobern. Auch Katagi spürte, dass sich der Ring ganz in der Nähe befand.

Er hatte auch den Schmerz Yyuums gespürt und ahnte, dass der Urdrache nicht mehr existierte; sein Geist verflüchtigte sich. Er würde die Drachen nicht mehr führen, sie nicht mehr anstacheln und mit Kampfeswut erfüllen können. Dies erleichterte den Glutdämonen ihr blutiges Gemetzel.

Aber so sehr sich Katagi auch bemühte, mithilfe seiner zwei Ringe und all der inneren Kraft, die in ihm steckte, die geistige Hoheit über die Drachen zurückzuerlangen, es wollte ihm nicht einmal ansatzweise gelingen. Und Abrynos – er sah von einem benachbarten Berg genüsslich zu, wie die Zahl der Drachen immer mehr zusammenschmolz. Ihm konnte es nur recht sein, bedeutete es doch, dass seine Macht nach diesem ungleichen Kampf größer und die des Drachenkaisers geringer sein würde. Je mehr die Drachen dezimiert waren, umso besser für ihn, und so hatte Abrynos nicht das geringste Interesse daran, dem tödlichen Treiben der Glutdämonen Einhalt zu gebieten. Ganz im Gegenteil.

Allerdings war sich Abrynos durchaus bewusst, dass es, selbst wenn sämtliche am Fuß des Pyramidenberges versammelten Drachen vernichtet wurden, nach wie vor noch genügend der echsenartigen Riesen in Drachenia gab, die eine Gefahr für jede Ordnung waren, wenn sie nicht durch strenge Hand kontrolliert wurden. Drachen, die noch nicht rebelliert hatten oder gerade erst den Ruf des Urdrachen vernommen hatten und nun vollkommen verwirrt waren, weil er so plötzlich verstummt war. Es gab keine Herrschaft ohne eine Herrschaft über die Drachen – das war auch Abrynos bewusst, und er war viel zu sehr kühler Stratege, als dass er dies ignoriert hätte.

Und so hatte Katagi seinem stärkeren Bündnispartner ein Zugeständnis abringen können: Rajin war tabu für die mörderischen Kreaturen, die Abrynos aus dem Glutreich geholt hatte. Katagi spürte, wie nahe ihm der dritte Ring war, und wenn er tatsächlich inzwischen an Rajins Finger steckte, dann durfte es einfach nicht geschehen, dass eine der glühenden Höllenkreaturen den Prinzen mit ihrer heißen Feuersbrunst verschlang und den Ring dabei zu Schlacke schmolz.

Denn die Glut dieser Dämonen war der eines gewöhnlichen Drachenfeuers nicht vergleichbar, wie Katagi inzwischen wusste.

Rajin musste sterben – aber auf andere Weise. Der Ring musste ihm unbeschädigt vom Finger genommen werden.

„Eigentlich kann ich Rajin Ko Barajan dankbar sein", sagte Katagi, an seinen Persönlichen Adjutanten Guando gewandt, während er durch das Gondelfenster das Morden beobachtete. „Er hat mir die Arbeit abgenommen, indem er den dritten Ring fand und Yyuum tötete. Aber offensichtlich ist auch er allein mit seinem einzigen Ring zu schwach, die Drachenheit zu beherrschen."

Guando nickte beflissen. „Ja, mein Kaiser."

Katagi richtete den Blick auf das Felsplateau des Pyramidenbergs. Wer hätte gedacht, dass es an diesem verbotenen Ort zur letzten Konfrontation kommen würde?, ging es dem Usurpator durch den Kopf, dann drehte er Guando ruckartig das Gesicht zu: „Die Krieger sollen sich bereit machen!"

13

ZWEI HÄNDE, ZWEI KAISER UND DAS VERSPRECHEN EINES WEISEN

Ein Schwarm von Armbrustbolzen und Pfeilen hagelte aus den Scharten von Katagis Gondel. Todesschreie gellten, mehrere der Ninjas sanken getroffen zu Boden. Koraxxon machte blitzschnell einen Schritt auf Rajin zu und schützte ihn mit emporgehaltenem Schild, in den sich innerhalb weniger Herzschläge fast ein Dutzend Pfeile bohrten.

Liisho bestieg seinen Drachen Ayyaam, der ein paar Treffer abbekam und ebenso wie Ghuurrhaan kaum noch zu halten war. Auf seine eigene Sicherheit nahm der Weise dabei keine Rücksicht. Er kletterte in den Drachensattel und ließ das gewaltige Geschöpf aufsteigen. Der Glutdämon, der Katagis Gondel trug, sandte ihm sofort einen Feuerstrahl entgegen, dem Ayyaam jedoch ausweichen konnte, wenn auch mit Mühe und Not.

Rajin hingegen hatte keine Möglichkeit, zu seinem Drachen zu gelangen, zu sehr war er unter Beschuss. Rechts und links schlugen die Bolzen und Pfeile gegen die Felsenterrasse oder gegen die Steinwand und spickten Koraxxons Schild. Der Dreiarmige selbst hatte bereits einen Treffer an der Schulter erhalten, doch er riss sich den Pfeil mit dem Schwertarm einfach heraus und schleuderte ihn von sich. Dann zog er sich mit Rajin hinter einen Felsblock zurück, aber es war unmöglich, von dort zu entkommen.

Die Ninjas starben einer nach dem anderen. Kanrhee der Rennvogelreiter hatte sich zum Höhleneingang gerettet, um dort Deckung zu finden, während Andong bereits mit einem halben Dutzend Armbrustbolzen und Pfeilen im Leib in seinem Blut lag. Aber ein Rückzug in die Höhle selbst war unmöglich, denn aus ihr quoll beißender Rauch hervor.

Ghuurrhaan erhob sich aus eigenem Willen in die Lüfte, voller Wut und Zorn wegen der Wunden, die ihm Pfeile und Armbrustbolzen gerissen hatten. Doch sogleich griffen ihn Glutdämonen an, drängten ihn ab, und er musste sich hoch in die Lüfte erheben, um vor ihnen zu fliehen.

Ganjon lag ganz am Rand des Felsplateaus flach auf dem Boden. Niemand beachtete ihn sonderlich. Er nahm sich die Armbrust eines anderen Ninja, den unmittelbar neben ihm ein Pfeil niedergestreckt hatte. Er drehte den Toten herum und griff in die Tasche, die der maskierte Krieger an einem Riemen um die Schulter getragen hatte, und nahm einen Armbrustbolzen heraus, an dessen hinterem Ende sich eine Metallöse befand. Jeder der Ninjas trug ein langes Kletterseil bei sich, das für gewöhnlich wie eine Schärpe getragen wurde. Ganjon nahm sein Seil von der Schulter, befestigte es an dem Armbrustbolzen und wartete, bis sich die Gondel noch etwas weiter genähert hatte. Dann schoss er die Armbrust ab.

Der Bolzen durchschlug den Boden der Gondel und verhakte sich. Ganjon sprang auf, fasste das Seil und nahm Anlauf. Er sprang vom Rand der Felsenterrasse und hing unter Katagis Gondel, unerreichbar für die Schützen, und selbst das Feuer des Glutdämons konnte ihn nicht erreichen, wollte die Kreatur nicht riskieren, die Gondel selbst zu zerstören.

Behände kletterte Ganjon empor. An den Außenwandungen der Gondel konnte er sich vor allem am Gondelgeschirr festhalten und kletterte weiter. Die Schießscharten der Armbrustschützen mied er. Stattdessen schwang er sich auf den Balkon der Passagierkabine, die eigentlich dem Fürsten von Vayakor vorbehalten war, und warf sich durch das verglaste Fenster. Das Glas splitterte und Ganjon rollte auf dem Boden ab, riss mit der Rechten sein Schwert aus der Scheide und schleuderte mit der Linken einen Shuriken, der einem gerade durch die Tür hereindrängenden Wächter die Kehle aufriss und ihn blutüberströmt zusammensinken ließ.

Ansonsten waren nur Katagi und sein Adjutant im Raum. Letzterer griff zu seinem Schwert, packte es mit beiden Händen und erstarrte mitten in dem Ausfallschritt, den er nach vorn machte, als Ganjons Klinge ihm in den Leib fuhr. Mit einem Fußtritt beförderte Ganjon den schon nicht mehr Lebenden aus dem Weg.

Katagi hatte inzwischen sein eigenes Schwert gezogen. Blitzender Stahl schwirrte durch die Luft und prallte gegeneinander. Zwei-, dreimal konnte der Usurpator die Angriffe Ganjons parieren, dann fiel er auf eine Finte des Ninja herein, und dessen Schwert trennte ihm den Kopf von den Schultern, der daraufhin über den Boden der schwankenden Gondel rollte.

Ganjon hielt sich nicht lange auf. Ein Schwerthieb trennte die Hand mit den zwei Drachenringen ab. Mehrere Wächter drangen durch die Tür. Mit derselben Bewegung, mit der Ganjon die Hand in seiner Gürteltasche verstaute, holte er das ausgeblasene Ei einer Zweikopfkrähe hervor, schleuderte es gegen die Decke, wo es zerplatzte und ein in Augen und Nase beißendes Blendpulver verstreute. Dann warf er sich durch das zweite Fenster des Quartiers in die Tiefe.

Rajin sah aus seiner Deckung heraus, wie Ganjon in die Tiefe sprang. Dabei fuhr die Hand des Ninja an eine Tasche am hinteren Abschnitt seines Gürtels. Ein Seidenschirm entfaltete sich daraufhin und bremste seinen Fall. Er landete mitten zwischen zerrissenen Drachenleibern.

„Ghuurrhaan!", dachte Rajin. Dabei fühlte er gleichermaßen seine innere Kraft und wie sie sich sammelte, als auch jene, die ihm durch die metallische Hand und den Schlüssel des Geistes gegeben war. Die Kraftströme vereinigten sich, und die Hand leuchtete noch heller, als sie es in der Höhle schon getan hatte.

Ghuurrhaan, obwohl er sich weit entfernt hatte und hoch über dem Geschehen schwebte, gehorchte sofort. Er stieß wie im Sturzflug hinab. Ein Feuerstoß des die Gondel tragenden Glutdämons verfehlte ihn knapp, dafür erfasste Ghuurrhaans Feuer seinen Gegner voll und ließ ihn aufbrüllen. Offenbar traf auch in diesem Fall die Weisheit zu, dass sich Feuer mit Feuer bekämpfen ließ. Die Glut des Dämons veränderte sich, nahm eine bläuliche Färbung an und schien für einen Moment teilweise zu verlöschen. Gleichzeitig stieß die Kreatur einen röchelnden Laut aus, und noch ehe sie sich von dem Angriff auch nur annähernd erholen konnte, zerschmetterte Ghuurrhaan die Gondel mit einem einzigen wohlgezielten Schlag seines stachelnbewehrten Schwanzes, dann senkte er seine Flugbahn.

„Erfülle exakt meinen Willen!", dachte Rajin, woraufhin der Drache dicht über den Boden flog. Seine Pranken ergriffen mit einer Vorsicht, die diesem schuppigen Giganten kaum jemand zutraute, den Hauptmann des Ninja-Trupps und flatterte wieder empor. Wenig später landete er mit Ganjon auf der Felsenterrasse.

Rajin begab sich aus der Deckung und erhob sich. Ganjon schritt taumelnd auf ihn zu, griff in seine Tasche und holte Katagis Hand hervor.

„Die Ringe des Drachenkaisers für den, dem sie gebühren", sagte er.

Rajin zog der blutigen Hand des toten Usurpators die Ringe von den Fingern und steckte sie zu dem dritten Ring an die leuchtende Metallhand.

„Eure Bestimmung erfüllt sich", sagte Ganjon mit feierlichem Ernst.

„Scheint mir auch so – allerdings steht die Schlacht trotzdem nicht gerade zu unseren Gunsten", äußerte sich Koraxxon in seiner gewohnt direkten Art und Weise.

„Mag sein", sagte Rajin. „Aber jetzt stehen wir nicht mehr allein da. Jetzt sind alle noch verbliebenen Drachen auf unserer Seite."

Und mit diesen Worten hob er die Metallhand mit den drei Drachenringen, die endlich wieder vereint waren und nach langer Zeit an den Fingern eines rechtmäßigen Besitzers steckten. Er sprach eine uralte Formel in alt-drachenischer Sprache, in der die Kaiser von Drakor seit Urzeiten den Gehorsam der Drachenheit einforderten, wenn dies vonnöten war. Liisho hatte ihn diese Formel gelehrt, als Rajin noch als Junge auf Winterland gelebt und Liisho ihm mit seinen Gedankenbotschaften das nötige Wissen eines zukünftigen Drachenkaisers vermittelt hatte.

Überall erhoben sich daraufhin die Drachen mit neuem Mut. So wie sie zuvor dem Ruf des Urdrachen Yyuum gefolgt waren, folgten sie nun dem Ruf von Prinz Rajin: Sie erkannten die Kraft wieder, der sie über Äonen hinweg gehorcht hatten.

Viele von ihnen waren bereits von den Dämonen des Glutreichs zerfetzt und verbrannt worden, aber diejenigen, die überlebt hatten, versuchten nun nicht mehr, sich voller Verzweiflung alleine und jeder für sich zu verteidigen, sondern schlossen sich zusammen und schlugen konzentriert und als Einheit zurück.

Die Glut der unheimlichen Kreaturen wurde immer häufiger durch Drachenfeuer gelöscht, dann taumelten sie zu Boden und waren nicht mehr in der Lage, sich zu erheben. Schließlich sanken sie röchelnd in sich zusammen, und etwas später waren nur rissige Brocken zurückgeblieben, die an erkaltete Lava erinnerten und kaum noch die Form erkennen ließen, die diese schrecklichen Wesen einst gehabt hatten.

Überall wandelte sich die Furcht und Panik der Drachen in Wut, und sie griffen die Dämonen des Glutreichs an. Dabei waren sie ausschließlich auf ihr Drachenfeuer angewiesen, denn jede Berührung mit einer dieser Höllenkreaturen hatte schwerste Verbrennungen zur Folge, wenn nicht sogar den Tod. Es war ein verbissenes Ringen, das sich stundenlang hinzog.

Mit der Zeit aber trafen weitere Gruppen von Drachen ein, die ursprünglich dem Ruf Yyuums gefolgt waren und sich nun in den Dienst Rajins stellten. Sie spürten die Kraft der Drachenringe und griffen in das Schlachtgeschehen ein.

Liisho überflog mit Ayyaam die nahen Berge und suchte nach Abrynos. Einmal sah er den Schattenpfadgänger auf einer Anhöhe stehen, dann glaubte er ihn auf einer anderen kurzzeitig zu erblicken.

„Wir haben uns schon einmal im Kampf zu messen versucht, wenn auch nur kurz!", rief der Weise zornig. „Warum nicht ein zweites Mal?"

Aber Abrynos schien keine Neigung zu verspüren, sich dem Weisen zum magischen Duell zu stellen. Als der Blutmond aufging, sah Liisho ihn zum letzten Mal von einer erhöhten Stelle aus auf das Schlachtfeld blicken. Danach verschwand er endgültig, und die Dämonen des Glutreichs befiel nackte Verzweiflung. Hatte ihr Herr und Meister sie betrogen? Hatte er niemals vorgehabt, sie zurück in ihr Reich zu führen?

Als schließlich der Meermond im Zenit stand, erlosch bei den ersten Dämonen die Glut von ganz allein. Sie vermochten sich nicht mehr in die Lüfte zu erheben und waren von da an den Angriffen der Drachen schutzlos ausgeliefert. Immer mehr von ihnen starben einfach dahin, röchelten ihr dampfendes Leben aus, und nur erkaltender Stein blieb von ihnen zurück.

Als der Jademond seinen Zenit überschritt, war die Schlacht vorbei.

Nun begann jenes Fünftel der Nacht, das dem Augenmond gehörte.

Abrynos beobachtete die Schlacht schon lange nicht mehr. Es war klar, dass sie verloren war, und er brauchte dieser schmerzlichen Niederlage nicht auch noch beizuwohnen.

Dafür besah sich jemand anderes das Kampfgeschehen mit aller Aufmerksamkeit, wenn auch völlig unbemerkt: Der Traumhenker und Todverkünder, der Trenner der Totenseelen hatte sein Domizil auf dem Augenmond verlassen und die Gestalt eines der unzähligen Rabengeier angenommen, die über die Ebene am Fuße des Pyramidenbergs zogen, um sich an den zerrissenen und verkohlten Drachenleibern gütlich zu tun.

Seelen gab es kaum zu trennen. Nur die der gefallenen Ninjas sowie jene von Katagi und den Insassen seiner Gondel. Mit Drachenseelen konnte der Traumhenker nichts anfangen, und was die zu kalten Steinen gewordenen Dämonen des Glutreichs betraf, so wollte er solche Seelengesellschaft weder bei sich auf dem Augenmond haben noch sie irgendeinem auf dieser Welt verehrten Gott für dessen jeweilige Jenseitsgefilde zumuten, da er sonst ewigen Streit befürchten musste. So ließ er die Dämonenseelen in den Steinen, auf dass sie dort das Ende des Äons erleben sollten.

Eine magere Ausbeute, aber der Seelen wegen war der Traumhenker nicht gekommen. Nicht in erster Linie zumindest.

Sondern um die Einlösung eines Versprechens einzufordern …

„Liisho!", wisperte die Stimme, und der Weise drehte sich herum. *„Keine Sorge, nur du siehst mich in meiner wahren Gestalt, alle anderen sehen nur einen aufdringlichen Rabengeier."*

„Was willst du?"

„Dass du tust, was ich verlange. Das hast du mir versprochen, als Preis für weiteres Leben. Und jetzt ist der Augenblick gekommen, da ich diesen Preis einfordere."

„Und was ist es, was du forderst?", fragte Liisho, der sich abseits von den anderen aufhielt, um die Wunden Ayyaams zu versorgen. Es war nicht das erste Mal, dass er des Nachts zur Stunde des Augenmonds Gespräche mit dem Traumhenker führte.

„Ich fordere ein Leben für ein anderes Leben." Und mit diesen Worten deutete die nur für Liisho sichtbare Gestalt des Traumhenkers mit der Doppelklinge der monströsen Henkersaxt in Rajins Richtung.

„Warum?", fragte Liisho mit schreckensbleichem Gesicht.

„Ich mag interessante Schauspiele", sagte der Traumhenker. *„Es mangelt mir in dem, was ich vom Augenmond aus hier unten so beobachten kann, ein wenig an überraschenden Wendungen und einer ungewohnten Konstellation. Zudem ist der junge Prinz Rajin doch nach Yyuums Vernichtung nicht mehr unbedingt erforderlich, um das Abgleiten der Welt ins völlige Chaos zu vermeiden."*

Rajin schickte die überlebenden Drachen zurück zu ihren jeweiligen Herren, und er war überzeugt davon, dass sie seinem Befehl widerstandslos folgen würden, denn es gab derzeit keinen mehr, der sie zu einem anderen Ort gerufen hätte. Der Urdrache Yyuum war verstummt. Für immer, wie man annehmen durfte.

Sie alle machten sich für den Aufbruch bereit, und Ganjon und Koraxxon hatten bereits auf Ghuurrhaans Rücken Platz genommen, als Rajin von seinem Mentor Liisho angesprochen wurde.

„Rajin!", sagte er auf eine Weise, die dem Prinzen sofort seltsam erschien. Das Gesicht Liishos wirkte eigenartig starr. Nur ein Muskel zuckte wie unter einem Krampf unterhalb des linken Auges.

Liisho trat bis auf wenige Schritte an Rajin heran. Seine Bewegungen wirkten dabei seltsam unkoordiniert.

„Was gibt es?", fragte Rajin.

In den Augen Liishos spiegelte sich das Licht des Augenmondes. Auf einmal verzerrten sich seine Züge zur Grimasse, er riss sein Schwert hervor, und die Klinge wirbelte blitzartig durch die Luft, auf Rajin zu – und …

Im letzten Moment lenkte Liisho die Wucht des Schlags ins Nichts.

Er drehte das Schwert und stieß es sich selbst in den Leib!

Als er auf die Knie sank, rann ihm bereits das Blut aus den Mundwinkeln. Dann sank er zu Boden.

Rajin beugte sich über ihn und fasste ihn bei den Schultern. „Was hast du getan, Liisho?", rief er. Und während seine Metallhand die Schulter des Weisen berührte, glühte sie hell auf und schmerzte schließlich so sehr, dass der Prinz sie zurückziehen musste.

Liisho versuchte zu sprechen. „Meine Bestimmung ...", drang es mühevoll über seine zitternden Lippen. „Ich habe sie erfüllt ..."

Sein Kopf fiel zur Seite, der Blick seiner Augen brach.

Irgendwo in der Nähe war der wütende Schrei eines Rabengeiers zu hören, der sich mit seinen dunklen Schwingen emporhob und auf den sandfarbenen Augenmond zuflog.

EPILOG

Prinz Rajin aber kehrte nach der Schlacht zwischen der Drachenheit und den Dämonen des Glutreichs zurück nach Sukara im Südflussland.

Mit den getreuen Drachenreitern des Fürsten Payu im Gefolge zog er später im Palast von Drakor ein. Niemand konnte ihm die Krone des Kaisers von Drachenia noch streitig machen, und darüber herrschte große Freude im Volk, denn die ungerechte Herrschaft des Usurpators Katagi war zu Ende gegangen.

Der Dreiarmige Koraxxon und der seemannische Ninja Ganjon begleiteten den neuen Drachenkaiser als dessen Gefährten, was viele verwunderte, vertraute er doch einem Missratenen und einem Mann, dessen Gesicht unsichtbar und dessen Handwerk blutig und unehrenhaft war.

Auf dem Weg nach Drakor führte Rajin aber auch den gläsernen Sarg mit sich, in dem seine Geliebte Nya immer noch in einem todesähnlichen Schlaf darniederlag. Die Magie der metallischen Hand hatte Rajin bei der Suche nach der Seele seiner Geliebten und ihres ungeborenen Kindes nicht helfen können.

Manchmal vermochte er im Licht, das die Hand bisweilen abstrahlte, ihre durchscheinenden Abbilder zu sehen, aber die waren schwach und undeutlich. Es schien keine Hoffnung zu geben, ihre Seelen doch noch in die Welt zurückzuholen.

„Anscheinend wurde mir selbst von Komrodor zu viel versprochen!", sagte er einmal erzürnt über die eigene Hilflosigkeit und blickte dabei voller Grimm auf die mit den Drachenringen besetzte Metallhand, in der sich Seelenreste des ermordeten Großmeisters gesammelt hatten. „Ich bin ge-

täuscht worden. Meine Sehnsucht hat mich zum Spielball fremder Mächte gemacht!"

Das Buch des Befreiers

Als Abrynos aus Lasapur das Amt des Großmeisters von Magus auf so un-ehrenhafte Weise errungen hatte, berief er ein neues Kollegium der Hoch-meister und verkündete: „Es mag scheinen, als hätten wir viele Feinde. In Wahrheit haben wir einen einzigen, und sein Name ist Rajin!"

Der Namenlose Chronist, Buch III, Kapitel 2, Vers 23

Der Schneemond aber wurde größer und größer, und es nahte der letzte Tag des Fünften Äons, an dem er auf die Welt herabfallen sollte.

Das Diarium der Sternenseherschule von Seeborg

NACHWORT

Die Drachenerde-Saga um Prinz Rajin wird mit dem Roman „Drachenthron" fortgesetzt, der bei LYX im September 2009 erscheinen wird.

Wer vielleicht noch mehr von mir lesen möchte, den mache ich auf meine große Elben-Trilogie aufmerksam, bestehend aus den Romanen „Das Reich der Elben" (ISBN 978-3-8025-8127-4), „Die Könige der Elben" (ISBN 978-3-8025-8128-1) und „Der Krieg der Elben" (ISBN 978-3-8025-8142-7), die ebenfalls bei LYX erschienen sind. Jeder Band ist über 400 Seiten stark und kostet 12,00 Euro. Zu jedem dieser drei Bücher gibt es zudem eine Hörspiel-CD-Box mit jeweils vier CDs.

Weitere Abenteuer von Elbenkönig Keandir und seinen Enkeln Daron und Sarwen kann man in meiner neuen, im Schneiderbuch-Verlag erscheinenden Fantasy-Serie „Elbenkinder" lesen, die ich nicht nur für jugendliche Leser geschrieben habe. Die ersten beiden Bände tragen die Titel „Das Juwel der Elben" und „Das Schwert der Elben" und erscheinen im März 2009.

Ich lade alle Leser herzlich auf meine Homepage ein unter www.AlfredBekker.de. Außerdem kann man mir seine Meinung zu diesem und zu meinen anderen Romanen direkt per E-Mail zukommen lassen unter der Adresse: Postmaster@AlfredBekker.de.

Alfred Bekker
Lengerich, 2008

Leseprobe

ALFRED BEKKER
DAS REICH DER ELBEN

Die Nebelküste

„Land in Sicht!"

Der Ruf des Ausgucks schallte durch das wabernde Grau der Nebelschwaden. Wie amorphe, vielarmige Ungeheuer wirkten sie. Manchmal war der Nebel so dick, dass die einzelnen Schiffe der Elbenflotte selbst aus nächster Nähe nur als dunkle Schemen zu erkennen waren.

König Keandir straffte seine Gestalt. Seine Rechte umfasste den bernsteinbesetzten Griff des Schwerts mit der schmalen Klinge, das er an der Seite trug. Seine Haut war von vornehmer Blässe, und sein schmales, hageres Gesicht wirkte wie gemeißelt und zeigte einen Ausdruck zugleich von Strenge als auch von Ernsthaftigkeit. Spuren tiefer Sorge um sein Volk hatten sich in diesem Gesicht verewigt, seit Keandir das Königsamt von seinem Vater übernommen hatte, und in das schulterlange schwarze Haar mischten sich die ersten grauen Strähnen. Spitze Ohren stachen durch dieses glatte Haar – Ohren, die ebenso empfindlich und sensibel waren wie auch die anderen Sinne des Elben.

Er lauschte den Geräuschen des fremden Landes.

Woher kam dieses plötzliche Unbehagen, das er empfand? Rührte es daher, dass er es als etwas Unvertrautes empfand, wie sich Land anhörte, wie es roch und wie es war, wenn man auf festem Boden stand statt auf den schwankenden Planken eines Elbenschiffs? Oder nahmen seine feinen Sinne etwas wahr, das seine Seele ignorieren wollte, um nicht der soeben zurückgewonnenen Hoffnung beraubt zu werden? Etwas Bedrohliches, etwas Böses, das sich ihm nur als dunkle Ahnung offenbarte.

Er versuchte seine Angst zu unterdrücken, für die es keinen sichtbaren Anlass gab. Er wollte darauf vertrauen, dass es das Schicksal letztlich doch gut mit den Elben meinte. Das Auftauchen der Felsenküste war jedenfalls ein Anlass zur Hoffnung.

Natürlich war sich Keandir bewusst, dass die fremde Küste, die auf einmal wie aus dem Nichts vor ihnen aufgetaucht war, nicht die Gestade der Erfüllten Hoffnung sein konnte. Aber das spielte im Moment keine Rolle. Abgesehen von dem Unbehagen, das sich einfach nicht unterdrücken ließ, fühlte Keandir tiefe Erleichterung darüber, überhaupt wieder auf Land gestoßen zu sein. Die Befürchtung, sein Volk in einen landlosen Nebelozean und damit ins Verderben geführt zu haben, hatte ihm bereits schlaflose Nächte bereitet. Doch nun gab es wieder Grund zu hoffen.

Selbst wenn diese Küste nur Teil eines einsamen Eilands war, so bestand zumindest die Möglichkeit, Vorräte aufzufrischen und dringend nötige Reparaturen an den Schiffen vorzunehmen. Vielleicht gab es ja auch eine seekundige Bevölkerung, zu der man Kontakt aufnehmen konnte.

Eine Ewigkeit lang war die Flotte der Elben durch diese nebelige See gedümpelt. An den Tagen hatte man kaum den Stand der Sonne erahnen und in den Nächten weder Mond noch Sterne sehen können. Ein schwerer, modriger Geruch war aus dem Wasser gestiegen, als würden faulende Untote unter der dunklen, von den Fischschwärmen offenbar gemiedenen Brühe ihren übel riechenden Pesthauch absondern, und kein Wind wehte, um den Nebel aufzureißen und die Segel zu blähen, die schlaff von den Rahen hingen. So war die Mannschaft gezwungen gewesen, zu den Rudern zu greifen.

Keandir trat näher an die Reling. Angestrengt suchte sein Blick im Nebelgrau nach Zeichen, die den Ruf des Ausgucks bestätigten. Und tatsächlich, etwas Dunkles zeichnete sich weit vor ihnen ab, der Schatten eines Gebirges vielleicht.

Der Ausguck wiederholte seinen Ruf – und dann drang das Krächzen einer Möwe aus dem Nichts. Wenig später tauchte der Vogel auf und kreiste als grauer Schatten hoch über den Masten des Schiffes.

„Den Namenlosen Göttern sei Dank!", stieß ein zwar breitschultriger, aber ansonsten sehr hagerer Elbenkrieger aus. „Es muss tatsächlich

Land in der Nähe sein!" Er trat zu Keandir an die Reling. „Ein Zeichen des Glücks und der Hoffnung, mein König!" Er trug ein dunkles Lederwams und hatte sein schmales Schwert auf dem Rücken gegürtet. Sein rechtes Auge hatte er im Kampf verloren; eine Filzklappe bedeckte die leere Augenhöhle.

Keandir nickte und drehte sich kurz zu dem Einäugigen um. „Ihr habt recht, Prinz Sandrilas. Es ist lange her, dass wir zum letzten Mal festen Boden unter den Füßen hatten."

„Aber diese Küste", murmelte Sandrilas, „sie gehört nicht zu den Gestaden der Erfüllten Hoffnung."

Keandir lächelte mild. „Ihr seid von jeher ein Pessimist gewesen, Prinz Sandrilas."

„Nein, ein Realist. Wahrscheinlich wissen noch nicht einmal die Himmelskundigen, wo wir uns befinden, so lange waren die Sterne vom Nebel verborgen. Ja, wir haben jegliche Orientierung verloren, und ich weiß ehrlich gesagt nicht, wie wir unser ursprüngliches Ziel noch erreichen wollen."

„Kein Vertrauen in die Macht des Schicksals, Sandrilas?"

„Ich vertraue lieber auf die eigene Kraft und mein Wissen."

„Das Nebelmeer hat uns gelehrt, das beides manchmal nicht ausreicht." Keandir deutete mit dem ausgestreckten Arm in die Ferne. „Hoffen wir, dass wir dort auf die Küste eines Kontinents stoßen, der wir folgen können – und nicht nur ein einsames Eiland, das die Namenlosen Götter im Zorn ins Meer warfen."

Immer deutlicher wurden die Konturen des aus dem Nebel auftauchenden Landes. Schroffe Gebirgsmassive erhoben sich in unmittelbarer Nähe der Küstenlinie. Die Schreie unbekannter Vogelarten bildeten zusammen mit anderen, nicht zu identifizierenden Tierstimmen einen unheimlichen Chor.

Keandir wandte sich an einen anderen Elbenkrieger. „Merandil! Gib das Hornsignal! Wir werden an dieser Küste an Land gehen!"

„Jawohl, mein König!", gab der hoch gewachsene Merandil zurück, dessen unter dem Helm hervorquellendes Haar so weiß war wie seine Haut. Er griff zu dem Horn, das er am Gürtel trug, um das königliche Signal an die anderen Schiffe zu geben. Mehrere Tausend der schlanken, lang gezogenen Segler befanden sich dort draußen in der nebelverhangenen See, auf der scheinbar endlosen Suche nach den Gestaden der Erfüllten Hoffnung. Gegen einen Landaufenthalt, der die Eintönigkeit dieser Reise unterbrach, hatte wohl niemand etwas einzuwenden.

Merandil blies das Horn, und sein Signal wurde von den Hornbläsern der anderen Schiffe weitergegeben. Innerhalb von Augenblicken vertrieb der Klang der Instrumente die drückende Stille, die bis dahin geherrscht hatte. Keandir hörte Schritte hinter sich. Niemand auf den Elbenschiffen hielt es noch unter Deck oder im Inneren der kunstvoll verzierten Aufbauten. Die Entdeckung dieser Küste riss sie alle aus der lähmenden Lethargie, die sich unter ihnen wie eine ansteckende Krankheit ausgebreitet hatte. Stimmengewirr erfüllte das Deck des Flaggschiffs, dem man den Namen „Tharnawn" gegeben hatte. In der Älteren Sprache war dies ein kaum benutztes Wort für „Hoffnung", und während ihrer bisherigen Reise hatte Keandir diesen Namen oft genug verflucht, denn die Hoffnung war das Erste gewesen, was die Elben verloren hatten, seit ihnen in der Sargasso-See jegliche Orientierung abhanden gekommen war; seitdem wirkte das Aussprechen dieses Namens wie blanke Ironie. Doch in diesem Augenblick war das alles fast vergessen. Keandir atmete tief durch. Nicht einmal der üble Geruch des dunklen Wassers konnte ihn noch wirklich stören.

„Kean!", wisperte ihm von hinten eine Stimme zu, die sich trotz des allgemeinen Tumults an Deck deutlich von allen anderen unterschied. Es gab nur eine Person, die König Keandir bei diesem besonderen Namen nennen durfte – Ruwen, seine geliebte Frau.

Sie trat neben ihn und sah ihn an. Ihre helle Haut war makellos, das Gesicht so feingeschnitten und ebenmäßig, wie kein Bildhauer es hätte schaffen können. Das offene Haar fiel ihr bis weit über die schmalen Schultern.

Keandir fühlte ihren Blick auf sich gerichtet. Für das immer deutlicher aus dem Nebel auftauchende Land schien sie kaum ein Auge zu haben. „Ich muss dir etwas sagen, Kean."

Ihre Blicke trafen sich, und Keandir bemerkte eine besondere Innigkeit, mit der sie ihn ansah. In ihren Augen glitzerten Tränen. Keandir legte die Arme um sie und sie lehnte sich gegen ihn.

„So sprich", forderte er sie zärtlich auf. Normalerweise pflegte ein elbischer König seine Gemahlin in der Höflichkeitsform anzusprechen; der gegenseitige Respekt gebot dies. Aber da auch Ruwen eine intimere Anredeform gewählt hatte, antwortete ihr in der gleichen Weise. Das Glitzern ihrer Tränen, der verklärte Gesichtsausdruck und der besondere Klang, den ihre Stimme angenommen hatte, verrieten Keandir, dass ihre Seele nach einer sehr innigen Verbindung zu ihm suchte, nach großer Nähe, obwohl noch kein Wort über die Sache an sich verloren worden war. Wie oft hatte Ruwen bei ihm Trost gegen die Schwermut gesucht, von dem sie – wie viele andere ihres Volkes auch – gequält wurde.

Keandir erging es ähnlich, aber er fand, dass es mit den Pflichten eines Königs unvereinbar war, sich dieser Schwermut hinzugeben, und er versuchte daher, sie so gut es ging zu unterdrücken. Außerdem gab es viele Elben, denen es weitaus schlechter ging. Denn die Schwermut, die sie alle mehr oder weniger stark empfanden, war nichts im Vergleich zu dem Lebensüberdruss, jener nahezu unheilbaren Krankheit, die auf den Schiffen der Flotte immer mehr um sich griff und der mit der Zeit bereits so viele Elben zum Opfer gefallen waren …

„Gerade war ich bei der heilkundigen Nathranwen", sagte Ruwen, und ihre Stimme nahm dabei einen zart vibrierenden Klang an, der den König besonders anrührte.

Er antwortete: „Auch sie vermag die Schwermut nicht zu heilen, von dem wir alle befallen sind, seit wir Gefangene dieses windlosen Nebelmeers wurden."

„Dies ist nichts weiter als eine düstere Stimmung und keine wirkliche Krankheit wie der verderbliche Lebensüberdruss", ermahnte ihn Ruwen. Dann huschte ein sanftes Lächeln über ihre Lippen, und sie sagte: „Die Neuigkeit, die Nathranwen für mich – und auch für dich – hatte, wird deine Schwermut allerdings bestimmt vertreiben."

Keandir sah sie an. „Von welcher Neuigkeit sprichst du?"

„Kean, ich bin schwanger. Wir erwarten ein Kind."

Schwangerschaften und Geburten waren unter den langlebigen Elben selten und wurden daher als Zeichen besonderen Glücks gedeutet. So begriff Keandir, dass es Tränen der Freude und nicht der Schwermut waren, die er in den Augen seiner geliebten Ruwen sah.

Er drückte sie ergriffen an sich. Für einen Moment war er unfähig, etwas zu sagen.

„Es ist ein Symbol unserer Liebe", flüsterte sie.

„Es ist auch ein Symbol der Hoffnung auf eine glückliche Zukunft für alle Elben", sagte er. „Ich kann es noch immer kaum fassen …"

Eng umschlungen standen sie an der Reling der „Tharnawn", und nie war König Keandir der Name seines Flaggschiffs passender erschienen als in diesem Moment. „Das Schicksal scheint den Elben tatsächlich wieder wohlgesonnen", sagte er. „Es kann kein Zufall sein, dass wir nach der langen Fahrt durchs Nebelmeer genau in dem Moment auf Land stoßen, in dem die heilkundige Nathranwen deine Schwangerschaft feststellt."

„Ein Zeichen des Glücks", flüsterte Ruwen.

„Hoffentlich nicht nur für uns, sondern für das ganze Volk der Elben."

„Das persönliche Schicksal des Elbenkönigs ist mit dem seines Volkes untrennbar verwoben", sagte Ruwen. „Mir ist bewusst, dass dieses Land dort vor uns nicht die Gestade der Erfüllten Hoffnung sein können und wir unser eigentliches Ziel noch lange nicht erreicht haben. Aber vielleicht liegt dort auch gar nicht unsere Bestimmung. Vielleicht liegt sie hier. Kean, könnte das möglich sein?"

„Ich weiß es nicht", murmelte er.

Andererseits musste er zugeben, dass die Schwangerschaft der Elbenkönigin ein deutlicher Hinweis des Schicksals war. Zumindest war er sich sicher, dass die Weisen unter den Elben dieses Ereignis so interpretieren würden. Zudem wusste der König, wie sehr sich ein großer Teil seines Volkes danach sehnte, die Reise endlich beenden zu können.

„Dürfen wir wirklich an einem guten Land vorbeisegeln, um eine ungewisse Reise fortzusetzen?", fragte Ruwen. „Viele von uns bezweifeln inzwischen, dass es die Gestade der Erfüllten Hoffnung überhaupt gibt."

König Keandir mochte darauf in diesem Moment nicht antworten. Er strich seiner geliebten Ruwen zärtlich über das Haar und sagte: „Warten wir erst einmal ab, was uns an Land erwartet. Vielleicht handelt es sich ja nur um einen aus dem Meer ragenden einsamen Felsen."

Ruwen lächelte. Ihre Augen strahlten. „Ich werde verhindern müssen, dass du die empfindliche Seele unseres ungeborenen Kindes weiter mit Pessimismus belastest, geliebter Kean!"

„So?"

Ihre Züge nahmen einen Ausdruck von gespieltem Zorn an.

„Ja!", sagte sie entschieden, und ehe er noch etwas erwidern konnte, verschloss sie ihm mit einem Kuss den Mund. Sowohl Merandil als auch der einäugige Prinz Sandrilas blickten dezent zur Seite.

Die Möwe umflatterte noch immer die Masten des Flaggschiffs. Etwas fiel vom Himmel und traf den messingfarbenen Helm Merandils. Die Ausscheidung des Vogels schmierte über die edlen Verzierungen.

„Das neue Land scheint Euch in besonderer Weise willkommen zu heißen, werter Merandil!", stieß der einäugige Prinz Sandrilas in einem Anflug von Heiterkeit hervor.

Alfred Bekker
Das Reich der Elben
Romantrilogie

Nach langer Reise wollten
sie ihr eigenes Reich errichten.
Doch grausame Feinde
erhoben sich ...

Epische Fantasy mit den
beliebten Fabelwesen aus
„Der Herr der Ringe".

Das Reich der Elben   ISBN 978-3-8025-8127-4
Die Könige der Elben   ISBN 978-3-8025-8128-1
Der Krieg der Elben   ISBN 978-3-8025-8129-8

»*Das Reich der Elben* ist ein äußerst spannender und mitreißender High-Fantasy-Roman, der mit frischen Ideen aus der Vielzahl der Romane rund um Tolkiens Geschöpfe hervorsticht!« Fantasyguide

w.egmont-lyx.de

EGMONT   LYX
Verlagsgesellschaften

Bernd Perplies

Tarean: Sohn des Fluchbringers

Band 1

Roman

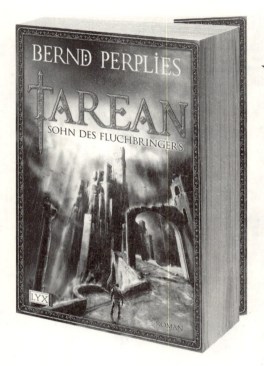

Ein Junge stellt sich den Mächten des Bösen

Vor sechzehn Jahren wurden die Freien Reiche des Westens vom Heer des Hexenmeisters Calvas überrannt. Bei dem Versuch, den Hexenmeister aufzuhalten, machte sich der Ritter Anreon von Agialon unwissentlich zu dessen Komplizen. Anreons Sohn, der junge Tarean, wünscht sich nichts sehnlicher, als den Namen seines verstorbenen Vaters reinwaschen zu können. Bewaffnet mit dem magischen Schwert Anreons, zieht Tarean aus, um das Land von der Herrschaft des grausamen Hexenmeisters zu befreien ...

TAREAN – ein neuer Held der »All-Age-Fantasy« ist geboren!

352 Seiten, Trade Paperback
ISBN 978-3-8025-8180-9

Überall im Handel oder auf www.egmont-lyx.de

www.egmont-lyx.de

EGMONT
LYX
Verlagsgesellschaften